CW00919284

LAS ÁGUILAS DE TENOCHTITLÁN

LAS ÁGUILAS DE TENOCHTITLÁN

ENRIQUE ORTIZ
(TLATOANI CUAUHTÉMOC)

Grijalbo

El papel utilizado para la impresión de este libro ha sido fabricado a partir de madera procedente de bosques y plantaciones gestionadas con los más altos estándares ambientales, garantizando una explotación de los recursos sostenible con el medio ambiente y beneficiosa para las personas.

Las águilas de Tenochtitlán

Primera edición: agosto, 2020
Primera reimpresión: noviembre, 2020
Segunda reimpresión: marzo, 2021

D. R. © 2020, Enrique Ortiz García

D. R. © 2021, derechos de edición mundiales en lengua castellana:
Penguin Random House Grupo Editorial, S. A. de C. V.
Blvd. Miguel de Cervantes Saavedra núm. 301, 1er piso,
colonia Granada, alcaldía Miguel Hidalgo, C. P. 11520,
Ciudad de México

penguinlibros.com

Penguin Random House Grupo Editorial apoya la protección del *copyright*.
El *copyright* estimula la creatividad, defiende la diversidad en el ámbito de las ideas y el conocimiento, promueve la libre expresión y favorece una cultura viva. Gracias por comprar una edición autorizada de este libro y por respetar las leyes del Derecho de Autor y *copyright*. Al hacerlo está respaldando a los autores y permitiendo que PRHGE continúe publicando libros para todos los lectores.

Queda prohibido bajo las sanciones establecidas por las leyes escanear, reproducir total o parcialmente esta obra por cualquier medio o procedimiento así como la distribución de ejemplares mediante alquiler o préstamo público sin previa autorización.
Si necesita fotocopiar o escanear algún fragmento de esta obra diríjase a CemPro (Centro Mexicano de Protección y Fomento de los Derechos de Autor, https://cempro.com.mx).

ISBN: 978-607-319-554-6

Impreso en México – *Printed in Mexico*

Para Rosario y Enrique

PERSONAJES PRINCIPALES

La Triple Alianza y los mexicas

Ahuízotl: Huey tlahtoani de Tenochtitlán y líder de la Triple Alianza de 1486 a 1502. Destacó por expandir los límites territoriales dominados por los ejércitos mexicas. Fue el tío de Motecuhzoma Xocoyotzin y el hermano de los huey tlahtoque Tizoc y Axayácatl.

Axayácatl: Huey tlahtoani de Tenochtitlán y líder de la Triple Alianza de 1469 a 1481. Fue el padre de Motecuhzoma Xocoyotzin.

Ce Océlotl: "Uno ocelote" en náhuatl. El protagonista de nuestra historia, un joven nacido en el barrio tenochca de Tlalcocomulco. Participa en la campaña militar de la Triple Alianza para castigar a los señoríos rebeldes de la provincia de Tepecuacuilco.

Chiconahui Malinalli: "Nueve hierba" en náhuatl. Hermana de Ce Océlotl.

Citlalli: Compañera de Ce Océlotl durante su estadía en el Telpochcalli de Tlalcocomulco. Un fuerte vínculo afectivo se desarrolló entre ambos jóvenes.

Citlalpopoca: "Estrella humeante" en náhuatl. Uno de los cuatro capitanes del contingente militar del calpulli de Tlalcocomulco.

Coaxóchitl: "Flor serpiente" en náhuatl. Uno de los cuatro capitanes del contingente militar del calpulli de Tlalcocomulco. Perteneciente a la sociedad guerrera otomí.

Cuauhtlatoa: "Águila que habla" o "el que habla como águila" en náhuatl. Telpochtlato de Ce Océlotl en la Casa de la Juventud del calpulli de Tlalcocomulco.

Cuauhtliquetzqui: "Águila que se alza" en náhuatl. El representante del tlahtoani de Tlacopan, Chimalpopoca, durante la campaña punitiva de 1487 en contra de las ciudades rebeldes de la provincia de Tepecuacuilco.

Ixtlilxóchitl: "Flor de rostro negro" en náhuatl. Huey telpochtlato del Telpochcalli de Tlalcocomulco donde estudió Ce Océlotl.

Macuil Itzcuintli: "Cinco perro" en náhuatl. El mejor amigo de Ce Océlotl. Hijo de acaudalados comerciantes mexicas.

Matlalxóchitl: "Flor verde" en náhuatl. Madre de Ce Océlotl.

Motecuhzoma Xocoyotzin: "El que se muestra enojado" en náhuatl. Xocoyotzin significa "el joven". Fue miembro de la familia gobernante tenochca, hijo del huey tlahtoani Axayácatl y sobrino de Ahuízotl. Experimentado guerrero, famoso por su fervor religioso, perteneciente a la sociedad guerrera de los cuauchique. Admirado y temido entre los propios mexicas.

Tezcacóatl: "Espejo serpiente" en náhuatl. El representante del tlahtoani de Tezcuco, Nezahualpilli, durante la campaña punitiva de 1487 en contra de las ciudades rebeldes de la provincia de Tepecuacuilco.

Tezozómoc: Hermano de Ahuízotl. Tlacochcálcatl o general de los ejércitos mexicas durante la campaña en contra de las ciudades rebeldes de la provincia de Tepecuacuilco.

Tizoc: Huey tlahtoani de Tenochtitlán y líder de la Triple Alianza de 1481 a 1486. Fue hermano de Axayácatl y Ahuízotl. Fue envenenado durante una conspiración para removerlo del cargo por sus limitados éxitos militares.

Tlecóatl: "Serpiente de fuego" en náhuatl. Guerrero tlepapálotl, "mariposa de fuego", del calpulli de Tlalcocomulco. Durante la campaña punitiva contra los rebeldes fue auxiliado por Macuil Itzcuintli, el amigo de Ce Océlotl.

Tlilpotonqui: "Emplumado de negro" en náhuatl. Uno de los cuatro capitanes del contingente militar del calpulli de Tlalcocomulco. Perteneciente a la sociedad guerrera otomí.

Tliltochtli: "Conejo negro" en náhuatl. Calpullec o hermano mayor del calpulli de Tlalcocomulco.

Tozcuecuex Chicome Ehécatl: "El que porta el brazalete de plumas amarillas" en náhuatl. Su segundo nombre significa "Siete viento". Campeón y capitán del ejército mexica y perteneciente al calpulli de Tlalcocomulco. Miembro de la sociedad guerrera de los cuauchique. Guerrero asignado para enseñar y proteger a Ce Océlotl durante la campaña en contra de los rebeldes chontales.

Tzilacatl Xocoyotl: Joven guerrero mexica amigo del cuauchic Tozcuecuex y de Ce Océlotl.

Xiuhcozcatl: "Collar azul turquesa" en náhuatl. Padre de Ce Océlotl. Orfebre y respetado guerrero tenochca que perteneció a la sociedad guerrera de los cuauchique. Después de sufrir una herida se retiró del ejército.

Xomimitl Macuil Cipactli: Calpixque mexica responsable de cobrar tributos para la Triple Alianza en la provincia de Tepecuacuilco. Reside en la población de Ichcateopan.

Yei Ozomatli: "Tres mono" en náhuatl. Hermano de Ce Océlotl. Murió días después del nacimiento de Ce Océlotl al tratar de enterrar su cordón umbilical en un campo de batalla.

Los chontales y sus aliados

Amalpili: El joven tlahtoani de Teloloapan, quien declaró la guerra a la Triple Alianza.

Chicuei Mázatl: "Ocho venado" en náhuatl. Militar chontal, hijo de Tzotzoma.

Cuauhnochtli: "Tuna de águila" en náhuatl. Sacerdote al servicio de los conspiradores que buscaban destronar al huey tlahtoani Ahuízotl. "El sacerdote de un solo ojo".

Erauacuhpeni: "El que alegra a los otros" en purépecha. Hombre de confianza de Tsaki Urapiti, el ocambecha purépecha.

Huehue Milcacanatl: Tío y principal consejero del tlahtoani de Teloloapan. Sacerdote responsable del culto a Tlahuizcalpantecuhtli.

Tsaki Urapiti: "Lagartija blanca" en purépecha. Ocambecha y guerrero albino purépecha que brindó apoyo a los rebeldes chontales.

Tzotzoma Nahui Malinalli: "El remendado" en náhuatl. Destacado militar chontal nacido en Teloloapan. Responsable de la defensa de la ciudad frente al ataque de los ejércitos de la Triple Alianza durante el gobierno de Ahuízotl.

PREFACIO

Día 11 ehécatl, de la veintena Xocotl huetzi del año 8 acatl
30 de agosto de 1487 d. C.

—Mi señor, gran tlahtoani Amalpili, protector de Centéotl, el embajador mexica se niega a retirarse hasta recibir audiencia —dijo el noble chontal vestido con una hermosa tilma de algodón teñida de grana cochinilla.

Se encontraba postrado ante el icpalli, o trono, donde estaba sentado el gobernante de Teloloapan, una de las ciudades más importantes de la provincia de Tepecuacuilco. El joven tlahtoani, quien no superaba los catorce inviernos, había asumido el poder dos años atrás, cuando su padre murió. Se trataba de un muchacho delgado, de piel casi pálida y cabello negro lacio amarrado en una coleta sobre su cabeza. Vestía un hermoso chaleco llamado xicolli, confeccionado con plumas verdes de cotorros e incluso quetzales. Era conocido por su impulsivo e inmaduro temperamento, sin embargo, en esa ocasión permanecía callado y jugaba de forma nerviosa con un afilado punzón de hueso de jaguar.

El gran salón del palacio de Teloloapan lucía esplendoroso esa tarde. Las antorchas y los braseros estaban encendidos y perfumaban el ambiente con la esencia del copal y de otras resinas aromáticas. Treinta guardias armados con escudos y largas lanzas flanqueaban impasibles al gobernante y los muros del gran recinto de piedra y argamasa. El techo plano construido con pesadas vigas de madera estaba sostenido por altas columnas de cantera con representaciones de guerreros labrados. Bellos murales con escenas idílicas del paraíso de Tláloc, el Tlallocan, decoraban los muros estucados donde se había congregado la nobleza local, así como capitanes y señores de la guerra.

—No queda otro camino más que entrevistarnos con el embajador mexica, mi señor —comentó un anciano de voz aterciopelada que estaba sentado unos pasos detrás del gobernante.

Se trataba de Huehue Milcacanatl, gran sacerdote y guardián de Tlahuizcalpantecuhtli —la estrella de la mañana, señor de la guerra y de la aurora—, consejero real y tío de Amalpili. Cuando dos años antes murió su hermano, el antiguo gobernante chontal de Teloloapan, él encarnaba el poder detrás del icpalli. Era un hombre temido entre los chontales porque no se tocaba el corazón para asesinar a sus competidores u opositores políticos. Diferentes escarificaciones que simulaban escamas decoraban su pecho y rostro, dándole un fiero aspecto a pesar de su fragilidad física. Apreciaba el mundo con un solo ojo, ya que el otro lo había perdido durante su juventud.

Cuando orquestó la subida al trono de su sobrino, un amplio sector de militares se opuso debido a lo joven que era, prácticamente un adolescente. Esto ocasionó que el anciano consejero realizara una gran purga en la que desaparecieron al menos veinte de los capitanes más capaces de la región de Teloloapan y sus poblaciones circundantes. El poderoso hombre vestía un braguero, una larga tilma color morado anudada sobre su pecho, así como un gran enredo de algodón teñido de colores azules, violetas, morados y púrpuras. Destacaban los brazaletes de innumerables turquesas, así como la gran concha que colgaba de un collar de cuentas de coral rojo. Sin duda era un hombre que disfrutaba de los lujos.

—Si no hay otro camino, como dice mi tío, habrá que ver al perro chichimeca —exclamó el tlahtoani Amalpili sin ningún miramiento y con la voz en alto para que las decenas de guerreros, nobles y comerciantes chontales lo escucharan. A pesar de su edad, lucía un rostro desafiante, propio de un guerrero retirado de origen noble.

De inmediato los murmullos saltaron en el gran salón y rompieron la tensión y el silencio causados por la presencia de la embajada mexica y de la Triple Alianza o Excan Tlatoloyan. Pese a que la población de Teloloapan había demostrado abiertamente su hostilidad hacia el pueblo de Huitzilopochtli, existían protocolos entre los altepeme o señoríos civilizados, y llamar de esa forma a un embajador resultaba una vergüenza tanto para la corte chontal de Teloloapan como para sus habitantes.

Entre los presentes se encontraba Tzotzoma, uno de los militares chontales de alto rango que había sobrevivido a la purga del gran consejero al no tomar partido. Había sido convocado para asistir y dar su opinión si el protector de Centéotl la solicitaba. El experimentado militar estaba preocupado y veía cómo sus peores temores se materializaban con las acciones que había emprendido Amalpili desde que estaba en el trono.

El nuevo gobierno había tenido grandes aciertos al apoyar a los agricultores, fortalecer y mejorar las defensas de la ciudad, y embellecer los templos y espacios religiosos; sin embargo, cometió un gran error al rebelarse contra el dominio de la Triple Alianza. Por las órdenes del joven tlahtoani se dejó de pagar tributo a Tenochtitlán, se cerraron rutas para impedir que los comerciantes mexicas accedieran a sus dominios y, lo peor de todo, Amalpili y su tío rechazaron la invitación del nuevo huey tlahtoani Ahuízotl a su entronización. Los tres factores consumaban una declaración de guerra evidente, razón por la cual la embajada mexica se encontraba en Teloloapan.

A pesar de las habladurías y los murmullos que había desatado la airada respuesta del gobernante, Tzotzoma permaneció en silencio, aunque estaba en desacuerdo con el grosero comportamiento de Amalpili, así como con la agresiva política en contra de los mexicas, impulsada por los gobernantes de los señoríos cercanos de Oztomán y Alahuiztlán. El tlahtoani de esta última población era un ser violento y cruel que había prometido apoyo incondicional a los altepeme que se aliaran a su causa, lo que envalentonó tanto al tío como al sobrino en sus acciones de rebeldía. Tzotzoma no estaba contento con la dominación de la Triple Alianza, pero conocía los riesgos que podía conllevar una revuelta y una guerra frente a los acolhuas de Tezcuco, los tepanecas de Tlacopan y los mexicas de Tenochtitlán. Sus ejércitos serían convocados desde todos los rincones de su imperio, descenderían en gran número hacia las ciudades chontales y masacrarían, violarían, quemarían y capturarían prisioneros a su paso.

El éxito de la expansión militar de la Excan Tlatoloyan se basaba en tres factores: el miedo, la gran calidad de sus guerreros y su ejército, compuesto por una importante cantidad de efectivos que apabullaban por su número a los enemigos. También tenía ventajas ser sus tributarios, como protección de invasiones, apoyo militar en contra de enemigos locales, así como convertirse en un eslabón de la vasta red de comercio que se extendía desde las tierras de los mayas hasta el lejano y árido norte. Sin duda, al menos dos generaciones de gobernantes chontales de Teloloapan se habían enriquecido gracias a esta intensa actividad comercial. Sí, ya había pasado mucho tiempo desde que Itzcóatl, el tlahtoani mexica, condujo sus ejércitos a tierras chontales para exigir un tributo que al serle concedido evitaría una guerra.

Aun cuando el militar anhelaba vivir sin la obligación de pagar tributo ni soportar a los calpixque y a otros funcionarios mexicas en su territorio, era muy peligroso apostar por una guerra en la cual los señoríos chontales llevaban todas las de perder. Reflexionó: "Yo soy un militar que le debe lealtad al gobernante de Teloloapan, sea quien sea y más allá de las decisiones que tome. Si es la guerra, la guerra será". El sonido grave de un tambor y la deliciosa melodía de unas flautas que anunciaban la presencia de la embajada de la Triple Alianza lo sacaron de su introspección.

El gran salón volvió a sumirse en un silencio sepulcral cuando entraron treinta hombres, todos desarmados. Los encabezaba un tecuhtli mexica, hombre de origen noble dedicado a la guerra al que se le habían concedido grandes extensiones de tierra y otros privilegios, como tener una esposa y concubinas en recompensa por sus servicios al gobierno mexica. Portaba un abanico de plumas de múltiples colores y una flor en la mano izquierda, la cual olía constantemente. Vestía una tilma con bellos patrones geométricos naranjas y azules con flecos hechos de plumas, así como un braguero de fino algodón y calzas de piel de ocelote. De su nariz ganchuda colgaba una pieza de oro en forma de mariposa, mientras que pesadas orejeras de piedra verde pendían de sus lóbulos. Llevaba el abundante cabello negro atado sobre la coronilla, con un moño rojo y un fleco que le cubría la frente. Su rostro mostraba una expresión arrogante, incluso despectiva, hacia las personas reunidas en el palacio, por lo que no volteó a ver a nadie. Era delgado pero con los músculos bien marcados, de piel morena clara, rasgos agraciados y finos, de labios oscuros y pequeños. Sus hermosos ojos café claro habían perdido su expresividad ante la rígida educación mexica a la que fue sometido desde los once años, así como las duras experiencias que había vivido, desde guerras hasta ayunos y penitencias. Una franja horizontal de pintura negra le cubría ambos ojos. Lo seguían algunos nobles bien vestidos, sabios escribanos de edad madura y una decena de guerreros, entre los cuales destacaban dos cuaupipiltin o guerreros águila, quienes vestían trajes completos cubiertos de plumas y yelmos que simulaban la cabeza de la gran ave solar. Su aspecto demandaba respeto y admiración. Cerraban la formación diez cargadores que llevaban cinco bultos de gran tamaño.

Detuvo sus pasos frente a la plataforma, donde se encontraba el gobernante con sus consejeros, ese extremo del salón estaba flanqueado por hermosos braseros policromados hechos de cerámica. El tlahtoani Amalpili alzó la mandíbula y los miró con desprecio, mientras su tío y consejero se adelantaba para hablar por su gobernante.

—Cualli tonalli, ximopanolti timochtin, grandes señores mexicas, acolhuas y tepanecas, sabemos que están agotados por recorrer grandes distancias para llegar a Teloloapan, su casa. Espero que hayan sido de su agrado los presentes que les ofrecimos, así como la alimentación que gustosos les compartimos —dijo amigablemente el anciano consejero, cuidando cada una de sus palabras para cumplir con los protocolos marcados.

—Panolti, Amalpili, tlahtoani de Teloloapan, señor de la aurora y gran protector de Centéotl de la provincia de Tepecuacuilco —dijo el tenochca sin mayor ceremonia—, soy el tecuhtli Motecuhzoma Xocoyotzin, hijo del difunto huey tlahtoani tenochca Axayácatl, guerrero perteneciente a la sociedad cuauchic, gran sacerdote del culto a Ilhuicatl Xoxouhqui Huitzilopochtli y a Xipe Totec, así como miembro de la familia gobernante de Tenochtitlán —olió el perfume de la flor violeta que llevaba en la mano antes de continuar—. Debido a las constantes faltas de respeto que hemos recibido de su parte, al incumplimiento de pago de tributo desde hace más de diez veintenas y al rechazo a asistir a la entronización de nuestro nuevo huey tlahtoani, vengo a declararles la guerra en nombre de la nación mexica y su gran orador Ahuízotl —agregó con la voz imperturbable.

El gobernante y sus consejeros, quienes ya sabían la razón de la visita, no mostraron mayor revuelo; sin embargo, los nobles y militares presentes recibieron con espanto la noticia. De inmediato empezaron los murmullos, incluso un hombre gritó: "¡Corran a los perros mexicas!", a lo que un segundo agregó: "¡Sacrifiquen a los chichimecas!". Un guardia al pie de la plataforma donde se encontraba el icpalli golpeó el piso con la base de su lanza y repuso con fuerza: "¡Silencio! ¡Pido silencio a todos los presentes!". No hubo más gritos, pero la palabrería continuó.

El joven tlahtoani se levantó de su asiento y se acercó amenazante a Motecuhzoma:

—¡Es lo que ustedes se han buscado con el incremento anual al tributo que entregamos, así como el aumento de guerreros en la provincia! —su rostro se tornó en una máscara rojiza de furia y odio—. Dile a tu señor, el tal Ahuízotl, que lo esperamos con sus ejércitos, que no le tenemos miedo —agregó, escupiendo saliva mientras hablaba.

El anciano consejero con escarificaciones en el rostro y el pecho se levantó, caminó hacia su sobrino y le colocó una mano sobre el hombro.

—Honorable tecuhtli Motecuhzoma, agota las palabras que tengas que usar, haz lo que tengas que hacer y sal de nuestra ciudad —afirmó con la voz delicada que poseía, sin alarmarse ni enojarse.

—Lárguense de aquí. No son bienvenidos —gritó de nuevo el joven tlahtoani.

Motecuhzoma continuó hablando, ajeno a las faltas de respeto.

—Hemos traído regalos para los dignatarios y armas para sus mejores guerreros. Más de mil cargas de maíz, frijol, chile, chía y amaranto vienen en camino para su población, para que no digan que fueron derrotados por el hambre o la carestía. Hizo una señal a un par de nobles que los acompañaban. Ambos dieron un paso hacia el frente al tiempo que un cargador abría el bulto más pequeño.

—Consejero Huehue Milcacanatl, quisiera realizar con usted la formalización de la guerra, ya que su sobrino no cuenta con la edad suficiente para el ritual —agregó Motecuhzoma con una sonrisa burlona en el rostro. Algunos hombres de la comitiva mexica rieron descaradamente ante el comentario.

—¡Tengo la edad para asesinarte, mexica! —gritó con furia el gobernante chontal para después sentarse sobre el icpalli cubierto con pieles de venado y ocelote.

—Gran tlahtoani, sobrino mío, ya tendremos oportunidad de acabar con ellos en el campo de batalla. Solo tenemos que ser pacientes. En cuanto a tu pregunta —se dirigió a Motecuhzoma—, con gusto puedes efectuar el ritual en mi cuerpo, será un honor.

Al instante los dos nobles extrajeron del paquete dos vasijas con una especie de pintura blanca espesa. Después de que el consejero se retirara su tilma, subieron a la plataforma y con unas escobillas empezaron a pintarse las piernas y el pecho para después colocarse una hermosa diadema hecha con plumas de águila. Finalmente, Motecuhzoma le entregó al guardián de Tlahuizcalpantecuhtli una macana o macuahuitl con filosas lajas de obsidiana y un hermoso chimalli, un escudo cubierto por un mosaico de plumas de diversos colores donde se dibujaba el agua quemada o atl tlachinolli, el símbolo de la guerra sagrada para los mexicas. Todo el ritual transcurrió en silencio ante la mirada de los presentes y del propio gobernante.

Al finalizar, Motecuhzoma dijo con la voz en alto:

—Las flores del águila abren su corola, las flores del ocelote quedan en sus manos, Milcacanatl. Con flores divinas, con flores de guerra queda cubierto, con ellas se embriagará. Sobre nosotros se abren las flores de guerra, en Tenochtitlán, en Tezcuco y Tlacopan. Con flores rojas, con flores de muerte quedamos cubiertos, con ellas nos embriagaremos. Se destruirán los plumajes de quetzal, se destruirán los jades preciosos que fueron labrados con arte. Que sea así, y que sea con violencia.

En respuesta, el anciano consejero le dio a Motecuhzoma un chimalli y una pesada maza votiva de piedra verde, inequívoca señal de que aceptaban la guerra y su obligación de combatir con valor.

—Que se haga la guerra, tenochca —afirmó.

El noble introdujo su antebrazo izquierdo en las dos tiras de cuero del chimalli y después empuñó la maza labrada.

—Que se haga la guerra, chontal. Disfruta de tu familia, de tu pueblo y tu ciudad, porque hordas comandadas por el gran huey tlahtoani del Anáhuac inundarán esta región para esclavizar a tus mujeres y tus niños, para derrotar en combate a tus guerreros, para reducir a cenizas tu hogar y execrar a tus dioses. Que mis palabras sean la voluntad de Yayauhqui Tezcatlipoca y Huitzilopochtli.

Después de decir esto abandonó el gran salón seguido de su séquito para regresar a Tenochtitlán y dar aviso al gran orador Ahuízotl de que su voluntad había sido cumplida.

CAPÍTULO I

Día 7 calli, de la veintena Tepeíhuitl del año 8 acatl
30 de octubre de 1487 d. C.

"Su hijo tendrá el honor de morir ofrendado a los dioses o el deshonor de volverse un esclavo."

Esas fueron las palabras que el tonalpouhque o adivinador de los destinos le dijo a mi madre en privado el día de mi nacimiento en el seno de una familia plebeya que había prosperado a través de los logros militares de mi abuelo y mi padre, dos guerreros tenochcas.

Mi madre, Matlalxóchitl, constantemente me recordaba que ese día una inmensa garza blanca se posó sobre un pilote sumergido en el agua del lago, justo frente a la entrada de nuestro no tan modesto hogar en el corazón del calpulli de Tlalcocomulco, "donde el camino serpentea", en la periferia de la gran isla de Mexihco-Tenochtitlán. La presencia de la majestuosa ave esa fría mañana neblinosa infestada de mosquitos confirmaba las palabras del sabio, ya que entre mi pueblo la garza representa la pureza y el valor de los guerreros siempre dispuestos a salir victoriosos de la batalla para ganar el favor de los dioses. Todo eso sucedió hace dieciocho inviernos, el día 1 ocelote de la trecena 1 ocelote del tonalpohualli, el calendario ritual de mi pueblo, durante la veintena Tóxcatl, festejada en honor a nuestro señor impalpable: Tezcatlipoca.

El viejo tonalpouhque llegó momentos después de mi nacimiento y de inmediato empezó a consultar su libro de los destinos, el tonalámatl, sentado sobre el piso de tierra apisonada de mi casa. Se trataba de un hombre de avanzada edad que caminaba encorvado, con una desgastada tilma negra repleta de fechas calendáricas bordadas. Su largo cabello blanco caía sobre sus hombros. Profundos surcos atravesaban su rostro, evidencia de los muchos años que cargaba sobre su espalda. Unos cactli o sandalias de fibra de ixtle, un morral tejido y una calabaza seca pintada de rojo, posiblemente rellena de hongos o tabaco, completaban su vestimenta. Luego de extender las tiras de papel amate en el piso y tirar sobre ellas pequeñas falanges humanas, semillas y algunos guijarros, pudo descifrar y confirmar mi destino. Matlalxóchitl supo de la boca del sabio qué le depararía la vida a su hijo recién nacido. El viejo salió de inmediato de la habitación con una sonaja en la mano para agradecer a los cuatro puntos cardinales y darle la noticia a toda la familia.

—Un jade precioso acaba de nacer bajo su mirada atenta. ¡Oh, reverenciado Tloque Nahuaque! Así como el algodón se rasga y el jade se quiebra, esta plumita preciosa morirá en batalla o en el altar de sacrificios de una nación enemiga para complacerlo a usted y a los señores del sol. Ese es el destino del pequeño que de ahora en adelante llevará el nombre de Ce Océlotl, Uno ocelote —exclamó el tonalpouhque con las manos levantadas hacia Tonatiuh, el sol, al tiempo que aparecía mi madre entre los dos dinteles de la puerta. Me llevaba en sus brazos mientras su hermana la sujetaba de la espalda para que no fuera a tropezar.

El júbilo se encendió entre los miembros de la familia y del barrio, quienes esperaban pacientemente el dictamen del sabio. Mi hermano Yei Ozomatli, de diecisiete años, fruto del primer matrimonio de mi padre, dio un grito de júbilo, como lo hacen los guerreros antes de entrar en batalla. Mi hermanita Chiconahui Malinalli, de cinco años, corrió por el patio y la milpa, seguida de nuestro perro xoloitzcuintli llamado Etl o Frijol, repitiendo mi nombre y tocando su pequeña flauta de barro cocido. Mis tíos y primos, quienes desde la madrugada estaban reunidos en nuestra casa, se abrazaron y felicitaron a mi hermano, al tiempo que las mujeres corrían a la cocina para preparar el banquete que se ofrecería a todos los invitados que habían llegado, desde los respetables sabios del consejo del barrio y amigos de la familia, hasta algún noble de importancia y de mucho poder que tenía propiedades en ese sector de la ciudad.

Guerreros notables del calpulli, así como nuestros sacerdotes, también hicieron acto de presencia. Muchos de ellos llevaban puestas sus elegantes tilmas de fino algodón con lindos diseños y cenefas. Los de más alta jerarquía lucían un atado de plumas de guacamaya y quetzal sobre la cabeza. Otros asistentes, los de origen más humilde, artesanos, pescadores y agricultores amigos de mi padre, vestían tilmas y taparrabos de la fibra áspera de ixtle llamados maxtlatl. Recuerdo muy bien la frase que mi padre me repetía constantemente durante mi infancia: "En esta casa todos son bienvenidos, sin diferencias y sin importar su origen u oficio. Ocelote, siempre trata a los hombres de igual manera, ya que todos son creaciones divinas de Ometéotl". También acudieron un par de hombres de origen mixteco que llevaban décadas asentados en la ciudad de Tlacopan, dedicados principalmente a la orfebrería. Eran los hijos de un gran amigo de mi abuelo ya fallecido, un reconocido orfebre mexica.

A pesar del frío de la mañana, en mi hogar, impregnado por el olor a tortillas recién elaboradas, guajolote asado y condimentado con hierbas aromáticas como orégano silvestre y epazote, y después de escuchar las palabras del "conocedor de destinos", se respiraba un ambiente festivo. El gran Xiuhcozcatl, hijo de orfebres, protector de Xipe Totec, Nuestro Señor el desollado, e integrante del consejo del calpulli de Tlalcocomulco, había tenido un hijo digno de sus hazañas militares. Después de la presentación del tonalpouhque, mi madre regresó a la casa para colocarme en una pequeña cuna hecha de cestería cubierta con tilmas de suave algodón y relajarse un poco. Los mareos, náuseas y dolores de cabeza aún no la dejaban descansar, después de la lucha que había sido el parto donde literalmente se había jugado la vida, de la misma forma que lo hace un guerrero en el campo de batalla. Al poco tiempo mis tías y otras mujeres empezaron a repartir entre los invitados tamales, guajolote asado, tortillas y frijoles en cuencos de cerámica. Como postre se compartieron dulces tunas rojas y verdes de la región de Otompan, así como pinole perfumado con tlilxóchitl, vainilla, traída desde el lejano Totonacapan, y pulque para los hombres, todo servido en jícaras y guajes.

La algarabía de la celebración no hizo mella en la garza que seguía posada sobre el pilote de madera que emergía de las aguas de una acequia, atenta al desarrollo de los acontecimientos. Tampoco la inquietaron los ladridos de nuestro perro, el cloqueo de los guajolotes que estaban en el corral de la casa ni el viento frío que surcaba sobre las aguas del lago de Tezcuco. No fue sino hasta bien avanzado el día, cuando el convite estaba por finalizar, que el ave emprendió el vuelo hacia el norte, hacia la región de los muertos llamada Mictlampa.

Tristemente mi padre no estuvo presente el día en que nací, ya que se encontraba librando encarnizados combates en los límites del imperio de la Excan Tlatoloyan, bajo la dirección del joven huey tlahtoani Axayácatl. Todo empezó cuando guerreros de las ciudades de Tochpan, Xiuhcoac, Tanpatel y muchas otras se unieron para asesinar al gobernador mexica de la provincia de Cuextlán, por lo que los ejércitos mexicas se movilizaron para sofocar la rebelión huasteca. Mi padre llevaba más de sesenta días ausente, y aunque en un principio las noticias de la guerra llegaban constantemente a Tenochtitlán, con el paso de los días la comunicación cesó, algo poco usual.

Rumores de una gran derrota empezaron a escucharse por las calles y acequias de la capital mexica. Durante esos días, debido a su preocupación, mi madre dejó de frecuentar a sus amistades; solo salía de casa para visitar el templo del barrio y cumplir con sus obligaciones religiosas, así como para ir al mercado por alimentos. Pasaba gran parte del día trabajando en el telar de cintura a pesar de las ampollas en sus dedos. Esto no era más que el reflejo de la inquietud que la atormentaba por no tener noticias de su marido. Sabía que si moría en batalla o en sacrificio, su esposo disfrutaría de las danzas, cantos y combates fingidos en el paraíso solar de Huitzilopochtli. No era el miedo a su ausencia lo que la agobiaba, sino la incertidumbre, la maldita incertidumbre que tenía que sufrir cada vez que su pareja dejaba Tenochtitlán por meses para combatir en remotos lugares y así agrandar la riqueza y la gloria de la Triple Alianza. Dejó de cepillarse el cabello y de bañarse a diario por las mañanas. Pero por más pesada que fuera la ausencia de su ser amado, o por más angustiosa que fuera la duda, no mostraba otro signo de tristeza.

Nunca vi a mi madre derramar una lágrima, ni cuando su padre murió en batalla o su madre de enfermedad. Años después me habría de enterar por una tía de que la única ocasión en que vieron llorar a mi Matlalxóchitl fue precisamente el día de mi nacimiento, cuando el tonalpouhque, después de presentarme ante a mi familia, le dio en privado la información completa de lo que había descubierto al lanzar las semillas y falanges sobre su tonalámatl.

—Pequeño copo de algodón, mis palabras no buscan acongojar tu corazón, sin embargo, no hay mejores oídos que puedan escucharlas que los tuyos de madre para saber los secretos que los dioses le deparan a tu hijo. En efecto, el pequeño Ce Océlotl podrá ser un guerrero respetable que termine sus días en alguna batalla o altar en honor de los dioses, pero también es posible que sus amaneceres estén llenos de desdicha, tristeza y vicios, y termine su existencia como un esclavo marginado de la sociedad. Los dos caminos se entrecruzarán en la vida de tu pequeño; serán en gran medida su diligencia, destreza, valor y los inmensos sacrificios que realice los que definan el camino manifestado por las deidades. Esto es lo que he visto en el tonalámatl, este es el designio de los dioses —le advirtió.

En ese momento mi madre lloró sin hacer ruido alguno. Los únicos testigos fueron su hermana y el anciano que se incorporaba para salir de la casa. Antes de cruzar la puerta con su paso cansado, le dijo a Matlalxóchitl:

—En algún momento tendrás que compartirle a tu hijo su destino, no dudes en hacerlo. Los secretos que se guardan, como el agua que se conserva por mucho tiempo, enferman al cuerpo.

Años después, cuando yo tenía trece años, mi madre me contó lo que le dijo el tonalpouhque. Como adolescente que era no presté mucha importancia a sus palabras, aunque ahora no hay día en que no reflexione sobre ellas con angustia y preocupación, ya que no me queda duda de que las acciones que realizamos cotidianamente tienen eco en nuestro futuro y en la vida de las personas que nos acompañan.

Sin permitirse mostrar su tristeza y como lo disponía el protocolo, nantzin Matlalxóchitl recibió dentro de la casa a cada uno de los invitados que buscaban felicitarla, entregarle presentes y agradecerle por la celebración. Le obsequiaron tilmas de algodón, guajolotes, sonajas, frutas, collares de semillas y muchas cosas más. La reunión se prolongó hasta muy entrada la noche gracias al pulque, el tabaco y la comida que seguía saliendo del pequeño cuarto de cocina adjunto a nuestra casa. Al parecer fue una de las mejores fiestas de las que se tuviera memoria en el barrio.

Tres días después de mi nacimiento, mi hermano Yei Ozomatli y dos primos partieron por encargo de nantzin Matlalxóchitl y de mi tío hacia la lejana provincia de Cuextlán en busca de mi padre, del ejército mexica y de un campo de batalla con el fin de enterrar mi cordón umbilical en él. Esta era una tradición muy añeja que practicaban las familias de Tenochtitlán dedicadas a la guerra por generaciones. Cada que nacía un varón, enterraban su cordón umbilical con armas en miniatura en terreno fertilizado por la sangre humana derramada durante una batalla reciente. En el caso de las mujeres, lo depositaban debajo del fogón de la casa acompañado de diminutos utensilios domésticos como un comal y un metate. Con esto se buscaba que los niños al crecer fueran diestros y valerosos guerreros, y las niñas, mujeres devotas a su familia y hogar.

Mis familiares ajustaron sus mantas de viaje hechas de ixtle, amarraron las correas de sus cactli de cuero de venado y sujetaron a los armazones de madera llamados cacaxtin los morrales, paquetes, alimentos y todo lo que fuera necesario transportar para el viaje. Se colocaron en la frente la tira hecha de fibra de ixtle llamada mecapal para caminar con el cacaxtin sobre su espalda y llevar las manos libres para tomar las armas si era necesario, o por cualquier otra eventualidad. En un morral de piel curtida metieron mi cordón umbilical envuelto en un paño de algodón junto con un escudito cubierto de plumas rosadas y pequeñas saetas con puntas de obsidiana.

Les tomaría más de veinte días llegar a tan remoto lugar, pero ni el calor ni el cansancio menguarían sus ánimos, pues un miembro de su familia había llegado a esta tierra como una plumita de quetzal, como un jade precioso, dispuesto a ser desgarrado y roto para complacer a los dioses. Tampoco sentían temor, pues estaban seguros de contar con el favor de las deidades de la nación mexica y la protección de los ancestros de nuestro calpulli. Nantzin Matlalxóchitl y sus hermanas los colmaron de itacates para calmar su hambre durante el recorrido. Tampoco faltaron las bendiciones y rituales de protección por parte del sacerdote de la familia.

Partieron una fría mañana de otoño muy temprano, cuando la niebla del lago aún no se disipaba y los mosquitos creaban nubes sonoras sobre las chinampas. Después de despedirse con efusivos abrazos, subieron a la canoa que los llevaría a través del lago hasta Tezcuco, la ciudad aliada de la Triple Alianza donde gobernaba el anciano tlahtoani poeta Nezahualcóyotl. Al llegar a esta ciudad acolhua se integraron a una partida de veinte comerciantes que se dirigían al Totonacapan, a pesar de lo inestable de la región, para intercambiar productos exóticos como vainilla, plumas de águila, caracoles marinos, concha nácar y muchos otros.

Por desgracia, triste y misterioso fue el sendero que tomaron aquellos valientes, ya que nunca volvimos a saber nada de ellos. Jamás se encontraron con mi padre ni con el ejército mexica. Seguramente tampoco tuvieron oportunidad de enterrar mi cordón umbilical, como era su cometido. Toda mi familia llegó a la conclusión de que habían sido atacados y asesinados por guerreros huastecos que por aquellos años rondaban los caminos y libraban una guerra de desgaste contra la Triple Alianza para recobrar su débil autonomía, idea alentada y apoyada por las cuatro cabeceras de Tlaxcallan: Tizatlán, Ocotelulco, Tepeticpac y Quiahuiztlán. Tras su desaparición, el líder del calpulli organizó una partida de guerreros para investigar su paradero y, de ser posible, recuperar sus cuerpos. Nunca los encontraron. Lo único que se supo de ellos fue que habían pernoctado en un modesto templo dedicado a Yacatecuhtli, señor de los caminos, ubicado en el altépetl de Cuauhchinanco.

Mi hermano y mis dos primos no tuvieron una muerte gloriosa ni llena de hazañas a pesar de la experiencia militar que poseían los últimos. Tampoco sus cónyuges y familiares tuvieron la oportunidad de despedirlos mientras sus cuerpos se consumían ritualmente dentro de las hogueras sagradas, menos aún de colocar la cuenta de piedra verde en sus bocas y sacrificar a un perro bermejo para que no tuvieran problemas al entrar al Tonatiuh Ichan o al Mictlán. No recibieron ninguno de los honores que merecían. Tal vez sus cuerpos se pudrieron en una barranca o en un páramo solitario después de haber sido asaltados. Con el paso del tiempo mi familia se resignó y fabricó unas figuras de madera, papel amate y máscaras que se asemejaban a sus rostros para incinerarlos ritualmente y darles el adiós que merecían.

—Tonatiuh, gran señor de la guerra que brinda luz y calor a este mundo, recibe al gran guerrero tenochca Yei Ozomatli, hijo de Xiuhcozcatl del calpulli de Tlalcocomulco, como una flecha disparada hacia el firmamento, hacia ti. Acógelo, confórtalo, pues se lo merece. Fue un gran hombre aquí en el Cem Anáhuac —fueron las palabras que pronunció el sacerdote de la familia al tiempo que se consumía la efigie de madera en el fuego.

Han pasado dieciocho inviernos y su recuerdo se ha diluido entre los miembros de mi familia, a pesar de que en el altar de la casa aún se encuentran las pequeñas figuras de barro que los representan. Fueron tres muertes sin sentido, demasiado dolorosas para lograr olvidarlas. No puedo evitar el sentimiento de culpa al pensar que yo fui en parte responsable de su muerte, ¡todo por enterrar mi cordón umbilical! Desde que mi madre me platicó, cuando era niño, sobre su triste desenlace, esos tres difuntos culposos se volvieron mis compañeros en mis juegos infantiles, en la siembra, durante los entrenamientos marciales y ahora en cada paso que he dado desde que salí de mi calpulli y abandoné Tenochtitlán hace siete días junto con los magníficos ejércitos de la Triple Alianza, con intención de subyugar las ciudades rebeldes de Teloloapan, Oztomán y Alahuiztlán, ubicadas al suroeste de la capital mexica.

De no haber perdido la vida, mi hermano y mis primos habrían marchado a mi lado en el contingente de cuatrocientos hombres de Tlalcocomulco, parte del xiquipilli Cipactli o lagarto, uno de los cuatro gigantescos cuerpos militares de ocho mil hombres que integraban el ejército de la Triple Alianza, destinado a castigar la rebelión que se esparcía como fuego en la provincia de Tepecuacuilco. Habría podido oler su sudor, escuchar sus gritos de furia momentos antes del combate para dirigir a los estudiantes de la Casa de la Juventud, el Telpochcalli. Estos novatos, como yo, marchaban por primera vez a la guerra bajo el estandarte de la nación mexica: el quetzalteopamitl, el gran sol de Huitzilopochtli que irradia protección a través de los destellos de cientos de plumas de quetzal acomodadas alrededor de un gran disco de oro decorado con rayos solares.

Solo en una ocasión pude ver el gran estandarte, justo cuando salimos de Tenochtitlán por la calzada de Tlacopan. Después desaparecería de mi vista entre un bosque de lanzas, banderas e insignias cuando su portador se dirigía a la vanguardia de la columna, donde marchaba el huey tlahtoani Ahuízotl acompañado de su guardia, capitanes, hombres de confianza y un fuerte contingente de sacerdotes. Detrás de ellos, un número incalculable de hombres de todas las ciudades de la cuenca de Mexihco seguía su sombra, sus destellos. Acolhuas de Tezcuco, tepanecas de Coyohuacan y Azcapotzalco, otomíes de Xaltocan, xochimilcas de Xochimilco, Cuitláhuac y Mixquic, incluso algunos grupos mazahuas y chichimecas caminaban hacia la guerra bajo nuestros estandartes. Tlahuicas de Oaxtepec, chalcas de Amecamecan y Chalco y matlatzincas de Tollocan se unieron al ejército cuando llegamos a la ciudad de Cuauhnáhuac después de tres días de haber dejado Tenochtitlán. Descansamos una jornada en la calurosa capital de los tlahuicas para continuar la marcha durante la madrugada del cuarto día. Muchos avanzábamos con el fango seco hasta las rodillas y con los pies cubiertos de llagas y ampollas; otros, deshidratados por el intenso calor de la última jornada; y otros, con los rostros quemados por los rayos de Tonatiuh, pero todos dispuestos a llegar a nuestro destino y vencer al enemigo.

Yo mismo sufrí los estragos de los cuatro días más de marcha que fueron necesarios para llegar a Tlachco desde Cuauhnáhuac por el cruce de hondonadas, imponentes montañas, profundas barrancas y uno que otro río caudaloso. Mi tez se volvió más oscura y seca por los rayos quemantes de Tonatiuh sobre las tierras bajas que atravesábamos. Varios hombres del contingente de mi barrio optaron por rasurarse la cabeza debido a una plaga de piojos que proliferó. Por suerte yo ya llevaba la mía completamente rasurada, a excepción del largo mechón que crecía en la parte posterior, el piochtli. Todos los jóvenes guerreros que iban a su primera batalla lo llevaban de la misma forma, por lo que no me afectó lo de los piojos.

Tlachco era el segundo eslabón de abastecimiento y descanso para el ejército de la Triple Alianza que se dirigía a sofocar las rebeliones de la provincia de Tepecuacuilco. En sus plazas, mercados y templos pude admirar por segunda ocasión el tamaño del ejército, o al menos de una tercera parte, ya que el xiquipilli Cóatl se encontraba a medio día de marcha. Miles de hombres provenientes de cientos de poblaciones se establecieron en la hermosa ciudad enclavada en un pequeño valle.

La tarde que entramos a la ciudad el clima era agradable, había algunas nubes oscuras asomándose sobre las montañas. A pesar de ser una población de tamaño considerable, sus calles, plazas y mercados eran bulliciosos, saturados de miles de guerreros, cargadores, burócratas, así como de nobles y sacerdotes. Algunos se encontraban perdidos, otros buscaban entregar un mensaje, obtener raciones de alimento o un espacio donde hospedar a su gente. Los hombres pertenecientes a los dos primeros cuerpos militares que habían llegado por la mañana a Tlachco, y que ya contaban con alojamiento y provisiones, salían a las calles a buscar un poco de diversión o a saborear la deliciosa comida local. Debido a esta gigantesca concentración de hombres, la entrada de nuestro contingente a la ciudad fue lenta y a empujones. Para nuestra suerte fuimos alojados en el palacio de un rico comerciante local por lo que nuestra estadía resultó muy placentera.

Durante toda la jornada los intendentes del ejército, auxiliados por los cuauhhuehuetqueh o águilas viejas, veteranos responsables de la organización de los campamentos, repartieron tamales y tortillas recién hechas a los más de treinta y dos mil hombres que conformaban el ejército de la Triple Alianza, así como a los dieciséis mil cargadores que acamparon en Tlachco. También se mantuvieron abiertos los almacenes imperiales para distribuir cargas de maíz, frijol, chía y amaranto con el fin de abastecer a cada uno de los contingentes del ejército para la dura marcha que nos esperaba. Por la noche los comandantes de nuestro contingente asistieron al palacio del gobernante de Tlachco, donde se estableció el cuartel general y la residencia temporal del huey tlahtoani de Tenochtitlán.

En dicha reunión se estableció el orden de marcha de cada cuerpo del ejército, así como la ruta que tomarían con la intención de rodear la ciudad rebelde de Teloloapan, primer objetivo militar, así como de interceptar a las fuerzas que fueran en su auxilio o quisieran escapar. Al marchar por rutas separadas también se buscaba distribuir los recursos de la zona por si los diferentes cuerpos del ejército se veían orillados a proveerse de su propio alimento, "a vivir del campo". Si marcharan por la misma ruta, los recursos de las pequeñas poblaciones que fueran atravesando no serían suficientes para alimentar a todos, por lo que la hambruna podría matar a más hombres que el propio combate.

Cuando los capitanes de nuestro contingente regresaron al palacio donde estábamos instalados nos informaron que seríamos la vanguardia de nuestro xiquipilli, Cipactli, hasta llegar al territorio controlado por los rebeldes. Nuestras principales tareas como fuerza de avanzada serían reconocer las condiciones del camino y el estado de las poblaciones que atravesáramos, detectar emboscadas y reportar la presencia de fuerzas enemigas. En pocas palabras, seríamos los exploradores del cuerpo militar de ocho mil hombres, por lo que la comunicación entre las dos formaciones sería constante a través de mensajeros.

A pesar de los riesgos que implicaba ser los exploradores del ejército y partir al día siguiente antes de que Tonatiuh iluminara el firmamento, alguien dijo: "Vean el lado bueno, por lo menos no tendremos que esperar a que se vacíen las calles y avenidas de Tlachco para proseguir nuestro camino". Tenía razón, nuestra salida de la hermosa ciudad había sido rápida y sin contratiempos al avanzar por calles solitarias y caminos oscuros. Los únicos sonidos que nos acompañaron fueron el eco de nuestros pasos, el cantar de los cocuyos y el croar de las ranas. Así partimos los cuatrocientos hombres que conformábamos el contingente, trescientos cincuenta elementos integrados en una larga columna de siete de frente por cincuenta de largo, flanqueados por cincuenta capitanes o telpochtlatoque, instructores de las escuelas denominadas Casas de la Juventud, guerreros de alto rango. Doscientos cargadores cerraban la formación.

Habíamos dejado Tlachco por la madrugada, pero la luz de Tonatiuh nunca llegó debido a la gran cantidad de nubes que cubrían el cielo. Siempre en perfecta formación, poco a poco nos adentramos en caminos rodeados de altas montañas cubiertas con abundante vegetación, acompañados por una terrible humedad que se respiraba en el ambiente y que parecía empapar hasta los huesos. El terreno era tan accidentado que en un momento podíamos atravesar un río de agua helada y al otro avanzar por una saliente rocosa que serpenteaba entre profundos barrancos y desfiladeros. Desde la salida de Tenochtitlán, una gran cantidad de accidentes y enfermedades empezó a hacer mella en nuestro contingente. Algunos casos fueron fatales, como cuando una serpiente venenosa mordió a un novato y le causó la muerte, o cuando un capitán y varios guerreros que lo seguían cayeron por una barranca luego de que las fuertes lluvias de la temporada, que se habían prolongado más de lo deseado, partieran el camino en dos. Yo también sufrí un accidente días antes de llegar a Tlachco; no fue tan grave como los citados, pero sí fue doloroso. Al cruzar un río muy turbulento, una piedra arrastrada por la corriente me golpeó los dos dedos más pequeños del pie derecho. A pesar de haber perdido ambas uñas, solamente cojeé por un par de días antes de retomar mi paso habitual con mi contingente. Sin duda aceleró mi recuperación el emplasto hecho de plantas trituradas que el ticitl, sacerdote curandero, me colocó sobre los dedos amoratados.

Mi delgado pero fuerte cuerpo soportó estas y muchas más complicaciones que se presentaron durante la marcha sin retrasar mi paso. Doy gracias a los dioses por eso, ya que al ser uno de los más altos de todo el contingente, llamaba la atención de los telpochtlatoque, quienes constantemente golpeaban con sus duras varas de encino a los novicios que se retrasaban. A quienes se acalambraban o se lastimaban por el enorme esfuerzo los reprendían con gritos e insultos antes de abandonarlos a un costado del camino hasta que se repusieran y se integraran a otra unidad. Ni siquiera el golpe que recibí en el pie al cruzar el río impidió que siguiera avanzando. Siempre avancé acompañado de mis vecinos, amigos y de mis tres difuntos culposos, los mismos que dieron la vida por mí.

El joven alfarero, Ome Mázatl, a quien mi nantzin le compraba vasijas y ollas para cocinar, seguía mi sombra. A mi lado marchaba Ehecatochtli, quien cada cinco días vendía flores en el mercado de Xaltilolco y quien se decía imbatible en las negociaciones y regateos sobre sus mercancías; como alusión a su oficio, llevaba un collar de flores secas sobre el pecho, "de las que daban buen destino", decía. Detrás de Ome Mázatl avanzaba el viejo leñador Tliltototl, a quien apodamos *el Sacerdote*, debido a que por las mañanas era el primero en despertar de toda nuestra acequia para encender el copal y sacrificar una codorniz frente a la pequeña escultura estucada de Ehécatl que se encontraba en la esquina de su casa. A pesar de que su cabello ya se pintaba de gris, avanzaba con el mismo ánimo que un jovencito con quince inviernos sobre sus hombros. Desde que salimos de Tenochtitlán, a mi lado caminó mi robusto amigo de la niñez y compañero de estudios en el Telpochcalli, Macuil Itzcuintli. De baja estatura, amplia espalda, fuertes brazos y piel oscura, iba sujetando su cacaxtin con un mecapal. La mirada alegre había desaparecido de sus ojos desde hacía largo tiempo; estaba concentrado en la marcha y reflexionaba sobre el destino que los dioses nos preparaban para las próximas jornadas. Incluso hacía días que no escuchaba sus estruendosas carcajadas; al contrario, se había vuelto cabizbajo y relativamente silencioso desde que partimos de Tenochtitlán.

Al igual que mi amigo Itzcuintli, yo también lidiaba con el peso del cacaxtin sobre mi espalda y hombros, el cual iba cargado de alimentos para el día, guajes llenos de agua, jícaras, flechas, unos cactli de repuesto, lajas de obsidiana, cuerdas de ixtle, municiones para honda, largos dardos de madera, algunas semillas de cacao y hachuelas de cobre, petates enrollados para dormir, un par de escudillas y muchos más objetos de los dos guerreros veteranos a los que fuimos adscritos durante la campaña con el fin de aprender lo más posible de su experiencia en la guerra y apoyarlos durante los combates. Eso sin mencionar que sería más complicado que fuéramos capturados o asesinados en batalla. Mi escudo y macuahuitl iban firmemente ajustados al cacaxtin sobre los otros bultos y enredos, muy a la mano, por si era necesario usarlos. También llevaba un morral cruzado sobre el pecho y un resistente bastón de madera para equilibrar el peso que sostenía con la fuerza de mi cuello y espalda.

Mi amigo de la infancia y ahora compañero de armas, Itzcuintli, provenía de una sencilla familia de comerciantes que durante los últimos años había amasado importantes riquezas al importar vajillas de cerámica de cada territorio de la Triple Alianza; las mixtecas y las cholultecas eran las más apreciadas entre los nobles mexicas. Meses antes de iniciar esta campaña su padre fue invitado a ser proveedor de vajillas de uno de los tantos palacios del huey tlahtoani de Tenochtitlán. Todo pintaba bien para la familia de mi amigo. Como yo, Itzcuintli iba rapado de la cabeza portando su piochtli, propio de los jóvenes mexicas que habían alcanzado la adultez pero que aún no habían participado en una batalla. De esta forma era fácil para los telpochtlatoque distinguir a los novatos dentro de las columnas que avanzaban inexorables hacia su destino.

No éramos los únicos que avanzaban abarrotados de provisiones y armas; la gran mayoría del contingente del calpulli de Tlalcocomulco marchaba en las mismas condiciones, con sus armazones de carga atiborrados, con morrales, escudos, arcos, armas para el combate cuerpo a cuerpo y muchos objetos más. Esto no sucedía con los guerreros de rango, veteranos y capitanes, quienes solamente portaban sus armas, escudos y estandartes. Por si esto fuera poco, detrás de nuestro grupo nos seguían doscientos tamemeh o cargadores con el doble de peso que nosotros. Sus condiciones durante el viaje habían sido mucho más difíciles que las nuestras debido a que no eran mexicas, sino que provenían de poblados de la periferia de la cuenca de Mexihco sometidos por la Triple Alianza. Por ejemplo, los tamemeh que auxiliaban a los cuatrocientos hombres de nuestro barrio eran chalcas provenientes de Yecapixtla, muchos de los cuales solamente vestían taparrabo y sandalias. En ocasiones, al marchar detrás de nosotros durante un día soleado, sus rostros quedaban blancos debido a la tierra que alzábamos los que íbamos adelante, por lo que los ataques de tos eran comunes entre ellos. Para su suerte, este día marchábamos por lodazales que no levantaban ni un grano de polvo. Si alguno de los cargadores se lastimaba o enfermaba tenía la opción de regresar por su propio pie a su hogar o de buscar resguardo en alguna población cercana. Nada de sacerdotes que los ayudaran a curarse o al menos a mitigar el dolor. Nuestros cargueros participaban en esta campaña como parte del tributo y los servicios a la Triple Alianza con los que tenía que cumplir la población chalca de Yecapixtla.

A pesar de que el calpulli de Tlalcocomulco no era tributario por encontrarse en la propia Tenochtitlán y por tener una población principalmente mexica, el gobierno central tenochca, encabezado por el huey tlahtoani, constantemente solicitaba una cuota de hombres para participar en las incursiones militares de la Triple Alianza, ya fuera para las guerras floridas contra los tlaxcaltecas, para conquistar nuevos territorios o para sofocar rebeliones, como era el caso de esta campaña. Este servicio militar era parte de las obligaciones que teníamos los habitantes de Tenochtitlán, Tezcuco y Tlacopan por los muchos privilegios de los que disfrutábamos.

Para esta campaña se solicitaron a las autoridades del calpulli cuatrocientos hombres, incluyendo estudiantes novicios, guerreros con experiencia, capitanes, uno que otro sacerdote y telpochtlatoque. Cada uno de estos maestros ostentaba diferentes rangos militares de acuerdo con la cantidad de prisioneros que habían capturado en batalla. Ellos a su vez recibían órdenes de los teteuctin, grandes señores de la guerra, premiados con vastas extensiones de tierra, riquezas e insignias debido a sus hazañas bélicas. Algunos de ellos nacieron nobles y privilegiados; otros, como mi padre, nacieron entre los plebeyos y crecieron con prestigio y posesiones. Nada regocijaría más a mi corazón en este momento que ver a mi padre Xiuhcozcatl marchar al frente del contingente de mi barrio, a pesar de su avanzada edad. Así sería si no hubiera recibido una herida en el campo de batalla muchos años atrás, que incapacitó parcialmente una de sus piernas y lo obligó a usar una muleta y cojear por el resto de sus días. ¡Qué mayor gloria que ser herido en un combate buscando dilatar la grandeza y los dominios del pueblo elegido por Huitzilopochtli! Hambre, sudor, sangre, privaciones, todo era aceptado para otorgarle gloria a la deidad patronal de los mexicas, el colibrí zurdo, Huitzilopochtli.

Quienes comandaban nuestro contingente eran el calpullec Tliltochtli, Conejo negro, hermano mayor de nuestro calpulli, y su superior Motecuhzoma Xocoyotzin, representante del poder central y del huey tlahtoani en nuestro barrio. Motecuhzoma era un guerrero de renombre por sus hazañas realizadas en el campo de batalla; sin embargo, era famoso por su fervor religioso y la dureza de los castigos que se infligía, como sangrías, ayunos y otros. Corrían rumores de que pertenecía a la familia real mexica, por ser un primo lejano del difunto Axayácatl. Otros murmuraban que era el sobrino del huey tlahtoani Ahuízotl y que por esa razón visitaba asiduamente su palacio e incluso llegaba a comer con él. Tanto Tliltochtli como Motecuhzoma siempre iban acompañados de sus respectivos consejeros, guerreros de confianza y un par de sacerdotes, además de los capitanes de nuestro contingente, que constantemente se acercaban a escuchar las órdenes del día o los planes para la siguiente jornada. En este pequeño séquito también iba el hombre que portaba el estandarte que identificaba a nuestra unidad, el del barrio de Tlalcocomulco. Consistía en un gran marco de otate sobre el cual iba tensada una amarillenta piel humana que perteneció a un afamado capitán tlaxcalteca, sacrificado en nuestro calpulli durante la fiesta de Xipe Totec, el dios responsable de la regeneración del maíz y de la naturaleza. La piel de brazos y piernas, así como largos mechones de cabello oscuro y finas plumas de quetzal y garza que coronaban el estandarte, se balanceaban con cada paso que daba el portador y con las fuertes ráfagas de viento que bajaban de las verdes y fecundas montañas. Como toque final, cascabeles de oro en forma de pequeñas codornices colgaban del estandarte, delatando la profesión más socorrida de nuestro barrio: la orfebrería. Mi abuelo fue orfebre, maestro de un taller modesto, antes de ganar el favor de Tezcatlipoca Yaotl durante una batalla, cuando tenía veinticinco inviernos. Aun después de haber escalado a través de la jerarquía militar, siguió elaborando cascabeles de teocuitlatl e iztzateocuitlatl, las excrecencias doradas y plateadas de los dioses. Incluso continuaba viajando a los valles centrales de la provincia de Huaxyácac en busca de la preciada materia prima para elaborar sus piezas, tan valoradas entre los nobles mexicas.

Mi padre Xiuhcozcatl, quien años atrás también había fundido y moldeado los metales, se hizo famoso en nuestro barrio y en Tenochtitlán al defender nuestro estandarte, el mismo que se balanceaba frente a mis ojos cuando su portador fue abatido durante una batalla florida contra las huestes de Huexotzingo, importante altépetl enemigo ubicado en el valle de Tlaxcallan. Durante ese combate recibió ocho heridas, algunas de gravedad, que pusieron en riesgo su vida por la tremenda pérdida de sangre que sufrió. Sin embargo, lo relevante de la jornada fue que impidió que el pantli o estandarte de nuestro calpulli fuera capturado por el enemigo, y así evitó la deshonra de los guerreros mexicas que participaron en ese enfrentamiento. Por realizar dicha hazaña se le recompensó con una promoción dentro de la jerarquía militar, honor al que muy pocos lograban acceder: pertenecer a la más prestigiosa sociedad guerrera mexica, los cuauchique.

Conocidos como los tonsurados o los guerreros solares, era el mayor rango que un plebeyo podía alcanzar dentro del ejército de la Triple Alianza. Sus integrantes formaban parte de la única sociedad guerrera a la que se le permitía estar presente durante los consejos militares que presidía el huey tlahtoani de Tenochtitlán en el Tlacochcalco, la Casa de los Dardos. La prioridad de mi padre siempre fue el ejército, incluso sobre su familia, su esposa o la orfebrería, al menos hasta el día en que quedó incapacitado de su pierna tres inviernos atrás. Sin pensarlo tomé el pendiente de oro con forma de cabeza de jaguar que colgaba de mi cuello; un obsequio que mi padre me había dado, que a su vez había pertenecido a mi abuelo. Discretamente lo cubrí con la tilma de fibra de ixtle que llevaba sobre mi hombro izquierdo, ya que era una pieza de mucho valor.

—¡No pierdas el paso, Ce Océlotl! —fue lo único que escuché antes de sentir un terrible impacto detrás del muslo. El dolor recorrió mis extremidades, haciéndome cojear. Se trataba del telpochtlato Cuauhtlatoa, Águila que habla, quien me había golpeado con una vara de encino por retrasar mi paso dentro de la columna. Fue un duro despertar de mis cavilaciones inspiradas por el estandarte de mi barrio.

—Una disculpa, señor —alcancé a decir tratando de ignorar el intenso dolor. El rostro tostado de Cuauhtlatoa quedó petrificado por un momento mientras me lanzaba una gélida mirada y avanzaba paralelamente a la columna.

—¡En el campo de batalla tus disculpas no servirán de nada, niño! Recuerda que llevarás el chimalli y el macuahuitl del gran campeón Tozcuecuex durante el próximo enfrentamiento. ¡No por tus méritos personales sino por el pago que realizó tu familia! —dijo. En ese momento el experimentado tutor colocó su áspera mano alrededor de mi cuello y acercó mi rostro al suyo mientras se tambaleaba, tratando de mantener el paso—. No lo decepciones, chico, o te las verás conmigo —concluyó mientras me enseñaba la endurecida vara de madera de encino que llevaban los telpochtlatoque para mantener la disciplina en las filas.

—Yah, honorable telpochtlato —asentí mientras veía fijamente sus ojos oscuros y la cicatriz que le atravesaba la cara desde el tabique hasta la mejilla derecha. Su nariz ganchuda y un ceño marcado acentuaban la hosquedad de su rostro. La bella nariguera en forma de disco que colgaba de su septum perforado vibró con la respiración agitada del veterano.

Con la misma rapidez con que apareció me soltó y continuó su camino en dirección contraria al avance de la columna, buscando otra víctima para atacar con su bastón. El guerrero era bajo de estatura, de cuerpo musculoso, algunos lo describirían como robusto. Cuauhtlatoa tenía más de veinticinco inviernos marchando bajo los estandartes mexicas. Aunque su cabello ya pintaba algunas canas aún poseía un físico duro como el jade, resultado de una tenaz disciplina y una furiosa fuerza de voluntad. Llevaba el peinado alto propio de los guerreros de mayor rango, llamado temillotl, sujeto con un moño de algodón color carmesí. Portaba con orgullo un cuauhpilloli, tocado elaborado con plumas de águila y garza, que ayudaba a disimular su baja estatura. El veterano vestía un ajustado chaleco de algodón comprimido llamado ichcahuipilli, el cual tenía como objetivo proteger el torso durante los combates.

Cuauhtlatoa tenía razón en lo que me había reprochado. El gran prestigio como guerrero de mi padre logró convencer a Tozcuecuex, un admirado guerrero cuauchic famoso por sus hazañas militares, de que me aceptara como su ayudante y pupilo durante mi primera campaña con los ejércitos de la Triple Alianza. También ayudaron las cinco cargas de mantas de algodón que llegaron al domicilio del campeón como muestra de la generosidad de mi progenitor. Con esa acción, mis familiares se aseguraron de que estaría bien protegido y de que aprendería de uno de los mejores guerreros de nuestro calpulli.

A lo lejos, al frente de la columna y entre la humedad que flotaba en el aire, pude ver al gran campeón conversar con otros guerreros de élite y algunos nobles de nuestro barrio. Tozcuecuex era uno de los cuatro teteuctin que lideraban nuestro contingente, solamente por debajo de Motecuhzoma y del hermano mayor Tliltochtli. Era reconocible por su cabeza rasurada, con excepción de una tira de cabello que recorría su cráneo desde la frente hasta la nuca, y el bezote circular de obsidiana que portaba debajo del labio inferior, en medio de la barbilla. A diferencia de los otros grandes señores que lo acompañaban, Tozcuecuex vestía de forma sencilla. Una manta de ixtle teñido de rojo cubría su espalda y un maxtlatl de algodón su entrepierna. Al campeón no le gustaba usar su tlahuiztli amarillo, vestimenta de algodón que cubría las extremidades y el torso de los guerreros de élite como símbolo de su estatus, solo se lo ponía por su funcionalidad defensiva en batalla. Tampoco usaba su armadura acolchada de algodón durante las marchas. De su hombro colgaban su macuahuitl y un hermoso chimalli decorado con plumas preciosas de color amarillo, única evidencia de su alto rango junto con las dos largas plumas de quetzal que remataban su peinado a la altura de la nuca. A pesar de tener treinta y cinco años, su físico y su semblante lo hacían aparentar una edad menor.

—Mientras no te alejes de Tozcuecuex, tienes asegurado tu éxito en esta batalla, Ocelote —comentó mi robusto amigo Macuil Itzcuintli, quien sudaba a pesar del viento frío que empezó a sentirse por la tarde como consecuencia de las gruesas nubes que opacaron la luz y el calor de Tonatiuh—. Si le demuestras tu valía seguramente te dará la oportunidad de tomar como botín a un guerrero derrotado por él, con lo que lograrás honores, insignias y un ascenso, amigo.

—No es mi intención avanzar en la jerarquía militar de esa forma, Itzcuintli. Preferiría morir tratando de hacer una captura a través de mi propio esfuerzo que recibir una obsequiada por el campeón. Aun así, ganaría el favor de los dioses al morir honorablemente en batalla y seguir los pasos de mis familiares muertos muchos inviernos atrás —le respondí.

Itzcuintli resopló mientras se reacomodaba el mecapal en la frente.

—¡No busques la muerte para reencontrarte con tus familiares fallecidos, sino por el regocijo de ofrendarte a los dioses y visitar el paraíso solar: Tonatiuh Ichan! —replicó previo a carraspear y escupir a un lado del camino.

Reflexioné sobre sus palabras mientras volteaba a ver las nubes grises que se movían sobre nosotros y hacían que empezara a descender la temperatura. Aunque mi amigo tuviera la razón, él nunca entendería lo ensombrecido que había crecido mi corazón por el terrible sentimiento de culpa que llevaba arrastrando los últimos años. Tampoco comprendería la implacable necesidad que tenía de liberarme de esa pesadumbre, ya fuera a través de mi muerte o realizando grandes hazañas en batalla para honrar la de mis parientes.

—Lo que te puedo asegurar es que cuando la batalla comience seré la sombra de Tozcuecuex, cargaré sus armas de repuesto y su guaje con agua, y amarraré a sus enemigos derrotados antes de llevarlos a la retaguardia. Cubriré su espalda, vendaré sus heridas y gustoso ofreceré mi vida para evitar que sea derrotado o capturado. No le fallaré a él, ni al calpulli, ni a mi querida Tenochtitlán. Cumpliré con mi responsabilidad. ¡Lo juro por nuestro señor Xipe Totec! —lo miré al rostro para que se diera cuenta de que no podía hablar más en serio.

—¡Mayuh! Así sea —respondió mientras se limpiaba el sudor de la frente.

Desde la llegada de la tarde, nuestra columna avanzaba por un estrecho sendero de tierra que con las últimas lluvias de la temporada se había enfangado y cubierto con charcos de agua. Al lado derecho del camino se alzaba una gigantesca cordillera de montañas rebosantes de arbustos y árboles como pochotes y cazahuates; al lado izquierdo una pendiente descendía hasta un amplio valle, en ocasiones de forma gentil y en otras como un empinado barranco. Grandes formaciones rocosas sobresalían a través de la abundante vegetación, que con su intenso color verde cubría la serranía y el valle, el cual era difícil de vislumbrar a detalle debido a los altos árboles de amate, huamúchil y parota que crecían al borde del camino.

Durante nuestra marcha la falta de agua no fue un problema, ya que podíamos beber de las pequeñas cascadas que descendían desde las alturas de la sierra por la que caminábamos.

Una constante desde que dejamos Cuauhnáhuac fue la presencia de nubes que predecían los fuertes aguaceros que nos refrescaron y empaparon hasta los huesos, aunque volvieron los caminos intransitables; el avance de nuestros hombres se complicaría al adentrarnos en las cadenas montañosas que necesitábamos atravesar para llegar a Teloloapan. De vez en cuando Tonatiuh aparecía en el cielo, al menos por un instante, para calentarnos y alejar los malos portentos de algunos guerreros supersticiosos, quienes afirmaban que "el dios solar se escondía para no ver a sus hijos derrotados en batalla". Los integrantes de nuestra columna, cuatrocientos hombres del calpulli de Tlalcocomulco y doscientos cargadores provenientes de Yecapixtla, llevaban caminando dos días bajo estas difíciles condiciones, lo que ralentizaba nuestro avance.

Mientras seguíamos avanzando con el lodo hasta los tobillos escuché cómo un jovencito de no más de quince inviernos, llamado Yei Quiahuitl, le preguntaba a mi amigo Macuil Itzcuintli:

—¡Ayyo Itzcuintli! ¿Crees en verdad que con cuatro xiquipillis lograremos derrotar a las poblaciones rebeldes de Teloloapan, Oztomán y Alahuiztlán? Existen rumores de que los yopes salvajes de tierra cálida se están movilizando en grandes números para ayudar a nuestros enemigos. Incluso he escuchado que algunos grupos purépechas han llegado a la región para pelear contra nosotros.

El jovencito avanzaba con dificultad debido al peso que llevaba sobre su espalda y al esfuerzo necesario para mover los pies por los lodazales que atravesábamos.

—Si tú has escuchado esos rumores, seguramente también han llegado a oídos del huey tlahtoani Ahuízotl. Si él considera que con treinta y dos mil guerreros podemos subyugar esas poblaciones, así se hará. ¡Esos perros de la coalición de Tepecuacuilco pagarán por rebelarse contra la Triple Alianza! —concluyó Itzcuintli—. Por cierto, compañeros, parece que empezará a llover nuevamente —agregó mientras desenrollaba su petate para protegerse. La fina llovizna hizo que todo nuestro contingente se cubriera la espalda y la cabeza con sus anchos petates amarrados al cuello para mantenerse secos.

—¡Creo que prefiero el frío del valle de Tollocan a estas lluvias! —afirmé al momento en que terminé de anudar las dos cuerdas alrededor de mi cuello para fijar la estera sobre mi espalda.

La llovizna incrementó poco a poco hasta convertirse en una lluvia que transformó el camino en un pantano difícil de transitar. Esto generó un silencio en la columna perturbado solo por el repentino toser, carraspear o escupir de los hombres que imploraban a los dioses que les permitieran salir lo más pronto posible de la cadena montañosa que atravesábamos en medio de la nada. Las gotas de lluvia golpeaban rítmicamente nuestros petates y escurrían hasta caer sobre los pies del guerrero que marchaba detrás. Un relámpago iluminó el cielo e hizo que una parvada de centzontles de cejas blancas emprendiera el vuelo a través del cielo gris, al tiempo que se escuchaba el ensordecedor sonido del trueno.

"Tláloc, detén tus bendiciones que ahora nos hacen más daño que bien", escuché a alguien murmurar detrás de mí. Sin mayor aviso, todo nuestro grupo oyó el rugir de una caracola desde la cima de una montaña ubicada a nuestro lado derecho. Sin detener la marcha, los cuatrocientos hombres del contingente volteamos. "Debe ser uno de los nuestros", advirtió alguien. Nadie respondió al comentario. Los hombres que permanecían en silencio tratando de distinguir el origen del sonido entre el constante golpeteo de las gotas de lluvia sobre los petates y los charcos de agua.

Un capitán que portaba largas plumas de garza sobre la cabeza y un ichcahuipilli teñido de negro corrió desde la parte final de la columna hacia el frente, donde se encontraban los capitanes de alto rango y los líderes de la formación. Pasó chapoteando sobre los charcos y el lodo, con su lanzadardos en una mano y en la otra seis dardos y su chimalli de cuero de ocelote. Su rostro no mostraba ninguna emoción, sin embargo, su velocidad hacía evidente que algo no andaba bien. A pesar de la lluvia y del misterioso sonido, nuestra columna seguía avanzando seguida de cerca por los doscientos cargadores que caminaban sobre nuestras huellas de manera desordenada. A la distancia, a unos cincuenta pasos delante de mí, pude ver a Cuauhtlatoa y a otros guerreros escudriñar las alturas de la montaña que se encontraba a nuestra derecha, tratando de detectar, sin éxito, algún movimiento o alguna presencia.

El silencio continuó, hasta que de nuevo fue roto por el sonido grave de una caracola; aunque nadie veía quién lo producía, era evidente que provenía de la cima de la montaña. Súbitamente, desde la parte frontal de la formación, escuchamos un grito que desgarró el aire: "¡A las armas, mexicas! ¡Tomen las armas orgullosos, tenochcas! ¡Es una emboscada! ¡Cuiden el flanco derecho!". Se trataba de un telpochtlato que continuaba repitiendo la advertencia mientras corría de forma paralela a nuestra columna. Itzcuintli y yo no entendíamos a qué se refería, hasta que los silbidos de los primeros proyectiles y flechas que volaron por el aire nos hicieron reaccionar. De forma instintiva nos despojamos de los petates, así como del mecapal con el que cargábamos nuestros armazones. De inmediato sujetamos nuestros sencillos pero eficaces escudos, hechos de varias capas de otate entretejidas, madera y recubiertos de piel de venado, que iban atados al cacaxtin. Yo desenrollé la honda de ixtle que llevaba amarrada en la muñeca izquierda. Órdenes y gritos sonaron a lo largo de nuestro contingente, provenientes de los capitanes, mientras unos telpochtlatoque y otros guerreros curtidos se distribuían entre sus respectivas unidades de cuarenta hombres para mantener la calma y dirigirlos en combate.

Al intentar incorporarme para utilizar mi honda, siempre protegido detrás de mi chimalli, escuché un silbido rozar mi cabello, por lo que instintivamente volví a agacharme. Algunos de los compañeros que me rodeaban empezaron a girar sus hondas sobre su cabeza o paralelamente a su torso, respondiendo al ataque de forma individual, mientras que otros buscaban arcos y lanzadardos entre sus pertenencias, agazapados detrás de sus escudos. Un puñado de jóvenes guerreros que fungían como escoltas y no llevaban ningún peso sobre sus hombros fueron los primeros que corrieron hacia la montaña en busca de los atacantes, perdiéndose de vista al internarse en la densa vegetación. Uno de ellos corrió frente a mí, sin importar las saetas que volaban por el aire. En su tenso rostro color ocre logré percibir un tremendo arrojo para responder a la agresión. Otro de los que reaccionaron de manera inmediata fue el veterano Cuauhtlatoa, quien con los escoltas restantes formó una línea entre la columna y la montaña, tratando de hacer un muro de contención por si los enemigos aparecían cargando hacia nosotros. Al asomar la mirada por encima del chimalli pude distinguir a varios de sus hombres disparar y esconderse entre las formaciones rocosas y los árboles de la elevación. Por último, a la distancia, pude ver a nuestros comandantes y a Tozcuecuex integrar un perímetro alrededor de nuestros estandartes, pues sabían que el enemigo buscaría apropiarse de ellos. El golpeteo de piedras de honda empezó a aumentar, al tiempo que la lluvia empapaba nuestro cuerpo.

Lo impensable estaba sucediendo. ¡Habíamos sido emboscados!

CAPÍTULO II

Las nubes grises anunciaban la llegada de la tormenta en la serranía, impidiendo que los últimos rayos de Tonatiuh calentaran a los trescientos guerreros de la confederación de Tepecuacuilco que permanecían escondidos entre los altos árboles, rocas y matorrales. Desde el amanecer habían recibido órdenes de apostarse en la ladera de un cerro que flanqueaba el camino de Cuauhnáhuac, a la espera de una columna de los invasores mexicas. Era una fuerza integrada por hombres de dos ciudades que se habían revelado a la dominación de la Triple Alianza: Teloloapan y Oztomán. El altépetl de Alahuiztlán, que había mantenido su independencia de forma precaria frente a los embates imperialistas de la Triple Alianza, aprovechó esta ocasión para integrarse a la coalición rebelde que buscaba expulsar a los guerreros mexicas, tepanecas y acolhuas de su territorio, por lo que movilizó a sus guerreros. Incluso los cobardes nobles chontales de Oztomán se atrevieron a asesinar a los representantes del huey tlahtoani de Tenochtitlán, así como a la pequeña guarnición militar que los acompañaba; sus pieles fueron conservadas como trofeos.

Esta decisión estuvo influenciada en gran medida por el poderoso Estado purépecha ubicado en Michhuacan, que había financiado a las tres ciudades rebeldes con armas, cargadores y provisiones, e incluso envió un contingente de quinientos guerreros veteranos para apoyar la lucha. Los purépechas veían con desagrado la expansión de la Triple Alianza hacia la región de Tepecuacuilco, ubicada muy cerca de su frontera sur, por lo que estaban decididos a impedirlo. Las palabras y decisiones del gobernante del Estado purepécha, el divino irecha, incluso llegaron a oídos de los yopes, grupos que habitaban en las provincias independientes de Quauhuitlan, Ayacaxtla y Yopitzingo, con el fin de que se unieran a la coalición que combatiría a los invasores. Era impresionante que estos grupos seminómadas mantuvieran la independencia de sus territorios de los ejércitos de la Triple Alianza defendiéndolos solamente con arco y flecha.

En total, la fuerza militar de la confederación de Tepecuacuilco llegaba a los sesenta mil guerreros y era un vivo reflejo de la gran cantidad de poblaciones que la apoyaban y nutrían, hartas de pagar tributo a los señores de Tenochtitlán. En sus filas había tlahuicas, nahuas, coixcas, chontales, mazatlecos y ahora yopes y purépechas. Los altepeme de Teloloapan, Oztomán y Alahuiztlán decidieron dejar de lado sus conflictos locales y mezquinas diferencias para unirse por una poderosa razón: la libertad. Prácticamente todos los habitantes varones de más de 15 años de las ciudades rebeldes fueron llamados a las armas para expulsar a los detestados mexicas de una vez por todas.

Uno de los principales líderes de esta coalición era Tzotzoma, un curtido guerrero chontal de Teloloapan que había combatido durante muchos inviernos a los tlapanecos que constantemente buscaban expandir su territorio desde el sureste. El capitán era alto, con una estatura superior al promedio de los hombres de su ciudad, de rostro alargado y agraciado, nariz recta, pómulos prominentes y piel rojiza, bronceada como consecuencia de marchar bajo el sol por décadas. Llevaba el cabello largo y negro recogido en una coleta, a excepción de un fleco que cubría parte de su frente.

Su musculoso cuerpo estaba cubierto de cicatrices, recuerdos de las batallas en las que había participado. Incluso mucho tiempo atrás, cuando su población era tributaria de la Triple Alianza, combatió como mercenario contra los purépechas bajo los estandartes mexicas. Aquellos tiempos habían terminado, como también la tediosa espera en la ladera del cerro, pues sus exploradores habían visto en la lejanía la avanzada de una columna de ataque mexica. Tzotzoma hubiera preferido encontrar ese camino vacío. Durante el consejo de guerra había defendido la postura de que era imposible emboscar a las fuerzas de la Triple Alianza debido a lo eficiente de sus compañías de exploradores y a lo compacto y numeroso de sus formaciones.

Durante toda una tarde discutió, en el consejo reunido en Teloloapan, con el recién llegado ocambecha purépecha, Tsaki Urapiti, Lagartija blanca, a quien su reputación de cruel y astuto lo precedía, tanto en sus funciones administrativas y militares, como en la de recolector de tributos. Además de esto, destacaba por su peculiar físico, ya que había nacido con el color de la luna en su piel y cabello. Para disimularlo, pintó todo su cuerpo de negro, al igual que el largo mechón que nacía de su coronilla y que generalmente trenzaba.

A pesar de contar con el apoyo de varios líderes chontales, Tzotzoma no pudo cambiar la postura del purépecha, quien insistía en que se debían desplegar las fuerzas de la coalición de Tepecuacuilco en los caminos principales para emboscar y debilitar a las columnas mexicas antes de que se reunieran en la región de Teloloapan, así como realizar ataques sorpresa en las montañas que sembraran la incertidumbre en los enemigos. Amenazó con retirar a sus quinientos guerreros de élite si no se llevaba a cabo lo que él proponía. Su estrategia era peligrosa, ya que en gran medida despojaba de hombres a la ciudad que sería atacada, y los disgregaba en los principales caminos de la zona, donde podrían ser pulverizados por la superioridad numérica de los ejércitos de la Triple Alianza. Si los generales mexicas se daban cuenta de esta estrategia, no sería cuestión más que de aislar a cada uno de los grupos y contar los muertos y capturados.

Sin embargo, Tzotzoma accedió para evitar la pérdida de importantes efectivos purépechas, aunque con la siguiente condición: si Tsaki Urapiti estaba equivocado y su estrategia fracasaba, no volvería a tomar decisiones relevantes durante la guerra. El purépecha, quien no podía quedarse atrás, propuso que si él estaba en lo correcto, el chontal tendría que quemar vivos a cinco esclavos en honor del dios del fuego purépecha y su protector: Curicaueri. Los dos guerreros se tomaron del antebrazo para sellar el pacto. Posteriormente los integrantes del consejo salieron del recinto para integrarse a sus unidades y avisar a sus hombres de la inminente partida con el fin de emboscar a las columnas mexicas antes de que se pudieran reunir. Eso sucedió un par de días atrás.

Tzotzoma se maldijo a sí mismo por su distracción al escuchar en la lejanía el sonido de cientos de pies caminando. Ya estaban muy cerca y no aminoraban su paso, lo que significaba que no tenían idea de que serían emboscados. Esto se debía en gran medida a que cinco exploradores mexicas habían sido descubiertos y asesinados con certeros tiros de arco; sus cuerpos de inmediato fueron escondidos entre la maleza y las barrancas. Desde la posición de Tzotzoma, en la cima de la montaña donde se alzaba un gran pochote, podía escuchar cómo se acercaba la vanguardia de la columna enemiga, la cual, de acuerdo con los reportes de sus exploradores, no superaba los quinientos efectivos. La orden que había dado entre sus hombres era realizar un ataque devastador que matara o hiriera a la mayor cantidad de guerreros enemigos en poco tiempo, aprovechando la sorpresa. Tenían que moverse rápido si querían evitar que el xiquipilli Cipactli de ocho mil hombres, que marchaba detrás de la avanzada, los encontrara y los pulverizara. La estrategia de Lagartija blanca estaba funcionando.

—La presa perfecta, ¿no lo considera, señor? —preguntó uno de los cinco capitanes que lo acompañaban.

—Eso parece, pero no se confíen, las apariencias pueden engañar —respondió Tzotzoma—. Vayan con sus contingentes y prepárense para el ataque. Recuerden, cuando suene la caracola cada hombre debe disparar por lo menos cinco proyectiles antes de empezar el ataque cuerpo a cuerpo. Los mexicas van bien equipados y entre ellos hay campeones imbatibles en la lucha a corta distancia. ¡A quien desobedezca lo mataré yo mismo! —concluyó; luego desenredó la honda que llevaba amarrada a la cintura.

—¡Ayou! —los cinco guerreros asintieron y desaparecieron entre la vegetación para integrarse con sus respectivas unidades y comandarlas durante el combate.

Tzotzoma volteó a ver a su único acompañante, un muchacho de catorce años que sujetaba con nervios la caracola que daría la señal de ataque. Era evidente que era su primera batalla.

—Todo saldrá bien, joven Ixcauatzin —lo tranquilizó, dirigiéndole una sonrisa mientras se despojaba de su guaje y un morral de ixtle donde llevaba algo de comida y municiones para su honda.

—Lo sé, señor. Venceremos a los invasores. Estoy seguro de eso —contestó con determinación al verlo directamente a los ojos. El jovencito llevaba su carcaj de flechas colgado a un costado del muslo derecho y su arco debajo del hombro izquierdo. Pintura roja decoraba sus mejillas y su frente.

—Me gustan tu determinación y tu valor, Ixcauatzin, y, en efecto, le daremos una gran sorpresa a esa vanguardia mexica. Puedes estar seguro de eso —comentó Tzotzoma, jalando hacia abajo el peto de algodón que portaba para evitar que rozara con su cuello.

El experimentado guerrero chontal era de los pocos hombres que vestían un ichcahuipilli, un grueso chaleco de algodón que le llegaba hasta los muslos y que podía detener una flecha o el impacto de una macana. También portaba un yelmo, hecho con una estructura de ocote y carrizo envuelta con decenas de capas de papel amate endurecido, que simulaba la cabeza de un felino. Estaba decorado con hermosas plumas de guacamaya rojas y naranjas, con ojos de concha y obsidiana. De entre sus fauces abiertas y repletas de colmillos hechos de hueso surgía el rostro del guerrero chontal. Iba armado con una honda, una maza de madera que colgaba de su hombro y un hermoso chimalli cubierto con un mosaico de plumas escarlatas de guacamaya sujeto sobre su espalda. Por último, un cuchillo de pedernal con mango de hueso de puma, alojado en su funda de cuero, entremetido en su maxtlatl, completaba su armamento.

El guerrero tomó varias piedras pulidas de un pequeño morral para usarlas como munición para su honda. "Por lo menos en esta ocasión podré enfocarme completamente en la batalla sin tener la preocupación de cuidar a mi hijo", reflexionó al recordar que su vástago había permanecido en Teloloapan supervisando las fortificaciones y adiestrando a los jóvenes en el uso de las armas.

La llovizna que caía desde hacía algunos momentos empezó a perder fuerza, lo que mejoró la visibilidad de los hombres que estaban bajo su mando. Fuera de un escudo, la gran mayoría carecía de protección corporal. Se trataba de hombres a quienes las apremiantes circunstancias habían alejado de sus oficios tradicionales para defender su ciudad, su libertad y a sus familias. Carpinteros, campesinos, curtidores, comerciantes, artesanos tendrían que emboscar a la columna mexica, puesto que el gobernante de Teloloapan había insistido en que los guerreros experimentados permanecieran en la ciudad para garantizar su protección. Sin embargo, a pesar de que a sus hombres les faltaba mucha experiencia en el combate cuerpo a cuerpo, manejaban con destreza el arco y la honda, armas que utilizaban desde niños para cazar y contribuir al sustento de sus familias. Al menos Tzotzoma se había asegurado de que a nadie le faltaran flechas y glandes de honda, así como el chimalli y macuahuitl o maza por si se daba una lucha cuerpo a cuerpo.

Al recorrer con la vista la ladera del cerro que descendía bajo sus pies, podía ver a sus hombres agazapados entre la vegetación preparándose para el combate, llenos de nerviosismo pero determinados a derrotar a los invasores. Algunos se desplazaban silenciosamente para colocarse en una mejor posición de ataque mientras que otros realizaban plegarias a sus dioses. Desde su posición privilegiada, el capitán chontal pudo ver a un grupo aislado de setenta hombres con el cuerpo pintado de negro que se movilizaban en la extrema derecha de la línea de combate, bajar de la ladera y posicionarse casi al nivel del camino. Se trataba de los purépechas que acompañaban a Tsaki Urapiti. Iban armados con arcos y hachas de guerra con filosas cabezas de cobre, mismo material que usaban para las puntas de sus flechas, las cuales eran mortales cuando daban en su objetivo. También los podía distinguir por sus tocados de plumas blancas de garza o cafés de águila, distintos a los que usaban los guerreros de Tepecuacuilco.

A la cabeza de la formación pudo divisar a un hombre armado con un arco que portaba brazaletes y espinilleras doradas; se trataba del ocambecha albino. Su súbita aparición le recordó el trato que había cerrado con él y maldijo al pensar que estaría obligado a comprar cinco esclavos de algún mercado local para sacrificarlos al dios purépecha. También tendría que aceptar su equivocación públicamente, lo que sin duda lastimaba su orgullo; sin embargo, era un hombre de honor y de palabra. Tampoco valdría la pena arriesgar la vida enfrenándolo en un duelo al albino, ahora que las habilidades de ambos tenían que aprovecharse para derrotar al enemigo.

Tzotzoma no era tonto, había investigado bien al recién llegado. El albino había combatido hacía diez inviernos en la guerra purépecha-mexica, en la cual el huey tlahtoani Axayácatl perdió ejércitos completos tratando de quebrantar la resistencia de las fuerzas del irecha. Durante una de las batallas libradas, Tsaki se separó de su unidad y nadie volvió a saber de él hasta que después de cuatro días fue encontrado por una avanzada purépecha bañado en sangre, sujetando sus armas y tres cabezas nahuas cercenadas. Era evidente, por las orejeras y narigueras de jade, que se trataba de guerreros mexicas o acolhuas de alto rango que habían sido vencidos. Una cabeza sobresalía de todas las demás debido a que llevaba un hermoso bezote de jade en forma de cabeza de águila, así como una nariguera en forma de mariposa hecha con la excrecencia dorada de los dioses, el teocuitlatl. Corrieron rumores de que durante su extravío el guerrero llegó accidentalmente a las cercanías de un campamento mexica, donde rápidamente se vio acorralado. Como no existía otra oportunidad de escapar, decidió arriesgar el todo por el todo al retar a combate individual a un campeón del ejército de la Triple Alianza; un cuaupilli acolhua, o guerrero águila, dio un paso al frente para aceptar el duelo. Los contados hombres que portaban este rango eran guerreros forjados en batalla desde la infancia, fanáticos religiosos de origen noble que comandaban cientos de soldados en batalla. El cuaupilli era un hombre fornido, de considerable estatura, vestido con un tlahuiztli hecho de plumas color bermejo que cubría todo su cuerpo. Grandes orejeras de obsidiana, un collar de conchas marinas, una llamativa nariguera de oro y un yelmo con forma de cabeza de águila completaban su atuendo.

Contra todo pronóstico, el combate fue largo y reñido; con múltiples heridas para ambos adversarios. Al final, el purépecha se alzó con la victoria gracias a su agilidad, pues al esquivar un golpe mortal que buscaba romperle el cráneo, pudo utilizar la filosa punta de cobre que siempre llevaba escondida en el maxtlatl y cortarle la garganta a su oponente. Por dicha hazaña los mexicas le perdonaron la vida, incluso cuando cortó la cabeza del guerrero muerto con una daga de pedernal enfrente de sus compañeros. Conocían las reglas de la guerra y sabían que un ganador podía hacer lo que deseara con el cuerpo del derrotado, incluso cortarle la cabeza a manera de trofeo. Ninguno movió un dedo y tuvieron que tragarse su deseo de venganza. Aun así, los mexicas estaban seguros de que el guerrero albino no llegaría muy lejos debido a las heridas recibidas durante el combate. Estaban muy equivocados.

Nadie se interpuso en el camino del purépecha cuando salió cojeando de los linderos del campamento mexica, a pesar de los insultos que le lanzaron innumerables guerreros. Tsaki caminó por cuatro días entre valles, cañadas y montañas sin probar bocado, perdiendo la conciencia por momentos; sin embargo, siguió andando hasta que una patrulla purépecha lo encontró. Posteriormente fue escoltado hasta el campamento principal, donde unos sacerdotes lo escoltaron.

Se contaba que el mismo irecha, el gobernante de los purépechas, quiso conocer en persona al albino para escuchar de su propia voz la hazaña que había realizado. Fue premiado con el título de ocambecha de un importante barrio en Ihuatzio, así como con tierras y hombres para que las cultivaran.

Aunque era un personaje admirado por su valor y sus conocimientos marciales, el albino también tenía un lado oscuro que infundía miedo y repudio, incluso entre los suyos. Era sabido que varias de sus amantes pasajeras habían desaparecido después de pasar la noche con él, posiblemente asesinadas con sus propias manos luego de haber tenido sexo, con el fin de ocultar su sentimiento de culpa por perturbar la memoria del amor de su vida, la esposa nahua que murió al dar a luz a su único hijo; el vástago que sería ejecutado por desertar durante un combate; el mismo Tsaki ordenaría a sus hombres que lo aporrearan. Desde ese día, la blanca mandíbula de su hijo formó parte de un collar de cuentas de jade que siempre portaba como un eterno recordatorio de que no toleraría ningún acto de cobardía entre los guerreros que sirvieran bajo su mando, ni siquiera de él mismo. Antes la muerte que el miedo. "Una historia digna de ser contada, la vida de Tsaki", reflexionó Tzotzoma.

—Señor, se aproximan los invasores —murmuró impaciente el joven Ixcauatzin a espaldas del guerrero veterano, quien volteó a su izquierda para ver lo rápido que había avanzado el contingente mexica. Estaban tan cerca que podía distinguir el rostro del sacerdote nahua que avanzaba bendiciendo el camino, seguido de un grupo de guerreros de alto rango que portaban los estandartes de la unidad—. Es momento de que empiece el ataque. Suena la caracola, joven guerrero, y pide a nuestros dioses que nos concedan la victoria o la muerte —replicó mientras colocaba la primera piedra en su honda y la empezaba a girar sobre su cabeza.

—¡Nos están acribillando! —gritó Itzcuintli, que acuclillado se protegía detrás de su chimalli—. ¿Qué esperan para dar la orden de avanzar?

No había terminado de decir la última palabra cuando un fuerte golpe sacudió su escudo, haciéndolo caer de espaldas sobre el fango del camino.

—¿Estás bien? —pregunté al ver a mi amigo tirado en el piso, quien asintió agazapándose detrás de su protección.

Todo era confusión en ese momento; la lluvia de proyectiles estaba causando las primeras bajas entre nuestros guerreros. Algunos gritos de ayuda provenientes de los heridos se podían escuchar a nuestro alrededor. Uno muy fuerte sobresalió entre el estruendo del combate y la lluvia.

—¡Guerreros de Tlalcocomulco, pónganse de pie! —se trataba de Cuauhtlatoa, quien, a unos cincuenta codos[*] enfrente de mí, desdeñaba los proyectiles que volaban por los aires y buscaba con la mirada nuestros rostros. Ni siquiera había sujetado su chimalli, que seguía colgando de su espalda—. ¡Formación de escaramuza! Vamos a desalojar a esos perros de las colinas —bramó mientras señalaba las alturas con su macuahuitl.

---

* Un codo o molicpitl equivale aproximadamente a cuarenta centímetros, o media vara.

Los largos años de entrenamiento en el Telpochcalli hicieron que novatos y veteranos nos pusiéramos de pie como impulsados por una fuerza invisible.

—¡Hijos de Huitzilopochtli, giren a la derecha! —gritó un guerrero de la sociedad otomí.

Al obedecer esta orden, la columna se transformó en una larga línea de batalla de cincuenta hombres de frente por ocho de profundidad, con algunos huecos por los muertos y heridos. Itzcuintli y otros de mis compañeros empezaron a desenredar las hondas y a tensar los arcos detrás de la protección de los escudos al avanzar sobre las laderas de la colina. Mientras yo seguía su ejemplo, el proyectil de una honda rebotó contra mi escudo haciendo vibrar mi antebrazo con un intenso dolor, por lo que tuve que ahogar un quejido que luchaba por salir de mi garganta. A mi derecha pude escuchar un grito que surgió de la boca del alfarero Ome Mázatl cuando una flecha le atravesó el muslo y lo hizo caer instantáneamente.

—¡Primeras cuatro filas, avancen! —gritó el guerrero otomitl y de inmediato los primeros compañeros se adelantaron hacia la montaña, mientras los hombres restantes, entre ellos mi amigo Itzcuintli y yo, esperábamos la pronta señal para empezar a disparar contra el enemigo.

La avalancha de proyectiles siguió en aumento, enfocada en las formaciones que se encaminaban hacia las faldas del cerro, disminuyendo su velocidad e hiriendo de gravedad a dos guerreros. Por si fuera poco, la lluvia y la maleza ralentizaban el paso de nuestros compañeros, que alzaban sus escudos para cubrirse.

En ese momento Cuauhtlatoa dijo, ya con el rostro cubierto de sangre por un impacto que había recibido:

—¿Qué esperan para empezar a disparar?

De inmediato doscientos hombres lanzaron dardos, piedras y flechas al mismo tiempo para proteger a los guerreros que se abrían camino entre la maleza de la montaña. Disparé con mi honda las piedras del río, una tras otra con la intención de alcanzar las siluetas que se movían en la lejanía.

En el ejército mexica los yaoquizque —plebeyos, campesinos, artesanos y hombres de origen humilde— eran quienes portaban hondas y arcos en la batalla. Sin embargo, todos los guerreros, desde los nobles hasta los comerciantes, tenían que aprender a usar un arma a distancia por si se presentaba una situación como la que estábamos viviendo. Los nobles en su gran mayoría usaban el lanzadardos o atlatl; era una vergüenza usar la honda, propia de campesinos. El resto tenía la libertad de usar el arma a distancia que mejor manejara. Yo prefería la honda, ya que desde niño pasaba tardes completas afinando mi puntería. Por esa razón me gané muchas palizas de mi padre, quien me decía que dejara de perder el tiempo con ese juguete de campesinos y que entrenara con un arma de verdad, como un arco o un lanzadardos. Gracias a esa ociosidad me volví un maestro en el uso de la honda.

Poco a poco la línea de combate equilibró el intercambio de proyectiles. Lograron disminuir la cantidad de disparos de parte del enemigo, que se preocupaba por no ser impactado. Sin embargo, nuestros venablos eran poco certeros, debido a que los contrarios estaban muy bien pertrechados entre árboles, arbustos y grandes formaciones rocosas.

Lancé un par de proyectiles hacia una silueta que se movía a unos trescientos codos de distancia, sin dar en el blanco. Maldije a pesar de saber lo difícil que sería acertar debido a la distancia y la llovizna, que iba amainando. Mientras volvía a cargar pude ver a dos mensajeros que salieron corriendo del grupo en el que se encontraba Tozcuecuex. Iban de regreso por el camino al encuentro de la fuerza principal de nuestro xiquipilli lo más pronto posible para avisar de la emboscada y conseguir apoyo. Cruzaron a mis espaldas como si los impulsara el viento divino de Ehécatl, portaban solamente un pequeño chimalli y una daga de obsidiana. Una ovación se escuchó en nuestra línea de combate, que infundió valor a los corredores mientras se alejaban y se perdían entre la lluvia.

—Esperemos que no los sigan, si no serán carne de zopilote —comentó Itzcuintli, al tiempo que cargaba de nuevo su honda y escondía el rostro detrás de su escudo.

—¡Y nosotros también si no dan aviso de nuestra situación! —agregué sonriéndole a mi amigo.

Súbitamente una flecha pasó rozando mi chimalli para acabar clavada en el lodo del camino. Al analizarla vi que tenía algo peculiar. Me incliné para sacarla del piso, lo que me costó algo de esfuerzo. Cuando le retiré el lodo vi que tenía una punta metálica color dorado.

—¡Esa es una punta de cobre como las que usan los purépechas! —dijo Itzcuintli—. Ni siquiera detrás de nuestros escudos estamos protegidos de ese tipo de flecha.

Sabía que mi compañero tenía razón.

—Entonces, ¿contra quién combatimos, amigo? —pregunté perturbado y mirándolo a los ojos.

—Contra los guerreros de la confederación de Tepecuacuilco —dijo cuando empezaba a girar nuevamente la honda a su costado.

—Ahora regreso, Itzcuintli —grité. Retrocedí unos pasos para salir por la parte trasera de la línea de combate entre maldiciones de mis compañeros, a los que empujaba para ir a avisar a los comandantes de mi hallazgo.

—¿A dónde vas, Ocelote? ¡Cúbrete, que te matarán! —escuché la voz de mi amigo a la distancia.

Agazapado avancé detrás de las espaldas de los cargadores tamemeh, quienes al verse en peligro se habían resguardado detrás de nuestra línea de combate. Muchos de ellos estaban dejando sus armazones repletos de bultos en el piso y sacando garrotes, bastones o incluso hondas, por si era necesario luchar, vender cara la vida.

Luego pasé frente a dos guerreros que al unísono hicieron sonar sus caracolas tres veces, con sus respectivas pausas: bluuuuuuf, bluuuuuuf, bluuuuuuf. Se trataba de una señal que indicaba, "a degüello", que no habría piedad para ningún hombre derrotado o capturado. Todos serían asesinados. "Seguro que algunos guerreros veteranos obtendrán prisioneros a los cuales interrogarán antes de darles muerte", reflexioné. Siempre es importante saber quién está detrás de una emboscada.

Seguí corriendo lo más rápido que pude, de modo que en poco tiempo llegué al extremo izquierdo de la línea de combate. Ahí se encontraban los dirigentes de nuestra unidad, entre ellos el hermano mayor de nuestro calpulli, Tliltochtli, quien le daba un mensaje a otro corredor que escuchaba atentamente mientras miraba hacia la montaña, de donde salían disparados algunos proyectiles. A su lado, el noble que representaba al huey tlahtoani en nuestro calpulli les daba órdenes a algunos telpochtlatoque y capitanes mientras señalaba hacia las alturas. Detrás de Motecuhzoma, dos guerreros de origen noble que nunca se separaban de su señor cuidaban su espalda, listos para entrar en combate cuando él lo indicara. Impávidos, con el rostro pintado con dos franjas horizontales roja y negra y el peinado alto sobre la coronilla, observaban la escena sin inmutarse. Al pie del estandarte, que era sostenido por un guerrero veterano, el sacerdote que iba bendiciendo el camino, profería oraciones a los dioses de la guerra, entre ellos Huitzilopochtli, para que nos otorgaran una victoria rápida y completa. Su cuerpo teñido de negro poco a poco se iba aclarando por la lluvia. Algunos de los telpochtlatloque de valía, así como los cuatro capitanes de la columna, escuchaban, expectantes, lo que decía Motecuhzoma, tratando de desviar con sus escudos cualquier proyectil que buscara matar al noble. Entre ellos se encontraba el cuauchic Tozcuecuex, con su chimalli y macuahuitl, empapado hasta los huesos. Al acercarme logré escuchar lo que decía Motecuhzoma:

—La línea ofensiva que avanzó hacia la montaña apenas ha logrado subir unos cuantos codos. Progresa muy lento debido a la cantidad de proyectiles enemigos que les disparan. Es necesario que una segunda fuerza rodee el cerro y avance lateralmente a las posiciones enemigas para flanquearlas. Quiero a los guerreros experimentados que nos queden, a los telpochtlatoque y tlamani, en este segundo grupo que yo mismo encabezaré —gritó. Luego volteó a ver a un joven guerrero que portaba una caracola, quien al escuchar la instrucción de inmediato sopló su interior. Bluuuuuuf, bluf, bluf, bluuuuuuuf.

Era el toque utilizado por el líder de la columna para llamar a los guerreros experimentados y de mayor rango a reunirse en torno del líder del contingente. Bluuuuuuf, bluf, bluf, bluuuuuuuf, volvió a sonar la caracola y rápidamente empezaron a llegar los tlamani y telpochtlatoque, entre ellos Cuauhtlatoa. Mientras tanto Motecuhzoma continuaba dictando sus órdenes:

—Capitán Coaxóchitl, encabeza el ataque de los hombres que avanzan frontalmente hacia el cerro. ¡Haz que se muevan, incluso a golpes si es necesario! Los quiero ver en la cima cuando nosotros la alcancemos por la ladera lateral. ¡Andando! —concluyó al tiempo que se agachaba instintivamente, esquivando una saeta que pasaba por encima de su cabeza.

—¡Considérelo un hecho, señor! —respondió el capitán otomitl Flor serpiente y corrió rumbo a su posición serpenteando y esquivando piedras, varas tostadas y flechas, seguido por un par de hombres.

Al instante el ruido de la caracola retumbó entre las montañas como señal de ataque. Un clamor se encendió en el pecho de los hombres del barrio de Tlalcocomulco y retomaron el avance bajo una lluvia de proyectiles contra los árboles y matorrales que daban refugio a los rebeldes. El ataque frontal cobraba fuerza bajo las instrucciones y amenazas de Coaxóchitl.

—Calpullec Tliltochtli, capitán Tlilpotonqui, posicionen el estandarte del barrio entre los guerreros que siguen disparando desde el camino hacia las alturas. ¡No podemos darnos el lujo de perderlo! —el hermano mayor del barrio asintió y se desplazó a la posición que le había sido asignada, seguido de cerca por el portaestandarte y el experimentado capitán.

No cabía duda de que todos los integrantes de nuestro grupo, sin importar su rango, respetaban la experiencia y jerarquía de Motecuhzoma, pues bien sabían que formaba parte de la sociedad guerrera de los tonsurados a pesar de no llevar la vestimenta, el peinado o la pintura de ese grupo de élite. El noble hacía patente que iba como representante del poder central de Tenochtitlán. Posiblemente se trataba de temor más que de respeto, provocado por los rumores de su parentesco con el huey tlahtoani Ahuízotl. Detrás de mí, a los lejos, escuché una ovación de los guerreros al ver el estandarte del barrio dirigirse a su posición.

—Capitanes Tozcuecuex y Citlalpopoca, telpochtlatoque, veteranos y capturadores, prepárense que ustedes vienen conmigo —gritó Motecuhzoma mirando a la cima de la montaña, que se recortaba contra un cielo nublado color gris.

—¡Ayyooo! —gritaron al unísono los guerreros que rodeaban al noble.

Tozcuecuex asintió al recibir sus órdenes, pero se sorprendió al verme llegar completamente solo a su lado.

—¡Ocelote! ¡¿Qué haces aquí?! —su bezote de obsidiana le daba un fiero aspecto al hacer que su labio inferior siempre colgara, mostrando sus blancos dientes.

—Oh, gran señor Tozcuecuex, tenía que avisarle —dije con la respiración agitada—. Los enemigos... señor... están utilizando flechas con puntas de cobre como esta. Son como las que mencionan los... guerreros veteranos que sobrevivieron a las batallas que libraron... contra los purépechas —agregué. El guerrero tomó la punta, la vio con detenimiento y asintió.

—Tlazohcamati, joven Océlotl, y en efecto parecen purépechas.

—Nuestras sospechas estaban bien fundadas, nobles señores —comentó dirigiéndose a los otros guerreros y a Motecuhzoma al enseñarles la punta reluciente de cobre.

—No tenemos otra opción que avanzar de inmediato, antes de que nos masacren esos arqueros —afirmó Motecuhzoma—. Cada quien tiene sus órdenes. ¡Tomemos esa colina! ¡Tenochcas, conmigo! —clamó mientras avanzaba armado con su macuahuitl y su chimalli, seguido de cerca por sus dos nobles.

—¡Ayyoo! —volvieron a gritar al menos treinta guerreros que seguían sus pasos armados hasta los dientes, los mejores de nuestro grupo, la élite de nuestro barrio.

—Telpochtli Océlotl, tú vienes conmigo, no te separes de mí, ¡¿entendiste?! —me preguntó Tozcuecuex con un gesto de furia mientras las gotas de lluvia recorrían su rostro. Asentí en respuesta.

Nos integramos al grupo que trotaba paralelamente a la montaña, sobre el camino, para rodear la posición enemiga y destruirla. Mientras corría detrás de los pasos de Tozcuecuex maldije en silencio por no haber traído mi macuahuitl, pues no tenía duda de que las cosas se pondrían difíciles al atacar la colina. Tendría que sobrevivir con la honda que sujetaba con mi mano derecha, mi chimalli y el cuchillo de obsidiana que llevaba en la cintura, en el maxtlatl.

Tomé una piedra del piso enlodado y cargué mi honda. Aunque estaba jugándome la vida, mi corazón latía con fuerza y un sentimiento de orgullo recorrió mi cuerpo por estar a punto de responder a la agresión del enemigo con los guerreros más curtidos de mi barrio. Al correr a su lado los pude observar con detenimiento. Algunos avanzaban con su atlatl en una mano y en la otra su chimalli y al menos cinco dardos de cinco codos de largo. Otros, que preferían el combate cuerpo a cuerpo, llevaban el macuahuitl o una maza en la derecha y en la izquierda su escudo. Como era costumbre, la inmensa mayoría llevaba su daga de pedernal, sílex u obsidiana metida en el taparrabo.

Por tratarse de guerreros profesionales, casi todos portaban petos de algodón grueso para protegerse el torso, así como algunos pectorales hechos de cientos de teselas de hueso. A pesar de la lluvia, aún quedaba un poco de pintura en el rostro de los fieros guerreros mexicas. Poco a poco el grupo se integró en una fila detrás del líder de la formación, Motecuhzoma, a quien no alcazaba a ver claramente por la lluvia y la neblina que empezaba a formarse.

De pronto escuché un chasquido, ¡crack! Un hombre que avanzaba frente a nosotros fue impactado por una piedra en el hombro, que lo derribó de inmediato. Mientras lo esquivábamos corriendo, escuché un gruñido que salía de su boca:

—Sigan, muchachos, yo los alcanzo en un momento —afanosamente intentaba ponerse de pie a pesar del intenso dolor que le recorría el cuerpo, ya que su brazo con toda seguridad estaba roto, inutilizado.

—¡Agachen la cabeza! —gritó Tozcuecuex con su voz ronca, desviando una flecha hábilmente con su escudo—. ¡Los malditos arqueros nos tienen medidos!

La advertencia hizo que los hombres se agazaparan mirando de reojo su lado derecho. A lo lejos escuché un gran clamor, el vocerío y alboroto propio de un combate, compuesto de alaridos de dolor, guerreros gritando órdenes, el choque de armas y el rugir de las caracolas. El fragor era una muestra inequívoca de que el ataque principal encontraba fuerte resistencia, pero que sin duda hacía mella en las fuerzas enemigas. Simultáneamente nuestro grupo seguía trotando sobre el camino, rodeábamos la posición enemiga con la intención de atacar y desbordar el flanco izquierdo de los rebeldes. Era evidente que nuestra acometida no sería ninguna sorpresa, ya que muchos proyectiles surcaban el aire tratando de arrebatarnos la vida, o cuando menos rompernos un hueso.

Después de unos momentos, delante de nosotros escuchamos la voz de Motecuhzoma, quien encabezaba la columna:

—¡Sobre la montaña, valientes tenochcas!

En ese momento todos los hombres giraron sobre sus talones hacia la derecha, internándose en el follaje de la montaña al tiempo que aferraban sus armas, listos para el inminente combate. Tozcuecuex y yo también obedecimos la orden sin chistar, seguidos de varios guerreros que venían detrás de nosotros. Sin mayor aviso, cuando saltábamos un tronco caído escuchamos murmullos a nuestro lado derecho y de inmediato un par de saetas atravesaron al guerrero que corría detrás de mí. Con un grito ahogado cayó al piso, sujetándose la garganta sangrante. Después de él otros dos hombres fueron abatidos y cayeron de bruces sobre el fango, ambos heridos. Giré la cadera para protegerme con el chimalli mientras seguía avanzando hacia el frente. Al fin vimos a los primeros enemigos salir de la maleza con el cuerpo completamente pintado de tizne negro, portando ostentosos tocados de plumas de garza blanca.

Con un grito de furia y un hacha de cobre, el primer hombre cargó contra Tozcuecuex, quien ante la repentina aparición apenas tuvo tiempo de agacharse y esquivar el tajo enemigo. Sin pensarlo, el guerrero mexica giró sobre sus talones y descargó un golpe lateral con su macuahuitl que destrozó las costillas de su atacante y salpicó de sangre mi rostro. El enemigo cayó al piso agonizando. Frente a nosotros, los atacantes se multiplicaron; emergían de entre los árboles, usaban sus arcos y después sus hachas de combate y mazas de madera labrada. Nuestro grupo se disgregó ante la feroz respuesta enemiga; muchos de los hombres se dirigieron al flanco derecho, tratando de no vernos rebasados por los guerreros rebeldes. De inmediato comenzaron los combates a muerte.

—¡Tozcuecuex, agáchate! —gritó un robusto telpochtlato con el rostro pintado de rojo al ver cómo otro hombre disparaba una flecha a corta distancia hacia el cuauchic, quien liberaba su arma del torso de su víctima.

Recordé mi promesa de no permitir que derrotaran al cuauchic, de la cual fue testigo Itzcuintli. Moví rápidamente la honda sobre mi cabeza y con un solo giro disparé la piedra contra el arquero, quien al sentirse atacado apuntó su arco hacia mí. Estaba más preocupado por agacharse y evitar mi glande que por dar en el blanco, así que su flecha salió disparada por encima de mi cabeza. El hombre tiró a un lado su arco para sujetar la maza que colgaba de su espalda con la intención de defenderse de Tozcuecuex, que rápidamente se aproximaba hacia él. Con una sencilla finta, el guerrero mexica hizo que su enemigo abriera la guardia tratando de protegerse del macuahuitl, mientras que con la otra mano le enterraba en el costado del abdomen un filoso cuchillo de pedernal gris. De inmediato su boca se llenó de sangre y cayó al piso. Vi su rostro a la distancia, todo pintado de negro, rapado, con una clara deformación craneal.

Cubierto de sangre, Tozcuecuex tomó la maza de su enemigo acribillado y me la tendió.

—¿Acaso vas a matar a tus enemigos con las manos? Ármate, Ce Océlotl —la sujeté con determinación al tiempo que me enredaba mi honda en el antebrazo.

Detrás de nosotros, los guerreros que nos seguían se incorporaban a la refriega que se desarrollaba a nuestra derecha y que amenazaba con rodearnos y terminar con nosotros.

—Mantente a mi lado, telpochtli —volvió a decir.

Un enemigo que vestía un xicolli, una especie de chaleco de algodón, corrió en nuestra dirección para lanzarse sobre el cuauchic empuñando un cuchillo. Este pudo detener la filosa daga con la mano, aunque no logró mantenerse en pie ante el impulso de su enemigo. Los vi forcejear y rodar pendiente abajo, completamente cubiertos de fango, hasta que se perdieron detrás de unos altos matorrales. En ese momento me encontré junto al telpochtlato de rostro rojo y un joven guerrero de fiera mirada y grandes orejeras de obsidiana que se acababa de integrar a nuestro reducido grupo.

De entre los duelos que se libraban frente a nosotros aparecieron cuatro guerreros enemigos que se dirigían hacia nuestra posición; algunos mostraban deformación craneana, lo que hacía más fiero su aspecto. Con un grito de furia mis dos compañeros dieron varios pasos de impulso para lanzar con su atlatl mortíferos dardos contra el primer atacante, quien fue atravesado pese a que intentó detener ambos proyectiles con su pequeño escudo de madera, lo que era imposible. Los dos mexicas abandonaron sus dardos y empuñaron su macuahuitl, lanzándose al ataque. Corrí detrás de ellos sujetando la maza de madera. Uno de los tres purépechas vivos se enfiló hacia mí blandiendo su hacha de cobre. Fui lo suficientemente rápido para bloquear su golpe, pero no para evadir el ataque de su daga, que me cortó la tilma y el pecho y me hizo sangrar. Estos guerreros eran de élite, no cabía duda, pensé. Di varios pasos hacia atrás, replanteando mi defensa. La ligera lluvia empezó a amainar mientras giraba con mi adversario en una macabra danza por encontrarle una debilidad.

El purépecha se protegía el cuerpo con un ichcahuipilli y portaba un fino braguero de algodón. Su cabeza carente de cabello iba coronada con un tocado de plumas blancas. Un gran bezote redondo hacía que su labio inferior colgara, mostrando sus dientes amarillos y transformando su sonrisa en una mueca grotesca. En su mano derecha portaba un hacha y en la izquierda un pequeño escudo redondo sujeto a su antebrazo y una daga de pedernal blanco. Era notablemente más fuerte que yo, pero no más alto. Con nuevos bríos lanzó un hachazo contra mi costado. Sabía que el golpe mortal lo daría con su daga, así que lo detuve con la maza y rápidamente clavé mi cuchillo en el borde de su escudo para desestabilizarlo.

Me sorprendió con una fuerte patada en la pantorrilla que me hizo caer. Rodé de inmediato para evadir el nuevo golpe de su hacha, que se hundió en el fango y me dio un instante para atacar. Sin titubear me incorporé y me lancé contra él. Logré derribarlo e hice que perdiera su hacha. Rodamos por los charcos y la maleza;

yo trataba de clavarle mi técpatl, pero él alcanzó a golpearme con su puño repetidas veces en la cara, así que empecé a sangrar de la boca y la nariz. Era tan intenso nuestro forcejeo que no nos percatamos de que nos dirigíamos hacia un barranco de al menos ocho codos de profundidad, por lo que caímos hacía el vacío aferrados en un abrazo mortal. Azotamos contra una pequeña terraza. Yo sentía cómo el dolor recorría todo mi cuerpo debido al impacto. Para mi suerte, mi enemigo terminó peor, ya que se había golpeado la cabeza con una piedra y estaba inconsciente. Aturdido por el impacto y debilitado por la sangre que manaba de mi pecho, boca y nariz, me desvanecí sobre el cuerpo inerte del guerrero pintado de negro. Lo último que cruzó por mi mente fue la profecía del anciano el día en que nací, la cual aseguraba que moriría en batalla o en un altar de sacrificios. No estaba muy lejos de cumplir mi destino si caía en manos enemigas.

—Hemos perdido el factor sorpresa, oh, gran señor. Nuestro flanco derecho está bajo demasiada presión, no soportará mucho tiempo —informó un guerrero que sangraba profusamente de la mejilla al general de la coalición de Tepecuacuilco, quien lo despidió con un movimiento de mano reanudando su camino hacia el ala derecha de su fuerza, acompañado de un puñado de hombres de confianza.

Desde su privilegiada posición, Tzotzoma vio cómo al inicio de la batalla la columna de la Triple Alianza se dividió en dos grupos para repeler la emboscada. El más grande asaltó la montaña por el frente, pero fue frenado momentáneamente. El combate era muy parejo y no se veía un claro ganador. El segundo grupo, aunque con pocos efectivos, estaba obteniendo un éxito considerable en su ofensiva, pues estaba quebrando su flanco derecho a pesar de la presencia de los guerreros purépechas de Tsaki Urapiti. La pelea en ese sector era muy dura y las bajas eran cuantiosas en ambos bandos.

Tzotzoma observó con beneplácito cómo su presencia infundía valor y confianza entre sus hombres. Al verlo muchos gritaban al unísono a manera de saludo. Pero también era consciente de que no podía pasar desapercibido con su vistoso yelmo de felino cubierto de plumas de guacamaya. Al bajar por la ladera pudo ver a la distancia al comandante purépecha, quien parecía cómodo enfrentando a dos guerreros mexicas al mismo tiempo. El albino Tsaki se movía ligero bloqueando los golpes de sus oponentes en espera del momento preciso para contraatacar, el cual no tardó en llegar. Con gran destreza el guerrero se agachó y giró con su hacha, rebanando violentamente el vientre de su primer enemigo. De inmediato rodó hacia adelante y ganó la espalda del adversario, a quien incapacitó con un golpe contundente que quebró su columna vertebral.

Mientras seguía descendiendo hacia el flanco derecho de su línea, donde el combate era más intenso, Tzotzoma sonrió. Era impresionante la habilidad marcial del guerrero albino, reconoció. Después de saltar un árbol caído cubierto de enredaderas, sus hombres y él llegaron al corazón de la batalla, donde se dispersaron en busca de contrincantes. De inmediato el comandante chontal se encontró con un guerrero, que, desafiante, le cerró el paso. Aprovechó su impulso para fintar que iba a golpearlo con la maza para en realidad apuñalarlo en el abdomen con su largo cuchillo de obsidiana, el cual extrajo con la misma facilidad. El guerrero siguió avanzando, adentrándose en el combate y buscando a los capitanes de los mexicas con el fin de eliminarlos y desarticular el ataque y la cadena de mando enemiga.

No le fue difícil distinguir a un fornido guerrero con dos plumas de quetzal colgando de su nuca y un vistoso chimalli decorado con una greca escalonada verde sobre un fondo amarillo, todo realizado con plumas de aves tropicales. Sin duda se trataba de uno de los míticos cuauchique mexicas. Este hacía señales a dos de sus hombres para que subieran la montaña y atacaran la retaguardia enemiga, cuando se percató de la amenaza que se aproximaba. Tzotzoma sintió un escalofrío cuando el cuauchic lo miró fijamente y apretó con fuerza su macuahuitl mientras caminaba lentamente hacia su posición. El chontal sabía lo difícil que sería salir vivo del encuentro, por lo que dedicó un último pensamiento a su hijo, su esposa y sus dioses.

Necesitaba eliminar al capitán mexica, era la única forma de detener el avance de su ejército, que estaba a punto de desbordar el flanco derecho rebelde, lo cual sería fatal para el resto de las fuerzas de Tepecuacuilco, pues se verían rodeadas y serían masacradas. El combate empezó al lado de un gran árbol de ocote cuando el cuauchic arremetió con dos golpes de su macuahuitl; estos fueron evadidos por su oponente, quien respondió con su maza tratando de alejar a su contrincante y ganar un respiro. El mexica simplemente giró, evitándolo y golpeándolo con el pomo de su arma en la cara, lo que le hizo perder el equilibrió por un momento. Tzotzoma protegía su rostro detrás del escudo mientras movía lentamente su maza de madera de encino en espera del próximo ataque.

—Tu vida termina hoy, rebelde —murmuró el cuauchic en un náhuatl rústico.

El chontal pudo observar con detenimiento al mexica. Su rostro manchado de sangre se notaba sereno, facultad digna de admirarse cuando se libra una batalla a muerte. Solo vestía un maxtlatl, algo poco frecuente para un guerrero de tan alto rango. Un crótalo de serpiente esculpido en fina piedra verde se balanceaba sobre su pecho. Su cabeza prácticamente rapada hacía que resaltaran las grandes orejeras tubulares de hueso.

—¡Eso está por verse, saqueador mexica! —replicó el rebelde en náhuatl, lengua que su madre le enseñó desde la cuna.

De inmediato se lanzó al ataque utilizando sus tres armas. Primero soltó un golpe con su maza, que fue detenido con el escudo emplumado de su enemigo. Posteriormente trató de alcanzar su rostro con el filo de su chimalli, pero no tuvo éxito debido a un desplazamiento lateral. Por último su daga rasgó el aire, fallando por tercera ocasión gracias a los movimientos anticipados de su opositor. El contraataque fue como un relámpago que alcanzó a Tzotzoma en la cabeza y partió su yelmo de felino, y aunque este absorbió la mayor parte del impacto de las navajas del macuahuitl, el golpe lo hizo caer al piso y sangrar profusamente por encima de la oreja. El mexica aprovechó la situación y pateó la mano izquierda del maltrecho guerrero e hizo saltar su daga por los aires. Una seguidilla de golpes con el macuahuitl fue detenida milagrosamente por el chimalli del chontal, que se partió un poco e hizo volar navajillas de obsidiana. El ojo del general de la coalición de Tepecuacuilco se llenó de sangre; su oreja se hinchó y adquirió una coloración negra. Parecía que el cuauchic se debatía entre terminar con la vida de su oponente o capturarlo para que sus dioses lo devoraran en sacrificio.

Cuando el cuauchic se acercó para dejar inconsciente a su enemigo y atarlo, un agudo ruido proveniente de la cima de la montaña lo sacó de su concentración. El sonido parecía surgir de cientos de flautines que sonaban al mismo tiempo entre la espesa vegetación. Los combates se interrumpieron, los guerreros volteaban para distinguir si se trataba de una fuerza aliada o enemiga. De entre los árboles que coronaban la montaña emergieron cientos de hombres que usaban solamente bragueros y portaban arcos. El silbido continuó desconcertando a los bandos que se enfrentaban, y no fue sino hasta que apareció una decena de estandartes cubiertos con hojas de zapote y representaciones de Xipe Totec que se supo su identidad: era una patrulla de los yopes de Tlatomahuacan.

Se trataba de grupos seminómadas que vivían de la caza y la recolección, aunque también conocían la agricultura. Eran guerreros salvajes expertos en el uso de la flecha y el arco. Se habían unido a la coalición de Tepecuacuilco gracias a los regalos del gran irecha purépecha y luego de conocer la gran amenaza que suponía para su estilo de vida el avance de las huestes de la Triple Alianza. Los chontales, tlahuicas y mazatlecos que conformaban las fuerzas rebeldes gritaron de júbilo al ver el arribo de sus aliados para evitar la inminente derrota. Los yopes empezaron a buscar objetivos para atacarlos con sus flechas dotadas de filosas puntas de hueso. A pesar de conocer la naturaleza de los recién llegados, los guerreros de la Triple Alianza continuaron con su embestida, aunque descorazonados bajo la lluvia de saetas yopes.

—¡Estaban al borde de la derrota! —gritó algún mexica viendo sus posibilidades de victoria reducidas a cero en un instante.

Al escuchar los cientos de flautines, Tzotzoma reconoció que se trataba de la patrulla aliada yope que vigilaba un camino montañoso al norte. Con regocijo y alivio vio cómo los mexicas, incluido el cuauchic que lo había derrotado, se protegieron detrás de sus escudos ante las flechas que empezaban a surcar el cielo. Se escucharon gritos de confusión como: "¡Cúbranse, valerosos culhúas, descendientes del lugar de la pureza!", o "¡Son los salvajes yopes, repliéguense!". El general de la confederación de Tepecuacuilco se incorporó a pesar de la herida en su cabeza, incrédulo ante su buena suerte. Una veloz flecha que cruzó el aire se impactó en el escudo del experimentado cuauchic, lo atravesó y le hirió el antebrazo, mientras seguía replegándose y llamando a gritos a sus hombres para que se reagruparan en torno a él.

—¿Dónde está Motecuhzoma? —clamó alguien, preocupado por que hubiera sido capturado. No hubo respuesta.

La emboscada había rendido frutos, reflexionó el general chontal al ver retroceder a los ya agotados mexicas, quienes seguían sufriendo considerables bajas por las flechas enemigas. La oportuna aparición de los guerreros yopes había transformado la derrota en una victoria. No muy lejos de su posición, los guerreros purépechas de cuerpo pintado de negro se fueron congregando alrededor de Tsaki Urapiti, quien reagrupaba a sus hombres con la intención de atacar otra vez el frente mexica. Entre los sobrevivientes que observaban la retirada enemiga se encontraba el joven Ixcauatzin, el portador de la caracola, a quien Tzotzoma ubicó de inmediato recargado en un árbol, tratando de recobrar el aliento por el cansancio.

—Joven guerrero, qué gusto me da que sigas vivo —comentó mientras se aproximaba hacia él.

—Gracias, oh, gran señor. ¿Está usted bien? Está sangrando demasiado de la cabeza —replicó.

—Es solo un rasguño. Sé que estás cansado, pero necesito que toques de nuevo para avisar que nos replegamos hacia las montañas —el joven asintió y de inmediato empezó a soplar la gran caracola marina.

Un prolongado y fuerte rugido se escuchó en los alrededores de la montaña, anunciando el repliegue de los rebeldes bajo la protección de las flechas que seguían diezmando a los mexicas con gran eficiencia. Tzotzoma era consciente de lo cerca que estaba de lograr una victoria total masacrando en su totalidad a la fuerza mexica, pero también conocía bien a sus hombres y sabía que no estaban en condiciones de proseguir el combate. Estaban cansados y la gran mayoría presentaba diversas heridas. Por el contrario, los purépechas seguían ávidos de continuar el combate, hasta que fueron disuadidos por la señal de retirada que emitió la caracola de Ixcauatzin. Siguiendo el ejemplo del resto de las fuerzas de la coalición, el comandante purépecha ordenó el repliegue de sus fuerzas restantes.

Los yopes flecheros siguieron descendiendo por la montaña en persecución de los mexicas en retirada, buscando hacer más daño a corta distancia con sus letales arcos y proteger a sus aliados. Mientras ellos bajaban, los últimos purépechas subían la montaña con cinco cautivos mexicas atados de las manos. Todos iban heridos o lastimados y con la cabeza agachada. En su rostro se veía la resignación, pues sabían que acabarían sacrificados en honor de los dioses de sus enemigos. Esas eran las reglas de la guerra en estas tierras.

Momentos después, ante la mirada atenta de Tzotzoma y bajo la protección proporcionada por los yopes, la totalidad de los guerreros sobrevivientes de la confederación de Tepecuacuilco había alcanzado la cumbre de la montaña para sanar sus heridas, reagruparse y volver a atacar la columna de la Triple Alianza. Pero eso sería otro día.

La noche empezó a cubrir con su manto oscuro la serranía cuando los yopes terminaron de rociar con flechas a sus enemigos. Finalmente también se retiraron siguiendo a su caudillo, un guerrero delgado de cabello largo hasta la cintura que portaba con orgullo su única posesión preciosa: un guaje cubierto de pequeñas teselas rectangulares de coral rojo. Mientras tanto, en la cima de la montaña, el general de Tepecuacuilco permitía que Ixcauatzin le vendara el golpe de la cabeza con un paño de algodón. Frente a él, algunos guerreros veteranos debatían sobre la conveniencia de reanudar el ataque o simplemente esperar la noche para recoger a sus caídos. A lo lejos, Tzotzoma escuchó un llanto ahogado. Se trataba de un guerrero chontal de no más de veinticinco inviernos. Abrazaba a su hermano, quien acababa de fallecer debido a sus heridas. A pesar de lo triste de la situación, al general chontal no se le ensombreció el corazón, ya que el ataque se había llevado a cabo con éxito y había causado gran cantidad de bajas entre los mexicas. Pero, sobre todo, se alegraba de haber sobrevivido para plantar cara a los invasores durante lo que sería la defensa de su hogar y principal bastión de la rebelión de Tepecuacuilco: Teloloapan.

CAPÍTULO III

Un terrible dolor de cabeza me hizo recobrar la conciencia. Me encontraba recostado encima de un petate sobre el pasto húmedo a unos cuantos codos de una fogata que brindaba un calor reconfortante durante la fresca noche. Una burda manta de fibra de ixtle que olía a humedad tapaba mi cuerpo, mientras que mi cabeza descansaba sobre una estera enrollada. Instintivamente toqué mi rostro para verificar que todo estuviera en su lugar y me sorprendí cuando sentí lo inflamada que estaba mi nariz y el lado derecho de mi rostro. Me toqué el pecho y noté que alguien había colocado un emplasto sobre la herida que sufrí durante el combate. Aunque ardía un poco, me di cuenta de que era un corte superficial, por lo que no causaría mayores problemas. Podía recordar el combate que libré contra un guerrero y cómo rodamos hasta caer por un pequeño despeñadero poco antes de perder la conciencia. Para disgusto de los dioses de mis enemigos, parecía que no me habían capturado y que seguía vivo a pesar del creciente anhelo que se estaba gestando en mi interior de morir para reencontrarme en el paraíso solar con mis familiares fallecidos.

Abrí los ojos y vi un hermoso cielo estrellado. Las nubes que nos acompañaron durante la marcha matutina se habían disipado con el viento que atravesaba la serranía. Cuando mi vista se adecuó a la ausencia de luz, observé que me encontraba en un amplio claro con algunas casas y campos de cultivo abandonados. Supe que no estábamos lejos del lugar donde nos habían atacado por la gran montaña que se alzaba a la distancia, sobre la línea de árboles que se recortaban contra el cielo nocturno. Sin duda estaba en el valle ubicado a la izquierda del camino que recorrimos después de salir de Tlachco. Me percaté de que formaba parte de una larga línea de hombres acostados o sentados en el piso, seguramente los heridos del enfrentamiento. Algunos dejaban escapar quejidos, maldiciones o simplemente probaban algún alimento mientras descansaban. Al recorrer con la vista el amplio claro me di cuenta de que estaba vibrante de actividad, con decenas de fogatas y siluetas de hombres que se movían de un lado a otro.

Frente a mí pasó una fila de cargadores con sus armazones de madera en la espalda, en dirección a una choza de adobe ocupada por varios individuos que parecían muy alegres, pues podía oír sus risas y carcajadas inundando la noche. En cambio, a los hombres que estaban descansando sobre petates no les fue tan bien después del enfrenamiento, ya que no cabía duda de que algunos habían muerto a causa de sus heridas o desangrados mientras los curaban. Sus cuerpos no volverían a sentir el calor de Tonatiuh, ni volverían a ver por las noches el brillo blanquecino de Coyolxauhqui. A unos cuantos codos de distancia de mi petate estaba acostado un hombre que deliraba y gritaba maldiciendo las decisiones que tomó durante el día. Al poco tiempo llegó otro hombre con una infusión de hierbas que amablemente le tendió para que la tomara, y aquel se quedó dormido.

A una distancia considerable pude observar varias partidas de guerreros completamente armados que portaban antorchas de ocote y vigilaban el claro, el camino, incluso la arboleda que se alzaba hacia el sur. Con seguridad buscaban hombres heridos o enemigos que estuvieran acechando nuestro campamento. Súbitamente el olor a carne chamuscada envolvió mi olfato, lo que me causó fuertes contracciones en el estómago. Sabía que no se trataba de algún guajolote o perro asado para consumo humano, sino de algo más triste. A unos trescientos codos de distancia hacia mi derecha había una gran plataforma de leña que ardía intensamente, envuelta en altas llamaradas que rasgaban el cielo y despedían una abundante cantidad de humo que se elevaba hasta las estrellas. La estructura había sido construida para incinerar a los guerreros caídos y no demorar más su vuelo hacia el paraíso solar, el Tonatiuh Ichan, donde acompañarían al astro todos los días desde el amanecer hasta su cenit.

Poco a poco me di cuenta de que me encontraba en el centro de un mar de personas, mucho más grande de lo que pensé en un principio. Hacia donde volteara podía ver cientos de hombres caminando, algunos traían leña, comida, guajes llenos de agua, incluso cadáveres o convalecientes. Las fogatas no se contaban por decenas sino por centenas. Alrededor de una de ellas, un grupo considerable de hombres asaba un venado que habían logrado cazar. Su carne despedía un delicioso aroma que convocaba a quienes pasaban por ahí a unirse al banquete a cambio de revivir antiguos favores, difusos lazos de parentesco y amistades olvidadas. Hasta en la lejanía pude ver por lo menos cien siluetas danzar frente a la representación de alguna deidad colocada sobre el muro de una casa de considerable tamaño. No tenía la menor duda de que el xiquipilli Cipactli de ocho mil hombres había dado alcance al contingente de mi barrio mientras había estado inconsciente.

Entre la oscuridad distinguí la silueta de una persona que se acercaba; se trataba de mi amigo Itzcuintli, quien no parecía herido más allá de algunos moretones en los antebrazos y las piernas. Una sonrisa apareció en su rostro al ver que había recobrado el sentido. En sus manos llevaba un par de jícaras y tortillas secas amontonadas.

—Ce Océlotl, me alegra que hayas despertado. Fui por un poco de comida para nosotros. Sé que las tortillas doradas con frijoles no son un gran manjar, pero por lo menos nos llenarán el estómago. ¿Cómo te sientes? —preguntó, sentado en cuclillas.

—Cualli yohualtin nicniuh, mi amigo. Aparte de un fuerte dolor de cabeza, parece que todo sigue en su lugar —tomé un poco de aire y le pregunté—: ¿Sabes cómo llegué hasta aquí? ¿Cuál fue el desenlace de la emboscada que sufrimos?

—Como tú bien sabes los rebeldes nos emboscaron, y cuando la victoria estaba al alcance de nuestras manos llegó un grupo de guerreros. Al hacer su aparición nadie sabía de quién se trataba, pero cuando empezaron a atacarnos no quedó duda. Se trataba de una patrulla de yopes, aliados de los rebeldes de Tepecuacuilco. De inmediato nos atacaron con sus arcos y flechas desde la cima de la montaña, por lo que tuvimos que replegarnos. Gracias a la intervención divina de Tezcatlipoca, cuando más débiles nos encontrábamos, el enemigo, en lugar de sostener su ataque, se retiró hacia las montañas. De no haber sido así seguramente hubiera muerto hasta el último guerrero de nuestro calpulli —concluyó Itzcuintli mientras se llenaba la boca con un trozo de tortilla seca cubierta de frijoles y un poco de espesa salsa hecha de chiles, hierbas aromáticas y semillas de calabaza.

—¿De todo eso me perdí? —pregunté después de tomar mi primer bocado.

—Sí, Ocelote. ¡Ahora es cuando empiezan las buenas noticias! Después de que nuestro ataque fue repelido, nos retiramos hacia el valle ubicado al sur del camino para resguardarnos, pues aún no sabíamos que el enemigo ya no continuaría su ataque. Así fue como llegamos a este claro salpicado de caseríos y chozas abandonadas. Al caer la noche regresamos al camino y a la montaña donde se llevó a cabo la lucha para recoger a nuestros muertos e incinerarlos. Cuauhtlatoa te encontró sobre un guerrero enemigo con el cuerpo pintado de negro; ambos estaban desmayados. Tu enemigo fue atado y amordazado poco antes de que recobrara la conciencia. En este momento lo están interrogando y después lo sacrificarán como una ofrenda a nombre tuyo para nuestros dioses. ¡Felicidades, Ocelote, has conseguido tu primera captura! Y no apresaste a cualquier macehual sino a un guerrero purépecha de élite. En cualquier momento vendrá nuestro hermano mayor, el calpullec Tliltochtli, para entregarte las insignias de tu nuevo rango militar como recompensa. Has dejado de ser un simple yaoquizque, amigo —exclamó, luego me abrazó e hizo que se derramaran los frijoles de mi cuenco en el pasto.

—¿Cómo? —fue lo único que salió de mi boca—. En realidad no he logrado ninguna captura, Itzcuintli, simplemente mi enemigo y yo rodamos por la ladera y al momento de caer nos desvanecimos, eso no implica… —antes de que pudiera terminar la frase escuché que alguien a la distancia mencionaba mi nombre.

Como lo había predicho mi amigo, el hermano mayor de nuestro calpulli, Tliltochtli, el cuauchic Tozcuecuex y el telpochtlato

Cuauhtlatoa, acompañados por un par de guerreros-sacerdotes, se aproximaban caminando tranquilamente hacia nosotros. Sus siluetas se cubrieron de luces y sombras cuando pasaron a un costado de la fogata donde descansaban algunos hombres.

—Cualli yohualtin, valiente telpochtli —me saludó el calpullec Tliltochtli—. Tenochtitlán y nuestro barrio se enorgullecen de tener jóvenes como tú, Ce Océlotl. Capturar a un guerrero purépecha durante tu primera batalla solo es una hazaña digna de ser premiada. Ponte de pie, joven guerrero, para recibir tus condecoraciones.

—Sí, señor —contesté un poco confundido.

Pensando en cómo explicar lo sucedido a los líderes del calpulli sin recibir una reprimenda, deslicé a un lado la manta que me cubría. Me incorporé a pesar del dolor que sentía en todo el cuerpo. Luego me coloqué frente al calpullec, quien empezó a decir:

—Ce Océlotl, me congratulo en cortar el mechón de tu nuca, tu piochtli, para que toda la sociedad reconozca en ti a un hombre maduro apto para formar una familia y hacerse responsable de ella. Ante la ausencia de nuestro huey tlahtoani Ahuízotl, quien no se encuentra con nosotros en este momento, me honro en entregarte esta tilma de algodón con flores bordadas, propia de los guerreros que han logrado su primera captura. Vístela con orgullo entre tus semejantes y cuando recorras los infinitos caminos de Tenochtitlán.

Mientras decía esto, el calpullec Tliltochtli gentilmente cortó con una navajilla de obsidiana el mechón de cabello que nacía de mi nuca para después hacerme entrega de una hermosa tilma blanca de algodón decorada con una flor roja bordada, la tiyahcauhtlatquitl. Tozcuecuex le tendió otra prenda al calpullec, quien continuó diciendo:

—También te otorgo tu armadura acolchada y estas hermosas orejeras de obsidiana, dignas del selecto grupo de los tlamani o capturadores.

Cuando terminó de decir esto, Tozcuecuex y Cuauhtlatoa ya habían removido delicadamente las pequeñas orejeras de madera porosa que portaba en los lóbulos para reemplazarlas por las de obsidiana. Se trataba de dos hermosos discos de un negro verduzco y brillante con un surco por los filos para que pudieran fijarse dentro de las orejas. Semejante honor hizo que bajara la mirada por un momento, tratando de esconder el sentimiento de orgullo que recorría mi emocionado corazón de la atenta mirada de los grandes guerreros que estaban frente a mí. Aunque consideraba que existía una confusión.

—Tlazohcamati, ¡oh, grandes señores!, por estos obsequios, pero no creo ser digno de merecerlos. En realidad lo que sucedió fue que mientras combatíamos rodamos por la lade... —súbitamente Cuauhtlatoa me interrumpió.

—¡Basta de modestia por el día de hoy, telpochtli! Yo te encontré en el lodo junto al adversario con quien combatías, y varios de tus compañeros te vieron durante la batalla con el corazón henchido de valor defendiéndote del purépecha. ¿O acaso me estás diciendo mentiroso? Porque sé bien lo que vieron mis ojos —comentó el veterano guerrero, que llevaba la cabeza vendada como consecuencia de algún proyectil que lo golpeó. Su armadura de algodón estaba manchada de sangre y rasgada en algunos lugares.

Aunque era alguien de pocas palabras en comparación con el telpochtlato, Tozcuecuex tomó la palabra.

—Joven Ce Océlotl, somos conscientes de lo que sucedió. Las reglas para obtener el rango de tlamani son muy claras y la forma en que lograste derrotar a tu enemigo es completamente válida. Como bien te diste cuenta, el guerrero que enfrentaste no se trataba de cualquier macehual sino de un guerrero purépecha experimentado. Gracias a tu captura y al interrogatorio que se le realizó, hemos confirmado la presencia de guerreros purépechas dentro de los ejércitos de la confederación de Tepecuacuilco. El prisionero también nos informó que el grupo que nos hizo retroceder al final de la batalla era una partida yope proveniente de Tlatomahuacan, comprada con oro y algodón purépecha. Y no es el único grupo, varios miles de yopes de diferentes lugares llegaron a esta región para combatirnos y aliarse con los rebeldes. Es evidente que la larga y poderosa mano del irecha de Michhuacan ha estado haciendo preparativos previos a nuestra llegada —concluyó el cuauchic.

—Sin duda la amenaza que se cierne sobre esta provincia de la Excan Tlatoloyan es mucho más compleja de lo que pensamos. Lo que parecía una coalición de varios pueblos para mantener su independencia podría ser en realidad una estrategia del gobernante purépecha para ensanchar sus dominios y su área de influencia a costa de la Triple Alianza —agregó el calpullec con una marcada preocupación en el rostro.

Después de un momento de silencio, regresó la mirada hacia mí para decir:

—Océlotl, hijo del gran Xiuhcozcatl, por toda la información que tu prisionero nos ha brindado está claro que eres merecedor del honor que te otorgamos. Aun así, somos prudentes y pacientes con tu desarrollo militar, por lo que seguirás apoyando a Tozcuecuex en el campo de batalla debido a la poca experiencia que posees. Seguramente en poco menos de un año podrás disponer de tu propio auxiliar en las batallas, pues no me queda la menor duda de que tienes un corazón aguerrido y un interior rebosante de humildad.

Ante semejantes comentarios de personajes tan importantes, solamente me limité a dar las gracias. El calpullec Tliltochtli continuó:

—Jóvenes, me retiro, aún hay mucho que preparar para la marcha de mañana. Tozcuecuex, espero verte al amanecer en las estancias centrales del calpulli. Nos hemos ubicado en un caserón estucado al sur del claro. Necesito que mañana me entregues una lista de treinta hombres aguerridos de confianza para una misión que solicitó directamente el huey tlahtoani Ahuízotl. ¡Disfruta de tu ascenso, telpochtli! Por cierto, Océlotl, tú también estás convocado a la reunión, alguien te quiere conocer —concluyó el calpullec y se retiró, seguido por el telpochtlato Cuauhtlatoa y los guerreros-sacerdotes.

El semblante del calpullec era calmado, positivo a pesar de la "pequeña derrota" que sufrimos. Su rostro iba pintado con una franja negra a la altura de los ojos. Tenía recogido el cabello sobre la cabeza, decorado con algunas plumas rojas. Llevaba su armadura de algodón manchada de lodo y sangre y encima una gruesa tilma de algodón blanca con filos rojos.

Mientras el calpullec y sus acompañantes se retiraban, Tozcuecuex se permitió dirigirme una escueta sonrisa.

—Es claro que el dador de vida está siendo benigno contigo, joven, pero recuerda siempre que es difícil ser el consentido del guerrero de la noche, del señor del cerca y del junto, porque así como otorga, retira. No por nada también se le conoce como Moquequeloa, el burlón, el que se ríe de la humanidad. Nos vemos mañana al amanecer. No te pierdas —dijo mientras nos daba la espalda, siguiendo los pasos del calpullec.

—Enhorabuena, amigo, quisiera estar en tus cactli en este momento —comentó Itzcuintli emocionado y sacándome de mis reflexiones sobre el anuncio que nos acababan de dar.

Me inquietaba que el mismo huey tlahtoani Ahuízotl hubiera solicitado la misión de la cual formaríamos parte. Seguramente era de suma importancia o de gran peligro. Decidí no compartir mis preocupaciones, así que cambié el tema.

—Tlazohcamati, Itzcuintli, pero dejemos de hablar de mí. ¿Cómo te fue durante la emboscada? Me alegra verte bien y en un solo pedazo —dije, haciendo una mueca de dolor por lo inflamado de mi nariz y lo golpeado del rostro.

—¡Gracias! En realidad no tuve oportunidad de realizar una captura pues todo el tiempo estuve auxiliando al telpochtlato Tlecóatl al que estoy asignado. Al empezar el ataque, avanzamos hacia la ladera de la montaña disparando nuestros proyectiles. De inmediato chocamos con la fuerza enemiga. Se dieron pocos combates individuales por lo reducido del espacio y por la gran cantidad de maleza y árboles que nos rodeaban. Algunos estudiantes del Telpochcalli nos armamos con nuestras tepoztopilli detrás de la primera línea de combate. Hubo pocos prisioneros y muchos muertos por lo fiero de la batalla. ¿Recuerdas al leñador Tliltototl?

—Claro que lo recuerdo —asentí.

—Lamentablemente fue alcanzado por una flecha. Murió en silencio mientras se desangraba en nuestra retaguardia, entre los cargadores. Fue incinerado cuando terminó el ataque. El alfarero de nuestra acequia, Ome Mázatl, perdió una pierna por el golpe de un hacha. Lograron salvarle la vida, pero le amputaron la extremidad y mañana emprende el regreso a Tenochtitlán con todos los heridos. Mi telpochtlato, Tlecóatl, trató en repetidas ocasiones de apresar a algún enemigo adelantándose a nuestra línea de combate en la ladera, exponiendo su cuerpo a los proyectiles enemigos mientras yo sujetaba la parte trasera de su ichcahuipilli para evitar que se alejara demasiado, aunque no lo logró. Momentos más tarde incrementó la lluvia de flechas que caían desde la cima de la montaña, lo que hizo que retrocediéramos sin romper la formación. Tuvimos importantes bajas durante la retirada. Muchos de nosotros empezamos a hacer las paces con los dioses, pues sabíamos que nuestros enemigos bajarían para masacrarnos, pero eso no sucedió; se fueron retirando hacia la cima de la montaña, lo que nos proporcionó un gran alivio. Vivimos momentos de mucha angustia y miedo al pensar en la deshonra que pasaría nuestro calpulli si perdíamos su estandarte en batalla —relató Itzcuintli, afligido y conmovido.

—No te entristezcas, ten por seguro que en esta campaña habrá gran cantidad de oportunidades de capturar o ser capturado, de matar o ser matado en honor de nuestros dioses —agregué tratando de infundirle ánimos a mi compañero.

Después de un momento más de conversación nos despedimos e Itzcuintli fue a buscar al guerrero a quien estaba asignado, Tlecóatl. Al quedarme solo en cuclillas sobre mi petate vi a la distancia algo que me llamó la atención. Enfoqué la mirada y me di cuenta de que se trataba de un sencillo adoratorio iluminado por dos braseros y una gigantesca fogata a un costado, al cual se dirigían algunas personas para pedir favores divinos o para agradecer por seguir con vida. La curiosidad y la necesidad de agradecerle al señor del cerca y del junto hicieron que me dirigiera al espacio sagrado ubicado en el límite del claro, en los linderos del bosque.

El adoratorio se encontraba entre las fogatas y los grupos de hombres que dormían o descansaban. Estaba constituido por una improvisada plataforma circular de tierra apisonada de un codo de alto donde fueron colocadas varias representaciones de nuestros dioses: Huitzilopochtli, Tezcatlipoca y Xipe Totec. Todos habían sido elaborados en madera, estucados y pintados de brillantes colores. Las esculturas estaban decoradas con pelucas hechas de cabello humano, mantas de algodón, joyería de oro y jade. Tenían la altura de la mitad de un hombre. Frente al pequeño altar había gran cantidad de ofrendas, desde alimentos, mazorcas de maíz, armas enemigas capturadas, calabazas y semillas, hasta algunas prendas de algodón. Todos estos bienes estaban colocados al pie de la plataforma, en medio de dos grandes braseros de cerámica con forma de águila, estucados y pintados de magníficos colores de donde se desprendía el aroma sagrado del copal, impregnando el ambiente con su dulce aroma.

Del lado izquierdo del momoxtli, a unos quince codos de distancia, rugía y crepitaba el intenso fuego de una hoguera de importantes dimensiones, brindando luz y calor a los hombres que visitaban el espacio sagrado. La plataforma estaba flanqueada y protegida por dos sacerdotes que impávidos veían a los devotos hacer súplicas y prorrumpir en llanto, implorando el favor y la protección de los dioses frente a las duras pruebas que estaban por venir. Ambos vestían un maxtlatl y una tilma de algodón color negro con patrones de huesos y cráneos. Sus largas cabelleras, que no cortaban por largas temporadas, despedían un desagradable olor a santidad, pues era común que las empaparan con sangre de los sacrificados. En la noche parecían sombras vivientes debido a que pintaban todo su cuerpo con tizne negro.

Entré al círculo de luz discretamente para después saludar a mis protectores; luego toqué el piso con la mano y posteriormente la posé en mi boca, en la acción que llamamos "besar o comer la tierra". Me coloqué en cuclillas para admirar las representaciones divinas y solicitarles el valor y la entereza para cumplir con mis responsabilidades durante la guerra que se estaba desarrollando. También rogué para que me dotaran del valor necesario para morir dignamente y no terminar mis días de una forma deshonrosa, sumido en la ignominia como cualquier esclavo o borracho, uno de los dos caminos que había vaticinado el tonalpouhque el día de mi nacimiento. Después de permanecer un buen rato en silencio, sintiendo el freso de la noche e hipnotizado por la incesante danza de las llamas de la fogata, dediqué un pensamiento a mi hermano y mis primos fallecidos. Nunca olvidaré esa noche, ya que por primera vez les pedí que desde el más allá me obsequiaran fuerza y valor para hacer frente a las dificultades que se presentaran en mi camino, dejando de lado el lamento y la promesa de morir lo más pronto posible para acompañarlos. Al parecer aún no había llegado ese día, reflexioné.

Por último di gracias a Tezcatlipoca Yaotl por el cautivo que me regaló en el reciente enfrentamiento, un honor que pocos pudieron disfrutar durante la jornada que estaba por concluir. Al finalizar mis peticiones, tomé algunas espinas de maguey de uno de los varios cuencos que estaban frente a las representaciones sagradas. Lentamente me clavé una en la palma de la mano, manchándola de mi propia sangre para después insertarla en una gran bola de pasto, heno y maleza seca llamada zacatapayolli. Aunque realizaba ese tipo de ceremonias de autosacrificio desde los diez años de edad, el dolor fue intenso y el sangrado profuso. Al amanecer, el zacatapayolli sería quemado por los sacerdotes con todas las espinas ensangrentadas que tenía clavadas, para que la sangre de los cientos de guerreros que realizaron penitencia y autosacrificio durante la noche llegara a los dioses solares.

Respetuosamente me puse de pie con la intención de retirarme del espacio sagrado vigilado por los dos sacerdotes que se fundían con la oscuridad. Noté que uno de ellos me dirigió una hosca mirada al tiempo que alimentaba un brasero con madera de ocote y lanzaba un puño de copal a su interior. Una fea cicatriz le bajaba desde la frente hasta la mejilla pasando sobre su ojo, el cual al parecer estaba cerrado a perpetuidad. Sostuvo la mirada hasta que decidí romper el contacto visual, di media vuelta y abandoné el pequeño e improvisado adoratorio.

—¿Has hecho el suficiente autosacrificio para los dioses en estos últimos días, jovencito? —me preguntó. Simplemente seguí avanzando sin prestar atención a lo que parecía una provocación—. ¡Agradece con sangre a los creadores y tu corazón no guardará miedo ni rencor! —concluyó alzando la voz.

No le respondí. Quizá algo le había molestado al religioso, tal vez le pareció poca mi penitencia o vio algo en mí que no le gustó. Sus palabras calaron profundo en mi ser al asociarlas con los sentimientos que causaba en mi yollotl, mi corazón, la muerte de mis familiares. Posiblemente a través del autosacrificio, ayuno y penitencia podría agradecerles o tan solo abandonar esa enorme carga. Seguí mi camino y me adentré en la oscuridad de la noche, y cuando volteé buscando su silueta con la mirada, ya no se encontraba en el pequeño adoratorio. Un escalofrío me recorrió el cuerpo, sin embargo, continué hacia el lugar donde se encontraban mis pertenencias y mi petate. Antes de conciliar el sueño tendría que sacarme de la mente su penetrante y aterradora mirada.

Aún no había aparecido Tonatiuh en el firmamento cuando Tozcuecuex, Cuauhtlatoa y yo, desarmados, esperábamos a un costado del estandarte de nuestro barrio, justo enfrente de la casa comunal donde se encontraban las autoridades del calpulli de Tlalcocomulco. Se trataba de una casa rectangular hecha de piedra, estucada y pintada de blanco y rojo, con al menos tres habitaciones y un techo de vigas de madera parcialmente colapsado. A pesar de encontrarse en un valle en medio de la nada, la calidad de la construcción era buena y su tamaño considerable. Dentro de sus muros pasaron la noche los líderes de nuestro barrio, Tliltochtli y Motecuhzoma, acompañados de sus sacerdotes, consejeros y otros hombres pertenecientes a su séquito. Al parecer contaba con un pequeño temazcal de techo redondo ubicado a un costado de la casa principal. "Seguramente los habitantes de esta casona decidieron abandonarla al saber que por el camino vecino pasarían los ejércitos de la Triple Alianza en su ruta a Teloloapan y Oztomán", reflexioné.

Alrededor de nosotros se desarrollaba gran actividad debido a la cantidad de guerreros lujosamente ataviados que charlaban, desayunaban y descansaban alrededor de varias fogatas ubicadas en las proximidades de la casa comunal y del hermoso árbol. Otras personas, tal vez sirvientes, corrían con guajes llenos de agua, cargas de madera, alimentos recién hechos, ramos de flores y lienzos de algodón doblados. Por lo menos diez guerreros de élite montaban guardia en la entrada de la casa, impávidos ante el frenesí que se desarrollaba alrededor de ellos. Eran hombres que nunca había visto en nuestro contingente, los cuales parecían esperar algo o a alguien, igual que nosotros. Algunos llevaban trajes cubiertos con cientos de plumas, así como pieles de coyotes y felinos. Otros llevaban valiosos collares de conchas marinas, piedras verdes y llamativas orejeras y bezotes finamente trabajados. Era imposible no posar la mirada en los hermosos escudos que portaban, decorados con mosaicos de plumas de aves exóticas, algunos con diseños geométricos, otros con elementos solares y representaciones de animales como felinos y aves de presa. Vistosos yelmos con forma de águilas, jaguares y cánidos protegían la cabeza de los fieros individuos.

Algo que nos desconcertó por completo fue encontrar a un costado de la casa un palanquín colocado sobre el piso, resguardado por ocho hombres, todos muy aliñados y limpios. Tal vez se trataba de los cargadores de la estructura esperando, sentados sobre la tierra, a que sus servicios fueran requeridos de nuevo. Ese tipo de palanquín era el medio de transporte que utilizaban los altos jerarcas de la Triple Alianza, desde nobles de importancia, embajadores y recolectores de tributo hasta el mismo huey tlahtoani y su familia. La estructura hecha de madera y pintada de un intenso color azul contaba con largas cortinas de algodón tejidas con patrones turquesa, azul cielo, morado y violeta, las cuales caían de un azul coronado por un braserito de cerámica policromada del que salían decenas de plumas verdes de quetzal. Todos sus soportes, incluidos los del habitáculo del pasajero, eran de cedro y habían sido labrados exquisitamente.

Después de acercarnos a admirar la fina manufactura del palanquín regresamos a una fogata para calentarnos y carcomer nuestro desconcierto. ¿Quién se encontraba dentro de la casa estucada? ¿En qué momento de la noche llegaron los guerreros que montaban guardia y se calentaban en las fogatas? ¿Cuál era la misión para la que nos habían citado? Saludamos a algunos de los guerreros que estaban sentados en cuclillas a su alrededor bebiendo pinole. Otros simplemente acercaban las manos a las llamas para disfrutar del reconfortante calor. Una vez más, la calidad de sus vestimentas era muy superior a lo que usaban los guerreros y capitanes del contingente de nuestro barrio. Al ver la mirada del cuauchic Tozcuecuex entendí que también estaba sorprendido ante la situación en la que nos encontrábamos, contrario a Cuauhtlatoa, quien impasible jugueteaba con una ramita moviendo trozos de carbón del fuego. Nada parecía preocuparle a ese veterano.

—Seguramente un guajolote gordo vino de visita a nuestro campamento —murmuró Cuauhtlatoa.

—Es posible que sea muy gordo, ya que no cualquiera viaja en un palanquín de esa calidad. Esperemos unos momentos y nuestras dudas se verán despejadas —contestó Tozcuecuex.

Aguardamos por un breve periodo de tiempo viendo el cortinaje de tela que colgaba del marco de la entrada, al tiempo que escuchábamos varias voces desde el interior de la casa comunal. La actividad de los sirvientes, que entraban y salían por la puerta, continuaba. En el horizonte las nubes empezaron a teñirse de rojo, anaranjado y rosado, dando aviso de la aparición del dios sol en el firmamento. Algunos patos cruzaron el cielo por lo alto, lo que me recordó que no había probado bocado desde que desperté. Me dio hambre.

De pronto un hombre se asomó por la puerta y nos hizo una seña con la mano para que entráramos.

—El huey tlahtoani Ahuízotl, Motecuhzoma Xocoyotzin y el calpullec Tliltochtli los esperan —anunció, abriendo la cortina de algodón para que pasáramos.

Sin creer lo que escuchaba, y arriesgándome a una fuerte reprimenda por parte de Cuauhtlatoa, pregunté sorprendido al hombre que hizo el anuncio:

—¿El huey tlahtoani Ahuízotl está aquí?

—En efecto, niño —asintió con una mueca de desprecio.

Entramos a la primera habitación, la más amplia, donde diez guerreros esperaban sentados en cuclillas alumbrados por un par de teas de madera de ocote. Todos iban armados hasta los dientes y vestían llamativos trajes y yelmos cubiertos de pieles y plumas multicolores. La gran mayoría llevaba la cara pintada de negro, con una franja horizontal azul intenso atravesándola a la altura de los ojos. Grandes piezas de ámbar, jade, obsidiana, hueso y oro decoraban sus curtidos rostros, los cuales no mostraban ni el menor signo de impaciencia. Entre ellos había cuatro hombres delgados y entrados en años, que a todas luces parecían ser consejeros o burócratas del Estado mexica. Rompían su silencio solamente para murmurar alguna impresión y después seguían callados, serenos, pero al mismo tiempo expectantes. Fijaron la mirada en nosotros, sin embargo, no hicieron ningún movimiento ni tampoco dijeron nada.

Después de atravesar el espacio de tierra apisonada siguiendo los pasos de nuestro guía, cruzamos una segunda entrada que se hallaba cubierta por una cortina de grueso algodón. Se trataba de un espacio de menores dimensiones y su acceso estaba flanqueado por dos braseros de cerámica que brindaban calor e iluminación gracias al fuego que ardía en su interior. Sin duda ambos braseros eran hermosas piezas de arte, ya que tenían la forma de guerreros descarnados cuyos rostros surgían del pico de un águila. El blanco, amarillo, rojo, negro y azul estaban presentes, dándole vida al collar de manos y corazones humanos, a su escudo y a las plumas de guacamaya que decoraban a ambos guerreros inmortalizados por la cerámica y el estuco.

Grande fue mi sorpresa al encontrar sentado sobre un icpalli cubierto con pieles de jaguar al gobernante supremo de Tenochtitlán, señor de los ejércitos de la Triple Alianza y huey tlahtoani de la nación mexica. A pesar de no conocer en persona al huey tlahtoani Ahuízotl, en muchas ocasiones había visto esculturas y murales donde aparecía su rostro. También logré verlo a la distancia muchos años atrás, en la ceremonia de su entronización en el Huey Teocalli. Aquella vez lo vi cruzar a una distancia relativamente corta entre la multitud que ocupaba todo el recinto ceremonial de Tenochtitlán, cuando bajó del Templo Mayor para dirigirse a la Casa de las Águilas y realizar ayuno y meditación antes de transformarse en un ser sagrado y recibir el nombramiento de huey tlahtoani.

Ahuízotl vestía de forma sencilla para ser el árbol que daba cobijo a millones de súbditos, el sol que resplandecía sobre el Cem Anáhuac, el señor de la guerra que podía congregar ejércitos de miles cuando su voluntad lo quisiera, el gran recaudador de riquezas. Portaba una tilma de algodón y pluma torcida de tonos azules y turquesas anudada sobre el hombro izquierdo, llamada xiuhtilmatli-techilnahuayo, y un par de sandalias de piel de venado. Un maxtlatl teñido de grana cochinilla completaba su atuendo. Debajo de su labio inferior se asomaba un bezote de oro en forma de cabeza de águila. Pesadas orejeras de jade colgaban de sus ya deformados y largos lóbulos. Llevaba el cabello lacio y negro recogido sobre la nuca en una coleta, por lo que sus facciones angulares, casi pétreas, se acentuaban más. Su nariz era algo ancha, al igual que su mandíbula. Me pareció curioso que no llevara la diadema de oro y turquesas, la xiuhuitzolli, ni ningún otro tocado. No había duda de que este huey tlahtoani en particular tenía una voluntad que se asemejaba a la fuerza de la naturaleza: devastadora pero también creadora, imparable, cambiante y caprichosa, como si se tratara del hijo del mismo señor del espejo negro de obsidiana. Para todos era claro que podía ser capaz de cometer grandes atrocidades y a la vez cuidar de su pueblo y de sus tributarios como pocos gobernantes. A pesar de que Ahuízotl no superaba los treinta inviernos parecía al menos diez años mayor, debido a las arrugas que surcaban sus comisuras, su frente y el contorno de sus ojos, así como por un par de cicatrices que atravesaban su frente y el mentón. Su cuerpo era fuerte como el tronco de un ahuehuete, musculoso, ni alto ni pequeño. En las manos portaba una filosa daga de pedernal blanco y mango de madera recubierto de lámina de oro, con la cual jugueteaba y señalaba el gran mapa que se encontraba desplegado sobre el piso de tierra apisonada al centro de la habitación. A su espalda, dos hombres maduros y delgados, con hermosas tilmas labradas, permanecían de pie en silencio portando sobre el pecho amplios morrales tejidos donde asomaban rollos de papel amate, pequeños sellos de cerámica y muchas cosas más. Sin duda eran los tlacuilos o escribas del huey tlahtoani.

Detrás de los dos burócratas se encontraba colocado sobre un marco de madera de roble el estandarte imperial mexica, el quetzalteopamitl, el gran sol radiante de oro y plumas verdes de quetzal refulgiendo con suntuosidad. Su estructura circular engalanaba la figura de Ahuízotl, impregnando la imagen que veían mis ojos de gran magnificencia. Sentados en cuclillas en el piso, flanqueando el magnífico icpalli, se encontraban el calpullec Tliltochtli y el cuauchic Motecuhzoma con la vista puesta en el plano que tenían a sus pies. Al estar frente a su presencia, Cuauhtlatoa, Tozcuecuex y yo nos inclinamos a besar la tierra para mostrarle nuestro respeto, mientras que Ahuízotl escuchaba los murmullos de uno de sus escribanos sin despegar la mirada del gigantesco mapa, recargando el mentón sobre sus manos cruzadas. No osamos levantar la mirada del suelo, a pesar de la inquisitiva inspección de Motecuhzoma, quien fumaba un poco de tabaco con liquidámbar, perfumando el ambiente. Súbitamente, como si despertara de sus reflexiones, el gran orador nos observó.

—Bienvenidos, nobles mexicas, tomen asiento —su voz era gruesa, parecía salir de una caverna, de lo más profundo de su cuerpo.

Sus ojos castaños se movían rápido, saltando de nuestro rostro al mapa desplegado sobre el piso. De inmediato nos sentamos en cuclillas frente a él, impresionados de estar en su presencia.

—Iré directo al grano, ya que existen varios asuntos que requieren mi atención antes de continuar la marcha a Teloloapan —comentó observando a todos los presentes mientras pasaba el dedo índice sobre el filo de la daga de pedernal—. Hoy por la madrugada llegué a este campamento, el del xiquipilli Cipactli, por varios asuntos importantes relacionados con la campaña de castigo que estamos realizando contra los rebeldes de esta provincia. Ya he platicado con su calpullec y con Motecuhzoma sobre la emboscada que sufrieron ayer. También me han informado sobre los resultados del interrogatorio del guerrero purépecha capturado durante el enfrentamiento para conocer los alcances del irecha de Michhuacan en esta campaña.

Dirigiéndose a mí con su fría y pétrea mirada, preguntó:

—Tú fuiste el responsable de dicha acción, ¿no es así, joven guerrero? —la potencia de su voz envolvió la habitación, intimidando a cualquiera que estuviera presente.

Ahuízotl era famoso por despreciar las comodidades y los protocolos propios de su cargo, y también era temido por sus repentinos arranques de furia. Sin embargo, era muy popular entre el pueblo y las castas militares de la Triple Alianza por su generosidad y su genuina preocupación por el bienestar de los suyos. Sentí los nervios a flor de piel, pero al fin pude agachar la cabeza, hacer una reverencia y mascullar una respuesta:

—Así es, ¡oh, gran orador! Yo soy el responsable de dicha captura.

—Buen trabajo, telpochtli, estoy seguro de que tienes un gran futuro dentro de la milicia tenochca. Debido a tu hazaña podemos confirmar que nuestros eternos enemigos, los purépechas, han mandado guerreros para apoyar a los rebeldes junto con una vasta cantidad de recursos, y que además sobornan contingentes de yopes, a quienes ya tuvieron el gusto de conocer el día de ayer durante la emboscada. Gracias a esta información ahora podremos poner en alerta a nuestras fuerzas. Despachamos algunos corredores para que avisen a las diferentes columnas que marchan en este preciso momento hacia Teloloapan acerca de la alta posibilidad de que puedan ser atacadas. Se les ha ordenado que tomen las medidas necesarias para evitar ser sorprendidos durante su marcha, como desplegar muchos más efectivos en las partidas de exploradores y doblar las guardias nocturnas —comentó mirando a todos los integrantes de la pequeña habitación. Mientras hablaba, Ahuízotl acariciaba la filosa cuchilla con su dedo índice.

Todos escuchábamos atentos, impávidos ante la presencia del gran orador, con excepción de Motecuhzoma, quien relajadamente fumaba su tabaco en una sencilla pipa de carrizo. El joven noble no superaba los veintitrés años de edad. A pesar de su complexión delgada, se había probado como guerrero experimentado en innumerables batallas hasta obtener el rango de cuauchic; también formaba parte del gremio de sacerdotes consagrados a Huitzilopochtli, donde destacaba como uno de los más radicales de Tenochtitlán. Durante la emboscada había organizado de manera eficaz la reacción de nuestro contingente y participado directamente en el enfrentamiento, durante el cual mató a varios guerreros, o al menos eso dijeron algunos compañeros que lo vieron. De no haber sido por la llegada de los yopes, sin duda hubiéramos derrotado a la partida rebelde y capturado a una gran cantidad de enemigos.

Motecuhzoma vestía un xicolli de fino algodón teñido de negro. Sobre el pecho ostentaba un grueso collar de jades del cual colgaba un dedo humano, reseco, prácticamente momificado, engarzado en oro. Según las habladurías de la tropa, se trataba de la falange de su hermana más querida, que había muerto dando a luz a su primer retoño. A partir de su muerte lo empezó a usar como un talismán que le infundía valor y protección en el campo de batalla.

—Pero retomemos el tema que es realmente importante: el gran favor que realizarán al imperio —continuó hablando el gran orador—. Debido a la rebelión que se ha estado gestando en estos territorios, tuve que tomar medidas preventivas para proteger el tributo de las últimas cinco veintenas, cien días, de esta provincia. Hablo de una gran cantidad de riquezas que son indispensables para mantener nuestra fuerza militar en pie y motivada. Se trata de cargas de sal, copal y especias, insignias militares que serán entregadas a los hombres que destaquen en las batallas de esta campaña, gran cantidad de oro y mantas de algodón que serán invertidos para sobornar y comprar poblaciones cercanas e impedir que se unan a la coalición rebelde encabezada por Teloloapan.

Ante nuestras miradas atónitas, el huey tlahtoani retomó la palabra:

—Es importante recobrar dicho tributo sin daño alguno, y por esa razón los he citado aquí. Mi sobrino Motecuhzoma dirigirá una pequeña expedición de selectos guerreros del contingente de Tlalcocomulco, quienes ya han demostrado su valía en batalla y que son dignos de confianza. Ustedes estarán en este grupo por recomendación directa del líder de su barrio. La partida no deberá superar los treinta efectivos en total. Tendrán como objetivo dirigirse a la residencia de nuestro calpixque local de nombre Xomimitl, ubicada en la población de Ichcateopan, para solicitarle el tributo y escoltarlo hasta nuestro campamento, que para entonces, con toda seguridad, estará rodeando el señorío rebelde de Teloloapan —comentó el huey tlahtoani mientras que con su daga de pedernal señalaba en el mapa nuestra ubicación actual y la población de Ichcateopan.

Escuché cómo Tozcuecuex y Cuauhtlatoa asentían discretamente; yo trataba de ordenar mis pensamientos, calculando los impresionantes riesgos de la misión y las escasas probabilidades de éxito.

Sin duda nuestra vida dependería en gran medida de los caprichos de Tezcatlipoca, ya que si tomábamos un camino equivocado podríamos toparnos con una de las muchas partidas enemigas, compuestas por cientos de guerreros, que rondaban por la región. A pesar de que mi mente era un torbellino de ideas, interrogantes y preocupaciones, no externé ninguna de ellas, sino que permanecí impertérrito, tratando de concentrarme en las palabras del gobernante del Cem Anáhuac, quien continuó hablando:

—Muchachos, no podemos darnos el lujo de perder dicho tributo, ya que la noticia se esparciría entre las poblaciones neutrales y sería una señal inequívoca de debilidad de la Triple Alianza, por lo que podrían cambiar de parecer y apoyar a los rebeldes. "Si los mexicas no son capaces de recolectar su tributo, menos lo serán de mantener el orden en estas tierras y proteger a sus aliados", pensarán. Por otro lado, por más que quisiera usar hombres de mi guardia o guerreros de élite de mi séquito, llamarían demasiado la atención, tanto de amigos como de enemigos, pues verían mi voluntad en dicha empresa. Aparte de que muchos nobles poderosos, no todos de confianza, estarían enterados e involucrados. Por esa razón he acudido a ustedes, para evitar los murmullos y las habladurías, para impedir que "los muros escuchen" e importantes grupos de poder se involucren en esta tarea. Guerreros presentes, les doy la oportunidad de destacar frente a todo nuestro ejército, de cumplir con creces la obligación de servir a los dioses de nuestra nación —dijo, y con cada palabra que pronunciaba se movía el gran bezote de oro que atravesaba su piel entre su mentón y su labio inferior.

Al escuchar estas palabras de Ahuízotl mi pecho se hinchó de orgullo, pensando en el honor que nos estaba confiriendo. Reflexioné que si los dioses estaban a nuestro favor en esta empresa, y que si por algún capricho del destino nos concedían cumplir con nuestro objetivo, las recompensas serían abundantes y el prestigio eterno.

A esta altura de la reunión, Tozcuecuex, Cuauhtlatoa y yo dejamos de bajar la mirada y nos permitimos ver a los ojos al gobernante de vez en vez, quizá como una muestra de franqueza, de debilidad frente a su inmenso poder y, en mi caso, dejándole saber que ponía mi vida en sus manos y que estaba dispuesto a morir cumpliendo con su deseo. Tliltochtli, el hermano mayor del barrio, nos miraba con calma, con la certeza de que éramos capaces de cumplir con lo solicitado, aunque su semblante expresaba cierta preocupación. En cambio, Motecuhzoma parecía ajeno a las palabras de su tío, posiblemente porque de antemano ya conocía todos los detalles de la misión que estábamos a punto de emprender. Confiado, exhaló otra nube de perfumado humo de tabaco. El huey tlahtoani retomó la palabra.

—Sean discretos, usen sendas montañosas y eviten los caminos principales, ya que la zona está infestada de grupos rebeldes que no dudarán en asesinar a cualquier mexica, acolhua o tepaneca que se cruce en su camino. Estarán apoyados por cincuenta tamemeh que los auxiliarán en la carga y transporte del tributo. Apreciado sobrino mío —dijo dirigiéndose a Motecuhzoma, quien volteó a verlo—, tengo que pedirte otro favor, otra carga a tu ya atribulada mente. Es un favor personal, ya que quiero que traigas de vuelta el pectoral de oro que fue de mi padre, Huehue Tezozómoc. Se trata de un chimalli recubierto por un mosaico de turquesas, el cual mandé a restaurar con un famoso orfebre de Tlachco. Solicité al calpixque Xomimitl que lo custodiara mientras enviaba por él, pero lamentablemente la rebelión inició en estas tierras, por lo que sigue en sus manos. No tengas duda de que el día que me lo entregues llenarás de regocijo mi afligido y apesadumbrado corazón —finalizó.

—Gran huey tlahtoani, no tenga la menor duda de que le entregaré personalmente lo que me solicita. Pongo mi vida como prenda y convoco como testigo al señor de los caminos, Yacatecuhtli —respondió Motecuhzoma inclinando la cabeza.

Después de haber recibido la contestación que esperaba, Ahuízotl estiró la mano y uno de los hombres que se encontraban a sus espaldas le dio un pequeño rollo de papel amate doblado. El mismo escriba le compartió un pequeño recipiente con brea y un sello de piedra verde. Rápidamente Ahuízotl vertió sobre el papel amate un poco de la brea, que parecía estar caliente, y de inmediato presionó su sello en ella, dejando marcada una fecha calendárica compuesta de una casa y diez puntos. Posteriormente se lo entregó a Motecuhzoma diciéndole:

—Guárdalo bien, sobrino, ya que en este salvoconducto va mi glifo personal para que se puedan identificar con el calpixque como hombres de toda mi confianza. También lleva el sello que uso en mi correspondencia personal con la fecha de nacimiento de mi querida madre. Si lo usan sabiamente pueden evitarse algunos problemas durante su trayecto. Les deseo buen tonalli, guerreros, y por favor, no me fallen. Así como soy generoso con los hombres que consuman mis órdenes, no tolero a aquellos que fracasan tratando de cumplirlas, no importa si se trata de mi propio hijo o de mi hermano —concluyó, y en su rostro apareció una maliciosa sonrisa mientras le dirigía una fría mirada a su sobrino.

En ese momento, desde la otra habitación alguien abrió la cortina de algodón que colgaba de la puerta y uno de los escribas señaló hacia el vano. Nos pusimos de pie para salir de la pequeña habitación, evitando en todo momento darle la espalda al gobernante. Para nuestra sorpresa, Motecuhzoma se incorporó y salió con nosotros. Nuestro último gesto ante el huey tlahtoani Ahuízotl, quien regresó la mirada al gran mapa que tenía a sus pies, fue besar la tierra. Atravesamos la sala contigua bajo las miradas escrutadoras de los guerreros con pintura azul y negra en el rostro, quienes ya se habían puesto de pie y parecían listos para partir. Algunos saludaron a Motecuhzoma, que aún portaba su pipa de carrizo en la mano.

Afuera de la casona el ambiente bullía con una frenética actividad. Los hombres responsables del palanquín ya lo habían colocado frente a la puerta, mientras que los otros guerreros de élite se encontraban de pie, sujetando sus armas y escudos en espera de la orden de marchar. A la izquierda había al menos dos docenas de hombres vistiendo tilmas de fino algodón; estaban desarmados, por lo que muy probablemente se trataba de funcionarios al servicio del gobernante. Llamaron mi atención dos guerreros con caracolas en una mano y estandartes en la otra. Su cuerpo iba pintado de negro y portaban unos yelmos con forma de cabeza de serpiente de tonos rojos, verdes y azules. Su aspecto era inquietante. Finalmente, a la distancia, bajo la sombra del gran árbol, una cuadrilla de al menos cien fornidos cargadores esperaba con sus estructuras de madera llenas de bultos, cajas, objetos y armas, sujetas sobre su frente con el mecapal.

Cuando empezamos a caminar, Motecuhzoma frenó el paso y volteó para dirigirse a nosotros. Su relajada actitud frente al gobernante se había esfumado, pues parecía estar de muy mal humor.

—Marchamos con la segunda llamada de la caracola. El punto de reunión será este mismo sitio. Tozcuecuex, encárgate de informarles de nuestra empresa a los hombres seleccionados del contingente de Tlalcocomulco que nos acompañarán, y tú, Cuahtlatoa, reúne a los cargadores. Traigan solo lo necesario y comida para un día, ya que viajaremos ligeros. Lo mismo aplica para los cargadores. Sean puntuales —nos dijo en tono arrogante y continuó con su airado paso.

—Ya lo escucharon, muchachos —agregó Tozcuecuex—, ligeros y puntuales en este punto. Ocelote, prepara tus pertenencias y no llegues tarde.

CAPÍTULO IV

El pequeño teocalli dedicado a alguna deidad de la fertilidad coronaba la cima de la alta montaña. Los mejores días del pequeño complejo religioso habían quedado en el pasado, pues se encontraba deteriorado y su parte norte estaba completamente colapsada. Enredaderas y matorrales crecían sobre los cuatro cuerpos piramidales sobrepuestos, lo que le daba un aspecto arcaico y descuidado. Las antiguas paredes, que en algún momento habían estado estucadas y pintadas con tonos azules, ahora se encontraban desnudas, mostrando su argamasa y sus lajas. Sentado sobre una escalinata cubierta de musgo, Tsaki Urapiti limpiaba con un paño de algodón la mandíbula que colgaba de su cuello. La lluvia que cayó por la noche había deslavado parcialmente el tizne negro con el que pintaba su cuerpo y su cabello, revelando la blancura de su piel, la cual impactaba a cualquiera que la viera. Muchos hombres habían perdido la vida por hacer comentarios indiscretos o fuera de lugar sobre su curiosa condición. Un gran petate cubría su espalda, protegiéndolo de las espontáneas lloviznas matutinas que caían sobre la serranía.

El guerrero se encontraba absorto en la limpieza del hueso, pensando si realmente había sido un éxito la emboscada que habían realizado. Ante los ojos de los guerreros de la coalición de Tepecuacuilco había sido un triunfo total, pero Tsaki sabía que eran un puñado de pusilánimes y conformistas de los que no se podía esperar mucho. ¿Qué se podía pedir de una fuerza cuyo líder se preocupaba más por utilizar vistosos yelmos que por mostrar un arrojo suicida en cada batalla? En su opinión, la celada había mermado las filas de la Triple Alianza, incluso había infundido temor en los novatos mexicas ante el sorpresivo ataque. Sin embargo, la acción estaba lejos de haber sido una victoria, ya que no se eliminó completamente la fuerza enemiga. "Estuvimos tan cerca de aniquilarlos", se decía en purépecha, evocando el desagradable recuerdo del rugido de la caracola que llamó al repliegue cuando el enemigo estaba cansado y abrumado. "Fue un gran error del débil Tzotzoma, fue un gran error del débil Tzotzoma", repetía incesantemente el albino, alimentando el odio que empezaba a sentir contra el experimentado guerrero de Teloloapan.

A su alrededor cinco purépechas armados con arcos montaban guardia, escudriñando las cañadas y montañas cercanas en busca de cualquier movimiento sospechoso, ya fuera del enemigo o de merodeadores. En la empinada ladera de la montaña, los sobrevivientes del contingente purépecha avanzaban cuesta arriba cargando troncos y colocándolos en una plataforma sobre una terraza que previamente había sido deshierbada. Desde las alturas, Tsaki observaba a los treinta hombres ir y venir cargados con maderos para realizar el sacrificio de los cinco prisioneros de guerra en honor de Curicaueri, el gran fuego. El sacerdote o curipecha los pasaría primero por el fuego para chamuscarlos, asarlos y posteriormente extraerles el corazón antes de que exhalaran su último aliento. La ceremonia se llevaría a cabo apresuradamente, ya que al prender las grandes piras las densas columnas de humo revelarían su posición. Pero antes, Tsaki esperaba concretar una importante reunión con un agente extranjero que le había prometido información trascendental.

Repentinamente el sonido de unos pasos que se acercaban lo sacaron de su concentración. Se trataba de su hombre de confianza, Erauacuhpeni, quien subió a toda prisa hasta llegar a su lado.

—Gran señor, el extranjero llegó. En unos momentos estará frente a su persona —avisó después de hacer una reverencia, mirando de soslayo a su superior.

—Muy bien. Esperemos que la información que nos proporcione sea de gran importancia como para haber retrasado nuestra marcha toda una noche. Apresúralo y dile que ya estoy dispuesto a recibirlo —contestó el albino.

Erauacuhpeni asintió y volvió a bajar por la pendiente. El albino lo siguió con la mirada, reflexionando hasta que desapareció. Erauacuhpeni era un extraordinario guerrero, de los mejores de Michhuacan. Él mismo lo entrenó desde que era un adolescente, forjando en él un espíritu violento, despiadado e implacable. Desde aquellos años lo había adoctrinado con los más puros valores de la sociedad purépecha, o al menos los necesarios para volverlo un eficiente asesino en el campo de batalla. La principal característica del guerrero era su altura, la cual superaba con creces la de Tsaki. Era delgado, con brazos que parecían más largos de lo normal. Su cabeza iba rapada, a excepción de un largo mechón de cabello que nacía en su nuca. Dos gruesos cordones entrelazados, uno azul y otro rojo, coronaban su frente. A pesar de su corta edad, era un guerrero con sobrada valentía.

Al poco tiempo regresó Erauacuhpeni seguido de un personaje que traía la cabeza y el cuerpo cubiertos por un amplio manto de algodón negro. A todas luces estaba preocupado por proteger su identidad de cualquier curioso. Llevaba un bastón de madera finamente labrado. A pesar de la amenaza de lluvia, solo vestía un sencillo braguero. Al presentarse frente al albino, el personaje hizo una reverencia y dijo en entrecortado purépecha:

—Gran guerrero del lugar donde abundan los peces, nos volvemos a encontrar. Traigo información trascendental que mi señor me ha confiado, la cual puede cambiar el rumbo de esta guerra.

Lentamente el recién llegado descubrió su rostro levantando la manta que lo cubría. Era un hombre maduro con muchas y pronunciadas arrugas. Ningún ornamento o pintura decoraba sus rasgos faciales. Completaba su indumentaria un sencillo morral teñido de negro con puntos blancos, de donde sacó un ancho brazalete hecho de oro sólido. La curiosa pieza estaba recubierta por un mosaico de pequeñas piezas de turquesa acomodadas de tal manera que representaban los rayos del astro Tonatiuh. Antes de continuar hablando, el extranjero se deleitó mostrándole al veterano la lujosa pieza. Al sonreír mostró sus dientes incrustados de piezas de brillante jade, un lujo exclusivo de los nobles y las clases gobernantes.

—Como prueba de la veracidad de lo que diré, mi amo me confió una de sus posesiones más valiosas. Si miras con cuidado, apreciarás el glifo grabado de su nombre. Espero que puedas disipar tus dudas y tus sospechas sobre la información que te proporcionaré, ¡oh!, gran guerrero del lugar donde abundan los peces.

Tsaki Urapiti observó con minuciosidad el glifo plasmado en el reverso de la pieza que el extranjero le mostraba. Reconoció la figura, pues no era la primera vez que entablaba comunicación con el influyente noble mexica a través de sus agentes, espías o sirvientes.

—Reconozco el glifo de tu señor en este brazalete. ¿Qué es lo que me manda informar? No disponemos de mucho tiempo, así que ve al grano —concluyó el albino mirándolo a los ojos.

El mensajero continuó sereno a pesar de la agresividad y falta de tacto del purépecha. Con tranquilidad guardó el brazalete de su señor antes de comunicar el mensaje.

—Hoy un reducido grupo de guerreros partirá rumbo a Ichcateopan, un altépetl escondido entre las altas montañas del norte. En ese lugar, el huey tlahtoani mexica guardó el tributo de toda esta región antes de que empezaran las hostilidades con la confederación de Tepecuacuilco. Previendo que sería un botín exquisito para sus enemigos, prefirió mantenerlo escondido en esa población y así evitar el riesgo de perderlo en un ataque durante el trayecto a Tenochtitlán. Las fuerzas de Ahuízotl no se pueden dar el lujo de perderlo, ya que sería un duro golpe para la ya dañada reputación de la Triple Alianza en estos dominios. Muchas poblaciones de la región replantearían su posición de neutralidad si los ejércitos de la Excan Tlatoloyan no pueden ni siquiera proteger su propio tributo. El huey tlahtoani mexica piensa utilizar esas riquezas para convencer, aunque yo diría comprar, a muchos señoríos de la región para mantenerse al margen de esta lucha. Con parte de esas riquezas premiará a sus campeones y capitanes cuando la campaña termine —agregó el misterioso hombre del manto negro.

Una sonrisa apareció en su arrugado rostro. Luego analizó la reacción del albino ante las noticias, tragó saliva y continuó diciendo:

—Debido a lo irregular de la serranía, el grupo mexica tardará un día y medio en llegar, tiempo suficiente para preparar una emboscada e impedir que regresen con el tributo. Evitarán los caminos principales, pero es evidente que partirán desde Icatepec, donde ahora se encuentra el campamento de la columna que atacaron el día de ayer, para dirigirse a Teucizapan, y finalmente internarse en las altas montañas y llegar a su destino. De acuerdo con mi señor, los mexicas retomarán su marcha para salir de Ichcateopan al amanecer, bajo el amparo y protección de Tonatiuh, como es su costumbre, a menos que se presente algún contratiempo que los atrase —concluyó el emisario.

Tsaki Urapiti reflexionó sobre la valiosa información que le estaban comunicando. Era una gran oportunidad que no podía dejar pasar, ya que podría cambiar el rumbo de la guerra en Tepecuacuilco. Si impidiera que los mexicas obtuvieran dicho tributo, la noticia se esparciría entre los caciques de la zona como el fuego en un pastizal seco, haciendo visible la debilidad de la Triple Alianza, lo que probablemente causaría muchas rebeliones que sin lugar a dudas alegrarían al gran señor de Michhuacan. Los gobernantes de los señoríos que aún se mantenían neutrales podrían cambiar de opinión si se daban cuenta de que los mexicas no eran capaces de escoltar su propio tributo. Los tlahtoque de Chilapan, Atenanco, Cocolan, Yoallan, Chicachapan e incluso el de Tepecuacuilco, cabecera de la provincia, se unirían a la rebelión y expulsarían hasta el último guerrero de la Triple Alianza de la zona. Esto, desde luego, abriría las puertas para los ejércitos del irecha de Michhuacan.

—No te equivocaste al decir que era información valiosa, mexica. Dile a tu señor que cuando haya derrocado a Ahuízotl y sea el huey tlahtoani de Mexihco-Tenochtitlán, iré personalmente a solicitar mi recompensa por haberle ayudado a encumbrarse como el sol de su pueblo —comentó el albino con una torcida mueca.

Al emisario no le pareció gracioso el sarcasmo; sin embargo, sabía cuándo mantenerse en silencio para salvar su vida. A sus espaldas escuchó la risa de dos jóvenes guerreros purépechas que buscaban congraciarse con su señor haciendo eco a sus comentarios.

—Mis cuarenta y cuatro hombres y yo partiremos el día de hoy hacia Teucizapan, para después acechar a los mexicas a las afueras de Ichcateopan. Cuando tengan el tributo con ellos los atacaremos.

No sobrevivirá ninguno de tus compatriotas. Yo personalmente me encargaré de ejecutar a los prisioneros y a los heridos. Antes de que partas quiero preguntarte algo: ¿por qué tu señor delata a su propia nación teniendo ya tanto poder? ¿Acaso no es un guerrero destacado entre los suyos?

El emisario miró fijamente al líder purépecha ante la falta de respeto que significaba hacer esas preguntas.

—Mi señor está preocupado por el futuro de la nación mexica, por eso se ha armado de valor para derrocar al actual huey tlahtoani, cuya temeridad e imprudencia pueden acabar con nuestra hegemonía y poder. Lo que tú ves como traición es en realidad una genuina preocupación de mi señor y otros hombres valerosos por su pueblo...

—Y por su insaciable apetito de poder —interrumpió Erauacuhpeni con una amplia sonrisa.

—Calla, plebeyo, si no quieres que te destripe en este momento —gritó el emisario al tiempo que sacaba una larga daga de cobre escondida dentro de su bastón.

—Suficiente, mexica —clamó el albino al incorporarse—. Saldrás vivo de aquí hoy, no por gracia de tu dios Huitzilopochtli, sino porque aún tienes un mensaje que entregar. Lárgate de aquí antes de que cambie de opinión —el mensajero guardó la daga dirigiendo una mirada de furia a Erauacuhpeni antes de empezar su descenso por la cuesta.

—Que tengan un excelente día —dijo al regalarles una amplia sonrisa, mostrando las incrustaciones de jade. Después descendió de la montaña hacia las terrazas donde otros guerreros apilaban troncos para los sacrificios.

El albino miró al mexica alejarse y perderse entre algunos matorrales y floraciones rocosas, escuchando el monótono golpe de su bastón sobre las piedras a cada paso que daba. Era importante mantenerlo con vida, por el momento. Representaba un eslabón importante en la cadena de comunicación. Tampoco había necesidad de hacer enojar al poderoso noble mexica a quien el mensajero servía, al menos ahora que la conspiración se estaba llevando a cabo. Tsaki se mantuvo en silencio mientras acariciaba el hueso que colgaba de su cuello, hasta que finalmente se dirigió al joven guerrero:

—Erauacuhpeni, designa a dos hombres para que sigan al mexica. Quiero que llegue sano y salvo a entregar el mensaje a su señor. También comunícale al sacerdote que ya puede iniciar con los sacrificios de los cinco cautivos. Que los realice rápido, ya que partimos de inmediato con los hombres restantes en busca de ese valioso tributo. Estoy convencido de que los dioses entenderán nuestra presteza, pues obramos para expandir su gloria. No tengas duda, joven guerrero, de que mandaremos esa expedición mexica al oscuro y frío Cumiechúcuaro. ¡Al inframundo!

El albino tomó su hacha de guerra y comenzó el descenso hacia la terraza donde se realizarían los sacrificios humanos para obtener el favor divino de Curicaueri en la misión que estaban a punto de emprender.

La vida en el Telpochcalli, o Casa de la Juventud, era dura. Todos los jóvenes que habíamos nacido en Tenochtitlán sabíamos que en algún punto de nuestra vida tendríamos que pasar entre tres y cuatro años dentro de sus muros. Cada calpulli tenía una Casa de la Juventud donde a los hijos de los plebeyos se les enseñaba la forma de vida mexica. A partir de los catorce o quince años los varones eran llevados por sus padres para dejarlos encargados a los telpochtlatoque, los instructores.

Entre sus muros la juventud aprendería danza, reglas sociales y convivencia, a conocer la historia de su calpulli y finalmente a combatir. Perderían todo orgullo, toda soberbia por medio de los fuertes castigos y obligaciones que imponían los instructores. Dentro de sus salones los jóvenes estudiantes formarían una nueva familia, lazos que serían importantes para su vida en la sociedad y en el campo de batalla.

Las mujeres entraban a la misma edad que los varones para aprender la danza, el canto, el hilado, los valores femeninos y las obligaciones que contraerían cuando fueran desposadas y formaran una familia. Durante el tiempo que estudiaban en el Telpochcalli, el único momento del día en el que podían interactuar con sus familias era la hora de la comida, cuando Tonatiuh se encontraba en lo más alto del firmamento. Después de comer, los jóvenes abandonaban sus hogares para seguir con las clases y las lecciones. Al ser una institución gratuita tenían que realizar tareas diarias para ayudar con su mantenimiento y el sustento de sus compañeros, dejando de lado el individualismo y pensando colectivamente, como funcionaba la sociedad mexica.

Recuerdo la tarde en que mi padre me llevó al Telpochcalli. Ese día salí a recolectar leña en los alrededores de Chapultepec antes de que Tonatiuh se asomara por el horizonte para iluminar el firmamento. Varios amigos me acompañaron, entre ellos el robusto Itzcuintli. Esa mañana pasamos el tiempo jugando a lanzarnos rocas en los alrededores del cerro del chapulín. Es bien sabido que Chapultepec era un espacio recreativo para la nobleza tenochca. Contaba con hermosos jardines, albercas, baños e incluso templos, pero existían guardias armados que constantemente vigilaban ciertos sectores del bosque; los transgresores de estas zonas, si eran sorprendidos, generalmente recibían una paliza y después eran llevados con las autoridades de la ciudad para recibir un castigo. Sin embargo, estos riesgos solo nos brindaban mayor emoción, así que constantemente nos escabullíamos por todos los rincones de la arboleda. En realidad, el mejor lugar para jugar a la guerra de pedradas era entre los antiguos y gigantescos ahuehuetes del bosque, donde podíamos escondernos y perseguirnos.

Cuando hacíamos nuestras travesuras tratábamos de no molestar a los comerciantes y campesinos que pasaban por los alrededores, así como de no llamar la atención de los guardias del parque, aunque a veces no lo podíamos evitar. En esas ocasiones teníamos que escapar corriendo antes de ser reprendidos, o incluso peor, atrapados, golpeados y llevados a la ciudad por los guardias. En realidad éramos veloces corredores, ya que nunca alcanzaron nuestros pasos ni tampoco descubrieron nuestros escondites. En una de esas correrías accidentalmente llegamos a un manantial que brotaba de entre las grandes rocas ubicadas en la base del antiguo cerro. Seguimos el agua pura y cristalina, que había sido encauzada en un canal, hasta que llegamos a un complejo de albercas y piletas estucadas y decoradas con hermosos tonos azules. El ruido que escuchamos hizo que nos escondiéramos entre los árboles. Al asomarnos vimos a un grupo de jóvenes desnudas que se bañaban en el manantial. Nos deleitamos con la escena hasta que a lo lejos vimos a una mujer madura vestida con un fino huipil, y detrás de ella a dos fornidos guardias que a la distancia, siempre dando la espalda a la féminas, vigilaban la escena. Iban armados con garrotes de madera, listos para dar una golpiza a los curiosos que se aparecieran en los alrededores. Después de admirar un buen rato la belleza de sus cuerpos, entre risas y cuchicheos, decidimos irnos para evitar un problema serio.

Cuando Tonatiuh empezaba a descender, me despedí de mis amigos para tomar el camino a casa. Al llegar, mi padre me estaba esperando sentado en una piedra mientras pulía una hoja de pedernal. A su lado vi algunas de mis pertenencias guardadas en mi cacaxtin. Me acerqué y lo saludé con respeto, como era costumbre. Xiuhcozcatl se incorporó, y con una expresión adusta me empezó a regañar por haberme ausentado de casa durante tanto tiempo sin haberle avisado a mi madre a dónde iba. Por experiencias previas sabía que lo mejor era guardar silencio y asentir, de lo contrario podía acabar oliendo el humo de chiles quemándose, o con las piernas y el trasero morados por la pesada mano de mi padre. Al terminar la reprimenda se volvió a sentar en el tronco que estaba recargado contra un muro de la casa, a un costado de la entrada. Mientras se calmaba, yo permanecí de pie con la mirada gacha, sintiendo los rayos del sol que nos calentaban. Después de un largo momento, mi padre suspiró profundamente y me dijo:

—Hijo, ha llegado el día en que debes emprender el vuelo de esta casa para que aprendas lo que significa ser un ciudadano mexica. Ya has cumplido catorce inviernos de vida y estás en edad de ingresar a la Casa de la Juventud, como todos los tenochcas lo hemos hecho desde el gobierno del añorado y querido huey tlahtoani Itzcóatl. Entre las paredes del Telpochcalli sus instructores te educarán, te endurecerán, te moldearán. Harán de ti un hombre maduro y aguerrido que pueda valerse por sí mismo. Te costará sangre, sudor y lágrimas, como a todos nos ha costado, pero ese es el precio de crecer. Aprenderás muchas cosas, desde la antigua historia de nuestro barrio hasta el uso del macuahuitl y el chimalli, y lo más importante, aprenderás a ofrendar tu vida por la grandeza mexica y por nuestros dioses.

Al escuchar sus emotivas palabras, lo único que pude hacer fue abrazarlo con fuerza mientras mis mejillas se mojaban. Después de permanecer un momento entrelazados, mi padre me dio tiempo para revisar mis pertenencias y despedirme de mamá, que acababa de llegar del tianquiztli, y de mis hermanas, quienes se encontraban moliendo el maíz en la cocina. A pesar de que nos seguiríamos viendo a la hora de la comida, las lágrimas corrieron abundantemente por el semblante de mis dos hermanas menores, de diez y nueve años. Por último, tomé del altar familiar la pequeña figura de barro cocido de mi dios protector, Tezcatlipoca, y la de mi hermano desaparecido, para guardarlas en mi pequeño morral de piel de venado, el mismo que siempre llevaba colgado alrededor del cuello. Finalmente, cuando el manto estrellado de la noche empezaba a aparecer, mi padre y yo emprendimos el camino hacia el que sería mi hogar por los próximos cuatro años.

En aquellos tiempos mi tahtli ya era un guerrero al que su honor precedía, aunque aún no había llegado a la cúspide de su carrera militar. Mientras caminábamos por las calles del barrio muchas personas lo saludaron respetuosamente, incluso una señora le regaló en una penca de maguey un poco de pinolli, bebida hecha a base de maíz molido, agua y miel para agregarle algo de dulzor. A pesar de ser un obsequio, mi padre insistió en pagarlo con una semilla de cacao. El Telpochcalli del calpulli no estaba muy lejos de mi hogar, sin embargo, a mí me pareció una distancia gigantesca, como si se encontrara al otro lado del islote, probablemente por las tribulaciones y preocupaciones que rondaban mi mente. A menudo me preguntaba cómo sería mi vida dentro de sus muros, ¿en verdad era tan dura la experiencia en sus aulas, como decían los mayores de dieciocho años? Finalmente, cuando las calles y acequias de Tenochtitlán se empezaban a vaciar, llegamos al majestuoso edificio dedicado a la educación de los hijos de nuestro barrio.

La Casa de la Juventud era un edificio de grandes dimensiones con muros hechos de piedra y recubiertos de estuco y murales que recordaban los sucesos más importantes de nuestro barrio, como la gran migración desde Aztlán, la fundación de Tenochtitlán, la guerra de independencia en contra de los tepanecas y otras importantes victorias militares. Grandes braseros de cerámica, hechos a la semejanza de guerreros, flanqueaban su entrada, inundando el ambiente con el sagrado aroma a copal y a madera de ocote. Un telpochtlato o maestro de la institución apareció en el umbral de la entrada y preguntó:

—¿Quién visita la Casa de la Juventud en busca de sabiduría? ¿Quién es el imprudente que viene a este recinto sagrado sin el cobijo de la luz y el calor de Tonatiuh?

Al fijar la mirada en el hombre, solamente logré ver su silueta oscura bajo el dintel y las jambas de cantera del instituto.

—Un viejo hermano de sangre que viene a encomendar a su hijo a los maestros del calpulli y a su prestigioso director —contestó mi padre.

Al escuchar esto, el maestro salió de las sombras y bajó los cinco escalones de la entrada para saludar a mi padre. Al verse frente a frente, ambos veteranos sonrieron plácidamente y se sujetaron el antebrazo a manera de saludo. Su nombre era Ixtlilxóchitl y era el huey telpochtlato, es decir, el responsable de la educación en la Casa de la Juventud de nuestro barrio. Se trataba de un guerrero veterano que conocía a mi tahtli desde hacía muchos años, ya que habían combatido y sangrado hombro con hombro en la batalla, con el propósito de expandir la grandeza de la Triple Alianza y subyugar a nuevos pueblos. El instructor tenía alrededor de cuarenta años y vestía un maxtlatl y un xicolli con grandes círculos rojos bordados sobre el pecho. Llevaba el peinado alto sujeto con un listón de algodón teñido de grana cochinilla, propio de los guerreros mexicas. En la mano llevaba un bastón hecho de madera de encino de casi dos codos de longitud, la temida herramienta con la que se educaba a la juventud mexica cuando las palabras no eran suficientes.

—Mi corazón se regocija al verte llegar a este espacio sagrado, hermano de sangre. Te has cansado, te has fatigado al venir con tu hijo, el joven Ce Océlotl —comentó mientras me miraba duramente.

—Gran hermano, estoy rebosante de júbilo por este gran día en el que dejaré a mi jadecito, a mi pluma preciosa bajo tu cuidado para que lo vuelvas un hombre de provecho para su nación y sus dioses. Haz que pierda toda soberbia y que desconozca el orgullo. Lo más valioso que tengo en mi vida lo dejo a tu cuidado, ¡oh!, hermano de sangre. De ahora en adelante él es tuyo para que lo prepares y que con su luz pueda iluminar su hogar y su familia. Ustedes transforman niños en hombres. Ustedes crean ocelotes, águilas para combatir por la gloria de Huitzilopochtli. En el Telpochcalli se crean los hombres y mujeres que servirán a nuestra madre Tlaltecuhtli y a nuestro padre Tonatiuh. Es momento de que el joven Ce Océlotl sea ofrendado al señor de la guerra, al señor de lo visible e invisible. Lo dejo en la casa de la guerra, de la sabiduría, de las lágrimas, donde los guerreros se forman para servir a los creadores de este mundo y para que lluevan sobre él las recompensas divinas otorgadas a los penitentes del Anáhuac.

Siguiendo el formalismo, el telpochtlato Ixtlilxóchitl contestó:

—Nos haces un honor, ¡oh!, Xiuhcozcatl. Tus palabras han llegado a mis oídos y por lo tanto también han sido escuchadas por el señor de los mexicas: Huitzilopochtli. Haremos nuestro mejor esfuerzo para forjarlo en este lugar sagrado, ya que ignoramos los planes que los dioses tengan para tu plumita preciosa. Desconocemos la intensidad con la que iluminará a sus semejantes, así como el tonalli de su nacimiento. Aun así, estamos contentos de que entre al servicio de los dioses, que se sacrifique y realice penitencia por ellos.

”No sabemos si el joven Ce Océlotl vivirá hasta la vejez o morirá a una tierna edad. Tampoco sabemos si al salir de aquí será un gran guerrero solar o se volverá un ladrón o un adúltero. Tampoco tenemos certeza de si verá miseria y dificultades en su vida. Eso solo lo puede ver el señor del espejo de obsidiana con toda su sabiduría. Puede que seamos instructores, educadores. Puede que nuestras deidades vean con benevolencia que seamos los tutores del joven

Ce Océlotl y nos llenen de bendiciones. Haremos lo mejor que podamos para inspirar a este telpochtli para que siga el camino de la rectitud, de la gloria, del honor, y crezca siendo un hombre lleno de rezos, de danzas, de cantos. Pondremos nuestro corazón para lograr dicho cometido".

Sus palabras me recordaron las del viejo adivino el día de mi nacimiento, quien afirmó que mi destino no era nada prometedor y que solamente a través de grandes esfuerzos y penalidades podría cambiarlo. ¿Acaso un simple mortal era capaz de modificar lo dictado por los dioses? ¿Acaso los designios y portentos divinos podían destruirse por la voluntad de un hombre? Lo dudaba desde lo más profundo de mi ser; posiblemente esa era la razón por la que me resultaba difícil disfrutar mis días en la tierra, aunado a la melancolía que se hacía presente todas las mañanas al pensar en que tres vidas nunca serían más valiosas que una.

Después, mi padre se dirigió a mí:

—Mira, hijo, no vas a ser honrado, obedecido ni estimado. Has de ser humilde y menospreciado y abatido. Cada día cortarás espinas de maguey para hacer penitencia. Realizarás tareas pesadas por el bien de nuestro barrio, como también derramarás lágrimas y serás castigado en repetidas ocasiones. Busca la templanza y la fortaleza dentro de tu corazón, disfruta tu paso de la adolescencia a la madurez y aprende lo más que puedas de estos honorables hombres que han dedicado su vida a la educación de la juventud mexica. Sé esforzado y diligente en tus labores. Nosotros te estaremos esperando pacientemente en casa, realizando sacrificio y rezos a nuestros ancestros y deidades para que Tloque Nahuaque cuide tu andar —concluyó. Después nos despedimos con un fuerte y prolongado abrazo para seguir cada quien nuestro camino, mi padre hacia nuestro hogar y yo por los escalones que conducían a la entrada de la Casa de la Juventud.

Los primeros días en el gran recinto mexica fueron muy duros. Nos despertaban antes de la salida de Tonatiuh para limpiar nuestros aposentos y los templos del barrio. Posteriormente realizábamos otras obligaciones matutinas como ir por leña, acarrear agua potable, ir al tianquiztli por alimentos que eran preparados dentro del mismo Telpochcalli. Algunas ocasiones pasábamos toda la mañana trabajando en los campos de cultivo comunales del barrio, sembrando con la coa. Después de realizar estas actividades seguíamos con el entrenamiento militar, en el que aprendíamos a usar todo tipo de armas: arco y flecha, honda y glande, macuahuitl, tepoztopilli, cuauhololli, chimalli, atlatl, hacha e incluso cerbatana.

Estas lecciones se llevaban a cabo en uno de los grandes patios de la Casa de la Juventud. Se trataba de un cuadrángulo con piso de tierra apisonada, con tres de sus lados rodeados por pórticos con columnas de piedra labradas con representaciones de los guerreros más famosos de nuestro calpulli. Almenas en forma de cráneos sobresalían del techo, decorando todo el complejo. Finalmente, el lado norte de la plaza estaba cerrado por un templo de tres cuerpos sobrepuestos coronados con una capilla dedicada a la deidad Yaotl, el guerrero siempre joven asociado a Tezcatlipoca y al señor de la guerra entre los mexicas, el colibrí zurdo. Un anciano sacerdote era el responsable de realizar las ofrendas, quemar el copal y decir los rezos a los dioses, así como supervisar que nadie entrara a la pequeña capilla.

Las lecciones de combate siempre eran impartidas por tres avezados guerreros, pero el principal responsable de la enseñanza era el exigente y malencarado telpochtlato Cuauhtlatoa, un experto en el arte del combate. Al menor error que los estudiantes cometiéramos, el instructor nos daba golpes correctivos con su vara de encino, particularmente dolorosos cuando caían en los antebrazos, la espalda, las pantorrillas o los pies. Fue durante estos entrenamientos que un alumno llamado Ome Xóchitl empezó a molestarme con burlas o agresiones directas, como arrojar mis pertenencias al piso. Incluso me retó a combatir en un duelo individual durante una de las prácticas que realizábamos en los patios de la escuela. Evidentemente su objetivo era ridiculizarme frente a su grupo de compinches y ante todos nuestros compañeros. Era tres años mayor que yo pero teníamos la misma estatura, aunque su cuerpo era mucho más robusto. Sin dudar acepté su reto para no ser tildado de cobarde, así que tomamos los escudos de cestería y los garrotes de madera, que eran idénticos a un macuahuitl de guerra, solo que sin las filosas lajas de obsidiana.

Como era de esperarse, el resultado del enfrentamiento que tuvimos no me fue favorable, a pesar del esfuerzo que puse en tratar de bloquear sus ataques. Era demasiado rápido y fuerte, por lo que después de recibir varios golpes de su garrote acabé tirado en el piso, tratando de recuperar el aliento. No podía negar que era hábil en el combate cuerpo a cuerpo, y mucho mejor que yo; eso era evidente. Yo apenas llevaba una veintena en la Casa de la Juventud. Lo que siguió a su victoria fue la burla pública, me llamaban gran canasto de tonterías, ixquahuitl huel ixquauh, cara de palo e in teutli in tlazolli, polvo basurilla, y sus cómplices se reían de mí.

Esto se repitió en varias ocasiones y siempre acepté sus retos. Podré ser un gran canasto de tonterías pero nunca un cobarde, eso no me lo podrían reprochar. Cuauhtlatoa e Ixtlilxóchitl eran conscientes de la situación, pero no movían un dedo ni a mi favor ni en contra, en cambio observaban atentos y con curiosidad el desenlace de los combates que tenía con Ome Xóchitl. En general, los telpochtlatoque permitían este tipo de interacción entre los jóvenes para fomentar su competitividad y habilidades sociales. Así fueron mis primeras veintenas dentro del Telpochcalli, madrugando para realizar duras tareas, siendo corregido a golpes por los tutores y luego molido a palos por un soberbio abusador. Sin duda no era un inicio muy prometedor.

Una tarde, mientras recogía y acomodaba las armas de madera en sus estantes después del entrenamiento de combate en el patio de la escuela, cuando el polvo volaba por el ambiente y los ruidosos zancudos parecían flechas buscando saciar su hambre, me percaté de que el huey telpochtlato Ixtlilxóchitl me observaba recargado en el marco de la entrada del almacén con los brazos cruzados. Vestía el xicolli de círculos rojos, sus maxtlatl y sus sandalias de piel de ocelote, prenda que evocaba las recompensas que había recibido por sus hazañas militares.

—Hao, joven Ocelote —me saludó el maestro.

—Cualli teotlactin, honorable huey telpochtlato —respondí después de hacer una ligera reverencia.

—¿Cómo te fue hoy? Vi que durante el entrenamiento de esta tarde Ome Xóchitl te volvió a retar, te derrotó y te lastimó frente a todo el grupo. Se está volviendo una costumbre, ¿no lo crees? —comentó, viendo los grandes moretones en mis antebrazos y mis piernas.

—Maestro, usted es muy observador. En efecto, ese abusivo me volvió a derrotar frente a todos mis compañeros. Es un excelente guerrero y obviamente tiene más experiencia que yo en el combate. No encuentro la forma de ganarle a pesar de que pongo todo mi empeño en las lecciones. Entiendo que la única forma de imponerle respeto hacia mi persona será venciéndolo públicamente. Esto acongoja mi corazón, ¡oh!, apreciado telpochtlato. Seguramente he sido muy soberbio y el dador de vida ha colocado en mi camino a Ome Xóchitl para aprender un poco de humildad —concluí al colocar el último macuahuitl carente de lajas en un estante de madera.

La sombra del instructor se proyectaba hacia el interior del pórtico. Tonatiuh descendía en el cielo, pintándolo de hermosos tonos anaranjados y rojizos. Bien recuerdo que lo único que se escuchaba en esos momentos eran los lejanos gritos de combate de un grupo de jóvenes que practicaban en otro de los muchos patios que tenía la institución. El instructor buscó evitar los rayos solares que caían sobre sus ojos, por lo que retrocedió unos pasos para protegerse bajo el techo sostenido por columnas.

—Joven Ocelote, cuando tenía tu edad, mi maestro me compartió una parábola que aún recuerdo. Me dijo que el guerrero que se asemeja al otate que crece en la orilla del río tiene mayor capacidad de sobrevivir a la batalla que el robusto ahuehuete que crece en la tierra. ¿Sabes por qué? —me preguntó.

—No me parece algo muy coherente, maestro; desconozco la respuesta —acerté a contestar.

—La fortaleza del ahuehuete al mismo tiempo es su debilidad. Por ejemplo, gracias a su impresionante altura puede ser alcanzado y destruido por el rayo de Tláloc, como también puede ser arrancado por el viento de Ehécatl. Mientras que la rama de otate, delgada e insignificante, la que creció siendo golpeada por la corriente, la que se desarrolló en la adversidad, creció flexible, resistente y adaptable. Lo mismo sucede con un guerrero que crece y aprende en la adversidad: a pesar de las constantes derrotas, por más que sea golpeado se repone y aprende de sus errores. Me queda claro que tú tienes las características del otate, lo que llena de alegría mi corazón. Eso te volverá flexible, adaptable, tanto en tu día a día como en el campo de batalla. Los hombres aún tienen mucho que aprender de la naturaleza y de la forma en que funciona nuestro mundo —dijo, mirando cómo las sombras se estiraban a medida que Tonatiuh avanzaba por los cielos.

Permanecí en silencio escuchando sus palabras, viendo su rostro alargado que terminaba en una barba rala, así como sus ojos castaños, cansados pero aún llenos de vida. Su nariz ganchuda estaba desviada; era un testimonio de las muchas batallas que debió librar el guerrero.

—De nada sirve que un hombre sea fuerte y arrojado si es orgulloso y soberbio. Si no es flexible frente a las derrotas y el ambiente que lo rodea, le será muy difícil recuperarse y solucionar un problema. Dicho esto, jovencito, y viendo tu interés por progresar en el manejo de las armas, te propongo entrenarte, compartirte mi experiencia y conocimiento cada tercer día por la tarde. Ya será decisión de Tezcatlipoca si aprendes lo suficiente para derrotar a tu enemigo Ome Xóchitl.

Al escuchar su propuesta, mi interior se llenó de júbilo. No podía creer la bendición que Tloque Nahuaque había derramado sobre mí.

—Tlazohcamati, huey telpochtlato, es un gran honor el que usted me hace. No dude de que realizaré mi mayor esfuerzo en sus lecciones —expresé con la voz entrecortada por la emoción. Después hice una reverencia.

—Telpochtli, todo privilegio y derecho que llega a nuestra vida siempre va acompañado de una nueva responsabilidad, por lo que te pediré que el tiempo que emplee para entrenarte tú lo dediques a apoyar a tus compañeros, ya sea en sus actividades diarias o con algún problema que enfrenten. ¿Estás de acuerdo con nuestro trato? —concluyó y puso su mano en mi hombro.

—Claro que sí, maestro, cuente con ello —asentí sin demora.

—Muy bien, jovencito. Ahora alcanza a tu grupo en la Casa del Canto, que ya te he demorado con mis palabras.

Terminada nuestra conversación me despedí de él y corrí para unirme a mi grupo en el Cuicacalli, ubicado a varias cuadras de nuestro colegio. Seguramente ya había comenzado la clase de danza, la más esperada entre los jóvenes debido a que teníamos la oportunidad de ver a nuestras compañeras, así como de cantar y bailar con ellas. Se trataba de la única clase mixta que teníamos. A pesar de que en la Casa de la Juventud se preparaban tanto hombres como mujeres, nuestros dormitorios, así como los espacios para la instrucción, estaban separados por muros, por lo que era muy difícil ver a nuestras contrapartes femeninas.

Cuando llegué, mis compañeros ya estaban danzando en un gran círculo alrededor de una gigantesca representación de Xochipilli, el noble de las flores. Esta deidad es el patrono de la música y la danza, también de las flores, las mariposas, la poesía, el amor y todas las expresiones de belleza que hacen a este mundo hermoso e interesante. Intercalados, hombres y mujeres movían el cuerpo, girando y saltando al ritmo de las flautas, huehuemeh y teponaztlis que creaban una armoniosa melodía que hacía retumbar el salón, gracias a la destreza de los músicos ubicados en un rincón. El gran espacio estaba iluminado parcialmente con antorchas de madera de ocote adosadas a los muros que impregnaban el ambiente con su aceitosa esencia y lo dotaban de calor. Bajo la mirada de enojo de uno de los maestros, quien al verme me dijo: "¿Otra vez tarde, Ocelote?", me uní al gran círculo de danza buscando con la mirada a la jovencita que aparecía recurrentemente en mis sueños.

Recuerdo la mañana en que la encontré por primera vez, cuando me dirigía al tianquiztli para vender una carga de xictomatl que habíamos cosechado en la huerta de la Casa de la Juventud. Llevaba poco tiempo de haberme puesto en camino cuando vi a la distancia un grupo de jovencitas que caminaban alineadas de regreso al Telpochcalli. Al verme empezaron a susurrarse palabras al oído y a reír, hasta que una de ellas salió del grupo y se paró frente a mí, impidiéndome el paso mientras sonreía maliciosamente. Su belleza me pareció apabullante. Su cabello negro era abundante, sedoso, y a pesar de llevarlo recogido detrás de la nuca, enmarcaba su rostro delgado, dotado de rasgos delicados. Algunas pecas adornaban sus pómulos, dándole un toque de simpatía. Lo que realmente me cautivó fue lo grande de sus ojos y la calidez que transmitía su mirada. Sin ningún recato, me observó fijamente y dijo:

—Cualli tonalli, me llamo Citlalli y soy tu compañera en el Telpochcalli de Tlalcocomulco, aunque tú no te hayas percatado de eso. Te he estado observando desde el primer día que asististe al Cuicacalli. ¿Cómo te llamas? —me preguntó mientras yo salía de mi estupor mental.

—Eh, uhmm, Oce, digo Ce… Ce Océlotl —balbuceé, tratando de poner mis emociones en orden.

Citlalli discretamente tapó su sonrisa con una mano al ver lo desconcertado que me encontraba, o tal vez procurando ocultar su alegría de saber mi nombre. Me gusta pensar que la razón fue la segunda.

—Bueno, Oce, digo, Ce Océlotl, ha sido un gusto conocerte. Me encantaría quedarme a platicar contigo, pero tengo que regresar con mis compañeras que me esperan. Hasta luego —agregó y agitó la mano para despedirse.

—Gusto en conocerte, Citlalli, nos veremos en la Casa de la Juventud… en algún momento —expresé mientras admiraba a detalle las curvas de su cuerpo, notorias a pesar de lo holgado del huipil y la falda que vestía, ambos de un inmaculado color blanco. Recuerdo lo apenado que me sentí cuando ella volteó de súbito para decirme algo y se percató de cómo observaba su silueta. Sin darle mayor importancia, agregó coquetamente:

—¡Ah! Se me olvidaba decirte lo más importante, jovencito. Me gustas para casarme contigo.

Después volteó y siguió su camino hacia sus compañeras, que morían de risa al escuchar sus palabras y también al ver lo sonrojado que se ponía mi rostro.

Desde aquel día no volví a encontrarla por las calles de la ciudad; sin embargo, para mi buena suerte, en cada clase de danza ella y yo coincidíamos. A pesar de que no podíamos cruzar palabra bajo la vigilancia atenta de los instructores, nuestras sonrisas y miradas hacían que fuera irrelevante; no era necesario el verbo para saber lo mucho que nos gustábamos. Las clases de danza eran los días preferidos de toda la veintena, los más anhelados y los que esperaba con el corazón en la mano.

Esos momentos eran los que atesoraba con mayor cariño en aquella época, incluso tiempo después, cuando llevaba corriendo más de medio día bajo una llovizna constante, rodeado de treinta fieros guerreros mexicas en medio de alguna sierra de la provincia de Tepecuacuilco. Extraña práctica esta que realizaba desde que salí de Tenochtitlán hacía más de una veintena de días, la de evocar los momentos agradables del pasado mientras caminaba grandes distancias en compañía del ejército mexica.

Trotaba detrás del cuauchic Tozcuecuex, quien a su vez seguía los pasos de Motecuhzoma Xocoyotzin y de un explorador nahua de la región que guiaba a nuestro reducido grupo a través de las montañas en dirección a Teucizapan, para después dirigirnos a nuestro objetivo final: Ichcateopan. Íbamos armados hasta los dientes ya que nos encontrábamos en tierra de nadie, donde pululaban las partidas enemigas. En esta ocasión todos los guerreros llevaban su indumentaria completa, desde los capitanes que pertenecían a las sociedades guerreras de los cuauchique y otomitl, hasta aquellos que habían capturado dos, tres y cuatro guerreros, los cuextécatl o huastecos, tlepapálotl o mariposa de fuego y los ocelopipiltin u ocelote. Todos usaban tlahuiztli, atavíos de una sola pieza que protegían sus piernas y brazos. Aunque la mayoría eran de algodón teñido, algunos podían estar confeccionados con pieles de animales o plumas. Algunos combatientes llevaban su estandarte personal sobre la espalda, sujeto sobre un ligero armazón de carrizo. El resto de los integrantes del grupo usábamos petos de algodón que nos protegían el torso.

Portábamos una gran variedad de armas: dardos, dagas, macuahuitl, mazas, hondas y arcos, todas al alcance de la mano y listas para usarse si se presentaba la ocasión. Trotábamos por un sendero que serpenteaba entre árboles de gran altura, amates y guajes, dispuestos a llegar por la noche a la pequeña población de Teucizapan, donde podríamos abastecernos de alimentos y pernoctar. En el grupo también iba mi amigo Itzcuintli, quien auxiliaba al guerrero Tlecóatl, líder de la juventud y guerrero mariposa de fuego. Me reconfortó la idea de platicar con él sobre la extenuante jornada y escuchar sus quejas cuando llegáramos a la población, en lugar de cenar en silencio como hacía la mayoría de los guerreros veteranos. Cerrando nuestra formación avanzaban cincuenta tamemeh, quienes se encargarían de llevar sobre sus espaldas el tributo que buscábamos.

El ánimo que persistía en el grupo no era el mejor, pues éramos conscientes de que llegaríamos al menos un día tarde para el inicio del ataque sobre el altépetl de Teloloapan. Si el ataque de la Triple Alianza era devastador y lograban derrotar a los rebeldes en esa jornada, nos perderíamos de la oportunidad de capturar guerreros para mejorar nuestra posición dentro del ejército, aunque la mayoría de quienes conformaban la expedición llevaba un largo camino recorrido en la jerarquía militar mexica. Sin embargo, los pocos jóvenes que íbamos con ellos sí resentíamos esa situación. Incluso los valientes veteranos lamentarían no estar presentes si el huey tlahtoani autorizaba el saqueo de la población, ya que se podrían adquirir muchas riquezas pertenecientes a los nobles locales, así como apresar a la población civil para después obtener grandes ganancias al venderlos como esclavos en el mercado de Azcapotzalco.

También podía darse otro escenario: en el remoto caso de que Ahuízotl decidiera sitiar el asentamiento rebelde, con toda certeza tendríamos la posibilidad de participar en el ataque y disfrutar de las mieles de la victoria. Tristemente eso era muy poco probable, dado el intempestivo y agresivo carácter de nuestro gran orador, quien siempre prefería enfrentarse en una gran batalla que esperar al menos veinte días sitiando la ciudad para rendirlos por hambre, o hasta que la población entregara a sus gobernantes para salvar el pellejo. De acuerdo con Motecuhzoma, llegaríamos a Teloloapan en tres días si no se presentaba ningún imprevisto durante la ruta, como un ataque o una emboscada. En caso de que un contingente enemigo decidiera atacarnos lo pagaría caro, ya que a pesar de que nuestro grupo estaba conformado por tan solo treinta individuos, entre ellos estaban algunos de los guerreros más experimentados de Tenochtitlán y del calpulli de Tlalcocomulco, así como no pocos refuerzos pertenecientes al barrio de Yopico, lugar de Yopi, y de Tzapotl, lugar de zapotes.

Para el contingente del calpulli de Tlalcocomulco las cosas no habían resultado idóneas en esta campaña debido a las bajas sufridas durante la emboscada: cuarenta muertos y sesenta y cinco heridos que ya iban de regreso a Tenochtitlán. No era difícil imaginar su sentir: frustrados por no haber capturado a ningún enemigo, pesarosos por no haber encontrado la gloria, entristecidos por saberse incapacitados de por vida al perder una pierna, un ojo o un brazo. Aunado a esto, también los hombres del barrio resentían que nuestro hermano mayor, Tliltochtli, no nos acompañara en la misión. Motecuhzoma cambió de parecer justo antes de partir y decidió que era mejor que el calpullec se quedara con el resto de los hombres del barrio, los mismos que en ese preciso momento marchaban hacia la ciudad rebelde de Teloloapan acompañando al xiquipilli Cipactli.

Se rumoraba que el noble había dicho que no quería "estorbos" que pudieran cuestionar sus órdenes durante esta importante empresa. Podía imaginar el enojo del calpullec al escuchar esa arbitraria decisión, situación que empeoraba debido a que el contingente del barrio había sido despojado de sus mejores guerreros, quienes trotaban a mi lado buscando llegar a Ichcateopan. Aun así, recuerdo que cuando dejamos el valle pude ver, entre el mar de sacerdotes, guerreros y cargadores que conformaban el xiquipilli Cipactli, el estandarte de Tlalcocomulco, el cual seguramente se encontraba a la vanguardia de nuestro contingente. No pude evitar que un sentimiento de melancolía invadiera mi cuerpo al pensar que posiblemente sería la última vez que lo vería. Muchos de los guerreros que habían sido seleccionados para recuperar el tributo calificaron de suicida la misión, debido a lo pequeño de nuestra fuerza.

A pesar de que la llovizna empezó a incrementar, nuestro grupo no disminuyó la velocidad de su trote. El sendero sobre el cual avanzábamos se encontraba en algunos puntos bloqueado por grandes piedras que se habían precipitado a causa de las lluvias de la temporada; a eso habría que agregar el viscoso lodo que nos impedía mantener la velocidad. Se nos había prohibido de manera tajante usar las rutas principales porque seguro estarían vigiladas por nuestros enemigos. Debido a esta decisión, tuvimos que recorrer caminos alternos que se encontraban en muy malas condiciones. Recuerdo que al avanzar sobre una cañada nos desviamos y tuvimos que subir por las faldas de un cerro, porque frente a nuestros ojos se empezó a crear un riachuelo que bajaba con una fuerza considerable. Marchábamos bajo el cobijo de las copas de magníficos árboles que crecían en las altas montañas, entre grandes rocas y raíces que sobresalían de la tierra. En la lejanía vi algunas cumbres coronadas de pinos y encinos. Lo mejor era no distraerse ni por un momento del camino si querías evitar romperte una pierna.

—¿Te estás divirtiendo, telpochtli? —escuché detrás de mí la voz de Cuauhtlatoa, quien a pesar de su edad mantenía una condición física excepcional. El veterano telpochtlato llevaba su ichcahuipilli empapado, lo que hacía que el grueso chaleco de algodón fuera sumamente pesado y húmedo.

—¡Sí, señor! —contesté de forma entrecortada por el esfuerzo físico que estaba realizando.

—Esa es la actitud, joven Ocelote. ¡Espero que no disminuyas tu velocidad, si no quieres sentir el bastón de mando sobre tu espalda! —agregó con una estruendosa carcajada. Era una de las pocas ocasiones en que escuchaba reír al guerrero. Parecía que entre más adversas fueran las condiciones, mayor júbilo sentía. Sin duda la estaba pasando bien debajo de la llovizna.

—No se preocupe, telpochtlato, fui entrenado entre los mejores en la Casa de la Juventud. Esto es un juego de niños —concluí, tratando de parecer lo menos agotado posible.

La realidad es que mis piernas estaban tan cansadas que ya no sentía cuando las plantas espinosas o los helechos las golpeaban, produciendo cortes en algunas ocasiones. En ese momento solo tenía un pensamiento en la mente: no ser el primer hombre del grupo en acalambrarse. Sabía que mis parientes me veían desde el paraíso solar y no estaba dispuesto a defraudarlos. En alguna ocasión mi padre me platicó que él y mi hermano mayor habían participado en un par de escaramuzas en la región de Huaxyácac. A pesar de que en esa campaña no hubo grandes batallas, mi hermano difunto tuvo un privilegio que yo nunca tuve: aprender de mi propio padre el arte de la guerra. Posiblemente esa es la razón por la que fue un guerrero excelente.

Al poco tiempo salimos de la cañada para llegar a una angosta planicie que había sido limpiada para cultivar la tierra hacía varias veintenas. Alrededor del pequeño claro, donde la tierra revuelta estaba cubierta por maleza, algunas enredaderas y zarzas, se delineaban los altos árboles de parota y amate como sombras oscuras contra el cielo gris. Sus negras siluetas, las cuales se ramificaban infinitamente, surgían entre la neblina de forma amenazante, como gigantescas telarañas donde encontrar la muerte. Mi mente no dejaba de imaginar que una partida enemiga de cientos de guerreros aparecería entre ellos con el único propósito de segar nuestra vida.

De pronto, el explorador y Motecuhzoma se detuvieron bajo la protección de la floresta de los árboles antes de entrar en el campo abierto. Todos los integrantes de la columna interrumpimos nuestra marcha y nos sentamos en cuclillas entre la vegetación, en espera de alguna señal de nuestro líder. Gracias a mi privilegiada posición en la cabeza de la caravana pude ver cómo el guía señalaba columnas de humo que subían desde un pequeño asentamiento al otro lado de la planicie. Después de comentar rápidamente cuál sería la mejor opción para continuar, Motecuhzoma hizo la señal de rodear el claro y mantener bien abiertos los ojos. Muchos de nosotros maldijimos internamente al saber que volveríamos a la tupida flora del monte y que por lo tanto nuestro avance seguiría siendo más lento que en espacio abierto; sin embargo, nadie hizo comentario alguno. Proseguimos, pues, la marcha al altépetl de Teucizapan entre la maleza del monte y la fresca llovizna que caía de los cielos.

—Es muy probable que existan enemigos vigilando este pequeño claro, así que será mejor rodearlo —murmuró el cuauchic Tozcuecuex—. Mejor cortarnos las piernas con los matorrales espinosos y las hiedras que perder la cabeza, ¿no lo crees, Ocelote?

—No podría estar más de acuerdo, señor —afirmé y eché una ojeada a la línea de árboles visible entre la espesura grisácea de la neblina.

Apreté con fuerza el mango de madera de mi macuahuitl hasta que mis nudillos se pusieron blancos. "Espero que nuestros enemigos estén tan renuentes de encontrarnos como nosotros a ellos", pensé mientras nos incorporábamos y avanzábamos en silencio.

CAPÍTULO V

El recinto ceremonial de Teloloapan se alzaba sobre la cima de una montaña desde donde se podía dominar con la vista un valle compuesto por cañadas, algunos cerros de poca altura y mesetas. Era un espacio rectangular donde se ubicaban los altos templos de las deidades de la ciudad y su plaza principal. Entre ellos sobresalía el gran adoratorio dedicado a los dioses de la fertilidad y la lluvia, el cual era conocido como el Templo Azul. Dicho teocalli estaba pintado desde el primer escalón hasta la crestería con diferentes tonos de azul, morado y violeta. Se trataba de la montaña sagrada del altépetl, donde habitaban sus dioses patronales, los responsables de crear la lluvia y fertilizar la tierra para dotar a los hombres de alimento. El espacio sagrado, con sus siete templos y algunos complejos, estaba protegido por macizas murallas de piedra y argamasa de por lo menos diez codos de alto.

Sobre las laderas de la montaña miles de casas se distribuían hasta inundar parte de las mesetas y cañadas. Las había de adobe, de piedra y de madera, incluso algunas estaban estucadas y pintadas con hermosos murales donde se representaban cuerpos de agua, grandes árboles frutales y abundantes cosechas ofrendadas a los dioses. Rodeando el asentamiento se encontraban las terrazas y los campos de cultivo, ambos vacíos debido a que la cosecha se había retirado muchos días antes. Las últimas lluvias de la temporada habían mantenido el paisaje rebosante de un intenso verde que se hacía presente en matorrales, pastizales y altos árboles que dotaban de sombra a las calles serpenteantes de la ciudad.

Junto a su hijo Chicuei Mázatl, Tzotzoma admiraba con orgullo desde la plataforma del Templo Azul el paisaje que los había visto crecer. Ambos vestían sencillas tilmas de ixtle manchadas de tierra y lodo, pues habían trabajado durante la mañana con la población de Teloloapan en las estructuras defensivas que se levantaron en los alrededores de la ciudad. Realmente se había hecho un excelente trabajo de fortificación durante los últimos quince soles. Grandes fosos excavados apresuradamente, empalizadas de filosos troncos y altos terraplenes de tierra se multiplicaban por toda la zona con la intención de impedir el acceso del enemigo. Dos grandes anillos defensivos rodeaban el importante altépetl: el primero cerraba las dos principales entradas al valle desde el este, por donde se esperaba a los ejércitos de la Triple Alianza. Altas empalizadas precedidas por fosos se habían alzado en los pasos montañosos. El segundo anillo se componía de las fortificaciones permanentes de la población, las cuales se habían reforzado e incrementado en tamaño. Originalmente se trataba de una ancha plataforma hecha de piedra y argamasa que alcanzaba los quince codos de altura y diez de ancho; contenía varias escalinatas distribuidas en su perímetro por ambos costados. Todas las escalinatas exteriores, así como sus alfardas, habían sido destruidas para impedir el acceso a la ciudad.

El alargado basamento que rodeaba la ciudad, en forma de un gigantesco rectángulo, estaba amurallado en la parte superior, lo suficiente para proteger el cuerpo de un hombre. Un foso con algunas estacadas en el fondo precedía la gruesa pared. Por si esto no bastara, desde hacía varias jornadas se habían excavado profundos fosos frente a la plataforma, así como terraplenes, desniveles y empalizadas en ciertos puntos vitales. Todas las viviendas, templos y palacios de la población se encontraban dentro de esta larga elevación. El último reducto sería el recinto ceremonial ubicado en la cima de la montaña, el cual era considerado inexpugnable. Si la batalla no era favorable para los defensores, en este lugar se realizaría la última resistencia, entre los templos y los adoratorios. Tzotzoma confiaba en que eso no sucedería.

La estrategia establecida por los generales chontales consistía en frenar al enemigo por medio de todos los trabajos defensivos, dando tiempo a que los ejércitos aliados de Alahuiztlán y Oztomán arribaran para atacar desde un flanco, o la retaguardia, a la colosal fuerza de la Triple Alianza. O al menos esa fue la comunicación que llevaron los corredores a los otros asentamientos por la madrugada. Tal vez las fuerzas contrarias eran mucho más grandes que aquellas de las que disponía Teloloapan, pero no excedían los efectivos de las tres ciudades aliadas que conformaban la coalición de Tepecuacuilco, las cuales podían poner en pie de guerra a más de sesenta mil hombres. Otra gran ventaja de la que disponían los defensores era el excelente conocimiento del terreno y la eficiente red de exploradores extendida por cada montaña y cerro de la región. Gracias a sus informes sabían que el gigantesco ejército enemigo entraría al valle por el este, a través de la pequeña población de Ahuacatitlán. La fecha estimada de su llegada era al día siguiente por la tarde-noche, seguramente arribarían con los últimos rayos del sol para pernoctar entre las cañadas y cerros, mientras el huey tlahtoani y sus generales buscan alguna falla o punto débil donde desencadenar su ataque. Chicuei Mázatl sacó a su padre de su reflexión.

—Hemos hecho un gran trabajo con todas las empalizadas y fosos, ¿no lo crees, padre?

—Así lo creo, hijo. Nuestra gente ha realizado un gran esfuerzo para defender sus hogares —contestó el guerrero veterano, quien llevaba vendados con un paño de algodón el ojo y parte de la frente debido al golpe que recibió durante la emboscada de unos días atrás. La hinchazón había disminuido, igual que el dolor, gracias a los emplastos que había aplicado un sacerdote curandero, aunque la piel seguía morada y muy magullada.

—Les será muy difícil a nuestros enemigos superar estas fortificaciones, sobre todo cuando estén guarnecidas por arqueros y honderos. Sufrirán muchas bajas al tratar de sortearlas. Con algo de suerte lograremos que el huey tlahtoani Ahuízotl desista de seguir adelante con su ataque —exclamó el joven guerrero.

Tzotzoma reflexionó sobre las palabras de su hijo y supo que eso era imposible. Los mexicas nunca se rendían cuando se trataba de castigar cualquier manifestación de rebeldía, y menos ahora que los gobernaba un orgulloso y agresivo huey tlahtoani que incluso hacía temblar a sus antiguos enemigos: los tlaxcaltecas. El guerrero veterano constantemente se preguntaba si había sido prudente la decisión del joven tlahtoani de Teloloapan de rechazar la invitación de asistir a la coronación de Ahuízotl, negarse a pagar tributo a los mexicas y haber bloqueado los caminos a los comerciantes de la Triple Alianza. Aunque él mismo añoraba los tiempos de libertad donde nadie les solicitaba tributo, sabía del gran riesgo que suponía sacudir el avispero mexica.

Luego de despejar su cabeza de reflexiones, el orgulloso padre le respondió a su hijo:

—Esperemos que así sea, Mázatl. Si eso no los detiene, lo hará el valor y arrojo de nuestros hombres para proteger a su familia, su ciudad y sus dioses —una sonrisa de satisfacción se dibujó en el rostro de Chicuei Mázatl al escuchar la respuesta.

Inesperadamente escucharon los pasos de alguien que subía las escalinatas del teocalli azul. Cuando voltearon, vieron aparecer a un robusto hombre con elegantes ropajes y un pesado collar de chalchihuites, cuentas circulares de piedra verde. Después de que hubieron hecho una reverencia al militar, este dijo:

—¡Oh, gran tecuhtli!, el tlahtoani Amalpili, la luz de estas tierras, el protector de Centéotl, lo espera en el palacio para conocer los avances de la defensa.

Tzotzoma tragó saliva y asintió. Sabía que su vida corría el mismo riesgo al presentar el reporte de "los avances de la defensa" dentro de los muros del palacio de Teloloapan que en el mismo campo de batalla, debido al temperamento del joven tlahtoani Amalpili. El guerrero se despidió de su hijo y bajó apresuradamente de la cúspide del Templo Azul acompañando al robusto noble, quien a pesar de su peso se movía con bastante agilidad. Los dos hombres atravesaron el recinto ceremonial con sus siete templos para después pasar por la puerta de los jaguares, el único acceso al espacio sagrado. Estaba flanqueada por dos gigantescas esculturas de dichos felinos labradas en piedra. Bajaron una amplia escalinata para llegar a la siguiente terraza, donde se encontraban la enorme plaza del mercado y la residencia del gobernante, construida sobre una plataforma en la ladera de la montaña.

Mientras cruzaban por la platea, Tzotzoma pudo ver a la distancia el palacio del gobernante; era de gran tamaño, decorado con almenas con forma de caracoles marinos y altos muros estucados y pintados con patrones geométricos color marrón. Una amplia escalinata daba a un espacioso pórtico con ocho columnas labradas con aves: águilas, buitres, quetzales y muchas otras. Llamada la Puerta de las Aves, era el único acceso al complejo palaciego y por ahí entraron ambos hombres, vigilados por dos guardias armados con largas lanzas y escudos. Posteriormente atravesaron un par de patios y varias estancias, pasando por un amplio pasillo cuyo piso estaba recubierto de estuco blanco y reluciente, hasta que finalmente llegaron al complejo habitacional y sala de audiencia del gobernante del altépetl.

Debido a la inesperada muerte de su padre dos años atrás, el joven tuvo que tomar las riendas del altépetl a pesar de no estar preparado, según la opinión de varios miembros del consejo de gobierno. Eso no fue impedimento para que su principal consejero, su tío Huehue Milcacanatl, un corrupto miembro de la familia real, disolviera el consejo de gobierno para transformarse en el verdadero poder detrás del icpalli de Teloloapan. Al poco tiempo, el consejero convenció a su sobrino de romper las relaciones pacíficas con Tenochtitlán por ignorar su invitación a la coronación de Ahuízotl. Eso había sucedido dos inviernos antes, tres veintenas después de que el joven fuera entronizado. Un invierno antes habían cerrado los caminos que cruzaban sus territorios para impedir que cualquier grupo de comerciantes pudiera utilizarlos, y finalmente dejaron de pagar tributo, un acto de clara rebeldía. Como consecuencia, ahora el mismísimo huey tlahtoani Ahuízotl les hacía una visita de cortesía acompañado de un ejército de más de treinta y dos mil guerreros.

Estas decisiones fueron muy cuestionadas entre la élite militar y gran parte de la nobleza, debido a que no hubo una planeación previa para la desgarradora guerra que se avecinaba. El sentimiento de independencia era fervoroso entre todos los pobladores de Teloloapan, pero también eran conscientes de que la decisión de enfurecer a los gobernantes de la Excan Tlatoloyan de forma abrupta podía significar la destrucción de su asentamiento y la aniquilación de su población. A raíz de estos eventos, una facción opositora planeó un atentado contra el astuto consejero Huehue Milcacanatl durante la fiesta de Xocotl Huetzi o Caída del Fruto.

Días antes del atentado, fuertes rumores llegaron a oídos del anciano consejero, rumores que pudo confirmar comprando algunas voluntades con tierras, cargos políticos y riquezas. La captura y tortura de algunos conspiradores develó la inmensa red de involucrados en el asesinato, por lo que el baño de sangre fue de grandes dimensiones. En un abrir y cerrar de ojos se vio aniquilada la facción que buscaba mediar y evitar una guerra con la Triple Alianza. Después siguieron los elocuentes discursos de autonomía y libertad que lograron impulsar el esfuerzo bélico ante la inminente amenaza que estaban por enfrentar. Al dar los últimos pasos para entrar al gran salón, Tzotzoma pensaba que volvería a verse cara a cara con el hombre que había diezmado la élite militar de Teloloapan, incluyendo a sus familias.

El gran salón estaba abarrotado de guardias que, inmutables, daban la espalda a los muros. Se trataba de al menos una docena de hombres con largas lanzas que llevaban sobre la cabeza enredos de diferentes colores y tilmas anudadas al pecho. En un rincón del amplio espacio, tres mujeres tocaban diferentes instrumentos de viento, generando una dulce melodía que en otras circunstancias sería muy relajante. Frente al icpalli donde se encontraba sentado el joven tlahtoani acompañado de su tío Huehue Milcacanatl, dos teteuctin o señores de la guerra permanecían postrados, con una rodilla en el piso. Para sorpresa del recién llegado, el campeón purépecha Tsaki Urapiti no estaba presente.

Tzotzoma hizo una ligera reverencia frente al icpalli para después postrarse con una rodilla en el piso, a la espera de escuchar lo que iba a decir el joven gobernante, quien no podía ocultar su disgusto.

—Llegas tarde, honorable tecuhtli Tzotzoma. Durante el reinado de mi padre este retardo te hubiera podido costar la cabeza, ¿lo sabes? Da gracias a Centéotl de que yo no soy como mi predecesor. Dime, guerrero, ¿cómo van los trabajos de fortificación del altépetl ante la inminente invasión que sufriremos? —preguntó el gobernante.

Vestía un fino chalequillo de plumas blancas, maxtlatl, brazaletes en los antebrazos y ajorcas en las piernas hechas de lámina de oro labrada. Su testa estaba coronada con una diadema fabricada con teselas de piedra verde, así como plumas rosas, rojas y amarillas que se levantaban erguidas. Todos estos ornamentos lo hacían parecer imponente, poderoso, aunque su realidad era muy diferente.

De inmediato Huehue Milcacanatl se incorporó de su asiento y se colocó a un lado de su sobrino. Antes de que Tzotzoma pudiera contestar lo que el gobernante le había preguntado, el anciano dijo:

—Los exploradores nos dicen que los mexicas y sus aliados estarán llegando mañana antes de la caída de Tonatiuh. Han avanzado más rápido de lo previsto, retirando los obstáculos que colocamos en los caminos y repeliendo las últimas emboscadas. Nuestro tiempo se ha reducido, honorable guerrero.

La aterciopelada voz del consejero encajaba perfecto con su personalidad. El viejo tenía años de no participar en una acción militar por dedicarse principalmente al comercio y a disfrutar de los placeres de la vida y del palacio. En su rostro arrugado continuamente se asomaba una sutil sonrisa que ocultaba sus verdaderas intenciones. Un pesado pectoral de concha y un enredo de algodón decorado con hachuelas de oro que ostentaba sobre la cabeza encorvaban su delgada figura. En efecto, no había duda de que era el hombre más peligroso de Teloloapan, a pesar de llevar sobre sus hombros más de sesenta inviernos, reflexionó Tzotzoma antes de rendir su informe.

—Gran tlahtoani, hijo de Centéotl, señor de la cueva del jaguar —dijo Tzotzoma dirigiéndose al joven—. Gran consejero y guardián de Tlahuizcalpantecuhtli, Huehue Milcacanatl —añadió dirigiéndose al anciano—, sé que el tiempo se ha terminado, por lo que me complace informarles que los trabajos de defensa estarán completos al finalizar el día. A pesar de la premura con la que se realizaron, pueden estar seguros de que cumplirán su objetivo de detener las fuerzas mexicas por varias jornadas brindándonos el tiempo necesario para que nuestros aliados se unan a la lucha. Gracias a que toda la población se sumó a los trabajos es que podemos estar satisfechos, pues están a punto de concluirse.

”Por otro lado, los artesanos y lapidarios trabajan día y noche fabricando saetas y dardos para la defensa. Por si esto fuera poco, hoy por la madrugada llegó un cargamento de armas proveniente de nuestros aliados purépechas de Tzintzuntzán, duplicando la cantidad de flechas y arcos que teníamos almacenados. En cuanto a las reservas de alimento, nuestros almacenes están repletos, listos para aguantar un sitio de tres veintenas. Finalmente, las mujeres y los niños abandonarán Teloloapan mañana por la madrugada para refugiarse en la antigua ciudadela ubicada en la cima de la serranía, al oeste de la región, donde estarán seguros mientras dure el sitio. Llevan suficientes reservas de alimento. En caso de que seamos derrotados, no lo quiera Centéotl, ellos tendrán la posibilidad de huir hacia las montañas sin que el enemigo note su presencia. Esta es la situación hasta el momento, ¡oh!, gran tlahtoani, hijo de Centéotl, señor de la cueva del jaguar, y gran consejero y guardián de Tlahuizcalpantecuhtli”, concluyó Tzotzoma, bajando la mirada al piso de estuco.

Para su sorpresa, el joven tlahtoani perdió todo el interés en el reporte para concentrar su atención en las sinuosas curvas de una mujer que se movía armoniosamente mientras tocaba una flauta en un rincón del salón. Sin pensarlo dos veces, el joven gobernante se puso de pie sorprendiendo a todos los guardias, que lo vigilaban atentos. El joven cruzó el gran salón y caminó entre los militares para colocarse al lado de la flautista con intención de platicar con ella mientras deslizaba sus manos por las curvas de su voluptuoso cuerpo. Tzotozma pensó que sería prudente guardar silencio al ver la sonrisa malévola en el rostro lleno de escarificaciones del anciano, quien al parecer se divertía con la escena. Lo que empezó como un coqueteo, rápidamente terminó en un drama cuando el tlahtoani sujetó de modo violento el huipil de la muchacha con intención de llevarla a sus aposentos, ignorando su llanto y la fútil resistencia que oponía.

Dos guardias apoyaron a su honorable soberano a sustraer a la angustiada mujer del gran salón para llevarla a algún lugar privado donde pudiera disfrutar sin distracciones o testigos incómodos. Tzotztoma, quien no se atrevió a voltear para observar la penosa escena, por un momento deseó que los ejércitos de la Triple Alianza salieran victoriosos de la guerra para sacrificar públicamente a Huehue Milcacanatl y al tlahtoani Amalpili, pues era evidente lo nocivo de su gobierno para toda la provincia de Tepecuacuilco. A partir de la muerte del antiguo gobernante, muchas mujeres y jóvenes mancebos habían desaparecido de Teloloapan y de las poblaciones vecinas. Los rumores indicaban que los responsables eran Amalpili y sus hombres de confianza, quienes por la noche realizaban sádicas orgías para su diversión. La flautista, jalada por los guardias, desapareció por una puerta mientras lanzaba gritos desesperados de auxilio y derramaba profusas lágrimas. El gobernante siguió sus pasos y se retiró con una amplia sonrisa, no sin antes disculparse con los presentes porque "otros asuntos requerían su inmediata atención".

El consejero Huehue Milcacanatl ignoró por completo el incidente; se notaba complacido con el informe.

—Buen trabajo, tecuhtli, parece que usted es mucho más capaz que sus colegas, pues no han podido llevar a cabo una emboscada con tan buenos resultados como los que usted consiguió. ¡Si no estuviéramos en medio de una guerra estos hombres ya tendrían el lazo florido alrededor del cuello! —gritó dirigiéndose a los otros dos señores chontales—. ¡Largo de aquí, todo mundo, a excepción del tecuhtli Tzotzoma!

Los teteuctin, acostumbrados a los arrebatos de furia del consejero y conscientes de que era mejor no estar presentes en la situación actual, salieron del recinto sin el menor gesto de protesta. Los guardias y las mujeres que producían la hermosa melodía también se retiraron en silencio, dejando a los dos hombres completamente solos. Pacientemente, el viejo esperó a que abandonaran el inmenso salón mientras fijaba su único ojo en el militar que se encontraba frente a él, con una rodilla fija en el piso. Después bajó lentamente de la plataforma donde se encontraba para acercarse a Tzotzoma.

Con un gesto amable, colocó su mano debajo del brazo del guerrero para levantarlo y preguntarle en un susurro:

—Me gustaría saber su opinión, ¿cuáles son las posibilidades reales de que los guerreros de Alahuiztlán y Oztomán lleguen a tiempo a brindarnos su apoyo?

—Gran consejero, no tengo ni la más mínima duda de que los ejércitos de nuestros aliados vendrán. En realidad, la pregunta pertinente es cuándo llegarán. Hemos sido sorprendidos con el rápido paso de las tropas de la Excan Tlatoloyan, así como sus avanzadas, por lo que la comunicación con Oztomán y Alahuiztlán cada día se torna más complicada. Aun así, tenga la seguridad de que nuestros hombres, con o sin apoyo de los aliados, están preparados para resistir y pelear hasta la muerte en defensa de sus familias y de su hogar. Si es necesario cavarán sus propias tumbas detrás de nuestras fortificaciones. Eso sí se lo puedo asegurar —concluyó el militar, que aún llevaba su tilma de ixtle manchada de lodo y tierra.

El consejero se rascó el mentón y dirigió la mirada a uno de los braseros en los que ardía la leña que daba luz y calor al salón.

—Confío en el valor de nuestros hombres, pero es una realidad que la fuerza de la Triple Alianza nos rebasa en número de combatientes profesionales. Incluso si ponemos en pie de guerra a todos los hombres mayores de quince años de la ciudad y de los poblados aledaños, nuestra fuerza no rebasaría los veinte mil efectivos. De acuerdo con los espías y exploradores, nuestros enemigos nos superan en número, ya que cuentan con al menos treinta mil efectivos, por no hablar de su experiencia en batalla.

Tzotzoma estaba al tanto de esos datos, como también de los alcances de las fuerzas de Teloloapan. Con paciencia escuchaba las palabras del consejero, quien pareció sumirse en sus propias reflexiones antes de continuar hablando.

—Por otro lado, no debemos olvidar la protección de nuestras deidades; ellos nos ayudarán a salir victoriosos de este conflicto, como lo han hecho en el pasado. Por cierto, tecuhtli, le quiero compartir una importante decisión que tomó nuestro gobernante. Después de mucho reflexionar y de conocer la incompetencia de sus colegas al tratar de replicar su éxito atacando las columnas enemigas, nuestro tlahtoani Amalpili ha resuelto nombrarlo responsable de la defensa de nuestra ciudad. Tenga la certeza de que sus decisiones estarán respaldadas por mí y mi sobrino y que contará con todo nuestro apoyo —una amplia sonrisa apareció en el rostro de Huehue Milcacanatl, mostrando los pocos dientes que aún permanecían en sus encías y provocando que abundantes arrugas se dibujaran alrededor de su boca.

Tzotzoma nunca había esperado una noticia de tal magnitud. A pesar de ser el mayor honor al que podía ser acreedor en esta vida, estaba consciente de que el éxito de dicha empresa no dependía completamente de él, sino de muchos otros factores. Sin embargo, después de toda una vida de experiencia en el campo de batalla, sabía que él podía con semejante responsabilidad. El experimentado guerrero dijo:

—Es un honor. Acepto la inmensa responsabilidad que los dioses han dejado caer sobre mis hombros, gran consejero y guardián de Tlahuizcalpantecuhtli. Prometo velar por la seguridad de los viejos, los niños, las mujeres de Teloloapan y...

—Que no se le olvide también velar por su tlahtoani y este inofensivo consejero —interrumpió Huehue Milcacanatl—. Ahórrese el canto florido, gran señor de la guerra, para mí son más importantes los hechos que las palabras. Si me disculpa, tengo que volver a mis aposentos. Mis piernas ya no son las de antes —dijo y prosiguió con su lánguido avance. Sin voltear a verlo añadió—: Espero que no nos falle, honorable señor de la guerra, pues bien sabe las consecuencias a las que estaríamos expuestos, desde su adorada familia hasta nuestro joven gobernante. Téngalo en mente. Hablando de familias, vaya a pasar tiempo con la suya, ya que es un privilegio que no tendrá en un buen rato.

Finalmente, el consejero desapareció entre el dintel y las jambas de cantera de la puerta por la que momentos antes había desaparecido el tlahtoani.

El chontal encargado de la defensa de Teloloapan se quedó solo en el gran salón, absorto e impactado ante lo rápido que se habían desencadenado los hechos. Antes de encaminarse hacia la salida se tomó un momento para observar los grandes murales que decoraban el espacio, todos alusivos a la historia de la población, sus gobernantes, guerreros y deidades. Intensos colores rojos, amarillos, negros, verdes, azules dotaban de vida a los personajes plasmados sobre las paredes. La parte central del mural se encontraba detrás del icpalli donde tomaba asiento el tlahtoani. Se trataba de una dramática escena de una batalla librada alrededor de ciento veinte años atrás, cuando la población vio su existencia peligrar ante la invasión de los purépechas liderados por el irecha Tangáxoan I, sobrino del mítico Tariácuri.

Gracias a los esfuerzos conjuntos de diferentes altepeme que aportaron hombres, armas, alimento y otros recursos, se pudo detener a los invasores en una batalla que duró tres días. Debido a lo que su padre le había contado cuando era niño, Tzotzoma sabía que su tatarabuelo había estado en dicha batalla, defendiendo Teloloapan. Ahora la historia se repetiría y el señor de la guerra chontal tenía la responsabilidad de asegurar la victoria y supervivencia de sus altepeme. Sin embargo, lamentó que en la actualidad no existiera la misma unidad, el mismo propósito entre los diferentes a ltepeme por defender su independencia. Ahora era diferente, ya que había una terrible discordia alimentada por guerras intestinas que solamente debilitaban la región. Solo la amenaza que suponían los ejércitos de la Triple Alianza y el generoso apoyo del gobernante purépecha habían logrado que las diferencias quedaran olvidadas.

Antes de salir del palacio, el militar chontal le pidió a un guardia que convocara a dos corredores. El guardia de inmediato se perdió entre los pasillos y al poco tiempo llegaron los dos mensajeros listos para cumplir con su deber. La tilma que vestían era corta, apenas llegaba a su cintura, pero iba bordada con el glifo del altépetl: un río de guijarros, lo que los identificaba como mensajeros oficiales. A ambos les entregó el siguiente mensaje confidencial, con precaución de que nadie más lo escuchara: "Para lograr la victoria sobre las fuerzas de la Triple Alianza requerimos la presencia de sus ejércitos en el valle de Teloloapan pasado mañana antes de la salida de Tonatiuh.

De la voz del tecuhtli de Teloloapan, Tzotzoma". Después de desearles a los corredores la mejor protección de los dioses, el tecuhtli se encaminó por unas pequeñas escaleras y tomó rumbo a su hogar.

Luego de cruzar algunas plataformas repletas de casas y adentrarse en las laberínticas calles del barrio norte, uno de los más prestigiosos, finalmente llegó a su morada. Constaba de una pequeña parcela y tres construcciones de piedra y adobe estucadas de blanco: una era la cocina, otra el temazcal y la última la casa. "¡Papi ha llegado a casa!", escuchó el grito de su hijita, quien salió corriendo para abrazarlo, cuando atravesó la pequeña parcela. Al cruzar el umbral de la habitación fue recibido por los miembros restantes de su familia. Su esposa lo abrazó cariñosamente y le preguntó: "¿Cómo estuvo tu día? ¿Comiste algo?". El veterano iba a contestar cuando corrieron a sus brazos sus dos hijos menores, de siete y diez años, a quienes cargó haciéndoles cariños. Poco tiempo después su hijo mayor llegó a casa para compartir los alimentos. Era una ocasión especial, ya que al día siguiente, muy por la mañana, la esposa de Tzotzoma y sus tres hijos pequeños dejarían la ciudad para dirigirse a la seguridad del refugio montañoso.

Todos los niños, mujeres y ancianos tenían que partir por la mañana, antes de la llegada de los enemigos. Esto permitía que, si sitiaban la población, los alimentos se repartieran solamente entre los hombres y los guerreros, para resistir el doble de días. También posibilitaba que niños y mujeres escaparan si la ciudad caía en manos enemigas. El refugio en realidad era una cueva de gran tamaño donde se habían almacenado alimentos; había servido como guarida secreta por generaciones, cada vez que una guerra se avecinaba. Se encontraba al oeste de la ciudad, enclavada en la cima de una montaña de difícil acceso.

Por esta razón se había matado y preparado un guajolote en un delicioso chilmolli hecho de chiles secos. El platillo principal se acompañó de tortillas de masa azul y frijoles perfumados con epazote, y de postre hubo tamales cubiertos de aguamiel de maguey. El veterano chontal tomó al menos tres jícaras de refrescante agua de chía para extinguir la terrible sed que lo había aquejado todo el día.

Al terminar, entre llantos por su inminente partida, se despidió con afecto de su mujer e hijos. Reflexionó que posiblemente esa sería la última comida que disfrutaría con su familia. Se percató de que en un rincón de la amplia habitación los petates, vasijas y envoltorios llenos de semillas estaban listos para la travesía. Su esposa, siempre previsora, ya tenía todo listo para la partida.

Después de yacer con ella, a mitad de la noche se levantó para dirigirse al altar familiar ubicado en una esquina de la casa, separado por una mampara de cestería. En él había representaciones en cerámica de su padre, sus abuelos y las deidades patronales de la familia. Con mucha devoción, el guerrero curtido en cientos de batallas imploró a los dioses y a sus ancestros protección y ayuda para poder derrotar a las fuerzas enemigas ante el ataque que iba a sufrir su población. En seguida clavó dos largas espinas de maguey en los lóbulos de sus orejas, para entregar como ofrenda su propia sangre. Ignorando todo dolor, y dejando que la sangre se derramara sobre sus hombros, Tzotzoma introdujo las púas ensangrentadas en una pequeña bola de zacatón, que después quemó en un brasero frente a las figuras de cerámica que representaban a los dioses patronales de la guerra y del hogar. En instantes su sangre, en forma de humo, llegaría a los niveles celestiales donde habitaban los creadores de esta tierra, asegurando que sus peticiones fueran escuchadas.

Sus oraciones se vieron interrumpidas cuando el sonido de una caracola rompió el silencio nocturno. Era la llamada para el consejo que se llevaría a cabo a media noche, dando tiempo a que todos los guerreros de Teloloapan pudieran pasar al menos un momento con sus familiares y despedirse de ellos. Después de recoger sus armas, el guerrero chontal se tomó un momento para dirigirle una última mirada a su esposa que dormía y después encontrarse con su hijo mayor, quien lo esperaba listo para asistir al consejo de guerra. Con paso calmo los hombres se dirigieron al Tlacochcalco o Casa de los Dardos, ubicado en el recinto ceremonial, mientras se iban encontrando a varios guerreros que se dirigían al mismo lugar. Tzotzoma pensó que posiblemente, después de terminado el consejo, podría regresar a su hogar, pero solo se trataba de una ilusión, pues bien sabía que tendría que ir a las fortificaciones de la hondonada para comprobar que todo estuviera en orden.

El momento más importante en la vida de Tzotzoma estaba por llegar.

CAPÍTULO VI

Cuando te acostumbras a una existencia sin privilegios, sin grandes bienes materiales y con carencias, puedes definir qué es lo más importante de la vida. Esa fue la conclusión a la que llegué al vivir en la Casa de la Juventud. Dentro de sus grandes salones, el adolescente que era lentamente se fue transformando en un hombre preocupado por el bienestar de sus semejantes. También entendí lo que era templar mi pensamiento y madurar mis palabras, dejando de lado mi ego y vanidad. A través del huehuetlatolli, la voz de la antigua sabiduría, y de las reprimendas de los tutores, aprendí a dejar de lado el orgullo, el individualismo. En la misma medida en que fortalecía mi cuerpo, a través de ejercicios marciales, retiraba las barreras mentales que había construido durante toda mi vida. Por ejemplo, ya no vi la derrota como algo humillante, sino como una forma de aprendizaje.

Así pasaron tres veintenas de adquirir estas valiosas enseñanzas, de escuchar a los viejos del barrio, de tareas cotidianas, comidas frugales y miradas indiscretas entre Citlalli y yo. Durante ese tiempo prosiguió el entrenamiento vespertino con el telpochtlato Ixtlilxóchitl, quien a pesar de su edad era un guerrero difícil de derrotar, hecho que yo mismo constaté. Sus lecciones eran demasiado duras, ya que no toleraba ningún error de mi parte. Constantemente me repetía que en batalla no tendría una segunda oportunidad si me equivocaba. "En el entrenamiento del Telpochcalli te puedes dar el lujo de ser derrotado y aprender de tus errores. En batalla eso significa la muerte", decía.

Era común que acabara con moretones o con un ojo hinchado por los fuertes golpes que me propinaba mi veloz instructor. Al inicio de las sesiones de entrenamiento, el telpochtlato y yo definimos que durante la ceremonia que conmemoraba el nacimiento de Huitzilopochtli, llamada Panquetzaliztli o Alzamiento de banderas, combatiría públicamente con el abusivo Ome Xóchitl. Sería la ocasión perfecta, ya que en dicha festividad los jóvenes que estudiábamos en las Casas de la Juventud de todo Tenochtitlán saldríamos a las plazas públicas y recintos ceremoniales de los barrios a demostrar nuestros conocimientos recién adquiridos a través de combates de exhibición, usando el macuahuitl, la maza y el escudo. También se realizarían competencias de tiro con arco, honda y atlatl. Familiares y vecinos asistirían para apoyar a sus hijos, primos, sobrinos y de pasada saludar a viejos conocidos del barrio mientras degustaban algún antojito o golosina.

Terminadas esas actividades, los jóvenes estudiantes asistiríamos a la ceremonia en honor de Huitzilopochtli y Painal en el gran recinto ceremonial de Tenochtitlán, donde seríamos testigos de los sacrificios de esclavos y cautivos mediante la extracción del corazón. Al llegar la noche, la celebración finalizaría con grandes banquetes y una danza multitudinaria donde participaría el mismísimo huey tlahtoani, acompañado de hombres que habían ganado ese privilegio, incluyendo nobles, sacerdotes y guerreros. Las distintas ceremonias del día estarían acompañadas de gran cantidad de flores y alimentos, entre ellos pulque, el cual sería consumido en abundancia por los ancianos portadores de la sabiduría. Ellos eran los únicos que tenían permiso de embriagarse, a todos los demás les costaría un fuerte castigo, y a los nobles, la muerte. Tampoco faltarían las semillas de coaxihuitl, que al consumirse causaban una gran euforia entre los danzantes y sacerdotes. Como era la celebración más importante de la región del Anáhuac, se respiraría el ambiente festivo tanto en el jacal del pobre, como en el palacio del noble. El huey telpochtlato Ixtlilxóchitl se encargaría de arreglar todo para que yo "tuviera la fortuna" de coincidir con el abusivo compañero, por lo que podía considerarlo un hecho.

Para mí, sería la primera vez que participaba activamente en la celebración de Panquetzaliztli; sin embargo, lo único presente en mi cabeza era el enfrentamiento que tendría con Ome Xóchitl en la plaza comunal de nuestro calpulli. La gran mayoría de mis compañeros estaban muy emocionados, ya que podrían tener la oportunidad de pasar tiempo con su familia o cortejar a la muchacha de su elección, aunque fuera por un día y su noche. En lo que a mí respecta, el regocijo fue reemplazado por nerviosismo.

Esa mañana todos los estudiantes, sin importar si eran hombres o mujeres, nos pintamos en el rostro dos franjas horizontales de color negro, una a la altura de los ojos y otra a la altura de la boca. Sobre la cabeza nos colocamos plumas de guajolote en forma de abanico. Se trataba de los atributos de la deidad que protegía al Telpochcalli: Tezcatlipoca. En el pecho llevábamos collares de palomitas de maíz, llamado momochitl, comida típica de los festejos. Formados en filas, cada grupo salía del Telpochcalli siguiendo los pasos de su instructor, quien en mi caso era Cuauhtlatoa. Atravesamos las calles del calpulli de Tlalcocomulco, donde se respiraba un ambiente festivo.

Las familias lentamente se congregaban en los templos para dejar ofrendas de alimentos, frutas y semillas mientras quemaban copal. Luego se dirigían a las plazas públicas con la intención de comprar algún antojito propio de la riqueza culinaria de cada barrio. Se vendían nieves con pulpa de frutas como tamarindo, zapote o guanábana. Los tlatlaolli, empanadas de masa rellenas de frijoles y cubiertas con nopales y otras verduras, se vendían al por mayor. No podían faltar los trocitos de tortilla dorada sobre el comal acompañados de distintos aderezos hechos de chiles, algunos picantes y otros agridulces. Las fachadas de los templos y casas estaban decoradas con gran cantidad de flores, entre las cuales destacaban las llamadas "flores de cuero" o cuetlaxóchitl, por sus amplias hojas de un intenso color rojo. Estaban asociadas al Panquetzaliztli debido a que su color representaba la sangre derramada por los guerreros y los prisioneros, en agradecimiento al dios solar.

Mientras avanzábamos hacia el corazón de nuestro barrio, donde se ubicaba la plaza comunal, nos encontramos a un grupo de músicos acompañados de malabaristas que cargaban gruesos troncos de madera. Llevaban prisa, pues quien iba al frente no paraba de apresurarlos, por lo que nos rebasaron fácilmente a pesar de los maderos que cargaban. Vestían sobre sus hombros redes de las cuales pendían flores recién cortadas. En las piernas llevaban semillas que sonaban de forma rítmica a cada paso que daban, por lo que era difícil no escuchar a la comitiva. Uno de ellos iba tocando una flauta, de donde brotaban delicadas notas que llenaron mi corazón de emoción y alegría.

Después de atravesar un canal por un puente de vigas de madera, pudimos ver la plaza comunal del calpulli, cuyo acceso estaba flanqueado por dos grandes representaciones de Painal hechas de semillas de amaranto y decoradas con flores de una infinidad de colores, entre ellas el ololiuhqui, con su fuerte esencia de color azul y violeta, y el cempaxóchitl, reconocible por su característico color naranja. Caminamos debajo de un gran arco, cuya estructura de carrizo estaba cubierta de hojas de un vibrante verde y de hermosas flores, para finalmente tomar nuestro lugar al lado de los otros grupos del Telpochcalli, que esperaban formados en perfecto orden.

El amplio espacio estaba cerrado en tres de sus lados por pórticos, cuyos techos eran sostenidos por vigas de madera. Dentro de estos portales tenían sus puestos los vendedores de mercancías y alimentos, que gustosos atendían a los clientes que se arremolinaban a su alrededor. En la cara norte, un alto templo de cuatro cuerpos se levantaba imponente frente a nosotros. Sus muros estucados y pintados de color marrón estaban tan pulidos que resplandecían con los rayos de Tonatiuh. Un adoratorio dedicado a Xipe Totec coronaba su plataforma superior. Me percaté de que entre los laboriosos sacerdotes y guerreros que vertían copal en los braseros se hallaba el telpochtlato Ixtlilxóchitl. En la cima del templo se escuchó el sonido grave de una caracola, lo que hizo que la multitud de personas que se encontraban en las galerías se aproximara al pie del templo para escuchar las palabras del responsable del Telpochcalli del calpulli.

Como era tradición, empezó su discurso alabando la grandeza del pueblo mexica y la labor que realizaba nuestro huey tlahtoani, quien a través de las constantes guerras que llevaba a cabo lograba siempre tener cautivos de calidad para ser sacrificados y mantener el orden cósmico en perfecto balance. También alabó el esfuerzo que los jóvenes presentes realizábamos día tras día en la Casa de la Juventud, asegurando que muy pronto pondríamos en alto el nombre del calpulli de Tlalcocomulco. Al finalizar su discurso dio la autorización para que comenzaran las competiciones y las exhibiciones de combate.

Rompimos la formación y nos separamos según el evento en el cual participaríamos. Mientras me dirigía a la zona donde se llevarían a cabo los combates cuerpo a cuerpo, pude ver a la distancia a mi padre Xiuhcozcatl, con su semblante serio. Junto a él se encontraba mi nantzin Matlalxóchitl, rebosante de alegría por ver a su hijo competir entre la prometedora juventud de Tlalcocomulco en la festividad más importante de Tenochtitlán. Iban acompañados de dos mujeres que no paraban de gritar mi nombre al tiempo que agitaban las manos haciéndose notar entre la multitud. No pude evitar ruborizarme al ver el estruendoso comportamiento de mis tías, las hermanas de mi nantzin.

Llegué al rincón suroriente de la plaza, donde se había vertido arena sobre las losas de piedra rosada. Para delimitar el perímetro de un círculo se colocaron varios braseros de cerámica pequeños, de los cuales emanaban nubes de copal. Muchos de mis compañeros se acercaron al espacio para esperar su turno en la exhibición mientras disfrutaban de los otros combates. Al inicio de cada enfrentamiento, Cuauhtlatoa llamaba por su nombre a los dos participantes, los cuales tomaban su chimalli y su macuahuitl de madera de encino, sin navajas de obsidiana, para encontrarse en el centro del círculo. El combate terminaba cuando uno de los participantes ya no se levantaba del piso, resultaba herido de gravedad o era abrumado por la cantidad de golpes de su contrincante. No se permitía huir o pedir cuartel, pues era una señal de debilidad ante la sociedad, una terrible vergüenza.

A mí me tocaría combatir durante la quinta exhibición de combate cuerpo a cuerpo. Mientras eso sucedía y continuaba en la fila, traté de controlar mis nervios viendo cómo a lo lejos algunos de mis compañeros hacían pública su habilidad disparando con sus arcos certeras flechas hacia unas figuras hechas de mimbre, que asemejaban guerreros enemigos.

En la zona norte de la plaza, un gran grupo de jovencitas empezó a danzar en grandes círculos concéntricos al ritmo de los huehuemeh, flautas y otros instrumentos musicales. Las bailarinas hacían su mejor esfuerzo contorsionándose, dando saltos en la coreografía que realizaban en honor de los dioses Huitzilopochtli, Xipe Totec y Painal. La música que se escuchaba en todo el recinto animó a los asistentes que observaban con atención las actividades.

Finalmente, después de cinco emocionantes combates, Cuauhtlatoa gritó: "Ome Xóchitl y Ce Océlotl, tomen su armamento y prepárense para combatir". Las personas que rodeaban la improvisada arena de combate, entre ellos mi familia, empezaron a gritar tapando y destapando continuamente su boca con la palma de la mano. Mi contrincante caminó hacia el centro del círculo, y yo también lo hice, exhalando e inhalando un par de veces y sujetando con fuerza mi macuahuitl y mi escudo. Solo vestíamos bragueros, para educar y fortalecer nuestros cuerpos recibiendo uno que otro golpe. Mi contrincante se veía muy seguro de sí mismo, y con mucha razón, ya que siempre había salido victorioso cuando nos habíamos enfrentado en los patios de entrenamiento de la Casa de la Juventud. Una ráfaga de viento atravesó la gran explanada, removiendo la arena que habían colocado en el piso; sin embargo, a pesar de ir casi desnudo, no sentí frío. Antes de iniciar el combate volteamos al templo principal del barrio para saludar a las deidades comiendo tierra. Después Cuauhtlatoa dijo: "¡Choquen armas!", lo que hicimos de mala gana. "Conocen las reglas de combate, guerreros, nada de golpes bajos o palancas para romper huesos. Si uno de los combatientes se encuentra en el piso, el enfrentamiento debe detenerse, lo mismo si escuchan que digo 'alto'. El combate termina cuando yo lo decida. Sean valerosos y avezados y que los dioses escojan al ganador." El fiero guerrero se alejó unos pasos hasta el borde del círculo, desde donde gritó: "¡Combatan, mexicas!".

Mi oponente, confiado, alzó los brazos gritando: "¿Quieren ver cómo le doy una paliza a este niño?". La multitud, que se iba haciendo más grande, gritó que sí. Ome Xóchitl, con una sonrisa en el rostro, de inmediato se lanzó contra mí con un golpe que detuve fácilmente con mi chimalli, al tiempo que con mi arma fintaba un ataque, esto hizo que mi oponente se agachara y girara para lanzar otro embate. Con dificultad pude esquivarlo y trastabillé hacia atrás. Recuperé rápidamente el equilibrio, pero de inmediato sentí otro golpe en mi escudo de madera, seguido de un fuerte impacto en el muslo. Ante la ovación de mis compañeros y las personas que observaban el combate, mi contrario se retiró un par de pasos alzando los brazos y haciendo alarde de su inminente victoria. El golpe que recibí en el muslo me hizo cojear por un momento. ¡Era un milagro que no me hubiera roto el hueso! Ome Xóchitl no estaba jugando.

Con paso firme me arrojé hacia mi enemigo con un lance lateral, el cual bloqueó con facilidad. Rápidamente le tiré una patada que impactó en su pierna; sin embargo, no logré tirarlo, solo hacerlo tambalear y retroceder. Con su atención puesta en mantener el equilibrio, mi oponente fijó la mirada en mi macuahuitl, para evadir un posible ataque, pero el impacto llegó por el otro costado, cuando utilicé el borde de madera de mi escudo para golpearlo en el rostro. Le rompí el labio y lo hice sangrar, aunque no logré derribarlo. Retrocedí dos pasos preparándome para su respuesta, satisfecho hasta el momento por mi desempeño.

Al pasarse la mano por la boca y ver que estaba sangrando, Ome Xóchitl gritó:

—¡Esto lo vas a pagar, niño!

—¿Eso crees, Ome Xóchitl? —contesté, decidido a terminar el combate de forma rápida, ante un enemigo tan hábil y peligroso. Claro, al menos esa era mi intención.

Empezó su ataque con un golpe lateral muy fuerte, el cual, al bloquearlo con mi chimalli, cimbró todo mi ser, adormeciéndome el brazo izquierdo momentáneamente. Cuando iba a responder el ataque, una carga de su chimalli me empujó hacia atrás, a la distancia correcta para que mi contrario siguiera con sus lances. El primero de ellos lo bloqueé con mi macuahuitl, haciendo que el choque de maderas resonara por la plaza, aunque el segundo me golpeó el muslo y me hizo caer, al tiempo que la multitud gritaba sobreexcitada. A pesar de las reglas de no atacar al oponente cuando había sido derribado, Ome Xóchitl descargó su furia golpeándome la cabeza con el filo de su macuahuitl. Sofoqué un grito dentro de mi ser, mientras Cuauhtlatoa se interponía entre nosotros.

—Alto. ¿Qué no sabes respetar las reglas, telpochtli? ¡No puedes golpear a un oponente derribado! Si vuelves a infringir alguna de ellas yo mismo te moleré a palos —dijo con una mirada furibunda.

El joven no dijo una palabra, solo retrocedió algunos pasos, esperando a que se reanudara el combate. El miedo a ser derrotado en público surgió dentro de mí, así como el de defraudar a mi maestro Ixtlilxóchitl. Me toqué la cabeza y, como lo esperaba, mi mano se mojó de sangre. Traté de ponerme en pie, aunque no lo logré. El ruido de la multitud me lastimaba los oídos y el piso parecía moverse de un lado a otro. El veterano se acercó a preguntarme algo, pero no lo comprendí, simplemente lo miraba a los ojos. En toda esa confusión encontré la claridad en una de las constantes de mi vida, mi maldición: la muerte de mi hermano y mis primos al poco tiempo de que nací.

En el aturdimiento escuché la voz del primero, que me despertó recuerdos de mis primeros días de vida. Y como si aún estuviera vivo, entre la multitud lo volví a oír diciéndome: "Recuerda el valiente corazón chichimeca del cual tú eres heredero. No lamentamos haber perdido nuestra vida para forjar en ti el espíritu de un verdadero guerrero. No lamentamos nuestra muerte. Todo se rasga, todo se rompe, todo se quiebra en esta tierra". Volteé a ver hacia mi lado derecho, y ahí, entre los alumnos que animados observaban mi combate, pude ver a mi hermano Yei Ozomatli, acompañado de mis dos primos. Lucían tal y como mis recuerdos los evocaban, delgados, bronceados, con su cabello corto y negro, y sencillas tilmas. Me sonreían con una mirada de orgullo, complacidos de verme combatir.

—¿Puedes proseguir el combate, Ocelote? Estás sangrando de la cabeza —preguntó el telpochtlato.

Todo fue claridad en ese momento. Sacando fuerzas de flaqueza, me incorporé para terminar con la lucha.

—Sí, señor. Puedo y quiero seguir con el combate —contesté tras recoger mi macuahuitl y lanzarle una mirada de odio a mi oponente.

Hervía de energía al combatir frente a la mirada de mis queridos difuntos. Sujeté con fuerza mi arma hasta que mis nudillos se blanquearon, mientras la sangre mojaba el lado izquierdo de mi rostro.

Cuauhtlatoa se alejó unos pasos y gritó: "¡Combate!".

Aprovechando mi aparente confusión, Ome Xóchitl se lanzó al ataque; el primer golpe lo evadí deslizándome a la derecha, el segundo lo detuve con mi chimalli para después golpear su pecho con la punta de mi macuahuitl, empujándolo a la distancia idónea para atacarlo de nuevo. Trompicó hacia atrás, así que giré sobre mi propio eje y proyecté toda la fuerza en mi arma. Mi oponente alcanzó a subir su chimalli, pero ante la fuerza y la falta de apoyo, el golpe fracturó su escudo, haciendo volar varas de otate y astillas de la madera. A pesar del impacto se mantuvo de pie, fijando su mirada de odio en mis ojos, listo para reanudar su ataque, aunque completamente desconcertado. Ome Xóchitl avanzó con la intención de lanzarme un golpe descendente con todo el peso de su cuerpo, el cual esquivé deslizándome a la izquierda, hacia el costado expuesto de mi contrincante. Con una patada barrí su pie de apoyo y cayó, momento que aproveché para descargarle un golpe contundente en las costillas. Me retiré unos pasos para observar a mi rival incorporarse, tambaleándose y sangrando profusamente de la boca. La multitud había bajado la intensidad de su barullo, consciente de que este combate estaba propasando el objetivo de ser una exhibición.

Cegado por la furia, mi oponente cargó hacia mí lanzando un largo grito de frustración. Era evidente que estaba perdiendo la cabeza ante la sorpresa que implicaba que alguien como yo lo hiciera caer. Traté de detener su impulso con un golpe de mi macuahuitl, el cual contuvo con su escudo deshecho, abriendo por un momento su guardia. Velozmente giré la mano, tomé impulso y lo golpeé en el rostro con el pomo redondo y abultado de mi arma, mientras bloqueaba con mi escudo su fortísimo golpe, el cual se veía venir. La velocidad de mi movimiento me impresionó.

Los presentes escucharon un ligero crujido cuando la madera lo impactó de lleno en la cara y cayó de espaldas. Por la hemorragia que presentaba era evidente que tenía rota la nariz. Cegado por la sangre que había salpicado su rostro y seminoqueado, mi contrincante trataba inútilmente de ponerse en pie, hasta que llegó a su lado el telpochtlato Cuauhtlatoa para detener el combate y revisar su herida. Lentamente, y apoyándose en un par de alumnos, Ome Xóchitl fue sacado del espacio de combate y llevado con algún curandero para sanar su herida. Ni siquiera pudo lanzarme una mirada o frase para desahogar su frustración, pues la sangre le cubría los ojos y la boca. Sabía que tomaría venganza, que no se quedaría con los brazos cruzados ante tal derrota, pero ahora era el momento de celebrar.

Cuauhtlatoa me levantó un brazo, anunciándome como ganador. La multitud gritó eufórica, agradecida por la intensidad con la que habíamos peleado. A la distancia pude ver a mi madre y a mis tías abrazarse jubilosas por mi logro. Gritaban al unísono: "¡Ce Océlotl! ¡Ce Océlotl! ¡Ce Océlotl!". Mi honorable padre sonrió, dejando de lado su habitual seriedad para unirse a la gritería de sus cuñadas. Busqué entre la multitud a mis queridos difuntos, pero no los encontré; seguramente habían regresado al paraíso solar.

Al salir del círculo de combate me senté exhausto en cuclillas, mientras algunos de mis compañeros me felicitaban. Alcé la mirada y pude ver, sobre la cima de un templo, a los líderes del calpulli observar las actividades que se llevaban a cabo mientras tomaban algo de unas jícaras, quizá agua amarga, xocolatl. Entre ellos se encontraba Ixtlilxóchitl, quien, a pesar de la distancia, me reconoció alzando un brazo para saludarme y hacerme saber que había estado al pendiente de mi combate. Lo saludé de igual manera, con una sonrisa que dudo que haya podido ver. Al poco tiempo llegó un curandero por solicitud de Cuauhtlatoa, quien seguía desempeñándose como árbitro en los combates de los estudiantes. De inmediato el hombre se arrodilló a mi lado para revisarme la herida de la cabeza. Después sacó de su morral una pasta verdosa de mal olor envuelta en papel amate, para aplicarla sobre el corte. A pesar del ardor y de mis quejas, lo único que decía era:

—Calma, calma, jovencito, que esto te curará y evitará el sangrado —después cubrió la parte superior de mi cabeza con un lienzo de algodón que fijó con un nudo—. ¿Ves? En un par de días estarás como nuevo —dijo mientras me sonreía—. ¿Aún sientes dolor?

—No, señor. De hecho, el dolor de cabeza está disminuyendo.

Con una amplia sonrisa el sacerdote se alejó, no sin antes darme una serie de instrucciones para mi cuidado; incluso me entregó la pasta verde de olor fétido para que la aplicara en la herida.

Al finalizar los combates y las exhibiciones todos los estudiantes, familias, sacerdotes, maestros y guerreros nos dirigimos al gran recinto ceremonial de Tenochtitlán, el corazón de la vida religiosa de nuestra ciudad. Se trataba de un inmenso cuadrángulo con reluciente piso de estuco que albergaba setenta y ocho templos, cada uno dedicado a una deidad diferente, rodeado de una plataforma que delimitaba el espacio sagrado del profano. El inmenso complejo se ubicaba en el centro de la ciudad. El Huey Teocalli era el templo de mayor tamaño e importancia del complejo religioso; estaba dedicado a Huitzilopochtli, dios solar de la guerra, y a Tláloc, dios de la lluvia y la fertilidad.

En la cima, varios sacerdotes realizaban uno a uno los sacrificios de esclavos, comprados para ese propósito, extrayendo sus corazones para después decapitarlos y rodar sus cuerpos por las escalinatas del gran adoratorio. Sus acciones eran supervisadas por el mismísimo huey tlahtoani en persona, Tizoc, quien se encontraba de pie a un costado de la piedra de sacrificios, portando la tilma y la diadema turquesa. Una larga fila compuesta por varias decenas de esclavos esperaba su turno para reunirse con la muerte, todos de pie sobre las escalinatas del templo, siempre vigilados por varios sacerdotes vestidos de negro y armados con largos cuchillos de sílex. Cada uno de ellos llevaba los atavíos y la pintura corporal asociada con los cuatrocientos surianos, las estrellas del firmamento, los mismos que fueron derrotados por Huitzilopochtli el día de su nacimiento. De hecho, los cuerpos de los sacrificados, después de rodar por las escalinatas del templo, caían desmadejados sobre un monolito circular de piedra donde estaba representada Coyolxauhqui, la deidad lunar derrotada por su hermano. Cada vez que el sacerdote alzaba el corazón de uno de los esclavos hacia el sol, la multitud gritaba eufórica, a sabiendas de que los dioses solares estarían complacidos en esta jornada.

El recinto estaba tan lleno de personas que podía asegurar que cada gremio de religiosos, de comerciantes, así como las sociedades guerreras y los estudiantes de cada Telpochcalli de la ciudad se encontraban presentes. Incluso una gran cantidad de asistentes se sentó en las escalinatas de la plataforma que rodeaba el espacio sagrado, el coatepantli. Era fácil ubicar a los grupos de nobles debido a las plumas de diversos colores que portaban sobre la cabeza, como también por sus tilmas multicolores y los hermosos abanicos que usaban para espantar a las moscas y otros insectos. A lo lejos, del lado norte del recinto ceremonial, también pude ver agrupados a los estudiantes del Calmécac, el colegio para los nobles mexicas. Los jóvenes iban con el cuerpo pintado de negro y el cabello muy corto. No muy lejos estaban sus maestros, sacerdotes con la piel pintada de negro, el cabello largo sobre la espalda y vistiendo tilmas oscuras. Algunos de ellos portaban sahumadores de cerámica que no paraban de humear, perfumando el ambiente con el delicioso aroma del copal.

Amplios espacios se podían observar entre la multitud, casi todos circulares, de los cuales las personas se habían retirado para permitir que cientos de hombres realizaran danzas o exhibiciones de combate entre guerreros de importancia, quienes buscaban derramar su sangre para conmemorar el nacimiento de Huitzilopochtli. Los asistentes fijaban su atención en estos combates, apoyando a su guerrero preferido y gritando de la emoción. Incluso algunos llegaban a apostar, actividad prohibida dentro del recinto sagrado.

Al pie de la Casa de las Águilas o Cuauhxicalco, al menos cincuenta hombres tocaban diversos instrumentos: tambores verticales de madera, caracolas, flautas, caparazones de tortugas y muchos otros, inundando el ambiente con su rítmica y repetitiva música.

La gran montaña sagrada, al igual que otros templos, estaba decorada con arcos hechos de flores, estandartes que ondeaban con el viento y braseros humeantes. El Templo Mayor tenía dos arcos de flores rojas que engalanaban las escalinatas que daban acceso a su gigantesca plataforma. La monumental estructura había sido estucada y pintada recientemente para las fiestas del principal dios mexica. Enfrente del gran templo pude ver el Huey Tzompantli, donde se exhibían miles de cráneos humanos pertenecientes a los hombres sacrificados. Cada uno de los cráneos era atravesado horizontalmente por una viga sostenida por altos postes de madera. En un solo travesaño pude contar más de cincuenta cráneos, algunos aún con cabello y piel. A cada costado de la larga plataforma donde se alzaban las estructuras de madera, se levantaban dos torres de siete codos de altura, hechas de más cráneos que eran fijados con argamasa. El hedor fétido del gran altar a los dioses de la guerra inundaba gran parte del recinto, a pesar de las decenas de braseros donde se quemaba el sagrado copal.

Todos los estudiantes del Telpochcalli de Tlalcocomulco, tanto hombres como mujeres, observábamos con detalle el gran espectáculo que se realizaba solo una vez al año. Llamó mi atención que cuando el huey tlahtoani se despidió de su pueblo alzando las manos hacia el cielo, muchas personas permanecieron en silencio en lugar de gritar eufóricas, como usualmente sucedía. Existía cierto malestar en contra del gobierno de Tizoc, sobre todo por algunos grupos de la élite sacerdotal y militar.

De pronto las danzas y los combates terminaron: había llegado el momento álgido de la ceremonia. Los sacerdotes sacaron del templo la representación sagrada de Huitzilopochtli, después la bajaron de la plataforma superior en andas, cuidando que no fuera a caer. La representación de la deidad solar era muy alta y más robusta que un hombre, hecha completamente de huautli o amaranto mezclado con aguamiel. Iba ataviada de finas vestimentas de algodón, diademas de oro y turquesa, collares, brazaletes y orejeras de jade y conchas marinas. Cuando la colocaron encima de una plataforma redonda llamada Cuauhxicalco, todos los presentes empezamos a formarnos en gigantescas líneas que serpenteaban por la plaza para realizar el ritual que llamábamos Teocualo, devorar al dios. A pesar de la gran cantidad de personas presentes, los religiosos rápidamente fueron cortando grandes trozos de amaranto y colocándolos en la boca de los presentes, por lo que la espera no fue larga. Cuando llegó mi turno, el sacerdote, con el rostro cubierto de tizne y el largo cabello cayendo sobre su espalda, me dijo: "Ynacayo, su carne". De inmediato abrí la boca para que colocara una bolita de amaranto dulce, la cual degusté y tragué.

Después de participar en la gran ceremonia de Huitzilopochtli, los estudiantes del Telpochcalli de Tlalcocomulco abandonamos el enorme recinto ceremonial para regresar a la plaza comunal de nuestro barrio, donde los instructores se despidieron de nosotros y nos recordaron que las clases se reanudarían en dos días. Luego de celebrar la noticia, cada alumno fue en busca de su familia para disfrutar de la fiesta. Mientras corría a través de la concurrida plaza encontré a mis padres y a mis tías, quienes me recibieron con abrazos y una jícara llena de agua de zapote endulzada con miel. También pude saludar a mi hermana, Chiconahui Malinalli, quien cargaba sobre su pecho a su primer hijo. Nos ubicamos en una esquina de la gran explanada, sentados en las escalinatas del portal, donde comimos postres y platillos que vendían algunas mujeres. Los miembros de mi familia me felicitaron por mi combate y halagaron mi aprendizaje en la Casa de la Juventud.

Recuerdo a mi tía diciendo a mi madre Matlalxóchitl: "Estoy segura de que tu hijo será un gran guerrero. Sin duda seguirá los pasos de su padre". Mi madre, con una gran sonrisa, le dijo que así sería. Abracé y jugueteé con mis dos hermanas pequeñas, aunque aún me dolía la cabeza por el golpe que sufrí durante el combate. Algunos primos lejanos se unieron a la animada plática y para acompañar a mis tías a sus casas, pues ya había anochecido. Se acercaron a mi padre y, después de alejarse algunos pasos de la familia, empezaron a conversar sobre la política del huey tlahtoani Tizoc, sus logros y fracasos, de forma apasionada.

En algún momento, cuando ya oscurecía, mi papá me pidió que lo acompañara a comprar una ración de octli, el néctar blanco de los dioses. Era uno de sus placeres culposos, aunque nunca se excedía consumiéndolo pues era muy consciente de que eso podía causarle la muerte. Al apartarnos del grupo familiar escuché que nos gritaron: "No lleguen tarde a casa, que los estaré esperando. ¡En especial a ti, Xiuhcozcatl! No tomes más de una jícara".

Mientras nos adentrábamos solos entre los puestos de alimentos, me dijo que dentro de un día partiría con los ejércitos de la Triple Alianza a las tierras de los huastecos para tratar de reestablecer el poder de Tenochtitlán, el cual se encontraba muy deteriorado desde que el huey tlahtoani Tizoc había asumido el poder, hacía ya cuatro años. Me dijo que había rebeliones en diferentes partes del imperio debido a que la primera campaña del nuevo gobernante contra el altépetl de Meztitlán había sido un desastre. El resultado de otras campañas militares tampoco había sido muy favorable para la Triple Alianza, por lo que varios jerarcas mexicas, sacerdotes y hasta miembros de la familia real criticaban duramente al huey tlahtoani. Incluso había rumores de un plan para asesinarlo y removerlo del icpalli antes de que todo Tenochtitlán se hundiera con él. Por esa razón el gobernante, que también llevaba el nombre de Chalchiuhtlatona, el agujerado con piedras verdes, rara vez salía de su palacio, o si lo hacía era con un fuerte contingente de seguridad.

—Son tiempos difíciles, piltzin. Los dioses no han sido muy favorables a nuestro nuevo huey tlahtoani y la autoridad mexica ha sido cuestionada por nuestros tributarios. Incluso la moral de nuestros hombres está por los suelos. Por esa razón tengo que regresar al ejército y comandar a mis hombres nuevamente en batalla. Como siempre, para mí será un honor luchar por la reputación de nuestro pueblo y sangrar por el beneplácito de los dioses —afirmó mientras con una mirada melancólica observaba a las personas que empezaban a retirar su vendimia—. Al menos estos días han sido un bálsamo para los tenochcas, ya sabes, con todas las preparaciones necesarias para realizar la gran fiesta de Huitzilopochtli.

Después de ir por el pulque nos sentamos a platicar un buen rato sobre cómo era mi vida en el Telpochcalli. La bebida embriagante le soltó la lengua, haciéndolo reír con cada anécdota que le contaba. Antes de irnos, con semblante melancólico me dijo:

—Hijo, quiero darte este pendiente que perteneció a tu abuelo. Se lo obsequió el gobernante mixteco del centro religioso de Mitla, con quien llevaba una excelente relación comercial. Tu abuelo compraba grandes cantidades de pepitas de oro para poder trabajarlas en su antiguo taller y transformarlas en hermosas piezas para la nobleza tenochca. Esta era su pieza favorita. Iba a ser cremado con ella, pero tu abuela decidió que era demasiado hermosa para destruirla, por lo que me la obsequió.

Con las dos manos retiró de su cuello un pequeño rostro de jaguar hecho de filigrana de oro que colgaba de un hilo de fibra de ixtle. Delicadamente lo dejó en mi mano.

—Pensaba obsequiártelo el día que terminaras tu educación en el Telpochcalli, pero ahora que parto nuevamente a la guerra prefiero hacerlo de una vez. Siéntete orgulloso de portarlo, Ce Océlotl. Que sea un recordatorio constante de tus orígenes y tu familia.

—Padre —comencé—, no es necesario que me lo des en este momento. Dentro de mí sé que regresarás a casa y volveremos a vernos. Aun así, me siento honrado de tener esta hermosa pieza con tanta historia familiar. Tlazohcamati.

Le di un fuerte abrazo y después caminamos hacia la acequia más cercana, donde por dos semillas de cacao contratamos un remero para que nos llevara a nuestro hogar. Al llegar a casa mi madre molía maíz; se acercó a nosotros y ayudó a mi padre a acostarse sobre su petate. El octli ya había hecho su trabajo.

—Siempre he tenido la curiosidad de preguntarte sobre tu pendiente, ¿es de manufactura mixteca, Ocelote? —preguntó Itzcuintli, escupiendo trocitos de la tortilla tostada que masticaba.

—Sí, amigo, pertenecía a mi abuelo. Se lo regaló el gobernante de Mitla hace muchos años. En aquellos tiempos los mixtecos aún no eran nuestros tributarios —contesté.

—Es realmente hermoso. Te apuesto a que en todo este mugroso altépetl no existe una pieza semejante. Incluso podría afirmar que ninguno de sus habitantes ha visto un pedazo de jade en su vida —exclamó mi amigo, refiriéndose al pequeño poblado en el que pasaríamos la noche, llamado Teucizapan.

Nadie podía reprocharle a Itzcuintli sus palabras. En realidad, más que de un altépetl, se trataba de un pueblucho atravesado por un par de caminos enfangados donde había unas decenas de casas hechas de ladrillos de adobe, troncos y techos de palma. Dos templos se alzaban frente a un espacio que los lugareños denominaban "plaza". La mitad de sus parcelas y campos de cultivo estaba abandonada. Era evidente el atraso y la pobreza que sufrían los habitantes del lugar. Nuestro grupo se instaló en un palacio, que en realidad eran tres pequeñas habitaciones construidas alrededor de un diminuto patio donde crecía un árbol aguacatero. Dicho complejo se encontraba en el límite de la población, entre campos de cultivo, chozas destartaladas y algunos árboles.

Cuando el cacique nos instaló en este lugar buscó que nuestra presencia no fuera notoria, para evitar fricciones con los habitantes. Motecuhzoma, el líder de nuestra partida, y los dos nobles que siempre lo acompañaban, se hospedaron en la morada del cacique de Teucizapan ubicada al centro del pueblo. "Una invitación así no se puede rechazar —había dicho Motecuhzoma al grupo de capitanes, justificando su separación del grupo—, y menos ahora que debemos mantener buenas relaciones con todos los gobernantes locales".

—Tienes razón —le contesté a mi amigo—, pero al menos dormiremos bajo un techo. Y te seré sincero, prefiero descansar sobre la tierra húmeda de esta improvisada choza de adobe que pasar la noche a la intemperie cuidándome de lobos, coyotes y guerreros chontales. Eso sin mencionar lo sabroso que estaba el caldo de guajolote con frutas que nos dieron.

Mi comentario iluminó el rostro de Itzcuintli con una sonrisa. Antes de contestar frotó sus manos frente a la pequeña fogata ubicada debajo del aguacatero donde nos habíamos colocado para cenar. A nuestro alrededor, distribuidas por el pequeño patio, brillaban varias fogatas de nuestros compañeros, quienes comían los alimentos que nos había proporcionado el cacique local. Otros trataban de secar sus vestimentas, así como las gruesas armaduras de algodón, puesto que estaban empapadas. El cuauchic Tozcuecuex se encontraba sentado al lado de un fuego, comiendo y platicando con algunos de sus compañeros. Se le veía cansado pero con buen ánimo, ya que de ocasión en ocasión reía con los comentarios de otros guerreros.

—En realidad estuvo bueno —concluyó mi amigo, relamiéndose los labios al acordarse de su sabor y de los tres platos que devoró—. Cambiando de tema, Océlotl, ¿no crees que el trayecto ha estado muy tranquilo? Se supone que estas tierras estaban plagadas de patrullas de la confederación de Tepecuacuilco y no nos hemos topado con ninguna —Itzcuintli compartía el sentir de muchos de los integrantes de nuestro grupo: estaban preocupados por posibles emboscadas antes de llegar a Ichcateopan. Sin embargo, nadie se atrevía a expresar abiertamente sus inquietudes.

—Prefiero que haya estado tranquilo a haber sido acosados durante toda la travesía. Estoy seguro de que nuestros enemigos nos atacarán cuando tengamos el tributo en nuestro poder, para despojarnos de él. Pero no les será fácil. Mañana al medio día estaremos llegando a Ichcateopan para asegurar la carga, nos internaremos en las montañas y pasaremos desapercibidos. Incluso si decidieran atacarnos estamos acompañados por treinta de los guerreros más experimentados de la Triple Alianza. Puedes estar tranquilo, Itzcuintli —comenté tratando de apaciguar a mi compañero, quien saboreaba otra tortilla de maíz tostada. En realidad compartía mis palabras para tranquilizarme a mí mismo más que a mi camarada. Quería creer desesperadamente en todo lo que había dicho.

Con el paso del tiempo varios guerreros se retiraron a las habitaciones, mientras que otros empezaron a roncar enfrente de sus fogatas. La noche era fría, pero sin lluvia, lo que la volvía agradable. Aun así, no podíamos cantar victoria, ya que algunas nubes avanzaban rápidamente desde la Casa del Tezcatlipoca Azul hasta el sur. Terminando de comer, mi amigo me deseó buena noche y entró en el complejo habitacional, donde se encontraba descansando el guerrero al que había sido asignado durante la campaña, Tlecóatl.

—¿No dormirás, Ocelote? —me preguntó.

—En un momento sigo tus pasos, Itzcuintli, todavía no tengo sueño —contesté.

A pesar de lo duro de la jornada, el cansancio aún no invadía mi cuerpo, por lo que concentré la mirada en las llamas que devoraban los leños, deleitándome al sentir el calor en mis extremidades. Recordé que en el último cruce de caminos que encontramos estaban clavadas en el piso las burdas representaciones en piedra de cinco deidades. Tres de ellas me resultaban desconocidas aunque seguramente eran veneradas en el área, pero reconocí a dos, una que pertenecía al omnipresente Tezcatlipoca y otra a Xipe Totec. Pensé que no sería mala idea dirigirme al pequeño adoratorio para dejar algunas tortillas, extraer algo de sangre de mi cuerpo y dar gracias por seguir vivo, tal como lo hacía casi todas las noches en el altar del Telpochcalli. Sin pensarlo dos veces tomé una tortilla, un tamal frío y los coloqué en una jícara. Busqué con la mirada a Tozcuecuex en la fogata donde previamente lo había visto y no lo encontré; seguro se había ido a dormir. De esta forma me interné en la oscuridad del camino por el que llegamos al pueblo.

Mientras caminaba disfruté del frescor de la noche, del canto de los chapulines y de una pareja de halcones que volaba por los aires gañendo ruidosamente. Una luna menguante, que no proyectaba luz alguna, se escondió entre los jirones de una gran nube que tenía intención de cubrir todo el firmamento. Al alejarme algunos pasos del supuesto palacio donde dormían mis compañeros me encontré con un hombre que llevaba escudo, lanzadardos y una porra que colgaba de su hombro.

—¿Hombre tecolote? —me preguntó al verme.

A lo que respondí la seña establecida por el grupo para la noche:

—Bebedor nocturno.

Mientras caminaba hacia él, vi que se trataba de un guerrero cuextécatl que portaba el típico yelmo puntiagudo propio de ese rango. Llevaba su tlahuiztli completo, cubriendo sus piernas y brazos color rojo, y un escudo redondo forrado de hermosas plumas de guacamaya también rojas, pero con motivos negros.

—¿Qué haces a esta hora caminando solo, Ocelote? —preguntó al reconocer mi rostro.

—Cualli yohualtin. Voy a brindar mis respetos al pequeño altar que se encontraba en el cruce de caminos. No me tomará mucho tiempo —contesté y seguí caminando.

—No demores mucho, telpohyaqui, joven guerrero. Aunque todo ha estado tranquilo, uno nunca sabe en estas montañas malditas. Por cierto, si ves a Quetzal Mázatl dile que pase conmigo por su comida. No lo he visto desde que empezamos la guardia —agregó, observando cómo me perdía en la oscuridad.

—Le daré el mensaje, señor —respondí.

Al acercarme al adoratorio, el camino empezó a serpentear entre grandes formaciones rocosas. Altos pastos y matorrales comenzaron a hacerse visibles, así como algunos árboles de altura considerable. De repente me di cuenta de que era tiempo de hacer mis necesidades, así que, antes de seguir con mi paseo nocturno, me dirigí a un árbol de robusto tronco y coloqué a mi lado la jícara con el tamal y las tortillas. En cuclillas me deleité con el canto de las chicharras, de algún cuervo y con el silbido del viento. Estaba incorporándome, colocándome mi taparrabos, cuando a lo lejos, en dirección del cruce de caminos, me pareció escuchar unos murmullos. Volví a ponerme en cuclillas, cerré los ojos y agucé el oído. Pude distinguir que se trataba de dos personas que hablaban náhuatl. Por un momento pensé que eran hombres de nuestro grupo que habían salido del pueblo para hacer sus necesidades, o posiblemente algunos centinelas que vigilaban el camino, pero al parecer estaba equivocado.

Avancé entre la vegetación, paralelo al camino, escondiéndome detrás de troncos, matorrales o rocas para no ser descubierto. Tratando de saciar mi curiosidad, rodeé silenciosamente un grupo de rocas desparramadas sobre la ladera de un cerro ubicado a mi izquierda, quizá como consecuencia de un derrumbe. Me deslicé entre algunos matorrales y por fin pude ver sus siluetas, ubicadas a unos veinte o treinta codos de distancia. Me agaché detrás de un árbol podrido y seco de unos diez codos de alto, para no ser visto y descubrir lo que hacían esos misteriosos personajes a mitad de la noche en medio de la nada. Quería estar seguro de que no fueran guerreros enemigos que buscaban atacar nuestro campamento.

Al observarlos con más detenimiento pude ver que uno de ellos tenía el cabello largo amarrado detrás de la espalda con una cinta roja, costumbre propia de los sacerdotes nahuas. Vestía una sencilla túnica negra con filos blancos, y al parecer estaba desarmado. Era como una sombra viviente que había surgido del Mictlán, ya que tenía todo el cuerpo pintado con hollín negro. Su interlocutor llevaba un morral oscuro con puntos blancos y un gran manto negro con el que se cubría la cabeza y el cuerpo. En la mano portaba lo que semejaba un bastón de madera. Al parecer, su punto de encuentro había sido el pequeño altar que se ubicaba en el cruce de caminos, el mismo lugar al que yo me dirigía. Despacio saqué mi cuchillo de obsidiana de su funda, por si llegaba a requerirlo, y escuché con atención lo que murmuraban.

—El mensaje se ha entregado satisfactoriamente. Nuestros aliados han confirmado que atacarán a la expedición en cuanto tengan en su poder las cargas del tributo, al salir de Ichcateopan por la mañana —anunció el personaje con el bastón y gran manto negro, a quien no le podía ver el rostro—. Por cierto, aquí está el brazalete dorado de nuestro señor —al decir esto le entregó la pieza a su interlocutor, quien de inmediato la guardó entre los pliegues del braguero.

—Excelente. Le daré las buenas noticias a nuestro señor. Si nuestros aliados impiden que el tributo llegue a manos de Ahuízotl, el destino de la guerra en Tepecuacuilco podría cambiar, causando una fuerte desestabilización en su gobierno. ¡Precipitaremos la caída del actual huey tlahtoani para que la gloria de Mexihco-Tenochtitlán alcance un nuevo esplendor y colocaremos en el icpalli a nuestro candidato de la familia real! Ese será nuestro momento de gloria, pero por ahora será mejor que sigamos en las sombras, compañero.

Murmuraron otras palabras y se despidieron, sujetándose mutuamente los antebrazos. Por último, el hombre de cabello largo susurró:

—Por cierto, asegúrate de esconder el cuerpo del centinela que eliminaste antes de irte.

—Ya lo hice, compañero. Con el tiempo del que disponen nunca lo encontrarán. Lo arrastré al fondo de un barranco —aseveró el hombre del bastón, mostrando los dientes al sonreír.

Para mi sorpresa, el hombre tenía varios implantes dentales de piedra verde, posiblemente jade, los cuales centellearon con un intenso color.

—Claro, antes de hacerlo me quedé con un recuerdo —agregó mientras levantaba su manto por un costado para mostrar al menos cinco diferentes cueros cabelludos cortados a sus víctimas, todos sujetos por una cuerda. Después dio la vuelta y se alejó por el camino, hasta desaparecer en la noche. El hombre de cabello largo permaneció un momento de pie, revisando a detalle el brazalete que le había entregado.

No podía creer lo que había escuchado. ¡Se trataba de una gran conjura para derrocar al huey tlahtoani Ahuízotl! Los conspiradores habían incluso informado al enemigo de la ruta de nuestro grupo y estaban preparando una emboscada. Antes de agachar la cabeza pude ver cómo el conspirador que se asemejaba a un sacerdote guardaba de nuevo el brazalete y tomaba el camino oeste, el mismo que pasaba peligrosamente cerca del grupo de rocas donde yo me escondía, subiendo y serpenteando sobre la ladera del pequeño cerro cubierto de árboles. Traté de contener la respiración pero escuché sus pisadas sobre el fango del camino, por lo que intenté retroceder unos pasos con la intención de rodear las piedras desperdigadas y ahí esconderme. Cuando di el segundo paso para alejarme del árbol seco, pisé una ramita y se quebró, produciendo un ligero crujido. Maldije en silencio, me acuclillé y volteé para encarar el camino.

Me mantuve quieto, enfocando mi atención en los pasos del conspirador, los cuales de pronto se detuvieron. Fijé la mirada en dirección del camino mientras me preguntaba si me habría escuchado. Estaba seguro de que sí.

Me pareció que todo el bosque se había sumido en un silencio sepulcral, mientras mi mano izquierda jugueteaba nerviosamente con mi pendiente de oro y mi mano derecha apretaba con ansiedad el mango de mi cuchillo. Por un breve momento me sorprendí implorándole al dador de vida que el traidor pensara que el crujido había sido causado por algún roedor, tejón o cacomixtle, y continuara su camino sin notar mi presencia. Durante ese breve instante, lo único que podía escuchar eran los latidos de mi agitado corazón, como si las cigarras y los grillos se hubieran esfumado. El silencio se rompió cuando de pronto escuché los pasos del extraño personaje correr hacia mi dirección.

Cuando me incorporé para encararlo ya era muy tarde. Se abalanzó sobre mí, armado con una larga daga. Al derribarme, fui suficientemente rápido para detener su muñeca e impedir que me clavara la mortal arma en el cuello. Sin duda era un hombre muy fuerte. Al ver que la daga bajaba sobre mi cuello y que me era imposible detenerla, la jalé hacia un costado con las dos manos, clavándola profundamente en la tierra. En ese preciso momento traté de enterrarle mi cuchillo en un costado, pero con la mano izquierda me sujetó el puño y detuvo mi golpe. Antes de que liberara su daga, coloqué una pierna en su abdomen y lo empujé con la mayor fuerza que pude, de modo que voló por los aires hasta impactarse de espalda con el tronco del árbol seco que había sido mi escondite. Se escuchó un fuerte golpe, acompañado de un crujido de la madera seca, antes de que cayera al piso. Cuando el conspirador se reincorporó, pude ver con detalle los rasgos de su rostro. Reconocí que se trataba del lúgubre sacerdote que había visto la noche anterior en el campamento del xiquipilli Cipactli, después de la emboscada. La gran cicatriz que atravesaba verticalmente su ojo derecho, el cual había perdido, le daba un aspecto siniestro que era difícil de olvidar. Llevaba el cuerpo y la tez pintados con hollín negro, haciéndolo parecer una sombra viviente.

Traté de incorporarme pero el sacerdote se acercó rápido, propinándome una patada en el rostro que me hizo caer de espaldas. Se lanzó de nuevo sobre mí, intentando clavarme su daga en el cuello. Instintivamente giré sobre la tierra, logrando que solo me rasgara el hombro. Aproveché ese instante para golpearlo con el codo en plena cara. El primer golpe lo detuvo con el antebrazo, pero con el segundo lo impacté en la mandíbula, lo que hizo que rodara y cayera a mi lado.

Me levanté, aunque muy mareado por la patada que había recibido en el rostro. Luché por mantener el equilibrio, al tiempo que observaba el rostro lleno de furia de mi enemigo, quien todavía empuñaba su daga. Cuando iba a lanzarse otra vez al ataque, se detuvo por algo que vio a la distancia. Súbitamente su cara se transformó de una máscara de odio en una mueca de sorpresa. De reojo pude ver que entre los árboles de la floresta aparecían unas luces titilantes color naranja. Al parecer se trataba de hombres que provenían del pueblo portando antorchas de madera de ocote. Escuchamos sus murmullos, e incluso el grito de uno de ellos que dijo: "¡Quetzal Mázatl!", el nombre de uno de los guerreros mexicas que hacían guardia esa noche.

El misterioso sacerdote maldijo para sí mismo cuando volteó a ver a los hombres con antorchas que se acercaban peligrosamente. Titubeó por un momento, decidiendo si lanzaba un tercer ataque para terminar con mi vida, con el terrible riesgo de ser descubierto, o si simplemente huía bajo el amparo de la noche. Supe que había tomado una decisión cuando me dijo con voz áspera:

—No pude acabar con tu vida hoy, telpochtli, pero en un par de días vendrán otros que te silenciarán. Tendrán éxito en lo que yo fracasé.

Tras decir esto, corrió hacia las piedras colapsadas, las rodeó y se encaminó a la cima del cerro. Salí disparado detrás de él, tratando de mantener el paso y guiándome por el sonido de sus pisadas. Por un breve momento alcancé a distinguir a la distancia los filos blancos de su tilma agitándose mientras corría a gran velocidad, ampliando la distancia que nos separaba. Con cada momento que pasaba, el eco de los pasos de mi atacante se iba atenuando, hasta que dejé de escucharlos. Llegué a la cima del cerro, la cual estaba llena de matorrales, maleza y altos árboles. Con tantos obstáculos visuales me fue imposible ubicar a un individuo pintado de hollín en medio de una noche sin luna. El diestro y malévolo sacerdote de un solo ojo se había fundido en la oscuridad.

Me lamenté por no haberlo capturado, pero era muy hábil y veloz. Dejé escapar al único hombre que tenía las respuestas a mis interrogantes. ¿Cómo era posible que un sacerdote mexica que había estado en nuestro campamento estuviera conspirando para derrocar al huey tlahtoani de Tenochtitlán? ¿Acaso era un espía de los chontales o purépechas, o era un mexica traidor?

Regresé al camino buscando las palabras para explicar a mis superiores lo que me acababa de suceder y lo que había escuchado, sin tener ninguna evidencia física más que una herida en la ceja y algunas manchas de hollín negro en las palmas de mis manos. A lo lejos vi las siluetas de los guerreros mexicas que portaban las antorchas. Si no hubiera sido por su precisa irrupción, seguro estaría muerto. Al acercarme al adoratorio pude ver al centinela que había saludado al salir del pueblo. Aunque él no traía ninguna tea, vi que llevaba su lanzadardos listo para usarlo. Al otro lado del camino distinguí a Cuauhtlatoa, Tozcuecuex y Tlecóatl seguidos de Itzcuintli y otros guerreros completamente armados portando antorchas de madera de ocote.

—¿Hombre tecolote? —preguntó alguien.

—Bebedor nocturno —respondí cansinamente.

La misma voz gritó al grupo de hombres:

—¡No disparen! Es uno de los nuestros.

Retomé mi paso en su dirección, mareado y cabizbajo, pensando en cómo iba a explicar lo acontecido.

CAPÍTULO VII

—¿Estás consciente de las consecuencias si esto llega a oídos del huey tlahtoani? Habría purgas dentro de la familia real y la nobleza. Algunos sacerdotes y guerreros también podrían ser ejecutados —exclamó Tozcuecuex.

Al llegar a nuestro improvisado campamento decidí platicar lo acontecido a Cuauhtlatoa y Tozcuecuex, hombres de toda mi confianza. Aunque no sabía por dónde empezar, cuando vieron mi rostro preocupado y el profundo corte en mi ceja entendieron que se trataba de algo grave y que sería mejor que fuéramos discretos, por lo que nos reunimos a conversar en la fogata más alejada del resto, la más apartada del palacio. En realidad solo quedaban brasas que brindaban un reconfortante calor en el momento más oscuro de la noche.

El pueblo seguía sumido en un completo silencio que por momentos era roto por el ladrido de un perro. La búsqueda del centinela Quetzal Mázatl continuaba en los alrededores. El resto de nuestro grupo seguía dormido, pero portaban su armadura de algodón y tenían a la mano su armamento, por si había alguna sorpresa.

Bajo el cielo oscuro de la noche compartí con el telpochtlato y con el cuauchic todos los detalles de la conversación que había escuchado, así como el enfrentamiento que tuve con el misterioso sacerdote, que casi me había costado la vida.

También les dije que uno de los conspiradores, el mismo que tenía algunos dientes incrustados de jade, afirmó que había ocultado el cuerpo del guardia en un barranco cercano.

—Vivo o muerto lo tenemos que encontrar —sentenció Motecuhzoma, a quien ya habían notificado sobre la desaparición, mas no del encuentro que tuve; a pesar de ello, decidió quedarse descansando en la morada del cacique local y no visitar nuestra ubicación.

Al terminar de narrar mi historia dije:

—Gran cuauchic, estoy consciente de lo que puede suceder, pero, si me permite mi humilde opinión, también creo que sería muy irresponsable de nuestra parte no decir nada y dejar que la conspiración se concrete.

Cuauhtlatoa, que atizaba los rescoldos con una vara tratando de devolverles algo de vida, tomó la palabra:

—No solo corre riesgo la vida de nuestro gran orador, sino también el curso de la guerra que estamos librando contra la confederación de Tepecuacuilco. El tributo que tenemos que custodiar debe llegar intacto a las manos del huey tlahtoani. Si llegamos con las manos vacías, lo de menos sería que nuestra cabeza acabara en un tzompantli, pero el prestigio de la Excan Tlatoloyan se vería gravemente afectado en la región y provocaría que varios de los altepeme indecisos tomaran las armas en contra nuestra, en causa común con Teloloapan, Alahuiztlán, Oztomán, y obviamente con los purépechas —agregó.

—En efecto, telpochtlato —afirmó Tozcuecuex, vestido con un tlahuiztli de algodón color amarillo y dos largas plumas de quetzal que caían desde su nuca hasta sus hombros—. Sin embargo, tendremos que permanecer callados hasta regresar con la fuerza principal y contárselo directamente a Ahuízotl, ya que es posible que el traidor se encuentre entre nosotros, o al menos alguno de sus informantes. Este proceder nos dará tiempo para tratar de recopilar alguna evidencia y analizar la conducta de los integrantes de nuestro grupo. Si notan algo raro en alguno de ellos, no duden en avisarme.

—¿Y qué haremos respecto a la emboscada que piensan realizar para quitarnos el tributo, gran cuauchic? De acuerdo con lo que dijeron, el ataque se llevaría a cabo después de salir de Ichcateopan. Con seguridad también están informados de cuántos hombres conforman nuestro grupo y de sus capacidades —comenté, algo exasperado debido a la tranquilidad con la que ambos guerreros habían asimilado la noticia. Yo, en cambio, no podía ocultar mi rabia, temor y coraje.

Tozcuecuex, quien no paraba de mirar cómo los carbones blanquecinos volvían a cobrar vida gracias a los esfuerzos de Cuauhtlatoa, meditó su respuesta.

—Como les dije, por el momento no diremos nada sobre esta preocupante situación. No podremos hacer mucho contra este ataque más que estar preparados y fortalecer nuestra avanzada de exploradores.

Cuauhtlatoa movió la cabeza afirmativamente al escuchar la respuesta del cuauchic. Yo me quedé helado. Quería gritarle: "¡Nos masacrarán! ¡Se trata de un suicidio!". Evidentemente me abstuve de dar mi opinión, por respeto hacia ambos veteranos. Mi señor continuó dando su opinión:

—Mañana, antes de seguir nuestro trayecto hacia Ichcateopan, me reuniré en la morada del cacique local con Motecuhzoma Xocoyotzin, los exploradores, los representantes de los barrios de Yopico y Tzapotl y los otros tres capitanes de nuestro calpulli para definir nuestro avance. Ese será el momento para tratar de modificar la ruta establecida de regreso a Teloloapan, aunque me será difícil responder cuando me cuestionen sobre las razones para realizar este cambio. En el pasado he estado en Ichcateopan, recuerdo algo de sus rutas de acceso, así que puedo dar algunas opciones. Aunque esta estrategia no será de mucha ayuda si el informante está presente dentro de esta reunión, ya que seguramente prevendrá al enemigo de la modificación de nuestro itinerario.

—Si cambiamos la ruta y aun así nos sorprenden y atacan, no cabrá duda de que el conspirador, o un informante, estaba presente, por lo que tendríamos un punto donde empezar a indagar. Por el contrario, si al modificarla no nos atacan, será evidente que los participantes están limpios —dijo Cuauhtlatoa.

—Me parece que es una excelente idea para comenzar a descartar culpables —dije emocionado.

—Así lo haremos, guerreros. Haré todo lo posible por modificar la ruta de salida de Ichcateopan. Me las arreglaré para justificar la recomendación. Veremos qué tan profunda es esta conspiración. Espero que mañana, antes de abandonar este pueblo olvidado por los dioses, hayan encontrado el cuerpo del centinela desaparecido. Eso puede brindar evidencias sobre esta supuesta conspiración. Más vale que hayas escuchado bien, telpochtli, ya que, de no ser así, acabaremos ejecutados. Vamos a dormir que mañana será un día muy largo —concluyó el cuauchic—. Y recuerden, ni una palabra sobre lo que acabamos de platicar.

Después de terminar la conversación tomamos diferentes direcciones: Tozcuecuex fue a supervisar a los hombres, para asegurarse de que no faltara nadie más, mientras que Cuauhtlatoa salió del pueblo a enterarse de cómo iban las labores de búsqueda. Yo me dirigí al interior del "palacio" para descansar un poco, aunque no podía alejar de mi mente el enfrentamiento con el siniestro sacerdote mexica y lo cerca que había estado de morir. Por otro lado, no paraba de buscar respuestas. Tenía la sospecha de que dentro de la expedición había un traidor, por esa razón el sacerdote y su compañero habían viajado hasta este modesto asentamiento. Mientras cavilaba esas ideas me quedé dormido, con mi cuchillo en una mano y mi macuahuitl en la otra.

A la mañana siguiente, Tozcuecuex se reunió con los líderes de nuestras huestes. Después me comentó que a pesar de haber expuesto argumentos convincentes para cambiar de ruta al abandonar Ichcateopan, los dos nobles del barrio de Huitznáhuac, los mismos que siempre acompañaban a Motecuhzoma, se negaron rotundamente; alegaban que la modificación nos retrasaría. Solo logró convencerlos de no pasar la noche en Ichcateopan y salir de la población cuando tuviéramos el tributo en nuestro poder. Posiblemente con este cambio de horario evadiríamos la emboscada. Al finalizar la reunión, nuestra expedición se preparó para proseguir el camino hacia Ichcateopan bajo un cielo nublado.

De acuerdo con nuestro guía y explorador, estaríamos llegando al palacio del calpixque antes de la puesta de Tonatiuh. Posteriormente partiríamos con nuestra carga bajo el cobijo de la noche hacia Teloloapan, para encontrarnos con el ejército de la Triple Alianza.

El ocambecha purépecha Tsaki Urapiti y su fuerza de cuarenta y cinco guerreros llegaron al medio día a las laderas que rodeaban Ichcateopan. Se mantuvieron a la expectativa, escondidos entre los troncos de los tupidos árboles. Se trataba de una población de difícil acceso debido a que se encontraba en la serranía norte de Tepecuacuilco. Con sus cuerpos pintados de negro y rojo, sus escudos de madera, sus armaduras de algodón comprimido y las armas preparadas para la batalla, los purépechas le dieron buen uso a su paciencia, observando y esperando.

Por la tarde, finalmente su serenidad rindió frutos, pues desde las montañas pudieron ver cómo la expedición mexica se internaba en la población. Grande fue la alegría del albino Tsaki al saber que la información que le había proporcionado el espía era correcta. Sin embargo, pudo ver que la partida mexica era más grande de lo que suponía. Uno de sus hombres de confianza calculó alrededor de ochenta individuos, aunque debido a la distancia ninguno de los purépechas pudo distinguir cuántos eran guerreros y cuántos cargadores. Ese dato mantenía inquieto al albino, ya que si la fuerza mexica estaba constituida solo de guerreros, los números estarían en su contra casi dos a uno; ellos, sin embargo, contaban con el factor sorpresa. Después de reflexionarlo, dejó de lado su inquietud. Ya habría modo de obtener esa información.

Entre grandes árboles de amate y huanacaxtle, que ayudaban a esconder su posición, los purépechas comieron algo de cecina de perro y bebieron agua de sus guajes, pues sabían que la espera sería larga. El misterioso hombre había dicho que era muy probable que los mexicas descansaran en Ichcateopan para recobrar fuerzas y partieran al día siguiente por la mañana.

Con la llegada del ocaso, algunos bancos de niebla empezaron a cubrir las hondonadas y cañadas próximas, de modo que los guerreros purépechas tuvieron que descender de la montaña y colocarse a las afueras de la población, bajo el resguardo de los altos árboles. El grupo se dividó en tres para vigilar las tres rutas de acceso al aislado altépetl.

Tsaki y el joven Erauacuhpeni, acompañados de diez guerreros, esperaban serenos, aunque inútilmente según la apreciación de otros guerreros que estaban seguros de que los mexicas pasarían la noche en el asentamiento y no lo abandonarían antes de la mañana. Estaban colocados en la entrada oeste. Los hombres restantes se dividieron para vigilar los caminos ubicados al norte y al sur. Nadie saldría o entraría a Ichcateopan sin el conocimiento del ocambecha purépecha.

El sombrío manto de la noche se hizo presente y sumergió la serranía en una oscuridad total. Tsaki estaba sentado sobre una roca, envuelto en una hermosa manta de algodón decorada con patrones geométricos blancos y negros. Tenía la mitad del rostro pintada de rojo y la otra mitad de negro, al igual que los brazos. Con la mano izquierda sujetaba la manta mientras que con la derecha pulía incansablemente la quijada que colgaba sobre su pecho. De no haber sido por el movimiento constante de su mano, se hubiera podido confundir con una escultura. El joven Erauacuhpeni, que llevaba el cuerpo teñido de tizne negro, se acercó lentamente a la posición de su superior. Venía de vigilar el área y asegurarse de que nadie se hubiera quedado dormido.

—Jendi, gran guerrero, ¿crees de verdad que nuestros enemigos pasarán la noche en Ichcateopan? —le preguntó después de sentarse en el pasto.

—No me gusta suponer nada fuera de lo que ven mis ojos. No debe ser relevante la hora a la que esos perros mexicas abandonen la población, sino que no escapen. Si destruimos su pequeña partida y nos apropiamos del tributo, afectaríamos decisivamente esta guerra —manifestó el albino con su gruesa voz mientras seguía manipulando la quijada. Después de un momento de silencio, Tsaki prosiguió—: Curicaueri está contento con nosotros debido a los sacrificios que realizamos el día de ayer en su nombre, por lo que dotará de luz y claridad nuestros ojos para que podamos revelar la presencia del enemigo y enterremos su sangre en esta tierra fértil. Vigilaremos toda la noche, no tienes de qué preocuparte —lo tranquilizó, con la mirada puesta en el camino.

Dispuesto a dar un rondín, el albino retiró su manta, la enrolló y la dejó al lado de sus otras pertenencias al pie de un cedro.

Erauacuhpeni observó la apariencia del ocambecha al ponerse de pie. Su musculoso cuerpo vestía su maxtlatl y una armadura acolchada, así como grebas y brazaletes de oro que delataban su alta posición dentro de la sociedad. Portaba una diadema compuesta de placas de concha, de la cual brotaban largas plumas de garza blanca. Una gruesa faja de piel de venado con pequeñas representaciones colgantes de peces de oro repujado protegía sus riñones e hígado. Finalmente, sus pies iban enfundados en un par de sandalias de piel de ocelote.

A pesar de lo imponente que era el físico del guerrero, lo que más admiraba el joven era la templanza y paciencia de su maestro, ya que podía pasar días completos sentado puliendo la quijada, sin molestarse en tomar agua o comer algo. También era prodigiosa su ferocidad durante el combate que, acompañada de su talento en el manejo de las armas, lo volvía invencible, o al menos eso se decía.

El joven recordaba cómo muchos años atrás, cuando apenas era un niño, el guerrero albino lo había encontrado entre los cuerpos de su familia asesinada salvajemente por saqueadores chichimecas. Debido a la sequía que asoló la tierra e impidió que se dieran los cultivos, hambrientas hordas chichimecas descendieron desde los desiertos y montañas del norte en busca de alimento. Ese hecho detonó el salvaje ataque a la población de Erauacuhpeni, el cual lo dejó huérfano, inconsciente entre cadáveres, campos de cultivo saqueados y chozas quemadas. Para ese entonces, Tsaki aún no era un ocambecha sino el líder de una partida de guerreros que recorrían constantemente la región de Kuanasi Huuatoen, el cerro de las ranas, ubicado en el límite noreste del Estado purépecha. Al seguir los pasos de los saqueadores chichimecas por varios días, llegó al asentamiento reducido a cenizas. Recorrió las casas chamuscadas, los centros ceremoniales profanados, y accidentalmente se encontró con un niño de ocho años, el único sobreviviente de la masacre. Entendió dicho portento como una señal de los dioses, así que decidió tomarlo bajo su cuidado. No tenía duda de que el niño era querido por los dioses, pues había salido ileso de semejante matanza perpetrada por los hombres perro.

Los años solares pasaron y el adolescente se transformó en un guerrero mortífero y en la mano derecha del gran Tsaki Urapiti. En ocasiones Erauacuhpeni se preguntaba qué habría sido de él si no hubieran asesinado a su familia. Lo más probable es que se hubiera convertido en agricultor, o cazador, hasta el final de sus días. La pena que sentía el joven por la muerte de su parentela se había diluido entre satisfacciones personales, victorias militares, riquezas materiales y enemigos derrotados. Las palabras del ocambecha hicieron que el joven dejara de lado sus nostálgicas reflexiones.

—Erauacuhpeni, dales el siguiente mensaje a los guerreros destacados en el camino norte y sur de Ichcateopan. Si ven que la partida mexica abandona el poblado, bajo ninguna circunstancia deben atacarlo, ya que serían rebasados en número. Su función principal es detectarlos y darnos aviso para unificar nuestras fuerzas y realizar el ataque. ¡Corre!

El joven tomó sus armas, su maza, arco y aljaba llena de flechas, y se dispuso a entregar el mensaje. El ruido de sus pasos se perdió, amortiguado entre los grandes troncos de guajes, amates y madroños propios de las montañas de la región.

Tsaki Urapiti volvió a meditar sobre la ventaja numérica que tendrían sus oponentes al momento de la emboscada. Tal vez no había una razón verdadera para alarmarse. Era consciente de que un porcentaje importante de la fuerza mexica estaba constituido por cargadores, al menos la mitad, cuya función era llevar el tributo a un lugar seguro. Si ese fuera el caso, las dos fuerzas de ataque estarían equilibradas en cuanto al número de guerreros. Estaba convencido de que sería un combate duro, en el cual no se daría ni pediría cuartel. También conocía la confiabilidad de los hombres que comandaba, pues había combatido con ellos hombro con hombro incontables veces. Eran guerreros que preferían morir que ver dañada su dignidad en una huida precipitada. Estaban educados para morir en batalla en honor a los dioses. Lamentó no haber podido reforzar su partida con más guerreros purépechas ubicados en Teloloapan, pero simplemente no hubo tiempo. De los setenta hombres con los que partió de la ciudad chontal, veinticinco murieron o resultaron heridos durante la emboscada.

Después de un suspiro volteó y encontró a un par de purépechas que revisaban sus armas para la batalla, mientras observaban atentamente la principal ruta de acceso a Ichcateopan. Ambos iban rapados, con la cabeza pintada de rojo y pesadas orejeras en sus lóbulos. Un sentimiento de seguridad inundó a Tsaki al saber que sus guerreros harían pedazos a los engreídos mexicas durante el enfrentamiento. Una sonrisa se dibujó en su rostro mientras avanzaba sigilosamente entre los árboles buscando al resto de sus hombres, al tiempo que su mano seguía puliendo la mandíbula amarillenta de su vástago muerto.

Por la tarde entramos al altépetl de Ichcateopan sin contratiempos. Se trataba de una ciudad ubicada entre tupidas arboledas y algunas elevaciones de importancia. Al enterarse de nuestra visita, la población decidió retirarse a sus casas para evitar cualquier problema. En un principio pensamos que se escondían de nosotros, pero después nos enteramos de que en los últimos días había habido enfrentamientos entre la facción que apoyaba la neutralidad de Ichcateopan y otra que se inclinaba abiertamente por el papel activo del altépetl en la guerra y apoyaba a la confederación rebelde de Tepecuacuilco. Avanzamos entre sus angostas calles y pudimos observar algunos rastros de violencia, como una casa seriamente dañada por un incendio, así como una gran cantidad de piedras y dardos rotos desperdigados frente a un templo. Eso sin mencionar las miradas de hostilidad y miedo que nos lanzaron los pocos habitantes que se cruzaron en nuestro camino.

—Parece que el calpixque, su guardia y partidarios han estado muy ocupados últimamente —dijo Cuauhtlatoa sarcásticamente, refiriéndose a los destrozos aledaños. Algunos guerreros sonrieron ante semejante comentario.

—¡La maldita población parece un campo de batalla! —exclamó indignado Tlecóatl mientras pateaba un pedazo de madera carbonizada.

—¡Los rebeldes pagarán, ya sean los de Ichcateopan o los de Teloloapan! —afirmó un tercero con determinación—. Solo es cuestión de tiempo.

Con mayor prisa nos dirigimos al domicilio del calpixque de la región, llamado Xomimitl Macuil Cipactli. Fue sencillo dar con su morada debido a sus dimensiones. Se encontraba al oeste de la población, frente a una plaza de importante tamaño. El complejo donde vivía el colector de tributos de la Triple Alianza era suntuoso. Estaba rodeado de paredes estucadas y pintadas de rojo con una altura de más de siete codos. Su única entrada era un pórtico flanqueado por lo que habían sido hermosos braseros en forma de águila, los cuales estaban destruidos como consecuencia de los recientes desmanes. En todo el perímetro del domicilio había claras señales de violencia, como pedazos de madera quemados, escalones rotos, gran cantidad de basura, jardineras destruidas y piedras por doquier. El pórtico estaba bloqueado con grandes troncos y un profundo foso, abierto apresuradamente al pie de la escalinata.

Al acercarnos al palacete, una veintena de arqueros armados con arcos, hondas y lanzadardos surgió de la azotea del complejo. Nos apuntaron con sus flechas, listos para disparar ante la más mínima orden.

—No disparen, somos mexicas. Venimos a visitar al calpixque Xomimitl Macuil Cipactli —gritó uno de los nuestros.

Uno de los arqueros llamó a su superior, quien apareció entre los troncos chamuscados del pórtico de acceso. Se asomó para preguntar el motivo de nuestra visita, y si éramos los refuerzos solicitados por el calpixque para mantener la calma en la población.

Motecuhzoma, que vestía un hermoso chaleco llamado ehuatl, confeccionado con un mosaico de plumas rosadas del ave tlauhquechol, se acercó al acceso y gritó con seguridad:

—Soy Motecuhzoma Xocoyotzin, hijo de Axayácatl, perteneciente al linaje real de Itzcóatl y Acampichtli. Exijo ver al calpixque Xomimitl. Venimos en representación del gran sol de la nación mexica, el hijo preferido de Tonatiuh, el huey tlahtoani Ahuízotl —al decir esto mostró el papel amate plegado donde estaba impreso el sello usado por el autócrata en su correspondencia personal: el año 10 casa, fecha del nacimiento de su madre—. Este documento prueba nuestro origen y que nuestras intenciones son buenas. Lamento decirles que no somos los refuerzos que esperan —concluyó.

Dentro del complejo se escuchó un grito de aprobación. De inmediato los hombres del interior retiraron otro par de pesados troncos para despejar la entrada. Uno por uno cruzamos la improvisada barricada bajo la atenta mirada de los arqueros, que continuamente vigilaban los alrededores. Al entrar vimos un jardín con muchos árboles frutales. Más allá se ubicaba una plaza de dimensiones considerables, con tres de sus cuatro lados rodeados por pórticos y habitaciones.

El calpixque hizo acto de presencia. Avanzaba apresuradamente del complejo hacia la entrada, abriéndose paso entre los guerreros. Iba acompañado de dos consejeros, quienes no podían ocultar su nerviosismo ante la presencia de un miembro de la familia real tenochca. El dignatario mexica saludó a Motecuhzoma de forma respetuosa, al tiempo que apresuraba a un grupo de muchachas vestidas con huipiles para que les ofrecieran bebidas refrescantes a los recién llegados. Nos sirvieron agua de chía en guajes para atenuar nuestro cansancio.

Xomimitl era un hombre delgado que rebasaba los cuarenta años, con profundas arrugas y cicatrices en el rostro, las cuales delataban su antigua ocupación como guerrero. Grandes orejeras de piedra verde colgaban de sus marchitos lóbulos, mientras que sobre su pecho descansaban varios collares de coral y concha. Una lujosa tilma anudada sobre su hombro izquierdo y un tocado de grandes plumas de quetzal completaban su colorido atuendo. Portaba un abanico compuesto por decenas de plumas de cotorro, que agitaba de vez en vez de forma nerviosa.

—Mi corazón se regocija al verlos, hermanos mexicas. ¡Que Huitzilopochtli les guarde muchos días de vida! Entiendo que vienen a quitarme una gran carga de los hombros, ¿verdad? —preguntó mientras saludaba a cada uno de los guerreros de la comitiva—. Como habrán podido apreciar, son tiempos turbulentos para esta región y para su servidor.

—En efecto, honorable calpixque, venimos por el tributo para integrarlo al esfuerzo bélico que está realizando la Excan Tlatoloyan en Tepecuacuilco por orden directa del huey tlahtoani Ahuízotl. Partimos hoy por la noche con las cargas —respondió Motecuhzoma.

—¿No se quedarán a dormir? Los caminos son más seguros durante el día. Además es evidente su cansancio. Podemos prepararles alimentos, bebidas, incluso pueden disponer del temazcal si lo desean…

La insistencia del calpixque fue inútil ante la determinación de Motecuhzoma, quien con una mueca indicó que nos llevaran al salón donde estaba alojado el tributo, al tiempo que le extendía el pliego de papel amate con el glifo del huey tlahtoani Ahuízotl. El calpixque revisó con detalle el documento y nos escoltó, en compañía de sus ayudantes, a través del complejo, que resultó más grande de lo que parecía. La morada contaba con una sala de recepciones, un temazcal, patios para diversos usos, jardines, fuentes y un taller donde se elaboraban textiles y piezas de cerámica. Después de cruzar un jardín rebosante entramos al ala norte del complejo, que a todas luces parecía abandonada. Grandes charcos de las lluvias recientes se habían acumulado en los rincones de los pasillos que llevaban a habitaciones vacías, así como también hojarasca. Avanzamos hasta entrar en una cámara oscura con piso de tierra, la cual parecía una bodega por la gran cantidad de paquetes que guardaba. Dos hombres armados hacían guardia en la entrada del cuarto. Xomimitl tuvo que prender una antorcha de ocote para proseguir.

—Así que en este cuartucho es donde se encuentran los tesoros que buscamos —murmuró el cuauchic—. Por el bien del calpixque, espero que el tributo esté completo.

—Creo que también por nuestro bien, honorable maestro.

Tozcuecuex me dirigió una mirada de enojo y una mueca, para después continuar avanzando. Entendía la presión por la que pasábamos los integrantes del grupo, pues sin importar las emboscadas y las largas marchas, era prioritario entregar el tributo completo al huey tlahtoani, quien no se caracterizaba por ser magnánimo.

Atravesamos el atestado cuarto por el que apenas se podía caminar a causa de los tantos bultos, vasijas, tinajas y trojes de madera que estaban amontonados. Grandes cantidades de flechas, arcos, mazas, escudos que parecían abandonados y destinados al olvido descansaban sobre petates polvosos. Al llegar al fondo del cuarto encontramos un cargamento de al menos un centenar de bultos separados de los demás. Xomimitl dio tiempo para que los guerreros llegaran y se congregaran alrededor de él y de la carga. Cuando estuvo seguro de que no faltaba nadie, el calpixque tendió la antorcha a uno de sus hombres para que lo alumbrara mientras él cortaba las sogas y retiraba parte del textil de fibra de ixtle que envolvía un paquete de grandes dimensiones.

Cuando pude ver su contenido quedé impactado. Docenas de mantas de algodón con hermosos bordados, apiladas una encima de la otra; varios guajes llenos de cientos de pequeñas cuentas de piedra verde finamente pulidas.

—Esto es por lo que han venido, hermanos tenochcas. Lo más valioso del tributo de las últimas cinco veintenas. Las cargas de maíz y semillas están en un cuarto contiguo a este, pero de acuerdo con las comunicaciones oficiales que recibí antes de que iniciara la guerra, esto es lo importante.

Nunca en mi vida había visto semejante riqueza, y eso solo era lo que contenía un paquete. Detrás del que abrió el calpixque había por lo menos treinta más del mismo tamaño, y otros tantos de distintas dimensiones y materiales. Había algunos petates de tres codos de largo que envolvían manojos de plumas de intensos colores recolectadas al sur, en las regiones tropicales cerca del mar, así como plumas con sus cálamos rellenos de polvo de oro. Destacaba una caja de madera cerrada con mecates hechos de ixtle. Sobre su tapa iba impreso el glifo de un hombre guacamaya, símbolo de las lejanas ciudades del norte que se encargaban de importar la valiosa turquesa de regiones aún más retiradas. Dicho fardo era parte del tributo solicitado por los señores de la Excan Tlatoloyan a Tepecuacuilco, debido a que se encontraba en un punto neurálgico de la ruta utilizada para comercializar la turquesa, que empezaba en el lejano norte y terminaba en las regiones mayas de Quauhtlemallan, el lugar de los muchos árboles.

Todos estábamos asombrados y, por qué no decirlo, apabullados ante la inmensa responsabilidad de transportar y escoltar semejantes riquezas por territorio enemigo. Hasta ese momento entendí la relevancia de nuestra misión. La voz de Xomimitl nos sacó del asombro cuando retomó la palabra.

—Sé que en verdad es impresionante ver tanta riqueza junta. Por cierto, tengo que agregar que también dejo en su poder las vasijas de cerámica con semillas de cacao y sal que se encuentran en un salón contiguo —agregó el calpixque y señaló hacia otro cuarto.

Sin demora, Motecuhzoma solicitó a un par de guerreros que ordenaran a los cargadores comenzar a mover los tributos. Después empezó a dar instrucciones con presteza. Era evidente que tenía prisa por abandonar Ichcateopan.

—Telpochtlato Tlecóatl, toma diez hombres para que realicen el abastecimiento de alimentos y podamos iniciar la marcha a Teloloapan. Salimos al penúltimo toque de caracola, como lo acordamos.

—Como usted lo mande, tecuhtli —accedió, y a una señal lo siguieron sus hombres, incluido Itzcuintli.

Durante la travesía tuve oportunidad de platicar con mi amigo, aunque omití contarle del encuentro. Cuando me preguntó por qué tenía un golpe en la ceja, le contesté que me había golpeado con una rama al amanecer. Mi explicación fue suficiente para saciar su curiosidad. Era divertido verlo vestir su ichcahuipilli de algodón, pues le quedaba algo largo por su corta estatura.

—Tozcuecuex, encárgate de los detalles de nuestra salida. También asegúrate de que los tamemeh marquen cada paquete con un número antes de salir de Ichcateopan. Si de este almacén sacamos cien cargas, entregaremos al huey tlahtoani Ahuízotl las mismas cien, ni una más ni una menos. Que los ayudantes del calpixque Xomimitl registren en papel amate cada uno de los paquetes —prosiguió Motecuhzoma.

—Así se hará, tecuhtli —contestó el cuauchic con una ligera reverencia, para después decirme—: Ocelote, quédate aquí para que recibas a los cargadores y les digas qué paquetes nos llevaremos. ¡No te muevas hasta que regrese!

Asentí al tiempo que veía cómo se retiraba, seguido de varios guerreros. Mientras se iba vaciando la bodega, Motecuhzoma se dirigió al calpixque, señalándole el pecho.

—Xomimitl, nuestro huey tlahtoani quiere de vuelta el objeto personal que dejó bajo tu cuidado para su restauración. Si aprecias tu lujosa forma de vida, no olvides dármelo antes de que partamos.

—Gran tecuhtli, no se debe de preocupar. El objeto personal de nuestro huey tlahtoani ya ha sido restaurado. Se lo daré en persona antes de que partan —respondió nervioso.

—Por cierto, mientras realizan los preparativos para nuestra partida haré uso del temazcal que tan gentilmente nos ofreciste. Es de mal gusto rechazar estas espléndidas muestras de hospitalidad —concluyó Motecuhzoma con sorna al dirigirse a la salida de la bodega en compañía de los dos nobles del barrio de Huitznáhuac. Al retirarse, los pocos hombres que quedábamos en la bodega agachamos el rostro en señal de respeto.

Tozcuecuex regresó con varios guerreros y cargadores, quienes se formaron en el pasillo que daba a la bodega. Los primeros se pusieron a numerar con brea y pincel los bultos que extraían de la habitación; los segundos esperaban su turno para sacarlos del complejo palaciego y empezar a fijarlos en sus armazones de madera, todo bajo la estricta vigilancia de los hombres del calpixque, pues su responsabilidad más importante era entregar completa la carga. Coaxóchitl, el capitán de nuestro barrio, registraba con meticulosidad el glifo del nombre del cargador responsable de cada uno de los paquetes sobre un lienzo de papel amate, y lo mismo hacían dos ayudantes del calpixque, ya que era importante constatar que se entregaba el tributo completo.

Toda esa tarde corrí siguiendo las órdenes de Tozcuecuex: "¡Ocelote, se acabó la brea, ve por más! ¡Ocelote, fija bien ese paquete, está flojo! ¡Ocelote, diles a los cargadores que formen una fila! ¡Ocelote, solicita bebidas a los sirvientes del calpixque para que se refresquen los cargadores! ¡Ocelote, revisa si el capitán Coaxóchitl registró estos tres paquetes!". Y no solamente yo, los cargadores y los guerreros se movían de un lado a otro sacando el tributo de la bodega.

También debían corroborar que sus cacaxtin y sogas estuvieran en buenas condiciones para el viaje.

Pasó el tiempo y la bodega se fue vaciando paulatinamente de paquetes y de personas. Para cuando habíamos sacado todo el tributo, los tamemeh esperaban pacientes con la carga amarrada a sus armazones de madera, formados en tres filas en el jardín del palacio. Casi estábamos listos para partir.

Fui a la bodega en busca de Tozcuecuex para avisarle que todo estaba listo para emprender nuestro camino. Lo encontré al fondo de la misma, con una antorcha de ocote y la mirada fija hacia unos estantes repletos de arcos, escudos y centenares de flechas. Al sentir mi presencia, el cuauchic murmuró:

—Creo que le decomisaremos este armamento al calpixque. Vamos a equipar a los cargadores con él. Solo como una precaución, ¿no, Ocelote? —me preguntó mientras me guiñaba el ojo, una clara alusión a la emboscada a la que estábamos expuestos.

—Me parece una excelente idea, mi señor.

De inmediato el cuauchic dio la orden de mover las armas al patio principal, así que varios guerreros se pusieron a la tarea, sin importar las quejas de los hombres del calpixque.

—¿Cómo defenderemos el palacio si se llevan nuestras flechas? ¡Nos están condenando, tenochcas! —gritaban indignados.

—¡Divídanlas entre los cargadores! No quiero que ninguno de ellos quede desarmado —gritó Tozcuecuex—. En un momento también les darán mazas, dagas y otras armas.

La repartición comenzó ante la mirada atónita del calpixque, quien indignado fue a buscar al cuauchic para quejarse.

—Gran guerrero, no nos despojes de esos dardos, de esas armas. Son necesarias para defendernos de los pobladores que apoyan la guerra en contra del mexica. Hemos sido atacados en un par de ocasiones y nos estamos quedando cortos de flechas y arcos —exclamó angustiado Xomimitl.

—Con todo respeto, estoy seguro de que tus guerreros se las pueden arreglar para derrotar a una banda de campesinos y alfareros con o sin dardos, no debes preocuparte. O si prefieres puedes venir con nosotros, atravesar la serranía, entregar personalmente el tributo al huey tlahtoani y participar en el combate para la toma de Tepecuacuilco. ¿Qué opinas? —respondió Tozcuecuex.

—Mis mejores años ya quedaron atrás, cuauchic. A pesar de que tu propuesta es muy generosa, prefiero quedarme en Ichcateopan y hacer todo lo posible para mantener la neutralidad de la ciudad dentro de este conflicto. Créeme que le seré más útil a nuestro gobernante en este altépetl que en el campo de batalla —después de decir esto se retiró a supervisar el avituallamiento de nuestros guerreros. No tenía muchas opciones.

Poco a poco los guerreros que quedabam se reunieron con los cargadores en el gran patio del calpixque. El telpochtlato Tlecóatl regresó de la cocina acompañado de varios mexicas, entre ellos Itzcuintli, con muchos bultos de comida para repartirlos entre el grupo. Mi amigo se veía agitado, y al igual que yo iba de un lado a otro distribuyendo los alimentos, atento de que todos tuvieran su itacatl.

Cuando Itzcuintli me entregó el mío, le dije con sorna:

—Espero que venga algo mejor que totopos y frijoles dentro de estos paquetes, amigo —de inmediato vi una mueca de indignación en su rostro.

—Ce Océlotl, parece que no me conoces. No pudieron haber elegido a mejor hombre para encargarse de las provisiones. Ten la seguridad de que no solo hay frijoles. Logramos conseguir carne de venado cocinada con pencas de maguey, tortillas y una buena cantidad de deliciosos chapulines en chilmolli para chuparse los dedos —exclamó emocionado, y prosiguió con el reparto de víveres. Con cuidado guardé mi itacatl en mi morral.

Imité a los veteranos, quienes llevaban un rato examinando su armamento. Con minuciosidad revisé que tuviera glandes suficientes para mi honda, que mi macuahuitl no hubiera perdido demasiadas lajas de obsidiana y que mi chimalli estuviera en buen estado. A la distancia observé a Motecuhzoma y al calpixque dialogar y despedirse. Este último le dio una bella caja labrada al tecuhtli, quien de inmediato la guardó en su vistoso ehuatl de plumas. Inferí que se trataba del pectoral de turquesas del padre de Ahuízotl que solicitó de regreso.

Motecuhzoma se integró al grupo, colocándose al inicio de nuestra formación en compañía del guía y de los dos nobles de Huitznáhuac, de quienes rara vez se separaba. "Como si el fanático noble necesitara guardaespaldas", pensé. Todos le temían al tecuhtli por lo volátil de su carácter y lo diestro que era en el combate. Me coloqué a un costado de Tozcuecuex en la cabeza de la columna, mientras que los guerreros restantes se dividieron en dos grupos para ubicarse delante y detrás de los cargadores. Bajo la protección del manto negro de la noche, abandonamos la residencia del calpixque.

—Que Tezcatlipoca y Huitzilopochtli cuiden su camino, hermanos —dijo el calpixque mientras atravesábamos la puerta para salir del palacio—. Guerrero cuauchic, por favor recuérdele al huey tlahtoani de los refuerzos para apaciguar Ichcateopan —fueron las últimas palabras que escuché del recaudador de tributos. Luego avanzamos por la calle para abandonar la población.

El altépetl de Ichcateopan estaba sumido en el más completo de los silencios. Grandes bancos de niebla ocultaban las montañas cercanas y las tupidas arboledas de la región. Muchos de nosotros nos alegramos de la presencia del espeso celaje, pues sería más fácil abandonar el pueblo sin llamar la atención. Tomamos la salida oeste para internarnos en una pequeña planicie repleta de campos de cultivo vacíos. Más adelante abandonaríamos el camino con la intención de perdernos entre la inmensidad de la cordillera, donde les sería difícil a nuestros enemigos ubicar nuestra partida. Todos los guerreros iban preparados para el combate, con sus atavíos, armaduras de algodón e incluso con los lanzadardos listos para disparar. Caminábamos en el más absoluto silencio, debajo de un firmamento totalmente nublado. Lo único que delataba nuestra presencia era el traqueteo que provenía de los armazones de madera de los cacaxtin. A lo lejos escuchamos el ulular de una lechuza, un suceso poco esperanzador. A pesar de ser un ave reverenciada por su sabiduría, también era portadora de malos augurios, sobre todo si se le oía al atravesar por un cruce de caminos o un lugar solitario. Era considerada un emisario del inframundo y sus deidades, como Mictlantecuhtli, señor del inframundo. Traté de no prestar atención al pajarraco, ni a los malos portentos, cuando voló por encima de mi cabeza.

Después de un rato de andar sobre el camino y de haber dejado atrás la población, llegamos a un río angosto sobre el cual había un puente de tablas de madera y sogas atado a cuatro grandes piedras enterradas en las orillas. Un par de varas debajo del puente, el río alimentado por las recientes lluvias corría con fuerza. Nuestro explorador fue el primero en cruzarlo, entre algunos crujidos que llenaron la noche con su agudo sonido. Semejante ruido, multiplicado por más de ochenta pares de pies, era la señal perfecta para que los enemigos se percataran de nuestra presencia. Cuando fue mi turno para cruzar el puente, pude notar la tensión en cada músculo de mi cuerpo y cómo mi frente empezaba a perlarse de sudor, a pesar de la frescura de la noche. Noté la preocupación del cuauchic Tozcuecuex, quien constantemente escudriñaba el panorama en busca de señales que delataran la presencia de enemigos. A mi espalda pude escuchar cuando cruzaron los últimos hombres del grupo, y después nuevamente el silencio.

Nos internamos en lo que parecía una amplia cañada cubierta de pasto y matorrales, atravesada por la senda por la que caminábamos. Pese a la densa neblina, observé las amenazadoras siluetas de árboles que se alzaban donde terminaba el terreno despejado. Seguramente en el pasado los pobladores de Ichcateopan habían talado los árboles para usar la zona como espacio de cultivo, pero ahora estaba abandonado. A pesar de mis esfuerzos por relajarme y dejar de lado mis miedos bien fundados, era notorio que se trataba de un lugar perfecto para que nuestros enemigos pudieran usar sus arcos y proyectiles a distancia bajo la protección de los árboles. En estas circunstancias llegó a mi mente el recuerdo de mi hermano y mis primos. Elevé una plegaria para solicitarles su perdón de nuevo, ya que mi nacimiento los había conducido hacia la muerte. También pedí su protección, para que me permitieran salir vivo de la emboscada que con toda certeza se realizaría.

“Un poco más de tiempo es todo lo que les pido, apreciados familiares. No crean que soy reacio a mojar la tierra con mi sangre y alimentar a los dioses con mi vida. No, no es eso. Solo que no encuentro honor en morir en un bosque remoto a mitad de la noche por una flecha enemiga durante una emboscada, ni en terminar mis días desangrándome en una lodosa zanja para que después mi cuerpo sea devorado por lobos, coyotes y zopilotes".

El graznido de un ave que no pude identificar me sacó de mis cavilaciones. Tozcuecuex volteó a la derecha del camino, de donde había provenido el agudo sonido. Después de un breve instante de silencio lo volvimos a oír, pero ahora hubo una contestación de nuestro lado izquierdo. Antes de que pudiera decir una palabra, Tozcuecuex murmuró:

—Son ellos, Ocelote. Se están comunicando imitando el sonido de las aves.

—Han elegido un excelente lugar para una emboscada —murmuré al tiempo que sujetaba con fuerza el mango de mi macuahuitl.

—Pero el clima no les favorece —contestó el cuauchic mirando a su alrededor—. No podrán usar sus dardos y venablos con precisión debido a la neblina —aseveró con una mueca de satisfacción.

—Los dioses están de nuestro lado —siseé tratando de darme un poco de seguridad ante el nerviosismo que sentía. El silencio volvió a reinar en el ambiente y seguimos avanzando. Incluso parecía que los grillos y las cigarras habían decidido permanecer callados, atentos al inicio de las hostilidades. A pesar de mi esmero por escuchar algún movimiento a la distancia, lo único que logré oír fue el ruido que nosotros mismos hacíamos al caminar sobre la tierra húmeda. Poco después, el silencio se quebró cuando escuchamos el característico silbido de un par de saetas en el aire. No pude ver dónde aterrizaron o desde qué lado fueron disparadas, pero eso fue lo menos importante. De inmediato Tozcuecuex gritó:

—¡A las armas, mexicas! ¡Nos atacan!

Un par de llamados secundaron la voz del cuauchic.

—¡Protejan a los cargadores! ¡Les están disparando! —advirtió un tercero.

El ataque que tanto habíamos esperado se estaba concretando.

CAPÍTULO VIII

Varias flechas salieron de entre los árboles a nuestro lado izquierdo, pero era evidente que los arqueros enemigos tampoco gozaban de una buena visibilidad, ya que ninguna acertó en el blanco. Escuché a Motecuhzoma gritar: "¡Formación doble!". Rápidamente los experimentados guerreros empezaron a desplazarse, formando dos líneas paralelas para encarar ambos lados del camino y así permitir que al centro se agruparan los cargadores, quienes hábilmente se despojaron de sus cargas y se armaron con los arcos y las flechas, las hondas y los glandes esféricos.

A la distancia, Tozcuecuex y yo pudimos ver cómo Motecuhzoma se dirigía a los árboles de nuestro lado derecho seguido de sus dos nobles, todos empuñando sus armas y resguardados detrás de sus escudos.

—¡Se encuentran entre aquellos árboles! ¡Carguen, guerreros! —escuchamos el grito de nuestro dirigente.

El tecuhtli, con su vistoso ehuatl, desapareció entre jirones de niebla al internarse en las arboledas. Cuauhtlatoa, quien también vio el imprudente proceder de nuestro líder, bramó:

—¡Mexicas! ¡Nuestro tecuhtli se ha lanzado al ataque completamente solo! ¡A seguir sus pasos! ¡Ataquen y tráiganme las cabezas de esos rebeldes!

Ya estábamos movilizándonos cuando resonó la autoritaria voz de Tozcuecuex.

—¡Que nadie se mueva! ¡No podemos abandonar el cargamento y a los cargadores a su suerte! Mantengan la línea y agachen la cabeza —exclamó sin apartar la mirada del bosque. El capitán Coaxóchitl repitió la orden, ya que parecía poco sensato abandonar a los cargadores y embestir contra los árboles.

—¿Qué pasará con Motecuhzoma? —preguntó Cuauhtlatoa, al tiempo que desviaba una flecha con su chimalli cubierto de plumas blancas y negras. En la otra mano llevaba su macana con filosas lajas de obsidiana.

—¡Es un guerrero experimentado, sabrá salir vivo de esta! —bramó el cuauchic, quien estaba a mi lado, expectante del momento en que salieran nuestros enemigos para atacarlos cuerpo a cuerpo.

Llevaba su propulsor preparado para disparar con un dardo montado sobre él, mientras que en la mano izquierda portaba su escudo y tres saetas más. Como era costumbre, traía su macuahuitl sujeto sobre su espalda con una tira de cuero torcido.

—Lo que usted diga, valiente cuauchic —expresó con enfado el veterano telpochtlato, quien parecía desesperado por romper algunas cabezas.

Detrás de mí, los cargadores empezaron a disparar algunas flechas de forma aislada, ya que tampoco podían ver con claridad. Volteé un instante para buscar a Itzcuintli; lo ubiqué en la otra línea, a un lado de su campeón Tlecóatl, ambos protegiéndose con los escudos. Súbitamente sentí un golpe seco en mi escudo que me hizo retroceder por un instante. Una flecha de cobre se asomó del lado interno del chimalli; por suerte no tuvo la potencia suficiente para atravesarlo. Al ver mi escudo, Tozcuecuex me dijo:

—Están afinando su puntería, deben estar acercándose.

Tenía razón, mejoraban la puntería cada vez más; nosotros, sin embargo, no podíamos ver nada. Ni siquiera tenía caso utilizar la honda de fibra de ixtle que traía enredada en el antebrazo, por lo que decidí usar mi macuahuitl y resistir hasta empezar el combate cuerpo a cuerpo. Un grito aislado se escuchó en nuestro grupo cuando una flecha se enterró en el pie de un guerrero. Sus compañeros quisieron retirarlo del frente, pero el herido decidió seguir en formación a pesar de cojear severamente. Viendo el aprieto en el que nos encontrábamos, Tozcuecuex tomó una decisión.

—¡Cuaupipiltin! ¡Tamemeh!, no disparen hasta mi señal. ¡Cuando esos desgraciados se asomen fuera de sus ratoneras se llevarán una desagradable sorpresa!

La lluvia de flechas no era muy intensa, no obstante empezaba a hacer estragos entre nosotros. Momentos después de que Tozcuecuex diera las órdenes, dos cargadores fueron heridos por dardos enemigos. Nos enteramos al escuchar sus gritos de dolor. Entonces sentí una mano que me jalaba de mi ichcahuipilli. Se trataba de un cargador que se había colocado detrás de mí para protegerse, ya que carecía de chimalli. En la otra mano llevaba un arco con una flecha, listo para disparar cuando se diera la orden. Sus ojos desorbitados dejaban relucir el miedo que lo invadía ante el súbito ataque que se realizaba en medio de la noche. Sentía cómo sus dedos se aferraban con fuerza a mi chaleco acolchado, y se lo permití. A mi derecha se encontraba un guerrero maduro, encogido detrás de su chimalli de piel de venado. A pesar de que su rostro sudaba copiosamente, su mirada era determinada. En la mano tenía un atlatl con un dardo largo, y como el cargador, estaba listo para disparar cuando recibiera la orden.

Mientras otra flecha pasaba por arriba de nuestra cabeza pensé que la emboscada había sido muy bien planificada. Seguramente los enemigos se enteraron de nuestra presencia cuando cruzamos el viejo puente de madera, lo que les dio tiempo para tomar sus posiciones e iniciar el ataque donde el camino atravesaba el bosque. Ellos estaban bien protegidos por los gruesos troncos de los árboles, mientras a nosotros nos masacraban al no tener ninguna cobertura de sus saetas. De no haber sido por la neblina, todos estaríamos muertos.

Entre los árboles más cercanos a nuestra posición empezaron a distinguirse las siluetas de los atacantes, a ambos lados del camino. Se podía ver que varios de ellos llevaban tocados de plumas de garza y el cuerpo pintado de negro. Esto confirmaba lo que varios sospechábamos.

—Es una partida de purépechas, tal vez del mismo grupo que nos atacó hace un par de días —afirmé en voz alta. A mi lado izquierdo, Tozcuecuex asintió con la cabeza.

Del otro lado de nuestra columna se escuchó un grito de desesperación, quizá de un cargador:

—¡Huyan si no quieren morir! —nadie secundó esa opinión. Si el pobre hombre decidía correr solo de regreso a Ichcateopan, sin duda sería capturado y después sacrificado, si no es que moría asesinado en la cañada.

Lentamente se fueron acercando los atacantes, mucho más certeros con sus disparos. Varios cargadores cayeron heridos, algunos muertos. Cuando al fin se definieron las siluetas de los purépechas a ambos lados del camino, Tozcuecuex gritó:

—¡Ahora! ¡Tiren!

En ese momento salieron disparados cerca de ochenta proyectiles, desde largos dardos de atlatl hasta piedras de honda y flechas, con un efecto devastador en los valientes que se habían alejado de la protección de los árboles. A la distancia, en los linderos de la espesura, vi caer por lo menos a dos purépechas sin emitir un solo grito.

—¡Lancen a discreción! —fue la orden que dio Coaxóchitl. Tozcuecuex disparó todos sus dardos, mientras yo esperaba paciente la lucha cuerpo a cuerpo.

Después se escuchó un rugir de caracola entre los árboles. Esto levantó los ánimos de nuestros enemigos, quienes gritaron al unísono. De inmediato muchos guerreros purépechas empezaron a correr hacia nuestra posición. Cuando ya nos preparábamos para el choque frontal se detuvieron, y a una distancia de menos de treinta codos dispararon sus saetas contra nuestra formación. Algunas de ellas llevaban atada a la punta tela encendida, con la intención de incendiar los paquetes del tributo. Protegí mi rostro detrás del chimalli y escuché a Tozcuecuex gritar a los hombres que mantuvieran su formación. Un violento golpeteo hizo eco en el ambiente, seguido de decenas de gritos pertenecientes a quienes habían sido impactados por las flechas.

De repente mi espalda se empapó de un líquido caliente. Al voltear me di cuenta de que el cargador que se aferraba a mi ichcahuipilli estaba muerto. De su garganta atravesada por un proyectil salían borbotones de sangre. A mi alrededor varios hombres, principalmente cargadores, se hallaban tirados en el piso, inconscientes o agachados tratando de evadir los venablos. Los más valientes permanecían de pie cargando, tensando y lanzando sus dardos, girando sus hondas sobre la cabeza o esperando a que cargaran contra nuestra columna. Después de revisarme y comprobar que no estaba herido, concentré la mirada en los purépechas que se aproximaban corriendo, armados con mazas y hachas con cabeza de cobre. La línea enemiga completa había salido de ambos lados del camino para rodearnos.

Una flecha pasó peligrosamente a un costado de mi cabeza, y después escuché un impacto. Tozcuecuex había sido alcanzado. Una flecha se alojó en su hombro izquierdo, con el cual sostenía su chimalli. La fuerza del impacto lo hizo retroceder un par de pasos, aunque no perdió el equilibrio. El mástil de madera, que terminaba en tres plumas atadas, había traspasado su tlahuiztli amarillo y la gruesa protección de algodón, hasta encontrarse con su piel.

—¡Los enemigos están frente a nosotros, muchacho! —me dijo mientras sujetaba con la mano derecha el mástil de la flecha para romperlo y evitar que con el movimiento cortara más profundo, o que le estorbara durante el combate.

—¿Está bien, señor? —pregunté.

—¡Nunca he estado mejor en mi vida, Ocelote! —respondió con una sonrisa maliciosa. Al parecer la armadura de algodón y su tlahuiztli habían amortiguado el impacto de la flecha, ya que el cuauchic podía mover el brazo en el que portaba su chimalli—. ¡Al combate!

A la distancia se escuchó un grito solitario:

—¡Al combate, osados mexicas! ¡Carguen contra el enemigo!

Todos gritamos al unísono con coraje, valentía y odio, como si fuera el último bramido de nuestras vidas. Algunos gritaron el nombre de una deidad: Huitzilopochtli, Tonatiuh, Tezcatlipoca, otros el nombre de sus hijos o esposas. Y así, con todas las de perder, nos lanzamos como poetas y aves de bello plumaje a la lucha. Y corrimos contra los enemigos en medio de la noche, sin la protección y el calor de Tonatiuh.

Con un alarido el cuauchic se abalanzó hacia los enemigos, conmigo a la zaga. Corrimos una corta distancia empuñando los macuahuitl en la mano derecha y los escudos en la izquierda. Nuestras dos filas embistieron llenas de gran furia, al tiempo que los cargadores detrás de nosotros buscaban blancos para atacar con sus arcos y hondas.

Me encontré frente a un delgado guerrero purépecha que venía en mi dirección. Tensé todos los músculos ante el inminente golpe que recibiría en el chimalli. Para mi sorpresa, una saeta que atravesaba los aires lo impactó en la pierna y lo derribó. Desconcertado y sin darle oportunidad para reaccionar, lo golpeé con el macuahuitl en pleno rostro y lo dejé sin vida de forma instantánea. Astillas de las navajas de obsidiana volaron por los aires. A corta distancia de mí se encontraba Tozcuecuex, quien a pesar de estar herido se desenvolvía con inusitada facilidad al enfrentar a un oponente. Giró para evitar un golpe y al mismo tiempo tomó impulso; en poco tiempo el combate se decidió a su favor. Siguió avanzando cuando dejó a su oponente tirado sobre el césped, con una pierna rota y un tajo en el abdomen que lo hacía sangrar profusamente.

Sin titubear seguí sus pasos entre la niebla, en busca de otro oponente para tratar de cuidarle la espalda. Mientras avanzábamos por el campo de batalla, me tomé un respiro para dejarme sorprender ante la escena que estaba presenciando. "Así debe de ser el Mictlán", murmuré al ver decenas de siluetas enfrascadas en duelos individuales entre la niebla. En poco tiempo Tozcuecuex encontró otro oponente, un purépecha que llevaba la mitad del cuerpo pintado de un intenso color rojo y cuyo rostro estaba marcado por escarificaciones triangulares debajo de la nariz. Con un grito de regocijo le dio la bienvenida al guerrero mexica. El cuauchic en esta ocasión puso toda la fuerza detrás de su chimalli, y con el impulso de su carrera impactó el pecho del enemigo. Fue tan sorpresiva la carga del campeón que ni siquiera el golpe de la maza del purépecha fue capaz de detenerlo. Ambos cayeron al piso después del porrazo. Cuando llegué al lugar donde se había librado el efímero combate, Tozcuecuex ya se estaba incorporando. Un profundo corte en su ceja teñia la mitad de su rostro con sangre, sin embargo, parecía dispuesto a encontrar otro oponente.

—Acábalo, Ce Océlotl, en esta ocasión no tomamos prisioneros —me ordenó antes de seguir corriendo.

Sin titubear saqué mi cuchillo y degollé al hombre que trataba de levantarse sin que su cuerpo le respondiera. Corrí entre la gran cantidad de duelos individuales que se libraban a mi alrededor para alcanzar los pasos del cuauchic, que ya me había tomado ventaja. Parecía que llevábamos las de ganar, aunque los guerreros purépechas seguían contendiendo y causando muertes entre nuestras filas.

Un grito de auxilio me hizo detener mi desenfrenada carrera. El clamor provenía del camino donde los cargadores resguardaban el tributo. A pesar de la niebla pude distinguir la silueta de un guerrero purépecha, de altura descomunal y muy fornido, que había llegado a su posición. Pese a que me podía costar la vida, decidí ir en auxilio de los tamemeh, pues nuestra prioridad era proteger el cargamento y entregarlo completo. Al acercarme al camino pude ver con detalle lo que estaba sucediendo.

El gigantesco hombre había matado a cinco cargadores que valientemente arriesgaron su vida para defender los bultos llenos de riquezas. El guerrero aporreaba sin piedad con su inmensa maza de más de cuatro codos de largo, conocida entre los nahuas como cuauhololli, a cualquier mexica que se cruzaba en su camino. Protegía su cabeza con un cráneo humano colocado sobre un enredo textil y adornado con majestuosas plumas, lo que hacía que su altura fuera más impactante. Su cuerpo lo cubría con una armadura de algodón acolchado, y sobre su maxtlatl llevaba una amplia faja de cuero curtido. El impresionante guerrero estaba a punto de soltar un golpe contra un cargador que iba armado solo con un escudo, cuando grité para llamar su atención. Cuando volteó a verme para encararme, el asustado cargador aprovechó para sujetar de los brazos a uno de sus compañeros que tenía una pierna rota por un mazazo; lo jaló y rápidamente se parapetaron detrás de otros tres cargadores, que preparaban sus arcos y flechas para enfrentar al fornido guerrero.

El descomunal hombre trató de alcanzarme con su maza. Con un rápido reflejo me agaché y reculé hacia atrás. Sin titubear lanzó una patada que pude desviar con mi chimalli. No obstante, fue tan fuerte el impulso que mi escudo se impactó en mi abdomen y me sacó todo el aire de los pulmones. Caí sobre la tierra del camino, mareado. Trataba desesperadamente de respirar. Sabía que el colosal purépecha aprovecharía el momento para terminar con mi vida, pero el golpe final nunca llegó. Me incorporé con lentitud, intentando recuperar el aliento, listo para encontrar la victoria o la muerte y dispuesto a cumplir con el destino que los dioses habían dictado para mí.

Para mi sorpresa vi al gigante purépecha combatir con otro guerrero mexica. En un principio no pude distinguir bien de quién se trataba, pero cuando escuché una gruesa voz que maldecía al mismo tiempo que el guerrero esquivaba un golpe del gigante supe que se trataba de Cuauhtlatoa. La cabeza del veterano estaba adornada con un tocado de plumas de águila, el cuauhpilloli, que se agitaban con cada movimiento que realizaba. Su fornido cuerpo iba bien protegido dentro de un chaleco acolchado de algodón. El telpochtlato se desplazaba de un lado a otro, en busca de algún punto débil en la guardia de su enemigo. Su agilidad era impactante, nadie creería que se trataba de un hombre de más de cuarenta años. Se movía y evitaba los ataques de su gigantesco oponente. A unos pasos del duelo, dos de los cargadores dispararon las flechas de sus arcos contra el colosal enemigo, mientras que el tercero seguía moviendo a su compañero fracturado lo más lejos posible. Aunque la puntería de ambos cargadores fue certera, la primera flecha se clavó en la gruesa faja de cuero que protegía la cadera del gigante, mientras que la segunda se alojó en el ichcahuipilli, sin lograr penetrarlo.

Corrí con mi macuahuitl en alto con la intención de descargarlo sobre el costado del purépecha, pero lamentablemente vio mi ataque de reojo y lanzó un golpe con su maza para bloquearme. El leñazo llevaba tanta fuerza que hizo saltar varias lajas de obsidiana y que yo me tambaleara. De inmediato asestó otro golpe demoledor que logré bloquear con mi chimalli, aunque me lanzó disparado por los aires. Caí a varios codos de distancia del titán, seminoqueado por el impacto contra el piso. Cuauhtlatoa aprovechó la oportunidad para propinar un golpe horizontal en el pecho del rival con su macuahuitl. El impacto fue duro e hizo que el purépecha se tambaleara, aunque al parecer su peto impidió que las filosas lajas de obsidiana lo cortaran y le causaran una hemorragia.

Al momento, el ichcahuipilli se tiñó con la sangre del hombre que portaba el enredo coronado con un cráneo. Su herida no fue crítica, por lo que su respuesta no se hizo esperar y lanzó otro mazazo contra Cuauhtlatoa, quien interpuso su escudo. La mitad del chimalli de Cuauhtlatoa salió despedida por el impacto del cuauholloli del gigante. El mexica emitió un bramido al ver que su mano izquierda no respondía, pero siguió lanzando ataques con el macuahuitl que sujetaba con la derecha. Parecía que el baile mortal que los oponentes realizaban podía finalizar en cualquier momento. Se trataba de una batalla entre la agilidad y la fuerza.

Una flecha voló y se clavó en el hombro del gigante, provocándole una mueca de dolor. El purépecha lanzó un grito y se acercó al mexica con la intención de sujetarlo; soltó la maza que traía amarrada de la muñeca con una cuerda de ixtle que salía del pomo del arma. Pensaba que con sus manos libres podría inmovilizar a su enemigo y asfixiarlo hasta la muerte. Parecía la única alternativa que tenía el tarasco para terminar el combate. En ese instante, Cuauhtlatoa giró sobre sus pies y golpeó el pecho del gigante con su macuahuitl. Después deslizó con velocidad el filo serrado de su arma y logró rasgar el peto y hacer sangrar a su rival, pero este sujetó su cuello con la mano derecha y lo levantó, mientras que con la izquierda le apretaba el antebrazo con fuerza para que soltara el macuahuitl. De inmediato el rostro tostado del telpochtlato se empezó a tornar rojo, a pesar de las patadas que lanzaba al abdomen de su contrario.

Como veía cerca su fin y no estaba dispuesto a otorgarle la victoria a su enemigo, el curtido veterano sacó de su maxtlatl un filoso cuchillo de obsidiana. Al percatarse del peligro que corría, el colosal purépecha golpeó dos veces con la frente el rostro de su adversario mexica. Un profundo corte apareció en el entrecejo del telpochtlato a consecuencia del impacto. De inmediato la sangre escurrió por su rostro y bloqueó su visión. Para su fortuna, en ese momento el veterano mexica no requería de sus ojos. Con toda su fuerza clavó el cuchillo de obsidiana en el abdomen del gigante hasta mojarse los dedos con la sangre que fluía como una cascada por la honda herida. Un aullido hizo eco en la oscura inmensidad de la noche. El purépecha estaba herido de muerte, pero eso no le impediría terminar con su oponente. Apretó lo más fuerte que pudo con sus dos manos para asfixiar a Cuauhtlatoa, pero este empujaba cada vez más adentro el largo cuchillo.

Finalmente, y con un gran esfuerzo, logré incorporarme y acercarme despacio a los dos guerreros. Vi cómo dos saetas impactaban en la espalda del atlante, debilitando aún más su fortaleza. Eran los mismos dos cargadores que trataban de aportar su granito de arena en el disparejo combate que estaba por concluir.

Como pude, tambaleándome, avancé la distancia necesaria para enfrentar a nuestro adversario con la intención de liberar a mi antiguo instructor, el líder de los jóvenes del calpulli de Tlalcocomulco. Inhalé y sujeté el macuahuitl con ambas manos, y con todas mis fuerzas golpeé el brazo del gigante. Sentí claramente cómo las navajas de obsidiana se clavaban y fracturaban su brazo. Soltó otro intenso grito y una terrible mueca de dolor apareció en su rostro, sin despegar los ojos cubiertos de sangre de Cuauhtlatoa. La sangre manó de la tremenda herida que le había provocado. Supe que la frialdad de la muerte invadía su cuerpo y sus extremidades, pues su rostro se volvió casi blanco. Cuando iba a soltar un segundo golpe, el gigante colapsó, aún con el cuello del telpochtlato sujeto. Cuauhtlatoa se zafó de las manos inertes del gigante mientras luchaba por respirar. Su semblante morado poco a poco fue tomando color, y sus ojos desorbitados volvieron a la normalidad. Para mi alegría, había sobrevivido al combate.

Tsaki Urapiti se integró a la refriega a la cabeza de su partida de guerreros. A pesar de que la emboscada había sido perfectamente planeada, estaba resultando un rotundo fracaso; todo se debía a la densa niebla que impedía que sus hombres utilizaran con precisión sus letales arcos y flechas. Ni el mejor arquero hubiera podido acertar en dichas circunstancias, donde la visibilidad era casi nula a veinte codos de distancia. La emboscada se había transformado en una infinidad de combates individuales en los cuales los mexicas llevaban la ventaja gracias al apoyo de sus cargadores, que iban armados con mazas, arcos y escudos. Después de abatir a su segundo guerrero mexica, el albino se tomó un instante para observar el desarrollo de la refriega. Sus purépechas estaban siendo abrumados por los mexicas, e incluso en algunos combates veía cómo tenían que defenderse de dos oponentes al mismo tiempo.

A lo lejos, varias siluetas que se fundían con la densidad de la neblina avanzaban en grupo. Se trataba de los cargadores, quienes envalentonados buscaban enemigos para masacrar a corta distancia con sus arcos. El ocambecha albino vio cómo a su izquierda empezaba a tomar fuerza un pequeño incendio entre los pastizales que estaban al pie del bosque. Pensaba que algunos de sus hombres habían utilizado saetas incendiarias para sembrar caos. Las figuras de decenas de combatientes se recortaban contra el fulgor anaranjado de las llamas, que poco a poco crecían en intensidad. Semejante visión le dio una idea. Si no podían capturar el tributo de los mexicas, entonces lo destruirían con fuego.

Con determinación, el albino cruzó el campo de batalla y se dirigió hacia el incendio. No encontró ningún oponente que le presentara batalla, todos estaban ocupados librando fieros combates. Al llegar a la base del fuego buscó alguna rama que estuviera ardiendo entre el pasto. Al incorporarse escuchó pasos corriendo hacia su dirección; se trataba de Erauacuhpeni. El rostro del joven estaba cubierto de sangre, a pesar de que no mostraba ninguna herida. De su peto de algodón, cubierto de fibra de ixtle, salían dos largas astas de flecha que no habían logrado atravesarlo. Las plumas de garza que llevaba colocadas en la cabeza habían perdido su blancura al mancharse de sangre, lodo y tizne.

—Ocambecha, lo vi atravesar el campo de batalla. ¡No hemos logrado capturar el tributo, los mexicas se han defendido muy bien con el apoyo de sus tamemeh! ¡La neblina ha trastocado nuestros planes! —le dijo a su superior, controlando su agitada respiración.

—Lo sé. Toma una de esas ramas incendiadas y acompáñame. Vamos a destruir su carga. Es nuestra única oportunidad —contestó Tsaki.

Los dos hombres corrieron con dos ramas de madera ardiente en las manos. El camino por donde habían llegado los hombres de la Excan Tlatoloyan, y donde estaban colocados los bultos del tributo, no quedaba lejos, llegarían en poco tiempo. Un mexica con un tlahuiztli de algodón teñido de marrón y armado con un macuahuitl apareció entre la neblina, y con un grito de fiereza cargó hacia ellos. Tsaki alcanzó a leer la intención de su oponente de golpearlo, así que pudo interponer su escudo para detenerlo y sin ninguna consideración lo pateó en la rodilla. Supo que se la había roto cuando el mexica cayó al piso gritando de dolor. Erauacuhpeni lo remató con un contundente golpe de su maza cuando inútilmente trataba de ponerse de pie. Mientras, el ocambecha siguió corriendo con la rama encendida, determinado a alcanzar su objetivo.

Una sonrisa de satisfacción apareció en el rostro del joven al sentir la adrenalina circular por cada músculo de su cuerpo. A pesar de ser consciente de que la batalla estaba perdida, la sensación de acabar con un enemigo siempre era estimulante. Sabía que en un parpadeo Tsaki y él estarían incendiando el tributo de los mexicas y lograrían su cometido. Pensaba en su perfecto plan cuando sintió un fuerte golpe en las piernas que lo hizo caer de bruces. Al revisar sus extremidades se dio cuenta de que no estaban lastimadas. Se puso de pie y vio al responsable del ataque, un robusto mexica con un traje color amarillo de algodón, rapado de ambos lados de la cabeza: Tozcuecuex. El mexica avanzó con paso firme, empuñado macuahuitl y chimalli. Dos largas plumas de quetzal que colgaban de su nuca se balancearon armoniosamente cuando corrió hacia Erauacuhpeni, quien sujetó su hacha de cabeza de cobre y su escudo redondo de madera como preambulo al combate.

—¡No sabes con quién te estás metiendo, adorador de Huitzilopochtli! —gritó el joven purépecha al tiempo que recibía a su adversario con un certero golpe sobre el chimalli, con la intención de atravesarlo con la sólida cabeza de cobre.

El cuauchic se sorprendió al ver su escudo perforado como si fuera de papel amate. Erauacuhpeni jaló el mango de su hacha con las dos manos y lanzó por los aires al cuauchic, quien se aferró a las embrazaduras de su chimalli para después caer pesadamente al piso. De inmediato rodó sobre el pasto y se incorporó listo para el siguiente ataque del purépecha, quien lo había sorprendido con su fuerza y habilidad. Retrocedió unos pasos para evitar otro golpe que buscaba romperle las costillas, pero su joven oponente giró avanzando un poco para darle alcance con otro golpe al escurridizo cuauchic. Navajillas y astillas de obsidiana volaron por los aires cuando el macuahuitl mexica impactó el hacha purépecha para bloquear otro golpe. Tozcuecuex sabía que su oponente tenía bien apoyado el cuerpo, pero decidió atacar. Barrió con un pie a su enemigo y lo hizo caer. Con gran destreza el mexica sacó su daga de obsidiana y con todo su peso sobre ella se abalanzó sobre el purépecha, quien rápido interpuso su pequeña rodela de madera y lanzó un codazo para desplazar al mexica. Ambos contendientes se incorporaron con rapidez y empezaron a caminar lateralmente, sin despegar sus miradas, para buscar algún punto débil. A la distancia, el gladiador mexica escuchó algunos gritos de alegría; estaba seguro de que los cargadores habían logrado rechazar a los atacantes, quienes empezaban a retirarse. La neblina había jugado a su favor. También fue decisiva la participación de los cargadores durante el conflicto, así como el arrojo que estaban mostrando al proteger la carga con sus arcos y hondas.

Erauacuhpeni también se percató de la situación. Con el rabillo del ojo observó un resplandor en el centro de la cañada donde se encontraba acumulado el tributo. Podría haber afirmado que su señor Tsaki había logrado incendiar los paquetes de los mexicas; sin embargo, los gritos de júbilo que se escuchaban provenían de los nahuas. Seguramente había sido impedido. De pronto, un grito de furia de su oponente lo hizo abandonar sus cavilaciones. El mexica movió con violencia el brazo izquierdo para impactar su rostro con el chimalli perforado, pero Erauacuhpeni fue lo suficientemente rápido para bloquear el ataque con su hacha, de la misma forma que detuvo el golpe del aserrado macuahuitl con su escudo de madera. Lo que no pudo prever fue la patada en la espinilla que lo hizo tambalearse hacia atrás. Tozcuecuex buscaba debilitar la defensa de su enemigo. Sin pensarlo dos veces, rotó su cadera y con todo ese impulso blandió su macuahuitl y golpeó el muslo de su contrario, lo que provocó el desgarre del músculo y la fractura del hueso. Erauacuhpeni reprimió el grito de dolor, no tenía caso demostrar debilidad cuando estaba a punto de abandonar este mundo. Al caer al pasto ya no intentó esquivar el golpe que seguía, simplemente se concentró en ver el hermoso resplandor del fuego opacado por la neblina, así como en sentir la fresca brisa de la noche en el rostro. El cuauchic le dio un contundente golpe en el cuello al valiente guerrero, con el cual apagó su vida sin sufrimiento. No había tiempo para capturar prisioneros en esta ocasión, no cuando tenía un tributo que entregar al gran orador.

Armado con su chimalli perforado y su macuahuitl, ya sin filo y con casi ninguna navajilla de obsidiana, Tozcuecuex elevó una plegaria al señor del espejo humeante: Tezcatlipoca. Le estaba muy agradecido, no por seguir vivo, sino por haber logrado detener la emboscada de los purépechas. A su alrededor ya no había enemigos que intentaran atacarlo, solo grupos de mexicas que regresaban al camino. Algunos hombres, probablemente enemigos, se retiraban hacia los árboles en completo desorden, conscientes de que habían sido derrotados. Varios tenochcas los perseguían para intentar darles caza, tarea complicada entre la abundante vegetación. El cuauchic se dirigió al camino donde los tamemeh resguardaban el tributo. Al acercarse se dio cuenta de la enorme cantidad de bajas que habían sufrido los cargadores, más de veinte muertos logró contar, desperdigados entre la hierba alta. Cerca del camino me encontró a mí y al telpochtlato Cuauhtlatoa, quien parecía recuperarse del combate. Su semblante no era el mejor, ya que su herida en el entrecejo sangraba profusamente. A su costado yacía el gigantesco purépecha bañado en su propia sangre. Tozcuecuex pensó que la batalla había sido difícil en ese sector.

—Cuauhtlatoa, compañero, ¿eres el responsable de este desastre? —preguntó.

—Sí, cuau... cuauchic. Si... simplemente el gigantón no quería morir —contestó el otro con dificultad, con la garganta cerrada, visiblemente debilitado, tratando de detener la hemorragia con un trozo de tela.

No pude evitar sonreír ante la muestra de camaradería de ambos guerreros.

—Me alegra que al final lo convencieras de soltar su enorme maza sin perder la vida, telpochtlato —bromeó nuevamente el cuauchic.

—En re... real... realidad estoy vivo gracias a él —afirmó señalándome con su pulgar.

—Al contrario, ha sido un honor combatir a su lado —dije agradecido mientras destapaba un guaje y se lo compartía para que bebiera un poco y calmara su garganta.

—Buen trabajo, Ocelote, no paras de sorprenderme —agregó con una mirada de aprecio hacía mí—. En cuanto a ti, amigo, detén ese sangrado, ya que no me gustaría abandonarte aquí en medio de la montaña cuando reanudemos la marcha. Descansa un poco —le pidió Tozcuecuex con la mano sobre su hombro.

Se percató de que por lo menos tres grandes cargamentos y sus respectivos armazones de madera habían sido consumidos por el fuego. El incidente no había pasado a mayores gracias a la intervención de los tamemeh, que sofocaron el fuego con sus tilmas y tierra.

Poco a poco los mexicas sobrevivientes se congregaron alrededor del tributo; algunos llegaron por su propio pie, otros con ayuda de sus compañeros. Tlecóatl, por ejemplo, cojeaba apoyado en el hombro de Itzcuintli debido a que una flecha le había perforado un muslo. Pese a tener el rostro bastante golpeado y el cuerpo cubierto de tizne y lodo, avanzaba con una sonrisa por la alegría de seguir vivo.

Un par de guerreros llegaron corriendo para informarle al campeón sobre dos bajas sensibles entre el contingente mexica, dos capitanes del calpulli de Tlalcocomulco. Al verse rodeado de los sobrevivientes, el cuauchic sintió el deseo de pronunciar algunas palabras en honor de su querido compañero de armas y de los caídos. Con la voz ronca, dijo:

—Valientes cargadores y guerreros, hoy hemos conseguido una gran victoria. Tenochtitlán se enterará del arrojo y el valor que exhibieron esta noche. Estoy seguro de que nuestros compañeros muertos en este preciso momento han iniciado su viaje al añorado paraíso solar, al Tonatiuh Ichan. Entre ellos van dos capitanes honorables del calpulli de Tlalcocomulco: Citlalpopoca y Tlilpotonqui. Realicemos cantos en su honor, para que sus nombres nunca se olviden. Su arrojo, valentía y disciplina han sido ejemplo para generaciones de jóvenes tenochcas que han participado en las guerras sagradas convocadas por nuestros gobernantes. Que el tonalli de cada uno de ellos, y de todos los demás guerreros y cargadores que perdieron la vida hoy, sea bien recibido por Huitzilopochtli, Tonatiuh y Tezcatlipoca.

Mientras esto sucedía, a la distancia, entre la neblina, apareció Motecuhzoma seguido de los nobles de Huitznáhuac. Todo el grupo se sorprendió al verlo vivo, ya que las probabilidades de que hubiera sobrevivido al ataque purépecha eran mínimas, si se tomaba en cuenta que tenía como apoyo solamente a sus dos nobles. Era evidente que también había participado en el combate: el hermoso ehuatl de plumas rosadas que vestía estaba manchado de sangre, y su cabello negro azabache, que siempre llevaba a la altura de los hombros, se veía completamente despeinado, como también el tocado de plumas que sujetaba en su nuca. Uno de sus acompañantes iba vestido solamente con su maxtlatl; al parecer había perdido su armadura de algodón durante el combate. Sin embargo, llevaba tres cabezas cercenadas de enemigos purépechas. Trofeos de guerra que seguramente recolectaron después del combate para mostrar su valía entre los suyos.

Los hombres dieron grandes señales de alegría al ver a Motecuhzoma sano y salvo, después de la forma en que se lanzó a la batalla. Al acercarse al grupo, el tecuhtli sonrió con su macuahuitl y chimalli en lo alto, como un gesto triunfal.

—¡La victoria es nuestra! —gritó.

Eso bastó para que los hombres empezaran a gritar acompasados: "¡Tenochtitlán! ¡Tenochtitlán!".

—Honorable tecuhtli, pensamos que no había sobrevivido a la batalla. Fue un gran alarde de valentía lanzarse de esa forma a la refriega. Hubiera bastado con que nos diera instrucciones de acompañarlo y dividir nuestras fuerzas para flanquear al enemigo, como seguramente lo hizo. Nuestro apoyo siempre será incondicional —expresó Tlecóatl.

—Gran muestra de irresponsabilidad, diría yo —me dijo Tozcuecuex en voz baja al escuchar semejante comentario, a lo cual asentí.

En respuesta a lo que se le había preguntado, Motecuhzoma contestó:

—No se trata de buscar apoyo o dividir las fuerzas, telpochtlato, sino de entregarse incondicionalmente al destino que nos reserva el señor del espejo humeante de obsidiana durante las batallas, sea la muerte, la mutilación o la victoria. Los designios divinos, la voluntad de los dioses son las únicas certezas con las que contamos los mortales, y sin duda es un gran honor cumplir con sus benditas voluntades, capitán —concluyó mientras le ponía la mano en el hombro.

A la distancia, Tozcuecuex y yo mirábamos con recelo al sobrino del huey tlahtoani, aunque listos para obedecer sus órdenes.

—Lo importante ahora es que el ataque fue rechazado y que aún tenemos el tributo en nuestro poder. Busquemos los cuerpos de los fallecidos y coloquémoslos en una línea entre aquellos árboles, para que hombres del calpixque preparen las hogueras y nuestros hermanos de armas puedan continuar su viaje al paraíso solar. Nosotros, lamentablemente, no podemos cumplir con ese compromiso en este momento. Tozcuecuex, manda a un cargador a la morada del calpixque de Ichcateopan para informarle que debe encargarse de esa tarea. Después podremos seguir nuestro camino, ya que seguro en esta zona hay más patrullas enemigas.

—Sí, mi tecuhtli —contestó.

El cuauchic llamó de inmediato a un guerrero de su confianza. Después de darle el mensaje, el joven combatiente salió disparado en medio de la noche en dirección a Ichcateopan, confiado de cumplir su tarea.

A pesar de que Motecuhzoma recibió con desagrado la noticia de que tres cargas del tributo habían sido quemadas, no hizo mayores comentarios sobre el asunto. El grupo se congregó alrededor de las largas hileras de cuerpos, que sumaban más de veinte cargadores y trece guerreros de los tres barrios. Un sacerdote-guerrero dijo unas palabras antes de que retomáramos el camino:

—Oh, hijos, ya han padecido los trabajos de esta vida, y es servicio de nuestro señor llevarlos, porque no tenemos vida permanente en este mundo y es tan breve como el rato que uno se pone al sol, en tiempos de frío, para calentarse; ya es la hora en la cual los dioses

Tonatiuh y Huitzilopochtli los lleven a su morada, donde ya les tienen un asiento. No soliciten su regreso, su vuelta, porque ahora se ausentan para siempre, para jamás regresar; y alégrense con saber que nosotros los hemos de seguir por los mismos pasos de la muerte gloriosa, y les haremos compañía, en las danzas, en los combates fingidos donde nos regocijaremos con la presencia de nuestros padres.

Algunos de los presentes tomaron un puñado de tierra y lo arrojaron sobre el cuerpo de otros compañeros y amigos. También colocaron piezas de jade u obsidiana dentro de su boca, como era la tradición. Tozcuecuex se quitó su tocado de plumas de quetzal y lo colocó en el pecho del capitán Tlilpotonqui, a quien le tenía mucho aprecio pues habían combatido juntos en innumerables batallas. Después de hacer eso, dijo:

—Mi destino, mi casa. De aquí se fueron ya, yo aquí, allá ahora. Yo elevo a lo que está en la tierra. Ya la tristeza punza, ya con ella estoy creciendo. Hasta pronto, mis señores, ellos los de Quetzalcóatl. Veámoslos, lloremos —dijo Tozcuecuex.

Motecuhzoma también se despojó de dos brazaletes de piedras verdes, destinados a cada uno de los capitanes muertos. Los cargadores, que tenían poco que ofrendar a sus compañeros, depositaron tortillas, algunas flores que cortaron de los alrededores, e incluso algunos se quitaron sus orejeras de barro y madera para dárselas a sus muertos. Mi amigo Itzcuintli repartió algunas navajas de obsidiana entre los muertos que habían sido compañeros cercanos. En mi caso, dejé un puño de sal que llevaba en el morral. Por un momento los sobrevivientes observaron los cuerpos en silencio, hasta que el sonido de un silbato les indicó que debían emprender la marcha. Se dividieron en dos grupos: el de quienes podían continuar el ritmo rápido de marcha, cuyos integrantes irían sobrecargados, sin importar su rango, al llevar los tributos sobre su frente, y el de los heridos. Veinte cargadores y guerreros tendrían que seguir los pasos del grupo principal. Entre el grupo de los heridos se encontraba Itzcuintli, quien se apoyaba en un joven guerrero para jalar una improvisada camilla que transportaba al telpochtlato Tlecóatl, que iba herido del muslo.

—Tlacatzintli Tlecóatl, ¿cómo se siente? —pregunté al acercarme a mi amigo Itzcuintli y despedirme de él.

—Bien, telpochtli. La herida no es tan profunda, y gracias a que la punta de la flecha era de cobre no dejó astillas en mi pierna. Pero por el momento es mejor no caminar —dijo mientras señalaba su herida, vendada y sujeta con un torniquete hecho de un lienzo de algodón.

—En algunas semanas estaremos combatiendo nuevamente, ¡oh!, gran teyaotlani —completó mi amigo—. Mientras tanto disfrutemos del regreso, sin prisas y espero que sin emboscadas.

—Así será, Itzcuintli. Les deseo buen camino. Nos veremos en Teloloapan, en el campamento de las fuerzas de la Triple Alianza. ¡Mantén bien abiertos los ojos, amigo! —agregué, contento de verlo con vida después de dos combates.

—Ten cuidado tú también, Ocelote.

Antes de unirme al grupo de vanguardia busqué a Cuauhtlatoa, quien recargado en un tronco caído descansaba junto a un joven sacerdote-guerrero. Portaba una tira de algodón, desgarrada seguramente de algún maxtlatl, ceñida sobre la cabeza, cubriendo la profunda herida de su entrecejo. En una mano llevaba su guaje.

—Telpochtlato, ¿te sientes mejor? Me enteré de que irás en el segundo grupo.

—Jao, Ocelote. ¡Aún siento un enjambre de abejas dentro de mi cabeza! He discutido con el hombre que ves aquí a mi lado, quien insiste en que vaya en el grupo de los heridos, ineptos y buenos para nada.

—Es lo mejor, maestro. Tenga paciencia, que lo estaré esperando cuando llegue al campamento de la Triple Alianza a las afueras de Teloloapan —concluí. Me daba un gran regocijo saber que mi instructor de la niñez había sobrevivido.

—Así será, niño. Que los dioses cuiden tu camino —dijo, y después siguió discutiendo con el sacerdote-guerrero, quien lo ayudaba a incorporarse y unirse a la segunda columna.

Me separé del segundo grupo y me dirigí a buscar al cuauchic para seguir sus pasos. Mi cacaxtin iba cargado de muchos bultos, al igual que el de Tozcuecuex, quien seguramente llevaba años sin que su frente sufriera los estragos del mecapal. El silbato volvió a escucharse por orden de Motecuhzoma: era la señal para partir. Tomé mi lugar en la fila bajo la mirada de mi capitán, molesto por mi retraso. De inmediato empezamos a avanzar y fuimos dejando atrás los cuerpos de los purépechas caidos en el campo de batalla.

Bajo la noche ambos grupos continuaron su andar hacia Teloloapan, todos en completo silencio, con la intención de reunirse con el ejército de la Triple Alianza.

El sol matutino regaba su luz sobre la cañada en donde se había realizado la emboscada. La neblina de la noche se había disipado, así como toda presencia mexica. Paulatinamente salieron de la arboleda los purépechas que habían logrado sobrevivir. No eran más de quince, algunos heridos. Los hombres colocaron a sus muertos sobre una plataforma de troncos talados con prisa. Tsaki Urapiti supervisaba los trabajos bajo la sombra de un árbol. El ocambecha se encontraba ausente. Seguía reflexionando sobre las razones que le habían hecho fracasar tan rotundamente. Incluso el intento de prender fuego al tributo, al final del enfrentamiento, había sido infructuoso. Recordaba lo sencillo que había sido llegar al camino donde se concentraba el tributo; el problema comenzó cuando los arqueros empezaron a dispararle una gran cantidad de flechas. Aun bajo esas circunstancias logró encender algunos bultos. Para cuando terminó, se dio cuenta de que había quedado aislado debido a que algunos combatientes mexicas regresaban al camino con intención de apoyar a los pocos tamemeh que aún resistían. Tuvo que escapar, buscar refugio en los linderos del bosque, no sin antes mandar al oscuro y frío Cumiechúcuaro a un par de enemigos que se atravesaron en su camino. Gracias a la neblina no le fue complicado. Era la primera vez que tenía que abandonar un campo de batalla completamente derrotado, lleno de vergüenza. No lo hizo por salvar su vida, sino para poder vengarse de la gran humillación que le habían causado los mexicas. Uno de sus hombres se acercó y lo sacó de sus cavilaciones.

—Oh, gran ocambecha, disculpe que lo moleste, pero hemos encontrado el cuerpo de Erauacuhpeni. Fue decapitado en un combate cuerpo a cuerpo.

Tsaki Urapiti no desvió la mirada para ver al portador de la noticia. Suspiró y dijo:

—Pónganlo con los demás en la pira funeraria.

—También localizamos los cuerpos de los mexicas muertos durante el enfrentamiento. ¿Quiere que hagamos algo?

El albino pensó la respuesta un momento.

—La venganza se les cobra a los vivos, no a los muertos e indefensos. Déjenlos —dijo cortantemente mientras el hombre se retiraba a cumplir sus órdenes.

Tsaki regresó a sus pensamientos. Su hombre de confianza, Erauacuhpeni, estaba muerto. Durante el combate atendió a su llamado de incendiar el tributo; sin embargo, en algún momento lo perdió de vista. Al voltear lo vio en una lucha contra un guerrero mexica que le parecía conocido. Le recordó al cuauchic que había combatido en la emboscada que realizaron sus hombres días atrás contra una columna de la Triple Alianza.

En ese momento no tuvo duda de que Erauacuhpeni sería capaz de derrotarlo, aunque con mucho esfuerzo. Se había equivocado. La gran deidad solar Jurhiata lo había reclamado, había decidido que sus días en la tierra habían terminado, a pesar de su juventud.

Ya habría tiempo para vengar los agravios que el cuauchic le había causado durante la campaña.

Momentos después, Tsaki y sus hombres presentaron sus respetos ante los muertos delante de la gran pira funeraria. La estructura de forma rectangular hecha de madera de amates, cuajiotes, guajes y guayabos se colocó enfrente de los restos carbonizados de la hoguera hecha por sus oponentes. Los sobrevivientes presentaron sus ofrendas y vieron arder los cuerpos de sus compañeros. Algunos cortaron con navajillas de obsidiana los lóbulos de sus orejas, sus pantorrillas y brazos para salpicar con sangre a los difuntos. Lo hacían para que los muertos fueran bien recibidos por los dioses. En ese momento, a la distancia pudo percibirse un grupo de personas que provenía de Ichcateopan.

Seguramente el fuego los había alertado, o tal vez era un grupo de comerciantes. Al poco tiempo llegó un hombre de su partida diciéndole que se trataba de guerreros mexicas encabezados por el calpixque de Ichcateopan. Algunos hombres y mujeres los acompañaban.

—Vienen por sus muertos —dijo Tsaki.

—¿Qué quiere que hagamos con ellos, ocambecha? —preguntó el guerrero.

—Mátenlos. Que no quede nadie vivo.

CAPÍTULO IX

Multitud de personas indignadas empezaron a congregarse en el palacio del huey tlahtoani, mientras que otros se reunían en las calles y acequias, con sus familiares y vecinos, para comentar cuál sería la decisión del huey tlahtoani al saber que habían sido asesinados cincuenta pochtecah mexicas y sus respectivos cargadores a las afueras del altépetl de Oztomán, cinco días atrás. A los chontales no les había bastado con faltar a la ceremonia de coronación de Ahuízotl, ni con dejar de enviar sus tributos, ni con cerrar los caminos; esta última provocación de matar a sus comerciantes había colmado la paciencia del huey tlahtoani; nunca se imaginó que se atrevieran a tanto.

Ahuízotl de inmediato reunió a su consejo militar en la Casa de los Dardos, el Tlacochcalco, para conocer la opinión de los grandes generales de la Triple Alianza. También estuvieron presentes el joven Nezahualpilli, de veintitrés inviernos, gobernante de Tezcuco, y Chimalpopoca, gobernante de Tlacopan, este último acompañado de su hijo, el futuro gobernante Totoquihuaztli II. Después de deliberar toda una mañana, el huey tlahtoani finalmente salió del recinto junto con los gobernantes de las ciudades aliadas pasado el mediodía. Subieron las escalinatas del Templo Mayor hasta llegar a la plataforma en la que se alzaban los adoratorios de Tláloc y Huitzilopochtli, desde donde vieron una multitud compuesta por miles de hombres en el recinto ceremonial mexica. Todos los estratos de la población estaban congregados, desde los campesinos y cargadores, hasta los sacerdotes, guerreros y líderes de barrios.

Antes de dirigirse a su pueblo, el gran orador entró al adoratorio de Huitzilopochtli acompañado del sacerdote más importante de la ciudad, el tlamacazqui Quetzalcóatl Totec, para realizar un sencillo autosacrificio y obtener el beneplácito de la deidad mexica, Huitzilopochtli. Después de una breve espera, por fin se hizo presente sobre la cima del Huey Teocalli. Entre densas nubes de humo de copal, que provenía de grandes braseros, y el sonido de las caracolas y los huehuemeh, Ahuízotl preguntó a la multitud si apoyaba la guerra contra Teloloapan, Oztomán y Alahuiztlán.

—Mexicas, tenochcas y tlatelolcas, acolhuas y tepanecas, ¿dejaremos impune el asesinato de nuestros comerciantes, quienes humildemente realizaban sus actividades comerciales? ¿Permitiremos que los chontales desafíen al pueblo elegido por Huitzilopochtli? ¿Observaremos pasivos cómo nos desafían las poblaciones chontales de la confederación de Tepecuacuilco a nosotros, los guardianes del quinto sol?

Los ánimos se encendieron de inmediato. Cada vez que el gran orador mencionaba un ultraje realizado por los chontales, la multitud rugía indignada. Al unísono, decenas de miles de voces gritaron: "¡Noooooooooo!", "¡Nunca!", "¡Vamos a la guerra!", "¡Es la decisión de Huitzilopochtli!", "¡Muerte para los rebeldes!", "¡Castiguemos a los perros rebeldes!". Multitudes empezaron a saltar al tiempo que maldecían a los chontales, mientras otros daban alaridos tapando y destapando su boca con las manos. Algunos otros se sumaron a los hombres que empezaban a danzar en la gran explanada, alrededor de templos y esculturas monumentales, muestra inequívoca de su deseo de complacer a los dioses y solicitar su favor durante la guerra que se aproximaba. Los jóvenes estudiantes de los colegios se emocionaron ante la posibilidad de participar en su primera batalla y demostrar su valía. Los integrantes de las sociedades guerreras, vestidos con tilmas de fino algodón, sonreían con satisfacción al saber que tendrían una nueva oportunidad para incrementar sus tierras, riquezas y honores. Ellos no rompían en cólera al escuchar las declaraciones del huey tlahtoani, al contrario, se alegraban, pues bien conocían el arte de la guerra mexica. Finalmente, el gremio sacerdotal, que ocupaba el lugar de honor al pie de las amplias escalinatas del Templo Mayor, entonó un canto religioso y lúgubre dedicado a Tezcatlipoca, el señor del cerca y del junto. Lo invocaban con sus voces y sahumadores para que bendijera el tonalli de los hombres que partirían a la guerra y les obsequiara la victoria. Rítmicamente movían el cuerpo de un lado a otro, balanceando sus largas cabelleras revueltas con costras de sangre seca, así como sus túnicas negras decoradas con cráneos y blancuzcos fémures cruzados.

En la cima, Ahuízotl recibía la respuesta positiva y valerosa de su pueblo con los brazos abiertos. Con la voz en alto dijo:

—¡Me regocijo ante la respuesta de mi pueblo! ¡Me regocijo ante el valor de mi pueblo! Cubramos de gloria el rostro de nuestro padre Huitzilopochtli y de la Excan Tlatoloyan. ¡Alégrense, jóvenes tenochcas, dentro de poco podrán encontrar la muerte florida! ¡Iremos a la guerra! —terminó con ambos puños hacia el cielo, gesto que causó que el vocerío subiera hasta niveles inusitados y comenzaran a sonar silbatos, caracolas y tambores.

Yo estuve presente ese día en el recinto ceremonial, acompañado de todos los estudiantes e instructores de las Casas de la Juventud de la ciudad, entre ellas la de Tlalcocomulco. También asistieron los sacerdotes responsables de la educación en la Casa de la Negrura, el Calmécac, acompañados de sus alumnos, los hijos de los nobles. Cuando el huey tlahtoani anunció que iríamos a la guerra, la emoción permeó por cada poro de nuestra piel. Los jóvenes estudiantes tendríamos la oportunidad de poner en práctica lo aprendido y demostrar nuestro valor. De inmediato mis compañeros empezaron a platicar sobre la gran experiencia que viviríamos. No fueron pocos los que alardearon de que capturarían no a un cautivo, sino a dos, durante la guerra que se aproximaba. Los gritos de júbilo de otros grupos impidieron que continuáramos compartiendo nuestras palabras.

Cuando finalmente el huey tlahtoani bajó del Templo Mayor, la multitud empezó a dispersarse y esperar las indicaciones para colaborar con el esfuerzo bélico, como era costumbre. Regresamos a nuestro colegio sumamente emocionados y dispuestos a apoyar en todos los preparativos que se requirieran. Incluso podría decir que el telpochtlato Cuauhtlatoa también estaba excitado por participar en una campaña, después de varios años de dedicarse a la educación.

Esa noche, el telpochtlato Ixtlilxóchitl reunió a todos los jóvenes de dieciocho años para darnos la noticia de que iríamos a la guerra. Partiríamos cuando se hubiera retirado la cosecha. Algunos tendrían la suerte de combatir en las batallas que estaban por venir, otros se establecerían en las guarniciones ubicadas entre Tenochtitlán y Teloloapan, unos más apoyarían las acciones administrativas y logísticas. Todos los estudiantes, yo incluido, nos emocionamos sobremanera ante la posibilidad de participar en nuestra primera batalla y tener la oportunidad de capturar a nuestro primer prisionero o derrotar a algún oponente. Por otro lado, muchos de mis compañeros se negaron a colaborar en labores de logística o vigilancia de una fortificación perdida en una sierra, lejos de las batallas y la acción. No fue sino hasta que los instructores repartieron algunos golpes y callaron a gritos a los jovencitos, que el director de nuestro colegio pudo continuar con su discurso. Nos recalcó que era un gran momento para la juventud del barrio de Tlalcocomulco, y que estaba seguro de que no defraudaríamos a nuestros maestros y familiares. Por la tarde pudimos ir a visitar a nuestra familia y avisar sobre nuestra participación en las acciones militares de la Triple Alianza.

Cuando llegué a casa me encontré con mi padre, quien afanosamente trabajaba con el apoyo de una muleta de madera en la parcela del hogar, entre los maizales, las enredaderas de frijol y de chilacayotes. Ya habían pasado varios inviernos desde su regreso de la guerra que libraron las huestes de la Triple Alianza contra los huastecos. En una de las muchas batallas que peleó cerca de la costa quedó aislado de sus hombres, y como consecuencia fue gravemente herido en la pierna derecha al enfrentar solo a tres guerreros, los cuales no vivieron para contarlo. La herida provino del golpe de un macuahuitl. Aunque el daño fue muy severo, los sanadores pudieron salvarle la pierna de una posible amputación, pero perdió toda movilidad por debajo de la rodilla. Algo se perdió en mi padre ese día, nunca volvió a ser el mismo. Ahora pasaba las jornadas trabajando en casa o simplemente viendo el tiempo pasar, pues sabía que nunca más sería convocado a pelear por la grandeza mexica. En una ocasión mencionó que hubiera preferido morir en combate, o sobre la piedra de los sacrificios, que quedar lisiado de por vida, sin posibilidad de alcanzar el paraíso solar y reencontrarse con tantos amigos que habían dejado esta vida. La melancolía y la tristeza nublaron sus días. Sin embargo, cuando le comenté que partiría a la guerra, una chispa se encendió en su interior. Después de darme un gran abrazo, exclamó:

—Es una excelente noticia, Ocelote. Ahora te volverás un verdadero hombre mexica, dispuesto a arriesgar tu vida y arrebatar la de tus enemigos. Listo para pasar hambre y cansancio y sangrar por tu nación, familia y deidades. ¡Tu verdadera historia está a punto de iniciar, hijo! Así como tu abuelo se aseguró de que en mi primera batalla estuviera acompañado de un guerrero experimentado para aprender todo lo necesario del arte de la guerra, yo haré lo mismo contigo. Prometo que seguirás los pasos de un guerrero experimentado, digno del hijo de Xiuhcozcatl, un veterano que te enseñe, te lleve a lo más caliente del combate y, sobre todo, impida que acabes siendo capturado y sacrificado en el altar de una tribu enemiga ante unos dioses cuyos nombres no podemos ni mencionar.

—¿En verdad es necesario que acompañe a un veterano en la campaña, padre? Créeme que tu hijo no necesita de alguien que lo proteja en la batalla. He aprendido lo suficiente en el Telpochcalli. Sabré cuidarme por mí mismo —comenté, algo molesto y con el orgullo lastimado.

Mi padre se detuvo y me miró fijamente.

—Cuando yo tenía tu edad pensaba lo mismo. La soberbia y la ignorancia propias de la juventud no me ayudaron a prepararme para lo que iba a vivir. Jovencito, aún no tienes una idea de lo que un hombre es capaz de hacerle a otro. Eso lo aprenderás cuando conozcas el verdadero rostro de la guerra. Créeme, hijo, necesitarás un guía cuando te sientas perdido en el fragor de la batalla —concluyó. Después retomamos el paso a través de la milpa familiar hacia nuestra casa, pues mi madre gritaba desesperada que había llegado el momento de comer.

Días más tarde mi padre fue a visitarme al Telpochcalli. El telpochtlato Cuauhtlatoa me avisó de su llegada mientras mi grupo y yo escuchábamos con atención a un anciano que nos relataba la historia de la fundación del barrio. Discretamente salí del gran salón donde cincuenta jóvenes escuchaban atentos la voz de la antigua sabiduría. Después de atravesar el recinto por un largo pasillo vi a mi padre, quien se encontraba de pie con su muleta ante el pórtico de entrada. Me sorprendió encontrarlo vistiendo su viejo tlahuiztli de batalla color amarillo, con unos caracoles como adornos en sus hombros y pantorrillas. Portaba su chimalli de piel de ocelote en la espalda, así como su macuahuitl hecho de madera de encino, completamente labrado. Llevaba su cabello lacio y grisáceo levantado sobre la nuca, usando el peinado alto propio de los guerreros. Se veía imponente, mi viejo.

Muy pocas veces había visto a mi padre con su traje de batalla completo. Me intrigó la razón por la que se había vestido así. Después de saludarme me dijo que lo acompañara a visitar a un viejo amigo, que no me preocupara por el telpochtlato Cuauhtlatoa, pues no tendría ningún problema. Al cruzar la sombra que proyectaba el pórtico para salir del colegio, me sorprendí al ver a dos cargadores que mi padre había contratado para llevar sobre sus espaldas por lo menos cuatro cargas de tilmas de algodón finamente labradas y de hermosos colores.

—Más vale que sobre y no que falte —dijo mi tatli Xiuhcozcatl al ver que mis ojos no podían separar la mirada de los hermosos textiles.

—¿Para quién son los ricos presentes? —pregunté.

—Para quien será tu nuevo maestro durante la guerra que se avecina, hijo —contestó.

—Pero si estos hermosos textiles son una pequeña fortuna. No sabía que teníamos tanta riqueza y holgura en la familia —respondí mientras contaba cuántas tilmas dobladas iban en cada carga.

—Lo vale, jovencito. No se hable más del tema. Sígueme —dijo cortante, al tiempo que emprendía el camino por la calle de tierra. Dos plumas de quetzal colgaban de su cabello recogido; a pesar de verse visiblemente gastadas, seguían manteniendo los refulgentes tonos verdes de la hermosa ave.

Decidí no indagar más. No me quedaba duda de que visitaríamos a un importante campeón de la casta guerrera mexica, pues se le pagaría muy bien por su favor. Seguro se trataba de algún antiguo compañero de mi padre, o posiblemente un alumno, tal vez esa era la razón por la que había desempolvado su antiguo tlahuiztli. Emprendimos la marcha cuando Tonatiuh ya descendía, aunque aún brillaba con intensidad en el firmamento.

Atravesamos todo el calpulli de Tlalcocomulco a paso lento, debido a la discapacidad de mi padre. Cuando el cielo adquirió tonos anaranjados y rosados, llegamos a una chinampa donde se alzaba un complejo habitacional de buen tamaño, hecho de cal y canto. Contaba con varios cuartos e incluso un temazcal. Una gran parcela rodeaba la propiedad. Tuvimos que cruzar por un puente de madera sobre una cristalina acequia para entrar en la propiedad. Llamó mi atención la pequeña plataforma que se encontraba a un costado del pontón de acceso, la cual era visible para todos los transeúntes que caminaran frente a la propiedad. En dicho espacio había siete fémures humanos envueltos en papel amate y decorados con flores, coronados por los cráneos de sus antiguos dueños. Algunas cabezas, las últimas que habían sido "cosechadas", aún tenían restos de piel ennegrecida y mechones de largo cabello negro. Estaban colocadas verticalmente, enterradas sobre la plataforma. Mi padre me explicaría después que se trataba de trofeos humanos, huesos de guerreros de importancia que habían sido capturados o derrotados por el dueño de la casa. Se les llamaba maltéotl.

Una mujer que afanosamente molía maíz en un metate frente al vano de entrada de la habitación de mayor tamaño se incorporó al vernos. Era una de las concubinas del propietario. Mi padre se presentó con ella y esta de inmediato se retiró para anunciar nuestra llegada. Esperamos en el patio, observando dos canoas que transitaban por uno de los canales que flanqueaban la milpa. Las largas embarcaciones se movían gracias al esfuerzo de cinco hombres que remaban vehementemente. Iban cargadas de legumbres, vegetales y leña. Por el cielo, a la distancia, aparecieron decenas de garzas. Sus siluetas blancas se recortaban contra las nubes anaranjadas del cielo vespertino. El constante zumbido de los mosquitos pasaba desapercibido cada que algunos perros ladraban en la parte posterior de la chinampa. El sonido de unos pasos acercándose hizo que volteáramos al complejo habitacional. De una de las puertas salió un musculoso guerrero. Vestía un sencillo maxtlatl de algodón y una red de fibra de ixtle anudada que asemejaba una tilma. Dicha prenda no lo protegía ni del calor, ni del frío, ni de la lluvia. Usarla era un alarde de valor, resistencia y sencillez, propio de los guerreros mexicas de alto rango. A pesar de lo sencillo que era confeccionar una tilma con esas características, un plebeyo no la podía usar so pena de muerte.

En una mano portaba un bastón de madera labrado. Me llamó la atención que llevaba la cabeza rapada, salvo por una angosta franja de cabello que iba de su frente a su nuca. En su duro rostro se dibujó una sonrisa al ver a mi tatli.

—¡Cualli yohualli, viejo coyote de la montaña! —exclamó el recién llegado.

—Respetable guerrero, gusto en verte. ¡Recuerdo cuando no eras más que un flaco aguilucho! —respondió mi padre con una amplia sonrisa.

—Veo que aún conservas el famoso tlahuiztli amarillo de algodón perteneciente a nuestra sociedad, guerrero —agregó el hombre al posar la mirada en las plumas que lo integraban.

—Usarlo ha sido el más grande honor que he tenido en mi vida, compañero.

Ambos guerreros se saludaron sonriendo, emocionados de verse de nuevo, mientras que los cargadores y yo esperábamos pacientemente a unos pasos de distancia a que terminaran con las efusivas palabras de bienvenida.

—¡Océlotl! Ven para acá —me llamó mi padre cuando finalmente terminaron.

Al acercarme, el curtido guerrero escondió su sonrisa y se me quedó mirando fijo. Al observarlo de cerca salí de dudas, se trataba de un miembro de la sociedad guerrera de los cuauchique, la más aguerrida y valiente de Mexihco-Tenochtitlán.

—Hijo, tengo el honor de presentarte al famoso Tozcuecuex Chicome Ehécatl, uno de los más valientes cuauchique de Tenochtitlán y orgullo del calpulli de Tlalcocomulco —anunció mi padre.

El imponente guerrero se acercó a mí para que nos sujetáramos del antebrazo. Entendí que no era necesario realizar el saludo de respeto hacia una persona de tan alto estatus, que era besar la tierra. A pesar de su solemnidad y alto rango, Tozcuecuex me pareció accesible por ese gesto.

De cerca pude ver su rostro con detalle, así como la gran cantidad de cicatrices que cubrían sus brazos tostados por los rayos de Tonatiuh. Su cara era pesada, de piel morena oscura, labios gruesos y una nariz ancha y un poco aplanada. Sus ojos eran algo rasgados, con pestañas espesas que los enmarcaban. Algunas arrugas ya eran visibles sobre su frente, así como en sus comisuras. Un gran bezote de obsidiana pulida se asomaba debajo de su labio inferior, reflejando la luz de las antorchas de la cercanía y deformando en cierta medida su expresión facial. Algunas marcas también decoraban su rostro, sobre la mejilla, el ceño y la barbilla.

—Un gusto conocerte, Oelote. Sangre de hombres valerosos corre por tus venas. No me queda la menor duda de que estás hecho de buena materia para la guerra. Tienes que estar muy orgulloso de ser el hijo de este señor —dijo mirando a mi padre—. Él me enseñó lo necesario para sobrevivir dentro de un campo de batalla cuando yo tenía tu edad. Sangramos juntos por muchos soles cuando fui su auxiliar —agregó mientras yo lo miraba con admiración.

—Nunca pensé que tendría el honor de conocerlo en persona, ¡oh, gran guerrero! Usted es famoso en todo el barrio. Sus hazañas en las guerras floridas contra Huexotzingo y Atlixco son legendarias, eso sin mencionar el ataque que encabezó en Nonoalco en la guerra contra Xaltilolco —dije sin poder contener mi emoción.

—Tlazohcamati por tu canto florido, joven Ocelote. Tezcatlipoca ha sido generoso conmigo. Pediré que te traigan un poco de agua de chía mientras Xiuhcozcatl y yo platicamos sobre la guerra que se avecina y, lo más importante, tu futuro —agregó para después dirigirse a la vivienda principal acompañado de mi padre. Los cargadores entraron con ellos, dejaron su mercancía y se retiraron, no sin antes despedirse de mí con un guiño de ojo. Parecía que sabían que mi espera se prolongaría hasta la aparición de la blanca y luminosa meztli en el firmamento nocturno.

Sentado de cuclillas en la entrada de la casa vi cómo algunas mujeres y un par de mayequeh, hombres contratados para trabajar las tierras, terminaban su trabajo en la milpa y se retiraban a los aposentos a descansar. Momentos después algunas mujeres, seguramente las hijas del cuauchic y su esposa, traían leña para preparar la última comida del día. Una jovencita se dispuso a moler chiles, jitomates y algunas yerbas en un molcajete de piedra a un costado de mí. La chica no tendría más de quince años, sin embargo, eso no fue impedimento para que constantemente me sonriera y me guiñara el ojo. Yo no respondí a sus atenciones para no meterme en problemas, ya que estaba seguro de que la coqueta era una de las hijas del gran guerrero. Finalmente, cuando las calles del barrio se encontraban vacías y el cielo se había oscurecido, mi padre salió de la casa del gran campeón.

—Los dioses han sido benévolos contigo el día de hoy. El gran cuauchic ha aceptado mi propuesta para que seas su auxiliar y amarrador durante la guerra que se aproxima. Es una gran responsabilidad, pero también un gran honor para un jovencito como tú. Estoy seguro de que estarás a la altura de las circunstancias. Ya lo dijo Tozcuecuex, sangre de guerreros valerosos corre por tus venas —me dijo, viéndome directamente a los ojos y tomándome de los hombros.

—No te defraudaré, padre, ni a ti ni a nuestro calpulli —le agradecí emocionado y lo abracé efusivamente.

Por fin entendí para qué habían sido las cargas de tilmas de fino algodón. No se trataba de regalos, sino de muestras de aprecio para que el gran Tozcuecuex aceptara guiarme, protegerme y enseñarme el arte de la guerra. Le dirigí una mirada de cariño a mi padre sin que él se percatara. Desde que perdió la movilidad en la pierna, las marcas del tiempo y del envejecimiento se hacían cada día más visibles en su rostro, el cual constantemente se perlaba de sudor por el esfuerzo de caminar con su muleta de madera.

A pesar de su incapacidad, podía estar orgulloso de ser un guerrero respetado y reconocido por todos los miembros de nuestro barrio. También lo podía estar de tener un hijo que lo admiraba desde lo más profundo de su corazón. Lentamente regresamos a nuestro hogar por las calles solitarias y los puentes de madera que nos permitían cruzar de una chinampa a otra. No dijimos nada más durante el recorrido; no encontré las palabras para expresar mi gratitud y mi cariño hacia él. Estaba seguro de que se había percatado de mi agradecimiento a pesar de mi silencio. Lo acompañé hasta nuestra casa ya entrada la noche, para después dirigirme a la Casa de la Juventud. Mientras caminaba por las calles vacías de la capital mexica dirigí un pensamiento a mi hermano y mis primos muertos. Sabría honrar el sacrificio que habían hecho por mí, me mostraría valiente y abnegado durante la campaña militar que iniciaría, desafiando el funesto destino que los dioses habían colocado en mi camino. Nunca sería un vagabundo, un perezoso, un borracho, un esclavo de poca monta fracasado ante los embates de la vida. Para eso no habían dado su vida tres valiosos jóvenes hacía dieciocho años. Mi vida y mi destino no terminarían de esa forma, todo lo contrario. Finalmente llegué a la Casa de la Juventud para descansar y dormir.

Al otro día, como era habitual, mis compañeros y yo despertamos antes del amanecer para barrer los templos del colegio, vigilar los braseros rituales y alimentar a los guajolotes y perros ubicados en la parte posterior del Telpochcalli. Cuando menos lo esperábamos sonó el silbato que utilizaban los instructores para reunirnos. El telpochtlato Ixtlilxóchitl estaba a punto de comunicar una terrible noticia. Todos los jóvenes corrimos hacia el patio principal del colegio. Cuando llegamos, nos sorprendimos al percatarnos de que todos los grupos de estudiantes habían sido congregados, incluyendo a las mujeres, a quienes raramente veíamos fuera de las clases de danza y canto. Éramos tantos los presentes que en el espacio no cabía una persona más. En el centro del patio se encontraban reunidos todos los educadores, entre ellos Cuauhtlatoa e Ixtlilxóchitl. Este último empezó a hablar, después de que algunos instructores pidieron silencio por medio de golpes con sus macanas de madera.

—Jóvenes promesas de Tlalcocomulco y Tenochtitlán, los hemos convocado hoy para compartirles información sobre el contingente de jóvenes que partieron de este Telpochcalli hacia Tlaxcallan para combatir en la guerra florida de esta veintena hace dos días. Ayer por la noche llegó a Tenochtitlán un mensajero proveniente del campo de batalla donde se llevó a cabo la lucha. Siguiendo la costumbre de nuestro pueblo, iba a entregar buenas noticias, por lo que iba limpio, tanto de su cuerpo como de su tilma, con el reluciente cabello sujeto sobre su espalda y portando una flor. Primero se dirigió al palacio del huey tlahtoani para informarle sobre la victoria que consiguieron los ejércitos mexicas frente a los tlaxcaltecas en la guerra florida.

Gritos de alegría se escucharon entre todos los jóvenes congregados, interrumpiendo al telpochtlato. Varios de los presentes tenían amigos, familiares o hermanos en el grupo que había ido a combatir a las frías tierras del valle de Tlaxcallan. Se trataba del grupo de estudiantes más avanzados del Telpochcalli, aquellos que hacía seis veintenas habían terminado sus estudios. Les llamábamos los "hermanos mayores". La voz de un joven se alzó sobre el resto:

—¡Nuestros hermanos mayores han conseguido su primera victoria! ¡No nos han defraudado!

Rápidamente un instructor que caminaba entre los jóvenes sentados en cuclillas sobre el piso reaccionó y le golpeó su muslo con una vara de encino.

—¡Guarda silencio, jovencito! ¡No interrumpas a nuestro honorable telpochtlato!

Los regaños de los telpochtlatoque se escucharon a lo largo de todo el patio hasta que nuevamente guardamos silencio. Era tanta la euforia que, aun después de las reprimendas, se escuchaban murmullos de alegría y excitación. La juventud del calpulli de Tlalcocomulco había demostrado su valor en la guerra.

Ixtlilxóchitl retomó la palabra visiblemente conmovido.

—Después, el mensajero se dirigió a la casa de gobierno de nuestro calpulli y al fin llegó a nuestro Telpochcalli, donde pidió mi presencia. Rompí la meditación que estaba realizando en nuestro pequeño templo para dirigirme hacía él. Me comunicó detalles sobre la difícil victoria que consiguieron los hombres de nuestra ciudad, incluidos los jóvenes de nuestro calpulli. Sin embargo, no todo fue regocijo y victoria. Durante el fragor de la batalla, cuando el avance mexica se generalizó en toda la línea, sus hermanos mayores fueron de los primeros en lanzarse a la persecución de las huestes tlaxcaltecas, motivados por el deseo de triunfo. Varios de ellos llegaron a una cañada donde fueron emboscados, rodeados y aislados del resto de las fuerzas mexicas por los enemigos. Se desató una batalla a muerte. Un puñado logró romper el cerco. No obstante, la gran mayoría peleó hasta la muerte para evitar a toda costa la captura. Los menos, ya muy débiles, fueron hechos prisioneros y llevados a Tlaxcallan para ser sacrificados en honor de su deidad patronal: Camaxtli. Esto sucedió a pesar de los esfuerzos de algunos experimentados guerreros de la sociedad otomí que los guiaban. Parece que ese fue el destino que Tezcatlipoca quiso reservarles a trece de sus hermanos mayores —concluyó el veterano.

Cuauhtlatoa dio un paso adelante, al tiempo que abría un pliego de papel amate.

—A continuación, la lista de los desaparecidos o capturados.

Mi amigo Itzcuintli y yo escuchamos uno a uno los nombres de nuestros compañeros de mayor edad con los que habíamos convivido. Entre ellos estaba Ome Xóchitl, el joven que no había parado de molestarme desde que llegué al Telpochcalli y al cual derroté públicamente durante la veintena de Panquetzaliztli. Lamenté su muerte. A pesar de las diferencias que tuvimos, era un joven que siempre destacó por su arrojo y valentía. Con un poco más de tiempo, hubiera sido un gran guerrero. Poco a poco fueron mencionados nuestros antiguos compañeros, ante el silencio de todos los presentes.

—¡Regocijen sus corazones!, pues ahora nuestros jóvenes estudiantes se encuentran en el paraíso solar, danzando y cantando en compañía de los grandes guerreros tenochcas —dijo Cuauhtlatoa al pronunciar el último nombre y escuchar los sollozos de algunas jovencitas. Seguramente sus hermanos o primos estaban en la lista. Entre ellas se encontraba Citlalli, mi querida piedrecita verde, quien empezó a llorar. A pesar de que sus compañeras la consolaron, se incorporó y se retiró del patio en busca de la soledad como compañera para vivir su duelo.

A la distancia la vi salir corriendo hacia uno de los pasillos. Durante las últimas veintenas nuestro contacto se enfrió debido a la gran cantidad de actividades que teníamos que realizar día con día en el Telpochcalli. Fue difícil coincidir con ella, pero ahora necesitaba compañía. De inmediato me deslicé entre los jóvenes expectantes que escuchaban a Ixtlilxóchitl hablar sobre los preparativos para la guerra que se aproximaba. Tenía la intención de acompañar a la mujer que me había robado el corazón con una sonrisa. Seguí sus pasos hacia un pequeño patio poco visitado, en el extremo oeste del colegio. La encontré sentada en el piso, llorando frente al altar dedicado a Yaotl, el guerrero siempre joven, siempre valiente. La deidad era el protector de los hombres que morían en batalla antes de tener hijos. Me arrodillé a su lado para abrazarla. Ella levantó su húmeda mirada, y sin pensarlo dos veces también me abrazó.

—Mi hermano mayor se encontraba en ese grupo, Ocelote. Su nombre era Chicome Cipactli Xiuhnochtli. No volveré a ver a mi querido Tuna de fuego, no regresará a casa.

—Sé que es tonto decir que no debes estar triste, pero ahora Xiuhnochtli se encuentra en el paraíso solar, acompañando a Tonatiuh todos los días desde el amanecer hasta el cenit. Debes sentirte orgullosa de tu hermano, conquistar el miedo en batalla nunca será poca cosa, querida. Aquí tienes mi hombro para que puedas llorar en él. Cuando abandones tu llanto puedes usar mis manos para limpiar la tristeza de tu rostro. Cuenta con mi corazón para consolar todas las aflicciones que inundan el tuyo, querida Citlalli —murmuré a su oído mientras olía el dulzón aroma de su largo cabello negro.

—Pero no lo volveré a ver —dijo entre sollozos, mientras me apretaba más a su cuerpo.

—Lo sé, pero ahora cada mañana que veas a Tonatiuh aparecer por el firmamento sabrás que él está ahí disfrutando de su luz y calor, danzando alegremente con todos los guerreros que han caído cumpliendo con su deber. De hecho, tengo que confesar que sé cómo te sientes, pues yo he tenido ese sentimiento toda mi vida —agregué.

—¿Cómo es eso, Océlotl? —preguntó Citlalli.

—Mi hermano y dos primos murieron por mi culpa, cuando se disponían a llevar mi cordón umbilical a un campo de batalla para enterrarlo. Nunca más se supo de ellos. Desde que puedo recordar, ese sentimiento de tristeza y culpabilidad han estado acompañándome. Pero no todo ha sido negativo, también he sentido su apoyo, su ánimo, su valor, su presencia constante en los momentos difíciles. También sé que diario acompañan a Tonatiuh regocijándose, danzando y cantando en su honor. Posiblemente ahora se encuentran en esta tierra en forma de colibríes disfrutando del néctar y perfume de las flores. Aun así, su muerte me pesa —comenté.

Citlalli me observaba fijamente con los ojos llenos de lágrimas. Por un instante el tiempo se detuvo y olvidamos nuestras penas. Fuimos acercando nuestros rostros, como si de magia se tratara, hasta que nos besamos. Sentir sus labios en los míos fue el momento más hermoso de mi vida. A pesar de lo breve que fue, lo recuerdo como si hubiera durado un día completo. Lentamente nos separamos, cruzando de nuevo nuestras miradas.

—Asegúrate de volver de esa guerra vivo, Ocelote. Regresa a mis brazos que yo te estaré esperando. No podría soportar otra pérdida tan pronto —agregó Citlalli con los ojos inundados de lágrimas.

—Me encantaría prometerte eso, plumita preciosa, pero antes que mi vida está la obligación que tengo con mi familia, mi nación y mis dioses —comenté.

Citlalli se incorporó, visiblemente molesta. Antes de darse la vuelta para partir, agregó:

—Entonces cumple con tu obligación —y se fue, dejándome sentado frente al altar del siempre joven Yaotl. Pensé en seguirla, pero era mejor dejarla sola para que asimilara la muerte de su hermano y se tranquilizara. Aun así, no dejé de pensar en ella durante toda la tarde.

Cuando regresé al patio, la reunión ya había terminado. Los jóvenes se retiraban a sus dormitorios. Al verme, Cuauhtlatoa me lanzó una mirada fulminante.

—¡Por los huesos de Mictlantecuhtli! ¿Dónde te metiste, niño? El telpochtlato Ixtlilxóchitl dio información importante sobre los preparativos para la guerra que se avecina.

—Disculpe, honorable maestro, pero me sentí mal del estómago. Fui a las letrinas.

—Más te vale que te informes con tus compañeros, tenemos mucho trabajo que hacer y empezamos a partir de mañana. Eso si quieres evitar las caricias de mi bastón de encino —dijo mientras mostraba la nudosa arma, pulida de tanto uso.

Ante la amenaza solamente asentí. Para mi fortuna, eso fue todo lo que dijo el instructor antes de que él siguiera su camino y yo el mío hacia los dormitorios.

CAPÍTULO X

El sol, Tonatiuh, empezó a descender por el oeste, sobre el horizonte montañoso de la región de Tepecuacuilco, coloreando el cielo de hermosas tonalidades anaranjadas, rojizas y rosadas. A partir del mediodía, bajo la mirada atenta de los militares chontales, llegaron las primeras unidades del gigantesco ejército de la Triple Alianza. Se empezaron a congregar al oriente de la pequeña población de Ahuacatitlán, acechaban los alrededores mientras esperaban la llegada del primer xiquipilli de ocho mil hombres. Las nubes grises que durante la mañana se habían cernido sobre la región se habían ido disipado a lo largo del día. Para cuando la vanguardia del primer xiquipilli hizo su aparición por el oriente, el cielo ya se encontraba completamente despejado. Al verlo a la distancia, Tzotzoma tuvo una idea del tamaño de la fuerza a la que se enfrentaría. La vanguardia se presentó por un camino angosto que ondulaba entre montañas de respetable altura. La columna era tan larga que a la distancia parecía una serpiente que buscaba desesperadamente una presa para devorar: la población de Ahuacatitlán.

Se trataba de un pequeño poblado de no más de tres mil personas que, debido a su aislada ubicación al fondo de una hondonada, al pie de cerros y montañas ubicadas al oeste y al este, era prácticamente indefendible. Su mala posición estratégica auguraba que sería inundada de tropas mexicas y rodeada con facilidad. Desde la saliente rocosa de una cumbre cercana, Tzotzoma, acompañado de sus consejeros y capitanes, observó durante toda la tarde cómo se congregaban decenas de miles de hombres, hasta que los últimos grupos se integraron al campamento, que poco a poco tomaba forma frente al pequeño poblado.

El líder de la defensa de Teloloapan sabía que la población ubicada en la hondonada no podía ser ni defendida ni conservada, por esa razón había ordenado que sus almacenes fueran vaciados y sus habitantes evacuados de la zona de conflicto. Sin embargo, era un lugar perfecto para prepararles una sorpresa a los hombres de la Excan Tlatoloyan. Con una amplia sonrisa, su hijo Chicuei Mázatl le comentó:

—Mi señor, todo está preparado conforme a sus órdenes.

Con la mirada perdida hacia la población ubicada al pie del promontorio, Tzotzoma preguntó:

—Tetzauhtecuhtli ¿ya están preparados los contingentes de reserva?

—Ya están en posición, tecuhtli Tzotzoma. Esperando el momento en que se les dé la orden para entrar en acción —respondió un capitán alto y de amplio torso. Tenía el rostro pintado de azul y amarillo. Cubría su espalda con una piel de ocelote cuyas extremidades superiores habían sido anudadas sobre el pecho del guerrero.

Los primeros contingentes mexicas en llegar a la quebrada se acercaron al poblado con la intención de saquearlo y quemarlo hasta los cimientos. Poco a poco se internaron en sus angostas calles; pensaban que estaba completamente vacío, ya que se encontraba sumido en una silenciosa oscuridad. En las casas y patios hallaron evidencia de una apresurada evacuación por parte de sus habitantes. Vasijas y recipientes tirados en el piso, petates abandonados, granos de maíz desperdigados a las entradas de las casas. Los capitanes tepanecas dieron la orden de continuar avanzando para ocupar el recinto sagrado ubicado en el centro de la población.

Confiados en que no había nadie en los alrededores, los combatientes tepanecas relajaron la disciplina e iniciaron la marcha. Llegaron a una pequeña plaza sobre la que se alzaban algunos basamentos piramidales sobrepuestos, coronados por adoratorios. Los capitanes dieron instrucciones a sus hombres de buscar alimento en las casas abandonadas. Una orden que sería una sentencia de muerte para muchos de ellos. De inmediato los tepanecas se distribuyeron entre los templos, temazcales, viviendas y calles de tierra. Al poco tiempo se escuchó una veintena de tlallihuehuemeh, tambores verticales de madera, desde la cima de una montaña. Confundidos, los tepanecas levantaron la mirada en busca del origen del rítmico sonido. Fue grande su sorpresa cuando súbitamente aparecieron cientos de guerreros yopes y chontales por la parte norte de la población gritando con furia. Algunos descendieron de los techos de carrizo de las casas, otros saltaron desde unos hoyos cavados en la tierra; incluso hubo quienes utilizaron los temazcales como guarida mientras esperaban el momento para atacar a los invasores.

Con mortífera eficiencia degollaron y flecharon a los nahuas por la espalda desde las azoteas contiguas. Algunos capitanes trataron de reagrupar a los guerreros en torno de la plaza principal, pero ya era tarde. Los chontales rehusaban el combate cuerpo a cuerpo, por lo que evitaban acercarse al apretado círculo que habían formado los invasores que seguían vivos. Los tepanecas continuaban con la resistencia esperanzados en que un contingente llegara para auxiliarlos, pero el tiempo se agotó. La totalidad de la vanguardia que se había internado en Ahuacatitlán fue masacrada de forma rápida para el beneplácito de Tzotzoma, quien desde las alturas veía cómo la celada que había organizado tenía éxito.

Un segundo contingente, compuesto por doscientos xochimilcas, se internó en las calles de Ahuacatitlán. De inmediato apretaron el paso, pues escucharon el fragor de la batalla, o de la masacre, que se estaba llevando a cabo. Se prepararon para el combate, conscientes de la presencia enemiga y de que sus compañeros estaban siendo aniquilados. Se integraron a la refriega con sus lanzadardos, algunos escalaron los muros de las casas para aniquilar o capturar a los arqueros y honderos que con mortal puntería diezmaban a los nahuas. Algunos xochimilcas incendiaban los techos de las viviendas para desalojar a sus enemigos, por lo que en poco tiempo grandes llamaradas iluminaron la noche que acechaba.

Lo que empezó como una emboscada rápidamente se transformó en un enfrentamiento en cada rincón de la población. Se combatía en cada vivienda, en cada callejón, en cada templo, entre las llamaradas y las gruesas columnas de humo. Los guerreros que se batían debieron tener cuidado de no verse rodeados por el intenso fuego, o asfixiados por la densa humareda que cubría grandes espacios del asentamiento.

Mientras tanto, en la saliente rocosa, capitanes y señores chontales de la guerra debatían y observaban el desarrollo del combate. Argumentaban apasionados alrededor de Tzotzoma, quien con paciencia escuchaba sus opiniones sin retirar la mirada del pueblo que era consumido por el fuego. El guerrero chontal aún llevaba un paño alrededor de la cabeza como consecuencia de las heridas que había sufrido durante la emboscada a los mexicas.

De entre la oscuridad de la noche aparecieron dos chontales. Habían llegado a la cima de la montaña en busca de su superior, Tetzauhtecuhtli, a quien fácilmente reconocieron por su atavío de piel de ocelote. Se acercaron a él con rapidez y empezaron a hablar. Cuando terminaron de dialogar, el capitán se acercó a Tzotzoma para compartirle las noticias.

—Gran señor, nuestros exploradores han avistado otros dos xiquipillis enemigos. Pronto estarán arribando a la hondonada. En uno de ellos han divisado el quetzalteopamitl, el estandarte de la nación mexica que siempre acompaña a su soberano, el huey tlahtoani Ahuízotl. Gran tecuhtli, sería prudente retirar a nuestros hombres de Ahuacatitlán antes de que se vean abrumados o cercados por el fuego.

Tzotzoma permaneció callado, con toda su atención en las pequeñas siluetas que se movían en Ahuacatitlán y las faldas de las montañas que la rodeaban. Después de analizar la situación respondió:

—No es mi intención prolongar por más tiempo esta lucha, Tetzauhtecuhtli. Con este breve enfrentamiento hemos enviado una señal muy clara a nuestros enemigos: la resistencia será tenaz, defenderemos lo indefendible hasta la muerte. A eso se enfrentarán nuestros invasores. Señores —alzó la voz Tzotzoma—, ¡nuestra astucia, valor y determinación serán los escudos que protegerán nuestro amado altépetl! Chicuei Mázatl, que nuestros hombres se retiren de Ahuacatitlán, ya que los necesitaremos para la defensa de Teloloapan —concluyó el experimentado guerrero.

La comitiva tomó un sendero hacia la cima de la montaña con intención de ingresar al valle y posicionarse en el primer anillo de fortificaciones defensivas, que en poco tiempo serían puestas a prueba por la fuerza de los mexicas y sus aliados. Mientras sus siluetas se diluían en la oscuridad de la noche, un grupo de cinco guerreros empezó a golpear las membranas de piel de venado de los largos tambores cilíndricos hechos de madera, los huehuemeh. Otros sonaron caracolas marinas llamando a la retirada.

El sonido de las percusiones inundó las calcinadas calles de Ahuacatitlán con una grave melodía. Al escuchar el llamado, los chontales y yopes empezaron a retirarse paulatinamente hacia la cumbre de la montaña, no sin antes incendiar lo que restaba del poblado para evitar una posible persecución de los enemigos. La mayoría pudo llegar a las faldas de la montaña con tan solo un raspón o una quemadura. Fue diferente para algunos valientes defensores que se encontraban al sur del pueblo, ya que las llamas ralentizaron su escape y fueron capturados por los xochimilcas, que ágilmente seguían avanzando hacia el norte entre los escombros incinerados. Por último, el humo impidió que la persecución continuara por las laderas de las montañas, así que se dio la orden de evacuar la pila de cenizas que momentos antes había sido una población.

Poco después de la retirada chontal, un gran clamor se escuchó entre los hombres de la Triple Alianza que empezaban a construir el campamento al sur de los escombros chamuscados de Ahuacatitlán. La euforia se debía al arribo del xiquipilli Miquiztli. A la cabeza de la formación iba el mismo huey tlahtoani Ahuízotl, acompañado de su guardia general, un gran contingente de nobles. El gobernante había llegado caminando, entre sus hombres de confianza y su guardia, a la hondonada que daba pie a una planicie interrumpida por algunos cerros y cañadas; esto asombró a los presentes, que estaban acostumbrados a ver a los gobernantes siempre trasladarse en palanquín. En la hondonada se escucharon miles de ovaciones y gritos de todas las naciones nahuas que conformaban el ejército de la Excan Tlatoloyan.

Era bien sabido que los hombres le profesaban confianza y devoción a su comandante, aunque también le temían por los crueles castigos que repartía cuando algo salía mal, por no mencionar lo agotador que suponía estar bajo las órdenes de un hombre incansable que veía una campaña en Quauhtlemallan de varias veintenas como un paseo por el palacio. Iluminado por cientos de antorchas, el gran orador entró al campamento saludando a las multitudes de hombres que se agolpaban para verlo. Fue necesario el despliegue completo de su guardia personal y de gran cantidad de cuaupipiltin, un grupo de guerreros de élite provenientes de la nobleza, para abrir paso al gran hombre. Ahuízotl permitió esas muestras de cariño desde los primeros años solares de su gobierno. "Me gusta estar cerca de mis niños", dijo una vez en referencia a sus guerreros. Era común que rompiera el protocolo y se detuviera platicar con algún conocido o felicitar a alguien por un logro reciente. Detrás de él iba el imponente y hermoso quetzalteopamitl. El gran estandarte conformado por cientos de plumas de quetzal y rayos solares hechos de lámina de oro ondeaba con la brisa nocturna que bajaba por las montañas.

El eco de los miles de gritos de los hombres llegó a la cima de la montaña, donde Tzotzoma y su séquito habían llegado. El líder de la defensa de Teloloapan se detuvo y fijó la mirada en el abismo que se abría debajo, en la hondonada. A la distancia lo único que pudo ver fue el resplandor anaranjado de los miles de fogatas del campamento que se estaba alzando. El chontal sabía cuál era la razón de la emoción colectiva que se desbordaba hasta las cumbres de las montañas.

—Ha llegado el huey tlahtoani Ahuízotl —afirmó para que lo escucharan sus capitanes, quienes no agregaron nada más, simplemente retomaron el paso para seguir su ascenso en silencio.

"Entonces los rumores eran ciertos", pensó Tzotzoma. El hombre más poderoso de Tenochtitlán estaría presente en la batalla por Teloloapan. Sin duda su presencia incrementaría la moral de los atacantes; eso, sin embargo, no iba a cambiar el resultado de la guerra. Teloloapan saldría victorioso y sobreviviría a este atentado en contra de su existencia. La estrategia seguiría siendo la misma.

El ataque de las fuerzas de la Excan Tlatoloyan sería detenido por los fosos, terraplenes y demás fortificaciones que cubrían las mesetas y cañadas que tendrían que recorrer para llegar a la ciudad. Posteriormente, los ejércitos de Alahuiztlán y Oztomán llegarían por sus espaldas flanqueando, rodeando su posición, para darles el golpe de gracia a los ejércitos dirigidos por Ahuízotl. No tendrían otra posibilidad más que batirse en retirada ante la mirada atónita de cientos de altepeme, que serían testigos de lo fácil que había sido destruir el mito de la invencibilidad mexica. Pero una gran preocupación se cernía sobre los pensamientos del caudillo chontal: la presencia de sus ejércitos aliados. Todo dependía de ellos; si no se concretaba su ayuda, todo sería en vano.

El grupo de capitanes y guerreros chontales, iluminado por algunas antorchas, llegó a la cima de la montaña, donde se toparon con un antiguo muro de piedra de más de doscientos años que había sido reforzado recientemente con un terraplén para aumentar su resistencia. Estaba guarnecido por arqueros y honderos. Después de identificarse, el general y los capitanes caminaron paralelamente al muro hasta llegar a una pequeña abertura, una entrada ciega, que usaron para subir el terraplén. Al llegar a la parte superior de la muralla, hecha de pesadas lajas de piedra unidas con argamasa, Tzotzoma fue identificado de inmediato por una decena de hombres que hacían guardia en ese sector. El amplio tocado de plumas verdes de cotorro que portaba y el tlahuiztli de plumas de guacamaya que vestía solo podían ser usados por los altos jerarcas militares de Teloloapan.

Dentro del perímetro interno del muro se desarrollaba una gran actividad. Hombres iban y venían cargando flechas, dardos, grandes piedras, troncos, vasijas llenas de chapopotli, una sustancia negra y viscosa que prendía con mucha facilidad y que difícilmente se apagaba con el agua, víveres para los combatientes y materiales para la defensa. Partidas de guerreros con antorchas de ocote patrullaban los alrededores en busca de espías y exploradores enemigos. No lejos del camino por el que empezaron a descender los jerarcas militares de Teloloapan se erguía una atalaya de madera, donde grandes estandartes de diversos colores se habían almacenado para coordinar la defensa cuando empezara el ataque. También había tambores y caracolas para comunicarse. Los combatientes que se encontraban con su comandante bajaban la mirada después de decir "tecuhtli" o "señor", como muestra de respeto, para rápidamente proseguir con sus actividades.

Un chontal se acercó a la comitiva que descendía por una vereda que serpenteaba entre matorrales y árboles de mediana estatura. Antes de hablar tocó la tierra y se llevó algo de ella a la boca. Intimidado ante la mirada de todos, se dirigió a Tzotzoma:

—Gran tecuhtli, los trabajos defensivos de la cañada que da acceso al valle desde el este han sido guarnecidos, como usted lo mandó. Las grandes vasijas de chapopotli están sobre los terraplenes, listas para ser arrojadas cuando lleguen los primeros atacantes.

—Excelente. Vamos para allá. ¿Sabes si los purépechas siguen negándose a formar parte de la defensa? —preguntó Tzotzoma imperturbable.

—Sí, gran señor. Siguen negándose a participar. Dicen que no pelearán bajo las órdenes de un comandante chontal. Esperarán hasta que el ocambecha Tsaki Urapiti regrese a guiarlos durante la batalla, o alguno de sus lugartenientes. Siguen en el altépetl entintándose y depilándose el cuerpo —concluyó.

—Esperemos al día de mañana. En caso de que llegue la tarde y sigan negándose, iré a hablar con ellos. Puedes retirarte.

Después de bajar por las laderas de la montaña durante un buen tiempo, la comitiva al fin llegó a la cañada oriental que daba acceso al valle, donde se había alzado una gran empalizada de madera de cuatro yollotli o varas de altura.* La gran estructura estaba soportada por un terraplén de tierra acumulada y coronada con varias antorchas de ocote que iluminaban su inmensidad. Era tal la actividad de hombres que se preparaban para el combate y que se apiñaban sobre la barrera pasando cargas de madera, alimentos y provisiones, que los guardias tuvieron que anunciar la presencia del comandante y dar varios empujones para que pudiera llegar a una escalera y subir a la cima del terraplén.

Desde las alturas, Tzotzoma pudo confirmar que todos los trabajos defensivos estaban preparados para el inminente ataque. Una profunda fosa había sido cavada frente a la gran fortificación con el objetivo de obstaculizar el avance enemigo. También se percató de

* Una vara equivale aproximadamente a ochenta centímetros.

la presencia de las grandes vasijas de cerámica llenas de chapopotli, que serían calentadas y vaciadas sobre las fuerzas de la Triple Alianza cuando fuera oportuno. Sobre las cabezas de los invasores no solo lloverían flechas, jabalinas y dardos, sino también pesados troncos y grandes piedras que habían sido cuidadosamente almacenados. Las magníficas fortificaciones disuadirían a cualquier enemigo de atacarlas, pero no a los mexicas.

Tzotzoma observó con detenimiento el futuro campo de batalla bajo la centelleante luz de las antorchas. Se trataba de una amplia meseta que se iba reduciendo conforme se acercaban a la boca del paso flanqueado por dos montañas. Justo entre las dos elevaciones se había colocado el bastión. A su izquierda, por el rumbo norte, la empalizada llegaba hasta un alto muro vertical rocoso, un despeñadero de la montaña que era imposible de escalar o flanquear. A su derecha, por el rumbo sur, pudo ver una montaña que presentaba una inclinación muy gentil desde el nivel de la meseta, por lo que la muralla de madera continuaba sobre la elevación hasta llegar a su cima, donde se conectaba con el antiguo muro de piedra que había sido rehabilitado. Al norte existía otro paso para entrar al valle, justo donde terminaba la montaña. Este había sido fortificado con facilidad debido a que era muy angosto, no más de cuatrocientas varas de amplitud. Se tomó esta medida para impedir un sitio por parte de los invasores.

—Parece que todo está listo para la defensa. No nos queda más que pedir el favor de nuestros dioses y, sobre todo, de los ejércitos de Alahuiztlán y Oztomán. Recuerden que esta posición tiene el objetivo de desgastar al enemigo y dar tiempo a que lleguen nuestros aliados para auxiliarnos. Causen la mayor cantidad de bajas posibles. En caso de que seamos abrumados, nos retiraremos en orden hacia nuestro verdadero bastión, la plataforma amurallada que rodea y protege Teloloapan. Comuniquen esto a sus combatientes cuando sea el momento —dijo Tzotzoma a los capitanes que lo acompañaban. Estos hicieron una ligera reverencia a manera de afirmación.

La comitiva se retiró de la empalizada que protegía la entrada oriente del valle para revisar el segundo grupo de fortificaciones que rodeaban las viviendas y palacios del asentamiento. Para llegar a ellas, el grupo encabezado por Tzotzoma atravesó una larga extensión de campos de cultivo que habían sido transformados en fosos y desniveles cubiertos de barricadas espinosas. Caminaron por un terreno ondulado, con algunas lomas y hondonadas. Al este, el cielo empezaba a adoptar matices rojos, anaranjados, violetas, muestra innegable de la presencia de Tonatiuh en el horizonte. El líder de la defensa de Teloloapan reflexionó con tristeza sobre la devastación que sufrió la región, que consideraba parte de su hogar, al realizar los preparativos para la guerra. Los pequeños acueductos de riego fueron sepultados; los árboles frutales, talados para utilizar sus troncos en las empalizadas; los pequeños adoratorios, desmontados para evitar su profanación. Cualquier matorral, arbusto o tronco que pudiera servir de protección a los invasores, había sido convertido en cenizas.

Tzotzoma cada vez estaba más convencido de que había sido un grave error rebelarse contra el dominio de la Triple Alianza sin antes tomar las precauciones necesarias. La destrucción que lo rodeaba era avasallante, y ni siquiera habían iniciado los combates en el valle. Lo más triste de la situación sería ver a los niños y a los ancianos con hambre, a los agricultores con sus campos inutilizados. El general chontal trató de alejar de su mente esos pensamientos. "La guerra siempre mostrará su lado más cruel con los pobres y desvalidos, con los niños y las mujeres", reflexionó.

Unos gritos alertaron a Tzotzoma. Un joven vestido con taparrabo que cargaba varias jabalinas pronunciaba su nombre y se acercaba visiblemente alarmado. El recién llegado tocó el piso con la mano para después llevarla a sus labios como saludó al curtido guerrero. Sofocado por el esfuerzo, inhalaba profundo para intentar controlarse.

—Gran tecuhtli, los guerreros de la Triple Alianza han empezado a movilizarse frente a las empalizadas. Están tomando sus posiciones de combate y traen cientos de escaleras para sortear nuestras fortificaciones. Iniciarán su ataque en cualquier momento.

—¿Estás seguro? —preguntó incrédulo el hijo de Tzotzoma, Chicuei Mázatl, al escuchar la inquietante noticia.

—Sí, señor. Hemos exuchado decenas de tambores huehuemeh resonar en la oscuridad, acompañados de gritos de miles de personas. Nuestros exploradores confirmaron la información. Grandes contingentes mexicas se están congregando en la empalizada de la entrada sur. El paso al norte ha sido ignorado —contestó.

—Quieren utilizar la oscuridad para proteger su avance. No esperarán al amanecer. Hijo —gritó Tzotzoma—, ve por todos los hombres disponibles que se encuentren en el altépetl y llévalos a las cumbres que flanquean el paso del sur. Tenemos que reforzar nuestra presencia en la gran empalizada. Coatzin, asegúrate de que los guerreros que guarnecen el paso del norte estén enterados de la movilización de los enemigos. Ixcauatzin, lleva a todos los yopes que se encuentran en el recinto ceremonial a la empalizada en este instante; formarán un contingente de reserva. ¡Vayan! Tetzauhtecuhtli, que suenen las caracolas y los huehuemeh —ordenó al tiempo que regresaba caminando rápidamente a la gran empalizada, acompañado de algunos capitanes.

La batalla por Teloloapan estaba a punto de comenzar.

El ataque de la Excan Tlatoloyan inició en la madrugada. Los contingentes de Chalco del xiquipilli Cipactli tuvieron el honor de empezar el ataque. Se dirigieron a la gran empalizada bajo la mirada atenta del huey tlahtoani Ahuízotl, quien veía las acciones desde la distancia. Fueron de los primeros escuadrones en llegar a la cañada que daba acceso desde el valle, por lo que tuvieron tiempo para descansar y alimentarse, preparándose para la lucha. El profundo sonido de una decena de caracolas retumbó por el campo de batalla como aviso de que el ataque había comenzado.

Los valientes chalcas iban acompañasdos por hombres provenientes de algunos poblados del sureste del Anáhuac, como Tlalmanalco, Ayotzingo y Amaquemecan. Las primeras oleadas acometieron las fortificaciones con cientos de largas escaleras de madera y sogas. Eran por lo menos dos mil hombres los que corrían hacia la empalizada detrás de sus capitanes y estandartes. Un contingente estacionado de al menos cuatrocientos honderos empezó a lanzar proyectiles a los enemigos que se asomaban en busca de brindar cobertura a los que avanzaban. Al llegar al foso, que tenía dos varas o más de profundidad y dos de ancho, los atacantes colocaron las escaleras a manera de puentes. Grupos de diez hombres transportaron sobre sus hombros largas vigas de madera para tenderlas y sortear el obstáculo. Dicha maniobra los volvió blancos fáciles para los arqueros y honderos chontales, quienes dispararon sus proyectiles con mayor intensidad sobre la multitud que esperaba su turno para cruzar la trinchera. Aunque todos los guerreros llevaban escudos para protegerse de las saetas enemigas, no pudieron evitar sufrir una gran cantidad de bajas.

De los hombres que emprendieron el primer ataque, solo dos terceras partes lograron superar el foso para llegar a la base de la empalizada, colocar sus escalas y cuerdas y empezar el ascenso. Los defensores de inmediato dejaron caer pesadas piedras e incluso troncos sobre los asaltantes como respuesta. Como usualmente sucedía en un sitio, los primeros en cargar en contra de las fortificaciones eran los que más bajas sufrían, los desgraciados que pagaban con su vida el honor de iniciar el ataque. El estandarte del altépetl de Chalco cambió de manos cinco veces en poco tiempo, ya que los chontales buscaban acabar con la vida del hombre que portaba la insignia del grupo. Mientras los guerreros mexicas se congregaban en la base de la empalizada, en su cima, sobre el terraplén, aparecieron miles de hombres que buscaban atentos algún objetivo para dispararle o arrojarle piedras.

Para Ahuízotl no era ninguna sorpresa que la primera oleada fuera inefectiva. Una vida completa en campos de batalla le había enseñado que tenía que ser paciente, y en ocasiones sacrificar innumerables vidas para conseguir un objetivo. Desde una pequeña plataforma natural, el huey tlahtoani de Tenochtitlán, en compañía de los representantes de los tlahtoque de Tlacopan y Tezcuco, observaba impávido el desarrollo del combate sentado sobre un icpalli cubierto de piel de ocelote. Debajo de la estructura, los altos jerarcas del ejército mexica, como los tlacochcálcatl y los tlacatéccatl, daban órdenes a los mensajeros vestidos con un sencillo maxtlatl, quienes corrían entre las unidades para comunicárselas a los capitanes. Cuatrocientos guerreros de élite, seleccionados entre todos los barrios de Tenochtitlán y Xaltilolco, protegían al gran orador. Ellos eran quienes acompañaban al huey tlahtoani a la batalla cuando lo decidía. Se les conocía como los cuatrocientos huitznahuas, en alusión a los guerreros que acompañaron a Coyolxauhqui a sitiar el Coatepec, el cerro de la serpiente, con el propósito de matar a su hermano Huitzilopochtli. En el mito, los cuatrocientos surianos fueron derrotados por la deidad de la guerra mexica; en la realidad, este grupo no conocía la derrota. La pompa y la parafernalia de lo mejor del ejército mexica era visible en ese grupo de élite, cuyos miembros portaban vistosos trajes de plumería y pieles de jaguares, peinados altos, estandartes sujetos a sus espaldas, bezotes de concha y jade, orejeras de ámbar, obsidiana y oro, pectorales de concha y coral, ajorcas y brazaletes de la excrecencia divina y plumas de quetzal, espátula rosada, azulejo, cotorro, guacamaya, águila y garza. Todos impasibles, graves y dignos, listos para morir por su gobernante y por la grandeza de la nación mexica.

Con un movimiento de mano, Ahuízotl llamó al tlacochcálcatl mexica, quien rápidamente saludó a su soberano y puso una rodilla en el piso en espera de órdenes. El general de la fuerza conjunta de la Triple Alianza iba ataviado de forma aterradora, como representación de un tzitzimitl, un monstruoso ser femenino descarnado que existía en los niveles celestes como amenaza constante de destrucción de la humanidad del quinto sol. En la cabeza portaba un yelmo en forma de cráneo con cabellos rizados. Vestía un tlahuiztli de fino algodón y plumón color blanco, sobre el cual se había bordado una caja torácica de la que emergía un hígado. Sujeto a su espalda llevaba un pantli pintado con representaciones solares y rematado con plumas de quetzal, para que fuera fácilmente identificable en el campo de batalla. Su rostro, decorado con una nariguera dorada y pesadas orejeras, iba pintado de azul. Grebas y brazaletes de cuero curtido color rojo completaban su atuendo.

—Tlacochcálcatl Tezozómoc, hermano, dirige al segundo y tercer grupo y asegúrate de que ataquen la empalizada y logren penetrar las defensas —habló por fin el gran orador, con una voz carente de cualquier emoción.

—Considérelo un hecho —el general de inmediato se puso de pie y empezó a repartir órdenes entre sus ayudantes.

Al poco tiempo la segunda oleada de atacantes salió de la oscuridad que se disipaba ante la presencia del astro rey, para apoyar a los guerreros que desesperados se batían al pie de la empalizada y el foso. Se trataba de los matlatzincas del valle de Tollocan, quienes dirigidos por sus señores se dividieron en dos grandes columnas, siempre flanqueados por honderos y algunos arqueros. Sortearon fácilmente el foso, el cual ya estaba en gran medida cubierto por vigas, troncos de madera y escaleras. Llegaron corriendo al pie de la empalizada para unir sus fuerzas a las de los hombres que seguían luchando por abrirse camino. Entre montones de cadáveres, piedras y armas, los de Tollocan colocaron las escalas para iniciar el ascenso, cubriéndose la cabeza con los escudos. Los chontales empezaron a verse superados, pues su línea de fuego estaba saturada por miles de hombres, algunos subían por escalas y combatían cuerpo a cuerpo con ellos, otros esperaban su turno para ascender, y los últimos corrían hacia la empalizada.

Detrás de los matlatzincas, un inmenso contingente de guerreros mexicas y tlatelolcas empezó a movilizarse con los primeros rayos de luz de la mañana, bajo la protección de Huitzilopochtli. Iban encabezados por el tlacochcálcatl Tezozómoc y sus guerreros de confianza. Un estandarte de algodón con la figura de un tzitzimitl evidenciaba la presencia del general de los ejércitos mexicas. Los cuatro mil hombres que lo conformaban emprendieron la marcha, sin prisas, acompasados con el retumbar de los huehuemeh y las flautas. Protegían su avance tropas ligeras, vestidas con maxtlatl y en ocasiones con su armadura acolchada, que se movían tratando de evitar los proyectiles de los enemigos. Ellos a su vez contestaban las agresiones con disparos de sus hondas, arcos y lanzadardos.

Cuando los mexicas estaban por llegar al foso, los guerreros soplaron al mismo tiempo sus ehecachichtli, sus silbatos de la muerte.

El sonido de cuatro mil gritos inhumanos colmó la cañada y despertó un terrible temor en sus oponentes, quienes seguramente pensaron que se enfrentaban a los mismos muertos del Mictlán. Silbando dentro de las cajas de resonancia de los pequeños silbatos con forma de cráneo emprendieron la carga, sorteando el foso y colocando más escalas sobre la concurrida empalizada. Los cuauchique, la sociedad guerrera de los tonsurados, se abrieron paso entre los hombres para ser los primeros en subir, lo que aumentó visiblemente la moral de los atacantes. Los chontales que guarnecían la fortificación no tenían forma de disparar las flechas necesarias para menguar el ataque, por lo que empezaron a mover las grandes tinajas de barro llenas de chapopotli calentadas sobre fogatas. También recurrieron a los largos troncos para dejarlos caer cuando el momento fuera propicio. El tiempo se agotaba frente al devastador ataque que encabezaban los guerreros de la Triple Alianza.

En poco tiempo se habían colocado más de cien escaleras sobre el alto muro de madera, para el agobio de los defensores. Como si esto no fuera suficiente, el tlacochcálcatl mandó hacer una barricada a veinte varas de distancia de la fortificación. De inmediato miles de hombres, entre cargadores y plebeyos, llenaron cestos y canastos de tierra para apilarlos. Sobre ellos se colocaron gruesos petates mojados, efectivos escudos para detener flechas y glandes de hondas. Detrás de ellos, los tiradores de la Triple Alianza se protegerían de las saetas enemigas. Una vez que las primeras estructuras estuvieron consolidadas, los arqueros acolhuas y honderos matlatzincas se parapetaron para disparar proyectiles hacia sus enemigos apostados en lo alto de la gran empalizada. En medio del caos, el tlacochcálcatl Tezozómoc se movía de un sector a otro del paso de montaña, organizaba hombres para atacar simultáneamente, pedía a los capitanes de los arqueros cobertura en ciertos momentos, incluso solicitaba sogas, troncos, petates y todo lo que faltara para permitir que el ataque avanzara sin demoras. No le importaba que flechas y dardos volaran a su alrededor y mataran a sus mensajeros o capitanes; al contrario, el tlacochcálcatl no se inmutaba ante ellas, caminaba de un lado a otro para alentar a sus hombres. Se le escuchaba desgañitarse gritando órdenes e insultos como: "¡Muevan esas escaleras al sector sur!" "¿Qué esperan, tontos?" "¿Por qué no veo las flechas volar?" "¿Acaso los macehuales pagan por ellas?" "¡Quiero ver que el maldito cielo se oscurezca de tantos proyectiles! Dile eso al capitán de los arqueros de Tezcuco".

El tecuhtli de la protección de Teloloapan se encontraba en la primera línea de defensa, en compañía de su hijo y de algunos capitanes. Estaba tan cerca de las acciones que él mismo se había encargado de retirar una escalera y romper un par de cráneos al dejar caer algunas piedras sobre los asaltantes. También había visto con satisfacción cómo momentos atrás la primera oleada de atacantes había sido rechazada. Sin embargo, la situación había cambiado drásticamente. Los arqueros y honderos enemigos colocaron un parapeto, y desde una corta distancia empezaron a causar bajas entre los chontales. Esta maniobra estaba encaminada a brindar cobertura a los miles de enemigos que habían llegado a la empalizada sanos y salvos y habían colocado sus escaleras para tomarla. Tzotzoma entendió que la única forma de detener esa marea humana era utilizar el chapopotli hirviendo, por lo que dio la orden de colocar en posición las gigantescas vasijas de cerámica donde se calentaba la oscura sustancia.

Los guerreros que llevaban las caracolas las hicieron sonar para avisar que en unos momentos se vertería el chapopotli ardiendo en contra de los enemigos. Otros corrieron por el terraplén con banderas de fibra de ixtle donde iba pintado un glifo compuesto por una vasija negra de la que salían llamas y humo. Al ver la señal, de inmediato los capitanes pusieron a sus hombres a trabajar. Quienes atizaban el fuego donde estaban los grandes recipientes, los cubrieron con petates para poderlos mover sin quemarse las manos. Cada tinaja necesitó de por lo menos cinco fornidos hombres que, con mucho esfuerzo, las cargaron hasta la empalizada para vaciarlas sobre los mexicas y tlatelolcas en cuanto recibieran la señal. Tzotzoma, al ver que las más de veinte tinajas de la altura de un hombre estaban en posición, ordenó: "¡Arrojen el chapopotli!", a lo que muchos capitanes a lo largo del terraplén, entre ellos Tetzauhtecuhtli y Chicuei Mázatl, secundaron la orden: "¡Derramen el chapopotli sobre los invasores! ¡Que hiervan los hijos de los chichimecas!".

Coordinadamente se vació desde la empalizada el espeso y oscuro líquido sobre los hombres que iban subiendo las escalas y los que esperaban su turno. Eran miles los congregados entre el foso y la muralla de madera. De inmediato los guerreros de la Triple Alianza empezaron a gritar desesperados, cuando la pegajosa sustancia les quemó la piel. Densas humaredas desaparecieron momentáneamente a los invasores. Algunos que subían por las escaleras prefirieron lanzarse al vacío para evadir la viscosa sustancia que derretía la piel al contacto; otros trataron de cubrirse con sus escudos, lo cual fue inútil. Gran cantidad de hombres cayeron y se retorcían de dolor al pie de la empalizada. Los miles que intentaban subir y que no fueron alcanzados por el chapopotli se retiraron a los parapetos, en espera de que se enfriara mientras rezaban a los dioses para que no lo fueran a prender. Algunos guerreros pertenecientes a los cuauchique y los otomíes murieron a causa de las quemaduras que cubrieron todo su cuerpo, sin tener la oportunidad de demostrar su valor en combate. Al ver la marea negra y ardiente engullir a sus hombres, el tlacochcálcatl solamente le dijo a un guerrero tequihua que vestía un traje de piel de ocelote: "Dile a mi hermano que si quiere continuar con el ataque necesitaremos refuerzos". Después corrió hacia la empalizada para tratar de salvar a los hombres que se revolcaban entre los grandes charcos de chapopotli.

Indolente ante el sufrimiento ajeno, Tzotzoma observaba desde la cima del terraplén cómo el impulso del ataque enemigo menguaba y perdía ímpetu.

—Mi señor, ¿doy la orden a los arqueros para que disparen sus flechas incendiarias? —preguntó Chicuei Mázatl a su padre.

—No, aún no. Creo que no todo está perdido como para sacrificar esta posición frente al fuego. Si prendemos el chapopotli también arderán nuestras fortificaciones. Aunque el incendio nos daría el tiempo necesario para que los hombres se retiren sanos y salvos al altépetl, perderíamos el control del valle con sus mesetas y cañadas, así como los pasos montañosos. Aguantaremos un poco más. Da la orden de que empiecen a echar tierra sobre el chapopotli para impedir que arda —concluyó, al tiempo que su hijo hacía una reverencia.

—Como lo ordene, mi señor.

El ataque mexica, tlatelolca y matlatzinca fue detenido momentáneamente. La desorganización reinó entre los sobrevivientes, que seguían retirándose a los parapetos a pesar de las órdenes que daban los cuauchique, los tequihua y otros capitanes.

Ahuízotl, quien veía el combate sentado sobre su icpalli, empezaba a perder la calma ante la cantidad de guerreros muertos, heridos y quemados por las acciones enemigas. "Estos bastardos sí que se han preparado bien", exclamó para sí. Después comentó a los representantes del gobierno de Tezcuco y Tlacopan:

—Si los chontales no quieren encender su chapopotli, nosotros lo haremos. Eso será suficiente para que ardan grandes secciones de la empalizada. Al mediodía podremos tomar sus restos carbonizados y adentrarnos en el valle a través de esa loma y seguir por esa meseta.

—Apreciado huey tlahtoani —dijo Cuauhtliquetzqui, el hombre que representaba al gobernante de Tlacopan—, si manda encender el chapopotli, cientos de hombres morirán quemados al pie de las fortificaciones. Aunque muchos hombres han sufrido quemaduras, algunos de ellos aún podrían salvar la vida —comentó, algo nervioso ante la reacción del tenochca.

—¡Es el precio que estoy dispuesto a pagar para darles una lección a esos bastardos rebeldes! —gritó Ahuízotl, exasperado ante lo evidente, y le dirigió una mirada de aversión al tepaneca de Tlacopan.

El tecuhtli Tezcacóatl, que representaba al niño Nezahualpilli, el nuevo tlahtoani de Tezcuco, comentó a modo de tranquilizar al mexica:

—Coincido en su proceder, huey tlahtoani Ahuízotl, a pesar de las vidas que se sacrificarán. Sin duda es más importante alcanzar la victoria total y dar una lección a los rebeldes. Si me permite sugerir algo más, creo que sería acertado destacar una columna a las montañas alrededor del paso mientras incendiamos la empalizada enemiga. Esto nos permitirá flanquear al ejército chontal que defiende la posición, al rodearlos y caer por sus espaldas. Causaría muchas bajas, y posiblemente entre ellas se encuentren los generales de Teloloapan.

Ahuízotl observó al acolhua en silencio con una mirada inexpresiva. Su sugerencia era brillante.

—Tu recomendación me parece acertada, tecuhtli Tezcacóatl. Comunícala a tus guerreros acolhuas. Que ellos se encarguen de atacar la antigua muralla que bordea las cumbres de las montañas que rodean la fortificación. Empiecen ahí —dijo y señaló la montaña ubicada al sur de la empalizada—. Para que funcione esta acción deben derrotar a los chontales al primer ataque; si no, perderán el factor sorpresa y los rodeados pueden acabar siendo ustedes. Adelante, valiente y honorable Tezcacóatl, dirige a tus hombres —concluyó.

El dignatario acolhua se incorporó con una sonrisa en el rostro.

—Será un honor, gran señor del Anáhuac —dijo mientras hacía una reverencia y se dirigía a los contingentes tezcucanos acompañado de sus capitanes.

Aunque Tezcacóatl no pertenecía a la familia real acolhua, era inteligente, aguerrido y determinado, reconoció Ahuízotl. Uno nunca sabe cuándo necesitará un agente para mover un poco las cosas en la corte acolhua.

Sin esperar más tiempo, el huey tlahtoani de Tenochtitlán dio la orden a los arqueros para que usaran flechas incendiarias y prendieran el chapopotli vertido por el enemigo. La orden se difundió entre los hombres. Los arqueros obedecieron a sus capitanes y empezaron a bañar las puntas de sus saetas con resina de pino para después prenderles fuego. En un parpadeo cientos de proyectiles cruzaron el cielo hasta caer sobre los espesos charcos oscuros que se habían formado al pie de la empalizada y en la fosa. Un brillante resplandor iluminó el campo de batalla cuando grandes llamaradas surgieron de los charcos de la sustancia inflamable. El cielo se incendió en ese momento. En algunos lugares se escucharon explosiones aisladas, mientras que a lo largo de la empalizada se oían cientos de hombres gritar de angustia, dolor y desesperación al encontrar la muerte entre las llamas. Eran tan imponentes las lenguas de fuego que superaron la altura de la empalizada y devoraron con su calor a varios chontales que estaban arrojando tierra con grandes canastos desde la parte superior. Uno a uno los sectores de la empalizada de madera empezaron a arder, gracias a la excelente puntería de los arqueros, que rociaban sus saetas encendidas por doquier.

Tzotzoma se cubrió el rostro ante la explosión de calor y cayó hacia atrás varios codos, al tiempo que se chamuscaban las plumas rojas de su vestimenta. Algunos hombres lo ayudaron a levantarse y evitaron que siguiera su errar hasta el final del desnivel. Muchos de sus capitanes acabaron rodando por el terraplén, con el cabello o sus tilmas en llamas. Otros, en su angustia al ser devorados por el fuego, cayeron al abismo, sobre las tropas enemigas que se chamuscaban en un mar de fuego. Después de la llamarada inicial, la base de la empalizada empezó a arder, así como los cientos de cadáveres y guerreros heridos que habían quedado tirados en el campo de batalla sobre los charcos de chapopotli. El caos y el fuego reinaron en los hombres apostados en la empalizada; algunos comenzaron a retirarse a Teloloapan, mientras que otros luchaban frenéticamente por apagar el cabello y las prendas de sus compañeros. Pequeños grupos se encargaron de mover las grandes tinajas de chapopotli, para impedir que también ardieran y el incendio se propagara por el interior de los baluartes.

—Los invasores han ganado la posición, pero con un alto costo de vidas humanas —comentó el líder de la defensa de Teloloapan a sus capitanes, después de haber subido de nuevo la cuesta donde prevalecía el olor de carne humana quemándose—. Coatzin, da la orden de retirada hacia el altépetl, con excepción de las guarniciones de la antigua muralla de lajas de piedra. Que estos últimos hombres resistan lo más posible en sus posiciones. Ixcauatzin, avisa al tlahtoani Amalpili y al consejero Huehue Milcacanatl que nos retiramos al segundo grupo de fortificaciones debido a que el paso sur caerá en manos de los enemigos. Chicuei Mázatl, envía mensajeros para avisar a las partidas que siguen en la serranía que se retiren antes del mediodía. Necesitamos a cada hombre que pueda pelear dentro de la ciudad, ya sea purépecha, yope o chontal —ordenó mientras observaba cómo la intensidad del fuego se incrementaba conforme era alimentado por los gruesos troncos afilados de la fortificación.

Su rostro estaba manchado de hollín y de lodo. De inmediato empezaron a sonar las caracolas para llamar a los hombres a retirarse hacia el segundo anillo defensivo. A lo lejos se escuchaba un guerrero gritar: "¡Vamos, muchachos, regresemos a nuestro hogar. No dejen ni una sola flecha o dardo, que sin duda las necesitaremos todas!".

Luego de un suspiro, Tzotzoma continuó:

—Nos estamos enfrentando a un gran estratega que aprovechará todas las oportunidades que se le presenten para derrotarnos. ¡Que Centéotl te maldiga, Ahuízotl!

Después de decir esto, el chontal supervisó la evacuación de miles de sus hombres, para finalmente retirarse a Teloloapan y revisar que todo estuviera preparado para recibir a los invasores. Por fin, cuando la luz de la mañana inundaba el devastado valle, el tecuhtli chontal se retiró hacia su ciudad entre una multitud de hombres cargados con piedras, troncos, flechas, tinajas de chapopotli e incluso sus propios compañeros heridos y muertos. Todos atravesaban en un silencio sepulcral campos de cultivo abandonados en la cima de colinas y lodazales en las mesetas hundidas.

En ese preciso momento, Tezcacóatl y sus acolhuas atacaban la muralla que custodiaba la cima de la montaña, al sur de las fortificaciones. Sus guerreros cayeron como un rayo, la reducida guarnición había sido completamente aniquilada. Algunos defensores pudieron escapar de la masacre que sobrevino para dar aviso a otras guarniciones apostadas en las alturas de que las defensas habían sido superadas. Gritos como: "¡Todos regresen a Teloloapan!" y "¡Abandonen la posición!" se escucharon en las elevaciones. El repliegue fue tan rápido que cuando los acolhuas superaron las montañas y entraron al valle, no encontraron a ningún chontal a quien capturar o eliminar. Todos se habían retirado en orden hacia el segundo círculo de fortificaciones. Al llegar a la parte posterior de la empalizada, que ardía con una ferocidad inusitada, encontraron el terraplén sembrado de muertos, algunos chamuscados, otros impactados por algún proyectil. Flechas rotas, piedras, dardos, vasijas, excremento, charcos de sangre, plumas ennegrecidas y restos de la aceitosa brea tapizaban el desmonte y sus alrededores. Grandes columnas de humo negro ascendían hacia los cielos y por momentos cubrían los rayos luminosos de Tonatiuh. La batalla apenas comenzaba.

CAPÍTULO XI

Nuestro grupo descansaba en una ladera cubierta de hojarasca en lo profundo de la serranía. Caía constante una llovizna. Bajo el alto follaje de algunos árboles, perdido en la madrugada de un nuevo día, los recuerdos llegaban a mi mente, dando pie a vacuas pero hermosas reflexiones. De pronto vino a mi pensamiento Citlalli. "¿Qué estaría haciendo en esos momentos?". Seguramente estaría despertando junto con sus compañeras para empezar la monótona jornada diaria. Primero la preparación de los alimentos y a continuación la limpieza de templos y adoratorios. Aún puedo recordarla diciéndome que era una protegida de Teteo Innan, la madre de los dioses, porque constantemente le asignaban el aseo de su pequeño templo. Ella estaba segura de que no era una coincidencia, sino un llamado divino.

—Si no hago vida contigo, Ocelote, te prometo que me volveré una sacerdotisa de la madre de los dioses. No tengo duda de que puedo encontrar la felicidad dedicando mi vida a ella —me decía con una amplia sonrisa en el rostro.

Dentro de mi corazón tenía la esperanza de que Citlalli recordara nuestro primer beso de la misma forma en que yo lo hacía. Tal vez me equivoqué al no acceder a prometerle regresar vivo. Después de tantos peligros, empezaba a creer que lograría sobrevivir a esta guerra. Era evidente que Tezcatlipoca no me reservaba el paraíso solar como destino, por lo menos no hasta ahora. Tal vez no quise comprometerme por mi indiferencia a seguir vivo o a morir, a pesar del gran consuelo que me brindaba estar a su lado. La parte positiva de las cosas era que de concretarse mi muerte me reuniría con mis difuntos culposos: mi hermano y mis dos primos. Al fin y al cabo, lo más atemorizante de la muerte es cuando te la encuentras frente a frente sin caer en sus garras, sin que te arrebate el aliento de vida.

Un movimiento entre la hojarasca me hizo salir de mis reflexiones y abrir los ojos. Fijé la mirada en el suelo y rápidamente pude localizar a la culpable: una serpiente que se deslizaba entre las raíces de un gran árbol. La ignoré, pues no parecía venenosa, y centré mi atención en Tozcuecuex, quien hasta hacía un momento se encontraba comiendo una tortilla dura sentado a unos pasos de mí. Observé a los otros integrantes de nuestra partida, que permanecían en silencio, descansando o ingiriendo algo de alimento; sin embargo, el cuauchic no estaba. Me incorporé para buscarlo cuando súbitamente el explorador del grupo apareció de entre unos arbustos. Con señas nos indicó que el descanso había terminado y era tiempo de proseguir. A los guerreros dormidos les tocó el brazo para despertarlos. Todos se levantaron en el más completo de los silencios. Los cargadores taparon sus guajes llenos de agua y volvieron a colocar las atiborradas estructuras de madera en sus hombros y los mecapalli en su frente. Estaba preocupado debido a que iniciaríamos la marcha en cualquier momento así que recorrí nuestra columna en busca del cuauchic. Si había ido a vaciar el estómago y se tardaba más de lo habitual, muy posiblemente no nos encontraría.

Caminé hasta el final de la formación sin dar con él. Ahora realmente alarmado, decidí regresar sobre mis pasos para avisarle al explorador que Tozcuecuex no estaba entre nosotros. Al pasar frente al capitán Coaxóchitl, le pregunté susurrando:

—Señor de la guerra, ¿ha visto al cuauchic Tozcuecuex? Lo perdí de vista.

—Claro, joven Ocelote, viene detrás de ti —contestó con calma el veterano guerrero. Al voltear pude comprobar que era cierto. El campeón caminaba tranquilamente en mi dirección. Era evidente que había ido a algún lugar, ya que su tlahuiztli amarillo estaba cubierto de lodo y polvo.

—Joven Ocelote, ¿qué esperas para incorporarte a la columna? Vamos —me dijo al verme.

Sin replicar regresé al lugar donde había dejado las armas, escudos y provisiones para cargarlas e integrarme a la fila. Delante de mí, el campeón avanzaba reflexivo. Estaba seguro de que algo traía entre manos. Caminamos entre la hojarasca en completa oscuridad por un largo tiempo.

Avanzábamos bajo la constante llovizna con mucho cuidado, por la ausencia de luz y por lo resbaloso y quebrado del terreno. Iba con los ojos bien abiertos, pues en esas regiones era común encontrar serpientes venenosas y otros animales ponzoñosos, eso sin mencionar las famosas trampas que colocaban los chontales, hoyos cubiertos de maleza u hojas que ocultaban afiladas estacas de madera.

No había pasado mucho tiempo cuando escuché un ruido que simulaba el graznido de un ave. Provenía de la cabeza de la columna, del explorador. Era una señal de advertencia que habíamos acordado usar en caso de localizar a un grupo enemigo. De inmediato todos nos agazapamos y nos quedamos inmóviles entre los arbustos y los troncos de los árboles. Guardamos silencio preparándonos para lo peor. A la distancia escuchamos ruidos de pasos y voces. Provenían de una angosta cañada por donde corría un riachuelo, a algunas varas de distancia de nuestra ubicación. Entre los árboles y la vegetación vi la silueta de algunos hombres que caminaban siguiendo el cauce del arroyo. Era evidente que no se habían percatado de nuestra presencia. Por un breve momento seguimos escuchando los chapoteos del grupo de desconocidos que continuaba avanzando. Agachado, pude contar más de cien siluetas formadas en una columna que se deslizaban por la cañada. El agua del riachuelo cubría hasta sus pantorrillas; salpicaban agua con cada paso que daban, pero eso no impedía que avanzaran rápidamente.

Supimos que iban armados por el golpeteo constante de instrumentos hechos de madera. También pude ver que portaban arcos y algunas macanas. Sus delgados cuerpos iban en su mayoría casi desnudos, solo con su maxtlatl. Algunos, posiblemente los líderes de la partida y los más veteranos, llevaban gruesas tilmas amarradas sobre el pecho. No había duda de que era una partida que se dirigía al mismo lugar que nosotros: Teloloapan. Tozcuecuex, quien se encontraba a mi lado sentado en la hojarasca sujetando su daga en una mano y su macuahuitl en la otra, esperaba con paciencia, sin despegar los ojos de las sombras que se movían por el riachuelo. Todo nuestro grupo permaneció quieto, a excepción de Motecuhzoma, quien salió de la oscuridad y con la mano nos hizo una señal. Debíamos subir la ladera y alejarnos para evitar una posible confrontación. Esa era la instrucción. El líder de nuestra partida se desvió de la cañada muy despacio, se dirigía hacia la ladera de un cerro cubierto por la oscuridad de la noche, mientras que sus dos nobles recorrían la columna repitiendo su indicación por medio de señas. De inmediato Tozcuecuex y los guerreros que me rodeaban se incorporaron, cuidando de no hacer sonar la carga que llevaban en su cacaxtin, y en silencio se retiraron para dirigirse cuesta arriba y desaparecer entre matorrales, enredaderas, árboles y troncos podridos.

Los hombres de la cañada hacían tanto ruido al caminar entre el agua que no fueron capaces de oír el ligero sonido de las hojas secas quebrándose bajo nuestros pies. Ellos continuaron su avance, con algunas palabras cortas, fugaces, de vez en cuando. Al poco tiempo de proseguir nuestra marcha hacia la parte superior de la ladera dejamos de oír los chapoteos. Estábamos nerviosos, pues no sabíamos si los misteriosos guerreros nos perseguían para atacarnos o simplemente habían continuado su camino. Con lo agotados que estábamos sería difícil hacerle frente a un grupo de enemigos de semejante proporción.

Al ir subiendo rodeamos un montículo de lodo y piedras de gran tamaño, clara evidencia de un deslave por las recientes lluvias. En ese punto escuchamos otra vez la señal en forma de graznido, lo que nos indicó que nos detuviéramos. Nuestro grupo se distribuyó entre los árboles y las grandes piedras con las hondas, arcos y lanzadardos listos, por si era necesario defendernos. Imité a los otros guerreros y cargué mi honda; sin embargo, no pude dejar de sorprenderme al ver a Tozcuecuex relajado, recargado en el tronco de un árbol sin empuñar sus armas.

—No hay nada de qué preocuparse, han pasado de largo. No se percataron de nuestra presencia —me dijo ante la mirada inquisitiva que le dirigí.

—¿Tiene alguna idea de quiénes eran? —pregunté en voz baja—. Alcancé a ver que todos iban fuertemente armados.

—Se trataba de un grupo de yopes, aliados de los chontales. Distinguí algunas palabras de su lengua al escuchar sus murmullos. Seguro se dirigen al mismo lugar que nosotros, al altépetl de Teloloapan, para apoyar la defensa —susurró—. Es la primera de varias partidas enemigas que nos encontraremos en nuestra ruta al altépetl chontal —dijo, al tiempo que volvíamos a escuchar el ruido del ave, producido por uno de los nobles de Motecuhzoma que daba la señal de reagruparnos y reintegrar la formación.

Después de darle un momento al explorador para que inspeccionara el terreno aledaño y se asegurara de que era fiable, retomamos, bajo la constante llovizna, la ruta que seguíamos antes de encontrarnos con la partida de yopes.

A pesar del cansancio, el buen ánimo se hizo sentir entre los hombres de nuestro grupo. En poco tiempo estaríamos reuniéndonos con el gran ejército de la Triple Alianza en las puertas del valle de Teloloapan. Pronto emergería sobre el horizonte el gran Tonatiuh, regenerado de la batalla que libraba cada noche contra los seres del inframundo, para iluminar nuestro camino victorioso y resplandeciente, y calentarnos con sus rayos; eso si las grises nubes que plagaban los cielos se disipaban.

Al llegar la tarde, nuestro grupo alcanzó la cima de una montaña desde donde se podía ver el inmenso valle de Teloloapan, el cual estaba configurado por un terreno irregular y ondulante con algunas lomas, altozanos y hondonadas en su interior. Inspirados por la vista, y por ser un punto estratégico para observar a otros grupos aproximarse, nuestra partida se detuvo a refrescarse y recuperar el aliento. Gruesas columnas de humo negro se alzaban por doquier. Algunas provenían de las cimas de las montañas que rodeaban la población de Teloloapan, otras surgían del interior del valle. Era evidente que los enfrentamientos entre las fuerzas de la Triple Alianza y los chontales habían empezado. Nos colocamos debajo del amplio follaje de un pochote para tomar agua de nuestros guajes, mientras Motecuhzoma, Tozcuecuex, el explorador y otros capitanes se deleitaban adivinando y recreando la estrategia y cronología del avance del ejército de la Triple Alianza. Por la estela de destrucción, era evidente que nuestros guerreros habían forzado la entrada por la cañada al interior del valle y lograron sitiar el altépetl rebelde. Lo que nadie tenía claro era la intención de nuestro huey tlahtoani: hacer que se rindieran de hambre y sed, o preparar el terreno para un devastador asalto contra las defensas de la ciudad y tomarla por la fuerza.

Mientras descansábamos, fuimos alertados por un guardia. Cinco hombres armados se aproximaban a nuestra posición. No se sabía si eran enemigos o aliados. Los líderes de nuestra partida dieron la orden de agazaparnos entre las formaciones rocosas y estar listos para el combate. Todo fue una falsa alarma. Se trataba de cinco compañeros que habíamos dejado atrás como escoltas de los heridos en el segundo grupo. Entre ellos iba mi amigo Itzcuintli. Al presentarse con Motecuhzoma, Itzcuintli tomó la palabra:

—Gran señor, nos envió el telpochtlato Tlecóatl debido a que estábamos preocupados por ustedes. Hoy al amanecer nuestro grupo se encontró a una columna militar enemiga, la cual pudimos evadir. El guerrero tlepapálotl nos envió a buscarlos, para saber si habían logrado evitar a los enemigos, gran señor —terminó mi amigo.

—Nos hemos encontrado con la partida, jovencito, y para nuestra fortuna no se dieron cuenta de nuestra presencia —dijo soberbio, sin despegar la mirada del territorio que se desplegaba a sus pies—. Explorador, regresa sobre nuestros pasos y busca la columna de heridos. Guíalos hasta que lleguen al campamento de la Triple Alianza en la población de Ahuacatitlán sanos y salvos.

—Como lo ordene, mi señor —contestó el guerrero, que iba completamente rapado y con una cinta de tela morada y azul torcida sobre la frente.

Después de retirarse del grupo de capitanes, Itzcuintli se acercó a saludarme con un fuerte abrazo.

—¡Mi corazón se regocija al verte vivo, hermano! —me dijo.

—Lo mismo digo, hermano. Parece que hemos pasado el trago más amargo de esta campaña —respondí con una gran sonrisa.

—Por un momento pensamos que los había masacrado la columna enemiga que encontramos esta mañana, pero me alegra que Yacatecuhtli, señor de los caminos, los haya guiado por los senderos correctos —agregó Itzcuintli, visiblemente emocionado.

—¿Cómo se encuentra Cuauhtlatoa? ¿Ha mejorado o sigue sintiéndose mal? —pregunté con curiosidad mientras nos sentábamos en una piedra de considerable tamaño para refrescarnos con un poco de agua de nuestros guajes.

—Lamentablemente sigue con mareo y vómitos, aunque poco a poco va recuperando la voz. En cuanto a la herida que sufrió en el entrecejo, no para de sangrar a pesar de las cintas de tela que le han colocado para cubrirla. El sacerdote-guerrero afirma que necesitará unas puntadas para cerrarla.

—Ya veo. Es un milagro que viva, y yo también, después de habernos enfrentado al gigantesco guerrero purépecha —expresé con un dejo de melancolía al recordar lo cerca que estuvimos de morir en el combate—. ¿Y Tlecóatl? ¿Su herida paró de sangrar?

—Mi señor se está recuperando. El torniquete que le pusieron hizo su trabajo, aunque es casi un hecho que lo mandarán a casa para terminar de curarse, por lo que perderé a mi instructor —me contó con un atisbo de preocupación en la voz.

—Con Tlecóatl o sin él saldrás bien librado de esta guerra, amigo. Creo que somos del agrado de los dioses, pues no encuentro otra respuesta para explicarme cómo es que seguimos vivos —dije antes de dar otro gran trago de agua a mi guaje.

—Créeme que también me lo he preguntado. Muchos han muerto durante estos combates, desde novatos hasta guerreros veteranos, pero nosotros seguimos disfrutando del calor del día y del frío de la noche. A veces así son las cosas, amigo —expresó con una mirada divertida.

—Sí, a veces así son las cosas —dije mientras observaba las muchas columnas de humo negro que ascendían por doquier.

—Parece que nuestros ejércitos les han dado una paliza a los chontales —dijo Itzcuintli al ver que ponía mucha atención en escudriñar el paisaje y poca en lo que decía.

—Como se esperaba. Los chontales no tienen ninguna oportunidad de salir victoriosos en esta ocasión. Se terminó el juego de las emboscadas y los ataques sorpresivos. Ahora están contra la pared.

—Tienes la boca llena de verdad, Ocelote.

Seguí observando el magnífico paisaje que tenía frente a mis ojos. No lejos de la elevación donde descansábamos se encontraba el gigantesco campamento de la Triple Alianza. Miles de fogatas encendidas y jacales hechos de madera, ramas y pencas atestaban una de las hondonadas que daban acceso a Teloloapan. Decenas de miles de hombres que parecían hormigas se movían de un lado a otro, algunos en escuadrones, otros por su cuenta. Muy cerca del campamento pude ver los restos negruzcos y calcinados de una población de cientos de casas y templos que había sido devorada por el fuego: Ahuacatitlán. Era evidente que había sido tomada por las armas y saqueada.

Largas columnas de guerreros salían del campamento y se dirigían al valle, por lo que supuse que el combate ya se estaba librando en los alrededores de la población de Teloloapan. Las siluetas de las grandes montañas que formaban una cordillera nos impedían ver qué sucedía en el interior del valle. No dejaba de escudriñar el panorama, consciente de que cada detalle, en caso de algún revés, podría salvarme la vida. Al mirar hacia el norte, a una amplia distancia de donde se llevaba a cabo el sitio, vi una gran concentración de personas, posiblemente combatientes. Miles de fogatas, así como algunas construcciones improvisadas, plagaban lo que parecía ser un campamento de grandes proporciones. Lo que llamó mi atención fue que los hombres que conformaban ese gran contingente parecían tranquilos donde estaban, indiferentes al combate que se desarrollaba en las afueras de Teloloapan.

Puse mi mano en el hombro de mi robusto amigo y señalé hacia el norte, más allá de la cordillera donde se alzaba parte de la ciudad de Teloloapan.

—Itzcuintli, ¿ya viste esa concentración de hombres? ¡Es inmensa! ¿Se tratará de hombres de la Excan Tlatoloyan o de nuestros enemigos?

Diligente, mi amigo colocó su mano por encima de sus ojos para protegerse de los rayos de Tonatiuh.

—Los veo, Ocelote. Parece ser un ejército completo. Sin duda son más de siete mil hombres. Lo curioso es que están clavados al suelo, no parecen tener prisa en llegar a Teloloapan —afirmó mi robusto amigo.

—También me percaté de eso. Parecen cómodos en ese lugar. Si se tratara de rebeldes que vienen a auxiliar a Teloloapan y cayeran sobre la retaguardia de las fuerzas de la Triple Alianza, solo sería cuestión de contar nuestros muertos para conocer la magnitud de la derrota. Me inquieta mucho su presencia, hermano. Le avisaré a Tozcuecuex.

Me levanté y atravesé un pequeño desnivel donde descansaban los cargadores, quienes exhaustos se habían retirado sus cacaxtin. La gran mayoría de ellos había perdido el cabello de la parte frontal de la cabeza debido al mecapal de fibra de ixtle trenzado con el que sostenían su carga. Todos tomaban agua de sus guajes, otros incluso vertían el precioso líquido sobre su cabeza para refrescarse y limpiarse el rostro.

Continué caminando hacia el árbol de pochote donde se encontraban los líderes de nuestro reducido grupo. Al parecer habían acabado de debatir, ya que vi a Tozcuecuex sentado en una piedra conversar con el capitán Coaxóchitl, el guerrero otomitl. Por otro lado, Motecuhzoma platicaba con sus dos nobles, mientras que el explorador lo hacía animadamente con otros guerreros. Al acercarme al campeón cuauchic lo saludé y le dije lo que había visto a la distancia, sin importar que Coaxóchitl escuchara.

—Los hemos visto, Ocelote. Una gran concentración de hombres, seguramente guerreros, ubicados al norte, más allá de las montañas de Teloloapan, descansa entre lo que parecen ser grandes campos de cultivo. Incluso se puede ver el humo de sus fogatas subir por el cielo, por lo que probablemente deben estar preparando sus alimentos antes de que anochezca —dijo este último.

—Hablas con la boca llena de razón, Coaxóchitl. Aquí la pregunta es: ¿son amigos o enemigos? ¿A qué bando pertenecen? Evidentemente por la distancia es imposible responder a esas preguntas. Hemos platicado este tema con Motecuhzoma, por lo que acordamos informar al huey tlahtoani Ahuízotl y el tlacochcálcatl Tezozómoc cuando bajemos de la montaña y nos incorporemos al ejército, aunque es muy posible que ellos ya estén enterados de su presencia —afirmó al ponerse de pie.

Antes de que pudiera decir otra cosa, Tozcuecuex le dijo al capitán:

—¿Nos disculpas un momento?

A lo que Coaxóchitl afirmó sin prestar mucha atención, pues también tenía la mirada fija en el hermoso paisaje.

Caminamos juntos por un momento, lejos de la partida. Mientras cruzábamos algunos matorrales y arbustos noté que el cuauchic movía la cabeza de un lado a otro, para revisar que nadie nos siguiera o nos oyera. Era evidente que tenía algo importante que decirme. He de confesar que me sorprendió ver al gran campeón nervioso, al mismo que se había batido en decenas de ocasiones, al que no le temblaba la mano al enfrentarse a hordas de tlaxcaltecas y huexotzingas durante las guerras floridas.

—Cambiando de tema, Ocelote, ¿recuerdas la conspiración que descubriste hace un par de días? —dijo después de una profunda respiración.

—Sí, gran señor. Cómo olvidarlo, casi me cuesta la vida el enfrentamiento con el misterioso sujeto en medio de la noche. ¿Ha descubierto algo? Usted sabe que sus palabras caen en buenos oídos —comenté al voltearlo a ver. La mirada del guerrero estaba perdida en el horizonte. Seguramente sopesaba si era prudente compartirme su opinión.

Llegamos a una plataforma formada por varias rocas de considerable tamaño que surgían debajo de nuestros pies. Aferrado a las piedras que formaban la ladera de la montaña crecía un árbol de amate, frondoso, fuerte, con largas raíces amarillentas que sobresalían del terreno rocoso. En ese lugar nos detuvimos.

—Ocelote, tengo fuertes sospechas sobre quién puede estar involucrado en el complot para derrocar al huey tlahtoani —me confesó el cuauchic—. Puede que se trate de un miembro más de la conjura o del propio líder de la misma. Aunque no puedo confirmar nada por el momento, creo que Motecuhzoma, el sobrino de Ahuízotl, forma parte de ella. Lo he observado durante estos días y su comportamiento me parece sospechoso, errático. ¿Recuerdas cómo desapareció la noche del ataque? A pesar de ser un guerrero experimentado, fue un milagro que saliera vivo al combatir a los purépechas acompañado solo de sus dos inseparables nobles. Casualmente al terminar el combate apareció. Sé que eso no es suficiente para pensar que es culpable, pero ¿qué opinas de esto?

"Hoy, durante la madrugada, mientras descansaban los hombres de la partida, Motecuhzoma se alejó del grupo completamente solo, entre los árboles al amparo de la oscuridad. Al ver cómo se perdía en la negrura de la noche, decidí seguirlo con mucha precaución. Después de adentrarse en una barranca poco profunda se encontró con un personaje con las mismas características del que te atacó la noche que descubriste la conspiración. Llevaba el cabello largo sobre la espalda y el cuerpo pintado de negro. No pude escuchar lo que dijeron, pero me pareció muy sospechoso que uno de los grandes nobles de Tenochtitlán se desvaneciera en medio de la noche para hablar con ese misterioso sujeto, que a todas luces tenía la apariencia de un sacerdote nahua.

"El encuentro fue breve, platicaron un momento, se tomaron de los antebrazos y se separaron. Para que tú y los otros miembros de nuestro grupo no notaran mi ausencia, me apresuré a regresar a la formación. Para mi mala suerte, mientras avanzaba por la empinada ladera vi entre los troncos de los árboles a dos hombres que caminaban en silencio portando armas. Creí que se trataba de los nobles de Huitznáhuac, los siempre leales. Vigilaban que nadie interrumpiera el encuentro que realizaba su señor o que no hubiera ningún curioso.

"Sin pensarlo dos veces, bajé por la pendiente lejos de ellos; iba rezando a Yaotl para no ser descubierto por Motecuhzoma, que se encontraba más abajo. A pesar de tener el mayor cuidado posible, resbalé y descendí sin control durante algunas varas, hasta que me aferré a un árbol. Apreté el paso para regresar al campamento lo más rápido posible: di un rodeo para evitar toparme a cualquiera de los personajes. Acababa de incorporarme a la partida cuando te encontré preguntándole a Coaxóchitl sobre mi paradero", concluyó.

—Por esa razón estaba cubierto de lodo y tierra...

Esas fueron las únicas palabras que salieron de mi boca. Estaba pasmado ante tal información. En un principio me pareció difícil creer que un miembro de la familia reinante, como Motecuhzoma, conspirara para derrocar al huey tlahtoani. Al fin de cuentas Ahuízotl era su tío, y sin duda obtenía beneficios a través de él. No podía dejar de lado la gran reputación con que contaba el noble guerrero. Era famoso por su fervor religioso, por cumplir diligentemente las tareas que se le encomendaban y por velar siempre por el bien del pueblo mexica. Aunque tampoco podía olvidar las fuertes críticas de algunos militares, principalmente por su ambición y las tendencias despóticas que llegaba a mostrar.

Tozcuecuex continuó hablando.

—Desde mi punto de vista, creo que Motecuhzoma está detrás del golpe de Estado que se está gestando para quitarle el poder a su tío. ¿Qué mejor candidato para ocupar el icpalli real que alguien perteneciente a la familia gobernante? Sin embargo, no podemos compartir nuestras sospechas sobre esta conspiración al huey tlahtoani Ahuízotl sin prueba alguna —afirmó.

—Tiene razón, cuauchic. Denunciar sin pruebas a un miembro de la familia real como un conspirador sería una sentencia de muerte. Debemos obtener alguna confesión o evidencia para sustentarlo —dije mientras pensaba cómo hacerlo.

—Exacto. Por eso tenemos que vigilar de cerca, dentro de lo posible, a Motecuhzoma. Estoy seguro de que el misterioso sacerdote lo volverá a visitar para informarle sobre los avances de la conjura y seguir en comunicación con los rebeldes. La única forma de tener un atisbo sobre las dimensiones y el alcance de la conspiración sería capturar a ese mensajero y hacer que confiese, incluso podríamos obtener alguna evidencia para inculpar a Motecuhzoma y presentar el caso al huey tlahtoani. Todo dependerá de que estemos en el lugar preciso, en el momento idóneo. Por esa razón daré instrucciones a dos jóvenes guerreros de mi confianza para que vigilen a la distancia al sobrino de Ahuízotl y nos informen de sus actividades. Les diré que es por la propia seguridad del noble, ahora que se ha vuelto tan popular. Aun así, no nos confiemos, tratemos de no perderlo de vista.

—Estoy seguro de que ese sacerdote estará rondando más tiempo de lo recomendable. Aprovechará que ahora el campamento de la Triple Alianza alberga más de veinticuatro mil hombres, más cargadores. Es el lugar ideal para perderse entre las multitudes y reaparecer para informar a su señor. Tarde o temprano nos encontraremos con él, señor.

—Así será, telpochtli. Y si no tenemos la fortuna de volver a toparnos con esa sombra viviente, solamente nos quedará rezar a Tezcatlipoca y Huitzilopochtli para que protejan a su hijo pródigo. No podremos hacer más. Ahora regresemos al grupo, antes de que nuestra ausencia despierte sospechas —concluyó Tozcuecuex, y caminamos de regreso.

En ese preciso momento escuchamos a la distancia el grito de un noble de Huitznáhuac dando la indicación de proseguir la marcha para descender sobre la cañada, que era la puerta oriental al valle de Teloloapan, y posteriormente integrarnos con las fuerzas de la Triple Alianza.

Por la tarde, los últimos rayos de Tonatiuh calentaban la lujosa terraza desde donde se podía ver en su totalidad el altépetl de Teloloapan inundado por las huestes invasoras de la Triple Alianza. Los distintos incendios que habían surgido durante el combate habían sido sofocados, por lo que densas columnas de humo serpenteaban hacia el cielo bajo la mirada atenta del consejero Milcacanatl, que fumaba tabaco mezclado con liquidámbar en una pipa de cerámica. A pesar de su tranquilidad, parecía abatido, cansado. Su cabello canoso caía despeinado sobre sus hombros y cubría las orejeras de concha que portaba. A su lado, sentado en un icpalli, se encontraba Tsaki Urapiti, quien acababa de arribar a la ciudad chontal después de haber emboscado, sin éxito, a una partida mexica. Iba vestido con un sencillo maxtlatl con un fleco de plumas rojas y una tilma de fino algodón color blanco. En esta ocasión no llevaba la oscura pintura con la que cubría el singular color de su piel y su cabello, casi blanco, que hubiera parecido aterrador a cualquier persona, aunque le era indiferente al guardián de Tlahuizcalpantecuhtli. Los centinelas que se encontraban en la terraza fueron despedidos por orden del viejo consejero, que buscaba un poco de privacidad. Después de ofrecerle agua de maíz azul, el guardián lo cuestionó:

—Has fallado nuevamente en una tarea que no presentaba ninguna complejidad, Tsaki. Ahora los integrantes de la Triple Alianza han logrado hacer acopio del tributo de los últimos meses para distribuirlo entre sus guerreros y pueblos aliados, con lo que han afianzado su apoyo en la región.

—¡Los mexicas sabían que los íbamos a emboscar! ¡Por eso armaron a sus cargadores con mazas, escudos, hondas y arcos! Nuestro mensajero nos informó que abandonarían Ichcateopan por la mañana, y sin embargo partieron durante la noche, al amparo de la oscuridad y de la maldita neblina que impidió que usáramos provechosamente nuestros arcos y flechas. Seguramente alguno de los informantes mexicas filtró nuestros planes a los líderes de la partida. ¡No se puede confiar en esos perros! —comentó el albino; trataba de mantener su furia bajo control.

—Eso no cambia la posición en la que nos encontramos ahora, mi apreciado aliado —siseó al tiempo que volteaba a verlo y clavaba su fría mirada en los ojos del purépecha—. Sin temor a equivocarme, creo que les estás fallando a tu irecha y a tu nación. Lo menos que podría esperar de alguien como tú, que está cayendo en deshonra, sería que buscara y encontrara la muerte debajo de las defensas de esta ciudad. Esto para que tu señor se sienta orgulloso de ti y no me vea en la necesidad de enviarle un informe sobre tus fracasos recientes —concluyó mientras exhalaba una gran nube de humo.

Impávido ante las palabras que estaba escuchando, el purépecha contestó:

—Un guerrero como yo vive día tras día, noche tras noche con la muerte como compañera. Aprende a quererla y respetarla. Aun así, no hay mayor logro al morir que ofrendar para mis dioses la sangre, el corazón, el hígado en el campo de batalla. No le tengo miedo a la muerte, pero sería un desperdició desangrarme en la defensa de una ciudad que ya está condenada a su destrucción y en la que ni siquiera hay un templo para Curicaueri, el nacido del fuego —dijo con tono desafiante y sin hacer ningún esfuerzo por ocultar su molestia.

Una carcajada inundó la terraza. Parecía que al gran consejero le había parecido divertido el comentario furibundo de Tsaki Urapiti.

—Te irritas con facilidad, guerrero albino. Tengo que confesar que sería un desperdicio que alguien como tú muriera defendiendo un muro o una empalizada. Creo que aún hay forma de que te redimas ante tu irecha y de cambiar el resultado de esta guerra. A ti y a tus hombres les tengo una última tarea. Cúmplanla y podrán abandonar esta ciudad condenada —comentó con frialdad.

—¿Qué tienes en mente, anciano? —bramó el albino mientras se incorporaba y se acercaba al icpalli donde se ubicaba el gran consejero.

—Matar al huey tlahtoani Ahuízotl. Bastaría con infiltrar a un buen tirador de cerbatana o arco en el campamento mexica para terminar con su existencia. Recibiríamos ayuda de los conspiradores mexicas para que pase desapercibido y pueda estar cerca del gran orador. Sé que entre tus hombres hay excelentes arqueros.

Después de decir esto, un tenso silencio reinó en el ambiente, el cual fue roto por el viento que silbaba al cruzar por los pasillos vacíos del palacio. El consejero estaba consciente de que lo que proponía era sumamente deshonroso para cualquier guerrero, aunque sabía que el albino no era un hombre escrupuloso que se fijara en esos detalles. En busca de convencerlo, el anciano continuó hablando:

—Sé que te encantaría encontrarlo en batalla y derrotarlo, pero considera que siempre va acompañado por su guardia personal de alrededor de cuatrocientos guerreros de élite. Si tú y tus hombres trataran de atacarlo en campo abierto sería una carnicería sin sentido. Por otro lado, si logramos infiltrar a uno de tus guerreros, un tirador diestro, el factor sorpresa jugará en su contra. Recurro a ti porque sé que no eres un hombre de escrúpulos y estarás dispuesto a colaborar. Solamente imagina, si logramos nuestro cometido, las tropas de la Triple Alianza tendrían que retirarse a sus ciudades para que sus comandantes, en su mayoría pertenecientes a la nobleza, participen en el consejo para la elección del nuevo gobernante. Con esa acción nos granjearíamos la amistad de nuestros amigos mexicas que están buscando derrocar a su gobernante. Muerto Ahuízotl, colocarían a su candidato en el icpalli real, y rápidamente Tenochtitlán olvidaría la terrible situación por la que estamos pasando. Todo eso como recompensa por eliminar al actual gobernante mexica.

—Aplaudo tu inventiva, a pesar de lo deshonroso que es matar a un gobernante con proyectiles. Sin embargo, tienes razón cuando dices que esa sería la única forma de acabar con él, pues un combate cuerpo a cuerpo sería imposible debido a la gran guardia que siempre lo acompaña. Ese núcleo de élite ha cambiado el rumbo de batallas solo con intervenir en el combate.

—Son de temer, sin duda —afirmó el anciano mientras aspiraba de su pipa el delicioso aroma del liquidámbar—. ¿Tienes en mente a algún candidato para cumplir con la tarea? Debes considerar que, a pesar del apoyo de los conspiradores mexicas, hay pocas probabilidades de que escape con vida.

—Lo sé, pero mis hombres respetan mis decisiones y saben cumplir con las tareas que se les asignan, incluso cuando implican sacrificar su vida. Nosotros, los purépechas que hemos decidido seguir en nuestra vida "la senda del guerrero", estamos preparados para afrontar la muerte. He pensado en un joven que combatió a los caxcanes y tecuexes, grupos chichimecas del norte expertos en el uso de venenos y ponzoñas. Estos salvajes lo capturaron en una batalla y lo conservaron con vida. Durante su cautiverio aprendió a producir los venenos que ellos usan en la guerra y en la caza, con los que contaminan las puntas de sus flechas o los dardos de sus cerbatanas. La más diminuta herida causada por un dardo envenenado provocará la muerte al instante. Este excelente tirador se llama Tariarani, Casa del Viento. Hoy por la noche le diré que se prepare para su tarea y seleccione a un hombre que lo acompañe, de preferencia alguno que hable náhuatl. Será un honor para él. En cuanto esté listo vendré a visitarte para organizar los detalles de su salida de la ciudad y su encuentro con los conspiradores mexicas.

—Estoy seguro de que este Tariarani estará a la altura de la encomienda. Sin duda el mundo de la guerra siempre pertenecerá a los jóvenes —comentó el viejo y se puso de pie. Una sonrisa apareció en su rostro antes de continuar hablando—. Informaré a Tzotzoma sobre el plan que tenemos para que permita la salida de tus hombres de la ciudad sin mayores complicaciones. Eso será todo por el momento, purépecha; tengo una audiencia que atender.

El consejero se retiró de la terraza y se dirigió al interior del palacio con lentitud. El purépecha decidió quedarse un momento solo para admirar la inmejorable vista que le ofrecía la terraza. A la distancia pudo ver la inmensidad y majestuosidad del ejército de la Triple Alianza. Miles y miles de siluetas de guerreros y cargadores se movían a través del valle desolado. Algunas se perdían al bajar de una de las muchas lomas que lo conformaban, para después emerger sobre el terreno ondulado. Parecían hormigas arremolinadas en torno de su hormiguero, listas para atacar a su presa, en este caso Teloloapan.

"Para derrotar a semejante ejército sería necesario que el mismísimo irecha viniera a esta tierra desolada con lo mejor de sus huestes y aliados. Qué ingenuidad la de los chontales de esta ciudad al pensar que podrían hacer frente a semejante poderío", reflexionó el albino en voz alta. Después se retiró a las habitaciones, donde informaría a Tariarani de su misión.

Tzotzoma se encontraba con la rodilla flexionada en el gran salón del palacio de Teloloapan, frente al tlahtoani y su consejero. La aparición en el horizonte de la brillante Coyolxauhqui le permitió al responsable de la defensa retirarse por un momento de las fortificaciones para rendir su informe a la autoridad del altépetl. Esta vez, buena parte del salón se encontraba sumida en una total oscuridad. Solo un enorme brasero iluminaba a los dos personajes, que sentados esperaban a que el guerrero chontal iniciara su informe. El rostro de Tzotzoma estaba tiznado de hollín, igual que el yelmo en forma de felino que sujetaba debajo del brazo y el tlahuiztli que cubría todo su cuerpo, ambos confeccionados con plumas iridiscentes de guacamaya. Debajo del traje llevaba su gruesa protección de algodón endurecido. Después de una profunda exhalación, el guerrero comenzó:

—Gran gobernante Amalpili, gran consejero y guardián de Tlahuizcalpantecuhtli, hemos logrado detener la marea mexica. El enemigo no ha logrado avanzar ni superar nuestras fortificaciones a pesar de los furiosos intentos del día de ayer. Realizaron tres ataques contra la plataforma que rodea nuestra ciudad, y dos a través de las montañas. Todos fueron rechazados con graves pérdidas para las fuerzas de la Triple Alianza y, lamento decirlo, también para nosotros. El enemigo el día de hoy estuvo trasladando su campamento al valle, frente a nuestra plataforma defensiva. Tengo elementos para pensar que están preparando el asalto final, en el cual utilizarán todos sus recursos contra nosotros. No dudo que también continúen los ataques por las montañas, ya que por ahí cruza el único camino que sigue bajo nuestro control para salir de la garganta rodeada de cerros. Todas las demás rutas han sido tomadas por los contingentes de la Triple Alianza —finalizó ante la mirada escrutadora del tlahtoani y su consejero.

Un tenso silencio se creó por un momento. Cuando Tzotzoma iba a continuar con su reporte fue bruscamente interrumpido por el tlahtoani adolescente, cuyo rostro coronado por una diadema de piedras verdes se transformó en una máscara de odio.

—¿Crees que esas son noticias dignas de ser informadas? ¡Debería ejecutarte en el altar central del recinto ceremonial por no haber logrado la expulsión de los mexicas! —dijo mientras se incorporaba de su icpalli con el rostro encendido—. ¿Acaso quieres orillarme a pedir una paz deshonrosa por culpa de tu ineptitud, Tzotzoma?

Milcacanatl colocó su mano sobre el hombro de su sobrino y con gentileza lo sentó, para prevenir uno de los ataques de furia por los cuales era famoso el joven tlahtoani.

—Sobrino, recuerda que un gobernante siempre debe mantener la cabeza fría. Debes evitar mostrar tus emociones en público, por más fuertes que sean. Dime, ¿por qué no vamos a la plataforma amurallada y matamos algunos mexicas? ¿Tienes preparado tu arco?

—Excelente idea, tío —dijo emocionado el joven y olvidó el enojo de hacía un momento—. ¡No hay mayor honor para un tlahtoani que defender su altépetl con su propio macuahuitl, arriesgar valerosamente su vida! Y tú, tecuhtli Tzotzoma, espero que mejores tu desempeño si quieres seguir sintiendo el frío de la noche y el calor del día —concluyó, luego se puso de pie y salió del gran salón.

—Ve por tu arco y tus flechas, que en un momento estaré contigo —gritó el viejo con una sonrisa mientras veía cómo su sobrino desaparecía por una puerta, seguido por dos corpulentos guardias.

La frente de Tzotzoma se perló de sudor al encontrarse solo con el gran consejero, quien se quedó con la mirada fija en el vacío. El silencio reinó en el recinto. A lo lejos se escuchaba el bullicio de miles de personas que trabajaban apuntalando y reforzando las defensas de la población. En la oscuridad, el viejo rostro de Milcacanatl era iluminado por el débil fulgor del único brasero encendido del recinto, tenía la apariencia de un ser propio del inframundo. La ausencia de brillo en su único ojo delataba un fuerte sentimiento de desesperanza y frustración.

Después de tragar saliva, Tzotzoma continuó su reporte con una mala noticia:

—Gran consejero, hace unos momentos llegó un corredor proveniente de la ciudad de Alahuiztlán con un mensaje. Informó que habían mandado un cuerpo de siete mil hombres para auxiliar nuestra ciudad; sin embargo, se encontraron con uno de los cuatro xiquipillis que componen el ejército de la Triple Alianza, ubicado al norte de Teloloapan. Al verse superados en número y con el riesgo de que su propia ciudad pudiera ser sitiada, tuvieron que retirarse. Finalizó diciendo que, lamentablemente, por el momento no pueden auxiliarnos. Que esperan una columna de Oztomán para unir fuerzas e intentar primero derrotar a los ocho mil hombres que acampan al norte, y después, si Centéotl lo quiere, romper el sitio. Esto podría tomar más de diez días.

—Parece que hemos sido abandonados por nuestros aliados en la lucha por la libertad de la provincia de Tepecuacuilco.

—Así parece ser, gran consejero —contestó el militar—. He enviado varios corredores, entre ellos el de Alahuiztlán, a las dos ciudades aliadas, exhortándolas a que se apresuren, pues parece que no podremos soportar los ataques de la Triple Alianza por diez días. La política del sanguinario Ahuízotl es atacar directamente nuestra ciudad a pesar de las costosas bajas que está teniendo su ejército. Si los ataques de los mexicas continúan como hasta ahora, en cualquier momento pueden superar nuestras fortificaciones —concluyó Tzotzoma y se limpió el sudor y el polvo de la frente con el dorso de la mano.

—¡Son unos cobardes! ¡Son unos perros temerosos, nuestros supuestos aliados! —dijo Milcacanatl y se levantó tempestuosamente de su icpalli, liberando su frustración—. ¡Pero ya les llegará su turno! Sus cultivos serán incinerados, sus poblaciones arrasadas y sus mujeres esclavizadas. ¡Que Centéotl les guarde ese tonalli! —bramó con el rostro encendido al tiempo que se despojaba del enredo que portaba sobre la cabeza y lo arrojaba al piso. Fragmentos de las conchas que lo decoraban salieron disparados en todas direcciones ante la mirada atónita de Tzotzoma. Visiblemente agitado, el consejero colocó una mano sobre su vientre en busca de mitigar alguna dolencia. Lentamente se volvió a sentar para intentar calmarse.

—Pelearemos hasta el final, antes que volver a ser esclavos de los mexicas —murmuró con una mueca de dolor en el rostro—. Si la muerte es el destino que los dioses nos han reservado, lo aceptaremos gustosos. Y hablo por toda nuestra población.

Sorprendido al escuchar las palabras del gran consejero, Tzotzoma se incorporó y se acercó al icpalli. El eco de sus pasos resonó entre los muros del salón.

—Gran señor, le pido que no tomemos decisiones precipitadas. Piense por un momento en las mujeres, en los ancianos, en los niños. Siempre está disponible la opción de negociar o capitular. Aún estamos en posición de hacerlo, pues nuestras murallas aguantan sus embates y el ánimo de nuestros hombres es bueno. Incluso podemos dar tiempo para que se unan los ejércitos de Alahuiztlán y Oztomán y vengan en nuestro auxilio. Puede darse el milagro...

—Mide mis palabras, Tzotzoma, y hazlo muy bien. Nunca aceptaré dialogar con nuestros enemigos para convertirnos de nuevo en sus esclavos y tributarios. Si vuelves a mencionar esa posibilidad, te costará la vida —al decir esto, el rostro del consejero se transformó en una máscara llena de desprecio.

Por un largo momento el salón se volvió a sumir en un silencio sepulcral. Lo único audible era la respiración agitada de Milcacanatl, quien tenía la mirada fija en el fulgor del fuego del brasero.

—Mataremos al huey tlahtoani en su propio campamento —dijo sin retirar la mirada de las llamas; relajaba su respiración poco a poco.

—¿Cómo dijo, gran consejero? —preguntó Tzotzoma sin entender la revelación que acababa de escuchar.

—Infiltraremos a dos hombres en el campamento de la Triple Alianza con la ayuda de los conspiradores mexicas que buscan la caída de Ahuízotl. Se trata de dos hombres de confianza del albino, diestros en el uso del arco y la cerbatana. Cuando el momento llegue, harán su intento por acabar con la vida del "gran sol tenochca". Por esa razón es necesario que mantengamos abierto el paso norte de nuestra ciudad hasta mañana por la mañana, para que los asesinos puedan escabullirse sin ser vistos —replicó ya más calmado y con un movimiento rítmico con la mano.

Tzotzoma reflexionó las palabras que acaba de pronunciar el consejero. ¿Matar al huey tlahtoani con un dardo ponzoñoso? Era inadmisible para su código marcial. Los gobernantes eran capturados en combate cuerpo a cuerpo, o en su defecto después de que sus tropas hubieran sido derrotadas. Sin embargo, el señorío de Teloloapan se estaba quedando sin opciones y el tiempo se agotaba rápidamente. El asesinato de Ahuízotl era la última opción que tenían los chontales para evitar la derrota, ya que el consejero se negaba a negociar. Por más deshonroso que fuera, era mejor que muriera el gran orador de Tenochtitlán y no miles de mujeres, niños y ancianos.

—Sé que no tenemos muchas opciones en este momento y debemos tomar en cuenta hasta las menos dignas como esta, gran consejero. Enviaré más hombres para reforzar esa posición y resistir el embate enemigo hasta mañana. Le puedo asegurar que el camino seguirá abierto hasta el mediodía. También daré aviso a los capitanes de las diferentes secciones de defensores apostados en la muralla norte sobre las montañas, para que brinden cobertura a los hombres que partan.

—Muy bien, tecuhtli. Por la madrugada te enviaré un mensajero con los detalles. Ahora puedes retirarte —concluyó el consejero, visiblemente abatido.

El guerrero chontal consideró prudente no agregar nada más; tocó el piso con los dedos y después se los llevó a la boca, como dictaba el protocolo. Luego se retiró en silencio de la presencia del peligroso consejero.

Recorrió varios pasillos y un par de estancias, todos sumidos en la más completa oscuridad. El palacio parecía abandonado. Las habitaciones, patios y grandes salones que antes de la invasión estaban rebosantes de actividad con la presencia de guardias, cocineras, nobles, burócratas, bufones, consejeros, ahora estaban vacíos, envueltos en un silencio espectral, ni siquiera las antorchas estaban encendidas. Cuando Tzotzoma cruzó frente al pórtico que daba acceso al gran salón de recepciones detuvo su caminar ante sus hermosos murales, ahora en total oscuridad. Un sentimiento de melancolía lo abordó al recordar los gratos momentos que había pasado entre sus paredes sentado en un icpalli, comiendo y bebiendo hasta el hartazgo. Por esa razón, y por las esculturas y murales que lo decoraban, siempre lo había considerado su espacio preferido de todo el palacio. Aún recordaba cuando se organizó un gran festejo en honor de los embajadores mexicas que visitaron el altépetl cargados de regalos para participar en las honras fúnebres del recién fallecido tlahtoani de Teloloapan, Cuculetecuhtli, el padre de Amalpili. A pesar de tener que pagar un oneroso tributo veintena tras veintena, fueron momentos de desarrollo y expansión militar para el altépetl chontal bajo el cobijo y patrocinio de la Triple Alianza. La ciudad fue incorporada a una gigantesca red de comercio que iba desde el Xoconochco hasta la capital totonaca, Cempoallan; esto generó que las riquezas fueran abundantes en Teloloapan. Ahora los mexicas eran sus enemigos mortales.

El militar siguió su camino, reflexionando sobre la difícil situación en que se encontraba la ciudad que había jurado defender con su vida. Dejó atrás el ala norte del palacio al atravesar un amplio patio estucado rodeado de altos portales sostenidos por pilastras labradas. En el centro había un altar cuadrangular de cuatro cuerpos sobrepuestos que buscaba asemejarse a un templo de reducidas dimensiones. Pequeñas escalinatas y alfardas decoraban los cuerpos que lo constituían, y estaba coronado por la representación esculpida en piedra de Tlahuizcalpantecuhtli, el señor de la aurora. Al seguir avanzando, el chontal se percató de la presencia de un hombre sentado en la escalinata que daba acceso a uno de los portales. El individuo parecía concentrado en juguetear con un objeto blanco que colgaba de su cuello bajo la titilante luz de una antorcha de madera de ocote. Tzotzoma lo observó con detenimiento y algo le pareció familiar en él, a pesar de la oscuridad que los rodeaba.

—Nari —saludó el hombre en purépecha, para después usar un entrecortado chontal—. Agradezco a los dioses la oportunidad de volver a ver tu rostro, Tzotzoma.

Este último supo de inmediato de quién se trataba. "Así que el famoso y sádico dirigente purépecha había sobrevivido a su última travesía", reflexionó.

—Tsaki Urapiti, te saludo. Me alegra que hayas regresado después de tu larga ausencia para seguir combatiendo por nuestro humilde altépetl —contestó el general chontal con cierto sarcasmo.

El purépecha se incorporó y se dirigió hacia el guerrero. A pesar de ir desarmado, su presencia era amenazante. Su pálida piel parecía traslúcida ante la menguante luz de la luna. Su blanquecino cabello sujeto en una trenza se balanceaba de un lado al otro cada que daba un paso. Su musculoso cuerpo lleno de cicatrices delataba años de experiencia en el arte de la guerra. Al detenerse frente Tzotzoma y verlo fijamente a los ojos, escupió sus palabras en chontal:

—No te confundas, "remendado", no estoy aquí para defender los intereses de tu pueblo, sino para cumplir los deseos de mi irecha y señor Tzitzipandaquare y acrecentar la gloria del Iréchecua T'sintsunsani, incluso a costa de mi vida. Por cierto, te quiero dejar algo en claro, ya que eres el responsable de la defensa de Teloloapan. Mis guerreros y yo trabajaremos sobre objetivos muy concretos durante los próximos enfrentamientos con la Triple Alianza, por lo que no esperes que obedezcamos tus órdenes. Esto para evitar malentendidos entre tú y yo y entre nuestros hombres. ¿Nos entendemos? —le dirigió una mirada fría y penetrante a Tzotzoma—. Seguramente el gran consejero ya te notificó las facilidades que tienes que brindarles a mis hombres para que salgan de la ciudad.

El general chontal, quien no tenía tiempo para discutir cuando su prioridad era salvar una ciudad de la aniquilación, sonrió antes de contestarle al albino.

—Respondo a tu soberbia aclaración —dijo al tiempo que señalaba a su interlocutor con el dedo para dejar claras sus palabras—. Espero que no interfieras ni causes problemas entre mis hombres, y mucho menos en las tareas que tenemos que realizar para evitar que caiga la ciudad. De no ser así tendremos una gran diferencia, la cual dudo mucho que podamos resolver —concluyó el guerrero chontal. Los dos veteranos expertos sostuvieron la mirada. Ambos sabían el rol que jugarían en el asesinato del hombre más poderoso del Anáhuac, el huey tlahtoani de Tenochtitlán.

Cuando parecía que la furia de Tsaki se iba a materializar en una agresión, un grito femenino rompió la noche. Provenía de los patios internos del palacio. El eco resonó entre los pasillos estucados del edificio. Ambos hombres se miraron fijamente, sopesando las intenciones de su contrincante; ignoraban el estruendo por completo. Un segundo grito los hizo dejar de lado sus diferencias por un momento.

—¡Acaban de asesinar al joven tlahtoani! ¡Ayuda! —el llanto de una mujer inundó la noche.

Un sentimiento de desconcierto impactó al general chontal por lo que acababa de oír. De inmediato Tzotzoma corrió hacia el gran salón, sobresaltado ante semejante noticia. A su espalda escuchó la risa del albino, quien le gritó:

—No te alarmes, chontal, se trata de asuntos familiares. No intervengas.

En ese momento Tzotzoma no puso atención al comentario sarcástico de Tsaki, ya que su prioridad era corroborar la muerte del gobernante y capturar al asesino. Si en verdad el tlahtoani hubiera sido asesinado, la estabilidad interna de Teloloapan se tambalearía con riesgo de fragmentarse, lo que acarrearía funestas consecuencias para la resistencia que se estaba llevando a cabo. "¿Quién podría beneficiarse con la muerte del gobernante?", reflexionó el chontal. Seguramente los que más podrían sacar provecho serían los mexicas que sitiaban la ciudad, o algún miembro de la familia gobernante que buscaba hacerse con el poder y cambiar la política de Teloloapan ante los embates de sus enemigos. Sin darle más vueltas al asunto pensó inmediatamente en el viejo consejero Milcacanatl. "¿También habrá sido asesinado? ¿O acaso estaba involucrado en el crimen?". Desechó las ideas que se agolpaban en su cabeza cuando entró al gran salón donde había estado dialogando con el consejero hacía poco tiempo; estaba vacío, sin guardias, esclavos ni sirvientes. De pronto escuchó el eco ligero de los sollozos de una mujer. Al parecer venían de las estancias privadas del tlahtoani. Tzotzoma enfiló hacia la pequeña puerta lateral del gran salón, desde donde provenía el llanto de la mujer.

A lo lejos se escuchaban pasos y llamados propios de los guardias del palacio. En un pasillo vecino se escucharon algunas órdenes: "¡Vigilen todas las salidas del palacio! ¡Que nadie entre o salga de aquí!". Al parecer esto iba muy en serio. Arribó a un pasillo que flanqueaba un patio cuadrado en cuyo centro había un receptáculo para el agua de la lluvia. Hermosas pilastras de piedra labrada sostenían las pesadas vigas de madera del techo. Sobre el piso estucado encontró a un hombre inmóvil, muerto sobre su propia sangre. Se trataba de un cuerpo armado con una lanza que vestía una armadura de algodón. Su garganta había sido degollada tan profundamente que casi lo decapitan. Al agacharse a ver la herida con detalle, se percató de que el guerrero había sido sorprendido por la espalda, por lo que ni siquiera tuvo oportunidad de usar su lanza.

Tzotzoma se puso de pie y dobló en una puerta, después en una segunda, donde encontró el cuerpo del gobernante adolescente de Teloloapan en el piso, abrazado por su esposa, una bella mujer que portaba un hermoso huipil azul, ahora manchado de sangre. Detrás de ella, en una cuna hecha de cestería, lloraba inconsolablemente un bebé de un año. Se trataba del único hijo que el tlahtoani Amalpili había engendrado con su esposa, y por lo tanto el único que tenía derecho a heredar el trono, en caso de que fuera cierto que habían asesinado a su padre. Claro que esa situación podía cambiar si algún ambicioso estuviera dispuesto a quitar de en medio al infante y a su madre para adueñarse del icpalli real y del gobierno.

—¿Por dónde se fue? —gritó el chontal.

—Hacia el patio —contestó la mujer y señaló el lugar donde reposaba el cuerpo del guardia.

Tzotzoma regresó sobre sus pasos, pensando que ya era tarde para ubicar al asesino. Valioso tiempo había transcurrido mientras ingresaba al palacio. Cuando volvía hacia el patio, se encontró con una mujer que corría también por los pasillos del complejo palaciego. Al ver al guerrero veterano detuvo su paso, tomó angustiada su huipil y dijo:

—¡Los mexicas han entrado al palacio! Teloloapan ha caído.

Después simplemente continuó su camino, perdiéndose entre las oscuras habitaciones y salones. Al llegar al patio se encontró con tres guardias que revisaban a su compañero asesinado. Llevaban dagas de obsidiana y uno de ellos un arco. Al ver al general de la defensa de Teloloapan se sorprendieron, aunque no tuvieron tiempo de preguntar nada ante la orden recibida.

—Ustedes dos, vayan a las habitaciones del gobernante. Cuiden a su esposa y su bebé. No debe pasarles nada. Los hago responsables de su seguridad. Tú, busca al jefe de la guardia y dile que nadie puede salir de este palacio. ¡Y que manden refuerzos a las habitaciones reales!

Los guardias corrieron de inmediato a cumplir sus órdenes. El ruido de sus sandalias de cuero se perdió en el silencio de la noche. Pasos, gritos de confusión, tanto de hombres como de mujeres, hicieron eco en los oscuros pasillos y cuartos del complejo. Tzotzoma los ignoró, tomó una antorcha de ocote fijada en un muro y se acercó al cuerpo del guardia muerto para iluminarlo. Buscaba rastros de sangre, así que revisó las dos pilastras, cerca del cadáver, que sostenían el techo del pórtico. En la primera no encontró nada; sin embargo, en la segunda encontró huellas tintas, posiblemente de una mano manchada.

—Así que subiste al techo, maldito. No escaparás —murmuró Tzotzoma mientras se aferraba a los gruesos surcos tallados en la piedra, no sin antes cerciorarse de llevar su daga entremetida en su maxtlatl, por si lograba encontrar al asesino. Después de un breve momento alcanzó la cornisa, y con un último impulso aterrizó en el techo sin hacer ruido. Se escondió sigilosamente detrás de una almena rectangular para observar a su alrededor. Luego se recargó en la almena de piedra estucada, pero no encontraba nada sospechoso. De pronto vio una silueta moverse en el techo. Se trataba de un hombre delgado, con el cuerpo pintado de negro; estaba a un costado de otro tragaluz, detrás de unas almenas triangulares de piedra, a unos veinte codos de distancia. Para su fortuna, este no había notado su presencia, ya que parecía ocupado escudriñando su alrededor. Parecía sopesar hacia dónde sería más fácil escapar, por lo que era evidente que no conocía el palacio.

"Así que tú eres el desgraciado", dijo para sí mientras seguía observando al hombre. Un par de plumas colgaban de su cabello recogido sobre la cabeza. Llevaba un morral y una especie de bastón o arma sobre la espalda. Iba desprovisto de cualquier collar, pulsera, bezote u otro objeto corporal. El individuo desapareció de la vista de Tzotzoma sin saber que había sido detectado, así que, sin pensarlo dos veces, este se lanzó en su persecución, con su daga de obsidiana en la mano. El sonido de los cactli de cuero curtido que golpeaban el techo cubierto de estuco hizo que el personaje pintado de negro se percatara de la presencia del chontal. El intruso rápidamente se colocó en la boca una larga cerbatana que llevaba colgada en la espalda. Cargó en ella una fina aguja de madera, seguramente envenedada, rematada por un pedazo de algodón crudo. Con un fuerte soplido a través del tubo disparó en dirección de su objetivo.

Al darse cuenta de la amenaza que se cernía sobre él, el chontal se lanzó al piso para protegerse el rostro y el cuello, pues sabía que esos pequeños dardos no podrían penetrar su ichcahuipilli de algodón endurecido ni su tlahuiztli de plumas de ave. El pequeño dardo pasó por encima de él. Maldijo por haber dejado su yelmo en el patio donde se había encontrado con el purépecha, pues le hubiera brindado mayor protección. Al incorporarse observó que el intruso salía corriendo mientras cargaba de nuevo su cerbatana, por lo que el militar prosiguió con la persecución sobre la azotea del complejo palaciego bajo la luz de la blanca luna.

"Se te va a acabar el techo, amigo", murmuró el chontal a la par que reducía la distancia que los separaba para atraparlo. Al poco tiempo el hombre teñido de negro llegó al límite norte del palacio, por lo que tuvo que detenerse. El ala norte del edificio daba hacia una barranca de considerable profundidad, por lo que Tzotzoma sabía que no tenía escapatoria. Aunque cabía la posibilidad de que decidiera descender aferrándose al muro de piedra, lo que sería una locura. El presunto asesino volteó para enfrentar a su perseguidor y dispararó nuevamente con su cerbatana. Para la suerte de Tzotzoma, el dardo se impactó en su tlahuiztli sin lograr penetrarlo. De un manotazo lo retiró y se aferró a su daga listo para el combate.

El hombre profirió un gruñido al darse cuenta de que había fallado, luego arrojó la cerbatana al vacío y sacó dos largos cuchillos de pedernal con mango de madera de las fundas que llevaba atadas a la cintura. Con una mirada de furia se alistó para enfrentar al guerrero. Tzotzoma supo que se encontraba en desventaja; pensaba que su única oportunidad de salir con vida del enfrentamiento era utilizar su daga de obsidiana a una corta distancia. Entonces corrió hacia su oponente y aprovechó su velocidad para saltar hacia él, agacharse y evadir una cuchillada mortal. Al aterrizar a espaldas del misterioso hombre le clavó el cuchillo en el antebrazo, buscando inutilizarlo para posteriormente poder interrogarlo. El hombre tiznado ahogó un grito de dolor, al tiempo que soltaba el cuchillo de pedernal que llevaba en la mano derecha. Mientras el chontal se ponía de pie, su oponente le lanzó una barrida sobre su pierna derecha que lo hizo perder completamente el equilibrio y trastabillar hacia el abismo que tenía enfrente. Con un rápido reflejo se sujetó de la cornisa estucada, pero quedó colgando bajo la mirada atenta del intruso, quien al sentirse vencedor se acercó para pisarlo.

—Me habían advertido sobre ti, el hombre que vestía el plumaje de guacamaya, el eterno protector de Teloloapan —dijo en un correcto chontal. Luego acercó el otro pie para tener mayor apoyo y presionar con más fuerza la mano de su oponente, colocándose peligrosamente cerca del vacío—. Pero ya es muy tarde para ti. Hice que tu tlahtoani pasara a través de las aguas, extinguí su vida, y ni sus guardias ni tus guerreros pudieron hacer nada para salvarlo —concluyó ahora en náhuatl mientras balanceaba el largo cuchillo de pedernal sobre la cabeza del chontal.

—¿Quién te envió, mercenario? ¿Acaso fueron los mexicas? ¿O nuestros supuestos aliados de Alahuiztlán? —rugió Tzotzoma para ganar un poco de tiempo mientras colocaba la mano izquierda en la cornisa para soportar su peso. Se balanceaba en el vacío, atento a los movimientos de su contrincante. El dolor en sus dedos era muy intenso.

—Gran guerrero, me sorprenden tus palabras. ¿Cómo juraste proteger a un gobernante y su altépetl de quienes sabes tan poco? ¡Tu ignorancia te costará la vida! —dijo el hombre tiznado.

Tzotzoma sabía que solo tenía una oportunidad de salir vivo de la situación. Sin dejar de escuchar lo que le decía el intruso, el chontal se percató de que los muros lisos del palacio se cimentaban al ras del barranco sobre una plataforma rocosa. Aunque la depresión no se veía muy profunda, sí era lo suficiente para matar a cualquier persona que cayera desde su posición. De inmediato encontró lo que estaba buscando: un gran matorral se aferraba entre las formaciones rocosas del desfiladero. Decidió apostar el todo por el todo. El asesino seguía ejerciendo presión sobre su única mano sujeta a la cornisa que remataba el techo del palacio. Una gran sonrisa atravesaba su rostro.

—Realiza tus plegarias de despedida porque… —a la distancia un grito lo interrumpió:

—¡Ahí está el desdichado! ¡Alto! ¡No tienes por dónde escapar! —luego se escuchó una serie de pasos retumbando sobre el techo.

Tzotzoma tenía la certeza de que las voces provenían de los guardias del palacio, que por fin los habían encontrado. El hombre pintado de negro volteó y de inmediato agachó la cabeza para evadir una flecha que pasó volando a escasa distancia. Ese fue el momento que esperaba el chontal. Tomó fijamente el tobillo de su contrincante con la otra mano y se dejó caer hacia el abismo. Un grito de sorpresa salió de la garganta del intruso al sentir el jalón que lo arrastraba al vacío.

Con gran habilidad, el curtido chontal logró aferrarse a las ramas del arbusto que había localizado antes de saltar, pese a los fuertes golpes y raspones que recibió al tratar de mantenerse cerca de la pared del palacio y luego del desfiladero. De pronto el arbusto se sacudió como si amenazara con desprenderse de la superficie rocosa del barranco. Terrones de tierra cayeron sobre el rostro del chontal.

"¡Aguanta, aguanta!", murmuró mientras trataba de encontrar donde colocar sus pies. Una pequeña ranura, una fisura, una saliente. Finalmente logró apoyar el pie derecho sobre una hendidura en la roca, esto permitió distribuir su peso para que las raíces del matorral aguantaran un poco más. El chontal volteó hacia el fondo del barranco y vio el cuerpo inmóvil, desmadejado, de su oponente. Se había llevado valiosa información al inframundo.

—¡Ayudaaaaaaa! ¡Acá, abajo! —gritó con desesperación, tratando de llamar la atención de los guardias que habían llegado de último momento. Súbitamente aparecieron los rostros de estos, sorprendidos al ver al tecuhtli Tzotzoma vivo, aferrado con todas sus fuerzas al muro y al matorral.

—Señor, ¿se encuentra bien? —preguntó uno de ellos.

—¡Claro que me encuentro bien, tonto! Al borde del precipicio. ¡Traigan una cuerda, antes de que me mate! ¡Rápido!

En un instante los guardias arrojaron la cuerda al veterano. Poco a poco los tres fornidos hombres lo fueron jalando hacia la cima. Llegó a la azotea jadeante y sudoroso por el esfuerzo. Vio a los tres guardias que le habían salvado la vida, también cansados por el esfuerzo de subirlo.

—¿Por qué se tardaron tanto, novatos? —fue lo único que se le ocurrió decir. Unas sonrisas aparecieron en los rostros de los guardias.

Tzotzoma también sonrió. Después agradeció a los dioses por haberle permitido conservar la vida, aunque pensó que tal vez hubiera sido mejor morir en el despeñadero que enfrentarse a la difícil realidad que tenía por delante. Con el rostro bañado en sudor regresó hacia el interior del palacio, no sin antes ordenarles a los guardias que rescataran el cuerpo del intruso del fondo del precipicio.

—Lo que encuentren me lo reportan solamente a mí, ¿entendieron? —les dijo.

Posiblemente, al examinar el cuerpo y sus pertenencias, encontraría algo de información que ayudara a dar con los responsables intelectuales del asesinato del tlahtoani Amalpili.

CAPÍTULO XII

El joven chontal avanzó escoltado por dos guerreros mexicas que lo sujetaban fuertemente de los brazos. Acababa de amanecer. Su cuerpo estaba pintado de blanco y cruzado con franjas rojas verticales. Un antifaz de pigmentos negros cubría la parte superior de su rostro. Sobre la cabeza llevaba un tocado de plumas blancas de garza. Seguro había consumido un hongo alucinógeno o grandes cantidades de pulque, porque avanzaba trastabillando, ajeno a la realidad que estaba a punto de vivir. Iba a ser sacrificado para consagrar el campo de batalla y ganar el favor y beneplácito de Huitzilopochtli, Tonatiuh y Tezcatlipoca durante el enfrentamiento que estaba a punto de empezar. El huey tlahtoani Ahuízotl de Tenochtitlán presidía la ceremonia, sentado sobre su icpalli cubierto de pieles de ocelote y flanqueado por los representantes de Tlacopan y Tezcuco, todos sobre una tarima de dos varas de alto construida durante la madrugada con madera de la región. Rodeando la plataforma se encontraba la guardia del gran orador, compuesta por los cuatrocientos huitznahuas.

Seis sacerdotes con el cuerpo tiznado de hollín tan negro como la noche, con sus largas cabelleras sueltas y de olor nauseabundo por la sangre de los sacrificados con que solían mojarlas, esperaban ansiosamente a la víctima. Sus miradas frías, inhumanas, inexpresivas, seguían el torpe andar del cautivo hacia el téchcatl o piedra de los sacrificios,. La piedra cilíndrica estaba labrada de manera minuciosa con un patrón de plumas, estrellas y águilas que devoraban corazones humanos.

Un séptimo sacerdote, que vestía una tilma color azul y portaba un sahumador donde se quemaba resina de copal sobre carbones al rojo vivo, esperaba paciente a que se realizara el sacrificio. Cuidaba la representación de Huitzilopochtli, el colibrí del sur, el antiguo caudillo zurdo muerto en combate que había sido divinizado. Había sido colocada sobre una base cilíndrica de madera, tallada con águilas y jaguares. La figura medía tres codos de alto; estaba hecha de semillas de amaranto mezcladas con miel. Vestía lujosas prendas de algodón, todas de color azul cielo o turquesa, así como caracoles y conchas marinas que decoraban su pecho cuadrado. Un tocado compuesto por una diadema de oro coronaba su cabeza. Completaban su decoración ajorcas, una nariguera en forma de mariposa, un bezote circular, brazaletes, orejeras y cascabeles, todo hecho de oro. Alrededor del improvisado altar se habían depositado flores silvestres. También se había derramado sagrado pulque sobre la tierra en forma de patrones de protección para la deidad.

Frente a la piedra de sacrificios se había levantado la gran tarima donde estaba Ahuízotl. Alrededor de la estructura, la piedra de sacrificios y la guardia personal del huey tlahtoani, se habían reunido en grandes escuadrones más de veinte mil hombres provenientes de todas las poblaciones del Anáhuac, quienes pacientemente esperaban el comienzo de la ceremonia de sacralización del campo de batalla.

En las primeras filas se encontraban los guerreros de élite, así como los miembros de las sociedades guerreras: los cuauchique, los tonsurados y los otontin u otomíes. Guerreros águila conocidos como cuaupipiltin también estaban presentes, así como los tequihua. Asimismo habían acudido las águilas viejas, los cuauhhuehuetqueh, guerreros que superaban los cuarenta y cinco inviernos a los que no se les permitía combatir pero que seguían desempeñando importantes funciones administrativas y de logística en los campamentos. Dependiendo de la importancia de los guerreros dentro de la jerarquía militar era el lugar que ocupaban.

Tal cantidad de gente se había congregado en el territorio del señorío de Teloloapan que la alimentación de tantas bocas constituía la segunda preocupación de los jerarcas de la Triple Alianza. Se volvía prioritario doblegar la resistencia de la ciudad rebelde lo antes posible, antes de que se acabaran los suministros. Para eso faltarían al menos veinte días, por lo que aún había tiempo suficiente para alcanzar la victoria, y más ahora que los ánimos de los hombres estaban por los cielos.

Cientos de estandartes con diferentes figuras, desde deidades hasta mariposas, sobresalían entre los miles de hombres, al igual que lanzas, dardos y hermosos tocados hechos con plumas de aves de todos los rincones del imperio. A los integrantes de la partida que logró traer el tributo sano y salvo, entre los cuales me encontraba, nos dieron un lugar de honor durante la ceremonia, al lado derecho del estrado. A pesar de que nadie de nuestra partida había podido entrevistarse con Ahuízotl, ni siquiera Motecuhzoma, el huey tlahtoani había sido informado del ataque que habíamos sufrido y de cómo habíamos derrotado a unos misteriosos guerreros purépechas; esto fue calificado como una hazaña, por lo que seríamos recompensados al final de la ceremonia. Como ocupábamos el lugar de mayor importancia en la gigantesca formación y éramos observados por la élite militar de la Triple Alianza, nos sentíamos orgullosos de nuestros logros y nuestro dolor y cansancio desaparecieron momentáneamente. Incluso los heridos quisieron estar presentes, antes de curarse o probar alimento caliente.

Ahí estaban Motecuhzoma, Tozcuecuex, mi amigo Itzcuintli, Cuauhtlatoa, Coaxóchitl y los demás, con la barbilla en alto y la mirada fija ante la ceremonia que se iba a realizar, conscientes de que miles de guerreros nos examinaban de arriba abajo. ¿Quién diría que yo, Ce Océlotl del calpulli de Tlalcocomulco, formaría parte de esta importante reunión en primera línea, con un lugar primordial? Sin duda alguna mis añorados difuntos y mi padre estarían orgullosos de mí, a pesar de que lo único que hice para merecerlo fue haber sido elegido para participar en una peligrosa misión que estuvo muy cerca de acabar en un rotundo fracaso. Gracias al beneplácito de los dioses, no había sido así.

A mi alrededor se arremolinaban los estandartes de los pueblos de Xochimilco, Chalco, Tezcuco, Tlacopan, Huexotla, Tlalnepantla, Cuauhchinanco, Tláhuac, Cuauhnáhuac, Amecamecan, Xaltocan, Sultepec, Teotihuacán, todos aliados y tributarios de los mexicas. Cada uno de ellos tenía dibujado el glifo de su altépetl y en la mayoría de las ocasiones iban rematados con plumas, caracoles, cascabeles e incluso huesos humanos. Una ráfaga de viento sopló con fuerza e hizo ondear los estandartes de algodón.

Un silencio sepulcral se cernía esa mañana sobre el devastado territorio de Teloloapan, a pesar de la gran actividad que se llevaba a cabo. Casas de adobe abandonadas, árboles carbonizados y campos de cultivo arrasados a lo largo del valle eran los mudos testigos de la gran reunión, donde algunos de los presentes vestían trajes manufacturados con pieles de jaguar y venado y con plumas de una infinidad de colores. Algunos traían yelmos que representaban la cabeza de algunos animales como águilas, coyotes, chapulines, ocelotes e incluso seres míticos como Xólotl, la deidad con cabeza de cánido. Portaban los colores de la guerra en el rostro: rojo, negro, azul, amarillo, así como sus dardos y escudos en las manos. El oro, la plata y el cobre resplandecían gracias a la luz de Tonatiuh, que tímidamente brillaba detrás de los jirones de varias nubes de considerable tamaño que avanzaban desde las montañas. A mi derecha, afuera de la gran formación, había miles de cargadores en filas serpenteantes que iban desde el campamento hasta las fortificaciones de la ciudad. Llevaban fardos repletos de navajillas de obsidiana, glandes de honda, haces de flechas y dardos, lanzas, escaleras, cuerdas, parapetos hechos de cestería y todo lo que pudiera ser de utilidad durante la batalla que estaba por comenzar. Muchos de ellos se veían agotados y hartos por librar una guerra lejos de sus tierras que no les reportaría ningún beneficio, pero no tenían otra opción más que marchar con bultos, paquetes, varas, envoltorios y armas sobre sus espaldas.

El sonido de una decena de caracolas sopladas al unísono dio aviso de que estaba por iniciar la ceremonia. El cautivo fue entregado por los guerreros a los sacerdotes, quienes lo acostaron sobre la piedra de sacrificios. Dos de ellos sujetaron sus pies, otros dos sus manos y un último su cabeza con una tira de cuero colocada sobre su frente. Era tal la fuerza que ejercían los hombres tiznados de hollín sobre la victima que su cuerpo se arqueaba completamente sobre el téchcatl. El líder de los sacerdotes tomó el gran cuchillo de pedernal y lo mostró hacia los cuatro puntos cardinales, a la par que recitaba una oración. Agradecía a Ometéotl, la deidad creadora de lo divino y lo terrenal, de todo lo invisible y lo visible. A continuación agradeció a los cuatro Tezcatlipocas, el negro, el blanco, el rojo y el azul, los guardianes de los cuatro puntos cardinales. Todos los espectadores guardamos silencio ante el sagrado ritual. Cuando el tlamacazqui terminó con las oraciones se colocó frente al prisionero.

Momentos antes de que el sacerdote clavara el cuchillo en el pecho del desdichado, Motecuhzoma dio un par de pasos hacia el frente, fuera de la formación, y se arrodilló. En un gesto de humildad, alzó los brazos y bajó la mirada. Los sacerdotes se percataron del hecho y voltearon a ver al huey tlahtoani, expectantes ante la decisión que tomaría. Los capitanes y campeones presentes observaron la escena sin sorprenderse, pues sabían lo que significaba. Motecuhzoma solicitaba al huey tlahtoani el honor de sacrificar al prisionero él mismo, con una promesa frente a Huitzilopochtli de ser el primer hombre en superar las defensas de la ciudad enemiga y entrar en ella. Esa petición solamente la podían realizar los guerreros de origen noble, los grandes capitanes y los campeones del ejército. Muy pocos guerreros lograban cumplir la promesa y salir con vida, por lo que en realidad el gesto implicaba ofrendar su vida a Huitzilopochtli en batalla y pedir su intercesión para llegar al Tonatiuh Ichan de inmediato.

Desde la cima de la plataforma de madera, Ahuízotl vio el gesto inesperado de su sobrino. Sin retirarle la mirada, el gobernante se llevó un dedo al mentón y comenzó a reflexionar. Sabía que ese gesto muy probablemente terminaría con la vida de su sobrino. A pesar de que lo consideró una irresponsabilidad por parte de Motecuhzoma debido a las grandes obligaciones que tenía dentro del ejército, con su ciudad y con la familia real, el huey tlahtoani aprobó su propuesta, pues de negarse podría afectar la moral del ejército. La bien ganada reputación del joven y devoto noble se había fortalecido al recuperar el tributo y rechazar el ataque purépecha.

Luego de un instante que pareció una eternidad, y sin mayor comentario a los hombres que lo rodeaban, Ahuízotl le hizo una seña al líder de los sacerdotes, el que portaba el largo cuchillo, quien de inmediato la entendió. Resignado, avanzó hacia el lugar donde se encontraba Motecuhzoma arrodillado con los brazos dirigidos al cielo para dejar con gentileza el mortal objeto de piedra en sus manos y murmurarle: "Que el coraje de Huitzilopochtli arda en tu corazón hasta que encuentres la muerte florida".

El sobrino del huey tlahtoani se incorporó y con paso decidido se dirigió hacia el cautivo sujetando la filosa arma. Un escalofrío recorrió mi cuerpo al observar al hombre acostado, quien incluso parecía sonreír, ajeno al destino que se volcaba sobre su humanidad.

Después de volver a agradecer hacia los cuatro puntos cardinales y de dedicarle una mirada de agradecimiento a Ahuízotl, Motecuhzoma clavó sin ningún titubeo el cuchillo debajo del esternón de la víctima. Una gran cantidad de sangre escurrió por la herida, así como por la boca y la nariz del individuo. La víctima entró en choque de inmediato. Con mucha calma, el sobrino del huey tlahtoani entregó el largo cuchillo a un sacerdote para poder sujetar una filosa navajilla de obsidiana y rápidamente metió la mano por la gran oquedad, de donde seguía fluyendo abundante sangre, para extraer el corazón palpitante del cautivo, quien ya daba los últimos estertores. Sin mayor complicación cortó con la filosa navajilla las venas y arterias del corazón. En el preciso momento en que el guerrero alzó el órgano sangrante, una densa nube se movió a través del cielo para que el sol refulgiera con intensidad e iluminara la hondonada, lo que fue interpretado como un augurio positivo de que Tonatiuh aceptaba con beneplácito la ofrenda.

La gran deidad solar auguraba la victoria de su pueblo. Miles de guerreros gritaron al unísono, algunos tapaban y retiraban la mano de su boca mientras observaban el acontecimiento. Huehuemeh y caracolas rugieron entre la algarabía de los hombres. Reverencialmente, Motecuhzoma dejó el corazón en un gran incensario ubicado al pie de la representación de Huitzilopochtli, donde se quemaba una gran cantidad de copal, y se quedó postrado de rodillas ante el cuerpo ya inmóvil del cautivo. Ahuízotl permitió que los miles de hombres celebraran el sacrificio y la aprobación de la deidad solar, hasta que se puso de pie y abrió los brazos para indicar que todos guardaran silencio porque hablaría. El gran orador tomó la palabra entre los gritos de algunos militares que regañaban a sus hombres para que callaran.

—Pueblo del sol, forjadores de cantos, portadores de cascabeles, hombres de guerra, águilas y jaguares, Tonatiuh y Huitzilopochtli se han manifestado en el firmamento, agradeciendo el sacrificio que les hemos ofrendado. Los dioses solares están observando nuestros actos en este preciso momento y garantizan la victoria de las huestes de la Excan Tlatoloyan sobre los rebeldes. ¡Estoy orgulloso de todos ustedes! —gritó, abriendo más los brazos como si quisiera abrazar al mismo tiempo a veinte mil hombres.

Como respuesta, la multitud de guerreros gritamos de emoción y gratitud. Las caracolas y los tambores respaldaron las voces de los miles de hombres. El barullo terminó cuando nuevamente Ahuízotl extendió los brazos. Una vez que el silencio volvió a reinar, continuó exclamando con su voz ronca y grave:

—Es momento de seguir demostrando valor, sacrificio y abnegación, como en las hazañas que he visto estos últimos días realizadas por hombres de los diferentes altepeme que conforman nuestros ejércitos. Como Tlatecatzin de Coyohuacan, quien al verse gravemente herido se arrojó al vacío desde la empalizada y arrastró con él a un importante capitán chontal. O el joven y humilde Yei Acatl de Culhuacán, quien de acuerdo con varios testigos abatió con los proyectiles de su honda a más de diez guerreros enemigos antes de ser herido de muerte por una saeta contraria. Y qué decir del sacerdote-guerrero Ayatzin de Tezoyuca, quien arrebató el estandarte de los yopes cuando asaltó las fortificaciones de las montañas que circundaban Teloloapan, y lo trajo hasta mis pies para morir decapitado momentos después en el fragor de la batalla. Les garantizo que todos ellos, en este momento, se encuentran disfrutando del calor de Tonatiuh y del perfume de las flores en el paraíso solar. Ahora todas las mañanas realizarán danzas y cantos durante el ascenso del gran astro hasta su llegada al cenit —completó el mensaje al tiempo que levantaba los brazos, añadiéndoles fuerza a sus palabras. Nuevamente se escuchó el griterío.

El gran orador hizo una breve pausa para regocijarse con el clamor de ovaciones que surgieron de lo más profundo de las gargantas de los presentes. A mi alrededor, algunos compañeros golpeaban sus labios mientras lanzaban alaridos, otros silbaban. A pesar del cansancio también lancé gritos de orgullo al cielo. Al voltear a mi lado derecho vi a Tozcuecuex, quien parecía estar ausente y pensativo, ajeno a las demostraciones de alegría de los guerreros. El gran orador continuó haciendo reconocimientos públicos:

—También quiero destacar la entereza, disciplina y fervor combativo que demostró este grupo de guerreros que se encuentra a mi derecha, el cual viajó al poblado de Ichcateopan para traer sano y salvo el tributo almacenado de las últimas veintenas hasta nuestro campamento. Durante su trayecto fueron emboscados por una fuerza purépecha. Sin embargo, a pesar de su inferioridad numérica, lograron derrotarla. Agradezco a mi esforzado sobrino, Motecuhzoma Xocoyotzin, quien supo dirigir con gran talento a sus hombres, tanto en batalla como durante su marcha. Por esa razón, y por muchas otras pruebas de valentía, acepté que fuera él quien bendijera este campo de batalla con la sangre del cautivo. Ahora tiene la obligación de ser quien encabece el ataque contra las defensas de Teloloapan en esta jornada, y dirigirnos hacia la victoria.

Otra ovación resonó entre las montañas y cerros frente a la perspectiva de saqueo que se les presentaba a los hombres. Grité, tratando de parecer emocionado a pesar de que mis pensamientos estaban concentrados en descubrir una conspiración. Con humildad, Motecuhzoma avanzó hacia el estrado ante la llamada de su tío, quien a su vez se incorporó y se dispuso a bajar del mismo acompañado de un par de guardias.

Tozcuecuex me dirigió una mirada de sorpresa, a la que respondí con un encogimiento de hombros. Realmente eran desconcertantes los designios que el gran Tezcatlipoca colocaba en el camino de los hombres. Preocupado por el protagonismo que estaba tomando Motecuhzoma y lo contradictorio de su comportamiento, le susurré al cuauchic:

—Gran señor, espero que nos estemos equivocando sobre el individuo.

—Dudo que nos estemos equivocando, Ocelote —murmuró con firmeza.

—¿El plan sigue en pie? —pregunté.

—En efecto. En el campamento el noble es vigilado por dos de mis hombres de confianza. No te distraigas.

Volteé a ver la escena y no pude creer lo que estaba frente a mis ojos. Ahuízotl le estaba obsequiando a su sobrino uno de sus trajes de batalla, un hermoso tlahuiztli de algodón color ocre que buscaba imitar la piel desollada de un sacrificado. De ambas mangas colgaban dos manos hechas de tela y rellenas de algodón crudo. A la altura de la cintura, varias hojas de zapote formaban una falda, también asociada a Xipe Totec. El noble también recibió el quetzallalpiloni, una banda color rojo para sujetar el cabello a manera de atado sobre su coronilla. De dicha pieza colgaba un abanico de plumas de quetzal de un intenso verde. Un gran chimalli emplumado con el glifo de un alacrán, así como un macuahuitl pintado de dorado y turquesa, completaban el ajuar.

Los eternos acompañantes del tenochca se acercaron a su señor para retirarle sus vestimentas, hasta dejarlo solamente con su braguero y su armadura acolchada. Encima pusieron el tlahuiztli ocre que cubría sus brazos y piernas, y sobre su cabeza el tocado. Después le ayudaron a colocarse una ligera estructura de carrizo sujeta a su pecho por dos tirantes. En ella iba su pantli, su estandarte personal, un lienzo rectangular de algodón blanco donde iba pintado su glifo onomástico. Con ese blasón sujeto a su dorso, tanto amigos como enemigos lo reconocerían en el fragor de la batalla. Por último, Motecuhzoma sujetó el macuahuitl y el hermoso chimalli, cuando el sonido de las caracolas y los gritos de la multitud lo acompañaron.

Antes de despedirlos, el importante señor estiró la mano hacia uno de los nobles, quien de inmediato le dio un pequeño bulto envuelto en piel de venado y amarrado con una tira del mismo material. Rápidamente lo desenredó y extrajo un pendiente en forma de chimalli, hecho de oro y recubierto de turquesas. Se trataba de la valiosa joya que había sido del padre de Ahuízotl, Huehue Tezozómoc.

Después, el sobrino se dispuso a entregarle a su tío la hermosa pieza, la cual sujetaba entre sus manos. Al aproximarse hincó una rodilla en el piso y dijo:

—Gran señor, árbol que da cobijo a su pueblo, águila turquesa, desmerezco el enorme honor que me hace al permitirme usar su tlahuiztli de batalla. Portaré los cascabeles y las plumas preciosas y me regocijaré al ser el primero que entre en combate y robe el aliento a nuestros enemigos. También quiero aprovechar la ocasión para entregarle el pendiente de su fallecido padre, Huehue Tezozómoc, como usted lo solicitó, ¡oh, gran orador!

El pequeño chimalli de oro recubierto de un mosaico de turquesas refulgió cuando se lo mostró al gobernante mexica. La expresión del rostro de Ahuízotl se suavizó al ver la lujosa joya en las manos de su sobrino. La restauración que había realizado el artesano de Ichcateopan la había dejado como nueva. A la pieza se le había agregado un collar de pequeñas turquesas para que el huey tlahtoani pudiera usarla, y este no perdió un momento para colgarla sobre su cuello. Una gran sonrisa apareció en su rostro al admirar la valiosa pieza sobre su pecho, de la misma forma que muchos años atrás su querido padre la había portado. El gobernante levantó a su sobrino para abrazarlo de forma afectuosa frente a la multitud, un reconocimiento público que seguramente enfadaría a otros nobles de importancia y miembros de la familia reinante. Los presentes hicieron otra ovación en honor de los sentimientos y la sinceridad que demostraban los dos varones.

El despliegue de riquezas, expresiones de valor y patriotismo podía hacer que hasta el mexica más cobarde estuviera dispuesto a entregar su vida por sus dioses y su nación, reflexioné ante la escena que se llevaba a cabo. Sin embargo, no podía salir de mi asombro frente al comportamiento misterioso de Motecuhzoma. A pesar de que todas las evidencias lo incriminaban como un posible traidor al régimen de su tío, el hombre hacía todo lo posible para congraciarse con él y, aparentemente, cumplir sus órdenes al pie de la letra. Al finalizar el abrazo que pareció eterno, el gran orador regresó al entarimado, donde esperaban con paciencia los representantes de los gobernantes de las otras dos ciudades de la Triple Alianza, Tlacopan y Tezcuco.

—Ahora es cuando nosotros hacemos el trabajo sucio, Ce Océlotl —murmuró Tozcuecuex, sacándome de mis reflexiones—. Nuestra unidad será dirigida por el hermano mayor del barrio, el calpullec Tlilxóchitl, dentro de la columna que comandará Motecuhzoma. Por lo que podemos seguir considerándonos afortunados —agregó mientras me guiñaba el ojo, sin sonreír o mostrar alegría.

—Parece que nuestro tonalli, nuestro destino, está vinculado con el del noble, gran cuauchic —murmuré para que solo él pudiera escucharme.

—Espero que eso cambie. No quisiera estar a su lado si es desenmascarado por el gran orador por participar en la conspiración. Claro, asumiendo que él sea un conspirador. Aun así, podremos ser testigos de sus proezas y hazañas en batalla.

—Tendré que conformarme con eso, ya que dudo que en pleno combate reciba la visita del sacerdote tenebroso o sus otros agentes.

—Ya veremos qué sucede —finalizó Tozcuecuex la conversación.

Motecuhzoma regresó a su puesto frente a nuestro grupo, mientras el gobernante mexica y los representantes de Tezcuco y Tlacopan terminaban de dialogar. Un gran movimiento de hombres se daba alrededor del estrado. Finalmente los tres se armaron con sus lanzadardos, macuahuitl y chimalli. Sus guardias les colocaron sobre la espalda las ligeras estructuras de carrizo donde ondeaban los estandartes con los glifos de sus naciones: el águila sobre el nopal que nace de un pedregal para Tenochtitlán, una montaña de donde brotan caudales de agua coronada por una jarra para Tezcuco, y una franja de tierra de donde emergen tres flores rojas para Tlacopan. Los guerreros de élite se mostraron emocionados al saber que en esta ocasión serían dirigidos en la batalla por el huey tlahtoani y los representantes de los dos altepeme de la Excan Tlatoloyan. Un griterío ensordecedor de miles de guerreros, acompañado por rítmicos golpes de los escudos, calentaba el ambiente alrededor del inmenso aguacatero.

—¡La batalla nos llama, guerreros del Anáhuac! ¡Es momento de ofrendar sangre a nuestra madre Tlaltecuhtli! —gritó el gobernante levantando su macuahuitl y su escudo, el cual estaba decorado con un mosaico de plumas que recreaban a la criatura mítica del ahuízotl, una especie de marmota con una larga cola que finalizaba en una mano humana que utilizaba para ahogar a los hombres que caían en su poder. El animal, cuyo cuerpo era de plumas azules y turquesas sobre un campo color verde intenso, estaba delineado con algunas piezas de oro.

—¡Por la gloria de Tonatiuh y Huitzilopochtli, tomemos las fortificaciones para castigar a esa ciudad rebelde! —dijo el representante acolhua de Tezcuco.

Al agregar estas últimas palabras se escucharon los gritos de los capitanes ordenando a sus hombres tomar sus posiciones para empezar el ataque, así como cientos de caracolas sopladas por sacerdotes-guerreros. Todas las formaciones se empezaron a desplazar desde el valle hacia la gigantesca plataforma estucada y amurallada que rodeaba a Teloloapan. El huey tlahtoani bajó de la estructura de madera seguido del tlacochcálcatl y su guardia de cuatro centenares de guerreros mexicas, quienes se ubicaron a la cabeza de la columna central, siempre acompañados del estandarte de la nación mexica, el quetzalteopamitl. Ahuízotl vestía un hermoso ehuatl; el peto de la pieza estaba confeccionado con un mosaico de plumas rojas, mientras que su faldellín, con tiras de cuero teñidas de azul. Ajorcas y brazaletes de oro vestían sus piernas y brazos, y en la cabeza llevaba la xiuhuitzolli o diadema real hecha de oro y turquesas.

La comitiva pasó frente a nuestro grupo mientras Motecuhzoma daba voces, indicando a sus capitanes qué escuadrones conformarían su columna. Entre ellos estarían los guerreros del calpulli de Tlalcocomulco, Huitznáhuac, Yopico, Copolco, así como de las ciudades aliadas de Xochimilco, Xaltilolco, Cuitláhuac e Ixtapallapan, al menos cuatro mil quinientos combatientes. Los heridos que estuvieron presentes en la ceremonia regresarían al campamento. Para mi sorpresa pude ver a Cuauhtlatoa, quien se acercó a desearnos buen tonalli al cuauchic Tozcuecuex y a mí. Al parecer ya se había recuperado del enfrentamiento, aunque su cabeza seguía vendada.

—¿Cómo va tu herida, valiente guerrero? —preguntó Tozcuecuex.

—Ha dejado de sangrar, aunque persisten los dolores de cabeza. Nada que me impida luchar y guiar en batalla a mis estudiantes, entre ellos el que está parado enfrente de mí —una mueca de dolor y alegría atravesó su rostro al dirigirme una mirada.

—Maestro, me da gusto verlo recuperado. Siempre será mi honor combatir a su lado —respondí humildemente.

—Es un honor que nunca se olvida, que crea hermanos y que uno se lleva a la tumba, jovencito —agregó el líder de nuestro grupo, el calpullec Tlilxóchitl, para después acercarse a nuestra posición y saludar a los presentes llamándolos por sus nombres—. Bien sabe el divino Yaotl que es un gusto verlos de nuevo entre los hombres del barrio. Siempre se siente bien luchar, sangrar entre hermanos —agregó, viendo a los curtidos veteranos con los que había peleado en varias batallas. Finalmente añadió—: Ahora vamos a castigar a esos revoltosos chontales y a destruir su altépetl infestado de pulgas.

Entre los miles de hombres que se movilizaban para tomar su posición en la columna vi a mi amigo Itzcuintli, quien se aproximaba a nuestra posición al ver el estandarte de nuestro barrio. Dado que su señor Tlecóatl había sido herido avanzaba ligero, portando solamente su chimalli de madera, su honda y una larga lanza para cortar y desgarrar llamada tepoztopilli. En cambio, yo llevaba mi macuahuitl y chimalli, dardos para atlatl que utilizaría mi señor, mi morral con munición para la honda, la cual llevaba enrollada en el brazo izquierdo, y por último mi cuchillo de obsidiana guardado en el costado de mi braguero. Dentro del bolso también llevaba lazos de mecate para amarrar a los prisioneros, algunos lienzos de algodón por si resultábamos heridos y una daga extra de pedernal. Todo este material tenía que estar listo para cuando el cuauchic lo solicitara durante el combate.

Al verme, en su rostro apareció una sonrisa y apresuró el paso para alcanzarme, atravesándose en la marcha de varios guerreros que le gritaron improperios.

—Parece que seguiremos combatiendo bajo las órdenes de Motecuhzoma, Ocelote —comentó después de darme una afectuosa palmada en la espalda cuando llegó a mi lado. A pesar de que su rostro denotaba cansancio y grandes ojeras oscurecían sus párpados, mi amigo presentaba un excelente ánimo.

—Eso parece, al menos mientras siga vivo. No es que sea negativo, pero después de la promesa que realizó durante la ceremonia, sin duda el pronóstico pinta complicado —contesté lleno de resignación mientras lanzaba una mirada hacia la ancha plataforma que rodeaba la ciudad.

A pesar de no ser muy alta se veía imponente. Sus resistentes muros, hechos de lajas de piedra pegadas con argamasa, recubiertos de estuco y con un talud en su base, estaban pintados de color rojizo, mientras que su friso estaba decorado con figuras circulares horadadas color verde, como si de chalchihuites se tratara, haciendo alusión a la riqueza de Teloloapan. Y sobre la plataforma, los defensores armados con arcos, lanzadardos, hondas y jabalinas esperaban con paciencia. Solamente se veía su cabeza, pues el muro de piedra tapaba su cuerpo. Era intimidante pensar que cargaríamos en contra de esa fortificación bajo el fuego enemigo, disparado sobre nuestra cabeza por miles de chontales dispuestos a defender su posición con su vida.

—Itzcuintli, sé prudente en la batalla que se aproxima, amigo. No me gustaría acompañar a las águilas viejas, los cuauhhuehuetqueh, cuando visiten a tus padres para decirles que dejaste este mundo combatiendo en las cañadas de Teloloapan —dije.

—Seré precavido, tendré los ojos bien abiertos. Y lo mismo digo en tu caso. No avances confiado al combate por estar acompañado de Tozcuecuex.

Nos sujetamos los antebrazos y nos abrazamos diciendo: "¡Buen tonalli!". Después de esto mi robusto compañero tomó su lugar en nuestro grupo, varias filas detrás de mí y del cuauchic, donde iban los yaoquizque y los jóvenes estudiantes del Telpochcalli que combatían sin la protección de un guerrero con experiencia.

—Ocelote, vamos —me llamó la voz de Tozcuecuex.

Eran los últimos momentos antes de que las cinco gigantescas columnas avanzaran al combate. Esta formación distribuía al ejército alrededor de la ciudad que iba a ser atacada y confundía a los defensores al no saber en qué sector se iniciaría la embestida contra la fortificación. La columna central iba comandada por el huey tlahtoani Ahuízotl, las dos de la izquierda por los representantes de Tezcuco y Tlacopan, y las dos de la derecha por el tlacochcálcatl Tezozómoc y Motecuhzoma.

Tozcuecuex y yo nos ubicamos al inicio de la formación de nuestro calpulli, detrás de nuestro calpullec, tres de sus familiares y el portaestandarte que llevaba el pantli de nuestro barrio, la piel humana amarrada al armazón de otate. Al costado de Tozcuecuex se ubicó Coaxóchitl, el otro capitán de nuestro barrio que seguía vivo. Su aspecto era temible: franjas blancas y negras le cubrían el rostro, su tlahuiztli estaba cubierto con plumas verdes de cotorro y su cabello iba sujeto sobre la coronilla en un temillotl, el peinado de los guerreros. Iba armado hasta los dientes con su lanzadardos, macuahuitl y chimalli; detrás, un guerrero joven, su auxiliar, seguía sus pasos. Éramos el segundo contingente de la columna, solamente después del calpulli de Huitznáhuac, localizado en el centro de Tenochtitlán, donde hacía algunos inviernos había nacido Motecuhzoma.

El joven sobrino del tlahtoani iba acompañado de sus inseparables nobles, así como por varios guerreros águila, cuauchique e incluso algunos tequihua. Sin duda nuestra hilera estaba encabezada por algunos de los guerreros más granados del ejército. Desde mi posición podía ver a Motecuhzoma, ya que solamente nos separaban ocho hombres formados. La batalla se había convertido en un tema personal, pues lo haría perder o enaltecer su honor. Los gritos de los capitanes de cada escuadrón sonaron, indicando que estábamos por iniciar la marcha; fueron secundados momentos después por el rugir de las caracolas y la dulce melodía de algunos silbatos. Al iniciar el avance, miles de hombres entonaron cánticos que se enseñaban en las Casas de la Juventud, como: "Que no se enoje mi compañero mexicatl, / que beberemos octli en el Mictlán, / que no se enoje mi compañero tepaneca, / que descansaremos juntos en el Mictlán, / que no se enoje mi compañero tlatelolca, / que danzaremos juntos en el Mictlán". Los guerreros nobles que habían estudiado en el Calmécac coreaban una melodía diferente: "Amanezcamos con el corazón entre tinieblas,

/ que Quetzalcóatl ya se va. / De coral rojo es mi casa / y ya la tengo que dejar. / De plumas amarillas es mi vestido / y ya lo tengo que dejar. / De jade verde es mi mujer / y yo ya la quiero abandonar".

No habíamos avanzado ni la mitad de la distancia hacia la plataforma enemiga cuando nos encontramos con miles de hombres que esperaban sentados en cuclillas vigilando montones de flechas, glandes, dardos, escalas y todo cuanto pudiera necesitarse en la batalla. Repartieron las armas a quien estuviera corto de munición. También entregaron cuerdas para amarrar prisioneros capturados en la batalla. Cuando uno de ellos se aproximó, aproveché para solicitar varios glandes de honda y un par de dardos extra para sumarlos a los cuatro que portaba para el atlatl de Tozcuecuex. "Al menos no me quedaré con las ganas de disparar a discreción mi honda", pensé mientras sacaba de mi morral un envoltorio hecho de hojas de maíz con por lo menos treinta pelotas de cerámica cocida, que daban mayor rango de alcance que las rocas y eran igual de mortales.

En realidad no se daban abasto con tantas solicitudes y en poco tiempo se acababan sus cargamentos, por lo que largas líneas de tamemeh iban y venían desde el campamento principal hasta el frente de batalla para surtir a los hombres del Tlacochcalco, la Casa de los Dardos. Los primeros escuadrones recibieron escaleras; en teoría, ellos serían los responsables de colocarlas en las fortificaciones para que los hombres que les seguían también las pudieran usar. Las filas de hombres que caminaban detrás de mí recibieron estas, y al menos cuatro más fueron distribuidas en nuestra unidad, compuesta por doscientos noventa y cinco hombres.

A la distancia, a mi izquierda, escuché un terrible grito de angustia. Entre las largas formaciones de hombres que se dirigían a la empalizada, vi a dos solitarios guerreros mexicas con los pies hundidos en el lodo entre los restos de lo que parecía una humilde casa de adobe destruida. Eran tequihua.

A sus pies, dos hombres estaban tirados, uno de ellos muerto. El otro trataba lastimosamente de incorporarse. Uno de los guerreros ocelote sacó su daga de sílex del cinturón, al tiempo que sujetaba del cabello al moribundo para degollarlo y terminar con su agonía.

Todo sucedió en un parpadeo. El hombre no emitió ningún sonido al sentir la fría obsidiana en el cuello, ni al dejar este mundo. La pareja mexica lo dejó donde estaba y continuó su avance hacia las fortificaciones enemigas conversando. Sin duda la indiferencia hacia la vida era reina durante la guerra.

Seguimos avanzando cuando vimos a algunos sacerdotes con su tradicional vestimenta oscura. Caminaban lento, moviendo en círculo sahumadores donde se quemaba copal. Iban recitando cantos y pidiendo la intercesión de los dioses mexicas para obtener la victoria. Algunos de ellos tiraban pulque sagrado, granos de maíz, frijol, chía y amaranto. Todos iban armados, listos para participar en la batalla tan pronto acabaran con su ceremonia. En Tenochtitlán todos los hombres nacían guerreros, sin importar si eran carpinteros, cazadores, sacerdotes, comerciantes o gobernantes.

Por instinto tomé mi pendiente de filigrana de oro que llevaba colgando en el pecho y lo besé para buscar la protección de mis abuelos y de mis familiares muertos. "Otórguenme el valor y la fortaleza, queridos", murmuré mientras sujetaba con fuerza el mango de madera de mi macuahuitl.

Al ver que estábamos cerca de la recia fortificación enemiga, el cuauchic me solicitó los dardos de su atlatl. Primero utilizaría su arma a distancia, para posteriormente combatir cuerpo a cuerpo con su macuahuitl.

—No te separes de mí durante la batalla —agregó mientras sostenía los dardos en la mano izquierda, la que portaba el escudo, y revisaba la cinta de cuero atada a su cintura, de donde colgaba su macuahuitl a su lado derecho.

Lentamente las cinco columnas fueron congregándose frente a las fortificaciones, siempre encabezadas por los líderes y capitanes y los portaestandartes. Al escuchar las caracolas detuvimos el paso a una distancia prudente de la larga plataforma, fuera del rango de tiro de sus defensores. La vista del bastión era espeluznante, pues por doquier había evidencia de los combates que se habían librado en días anteriores. Pude ver una gran cantidad de cuerpos, tanto de defensores como de atacantes, desperdigados por todos lados, pudriéndose bajo el sol. Como consecuencia, el ambiente estaba impregnado de una mezcla nauseabunda que olía a vómito, sangre, orines, desechos y muerte. Dardos rotos, piedras, plumas, largos trozos de madera, charcos de sangre e incluso miembros cercenados cubrían el suelo. Algunas secciones de los muros exteriores estaban ennegrecidas, clara evidencia de fuegos que seguramente buscaban incendiar las escaleras, muchas de las cuales estaban chamuscadas, abandonadas al pie del talud que soportaba la gruesa estructura.

Tuve el deseo de cubrirme la nariz con un lienzo de tela, pero supuse que no sería bien visto por mis compañeros, por lo que traté de evitar concentrarme en el intenso hedor y poner mi atención en los miles de hombres que se asomaban por encima de la fortificación. Dentro del perímetro de la elevación de argamasa y piedra se habían levantado altas atalayas de madera como puestos de observación, en los que se habían colocado tambores y algunas banderas de varios colores para coordinar la defensa. Nuestros enemigos nos observaban atentos, listos para disparar sus proyectiles. "Cada uno de ellos, desde el más simple campesino hasta el general de los chontales, venderá cara su vida", reflexioné.

—¿Por qué nos detuvimos, honorable cuauchic? ¿Por qué no continuamos la marcha? —pregunté a Tozcuecuex, quien miraba atentamente a nuestros oponentes ubicados sobre la empalizada.

—Esperamos a que todos los hombres tomen sus posiciones, así como las órdenes del gran orador para iniciar el ataque. Sé paciente, puede que esperemos un breve momento o más de medio día hasta que recibamos la orden de avanzar —dijo el curtido guerrero.

Entre las formaciones, veloces hombres corrían de un lado a otro repartiendo informes, advertencias y órdenes. Atrás de mí, a la distancia, se escuchaba el eco proveniente de los pasos de miles de hombres que seguían avanzando para tomar sus posiciones.

—Ocelote, no dejes de pisar mi sombra si quieres salir vivo de esta —me dijo Tozcuecuex con un gesto de frialdad al voltear a verme—. Esto no se trata de una emboscada de veinte contra veinte, sino de una batalla formal. Mantén los ojos abiertos, vigilando los cielos mientras nos acercamos a los bastiones, ya que caerá una lluvia de dardos sobre nosotros.

—Así será, honorable guerrero. No me separaré de usted —respondí.

Por fin el clamor de hombres marchando cesó. Todos los combatientes habían tomado su posición. De la misma forma, sobre la plataforma se podían ver miles de chontales que protegían su cuerpo detrás del macizo muro de piedra, el cual, era notorio, había sido construido apresuradamente para la batalla que estábamos a punto de librar. Las amplias escalinatas flanqueadas de alfardas que daban acceso a la población habían sido destruidas por completo, a excepción de la central, que había sido clausurada casi en su totalidad con piedras de gran tamaño.

Por un momento se hizo un silencio sepulcral. Los hombres esperaban con paciencia; observaban a los capitanes, mensajeros y portaestandartes en espera de la señal para iniciar el ataque. Una brisa atravesó el campo de batalla, haciendo tintinear los cascabeles de cobre y oro que decoraban la vestimenta de algunos guerreros, así como las conchas, las plumas y las banderas de los ejércitos. Un corredor solitario llegó a la posición de Motecuhzoma para dar un mensaje, el cual fue respondido de inmediato por el noble. Nuevamente el hombre, que vestía un sencillo maxtlatl y una tilma corta, salió apresurado hacia la posición del gran orador.

Los señores del inframundo, así como los dioses de la guerra, estarían muy solicitados esta mañana atendiendo las plegarias y peticiones de más de veinticuatro mil hombres, sin contar a los miles de defensores. De pronto un gritó rompió el silencio. De entre las piedras de gran tamaño que bloqueaban la única escalinata externa al perímetro defensivo de la ciudad apareció un capitán chontal vistiendo su grueso ichcahuipilli de algodón y un amplio pectoral de teselas de piedra verde. A la distancia destacaba la hermosa piel de un ocelote que cubría su espalda y cuyas dos patas delanteras estaban atadas sobre su pecho. Debajo de la armadura acolchada llevaba su maxtlatl blanco cubriendo su entrepierna, así como grebas de cuero que protegían sus piernas, de las cuales colgaban cascabeles de cobre. Traía el cabello recogido en una larga trenza. Iba armado con una maza de madera y un escudo decorado con plumas rojas.

Detrás iba su auxiliar, un jovencito de no más de quince inviernos, con un macuahuitl de repuesto y una lanza. Con mucha seguridad bajó por la escalinata, abandonando la protección de las fortificaciones. Mientras se aproximaba, el valeroso guerrero volvió a gritar algunas palabras en chontal, levantando los brazos y lanzándonos una mirada desafiante. Estaba solicitando un contrincante para un duelo individual. Por un momento reinó el silencio en el inmenso valle, cubriendo con su indiferencia los altozanos y las hondonadas que salpicaban el terreno. Era de admirar el valor del campeón chontal, quien se presentaba prácticamente solo frente a miles de guerreros enemigos.

Cuando el guerrero iba a volver a gritar, vi de reojo que un hombre de mi columna empezaba a caminar en su dirección. Se trataba de Motecuhzoma, quien con paso decidido avanzó hacia el retador seguido por uno de sus nobles, que portaba un macuahuitl y un chimalli de repuesto por si los llegaba a necesitar. Un gran clamor recorrió las filas del ejército de la Triple Alianza al ver que el sobrino del huey tlahtoani había aceptado el reto. En respuesta, los defensores ubicados sobre la plataforma y las atalayas hicieron sonar sus caracolas y tambores y gritaron con algarabía, apoyando a su campeón.

Vi que Motecuhzoma fue detenido por uno de sus nobles, quien le puso la mano en el hombro mientras giraba la cabeza de un lado a otro. Mientras esto sucedía, un guerrero de la columna central caminó con decisión hasta colocarse frente a su enemigo. "Soy Iquehuatzin, del calpulli tlatelolca de Itztatlán, hijo del guerrero Tecayehuatzin y sobrino del último gobernante de Xaltilolco: Moquihuix. Miembro de los cuauchique y guerrero águila cuaupilli, así como el guardián de la Casa Oscura, el tlillancalqui de Tenochtitlán. Yo soy quien acepta tu reto, chontal", gritó. El ejército de la Triple Alianza rugía de excitación; miles de hombres aullaron apoyándolo, entre ellos yo, que por un momento olvidé la conspiración, así como que me encontraba a punto de exponer la vida en la batalla que estaba por comenzar.

El guerrero vestía un tlahuiztli cubierto de plumas de águila color café rojizo que cubría su peto de algodón y sus extremidades. Llevaba un yelmo en forma de cabeza de águila, el cual estaba coronado por varias plumas verdes de quetzal que caían más abajo de su nuca. Sobre su espalda, montado en un armazón de ligeros carrizos, se erguía un estandarte donde estaba pintado su glifo nominal, coronado de hermosas plumas verdes y rojas. Iba armado con un macuahuitl de filosas lajas de obsidiana y un hermoso escudo recubierto con un mosaico de plumas negras y rojas donde se dibujaba un tecolote. Otro guerrero lo seguía con un macuahuitl y un escudo de repuesto.

De inmediato el chontal se presentó, primero hablando su idioma y luego en un fluido y claro náhuatl.

—Soy Nochtecuhtli de Teloloapan, hijo del guerrero Garza de la Noche, miembro de la guardia palaciega, veterano de la guerra chontal-purepécha, el que viste de negro, el sembrador de flores —gritó con desprecio hacia el ejército de la Triple Alianza alzando su maza—. Me alegra que un hombre de tu valía acepte mi reto, Iquehuatzin.

—Es un honor —contestó este último. Luego se retiró el yelmo para que los miles de hombres que presenciarían el combate, tantos enemigos como amigos, reconocieran su rostro. Llevaba el cabello recogido sobre su coronilla y atado con un listón rojo, el peinado alto propio de los guerreros mexicas.

Los auxiliares se alejaron unos pasos y los dos guerreros empezaron a medirse, a buscar un punto débil para lanzar el primer ataque, caminando lateralmente sin dejar de ver a su oponente. Sonaron caracolas y atabales en ambos contingentes mientras decenas de miles de hombres gritaban con excitación, con euforia, aunque la inmensa mayoría no alcanzaba a ver lo que sucedía y seguían el combate a través de lo que les comentaban sus compañeros. Tliltochtli, Tozcuecuex y Coaxóchitl se unieron a la algarabía.

Tomó la iniciativa el chontal, balanceando la maza con habilidad. Sus ataques fueron bloqueados con el escudo del mexica, quien sujetaba el macuahuitl completamente vertical en la mano izquierda y retrocedía algunos pasos. Al terminar la seguidilla de golpes el chontal se alejó de su oponente replanteando su ataque. Los rostros de ambos guerreros estaban serenos. Iquehuatzin dio un giro frente a los ojos de su oponente y aprovechó la inercia del movimiento para golpear su escudo con la parte plana de su macuahuitl, desbalanceándolo en su guardia. Otro giro y el borde de su chimalli se impactó en el antebrazo de su contrincante, buscando desarmarlo. A pesar del fuerte golpe, el chontal no soltó su maza. El intenso dolor recorría el brazo del chontal y el mexica vio la oportunidad de herirlo con un golpe horizontal, usando las navajillas de su macuahuitl. Las lajas cortaron el peto acolchado de algodón, a pesar del intento de Nochtecuhtli de retroceder un paso. El mexica se alejó, viendo con placer cómo la armadura se empezaba a teñir de rojo. El golpe no había sido mortal, pero sí había cortado la piel de su adversario. De inmediato Nochtecuhtli retomó su ofensiva blandiendo su maza.

A la distancia me parecía que los dos guerreros realizaban una danza mortal; giraban con sus armas tratando de quitarle la vida a su oponente, o por lo menos herirlo. Ambos sabían que era un combate a muerte que podía influir en el resultado de la batalla. Agradecí el poder estar dentro de las primeras diez líneas de mi columna, ya que podía ver todo con claridad, aunque algo lejos.

El golpe de la maza del chontal pasó rozando el peinado alto del mexica. De inmediato, como respuesta, este lo empujó con su chimalli, el cual rebotó contra el de su oponente. Iquehuatzin intentó barrer a su enemigo y golpeó su pierna, sin lograr derribarlo. Nochtecuhtli reaccionó y lanzó una fuerte patada hacia la humanidad del mexica, lo impactó en el abdomen e hizo que perdiera el aliento. Viendo la oportunidad de finalizar el duelo, lanzó un golpe horizontal sobre el rostro del afectado con intención de romperle el cráneo. Una rápida reacción del guerrero que trastabillaba impidió que esto sucediera. El tlillancalqui se vio forzado a alejarse unos pasos de su enemigo mientras recuperaba la respiración; sin embargo, fue impactado en el pecho por la dura cabeza de la maza de encino cuando Nochtecuhtli la proyectó horizontalmente.

Ya que el golpe no lo alcanzó de lleno, Iquehuatzin se mantuvo de pie, tratando de normalizar la respiración luego de la fuerte patada que recibiera en el abdomen. Después de un momento, el cuaupilli lanzó tres golpes con su macuahuitl, aunque todos fueron bloqueados con la maza y el escudo del chontal. Algunas lajas de obsidiana se fracturaron por los impactos, otras más volaron por los aires. Ambos guerreros se acercaron golpeando con sus respectivas armas ofensivas, y los dos lograron detener los impactos con sus escudos, por lo que se empujaron hasta acercar sus rostros a no más de un palmo. El mexica lanzó un testarazo a su adversario, quien bajó el rostro para recibir el impacto en la frente. Ambos se zafaron del abrazo mortal con profundos cortes que sangraban, Iquehuatzin sobre la ceja derecha, Nochtecuhtli en el centro de la frente. A pesar del dolor, los dos hombres caminaron para encontrarse de nuevo.

El chontal lanzó un fuerte golpe sobre el escudo del mexica, abriendo su guardia. Rápidamente volvió a balancear su maza, bloqueando el golpe descendente del cuaupilli mientras se acercaba un paso y extraía de su espalda, de entre los pliegues de su maxtlatl, una daga de pedernal. Iquehuatzin logró adivinar el movimiento y trató de bloquear el golpe mortal; sin embargo, no fue lo bastante veloz. El cuchillo penetró entre las plumas de águila, atravesó el algodón de su armadura, luego su piel, sus músculos y llegó a los órganos vitales. En un parpadeo el chontal extrajo el cuchillo ensangrentado y se retiró varios pasos. La sangre brotó de la boca del campeón mexica, quien se desplomó sobre sus rodillas con la mirada perdida. Bastó un fuerte golpe lateral de la maza de Nochtecuhtili para romperle el cráneo, machacarle el cerebro y terminar con su vida.

Ante el sorpresivo desenlace, los guerreros de la Triple Alianza se quedaron atónitos, en silencio, con la boca abierta, mientras que los chontales gritaban, festejando la victoria de su campeón. Las caracolas sonaron, también los atabales. Antes de retirarse, Nochtecuhtli tocó la tierra con el dedo y se lo llevó a la boca, despidiéndose de forma honorable de su enemigo, cuyo cuerpo desmadejado se encontraba entre el lodo, reclinado sobre su costado, con el chimalli aún sujeto a su brazo. A continuación, el ganador regresó a las escalinatas de la plataforma estucada, seguido por su auxiliar, para perderse entre las piedras que la bloqueaban en su parte superior, desapareciendo de la vista del ejército de la Triple Alianza, que seguía sumido en el silencio.

No lo podía creer. Supongo que nadie de nuestro bando. Volteé a ver a Tozcuecuex, quien tenía la mirada posada en el cuerpo quebrado de Iquehuatzin. Fue él quien rompió el silencio en nuestra unidad:

—Se dejó sorprender. El mexica nunca vio la funda de cuero que su oponente llevaba dentro del maxtlatl, sobre su espalda baja —dijo, y volteó a ver al calpullec Tliltochtli—. Espero que su error no tenga consecuencias funestas para la moral de nuestros hombres.

—Esperemos que no sea así, amigo mío.

El calpullec volteó hacia sus hombres, alzó su macuahuitl al cielo y preguntó:

—Guerreros, ¿están listos para vengar a nuestro compañero?

—¡Síííííííí! —cientos de voces salieron de su sorpresa y contestaron al unísono.

—No tenga la menor duda, honorable calpullec —exclamé, al tiempo que desenredaba la honda de mi antebrazo y extraía un proyectil de mi morral para cargarla. Reflexioné que, en la guerra, la victoria y la supervivencia nunca están aseguradas, no importa cuánta experiencia tengas o qué tan hábil seas.

—¡No los escucho, guerreros de la Excan Tlatoloyan! —se sumó Motecuhzoma, quien se encontraba al frente de nuestra columna—. ¿Lo vengaremos? —el guerrero que estaba a mi lado extrajo una flecha de su carcaj y la colocó en la cuerda de su arco.

Ahora fueron miles los que contestaron, yo entre ellos:

—¡Lo vengaremos! —los gritos y las muestras de indignación se multiplicaron en todas las columnas y contingentes.

Los chontales empezaron a sonar sus caracolas desde el interior de la ciudad fortificada. Los gritos y las órdenes se dejaron oír por todo el perímetro defensivo. Se preparaban para nuestro ataque. Como respuesta, la línea completa de nuestro ejército empezó a rugir, lanzando esporádicamente algunos proyectiles. La algarabía alcanzó un ruido ensordecedor en la columna central, donde se encontraban el huey tlahtoani y el quetzalteopamitl.

Se levantaron estandartes frente a las grandes formaciones, llamando a los arqueros y honderos hacia adelante del grueso de la formación. De inmediato miles de hombres atravesaron nuestras filas, todos con arcos y hondas. Vestían solamente su maxtlatl y tilma de ixtle. Para defenderse llevaban pequeños escudos de madera. Cuando llegaron a su posición, se colocaron en una delgada línea en formación abierta, para después tensar sus arcos y empezar a girar las hondas sobre su cabeza. Casi todos eran de extracción campesina o tributarios de pequeños poblados, los yaoquizque, la base del ejército de la Triple Alianza.

De nuevo los mensajeros corrieron entre las formaciones, repartiendo las órdenes que el mismo Ahuízotl estaba dando. Mientras observaba a la infantería ligera avanzar hacia la plataforma, un corredor llegó con Motecuhzoma, dialogaron por un momento y al terminar se acercó a Tliltochtli, el responsable de nuestro contingente.

—Inicien el ataque bajo la cobertura de los yaoquizque. La prioridad es penetrar las fortificaciones y tomar la ciudad. Lo manda decir el huey tlahtoani —dijo. Después siguió con el contingente que se encontraba detrás del nuestro y así sucesivamente. Conforme el mensaje se iba compartiendo, iban sonando las caracolas de nuestra columna. Los guerreros preparaban sus armas y realizaban sus oraciones.

El calpullec volteó y exclamó:

—¡Hijos de Tlalcocomulco, seremos los primeros en atacar el día de hoy! ¡Vamos a ver de qué madera están hechos estos chontales!

Una nueva exclamación e iniciamos el avance hacia las fortificaciones.

—Adelante, muchachos —agregó Tozcuecuex, preparado con su lanzadardos y su chimalli.

Pude ver cómo la columna ubicada al otro extremo del valle también iniciaba su marcha. Entonces el ataque iniciaría por los costados, y después, cuando los chontales estuvieran cansados, degastados, las tres columnas del medio atacarían por el centro; interesante estrategia.

Al ver que iniciábamos el avance y que la infantería ligera se acercaba trotando a las fortificaciones, los defensores gritaron al unísono, justo cuando los primeros proyectiles empezaban a volar por el aire. Como lo habían demostrado durante los combates de los días anteriores, los chontales preferían morir defendiendo Teloloapan que escapar y vivir llenos de vergüenza y rencor. Y no los culpaba: era mejor morir defendiendo tu ciudad, familia y dioses, que ser capturado y vendido como esclavo.

Alcanzamos la formación de arqueros y honderos que empezaban a disparar con la intención de cubrir nuestro avance. Empezaron a caer esporádicamente algunas flechas, impactando en nuestros tiradores. A mi izquierda escuché un chasquido cuando una piedra lanzada desde una honda impactó en la cabeza a un hombre, derribándolo y haciéndolo sangrar profusamente. Estaba perdido.

—¡Eleven esos escudos, muchachos, que va a llover fuerte! —gritó Tliltochtli.

—¡Tensen esos arcos, holgazanes! ¡Quiero tiros certeros! —exclamó a mi derecha un guerrero cuextécatl que vestía un hermoso traje azul de algodón y llevaba el yelmo puntiagudo propio de su jerarquía. El hombre daba órdenes a los yaoquizque señalando hacia la plataforma estucada de donde provenían cientos de proyectiles. Lo observé y vi cómo alzaba su escudo cubierto de piel de venado para bloquear una flecha, que quedó clavada entre los carrizos de su defensa.

Se escuchaban gritos cuando algún campesino guerrero era alcanzado por un dardo, una piedra o una flecha. Regresé la mirada a la espalda de Tozcuecuex, quien avanzaba con paso decidido frente a mí. En ese momento sentí un tremendo impacto en mi escudo, acompañado de un chasquido, ¡clac! Sin duda el glande de una honda. La piedra rebotó varios pasos enfrente de Tozcuecuex, sobre el lodo.

—¡Al ataque, hijos de Huitzilopochtli! —gritó Motecuhzoma cuando empezamos a trotar dejando atrás la línea de arqueros, que se encontraban ocupados disparando y apabullando a los defensores parapetados detrás del muro de piedra, incomodando sus funciones defensivas.

—Milagroso Huitzilopochtli… —murmuró un guerrero que trotaba detrás de mí al ver el obstáculo que teníamos que librar.

A unos cuarenta pasos de la plataforma estucada había un foso de una vara de profundidad y veinte codos de ancho, donde habían sembrado filosas estacas con intención de retrasar nuestro avance.

El dique estaba lleno de cadáveres que se pudrían bajo el sol, resultado de los días anteriores.

—Parece que nos tocó una de las secciones difíciles —me comentó Coaxóchitl casi a manera de murmullo, sujetando su chimalli frente a su rostro y su pecho.

—¡Solo hay un camino, y es hacia adelante! —gritó Motecuhzoma, quien de inmediato saltó hacia la trinchera cuidando de no caer sobre una de las muchas estacas que se asomaban entre el profundo fango.

Cuatrocientos hombres del calpulli de Huitznáhuac siguieron sus pasos, así como los doscientos noventa y cinco de nuestro barrio, todos saltando sobre el lodo oscuro y frío. Un par de hombres gritaron de dolor al aterrizar sobre las estacas y perforarse un pie severamente. Con seguridad su vida terminaría en esa fría y húmeda fosa. Las saetas siguieron volando, causando bajas en los hombres que iban en mi línea de ataque y entre los arqueros. El hombre que caminaba al lado de Coaxóchitl fue alcanzado por un largo dardo que lo atravesó por completo; los hombres que seguían sus pasos lo flanquearon, ajenos a su terrible herida, para seguir caminando.

A lo lejos escuché, entre las posiciones enemigas, una hermosa melodía proveniente de varias flautas perfectamente coordinadas. Alcé la mirada y vi hombres con el rostro pintado de negro y usando pieles de ocelote. Seguimos avanzando, evitando las estacas, cuando se desató el Mictlán.

CAPÍTULO XIII

Tzotzoma estaba nuevamente listo para la defensa de su ciudad, parado en la parte central de la empalizada, a un costado de una atalaya hecha de madera. Iba vestido con su tlahuiztli cubierto de plumas rojas y su yelmo en forma de felino. Un hermoso maxtlatl tejido con grecas, sujetado a su cintura, cubría su masculinidad. Sobre la espalda llevaba su chimalli. En la mano derecha empuñaba su lanzadardos y en la izquierda diez proyectiles. Estaba rodeado de una veintena de hombres de confianza, incluido su hijo Chicuei Mázatl. A pesar de la tensión, una gran sonrisa se asomó en su rostro al observar las dos figuras que subían por la escalinata de la plataforma. Se trataba de Nochtecuhtli, seguido de su joven auxiliar. El general de la defensa de Teloloapan quería felicitar al campeón del duelo, por lo que caminó sobre la ancha plataforma para acercarse.

—¡Eres un salvaje! —le dijo el general chontal mientras le tendía la mano.

—Solo les di una lección a esos engreídos mexicas haciendo lo que hago desde joven —contestó, limpiándose el sudor de la frente.

—Pues esa lección fue admirada por más de cuarenta mil hombres, tanto chontales como nahuas. Y sin duda ha enfurecido a esos hijos de chichimecas —agregó Tzotzoma riendo—. Ve a tomar un descanso en alguna de las reservas que están detrás de la muralla, amigo. Te lo ganaste.

—Me refrescaré con un sorbo de octli y regresaré a mi posición de combate, al frente de mi unidad. Aun así, agradezco el gesto, tecuhtli Tzotzoma —se abrazaron y el guerrero victorioso siguió su camino por la escalinata interna adosada a la plataforma, entre cientos de hombres que se preparaban para el ataque—. Que los dioses te protejan, Tzotzoma —dijo al descender. El aludido alzó la mano a manera de despedida y lo siguió con la mirada.

Tan pronto volteó, volvió a sumirse en su realidad. Frente a él se encontraba concentrado el ejército más poderoso del Anáhuac, bajo el mando del huey tlahtoani Ahuízotl. Miles de guerreros organizados en cinco grandes grupos. Detrás de la gran formación se veían varios cientos de hombres que iban y venían desde el campamento principal hasta la retaguardia del ejército. Seguro abastecían a los combatientes de agua y, sobre todo, de dardos, flechas, lajas y puntas de obsidiana. En el grupo central parecía estar Ahuízotl, ya que a la distancia Tzotzoma pudo ver el estandarte solar resplandeciendo cada vez que Tonatiuh aparecía entre las nubes. Congregado alrededor de dicha insignia había un numeroso grupo de guerreros ataviados lujosamente con trajes de plumería, vistosos yelmos y algunas piezas de oro.

Al ver que la concentración más grande de hombres se ubicaba en el cuerpo central del ejército, y sabiendo que grandes plataformas sembradas de estacas protegían los flancos de la muralla, dictó órdenes a sus capitanes cercanos.

—Coloquen las reservas detrás de nosotros, a un costado de la plaza principal de Teloloapan. Concentren en mi posición las vasijas de chapopotli que aún nos quedan. Comuniquen a los portadores que las usen con cuidado, esta vez no queremos prender en llamas nuestras defensas. Hijo, ve al palacio a buscar al gran consejero y solicítale sus guardias. Necesitamos a todos los hombres disponibles en la defensa. Dile que en esta ocasión sí está presente el mexica mayor, Ahuízotl. ¡Rápido! —agregó. Al menos diez capitanes se alejaron corriendo hacia diferentes posiciones para hacer cumplir las órdenes que les habían dado.

Tzotzoma volteó de nuevo hacia el valle, donde las fuerzas enemigas empezaban a agitarse ante la derrota que sufrió su guerrero durante el duelo. Alzó un brazo gritando a los hombres armados con hondas, arcos y lanzadardos que se encontraban a su alrededor:

—¡Preparen sus armas!

—Parece que está por iniciar la danza. Qué honor que sea precedida por el huey tlahtoani de Tenochtitlán en persona. Desconocía que también estuviera deseoso de ofrendarse a nuestros dioses —comentó un guerrero irónicamente, lo que provocó algunas risas entre los hombres.

Tzotzoma no pudo evitar sonreír. En otras circunstancias habría censurado ese tipo de bromas antes de una batalla, pero en esta ocasión posiblemente estaban disfrutando de sus últimos momentos de vida.

Lanzó una mirada alrededor y le impactó lo que vio. El ejército mexica se preparaba para cargar contra la larga plataforma rectangular que protegía su ciudad. En algunas partes de la ancha estructura se levantaban adoratorios que habían sido fortificados y ocupados por arqueros y guerreros. Al menos diez atalayas hechas de dura madera de roble y encino se habían levantado en los días previos a la llegada del ejército de la Triple Alianza. Las impresionantes estructuras rebasaban la altura de la plataforma, ya que tenían la finalidad de ser torres de vigilancia y comunicación. En ellas se habían colocado tambores y estandartes para coordinar la defensa. En los costados oeste y este se construyeron largos fosos con estacas al pie de la plataforma para desgastar al enemigo y ralentizar su avance. Las otras construcciones, como empalizadas de madera y terraplenes, habían sido ya destruidas por los hombres de la Triple Alianza.

Sobre la plataforma no cabía un solo hombre más, pues estaba completamente saturada de guerreros, de fogatas donde bullía el chapopotli dentro de las enormes vasijas, y de piedras y troncos almacenados para dejarlos caer sobre el enemigo. En las escalinatas interiores, miles de hombres armados estaban listos para sustituir a los heridos o a los muertos. Tzotzoma pudo ver una multitud de personas que se perdía entre las viviendas de Teloloapan, unas de piedra y estuco, otras de bajareque y adobe. Algunas columnas de humo se elevaban en los alrededores del perímetro de defensa, evidencia de las flechas incendiarias que habían usado los enemigos en el ataque del día anterior.

Una densa y oscura columna de humo destacaba sobre todas las demás. Tenía su origen en el recinto ceremonial ubicado al norte de la población, sobre la montaña. Se trataba de los rescoldos de la pira funeraria del joven tlahtoani Amalpili. Su cremación se había realizado antes de que Tonatiuh hiciera su aparición en el firmamento, para que pudiera acompañarlo en su viaje desde el amanecer hasta el cenit, danzando y cantando en el paraíso solar.

Bajo circunstancias normales, el cuerpo del tlahtoani habría tenido que esperar por lo menos cuatro días para ser cremado; sin embargo, el ejército de la Triple Alianza que sitiaba la ciudad hacía que las circunstancias no fueran normales. La familia real, encabezada por Milcacanatl, no se podía dar el lujo de permitir que el cadáver del gobernante fuera capturado o destruido indignamente. Por esa razón se congregaron en la plaza del recinto ceremonial, antes del amanecer, las esposas, hermanas y tías del fallecido, así como los consejeros que seguían en la ciudad, la guardia real, todos los guerreros de origen noble, los sacerdotes y los principales militares chontales, entre ellos Tzotzoma, para darle el último adiós a su soberano. Para el general, el objetivo de la ceremonia era que el gran consejero Milcacanatl se proclamara regente públicamente y obtuviera la aceptación y lealtad de los presentes. Detrás del viejo se encontraba el albino Tsaki, encabezando un batallón de purépechas, quienes sostenían sus armas sobre el pecho, una forma de darle sus respetos al difunto gobernante.

Los recuerdos de la cremación del joven tlahtoani se agolparon en la mente del chontal. El cuerpo sin vida del gobernante desintegrándose entre las llamas que surgían de la gruesa plataforma hecha de troncos de madera. La segunda gran pira donde se incineraban los cuerpos de su enano favorito, de su concubina y de su sacerdote personal, quienes habían sido sacrificados para acompañar al tlahtoani al más allá. Los guerreros de élite, armados hasta los dientes y preparados para la batalla que tendrían que librar en unos momentos, de pie con la mirada clavada en el fuego, impávidos, inmóviles, reflexivos.

Las únicas mujeres que habían permanecido dentro de la ciudad, tías, primas y hermanas del fallecido gobernante, lloraban al pie de la pira jalándose el cabello con desesperación y untando su rostro con cenizas. Una de ellas intentó lanzarse al fuego; sin embargo, uno de los hombres que montaban guardia la sujetó del huipil, derribándola. De inmediato dos guerreros la tomaron de las manos para ponerla de pie y alejarla del fogón, que despedía un calor asfixiante. También estaba presente la joven esposa del finado tlahtoani, con el cabello despeinado y el rostro sin limpiar, cargando a su bebé, el heredero del trono, quien no paraba de llorar. A su costado se encontraba el gran consejero, enjugando sus lágrimas con un fino paño de algodón, incapaz de poder esconder la tristeza que inundaba su ser.

La ceremonia alcanzó su punto álgido cuando un pregonero sopló una caracola, haciendo una llamada de atención a los presentes para que prestaran oídos a las palabras del gran consejero, ahora nuevo regente de Teloloapan. Entre todos los pueblos mesoamericanos, desde los mayas hasta los mexicas, era considerado irrespetuoso dar un discurso con tintes políticos mientras aún se realizaba la incineración del cuerpo del gobernante, pero como lo diría Milcacanatl después, las apremiantes circunstancias lo obligaron a dejar de lado el protocolo para asegurar que el poder cayera en buenas manos. Es decir, las suyas, reflexionó Tzotzoma.

—Compañeros, amigos, valerosos hombres y mujeres —inició el nuevo regente—, nuestro sol se ha ido prematuramente, justo cuando más lo necesitábamos. Un cobarde ataque orquestado por los agentes del huey tlahtoani mexica ha terminado con su existencia. Su principal objetivo era desestabilizar nuestra defensa, causar una pugna interna por el trono para fragmentar nuestra unión frente al ataque de los despiadados perros chichimecas. Pero lo único que lograron fue hacernos rabiar de enojo y de coraje por los métodos viles usados por aquellos que se autonombran forjadores de poemas y sembradores de flores en el campo de batalla —a pesar de lo emotivo del discurso, todos los presentes guardaron silencio por respeto al cuerpo del joven tlahtoani. Esto no impidió que los lamentos siguieran entre algunos hombres y mujeres que formaban parte de la familia reinante.

Al terminar su discurso, Milcacanatl bajó de la plataforma para acercarse a la pira funeraria donde ardía su sobrino. Iba vestido con una hermosa tilma bordada con fémures cruzados y cráneos en un fondo color negro. Sobre la cabeza portaba un enredo decorado en su parte frontal con un mascarón de piedra de la deidad Tlahuizcalpantecuhtli, el señor de la guerra y el amanecer, el Venus vespertino. Lentamente, y con andar pausado, el anciano consejero por fin llegó al gran fuego de donde surgía la gruesa columna de humo negro y un fuerte olor a carne quemada.

—Querido sobrino Amalpili, la historia de tu linaje no termina aquí, con tu muerte y con la invasión que estamos sufriendo. Te aseguro que tu hijo, quien ahora es un indefenso bebé, será un gran gobernante, así como un temido guerrero. También puedes tener la seguridad de que pelearemos hasta la muerte contra los hombres que pagaron a los asesinos que terminaron con tu vida. Usaremos como escudo las ruinas de nuestra ciudad, y como alimento el odio y la rabia para continuar batallando. Nuestra lucha se propagará como un incendio en todas las ciudades y poblaciones de Tepecuacuilco e incluso más allá, inspirando a los ñuu savi de las montañas y a los pueblos de las nubes, los ben'zaa de Tecuantepec, el cerro de las fieras. Todos se unirán a nuestra lucha por la libertad y la autonomía. Sufriremos miles de muertes, hambre y destrucción, pero llegará el día en el cual los mexicas, acolhuas y tepanecas sean expulsados de nuestras tierras. Amado sobrino, ¡serás el blasón que unifique la lucha contra los seguidores de Huitzilopochtli! ¡Yo, como regente de Teloloapan, me aseguraré de que así sea! —sus palabras hicieron eco entre los muros de los templos que rodeaban la gran plaza.

Un escribano vestido de manera sencilla se acercó reverencialmente, llevando entre las manos un filoso punzón hecho de hueso, tal vez de humano o de jaguar. El gran consejero lo tomó de manera ceremonial para después pasarlo despacio sobre la palma de su mano, haciéndola sangrar.

—Doy mi sangre, lo único que tengo, para honrar esta promesa que hago. También para pedir a los dioses que te permitan la entrada al paraíso solar donde gobierna nuestro señor el sol. Que sepan que fuiste un hombre valiente, humilde y sabio —dijo y salpicó la sangre sobre el fuego.

Los llantos aumentaron su intensidad y el ambiente se enrareció, ya que algunos miembros de la familia reinante pensaban que el asesinato se había tramado desde el mismo palacio y no por los designios de Ahuízotl. Rumores circulaban entre el ejército de que dos primos del tlahtoani fallecido pensaban que el responsable era el nuevo regente. Tzotzoma recordó las palabras del albino la noche del asesinato, cuando dijo que se trataba de "asuntos familiares".

A eso había que agregar lo que encontraron los guardias, quienes cumplieron la orden de avisarle a él sobre los hallazgos, cuando revisaron el cadáver del asesino. Al parecer le habían pagado para cometer el crimen con al menos treinta hermosas piezas pulidas de apozonalli color oscuro, el codiciado y valioso ámbar, las cuales aún llevaba consigo dentro de una bolista de cuero. Seguramente después de liquidar al joven gobernante el asesino abandonaría la ciudad, el valle, incluso la provincia, llevando esa pequeña fortuna. "Es lo que hubiera hecho yo al encontrarme en su posición", reflexionó Tzotzoma al alzar la mirada y encontrar buitres sobrevolando el terreno y las fortificaciones.

Lo curioso era que el comercio del ámbar en toda la región estaba regulado, administrado y gestionado por el gobierno de Teloloapan y su tlahtoani en turno, quien almacenaba la valiosa resina que llegaba desde las tierras mayas, más allá del Xoconochco, para después entregarla a un par de artesanos que hacían verdaderas piezas de arte con él. Desde que el difunto tlahtoani subió al poder, los responsables de la administración y comercio del ámbar, de las plumas de guacamaya y de las cargas de turquesa eran el gran consejero Huehue Milcacanatl y sus allegados. De esta manera se volvía muy probable que el mismo consejero hubiera mandado asesinar a su sobrino para hacerse con el poder y, sobre todo, para decidir sobre el futuro de la guerra que se libraba.

Antes de que llegaran los ejércitos de la Triple Alianza, hubo rumores acerca de discusiones entre el joven tlahtoani y su viejo tío sobre buscar la paz. Aun con su juventud, Amalpili entendió que era muy complicado rebelarse contra la Excan Tlatoloyan y salir victoriosos. Lamentablemente, las inseguridades y miedos del adolescente fueron aprovechados por su tío y otros consejeros para que nunca hiciera una declaración pública sobre pedir la paz o continuar tributando a Tenochtitlán. Fue todo lo contrario cuando le llenaron la cabeza de ideas de guerra, de heroísmo y de cantares que serían entonados en su honor. Pura basura.

Cuando Tzotzoma revisó a detalle al menos diez piezas de apozonalli se dio cuenta de que era oscuro con tonos rojizos, como el que llegaba cada veintena a Teloloapan desde las minas de Totolapa; este era muy diferente al que preferían los nahuas de la cuenca de Mexihco, que era transparente con intensos tonos amarillos y anaranjados. Para los chontales, el ámbar oscuro y rojizo, o incluso naranja oscuro, era mucho más valioso, pues se pensaba que era la sangre de las primeras humanidades, la de los primeros soles, petrificada para la eternidad. Mientras que para el mexica era basura que no valía la pena comerciar o comprar. Aunado a esto, los nahuas nunca usarían piezas de apozonalli para pagar un servicio u otro producto. Era muy poco el que llegaba a las ciudades de la Triple Alianza como para ser usado a manera de objeto de cambio. Ellos preferían usar hachuelas de cobre, pepitas de oro o incluso textiles de fino algodón.

También era evidente que el asesino que acabó con la vida del tlahtoani era de la región, ya que hablaba perfectamente chontal local. Si a esto le agregamos lo que Tsaki le dijo a Tzotzoma la noche del crimen sobre "asuntos de familia", dejando claro que el autor intelectual del crimen formaba parte de la familia real, todo parecía indicar que el asesinato se había planeado en el palacio de Teloloapan y no en el campamento de la Triple Alianza. "La justicia reina en los tiempos de paz; el poder, en los de guerra", reflexionó el chontal. Ya habría tiempo para aplicar la justicia.

El rugir de las caracolas enemigas lo sacó de sus reflexiones. Era la señal para iniciar la ofensiva. Desde su posición al centro de la plataforma, el general chontal vio cómo en la retaguardia enemiga empezaban a elevarse columnas de humo negro: los mexicas comunicaban a sus escuadrones apostados al otro lado de las montañas que el ataque del día estaba por iniciar. Esa acción, y la presencia del huey tlahtoani encabezando el ejército, evidenciaban que era el embate final para tomar la ciudad. Una larga línea de hombres avanzó para iniciar el intercambio de proyectiles, al mismo tiempo que lo hacía también la columna ubicada al este. Era un sector bien guarnecido por guerreros veteranos y de gran espíritu combativo, los ocelotes de Tianquizolco.

—Los enemigos avanzan, mi señor —dijo reverencialmente un guerrero con el rostro pintado de rojo.

—Que nuestros arqueros y honderos empiecen a disparar en cuanto estén en rango —ordenó Tzotzoma y después alzó un brazo a los hombres que guarnecían la atalaya más cercana.

Los tambores empezaron a sonar y estandartes rojos fueron elevados en todas las torres, comunicando que el ataque comenzaba. El veterano se caló su yelmo, cargó su lanzadardos y se preparó para el combate.

Tsaki Urapiti colocó una flecha en su potente arco. Se encontraba acompañado de sus trescientos ochenta purépechas, aquellos que seguían en condiciones de luchar. Todos esperaban en la primera línea de combate, en el sector central de la plataforma. A pesar de la renuencia de Tsaki por pelear una batalla perdida, decidió integrarse al combate con sus hombres debido a la petición del nuevo regente de Teloloapan. Le propuso combatir hasta que se cometiera el asesinato del gobernante Ahuízotl, el cual no debía tardar más de dos días en concretarse. Independientemente del resultado, si el gobernante sobrevivía o no, él y sus hombres podían abandonar Teloloapan o hacer lo que decidieran. En ese momento, entre la multitud llegó corriendo uno de sus hombres y le dijo:

—Señor, acabamos de encontrar el estandarte que buscábamos, el de la piel desollada sobre el marco de otate. Encabeza la quinta columna, la ubicada al extremo este de la plataforma.

El rostro del albino, como de costumbre pintado de negro, se iluminó con una sonrisa. Quizá la principal razón por la que Tsaki decidió participar con sus hombres en la batalla era el terrible deseo de venganza que carcomía su ser. Quería acabar con la vida del cuauchic que había enfrentado durante la emboscada del paso de montaña. Curiosamente, se trataba del mismo que había derrotado y asesinado a su pupilo preferido, Erauacuhpeni, a las afueras de Ichcateopan. Al menos eso fue lo que reportaron los guerreros que sobrevivieron al combate.

—Arhirani, dirige al grupo, tengo un asunto que atender —solicitó tajante.

—Pero, señor, los hombres esperan que usted los dirija en batalla.

—No tardaré —agregó, luego devolvió la flecha al carcaj de piel de puma que colgaba al costado de su pierna izquierda—. Enséñame dónde se encuentra el estandarte —dijo al joven guerrero purépecha que le había dado la noticia.

De inmediato empezaron a correr sobre la plataforma, entre la multitud de arqueros y honderos excitados por la victoria del guerrero chontal frente al campeón mexica. Mientras avanzaban, un extraño sentimiento atravesó la mente del veterano, una especie de incertidumbre, inseguridad. ¿Acaso estaba viviendo su último día en la tierra? Conocía la destreza del cuauchic al que se enfrentaría, así como el alto grado de preparación de los guerreros de la Triple Alianza que estaban por invadir la ciudad. ¿Y si era derrotado y asesinado en esta ciudad polvorienta? ¿Acaso después de haber cercenado cientos de vidas finalmente estaba por llegarle el momento de su muerte? Ya no era tan joven como en el pasado, con cada invierno que llegaba sus reflejos se volvían más lentos y sus piernas empezaban a cansarse. Tal vez era momento de retirarse a sus propiedades y vivir como un importante miembro de la burocracia purépecha. Incluso podría ser un gran maestro de los jovencitos que formaban parte de la nobleza de Tzintzuntzán. Vivir en paz y tranquilidad, incluso formar una familia y educar a sus hijos como grandes guerreros. Al empujar a un hondero despistado que caminaba sobre la elevación y le estorbaba, desechó esos pensamientos. ¿Qué mayor gloria y recompensa existe para el guerrero si no morir en combate? ¿Acaso era ese el final que deseaba y merecía después de haber matado a tantas personas? "Posiblemente es lo que merezco, aunque no lo desee —murmuró apesadumbrado y sorprendido, pues nunca había meditado sobre el asunto—. Mi vida ha sido violencia, sangre y sudor, no hay más. Eso es lo que soy y seré hasta el final de los días". Tsaki Urapiti continuó corriendo, evadiendo a los miles de hombres que se congregaban en la plataforma para dispararle al enemigo, listo para encarar su destino y destruir a su oponente, todo por el simple deseo de satisfacer su deseo de venganza.

CAPÍTULO XIV

—¡¿Dónde están las escalas?! —gritó un tequihua.

—¡Mataron a los que las cargaban! —respondió un joven tlamani mientras protegía su cabeza con su chimalli.

—¡Cúbranse la cabeza y traigan las escalas! ¡Inútiles! —gritó Motecuhzoma, quien caminaba de un lado a otro sin cuidarse de las flechas que volaban por los alrededores. Su propósito era cumplir la promesa que le había hecho a Huitzilopochtli y al huey tlahtoani. De inmediato varios guerreros de élite se alejaron del muro y fueron en busca de alguna escalera.

Un corredor atravesó el humo para llegar a la base de la gran plataforma. Llevaba la cara sangrante, la boca sin algunos dientes.

—¡Ya vienen los de Tlalcocomulco! ¡Traen escalas! —afirmó momentos antes de que una piedra lanzada desde la fortificación le destrozara el cráneo y lo dejara tendido sobre otros muertos.

—Ya era hora —murmuró Motecuhzoma al vernos emerger del foso de estacas, caminando entre cadáveres y cientos de piedras, saetas destrozadas, plumas y miembros cercenados.

Inevitablemente nos retrasamos debido a la gran cantidad de bajas que sufrimos por los proyectiles enemigos. Cuando nos encontrábamos en el foso, las flechas y dardos alcanzaron a muchos de los hombres que cargaban las escaleras, por lo que Tliltochtli ordenó que regresáramos para transportarlas. No tenía sentido correr hasta la muralla si las escalas se quedaban en los fosos. Entonces Tozcuecuex, el propio hermano mayor del barrio y yo tomamos una y la llevamos a la plataforma. De inmediato la colocamos sobre el friso de la plataforma, bajo la lluvia de piedras que dejaban caer desde la parte superior. Al poco tiempo los hombres del barrio de Huitznáhuac colocaron la segunda, y después Cuauhtlaoa y los jóvenes del Telpochcalli, la tercera. Luego llegarían los hombres de los barrios de Copolco y Yopico con muchas más.

—¡Sobre las fortificaciones, guerreros de Huitznáhuac! —gritó Motecuhzoma, que fue el primero en trepar por la escalera que llegaba hasta la parte superior de la plataforma. Detrás de él subieron al menos cinco guerreros de dicho calpulli.

—Acércate al muro, Ocelote, y no dejes de mirar hacia arriba —dijo Tozcuecuex antes de pegar la espalda a la plataforma estucada, tratando de que el friso de la parte superior lo protegiera de la gran cantidad de piedras que dejaban caer los defensores. Lo imité mientras veía a Motecuhzoma subir por el palo de madera con escalones. A pesar de las sospechas y la aversión que empezaba a sentir en su contra, era un hombre digno de admirarse cuando se encontraba en medio de una batalla. Al ir subiendo movió todo su cuerpo al lado derecho de la escala para evadir la primera gran piedra; en ese momento le dispararon una flecha, la cual se alojó en su escudo gracias a sus rápidos reflejos. Cuatro pasos más arriba, otra pesada piedra cayó por el borde de la plataforma; por fortuna golpeó el eje central de la escalinata y después rebotó hacia un costado. Sobre la plataforma un guerrero con piel de ocelote se asomó con su lanzadardos. Tozcuecuex, quien también veía la escena, giró al tiempo que daba algunos pasos hacia atrás, alejándose del muro.

—¡Cuidado! —gritó mientras tomaba impulso y disparaba uno de sus dardos.

El proyectil atravesó el cráneo del chontal, que cayó al vacío, a un costado de la escala. Observé cómo Motecuhzoma, después de dar los últimos pasos y alcanzar la cima de la escalera, combatía con su macuahuitl dorado antes de saltar hacia el interior del muro. Se escucharon gritos entre los cientos de hombres que ya estábamos en la parte inferior de la plataforma cuando el guerrero cumplió su promesa, y además permaneció con vida, al menos hasta el momento. Lo siguió uno de sus nobles, el cual no tuvo tanta fortuna, ya que al saltar el muro que coronaba la plataforma fue atravesado por una larga lanza de lado a lado. Irremediablemente cayó a unos pasos de mí y de Tozcuecuex dando su último respiro.

—¡Vamos nosotros, Ocelote! —dijo el cuauchic aferrándose a la escalerilla.

—¡Listo, señor! —alcancé a contestar mientras colocaba mis manos y pies sobre la estructura de madera para comenzar a subir.

Con la mirada puesta en el final de la escala y el chimalli bien aferrado en el brazo izquierdo, recordé a mis difuntos queridos y les dirigí una petición: "Hermanitos, denme la fuerza para no caer abatido el día de hoy".

—¡Maldita sea! —escuché gritar a Tozcuecuex mientras desviaban una pesada piedra hacia un costado con su escudo—. ¡Salten a la plataforma, no tenemos todo el día! —les ordenó a dos guerreros que combatían con sus mazas encaramados en la grada.

Ambos saltaron sobre el muro para incorporarse al combate por el control de la sección de la plataforma. Les seguimos Tozcuecuex, quien ya había abandonado su lanzadardos y ahora sujetaba su macuahuitl, y yo. Al encuentro del cuauchic apareció un guerrero con una lanza, quien desde la seguridad de la plataforma trataba de herirlo o tirarlo. Hábilmente el campeón mexica desvió la arremetida en varias ocasiones, pero no pudo acabar con su vida debido a que estaba fuera de su rango de ataque. Lo único que pudo hacer fue ganar tiempo y saltar sobre el muro para incorporarse a la refriega.

—¡Abandona esa escala! Es la muerte —gritó el cuauchic, ya combatiendo con un chontal con el rostro pintado de rojo.

Traté de seguir su consejo pero de nuevo, de entre la multitud que se enfrentaba, salió la larga lanza, la cual desvié con mi macuahuitl. Antes de que volviera a atacarme salté hacia la plataforma y evadí el muro, pero caí completamente descompuesto a los pies de los pocos mexicas que se defendían como podían de los chontales, que los superaban cuando menos diez a uno. Un chontal me vio y trató de acabar con mi vida ensartándome con su lanza. Me preparé para lo peor mientras me aferraba a mi chimalli, cuando un golpe certero en el cuello le cortó la cabeza desde el costado, cubriéndome con su sangre.

—Levántate, Ocelote —dijo Tozcuecuex y me jaló del peto de algodón, visiblemente molesto—. ¡No te despegues de mí! —repitió mientras desenfundaba su daga para usarla en la mano con la que sujetaba el escudo.

Al levantarme me encontré en medio de un grupo de mexicas que se apretujaban, tratando de ganar espacio lanzando golpes a diestra y siniestra. Frente a mí apareció un chontal con una piel de ocelote sobre su cabeza y armado con un tepoztopilli, una lanza cuya punta en forma de almendra estaba cubierta de lajas de obsidiana. Tenía como propósito desgarrar, en lugar de penetrar. Arremetió contra mí pero rápidamente interpuse mi escudo, el cual fue aserrado parcialmente. En ese momento tomé el asta de la lanza y la jalé con todas mis fuerzas. Para mi suerte, mi movimiento sorprendió al chontal, por lo que logré arrebatársela. Sin embargo, perdí el equilibrio cuando mi oponente la soltó y fui a impactarme contra el muro que había sido construido en el borde de la plataforma, pisando el pie de un compañero.

—¡Cuida tus pasos, novato! —bramó el guerrero, luego me dio un empujón y arremetió con su maza contra la cabeza de un chontal.

Con mi tepoztopilli regresé a un lado de Tozcuecuex, quien utilizaba su daga y su macuahuitl para abrirse paso entre los enemigos. Blandí la lanza hacia el cuello del hombre que enfrentaba al campeón y se la clavé profundamente, momento que el cuauchic utilizó para rematarlo con un golpe de su macuahuitl.

—¡Arggggh! —un gritó reventó mi oído derecho.

A un guerrero le habían cercenado el cuello; cayó al piso desangrándose. A la distancia escuché a Motecuhzoma dando instrucciones:

—¡Empujen a esos bastardos! Abran espacio para los que suben.

Una sonrisa apareció en mi rostro: Motecuhzoma seguía vivo a pesar de haber sido el primero en escalar la plataforma. Difícil de creer, pero lo había logrado. Seguí blandiendo mi lanza, tratando de alejar a los oponentes que estaban frente a Tozcuecuex hasta que, en algún punto, por un golpe, se partió. Astillas volaron por los aires. Tomé mi macana y continué lanzando golpes hacia un chontal de largas trenzas armado con un escudo y una maza. Lancé varios golpes contra su cuerpo, sin lograr abrir su guardia. Contraatacó golpeando con su maza mi chimalli, pero sin mucho resultado. El hombre al costado de mi enemigo colapsó súbitamente cuando Tozcuecuex dio un paso hacia él y le clavó su daga en el cuello. Cuando el chontal con las dos trenzas lo volteó a ver, ya era demasiado tarde. Desde el costado, el cuauchic lo sujetó por el cuello y le ensartó la daga aún tibia de la sangre de su víctima anterior.

A la distancia se escucharon varios gritos repitiendo una orden, posiblemente del propio Motecuhzoma: "¡Valientes tenochcas, avancen hacia el templo de la izquierda! ¡Tomen el templo de la derecha!". Tliltochtli, que se encontraba al centro de nuestros hombres sangrando profusamente de un brazo, repitió la orden:

—¡Ya escucharon, hijos míos! Arremetan contra ese templo —después caminó hacia la izquierda para seguir repartiendo golpes entre los enemigos, seguido de cerca por el portaestandarte del barrio de Tlalcocomulco. De reojo vi al capitán otomitl Coaxóchitl acompañando al calpullec herido.

—¡Guerreros de Tlalcocomulco! ¡Conmigo! —gritó Tozcuecuex.

—¡Vamos por ese templo! —gritamos al unísono mientras empezábamos a caminar poco a poco hacia la izquierda, dando espacio a los hombres que recién se incorporaban a la batalla.

Volteé a ver la estructura a la que nos dirigíamos. Se trataba de un pequeño adoratorio construido sobre la plataforma. Desde su cima, una decena de hombres armados con arcos estaba masacrando a nuestros combatientes, por lo que teníamos que eliminarlos. Si tomábamos el pequeño templo, además de resguardarnos podríamos apostar arqueros en su azotea para bloquear el acceso de refuerzos desde el centro de la plataforma hacia la sección este, ampliando así el perímetro controlado por los ejércitos de la Triple Alianza. Lograríamos hacer un cuello de botella, en el cual desembocarían también las angostas escalinatas internas que podrían seguir nutriendo de defensores el área. Desde mi posición alcanzaba a ver dichas escaleras, justo enfrente del templo, por donde trataban de subir a la plataforma algunas decenas de chontales. Para su mala suerte, la elevación estaba llena de hombres y cadáveres, de modo que había poco espacio para ellos.

A empujones, golpes, codazos, y al precio de muchos heridos, logramos aproximarnos poco a poco al adoratorio de techo plano. Sin embargo, conforme nos acercábamos, la resistencia chontal incrementó, en gran medida por los arqueros que la apoyaban y por un guerrero que iba prácticamente desnudo, con el cuerpo pintado de rojo y largas plumas de quetzal decorando su rostro. Llevaba una máscara de madera, también roja, con grandes colmillos y anteojeras.

—¿También lo ves, Ocelote? —preguntó el cuauchic.

—Sí, señor. Al parecer él coordina la defensa en este sector —logré decir al momento en que desviaba un golpe de maza con mi escudo. Respondí el ataque con una fuerte patada que alejó al agresor—. ¡Vamos por él!

—¡Guerreros, quiero la cabeza del hombre de la máscara! —gritó Tozcuecuex, provocando algunos gritos que se escucharon al unísono.

Finalmente alcanzamos la pequeña estructura. Motecuhzoma seguía batallando como un salvaje, acompañado de al menos un centenar de hombres que, encapsulados, trataban de mantener a raya a los defensores. A un costado nos encontrábamos nosotros, formando un largo cuerpo reforzado por los hombres de los barrios de Yopico y Copolco. Éramos ya más de mil hombres que forcejeaban y se jugaban la vida en la plataforma. Poco a poco fuimos reduciendo el espacio entre los hombres de Motecuhzoma y nuestro grupo. A pesar de los buenos resultados, las flechas de los arqueros chontales seguían provocando una gran cantidad de heridos y muertos.

A unos hombres de distancia, enfrente de mí, vi el estandarte del barrio tambaleándose peligrosamente frente a la acometida de los chontales, aunque ya no pude localizar a nuestro hermano mayor. A unos pasos se plantó un chontal delgado, moreno, con una jabalina que usaba como lanza. La usó un par de ocasiones sin éxito, pues me guarecí detrás del chimalli. Di un paso al frente, tratando de alcanzarlo con mi macana, la cual ni siquiera tuvo que evadir por la distancia que nos separaba. Volvió a la carga con la lanza, buscando mi rostro. Di un rápido tirón del asta de la lanza, jalándolo hacia mí con la mano que portaba el escudo, mientras que con la derecha extraía mi cuchillo. Literalmente encontró mi puñal en su camino y se lo clavó violentamente en el pecho. Con una patada lo proyecté hacia atrás, dándome un respiro para observar el panorama. Motecuhzoma y sus hombres tomaron el acceso al pequeño templo, mientras que un par de guerreros otomíes habían alcanzado el techo del templo y masacraban a los arqueros que tanto daño habían hecho. Tozcuecuex y yo alcanzamos la pared del templo.

—Suban, compañeros, cubro el flanco —exclamó Coaxóchitl; luego descargó su macuahuitl con furia en la cara de un enemigo.

De su tlahuiztli salían tres astas de flecha y gran parte de su cuerpo estaba cubierta de sangre, aunque desconocía si era de él o de los enemigos con los que había acabado. Coloqué mis dos manos para que Tozcuecuex las usara como escalón para impulsarse al techo.

—Te veo arriba, telpochtli —dijo antes de embestir a los arqueros y desaparecer de mi vista.

—¡Agáchate, Ocelote! — gritó alguien detrás de mí.

Al parecer lo escuché muy tarde, ya que una piedra, lanzada seguramente con una honda, me impactó con fuerza en el peto de algodón y me hizo caer entre la multitud de hombres. Por un momento me encontré desorientado, de rodillas sobre el piso cubierto de sangre, en la esquina que formaba la pared estucada del templo con la muralla que coronaba la plataforma. Traté de evitar los pisotones gateando entre decenas de piernas hasta recargarme en la muralla. A mi lado encontré a un hombre sentado en el piso, descansando la espalda en el muro de piedra y argamasa. Su rostro estaba cubierto de lodo seco y mechones de cabello negro, por lo que me tomó un breve momento reconocerlo del todo. Se trataba del calpullec Tliltochtli, inmóvil, sujetando su macuahuitl ensangrentado y su chimalli desgarrado. Sus ojos abiertos miraban fijamente al firmamento, hacia el sol.

—Señor, ¿se encuentra bien? —ingenuamente le pregunté, temeroso de aceptar la muerte del líder de nuestro barrio. Por supuesto, no hubo respuesta. Su cuerpo, así como sus brazos, estaban cubiertos de heridas profundas que había recibido durante el combate. Al parecer había muerto a causa de la pérdida de sangre, ya que todo su cuerpo estaba manchado de color granate. Me di un momento para apreciar su rostro a manera de despedida. Me sorprendió no encontrar en su serena expresión ningún atisbo de dolor, odio o agonía, solo paz.

—Buen viaje, hermano mayor —balbuceé, después cerré sus ojos y me incorporé.

A pesar del impacto del glande, noté que no tenía ninguna fractura de hueso o problemas para respirar. De no haber portado mi grueso ichcahuipilli la historia hubiera sido distinta. Me recargué en el muro del templo para no perder el equilibrio entre los empujones de los combatientes. A unos pasos encontré muerto al portaestandarte de nuestro barrio, con el peto rasgado y los intestinos desparramados. Su mano inerte reposaba a un costado de la terrible herida, seguramente tratando de impedir el sangrado y la salida de sus vísceras. A su lado, un mexica había tomado el blasón para impedir que los enemigos lo capturaran. Se defendía con desesperación, apoyado por algunos guerreros, entre ellos el capitán Coaxóchitl. Este último había perdido sus sandalias y su tlahuiztli estaba desgarrado, por lo que colgaba en jirones sobre su espalda baja. Las hermosas plumas que decoraban su escudo parecían haber perdido su brillo, cubiertas de fango y de sangre.

El pequeño grupo se encontraba acosado por al menos diez chontales que vestían pieles de ocelote y buscaban capturar el pantli de nuestro calpulli. Por un momento medité sobre si seguir al cuauchic o apoyar a los hombres que ferozmente protegían la divisa hecha de piel humana. Apesadumbrado por la decisión que acababa de tomar, me dirigí al grupo que encabezaba Coaxóchitl. No cabía en mi mente que el estandarte del barrio fuera capturado por los enemigos. El mismo bajo el cual habían combatido mi hermano, mis primos y mi padre varios inviernos atrás. Sin duda sería una gran vergüenza perderlo en batalla, aparte de que el caos reinaría entre los hombres del calpulli, ya que no verían ningún pendón por el cual guiarse en medio del enfrentamiento. Había que proteger nuestro estandarte a toda costa, reflexioné mientras avanzaba hacia el grupo, que apenas resistía.

Arremetí contra el primer chontal que me topé, golpeando su costado con mi macana. El golpe hizo trastabillar al combatiente, quien me miró con una terrible cara de reproche por haberlo sorprendido. De pronto cayó al piso, sangrando profusamente del torso, con varias costillas rotas. Entre empujones y codazos, otro hombre, rapado y con grandes orejeras de obsidiana, ocupó su lugar. Sin pensarlo dos veces lanzó un golpe con su maza, el cual bloqueé con mi chimalli. Mi respuesta fue sacar el cuchillo de entre los pliegues del maxtlatl y clavarlo en su costado, a la altura del hígado. Cuando iba a retirar mi cuchillo, algo se impactó en mi mejilla. Volteé y no encontré más que a mis compañeros combatiendo, por lo que quizá se trató de alguna astilla o fragmento de proyectil. Me di cuenta de que el chontal al que le había clavado el cuchillo estaba tirado y su lugar había sido tomado por un hombre más, en esta ocasión un yopi desnudo. Maldije al perder mi cuchillo, pero no había tiempo para lamentaciones. Bloqueé la acometida de la lanza del nuevo guerrero.

—¡Cierren la formación! —gritó Coaxóchitl.

A mi derecha, otro hombre dijo:

—¡Protejan el pantli, valerosos tenochcas!

Grité con angustia y desesperación mientras evadía el tajo de una lanzada, como también gritaron mis compañeros respondiendo a la orden que se nos daba. El combate era intenso cuando el sol alcanzó su cenit.

Tozcuecuex sudaba profusamente cuando terminó con el último arquero chontal que se había atrincherado en la cima del pequeño templo. Lo acabó con un rápido golpe en la pierna, luego lo empujó y lo hizo caer sobre la muralla. No duraría mucho con el terrible sangrado que le había causado la herida mortal. Con la ayuda de dos guerreros de la sociedad otomí, habían masacrado con facilidad a los más de diez arqueros. El misterioso guerrero con la máscara roja de madera huyó, seguramente para informar a sus superiores que el sector oriente de la gran plataforma estaba bajo mucha presión y a punto de caer. Tozcuecuex pensó por un momento en perseguirlo, pero eso sería un suicidio, ya que el avance mexica se había detenido en el adoratorio que funcionaba como cuello de botella sobre la plataforma. En ese punto los hombres del calpulli de Huitznáhuac, comandados por Motecuhzoma, seguían resistiendo los embates de los defensores. Por lo tanto, al este del templo, los guerreros tenochcas y sus aliados estaban tomando el control de la estructura, mientras que al oeste de la misma, miles de defensores se apretujaban tratando de hacerse camino para combatir. Esto no cambiaría hasta que Ahuízotl diera la orden de ataque a las tres columnas centrales del ejército de la Triple Alianza.

Aunque los chontales eran más numerosos, su preparación para el combate, en la gran mayoría de los casos, dejaba mucho que desear. Lo que seguía cobrando una gran cantidad de vidas entre las filas de la Triple Alianza eran los proyectiles, disparados desde las casas de la ciudad y por los guerreros que esperaban pacientemente subir a la plataforma por las escaleras internas para combatir. Aún eran miles. El guerrero cuauchic agachó la cabeza cuando vio que una flecha pasaba peligrosamente cerca. Dos aguerridos defensores tomaron la valiente pero tonta decisión de subir al techo del templo. El otomitl los enfrentó, golpeó al primero con su chimalli y lo hizo caer. El segundo lanzó un golpe con una macana, el cual fue bloqueado por el macuahuitl del experimentado otomí. Después bastó una barrida y un golpe descendente para partirle en dos la cabeza al rebelde. A la distancia, con una rodilla en el piso, Tozcuecuex se tomaba un respiro antes de bajar del adoratorio e incorporarse a la lucha. Había que empujar a los defensores más allá del templo para evitar que de nuevo se apostaran arqueros en su cima. Se regaló un momento más para descansar sus agotados brazos mientras sonreía al recordar lo fácil que fue desalojar a los chontales de la posición. El veterano recordó las palabras que le había dicho su maestro del Telpochcalli hacía más de quince años, cuando aún era un estudiante: "Dentro de estos muros forjamos a los mejores guerreros del Anáhuac".

—Asesinos, los mejores asesinos —murmuró para sí cuando vio al otomí dar la vuelta y caminar en su dirección.

Una mueca de satisfacción se dibujó en el rostro del guerrero, celebrando la pequeña victoria que habían obtenido a pesar de la muerte del otro guerrero otomí que había sido atravesado por un dardo.

A unos cuantos pasos del cuauchic yacía su cadáver, con ambas manos aferradas al proyectil que lo había ensartado de lado a lado. Tozcuecuex se levantó, listo para bajar del templo y buscar al joven Ocelote, cuando por el rabillo del ojo vio cómo el guerrero otomí, enfundado en un bello tlahuiztli color verde, caía de bruces sangrando por la boca. Aunque el hombre trató de voltear para enfrentar a la nueva amenaza, no lo logró. Una flecha había perforado su garganta, por lo que acabó en el piso, ahogándose con su propia sangre. Cuando el cuauchic observó con cuidado al guerrero que estaba por morir, notó que la cabeza de la flecha que le había atravesado el cuello tenía un color peculiar que no se asemejaba al hueso, pedernal u obsidiana.

—Cobre —murmuró el cuauchic. En seguida vio que subía al techo un guerrero que le pareció conocido.

Era delgado pero musculoso; tenía el cuerpo pintado de negro, igual que su rostro, coronado con una diadema hecha de plumas blancas de garza. Ajorcas y brazaletes dorados refulgían con los rayos del sol, así como la punta de cobre de la flecha que el guerrero extrajo de su carcaj de piel de jaguar. Con insólita destreza y rapidez tomó el arco que portaba sobre su espalda, lo cargó con la saeta y la disparó en dirección del cuauchic. La flecha salió proyectada con mucha fuerza en dirección del tenochca, pero este fue lo suficientemente rápido para interponer su chimalli en su trayectoria. Notó el impacto en el antebrazo cuando el proyectil se clavó en el escudo; sin embargo, le preocupó ver que la punta de cobre se asomaba peligrosamente entre los otates y carrizos tejidos que le daban la resistencia.

—Un maldito purépecha —dijo mientras se dirigía hacia su enemigo.

El hombre pintado de negro logró disparar una segunda flecha, antes de abandonar su arco y armarse con su hacha de guerra con cabeza de cobre y su daga de pedernal. La flecha surcó el aire como un rayo y se impactó en el pecho del veterano guerrero, y atravesó el hermoso tlahuiztli de algodón amarillo y el peto de algodón, hasta alojarse en su clavícula izquierda. La potencia de la saeta no le dio el tiempo de reaccionar y protegerse con su chimalli, aunado a la corta distancia desde donde fue disparada. El dolor recorrió su cuerpo haciéndolo tambalear, por lo que el cuauchic tuvo la certeza de que la herida era profunda, que había cortado piel y músculo, cercenado venas y hueso. Con un gruñido, detuvo su avance para romper el asta de la flecha e impedir que con sus movimientos la filosa punta alojada entre sus músculos causara más daño. Con ambas manos sujetó la flecha y la partió, engullendo un grito de dolor. Cuando el tenochca alzó la vista, pudo ver el filo reluciente del hacha de cobre acercándose a su rostro, por lo que instintivamente alzó su chimalli, retrocediendo unos pasos. ¡Cloc!

El metal atravesó carrizos, plumas y piel de venado del escudo, aunque el mexica logró desviar el golpe. De inmediato vio que su enemigo empuñaba en la mano izquierda una filosa daga, de modo que intentó detener su arremetida con la cara plana del macuahuitl. La madera de encino golpeó la muñeca del purépecha; desvió su ataque, pero no lo desarmó.

Tozcuecuex se retiró unos pasos del peligroso guerrero. El dolor se hizo presente en su pecho cuando la punta alojada entre sus músculos se movió. Maldijo, tratando de ignorar el dolor. A pesar de la importante cantidad de sangre que manaba de la herida, el cuauchic aún podía mover ambos brazos.

—Ha llegado tu hora, chichimeca —bramó el purépecha al lanzarse al ataque, pateando a su contrincante.

Tozcuecuex evadió la patada con un deslizamiento lateral, después arremetió con su macuahuitl contra el cuerpo de su enemigo. El golpe fue rápidamente bloqueado con la parte superior del mango del hacha. Bastó un fuerte jalón para que el purépecha atorara la macana en la cabeza de cobre de su hacha y la hiciera caer al piso, desarmando al tenochca. Tozcuecuex volvió a tomar distancia mientras extraía su daga de su maxtlatl. Las dos plumas de quetzal se movieron con una ráfaga de viento que sopló por el valle, así como el cabello parado que corría de su frente hasta su nuca. El dolor se volvía a hacer presente. Un hilillo de sangre escurría desde la herida, empapando su tlahuiztli.

—Antes de matarte quiero que sepas mi nombre, perro chichimeca —dijo casi mofándose el purépecha, sin despegar la mirada de su enemigo—. Soy Tsaki Urapiti, el mismo con quien te enfrentaste en la emboscada de la montaña. El mismo que atacó tu partida fuera de Ichcateopan. Espero que me recuerdes.

—Así que me guardas resentimiento por los purépechas que asesiné aquella noche, ¿eh? —contestó Tozcuecuex, antes de atacar nuevamente.

Con un rápido movimiento, impactó el rostro de su enemigo con su escudo, haciéndolo sangrar de la nariz. De inmediato trató de alcanzar el cuello de Tsaki con su daga, pero lo único que rasgó fue el mango de la dura madera de su hacha. De nuevo había bloqueado su ataque. Como respuesta, recibió otra fuerte patada en el abdomen, que lo hizo caer de espaldas.

—Ningún resentimiento, chichimeca, simplemente vengo a acabar con tu vida, así como tú acabaste con la de una persona muy especial para mí —afirmó mientras se acercaba al mexica con paso decidido.

Tozcuecuex vio en el piso el asta rota de una flecha, con su respectiva punta de obsidiana. La tomó con la mano izquierda, la misma con la que sujetaba uno de los dos cordeles de piel de su chimalli, ocultándola.

—¿Acaso maté a tu amante, a tu padre o a tu hermano? —rio el cuauchic, más que por diversión, por verse superado, un sentimiento que pocas veces había experimentado.

Tozcuecuex se incorporó, protegiendo su torso con el escudo y sujetando su filosa daga con la mano derecha. Trató de acercarse a su oponente pero fue rechazado con dos golpes de hacha, los cuales fueron bloqueados. El purépecha lanzó un tercer golpe con la intención de encajar la cabeza del hacha en el borde superior del escudo, lo que logró con facilidad. Bastó jalar el mango del hacha para que Tozcuecuex fuera proyectado con fuerza por los aires y aterrizara pesadamente sobre el estuco resbaladizo. El tenochca cayó muy cerca del borde donde terminaba el techo. De nuevo se hizo presente el dolor en el hombro, al golpearse contra el piso. La punta de flecha de cobre alojada en su clavícula perforó su hueso con el impacto.

—Parece que hoy no es tu día —dijo mofándose Tsaki. Una amplia sonrisa apareció en su rostro.

—Parece que no lo es —contestó Tozcuecuex con sorna al ponerse de pie, en esta ocasión con dificultad.

El guerrero cuauchic nunca había sentido temor al enfrentar a un enemigo, y esta no sería la primera ocasión. Tampoco la muerte le provocaba miedo, desde niño lo habían preparado para abrazarla, aceptarla cuando se hiciera presente. Ambos guerreros se miraron con intensidad, tratando de adivinar sus próximos movimientos. El primero en atacar fue Tozcuecuex, quien se acercó peligrosamente a su enemigo con la intención de rebanarle el cuello con su daga. Sin embargo, los reflejos de Tsaki eran rápidos y certeros, por lo que retrocedió dos pasos y golpeó el puño del tenochca, haciendo volar el arma por los aires, para después impactar su pecho con la cabeza de cobre del hacha. El mexica trastabilló hasta hincar una rodilla en el piso, perdiendo el oxígeno de sus pulmones por el impacto. Había sido desarmado, estaba a merced de su enemigo.

Algunas flechas y varas tostadas pasaron volando por encima de los dos contrincantes, nada que los sacara de su concentración. Por el lado oeste una columna de humo empezó a subir por los cielos; seguramente un incendio había iniciado al pie del templo. Tsaki quería prolongar lo más posible su victoria. Tenía en sus manos a un guerrero de élite mexica, escondiéndose detrás de un escudo destrozado. Se trataba del hombre que había matado a Erauacuhpeni, su joven y mortal aprendiz. Le hubiera gustado capturarlo y torturarlo por un largo tiempo después de la batalla, pero por el momento no se podía dar ese lujo. Tsaki no contaba con mucho tiempo, había que acabarlo, para después regresar con sus hombres y guiarlos fuera de Teloloapan. La ciudad estaba por caer, la masacre y el saqueo se prolongarían por días. Miles de guerreros de la Triple Alianza inundarían las calles de la ciudad rebelde, violando, capturando, destruyendo, matando e incendiando. "Era mejor huir que defender lo indefendible", reflexionó.

Tozcuecuex intentó ponerse de pie otra vez, pero no lo logró. Se encontraba muy debilitado por la herida causada por la flecha, la cual no paraba de sangrar. Tsaki se acercó mientras guardaba el hacha dentro del carcaj.

—Ha llegado tu hora —vociferó mientras sonreía—. Me da gran placer tu muerte, cuauchic mexica —agregó al levantar a Tozcuecuex por el cabello desde la espalda, mientras preparaba la filosa daga de pedernal para degollarlo—. Te veo en el Mictlán, perro chichimeca.

—Tendrás, tendrás que, esp… esperarme —respondió con dificultad Tozcuecuex.

—¿Qué dijiste? —preguntó el purépecha, acercando el rostro a la boca del veterano, mientras sonreía orgulloso de su logro.

En ese momento el cuauchic, quien se encontraba arrodillado, alzó rápidamente el brazo y clavó en el cuello del albino, con todas sus fuerzas, la punta de flecha que había recogido del piso. Tozcuecuex sintió cuando la sangre caliente mojó su cabeza y su espalda.

—Sí existen las derrotas honrosas… —alcanzó a balbucear el mexica antes de que el albino se desplomara sobre el piso, con las manos sujetas al cuello.

Sus ojos parecían salirse de sus cuencas, posiblemente por la sorpresa, o al sentir cómo terminaba su existencia. Se arrastró por el piso antes de dar los últimos estertores y quedar inmóvil. Tozcuecuex, que seguía arrodillado, observó el rostro de su oponente, el cual había quedado blanco como la nieve después de que la sangre enjuagara el tizne negro que utilizaba para esconder su despigmentada piel.

El tenochca permaneció hincado viendo, a la lejanía, las montañas que se vislumbraban al sur. Escuchó las caracolas del ejército de la Triple Alianza rugir al unísono, dando la clara señal de que avanzaran las tres columnas restantes para unirse a la toma de Teloloapan. Trató de levantarse; tenía que buscar a Ocelote y guiar a sus hombres en el combate. Su sentido de responsabilidad lo impulsaba a seguir adelante, como había sucedido desde su primera batalla, pero se sentía muy cansado. Los brazos le pesaban demasiado y anhelaba dormir un poco, solo un momento antes de continuar participando en el enfrentamiento. Se encontraba al borde de la muerte por la pérdida de sangre.

—Sí existen las derrotas honrosas —murmuró—. Sí existen las derrotas… —y en ese instante, perdió el conocimiento y cayó de bruces sobre el estuco.

CAPÍTULO XV

Mis ojos se llenaron de lágrimas mientras veía el fuego de la fogata. A pesar de la gran victoria de los ejércitos de la Triple Alianza al tomar la plataforma defensiva de Teloloapan y algunos de sus barrios exteriores, las bajas fueron abundantes entre ambos bandos. La mayoría de las tropas se retiró al caer el sol, aunque los combates continuaban en los suburbios de la ciudad, con una intensidad menor. Los chontales cerraron las calles con barricadas hechas de vigas de madera, piedras y ramas, por lo que la lucha continuaría casa por casa, palacio por palacio. Sin embargo, al haber sido superadas sus fortificaciones, la ciudad no resistiría más que un par de jornadas. Su destino estaba sellado. Los hombres que intercambiaban disparos con los chontales bajo el manto oscuro de la noche pertenecían al xiquipilli Cuauhtli o águila, el mismo que había visto acampando afuera del valle cuando traíamos el tributo de Ichcateopan. Por la mañana, sus comandantes recibieron órdenes de abandonar su posición y participar en la batalla, de modo que por la tarde sus integrantes relevaron a quienes habían estado combatiendo toda la jornada.

Luego de secarme los ojos aticé el fuego con una ramita, haciendo que los rescoldos cobraran vida y las flamas mucha mayor intensidad. Después de que logramos abatir la amenaza que se cernía sobre el blasón de nuestro barrio, subí al pequeño adoratorio donde había visto por última vez a Tozcuecuex. Protegiendo mi cabeza y mi torso de los dardos y piedras que volaban por los aires, me encontré con el cuauchic desmayado, boca abajo. Al voltearlo vi que tenía una flecha clavada abajo del hombro izquierdo, peligrosamente cerca de donde se ubicaba el yollotl, el corazón. A pesar de haber estado al borde de la muerte, el campeón cuauchic seguía respirando, aunque con dificultad.

Debido a la cantidad de sangre que se había acumulado debajo de su cuerpo y a que la herida seguía sangrando, supe que Tozcuecuex necesitaba ayuda de inmediato o moriría sin remedio. Entonces tomé la decisión de abandonar el combate para salvarle la vida. Lo cargué sobre mi espalda, y como pude lo bajé del techo del pequeño templo. Me encontré a Coaxóchitl organizando a los guerreros tenochcas que en tropel avanzaban hacia la ciudad, buscando ser los primeros en saquear y capturar prisioneros. Al darse cuenta de que Tozcuecuex estaba gravemente herido, destinó a dos hombres para que me ayudaran a bajarlo de la plataforma y llevarlo al campamento ubicado en los linderos de Ahuacatitlán para que lo atendieran y, de ser posible, le salvaran la vida.

Mientras avanzaba por la plataforma busqué con la mirada a Cuauhtlatoa y a los jóvenes estudiantes del Telpochcalli, entre ellos a mi amigo Macuil Itzcuintli, pero no los encontré. Seguramente habían tomado otra dirección o su avance se había complicado. A quien vi a lo lejos fue a Motecuhzoma, combatiendo junto con sus hombres en la base de la plataforma, pero ya dentro de la ciudad. Aunque se veían superados en número parecía que se las arreglaban bien. Después de abrirme camino entre multitudes de guerreros ávidos por pelear, saquear y capturar enemigos, llegué al par de escaleras colocadas sobre la plataforma que eran utilizadas para evacuar a los heridos, a los cautivos, así como también por los mensajeros para llevar las órdenes y reportes de un lado a otro de la batalla. Ahora me queda claro que, sin la ayuda de los dos hombres que me asignó Coaxóchitl, me hubiera sido imposible bajar por la escala a Tozcuecuex.

Al llegar abajo, los dos guerreros que me apoyaban regresaron al combate, por lo que volví a colocar el pesado cuerpo del cuauchic sobre mi espalda y emprendí la marcha hacia el campamento entre fosos, muertos y dardos rotos. Ya no volaban proyectiles por donde caminaba, lo más duro del combate ahora se libraba en la parte interna de la plataforma y el perímetro de la ciudad de Teloloapan. Al avanzar y alejarme de la batalla me encontré con algunas filas de cautivos de guerra vigilados por guerreros mexicas. Tenían las manos atadas a la espalda y entre ellos, con el objetivo de dificultarles un posible escape. La gran mayoría estaban heridos, con marcas de golpes en el rostro y el cuerpo.

Al llegar al campamento, Tozcuecuex fue atendido por un viejo sacerdote curandero. Luego de extraer la cabeza de la flecha, calentó sobre el carbón de una fogata una delgada varilla de cobre hasta que adquirió tonos rojizos y anaranjados. El cuauchic por momentos deliraba, después se volvía a desvanecer.

—Mi señor, muerda este pedazo de madera para que no se lastime la lengua, ya que esto dolerá —le dije.

De inmediato apretó las mandíbulas al escuchar mis palabras, aunque yo hubiera jurado que se encontraba inconsciente. El sacerdote metió en la profunda herida la varilla al rojo vivo, quemando la carne y cauterizando las venas para detener la hemorragia. El cuerpo de Tozcuecuex se retorció al sentir el cobre caliente abrasar su carne, al tiempo que lanzaba un alarido sofocado. Para cuando el sacerdote extrajo la varilla, el guerrero se había desvanecido. En seguida colocó sobre la herida un emplasto verdoso hecho con semillas, hojas y corteza de algunas plantas para evitar la infección y ayudar a la cicatrización. Por último vendó el brazo izquierdo y el torso con un largo lienzo de algodón, para inmovilizarlo y evitar nuevos sangrados.

—Aunque tu amigo estuvo al borde de la muerte, el pronóstico de recuperación parecer ser positivo. Sin duda este cuauchic, con la sangre que ha derramado en batalla, ha ganado el favor del dador de vida o del mismo Huitzilopochtli —me dijo en tanto que anudaba la tela.

—No tengo la menor duda de que alguien desde allá arriba lo cuida, sacerdote. No encuentro otra explicación para que siga vivo —agregué.

—Así lo han querido los dioses, jovencito, ese ha sido su capricho con el tonalli de este hombre —dijo—. Está claro que realizó mucha actividad física con la flecha de cobre metida en su cuerpo, por lo que la herida se agravó. La filosa punta de la saeta cortó y desgarró por un largo periodo de tiempo, causando un terrible sangrado. Para su suerte, toda esa sangre encontró una forma de salir de su cuerpo, evitando peores complicaciones, como un envenenamiento.

—No tuvo otra opción, honorable curandero. Fue para salvar la vida que combatió sobre las fortificaciones de Teloloapan con la flecha clavada por encima del yollotl hasta que su cuerpo no dio más. Al encontrarlo inconsciente, con una gran hemorragia, lo cargué sobre mi espalda. Ayudado por unos guerreros lo saqué de la plataforma donde se desarrollaba una terrible batalla y lo traje al campamento lo más rápido que pude —repliqué.

—Y lo has hecho muy bien. Sé lo difícil que es sacar a un herido de las fortificaciones de una ciudad que está siendo atacada. Es importante que tome muchos líquidos para que recobre la vitalidad, también que guarde reposo. En un momento regreso con una infusión que le puede hacer mucho bien.

—Tlazohcamati, gran curandero, venerado ticitl. Aquí lo esperamos —le respondí.

—Nada que agradecer —dijo con una sonrisa.

Se puso de pie y salió del círculo de luz que alumbraba nuestros cuerpos, armas y pertenecías, así como de los tres muros de adobe derruidos que nos daban cobijo del viento de la noche. Vi su silueta alejarse y perderse entre las otras fogatas y los cientos de hombres que iban y venían por el inmenso campamento. A pesar de la gran victoria que había logrado el ejército de la Triple Alianza, no se escuchaban gritos de triunfo, clamores de euforia ni cantos de gloria. Ni un solo atisbo de alegría, felicidad o regocijo. Todo lo contrario, llantos, gritos y quejidos llenaban la noche. Desconocía el precio en vidas humanas y heridos que se tuvo que pagar para superar las fortificaciones de Teloloapan, pero sin duda había sido alto.

Durante el asalto había muerto el calpullec Tliltochtli, hermano mayor y líder del calpulli de Tlalcocomulco. Mi hermanito y mi gran amigo, Macuil Itzcuintli, se encontraba desaparecidos. Gracias a la benevolencia de Tezcatlipoca, Cuauhtlatoa había salido ileso del combate. Había luchado hasta la tarde, guiando a los jóvenes estudiantes del Telpochcalli cuando superaron la plataforma y se integraron a la refriega. Hasta ese momento las bajas no habían sido cuantiosas, pero todo cambió cuando los chontales organizaron un poderoso contrataque que sembró el caos entre los guerreros de la Triple Alianza. Al menos eso fue lo que me contó el telpochtlato Cuauhtlatoa en cuanto regresó al campamento y se enteró del crítico estado de salud de Tozcuecuex.

—Luego de haber superado al enemigo en los combates por controlar la plataforma, nos internamos en las angostas calles de la ciudad, saboreando el dulce sabor de la victoria. De repente todo cambió. Entre las casas, azoteas, plazas y calles aparecieron miles de guerreros chontales apoyados por los salvajes yopes, siempre diestros en el uso del arco y la flecha. Las saetas de estos últimos masacraron a una gran cantidad de hombres, entre ellos a los jóvenes del Telpochcalli. Se trataba de una unidad de reserva, fresca, con bríos y valor, que se entregó al combate antes de que fuera muy tarde y no hubiera nada que hacer por su ciudad. Nos vimos abrumados, Ocelote: los guerreros chontales, armados con macanas y mazas, corrieron hacia nosotros buscando el combate cuerpo a cuerpo, al mismo tiempo que los yopes nos disparaban cientos de flechas desde las azoteas con su mortífera puntería. Para evitar que fuera masacrado hasta el último hombre, tuvimos que retroceder hacia la plataforma y regresar sobre nuestros pasos; huimos frente a su acometida —dijo con lágrimas en los ojos y la mirada fija en el fuego.

"No lloro por la deshonra, ni por haberme retirado frente a un enemigo, sino por los muchos jovencitos que murieron durante ese ataque al seguir mis pasos y los de otros instructores. No pudimos hacer nada para salvarlos. Finalmente de eso se trata la guerra, ¿no? De morir ofrendando la vida a los dioses o para cumplir los muy humanos deseos de poder y avaricia de nuestros gobernantes", concluyó, visiblemente afligido, limpiándose las lágrimas con el dorso de la mano. Nunca lo había visto llorar.

—¿Sabe algo de mi amigo Itzcuintli, maestro? —pregunté—. No ha regresado al campamento y nadie sabe su paradero.

—Iba en nuestro grupo cuando nos internamos en los suburbios de Teloloapan, pero lo perdí de vista cuando inició el contraataque. Muchos murieron o fueron heridos por las certeras flechas de los yopes durante esos breves instantes. A pesar de que fui de los últimos en retirarme, nunca lo vi correr para salvar la vida, o batirse contra un enemigo. No sé qué fue de él. Lo lamento, Ocelote —expresó dirigiéndome una sincera mirada.

A pesar de sus ojos enrojecidos y de las lágrimas que mojaban sus mejillas, su rostro seguía siendo tan duro como el jade, propio de un guerrero mexica con una vasta experiencia. Su cuello todavía presentaba intensos moretones, un amargo recuerdo del duelo que sostuvo con el gigante purépecha a las afueras de Ichcateopan. Noté también en su mejilla un profundo corte que aún sangraba.

—Iré a preguntar por Itzcuintli y por otros estudiantes que aún no regresan, mientras tanto cuida de Tozcuecuex —agregó y se puso de pie. Todavía llevaba el peinado alto sobre la coronilla, así como algunas plumas de águila que colgaban del chongo. Sus sandalias de fibra de ixtle se habían teñido de rojo debido a los ríos de sangre que tuvo que atravesar para sobrevivir a la jornada.

—Que el dador de vida lo cuide, gran telpochtlato —le dije con aprecio. Frenó sus pasos al escuchar mis palabras de despedida.

—Ocelote, ¿te has enterado de que Ahuízotl convocó a una ceremonia de agradecimiento a Huitzilopochtli, pasado mañana en uno de los palacios de Ahuacatitlán, para celebrar la gran victoria del día de hoy? —me preguntó—. Invitó a los guerreros de élite, a los nobles, y en esta ocasión, a los hombres que rescataron el tributo guardado en Ichcateopan, entre ellos tú y yo.

—Disculpe mis palabras llenas de enojo, pero acabamos de perder a amigos, hermanos y compañeros en batalla, ¿y aun así piensa asistir a una fiesta para celebrar la "gran victoria"? No me parece correcto ni coherente.

—A mí tampoco, niño tonto, pero piensa —dijo exaltado, caminando algunos pasos hacia mí—. Estarán los principales capitanes y nobles del ejército. Es una gran oportunidad para investigar más sobre la posible conspiración en contra de Ahuízotl. Incluso puede que esté presente el misterioso sacerdote con el que te enfrentaste —afirmó—. Te veo mañana, aguerrido joven, mientras puedes tomar tu decisión sobre si asistes o no. Iré a descansar con los muchachos del calpulli. Espero que no falten muchos.

Y tomé mi decisión de inmediato. A pesar del dolor que me embargaba, el telpochtlato tenía razón. Era una buena oportunidad para abrir los ojos y, con un poco de fortuna, obtener más datos sobre la posible conspiración. Seguramente asistiría Motecuhzoma, por lo que habría que vigilarlo.

—Una ceremonia, ¿quién lo pensaría? —murmuré.

—¿Dónde...? —sorpresivamente la voz del cuauchic me sacó de mis reflexiones.

—¡Gran cuauchic, me da gusto que haya despertado! —dije, emocionado.

—Ocelote, ¿dónde me encuentro? —preguntó.

—En el campamento del ejército de la Triple Alianza. Lo he traído desde Teloloapan, donde fue herido de gravedad.

Trató de levantarse pero no lo logró. Suspiró al darse cuenta de lo débil que se encontraba.

—Pues debo agradecerte, jovencito, por salvarme la vida. Veo que estás tomando por costumbre salvarles la vida a tus instructores y superiores.

—He tenido ese honor, de la misma forma que mis instructores y superiores me han cuidado en los combates —añadí, para después compartirle la odisea que fue sacarlo de la batalla.

En ese momento llegó el curandero con un guaje lleno de una infusión. Le explicó al guerrero herido los cuidados que debía tener, haciendo énfasis en mantener absoluto reposo y tomar diariamente la infusión que le proveería.

—Nada de caminar ni de combatir. Descanse, cuauchic, que bien se ha ganado ese privilegio. Mañana vendré a ver su progreso —se despidió de mí tomando mi brazo y se perdió en la noche.

Coyolxauhqui, la eterna decapitada, avanzó por el oscuro firmamento, mientras Tozcuecuex dormía y yo vigilaba su sueño y alimentaba la fogata. El inmenso campamento que se extendía desde el terreno ondulante del valle de Teloloapan hasta la población destruida de Ahuacatitlán, cubriendo cañadas y montículos, fue quedándose en silencio. A la distancia se escuchaban gritos y ecos del combate que se libraba en las calles de la ciudad chontal. Sin duda el sitio se había tornado en una guerra urbana, de desgaste, la cual seguiría cobrando innumerables vidas. Dormité por un largo periodo de tiempo, hasta que me despertó el ruido de unos pasos que se acercaban. Rápidamente tomé mi cuchillo, me incorporé y me preparé para responder a cualquier agresión. De inmediato vino a mi mente el siniestro sacerdote con la cicatriz en el rostro. ¿O acaso Motecuhzoma había sido informado de nuestras sospechas y había enviado a alguien para matarnos? Esos pensamientos se disiparon cuando apareció un joven guerrero portando solamente un sencillo maxtlatl y una tilma. Antes de saludar observó a Tozcuecuex con detenimiento, buscando confirmar que se tratara de él.

—¿Conoces al cuauchic? —pregunté divertido al ver cómo su rostro se iluminaba al reconocerlo y encontrarlo con vida.

—Claro que lo conozco, fue mi maestro. Tú debes ser Ce Océlotl, su auxiliar, ¿verdad? —me preguntó en un susurro para no despertar al capitán, a lo cual respondí positivamente.

—¡Qué gran alivio haberlos encontrado al fin! —exclamó—. Los he buscado desde hace un buen rato. Después de la gran victoria de hoy, que a mi parecer se asemeja más a una derrota, el campamento ha sido un caos. Heridos por todos lados, prisioneros tratando de escapar, falta de suministros en algunas secciones, falsas alarmas sobre ataques inexistentes por doquier, en fin.

—Lamento que hayas tardado en dar con nosotros. Nos separamos de nuestra unidad para estar cerca de unos titici que están cuidando la salud del capitán —afirmé.

—¿Qué le pasó al cuauchic?

—Tozcuecuex fue gravemente herido cuando atacábamos la plataforma. Al parecer se batió con un importante guerrero enemigo. Para nuestra fortuna ya recibió atención y se está recuperando. Pero dime, ¿cuál es la urgencia por la que nos has estado buscando? —pregunté con curiosidad al joven guerrero mientras lo observaba. También su cuerpo presentaba estragos de la batalla, pues pude ver muchos raspones en sus codos, rodillas y abdomen, así como moretones en la frente y las mejillas. Su antebrazo estaba inflamado, posiblemente por los golpes que recibió al utilizar su chimalli como protección.

—Tozcuecuex me encomendó una misión antes de que iniciaran los combates, una de carácter confidencial —dijo. Luego volteó a los lados, tratando de cerciorarse de que nadie lo estuviera siguiendo—. Sin embargo, me comentó que podía compartir la información solamente contigo en caso de que le pasara algo. A mí y a otro compañero nos dio la orden de vigilar a Motecuhzoma todo el tiempo que estuviera en el campamento, y avisarle sobre cualquier comportamiento sospechoso del noble, o si era visitado por un sacerdote con una gran cicatriz en el rostro y ciego de un ojo. Y bueno, hemos visto a este último visitar al sobrino del huey tlahtoani después de la batalla, tal como Tozcuecuex lo había sospechado. Por eso los he estado buscado —concluyó, notablemente orgulloso de su hallazgo.

Me quedé pasmado. Por fin una buena noticia para desenmascarar la conspiración.

—¿Cómo fue? —pregunté impaciente.

—Motecuhzoma se ha instalado en las afueras de Ahuacatitlán, no muy lejos de aquí, en una casa de campo de algún noble local que estaba abandonada. Después de regresar de la batalla visitó al huey tlahtoani tenochca, con quien al parecer cenó, para después dirigirse a sus aposentos. Cuando sonó el tercer cambio de guardia, el sacerdote apareció completamente solo, ingresó a la casa y permaneció poco tiempo, para después dirigirse a un adoratorio improvisado que ha sido instalado en la pequeña plaza de la población destruida. Cuando vine a buscarlos, él seguía en ese lugar. Si gustas te puedo llevar —agregó.

—¿Qué estamos esperando? Vamos —respondí, y en seguida enfundé mi cuchillo de obsidiana y tomé mi macana.

Esta vez el misterioso conspirador no escaparía. Pondría todo mi empeño, incluso mi vida, en ese propósito.

—¿Cómo te llamas? —le pregunté al guerrero.

—Tzilacatl Xocoyotl de Nonohualco —respondió el joven, que posiblemente tendría un par de años más que yo.

Seguimos al sacerdote entre chozas chamuscadas, casas colapsadas y calles lodosas. Había poca actividad en aquel sector del gigantesco campamento, ya que la mayoría de los hombres dormitaba o descansaba, debido a lo entrado de la noche. El silencio era roto por el constante crepitar del fuego de las hogueras, por toses o por el eco de los pasos de algún desvelado que no conciliaba el sueño. En algunas zonas escuchábamos los murmullos de las conversaciones que aún mantenían los hermanos de armas, compartiendo su experiencia durante la tremenda batalla en la que participaron. Caminamos en completo silencio por una calle paralela a la que utilizaba el conspirador dentro de la pequeña población, que había sido saqueada y chamuscada días antes.

Por fortuna no se había percatado de nuestra presencia, pues caminaba con tranquilidad. Vestía la misma tilma negra con filos blancos que el día que lo enfrenté. Al parecer iba armado con una especie de jabalina que utilizaba como bastón al caminar, haciendo un ligero eco cada vez que la madera chocaba con alguna roca o pedazo de argamasa. Llevaba el largo cabello negro amarrado sobre la espalda y un morral debajo de la tilma, donde bien podría esconder una daga o una cerbatana pequeña. En esta ocasión su cuerpo no iba pintado, por lo que pude ver el color moreno claro de su piel, así como algunas arrugas que enmarcaban su rostro. Al parecer se dirigía hacia el límite este del campamento, donde se concentraban los cargadores, los esclavos y un jagüey de gran tamaño para almacenar agua que venía de un riachuelo cercano. Seguramente el astuto conspirador quería pasar inadvertido, pues el sector al que se dirigía no era frecuentado por capitanes, nobles o guerreros cercanos a Ahuízotl, solo por los hombres que hacían guardia y por los encargados de la logística y avituallamiento de las tropas.

Después de un tiempo de seguirlo a una distancia considerable, el tlamacazqui se cruzó con una patrulla de al menos veinte guerreros armados con lanzas, escudos y antorchas. Los saludó alzando el brazo y diciéndoles algo, para después continuar su camino. Tzilacatl y yo nos pertrechamos detrás de un muro hecho de bajareque, que pertenecía a una construcción semidestruida y chamuscada, mientras la patrulla se alejaba. Instantes después el sacerdote atravesó una plazuela donde cientos de hombres dormían sobre sus petates, calentando sus cuerpos con las fogatas que estaban diseminadas por el amplio espacio. Sin preocuparse por esconder su identidad, nuevamente saludó a un grupo de guerreros que montaban guardia y después se dirigió a un campo de maíz abandonado, pues la temporada de recolección ya había pasado desde hacía varias semanas; aún se podían ver mazorcas decorando los secos y amarillentos tallos. Por suerte, el maizal era el lugar perfecto para atacarlo sin armar un escándalo, ya que era solitario y las altas plantas de maíz nos ocultarían.

Rodeamos la plaza y sus ocupantes con el fin de evitar preguntas incómodas de sus guardias, o interpelaciones que pudieran ralentizarnos o alertar al conspirador. Apretamos el paso al avanzar sobre una vereda flanqueada de troncos chamuscados, muros colapsados y piedras desperdigadas, donde más guerreros de la Triple Alianza dormían o conversaban. En nuestra acelerada caminata nos encontramos con dos hombres que platicaban amenamente, recargados en un muro de adobe. Estaban tan inmersos en su charla que nuestro saludo no tuvo respuesta. Logré captar el ácido olor del pulque cuando los dejamos detrás, y al parecer no fui el único, ya que Tzilacatl murmuró:

—Debemos visitar a estos compañeros cuando terminemos con la tarea, seguro que nos compartirán una jícara de delicioso octli.

—No es mala idea. Espero que para cuando regresemos se haya terminado de asar el huexólotl —respondí sarcásticamente, aunque he de aceptar que su comentario me hizo sonreír.

A la distancia observamos cómo el hombre de negro se internaba entre las plantas secas de maíz. Frené mi paso y me acuclillé al llegar a un tronco ennegrecido; mi compañero imitó mi acción.

—Tzilacatl, monta guardia en esta esquina y vigila estos dos lados, yo haré lo mismo en la opuesta. Evita a toda costa internarte en el sembradío, ya que el ruido de hojas quebrándose bajo tus pies podría alertarlo sobre nuestra presencia. Si te encuentras con él, silba antes de atacarlo para darme aviso —murmuré sin despegar la vista del gran rectángulo oscuro conformado por cientos de tallos, hojas, mazorcas y borlas secas—. Y recuerda, no lo mates, necesitamos interrogarlo.

—No te preocupes, soy bueno incapacitando a mis oponentes. Te veo en un momento —respondió el guerrero dándome una palmada en el hombro, después trotó en completo silencio hacia su posición.

Seguí su ejemplo caminando sigilosamente hacia mi esquina, cubriendo dos de los cuatro lados del maizal. Sujeté con fuerza mi macuahuitl y extraje mi cuchillo de uno de los costados de mi braguero. No había pasado mucho tiempo cuando a la distancia vi las siluetas oscuras de dos hombres dirigirse hacia el sembradío, por lo que muy a mi pesar tuve que retroceder algunos pasos para buscar refugio entre las sombras que proyectaban los altos tallos de las plantas. Afortunadamente no notaron mi presencia, ni cuando se sumergieron entre las plantas a unas tres varas de distancia de mí. Noté que iban armados con arcos y cerbatanas y que vestían petos de algodón, bragueros como cualquier guerrero de la Triple Alianza y tilmas rojas más largas de lo común, pues les llegaban hasta los tobillos. Ambos llevaban la cabeza afeitada. Sin embargo, al observar con detenimiento al más alto de los hombres, noté que una serie de tatuajes decoraba su pierna derecha.

Apenas tuve un atisbo de los patrones color negro debido a que la larga tilma cubría sus piernas, y solo por momentos, cuando daba un paso al frente, quedaban expuestos. Me pareció algo muy extraño y peculiar, ya que lo nahuas no teníamos la costumbre de tatuarnos el cuerpo por considerarla una práctica propia de grupos incivilizados, de salvajes. Y menos dibujar patrones geométricos con cruces y rayas que carecían de cualquier sentido de la estética. "¿De dónde provenían estos hombres?", me pregunté, pero este no era ni el momento ni el lugar para averiguarlo. Supliqué a los dioses para que los dos individuos se retiraran lo antes posible sin acompañar al sacerdote, pues de no ser así, no podríamos cumplir con nuestro objetivo, ya que nos encontraríamos superados en número. Me preocupó pensar que el aguerrido Tzilacatl se encontrara con los dos individuos y decidiera atacarlos, así que regresé a mis súplicas divinas mientras esperaba agazapado entre las sombras. Para mi buena fortuna, al poco tiempo escuché los tallos y las hojas resecas quebrarse por los movimientos de los dos guerreros que abandonaban la zona.

—Bendito seas, señor impalpable e invisible —murmuré alzando la mirada hacia el cielo, mientras los hombres se alejaban hasta perderse en la noche.

Justo en ese momento escuché el silbido de Tzilacatl imitando un ave al otro lado del sembradío. ¡Había hecho contacto! Corrí lo más rápido que pude a través del maizal, sin importarme la cantidad de ruido que hacía. Seguramente el combate entre mi compañero y el sacerdote había iniciado y no había tiempo que perder.

—Esta vez no escaparás, basura —murmuré al tiempo que alzaba el macuahuitl para protegerme el rostro de los impactos de las hojas y los tallos.

Ya había atravesado más de la mitad del campo cuando volví a escuchar el silbido de Tzilacatl imitando un ave, pero ahora con más potencia. Salí del cultivo cuando el sacerdote giraba la jabalina con sus dos manos sobre la cabeza, para después lanzar un golpe lateral hacia el cuerpo de mi compañero, quien se alejó un paso. Al verme aparecer, sonrió y descargó con fuerza su arma hacia mí, obligándome a agacharme para evadir el impacto. Tzilacatl atacó su flanco con el lado plano de su macana, pero no lo alcanzó. Seguía fuera de rango. Avancé, provocando una reacción en el sacerdote, la cual se materializó en dos golpes descendentes de su jabalina. Fui rápido con mi macuahuitl y bloqueé ambos ataques, aunque varias lajas de obsidiana se hicieron astillas. Al ver mi acometida, mi compañero decidió que era buen momento para acercarse unos pasos y descargar con violencia un golpe hacia el muslo de nuestro enemigo, esta vez usando la parte aserrada de su macuahuitl. A pesar de que el hombre con la cicatriz en el rostro adivinó su ataque, no fue tan rápido para evadirlo, de modo que el filo de las navajas cortó superficialmente su pierna. Murmuró algo incomprensible, cargando sus pocas palabras con furia y frustración.

—¡No tienes escapatoria! —grité al esquivar la jabalina, que no dejaba de girar. Aprovechaba la mayor extensión de su arma para mantenernos alejados.

No respondió, solamente intentó golpear de nuevo a Tzilacatl, esta vez con éxito, deteniendo por un breve momento el constante movimiento de su arma. Ese pequeño instante fue todo lo que necesité para descargar con furia mi macuahuitl sobre su mano izquierda, la cual cercené. La sangre brotó y la jabalina salió despedida por los aires, con la mano aún aferrada a ella. El sacerdote trompicó y cayó al piso, luego de soltar una maldición. Su único ojo me miró con furia mientras apretaba su antebrazo, tratando de impedir que la sangre siguiera fluyendo.

—¿Acaso crees que mi muerte impedirá que Ahuízotl sea derrocado? ¡Nada cambiará! ¡Yo solo soy una pieza de un inmenso ejército de hombres que desean su caída! —gritó desesperado.

Había que terminar esto rápido, o al menos taparle la boca antes de que llamara la atención de alguna patrulla o de los hombres que dormían en la plazuela. Con mucho esfuerzo el sacerdote logró ponerse de pie, usando la mano que le quedaba. En verdad que era ingenuo si pensaba que podía seguir combatiendo o escapar.

—¿A quién sirves? —le pregunté, acercándome un poco—. ¿Quiénes eran los hombres con los que te encontraste?

Como respuesta escupió al piso.

—Las tzitzimime vendrán por ti, Ce Océlotl, ellas vengarán mi muerte —balbuceó con rabia.

Sus palabras me dejaron helado. Sabía mi nombre y seguramente muchas cosas más, como los nombres de mis padres, de mis amigos, incluso de mis maestros. No pude más que sentir miedo en ese momento, un tremendo temor que me enmudeció y me paralizó.

El sacerdote retrocedió trastabillando, enfrentándonos con la mirada, aunque por breves instantes oteaba hacia el norte, albergando la esperanza de que los guerreros con los que se había entrevistado regresaran para rescatarlo, pero no fue así.

Cuando parecía que no tenía escapatoria y que había sido derrotado, el maldito tlamacazqui se salió con la suya. En un abrir y cerrar de ojos extrajo un cuchillo de su morral, el cual aún colgaba cruzado a su costado, y lo colocó sobre su garganta. Pronunció las palabras: "Cuezal, Tzontemoc, que sea ya todo", y después se abrió de lado a lado la garganta antes de que Tzilacatl pudiera evitarlo. Yo solamente lo observé, sin intentar detenerlo.

El temido sacerdote cayó de espaldas al piso y sufrió espasmos por un momento, hasta que murió.

—Se escapó, Ocelote —comentó con amargura mi compañero, sacándome de mi letargo.

—Lo sé, fue astuto hasta la muerte. Hay que revisarlo, antes de que alguien llegue y nos encuentre con el cadáver.

De inmediato Tzilacatl tomó el morral y empezó a buscar en su interior, mientras yo revisaba su tilma y los costados de su braguero, donde lamentablemente no había nada.

—¿Qué encontraste? —pregunté.

—Hasta ahora nada relevante: una bolsa de copal, pequeñas estatuillas de dioses de madera, una piedra de pedernal, manojos de yerbas y un pectoral de piedra verde. Espera, hay algo más al fondo de la bolsa —comentó.

Sacó un objeto cubierto con un paño de algodón, después me tendió el morral para que yo lo revisara por segunda vez. Volteé a ver las manos de mi compañero cuando percibí el hermoso brazalete, que refulgía a pesar de ser de noche.

—Vaya, vaya, creo que a este sacerdote le gustaban los lujos, Ocelote. Mira qué belleza de brazalete.

Sin duda me sorprendí de grata manera al encontrar semejante pieza de arte en el morral del espía. Se trataba de un brazalete de una sola pieza, con una abertura por la parte inferior para meter el antebrazo. La parte superior estaba decorada con un mosaico de pequeñas piedras que iban desde un azul intenso hasta un verde oscuro, en su mayoría diminutas turquesas. El mosaico recreaba el sol, pues claramente se veía un círculo de donde salían varios rayos. Apenas salí de mi asombro, me acerqué a Tzilacatl para sujetar la pieza y revisarla con mayor cuidado.

—Dudo que le pertenezca. Posiblemente se trataba de un encargo, o una pieza para sobornar o comprar a alguien —dije al pasar las manos sobre el hermoso mosaico de turquesas. Si mi sorpresa fue grande al ver la pieza, mi asombro fue mayor cuando revisé con cuidado el interior de la rígida pulsera—. ¡Tiene un glifo! Y al parecer es un glifo nominal.

Al verlo con cuidado distinguí una silueta de cabello recortado, y debajo el glifo de la palabra. Lo más curioso es que arriba del cabello se veía la diadema de turquesas que solamente usaban los gobernantes mexicas, la xiuhuitzolli.

—Creo que se trata del glifo nominal de Motecuhzoma, pero portando la diadema de los gobernantes de Tenochtitlán —observé emocionado—. Es la pieza perfecta para demostrar que la conspiración existe y que él es uno de los cabecillas.

—Hoy es una noche de sorpresas, amigo: el pectoral de piedra también lleva grabado un glifo nominal, posiblemente del sacerdote —Tzilacatl me enseñó la pieza color verde. Por el anverso tenía la forma del glifo calli, la de un templo, mientras que por el reverso claramente pude ver grabada la cabeza de un águila de donde surgía un nopal con gran cantidad de tunas.

—Cuauhnochtli, tuna de águila. Tenemos más de lo que hubiéramos esperado.

—Exacto. Ese puede ser el nombre del tlamacazqui que acaba de tasajearse el cuello —afirmó señalando con el dedo el cadáver.

—Ya habrá tiempo para confirmar su identidad. Ahora ayúdame a esconder el cuerpo de este desgraciado entre los maizales y cubrir la sangre con algo de tierra.

Arrastramos el cuerpo del sacerdote al interior del sembrado, intentando no quebrar ninguna de las plantas para evitar hacer un camino que dirigiera directamente al cuerpo. Al llegar al centro del plantío abandonamos el cadáver, no sin antes desnudarlo, a excepción del braguero.

Al terminar nos alejamos del maizal dando un largo rodeo para evitar ser vistos, por lo que nos tomó más de lo previsto regresar al lugar donde Tozcuecuex descansaba. Ojalá hubiera estado despierto, pues no podía esperar para contarle lo que había pasado y lo que habíamos encontrado. Por otro lado, he de admitir que las palabras que dijo el sacerdote antes de morir sembraron en mí un terrible temor, tanto como el hecho de que conociera mi nombre. Tendría los ojos abiertos, pues no había duda de que los conspiradores, entre ellos Motecuhzoma, podrían enviar algunos asesinos para acabar con mi vida, incluso con la de Tozcuecuex. Un escalofrío me recorrió el cuerpo mientras caminábamos de regreso al campamento.

CAPÍTULO XVI

—¡Tenemos que solicitar la paz o seremos aniquilados! —dijo un capitán que portaba una diadema hecha de teselas de coral de intenso color rojo.

—Era viable combatir y derrotar a los perros chichimecas con la ayuda de los ejércitos de Alahuiztlán y Oztomán, pero solos es imposible, Tzotzoma —agregó un segundo hombre de rostro adusto que vestía el yelmo de un jaguar.

—Eso sin contar que, al parecer, las huestes purépechas han abandonado Teloloapan. Los muy cobardes decidieron salir de la ciudad después de enterarse de la muerte del albino. Nunca me fie de esos hijos de Curicaueri —sentenció un joven combatiente con el rostro completamente pintando de rojo y rapado de la cabeza.

Tzotzoma escuchaba a los capitanes, guerreros destacados y campeones que se habían reunido de forma clandestina en el interior de un pequeño palacio abandonado desde el inicio del sitio. Sus salones y pasillos lucían vacíos, silenciosos, mientras que en sus jardines, donde en el pasado habían retozado patos y garzas, ahora se posaban los hambrientos zopilotes. El descontento había incrementado entre los altos mandos del ejército chontal después de que se esparciera como fuego la noticia de que los ejércitos de las ciudades aliadas no llegarían a tiempo para apoyar la defensa. Otro golpe devastador fue la muerte del líder purépecha albino y, como consecuencia, que sus guerreros abandonaran la ciudad en algún momento de la noche. Para colmo de males, durante la jornada anterior los ejércitos de la Triple Alianza habían logrado superar la gran plataforma que protegía Teloloapan, lo que forzó a los chontales a tomar cobijo en el interior de la ciudad.

Cerrando calles, fortificando templos y palacios, la gran batalla que se había dado en torno del perímetro de la ciudad se había transformado en una guerra urbana donde se pelearía casa por casa, plaza por plaza. Tzotzoma estaba seguro de que, con la llegada de la mañana, Ahuízotl enviaría nuevamente la totalidad de sus fuerzas para tomar la ciudad y después asolar el último bastión, el recinto ceremonial de Teloloapan. Sin embargo, solo envió a una columna compuesta de ocho mil hombres para reemplazar a los que habían pasado la noche defendiendo las posiciones ganadas un día antes al interior de la ciudad. Por esta razón, los enfrentamientos se habían reducido a un intercambio de proyectiles y algunas intentonas chontales por expulsar a los mexicas de algunos sectores de la ciudad. Todo sin grandes éxitos.

—Hemos perdido más de ocho mil hombres, sin contar a los heridos. Además de que nuestras flechas y dardos se están agotando rápidamente —añadió un combatiente que llevaba la mano envuelta en un lienzo ensangrentado.

—¿Qué tanto han descendido los niveles de maíz, frijol y amaranto dentro de los almacenes, Chicuei Mázatl? —preguntó el general. Tzotzoma volteó a ver a su hijo y se le afligió el corazón al verle la cabeza envuelta en un trapo sucio, el cual se había tornado rojo por el constante sangrado de una herida sufrida la jornada anterior durante la batalla por la plataforma.

—Tenemos alimento y agua para al menos veinte jornadas más de combate —contestó mientras limpiaba con el dorso de la mano la tierra y el lodo que cubrían su rostro.

—Bien —dijo Tzotzoma al saber que por lo menos no tenían que preocuparse por agua y comida. Antes de compartir sus palabras y responder a los comentarios de los militares que habían acudido a su llamado, se quedó un momento en silencio observando la luz de la mañana entrar por la única puerta que tenía el salón donde se encontraban. Reflexionaba sobre lo que diría, con prudencia y moderación.

La tarde anterior, cuando le fueron comunicados los reportes de cada uno de los jefes de sección de la plataforma, tomó una decisión que tal vez no era la correcta, moralmente hablando; sin embargo, la situación no estaba para hacer lo adecuado, sino para salvar vidas y evitar la destrucción completa de su amada ciudad. Decidió convocar a una asamblea en el palacio de la antigua familia Atecocolli, en el centro de la ciudad, en la cual participarían todos los capitanes y guerreros de alto rango de Teloloapan para definir el rumbo de la guerra. Por esa razón envió a sus corredores por toda la ciudad, para compartirles el mensaje a los militares, al jefe de la guardia palaciega y a algunos prominentes sacerdotes de su confianza. Estaba dispuesto a escuchar a todos los asistentes, sin importar su postura. Sin duda muchos pensarían que se trataba de una reunión para revisar el estatus de la defensa, cuando en realidad se trataba de una asamblea clandestina a la cual no había invitado al nuevo regente Milcacanatl, ni a los pocos integrantes de la familia gobernante que seguían vivos.

El general chontal sabía que al convocar la reunión estaba arriesgando el todo por el todo, ya que si el regente o sus hombres de confianza se enteraban, con toda certeza sería capturado y ejecutado bajo los cargos de conspiración y traición. "No los culparía si me estrangulan por esos cargos", pensó Tzotzoma, pues en realidad su objetivo era conocer el punto de vista sincero y directo de los invitados, para después convencerlos de que era mejor capitular que enfrentar la aniquilación de la población y la destrucción total de Teloloapan. Un gran alivio reconfortó su cuerpo cuando escuchó las voces de los presentes y se dio cuenta de que no era el único que pensaba que era mejor la paz. La gran mayoría de los asistentes se inclinaba por negociar el fin de las hostilidades antes de que fuera demasiado tarde.

—Honorables guerreros y sacerdotes, coincido completamente en que es muy tarde para poder cambiar el rumbo de esta guerra. La defensa de Teloloapan estaba perdida desde el momento en que nos enteramos de que Alahuiztlán y Oztomán tardarían más de diez días en enviar sus ejércitos.

—¡Son unos malditos traicioneros! —gritó un guerrero, interrumpiendo a Tzotzoma.

—¡Los haremos pagar, compañeros! —bramó un segundo hombre, que se encontraba de pie al fondo del salón. Tzotzoma ignoró los comentarios para continuar hablando.

—Aunado a esto, el día de ayer fueron superadas nuestras defensas, incluso la gran plataforma, por lo que ya hay miles de mexicas apostados en los barrios externos de nuestra ciudad. De hecho, es un milagro que Ahuízotl no haya dejado caer sobre nuestro altépetl todo el peso de su ejército hoy, pues si así hubiera sido, muy probablemente en este momento todos estaríamos muertos —concluyó duramente Tzotzoma.

Muchos lo habrán tildado de pesimista, pero sus palabras no mentían. La ciudad estaba perdida. Antes de proseguir, miró a los veinticuatro hombres que estaban en el salón; algunos eran amigos de años atrás, otros conocidos de toda la vida. Después de soltar un profundo suspiro, continuó.

—Solamente tenemos dos opciones: pedir la paz con las consecuencias que eso implica, o cavar nuestras tumbas entre estos muros —dijo mientras señalaba el muro estucado que tenía a la izquierda—. En lo personal, me inclino por la primera opción —concluyó, y el silencio reinó en el recinto. El general chontal sabía que había guerreros presentes que pensaban que lo mejor era continuar con la lucha antes que rendirse, aunque al parecer eran muchos más los que pensaban que era mejor capitular.

Un guerrero delgado, que vestía un chaleco de piel de jaguar, se levantó y abandonó el salón después de escuchar al general. Dos más siguieron su ejemplo, al tiempo que otro combatiente dijo:

—¡No coincido contigo, Tzotzoma! ¿Rogar por una paz deshonrosa? ¿Cómo podrás vivir los días que te quedan con eso metido en el corazón? Yo me inclino por la segunda opción —dijo, luego les dirigió una mirada a los presentes.

Nochtecuhtli, el valeroso guerrero que había derrotado en un duelo personal al campeón mexica, se incorporó para que todos lo pudieran ver y escuchar.

—Tzotzoma, ¿sabes las condiciones que impondrán los mexicas para aceptar nuestra capitulación? El tributo se incrementará al doble, de la misma forma que el envío de esclavos a Tenochtitlán.

¡Incluso es posible que instalen una guarnición militar permanente dentro de Teloloapan, así como un gobernador! ¿Podrás cargar con eso? —exclamó el campeón.

—Preferiré eso a que Teloloapan sea arrasada y su recuerdo se pierda con el tiempo. Eso sin mencionar que nosotros seremos capturados para ser sacrificados en las ciudades de la Triple Alianza, lo cual no me causa problema, pero ¿qué pasará con las mujeres, los niños y los ancianos que se han refugiado en la montaña? Si los guerreros de la Excan Tlatoloyan se enteran de su existencia, todos acabarán siendo vendidos como esclavos en los tianquiztli de Xaltilolco, Tezcuco y Chalco. ¿Quieren eso para sus familias? —preguntó Tzotzoma, visiblemente emocionado.

Los presentes, incluido Nochtecuhtli, al imaginar ese escenario se sumieron en un terrible silencio. El general chontal continuó exponiendo su punto de vista.

—Tienes razón al preocuparte por el tributo, Nochtecuhtli, así como por la instalación de una guarnición militar y de un gobernante tenochca, lo cual es muy probable que pase. Pero ¿por qué no matar dos pájaros de una pedrada? Podemos ofrecerles a los mexicas nuestros ejércitos para que castiguen a nuestros "supuestos aliados", que nos dieron la espalda cuando más los necesitábamos, rompiendo los pactos que habíamos hecho. Si apoyamos a sus ejércitos con nuestros guerreros para sofocar las rebeliones de Alahuiztlán y Oztomán, podríamos negociar que los términos de rendición no fueran tan duros, incluyendo el incremento de tributo o de esclavos. Piensen esto: si ayudamos a los mexicas a sofocar las rebeliones y ellos muestran una fiera resistencia, lo cual seguramente hará el déspota de Alahuiztlán, la guarnición militar acabaría siendo ubicada en su territorio y no en el nuestro.

—Estás especulando, Tzotzoma —gritó un hombre, claramente molesto.

—Dejen que termine de hablar —bramó otro guerrero, interesado en sus palabras.

—Por último, creo que aún podríamos negociar con los mexicas ofreciéndoles nuestras armas y nuestro conocimiento de la zona —expresó.

—¿Y si el nuevo regente y sus nobles se niegan a aceptar tu plan? —preguntó Chicuei Mázatl. El chontal volteó a ver a su hijo mientras le sonreía.

—No le pediremos su opinión, simplemente lo depondremos y lo ofreceremos a Ahuízotl como el principal instigador de la rebelión, lo cual es totalmente cierto. El gran consejero y regente se quedó solo a partir del momento en que los purépechas abandonaron Teloloapan. Solo algunos miembros de la familia real lo apoyan, así como un puñado de nobles. A algunos de estos últimos bien se les podría convencer de sumarse a nuestro plan. No dudo que si entregamos a Milcacanatl a los mexicas, el principal responsable de alzar los ejércitos chontales en su contra, podremos calmar su furia y favorecer los términos que nos serán impuestos. Seguramente acabará sacrificado en el altar de Huitzilopochtli, lo cual considero que es una buena muerte para un hombre de fe, como él lo ha sido a lo largo de su vida —concluyó con un atisbo de ironía el responsable de la defensa de Teloloapan.

—¿Serías tan amable de compartirnos por qué merece ese final el viejo Milcacanatl? —preguntó Nochtecuhtli, algo confundido—. Creo que sabes algo que nosotros desconocemos —agregó, lanzándole una mirada inquisitiva al general chontal.

Tzotzoma, el astuto, había esperado este momento para compartir la fuerte sospecha que tenía sobre la culpabilidad del viejo en el asesinato del joven tlahtoani, así como la evidencia. La noticia impactaría a los presentes como un rayo, causando la indignación y el enojo necesarios para que dejaran de lado sus escrúpulos nacionalistas y se sumaran a su propuesta con el fin de castigar a Milcacanatl. Todo lo había planeado perfectamente. Antes de responder, el chontal recogió una bolsa y la arrojó al centro del salón. El impacto causó que por el suelo se desperdigaran decenas de grandes pedazos de ámbar.

—Este fue el pago que recibió el asesino por matar al tlahtoani Amalpili; por cierto, hablaba perfecto chontal —dijo Tzotzoma mientras los presentes veían las hermosas piezas de apozonalli refulgir con los rayos de la mañana.

El capitán de la guardia del palacio tomó un pedazo de ámbar del piso y lo revisó a detalle, intrigado por las declaraciones del general chontal. Después de observarlo por un momento, dijo:

—Se trata del típico ámbar oscuro que llega veintena tras veintena a las ciudades chontales, incluida Teloloapan, por la red de comercio que se prolonga hasta Totolapa, en las tierras de los chiapanecos, pobladores del río de la chía, Chiapan. Los mexicas lo consideran basura por no ser claro, con tonalidades amarillas —exclamó sorprendido después de revisarlo.

—¿Y quién es el responsable de comprar, administrar y autorizar la venta de estas piezas en nuestra ciudad? —preguntó el general chontal.

Nochtecuhtli y Chicuei Mázatl contestaron al mismo tiempo:

—¡Milcacanatl!

—En efecto. Desde que el tlahtoani Amalpili estuvo en el poder, la responsabilidad del comercio del ámbar, las turquesas y las plumas de quetzal y guacamaya recayó en el gran consejero y sus burócratas —dijo Tzotzoma con una gran sonrisa en el rostro—. Bueno, compañeros, creo que ya invertimos mucho tiempo en esta reunión. Díganme, ¿quién me acompaña al palacio para deponer al decrépito regente, capturarlo y entregarlo a los mexicas para conseguir mejores términos en la rendición?

—¿¡Qué es esto!? —exclamó Milcacanatl al ver a Tzotzoma al frente de un grupo de veinte militares, entre ellos el jefe de la guardia del palacio y el campeón Nochtecuhtli. Al final, después de los argumentos que dio el general chontal para apresar al regente y terminar con la guerra contra la Triple Alianza, la inmensa mayoría de los asistentes decidió unirse al golpe de Estado.

—Huehue Milcacanatl, por favor acompáñenos, queda relevado de su cargo como regente del señorío de Teloloapan por ser sospechoso de planear el asesinato del tlahtoani Amalpili, así como de ser el principal instigador para declararles la guerra a los gobernantes de la Triple Alianza —dijo Tzotzoma, quien asistió al palacio completamente armado, con su macuahuitl y su chimalli. Todos los militares y sacerdotes que formaban parte del grupo también portaban su armamento. Al buscar al regente en el gran salón y no encontrarlo, se dirigieron a uno de los jardines, donde hallaron al anciano conversando con tres nobles locales. No hubo ninguna resistencia por parte de los guardias que vigilaban el palacio, ya que el jefe de la guardia les indicó que no intervinieran.

—¿Culpable del asesinato de mi querido sobrino? ¿Qué pruebas tienes, ingrato? —gritó poniéndose de pie el exregente, claramente alterado.

A una señal de Chicuei Mázatl, los tres nobles que se encontraban sentados en cómodas pieles sobre el piso abandonaron el jardín, preocupados por que los detuvieran también. El eco de sus agitados pasos desapareció conforme se fueron alejando. En el momento en que salían, un escuadrón de combatientes chontales entró en el jardín, armado hasta los dientes con largas lanzas, macanas, dagas y lanzadardos cargados. Rápidamente rodearon al anciano, quien veía con frustración cómo su mundo colapsaba, incluso antes de la derrota total de Teloloapan.

Como respuesta, Tzotzoma arrojó las piezas de ámbar oscuro al piso.

—Encontramos esto en posesión del asesino del tlahtoani. Se trata del mismo apozonalli que usted compra a las caravanas de comerciantes veintena tras veintena para almacenarlo en el palacio y poderlo vender entre la nobleza de las diferentes ciudades chontales a precios exorbitantes, claro, después de haber cobrado el impuesto estipulado. Ninguno de sus colaboradores, burócratas pertenecientes a la nobleza menor, se atrevería a contratar a un asesino para deshacerse del tlahtoani. Es evidente que con la muerte del joven usted se volvería el regente y verdadero poder en el icpalli de nuestro señorío, con lo que podría seguir impulsando esta guerra sin sentido que está por destruirnos —afirmó, señalando con su macuahuitl un hermoso collar de ámbar rojizo y oscuro que el angustiado anciano portaba sobre el pecho.

—¡Pero tú también estuviste de acuerdo en llevar a cabo esta guerra! Eres igual de culpable que yo, Tzotzoma. ¡Traidor! —gritó desesperado el anciano, dando algunos pasos hacia el militar.

Un par de guerreros, encabezados por Chicuei Mázatl, rodearon a Milcacanatl para sujetarlo por los brazos e impedir que siguiera acercándose al general chontal. En ese momento el anciano extrajo de sus ropajes un filoso punzón de hueso para atacar a los guerreros que lo sujetaban, pero de inmediato Chicuei Mázatl sujetó su mano y con un fuerte apretón hizo que el artefacto cayera al piso y se rompiera. Después, uno de los militares procedió a atar las manos del corrupto noble con una gruesa cuerda de fibra de ixtle.

—Yo estuve de acuerdo en llevar a cabo esta guerra cuando contábamos con el apoyo de nuestras poblaciones aliadas de Oztomán y Alahuiztlán, así como del irecha de Tzintzuntzán. Sin embargo, solamente este último cumplió con su palabra, por lo que en repetidas ocasiones le sugerí que era tiempo de pedir la paz. Todas las veces me ignoró. Por favor, llévenlo al petlacalli. Nochtecuhtli, te hago responsable de su integridad. No quiero que más sangre manche nuestro altépetl.

—Así será, tecuhtli Tzotzoma. ¡Vamos, víbora! —dijo el campeón, para después abandonar el jardín encabezando el grupo donde iba el anciano con las manos atadas y un pelotón de al menos diez guerreros.

Aun a la distancia se podían escuchar los gritos desesperados del anciano Milcacanatl: "¡Yo no maté a mi sobrino! ¡Soy inocente! ¡Tzotzoma, lo pagarás! ¡Maldito traidor!". Los pasos se perdieron en el intrincado laberinto que era el palacio real de Teloloapan.

En el hermoso jardín se quedaron los diecinueve capitanes que habían participado en la asamblea. Todos miraban a Tzotzoma, quien caminó unos pasos fuera de la sombra del pórtico para pisar las lajas de piedra rosada que formaban parte de un camino que atravesaba el jardín de extremo a extremo. Al centro del espacio se ubicaba un estanque de importantes dimensiones con algunos juncos, carrizos y nenúfares que lo decoraban. Árboles frutales y plantas aromáticas habían sido plantados estratégicamente hacía más de cien años para hacer del patio un lugar de descanso y disfrute de los tlahtoque chontales de Teloloapan. Enredaderas subían por algunas de las columnas de piedra adornadas con petrograbados de felinos y cánidos, hasta embellecer la parte superior del pórtico estucado y pintado con motivos acuáticos: pescados, garzas, patos y conchas. El sol del mediodía pintaba toda la escena de tonos cálidos, reflejando sus rayos en el agua del estanque donde nadaban algunos peces.

—¿Y ahora qué, Tzotzoma? —preguntó un capitán que adornaba su peinado con un abanico de plumas de guacamaya.

—Ahora lo más difícil, evitar la devastación de nuestro pueblo y de nuestra ciudad, consiguiendo términos aceptables por parte del tlahtoani Ahuízotl. Chicuei Mázatl, tlamacazqui Ome Cóatl, preparen una delegación de sacerdotes para enviarla al campamento mexica. Solicitaremos una entrevista con el tlacochcálcatl, o con el mismo huey tlahtoani, para finalizar con esta guerra. En caso de aceptar, mañana por la mañana iremos a dialogar con los jerarcas de la Triple Alianza. Nos acompañará la sagrada representación de nuestro patrono, el bendito Centéotl. ¡Vayan! —concluyó Tzotzoma, para después dirigirse al campeón Nochtecuhtli—: Valiente guerrero, visita el colegio de sacerdotes y el gremio de los ricos comerciantes. Compárteles lo que ha sucedido y diles que buscaremos terminar con la guerra. Los demás, vayan con sus respectivas unidades, con sus hombres de confianza y con el resto de los capitanes chontales para comunicarles que muestren los blasones de tregua a lo largo y ancho de la ciudad. No habrá más combates hasta tener la respuesta de los señores de la Excan Tlatoloyan. Esperemos que su respuesta sea positiva y que estén dispuestos a negociar.

—Que así sea, Tzotzoma —respondió un campeón de dos largas trenzas que portaba un macuahuitl a dos manos.

—Que Centéotl cuide de su pueblo en estos momentos de gran necesidad —exclamó el general chontal. Después se encaminó a la puerta que conducía a los aposentos de la esposa del fallecido tlahtoani, donde también se alojaba el heredero al icpalli de Teloloapan, un bebé de un año.

Antes de abandonar el jardín, un militar preguntó:

—Tzotzoma, todo esto de la paz está muy bien, pero dime, ¿quién es el nuevo regente? ¿Quién quedará a cargo?

Tzotzoma frenó su paso y volteó a ver a su interlocutor.

—Apreciado Miztli, lo estás viendo —sin decir más, continuó caminando hasta que cruzó el umbral y se internó en el pasillo, sujetando aún su macuahuitl y su chimalli. El grupo de militares se dispersó para cumplir las órdenes del general.

CAPÍTULO XVII

Muy temprano por la madrugada se nos avisó que nuestra unidad no había sido llamada para el combate de la jornada, lo que fue una excelente noticia. Tendríamos el día libre para curar las heridas, alimentarnos y descansar un poco. Al parecer el mismo huey tlahtoani Ahuízotl estaba consciente de la gran cantidad de bajas y heridos que habíamos sufrido el día anterior, por lo que prefirió ser prudente y no someter a su ejército a semejante nivel de desgaste. Por esa razón se convocó solamente al xiquipilli Cóatl y secciones del xiquipilli Cuauhtli a combatir en los barrios y suburbios de la ciudad chontal, la cual no tardaría mucho en caer.

Al enterarnos de que no éramos solicitados en el ataque, Tozcuecuex y yo nos dirigimos a la residencia temporal del huey tlahtoani Ahuízotl dentro del gran campamento con la intención de lograr una entrevista privada con él. Tozcuecuex, quien desobedeció el consejo del curandero que lo trataba, se negó a dejarme ir solo a resolver tan delicado asunto, por lo que me acompañó apoyándose con un bastón. Debido a que había recibido la herida muy cerca del hombro, el sacerdote le inmovilizó la parte superior del brazo izquierdo, así que solo podía mover el antebrazo y la mano.

Nos tomó un buen rato atravesar el pueblo de Ahuacatitlán, el cual fue rodeado completamente por el campamento de las fuerzas de la Triple Alianza. Por fin llegamos a un pequeño palacio semidestruido, rodeado por un alto muro externo, en el centro del pueblo. Su construcción dejaba mucho que desear. Algunas paredes y cuartos habían colapsado con el incendio que se desató en la población, por lo que aún olía a carne y madera quemadas, a pesar del esfuerzo de cientos de hombres y mujeres que trabajaron toda una noche tratando de acondicionarlo para que fuera la residencia temporal del gran orador.

Al llegar a la puerta de entrada, un guardia que portaba un yelmo en forma de cabeza de jaguar nos pidió que nos identificáramos y compartiéramos el motivo de nuestra visita. Después de decir nuestros nombres, Tozcuecuex le dijo que veníamos a entregarle al huey tlahtoani un objeto que nos había entregado el calpixque de Ichcateopan a manera de agradecimiento por su reciente confirmación en el cargo. En ese momento saqué de mi morral el brazalete de oro y turquesas para mostrárselo discretamente. Su expresión cambió por completo cuando vio el exquisito objeto que traíamos con nosotros. De inmediato lo cubrí con un pedazo de tela y lo volví a guardar.

—¿Ahora nos cree? —dijo Tozcuecuex.

—¿Y por qué hasta ahora lo van a entregar? —nos preguntó el guardia.

—Es el tercer día que venimos a este palacio derruido para entregarlo y guardias como usted simplemente no nos permiten pasar —le contesté desesperado, esperando que creyera mi actuación.

Permaneció unos segundos en silencio, después nos pidió que le diéramos un momento y desapareció por uno de los pasillos del complejo. Esperamos al pie de la escalinata de cinco escalones que daba acceso al complejo, siempre bajo la atenta mirada del otro guardia, un guerrero malencarado que llevaba una hermosa nariguera de obsidiana en forma de mariposa. Debajo del dintel de cantera de la puerta esperaban otros dos guardias que portaban largas lanzas y escudos de piel de ocelote. Mientras aguardaba hice una oración en silencio, rogándole al dador de vida que nos diera la oportunidad de ver al gran gobernante, o al menos a su hermano, el tlacochcálcatl, y avisarle sobre la gran conspiración que amenazaba la vida de Ahuízotl y la estabilidad de la Triple Alianza. Solamente ellos podían escuchar lo que teníamos que decirles, nadie más. Justo al terminar la plegaria, el guerrero ocelopilli regresó.

—Por el momento el huey tlahtoani se encuentra en una reunión con unos sacerdotes que acaban de llegar de Tenochtitlán, así que el tlacochcálcatl Tezozómoc, su hermano, los recibirá. Síganme por aquí.

Entramos al palacio y atravesamos un patio abierto donde varias decenas de hombres montaban guardia de forma relajada, sentados en el piso, charlando o degustando algo de comida que les llevaban unas mujeres desde otra habitación. Seguramente eran miembros de la guardia personal del tlahtoani, pensé. Su lujosa vestimenta, así como los brazaletes, pectorales y orejeras de jade, oro, turquesa y ámbar los delataban. Salimos del patio para entrar en un angosto pasillo, por el cual caminamos hasta llegar a otro espacio abierto, pero de menores dimensiones. Este segundo patio estaba rodeado de pórticos sostenidos por pilares estucados por sus cuatro lados. Un enorme lienzo fue instalado en la azotea sobre una parte del patio para brindar sombra a un icpalli cubierto de pieles. A un lado del asiento con respaldo, vi una estructura de carrizos sobre la que se habían colocado un hermoso escudo cubierto de plumas y un yelmo que tenía forma de cráneo, del cual colgaban largos mechones de cabello negro. Solo el tlacochcálcatl podía utilizar en batalla el tlahuiztli y el yelmo de las tzitzimime, esos demonios femeninos que constantemente amenazaban con destruir el sol y sumir al mundo en una eterna oscuridad para poder devorar a la humanidad. Recordé las últimas palabras del sacerdote antes de degollarse: "Las tzitzimime vendrán por ti, Ce Océlotl". ¿Acaso era posible que el hermano del huey tlahtoani también estuviera involucrado en la conspiración? De inmediato abandoné esa idea, ya que me parecía en gran medida descabellada. El tlacochcálcatl Tezozómoc era el hermano de Ahuízotl, y desde que este último subió al trono había permanecido a su lado, apoyándolo y protegiéndolo. De hecho, Tezozómoc era considerado el sucesor del huey tlahtoani, en caso de que algo le sucediera.

—Alguien viene, Ocelote —me dijo Tozcuecuex, pues escuchó unos pasos.

Alejé mis descabellados pensamientos y esperé. Por la sombra de la puerta aparecieron dos nobles que vestían finas tilmas de algodón, sandalias hechas de piel de venado y peinado alto sobre la coronilla, del cual colgaban hermosas plumas de quetzal y de otras aves que caían sobre la nuca y la espalda. Los seguían dos jóvenes armados con lanzas. Los primeros se aproximaron a nosotros y nos preguntaron:

—¡Jao!, tenochcas. ¿Traen algún arma con ustedes? ¿Daga, punzón, cuchillo u otra?

—No, señor —contestamos al unísono el cuauchic y yo.

—Aun así, tenemos que hacer una pequeña revisión, solamente para estar seguros —respondió uno de los nobles—. ¡Revísenlos!

De inmediato se acercaron los dos guerreros. Mientras uno tocaba nuestras vestimentas buscando algún puñal o daga escondida, el otro sujetaba ambas lanzas. Al terminar de revisarnos me pidió que abriera mi morral y le enseñara lo que llevaba. Obedecí, abrí el morral y mostré el hermoso brazalete de oro y turquesa. El guerrero llamó a los nobles, quienes se acercaron sin poder esconder su curiosidad. Se me pidió que lo sacara y se los mostrara.

—¿A quién pertenece ese lujoso brazalete, jovencito? —me preguntó uno de los nobles al tiempo que me dirigía una gélida mirada con sus oscuros ojos cafés.

—Es un obsequio que nos dio el calpixque de Ichcateopan para el huey tlahtoani Ahuízotl. Por eso hemos venido a este palacio, para entregarlo personalmente como se nos encomendó —dije. En ese momento volvieron a nublar mi mente las sospechas. ¿Y si esos nobles estaban dentro de la conspiración y reconocían que el brazalete le pertenecía a Motecuhzoma? O peor aún, ¿qué pasaría si ellos mismos lo entregaban y nos impedían el paso? Eso pondría en peligro todo nuestro plan.

—Y a ti, ¿qué te sucedió? —preguntó el otro hombre mientras señalaba el brazo vendado del cuauchic—. No te ves muy bien, guerrero.

—Fui herido en batalla el día de ayer durante la toma de la plataforma. Estuve a punto de morir, pero gracias a este joven, que logró llevarme hasta el campamento para recibir atención de uno de los sacerdotes, sigo vivo. Aún no me recupero del todo —respondió Tozcuecuex. Su rostro era pálido y el tono de su voz débil. Quedaba claro que le faltaban días, si no es que veintenas para que se recuperara.

—Está bien —dijo uno de los nobles—. Guarda ese brazalete y síganme, los llevaré con el tlacochcálcatl Tezozómoc.

Entramos por otro pasillo y luego de unos pasos torcimos a la derecha para entrar a un amplio salón. En su interior vimos al tlacochcálcatl, sentado con las piernas cruzadas sobre un petate. El general mexica estaba volcado en la lectura o el estudio de un largo amoxtli hecho de papel amate estucado, desplegado en el piso frente a él. Al echar una rápida ojeada al códice me di cuenta de que gran cantidad de glifos de lugares, fechas, personas y números cubrían sus páginas. Seguramente era un reporte de suma importancia. Mientras leía el documento, el jerarca mexica sostenía en su mano derecha un delgado carrizo hueco del cual salía un hilillo de humo gris que subía hasta el techo, perfumando la habitación con el olor del liquidámbar.

Tezozómoc iba casi desnudo, a excepción del maxtlatl que cubría su entrepierna. Su cabello lacio caía sobre sus hombros, cubriendo las orejeras que llevaba. Un bezote de oro que reproducía la cabeza de una serpiente con una lengua bífida decoraba su rostro, y de sus fosas nazales colgaba una nariguera triangular hecha de oro. Su delgado cuerpo estaba cubierto por algunas cicatrices; la más grande iniciaba en su hombro y terminaba en su codo derecho. A un costado, colocados sobre una fina mesita de madera de baja altura, había una jícara llena de alguna bebida, una filosa daga de pedernal y una vasija pequeña donde el jerarca colocaba las cenizas de su cañeta. Del otro lado, tres montones de documentos hechos de papel amate esperaban pacientemente a ser revisados por uno de los hombres más poderosos del Anáhuac. Algunas antorchas de ocote sujetas a los muros iluminaban la habitación. Uno de los nobles que nos acompañaban nos presentó frente a su señor, mencionando nuestros nombres.

—¿Han traído un regalo para mi hermano? —preguntó el gobernante con su gruesa voz sin levantar la mirada.

—Así es, mi señor, y a traerle importantes noticias que serán de su interés —contesté. No tenía caso seguir escondiendo la verdad—. Usted y su hermano peligran, por lo que es importante que solamente sus oídos escuchen lo que tenemos que decirle —agregué. Dejó de observar el códice y fijó su mirada en mí. Pude ver sus ojos oscuros y su rostro alargado, de pómulos marcados y mandíbula cuadrada. Al parecer su piel era morena clara, pero toda una vida librando combates bajo los rayos del sol la había oscurecido, tornándola rojiza.

—¿Cómo dijiste, telpochtli?

—Usted y su hermano están en peligro, mi señor, pero reitero, necesito hablar con usted a solas —repetí, señalando con la cabeza a los dos nobles que esperaban detrás de mí.

—¿Tienes pruebas de lo que dices? Es una grave declaración la que estás haciendo. La verdad es que pocas personas que me visitan se atreven a afirmar algo así. Sin duda es algo nuevo —dijo, confundido.

—Esta es parte de la evidencia, mi señor —dije al extraer del morral el brazalete y dejarlo sobre el amoxtli que revisaba.

Lo tomó para deleitarse con el hermoso trabajo de turquesas y oro. También revisó el interior, donde se encontraba el glifo nominal del dueño de la pieza. Al terminar se dirigió a sus hombres de confianza, quienes esperaban bajo el dintel de la puerta.

—Yoltzin, Tepiltzin, déjennos solos y asegúrense de que nadie nos interrumpa. Parece que estaré ocupado un largo rato —los dos nobles besaron el piso con un dedo y se retiraron sin nunca darle la espalda a su señor—. ¿Cómo consiguieron esto?

—Mi señor, lo guardaba un sacerdote con una gran cicatriz en el rostro, al parecer mexica. Este individuo intentó acabar con mi vida en al menos dos ocasiones. Durante el último enfrentamiento, al verse acorralado y derrotado, se degolló antes de permitir que lo capturáramos y lo interrogáramos. Si tiene duda mi señor de lo que digo, estoy seguro de que puede encontrar su cuerpo en unos maizales no muy lejos de aquí. Mi maestro y yo teníamos serias sospechas sobre su errático comportamiento, por lo que después de acabar con su vida revisé el morral que portaba y esto fue lo que encontré —agregué, señalando la pieza de oro.

—Gran tecuhtli, disculpe mi atrevimiento, ¿notó que en la cara interior tiene impreso el glifo de Motecuhzoma con una reveladora modificación? —dijo Tozcuecuex, quien permanecía de pie a mi lado. El tlacochcálcatl revisó nuevamente el glifo, dedicándole más tiempo.

—Inaudito. Tienes razón, cuauchic, es el glifo de mi sobrino Motecuhzoma, pero al parecer se le agregó la xiuhuitzolli o diadema de turquesas, exclusiva para los gobernantes de Tenochtitlán, Tezcuco y Tlacopan. ¿Con qué propósito haría eso? ¿Acaso se está autonombrando gobernante de la nación mexica? —un atisbo de furia se hizo presente en su voz al hacer la última pregunta—. ¿Sabe mi sobrino que ustedes han venido a verme y que tienen en su poder este brazalete? —preguntó.

—No, mi señor, no lo sabe. Creemos que, si estuviera al tanto, no estaríamos en este momento sentados frente a usted. Por esa razón también queremos apegarnos a su protección y la del huey tlahtoani, claro, si están dispuestos a darnos cobijo —contestó Tozcuecuex.

—Tenemos la certeza de que el noble encabeza una conspiración para derrocar a Ahuízotl con el fin de ser elegido huey tlahtoani de Mexihco-Tenochtitlán. El grupo de conspiradores ha hecho todo lo que está en su poder para exhibirlo como un gobernante incapaz. Han compartido información confidencial con nuestros enemigos, incluso con los enemigos jurados de nuestro pueblo, los purépechas. Esa es la razón por la que fue atacada la partida que rescató el tributo de la provincia a las afueras de Ichcateopan, de la cual nosotros formamos parte. De hecho es muy posible que traten de asesinar al gran orador antes de su regreso a Tenochtitlán, para que no se concrete la victoria sobre Teloloapan y los grandes señores de la Triple Alianza tengan que abandonar la campaña para regresar a la cuenca de Mexihco y participar en la elección del nuevo gobernante —el tlacochcálcatl me escuchaba atentamente, colocando la mano sobre su mentón de vez en cuando y tocando el bezote de serpiente.

—Al parecer estos espías, que han realizado un magnífico trabajo para Motecuhzoma y el enemigo, son los mismos que avisaron a los chontales y purépechas de la ubicación exacta de las avanzadas que precedían a las columnas de nuestro ejército cuando nos aproximábamos a Teloloapan. Por eso realizaron varios ataques con resultados favorables para nuestros adversarios. Nuevamente, Ce Océlotl y yo estuvimos presentes en uno de esos combates —dijo Tozcuecuex.

—¿Cuál sería el beneficio que tendrían Motecuhzoma y el grupo de conspiradores al ver derrotados a los ejércitos de la Triple Alianza comandados por mi hermano y huey tlahtoani de Tenochtitlán? —preguntó el noble con marcado interés.

—Mi señor, si fueran derrotadas las fuerzas mexicas en esta campaña, la estrategia diseñada por Ahuízotl, y en gran medida por usted, sería fuertemente cuestionada por los grandes señores mexicas de la guerra, así como por los sacerdotes. Esto podría minar la autoridad del huey tlahtoani —contesté.

—Basta con recordar lo que le sucedió al tlahtoani anterior, el querido y amado Tizoc Chalchiuhtlatona, quien fue juzgado por el fracaso de su campaña militar en el valle de Meztitlán, y al final su reinado no duró mucho por la enfermedad que acabó arrebatándole la vida —añadió Tozcuecuex, omitiendo la parte de que fue asesinado por sus propios nobles, acción en la cual muy probablemente participaron el propio Tezozómoc y Ahuízotl.

—Gran señor de la guerra, disculpe nuestras divagaciones que quizá lo estén confundiendo terriblemente. Permítame empezar desde el principio… —dije.

De esta forma le compartimos con detalles puntuales a Tezozómoc todo lo que sabíamos, desde la emboscada, la presencia de purépechas, el ataque fuera de Ichcateopan, cómo armamos a los cargadores para defendernos, así como la misteriosa desaparición de Motecuhzoma con sus nobles cuando trataron de robarnos el tributo y mi primer encuentro con el misterioso sacerdote a mitad de la noche en el cruce de caminos. Durante todo mi relato, uno de los hombres más poderosos del Anáhuac concentró toda su atención en mis palabras, en algunas ocasiones haciendo algunas preguntas, en otras pidiéndome que repitiera la información con más detalles. Al parecer todo marchaba mejor de lo esperado para Tozcuecuex y para mí. El cuauchic compartió lo que era evidente: el sacerdote conspirador usaba el brazalete de su amo para respaldar sus palabras y acciones al moverse entre las sombras. La pieza legitimaba su actuar. Antes de terminar mi relato, le hablé sobre mi último encuentro con el sacerdote de un ojo y su trágico desenlace, sin omitir la entrevista que tuvo con dos guerreros, uno de ellos tatuado, antes de morir.

—¿El sacerdote fue quien se reunió con el hombre tatuado de la pierna? —preguntó Tezozómoc.

—Mi señor, si me permite compartirle lo que pienso, creo que esos dos hombres no son nahuas, mexicas, acolhuas ni tepanecas. Creo que los infiltraron en nuestro campamento con un objetivo, el cual en este momento desconozco. Ambos portaban cerbatanas y arcos, llevaban la cabeza afeitada, eran delgados, altos. Lo relevante eran los tatuajes, semejantes a los que usan los hombres perro del lejano norte, caxcanes, tecuexes, guamares o guachichiles. Eran círculos, cruces y rayas —finalicé.

En ese momento, el tlacochcálcatl se puso de pie y caminó a la esquina de la habitación, donde tenía más documentos sobre un icpalli tejido. Seleccionó uno de ellos, lo desdobló y lo colocó en el centro del salón. Era un plano del campamento de la Excan Tlatoloyan.

—¿Dónde encontraron al sacerdote y a los dos guerreros? —preguntó.

Después de observar con detenimiento el amplio pliego de papel amate cubierto de casas, montañas, ríos, caminos, árboles y glifos, señalé el lugar donde creía que se encontraban los campos de maíz.

—Creo que fue aquí, mi señor. Había unos campos de maíz sin cosechar. Seguro en ese lugar sigue el cuerpo del espía —dije.

El tlacochcálcatl llamó a Yoltzin y Tepiltzin, quienes rápidamente se presentaron en el salón.

—Señores, quiero que manden un grupo de integrantes de la guardia a investigar en estos maizales de inmediato. También informen a todos los capitanes y generales del ejército, sin importar si son xochimilcas, chalcas o tlatelolcas, que buscamos a dos hombres rapados de la cabeza de considerable altura, delgados, que portan cerbatanas y arcos. Que busquen tatuajes hechos de patrones geométricos en sus muslos o piernas, al menos uno de ellos debe de tener estas marcas, algo no común entre nuestros guerreros. Esconden estos grabados en su piel usando tilmas rojas más largas de lo habitual. Toda unidad del ejército debe ser inspeccionada, desde los auxiliares hasta los mismos mexicas. Si es necesario, apóyense en los miembros de la guardia de los Huitznáhuac acantonados en este palacio y en el templo destruido de Centéotl. Necesito que para el día de mañana a la misma hora conozcamos su paradero. Si los encuentran, de inmediato tómenlos prisioneros y tráiganlos a mi presencia. ¿Entendido? —preguntó el tlacochcálcatl, alzando una ceja de manera amenazante—. Espero resultados, así que vayan y cumplan mis órdenes —concluyó.

—Sí, mi señor —repitieron al unísono los dos nobles para después abandonar la habitación con evidente urgencia. Sentí una enorme satisfacción y alivio al ver que Tezozómoc tomaba en serio nuestras palabras y, sobre todo, la amenaza que se cernía sobre el gobierno de su hermano. Después se dirigió hacia nosotros, ya de pie.

—Tozcuecuex, Ce Océlotl, la información que han compartido conmigo me parece muy relevante, aunque creo que se necesitan más pruebas para poder hacer una acusación formal en contra de uno de los guerreros más eficientes y queridos del ejército mexica. Eso sin mencionar que se trata de un miembro de la familia gobernante. No tengo duda de que el brazalete que trajeron pertenece a un noble rico con los méritos suficientes para poder usar en público semejante joya. También el glifo nominal de Motecuhzoma confirma quién es su propietario. Sin embargo, no basta que haya estado en poder de un misterioso sacerdote, o que el sello porte la diadema imperial, como para asegurar que el sobrino del emperador es responsable de una conspiración para derrocarlo, aunque todo apunte en esa dirección.

Tragué saliva preocupado ante la conclusión que daba Tezozómoc. "¿Qué otra evidencia necesitaba?", pensé. En ese momento, como si escuchara mis ideas, respondió a mi pregunta.

—Será de suma importancia encontrar el cadáver del sacerdote que terminó con su vida degollándose, así como a los misteriosos guerreros con los que se entrevistó. Si los capturamos y los interrogan nuestros expertos torturadores podríamos obtener confesiones irrefutables. Sin duda en este momento podemos vincular al misterioso sacerdote con Motecuhzoma, ya que él portaba el brazalete, pero, aunque ustedes vieron al conspirador entrevistarse con los guerreros tatuados, necesitamos evidencia contundente para tener certeza —concluyó. Luego regresó a sentarse sobre la estera y posó la mirada en el mapa desplegado ante sus ojos. Un silencio incómodo llenó la habitación—. Les he de ser sincero: desde que Ahuízotl fue entronizado hemos escuchado rumores sobre una posible conjura para destronarlo y arruinar su gobierno, aunque no hemos encontrado ninguna evidencia que incrimine a un noble, militar o sacerdote hasta ahora —añadió. Después de observar de nuevo el brazalete dijo—: Señores míos, les agradezco que hayan venido a informarnos sobre esta posible conjura. Esperemos que los datos que me han proporcionado sean corroborados por mis hombres, sobre todo el del cadáver del sacerdote y la presencia de los hombres con los que se entrevistó. Mientras tanto se quedarán encerrados en este lugar, bajo la atenta vigilancia de la guardia real.

—Pero ¿por qué razón, gran tecuhtli? —preguntó algo desconcertado Tozcuecuex.

—Por su seguridad, claro está, y para evitar que puedan compartir esta información con otras personas. Es muy grave hacer una acusación contra un miembro de la familia real tenochca, por lo que podría haber represalias si todo esto que me han contado fue fabricado o inventado por ustedes con un propósito, el cual ignoro. Confío en que todo se aclarará en unos días —nos quedamos mudos al escuchar esta última resolución—. ¡Guardias! —gritó Tezozómoc. De inmediato aparecieron cuatro fornidos guerreros armados con lanzas y escudos.

—¿Nos llamó, señor? —preguntó uno de ellos.

—Encierren a estos dos hombres en una de las habitaciones derruidas del ala norte de este palacete. Quiero guardias vigilándolos día y noche. Completo aislamiento. Tengan excelente día, tenochcas —finalizó.

El guardia asintió y nos pidió que lo acompañáramos, cosa que hicimos. Nos llevaron a un pequeño cuarto polvoriento con algunos muros ennegrecidos y una sola entrada. En el piso había dos petates que olían a humedad, así como un par de jícaras para la comida. En cuanto entramos, dos guardias colocaron una pesada estructura hecha de fuertes carrizos atados sobre el vano de la entrada y la fijaron amarrándola a unas salientes del muro.

—Si requieren hacer sus necesidades, avísennos para llevarlos a un cuarto contiguo —dijo el que parecía ser el jefe de la guardia, antes de retirarse dejando a dos hombres vigilándonos.

—Ve el lado bueno de las cosas, Ocelote, al menos aún conservamos nuestro corazón y cabeza —dijo Tzotzoma al quedarnos solos, mientras se sentaba en el petate—. Por cierto, espero que la comida sea buena en este lugar —su comentario me hizo sonreír.

—Yo creo que será buena, gran tecuhtli, seguro que son las sobras de lo que preparan para el tlahtoani y el tlacochcálcatl —le respondí—. Espero en verdad que encuentren el cuerpo del conspirador y a los dos hombres sospechosos. Si no es así, creo que estaremos en graves problemas —dije al sentarme en el petate y recargarme contra el fresco muro estucado.

—Hicimos lo que nos correspondía dando aviso a las autoridades sobre la conjura que amenaza a Ahuízotl. Entregamos evidencia al tlacochcálcatl que prueba lo que dijimos. Ahora todo depende de ellos, si prefieren proteger a Motecuhzoma, lo cual dudo, o al huey tlahtoani. Tengamos la seguridad de que encontrarán a esos hombres tatuados, Ocelote. Ahora dormiré un poco, aún me siento débil —dijo antes de recargarse a mi lado. Al poco rato empezó a roncar, dejándome solo con mis pensamientos.

"Al menos no tendremos que combatir", dije para mí.

CAPÍTULO XVIII

El día siguiente amaneció parcialmente nublado sobre el territorio del señorío de Teloloapan. El olor a muerte, madera y carne quemada impregnaba el ambiente. Cientos de buitres volaban por los cielos, tratando de alimentarse de los restos humanos que eran retirados de las fortificaciones de la ciudad derrotada. La gran mayoría de los cuerpos pertenecientes a los yaoquizque, plebeyos que habían muerto cumpliendo con su servicio militar, acabarían enterrados en grandes zanjas, mientras que los nobles serían incinerados en piras funerarias. Los cargadores fueron los responsables de mover los miles de muertos lo más rápido posible para evitar epidemias y enfermedades. Las labores de cremación ya habían iniciado en el valle arrasado, lejos del campamento, por lo que decenas de columnas de humo negro subían por los cielos, haciendo inevitable la caída de ceniza en kilómetros a la redonda, situación que parecía no incomodar a las aves carroñeras.

La tarde del día anterior los chontales habían dejado de combatir, mostrando blasones de algodón sin teñir con representaciones de flores y semillas. Los defensores también dejaron mazorcas de maíz, cargas de frijol, flores y pequeños sahumadores donde hervía el copal en las posiciones que hacía unos días estaban dispuestos a defender con su propia vida. Por último, los sacerdotes chontales sacaron de los templos las representaciones de las deidades Xochiquétzal, Chalchiuhtlicue, Chicomecóatl Teteo Innan y muchas otras, las cuales pasearon por la ciudad ante la mirada atónita de los guerreros de la Triple Alianza, quienes se vieron forzados a detener su impetuoso ataque. Era imposible continuar con el asalto frente a las representaciones divinas, sería una terrible falta de respeto.

Tzotzoma se encontraba en la plataforma superior de un templo ubicado al centro de la población, observando el panorama antes de partir a entrevistarse con el huey tlahtoani de Tenochtitlán y los representantes de los gobernantes de Tezcuco y Tlacopan. Sorpresivamente, Ahuízotl aceptó la propuesta del chontal de encontrarse en la entrada del campamento de la Triple Alianza para pactar la paz, así como las sanciones que le serían impuestas al señorío chontal. El mensajero había vuelto la noche anterior del campamento mexica. Para fortuna de los sitiados no lo habían sacrificado, mutilado ni torturado, sino todo lo contrario: fue escuchado por el mismísimo Ahuízotl, y después fue alimentado. Finalmente, se le obsequió un ramo de flores rojas que debía mostrar al nuevo regente.

—Mi señor Tzotzoma, Ahuízotl ha escuchado mis palabras sobre la tregua entre nuestros dos ejércitos. También ha confirmado su presencia en la reunión que se realizará mañana al mediodía, la cual, me dijo, se llevará a cabo en la entrada de su campamento. Me indicó que solamente puede ir acompañado de veinte hombres, todos desarmados —le comunicó a su regreso el corredor al regente.

—¿Le has comunicado que estamos dispuestos a integrarnos al ejército de la Triple Alianza para castigar a los señoríos rebeldes de Alahuiztlán y Oztomán? ¿Te dijo algo al respecto? —preguntó Tzotzoma.

—No dijo nada. Al escuchar mis palabras sobre este posible apoyo su rostro permaneció serio, como una escultura viviente.

Tzotzoma despidió al mensajero para retirarse a descansar, después de tantas noches que había pasado en vela coordinando la defensa.

El momento decisivo había llegado: encontrarse cara a cara con el huey tlahtoani.

—Padre, ¿estás listo? Ya es hora —dijo Chicuei Mázatl, quien esperaba detrás de Tzotzoma. El joven y experimentado guerrero se había despojado de su peto de algodón para vestir una hermosa tilma color amarillo decorada con flores, con un fleco compuesto por pequeñas plumas de un radiante color azul. De su cabeza colgaba un abanico de plumas de águila.

—Quién diría que la batalla más importante de mi vida la combatiría con palabras y no con armas —afirmó el regente mirando al horizonte, donde un nutrido grupo de hombres se acercaba, entre ellos los más poderosos de la Excan Tlatoloyan—. Sí, hijo, estoy listo —agregó al voltear a ver a Mázatl—. ¿Han bañado al cautivo? —preguntó Tzotzoma al jefe de la guardia, Ayotochtli, refiriéndose al antiguo consejero Milcacanatl.

—Sí, mi señor, ya está en la cima de la plataforma, atado de manos y amordazado —contestó.

—Muy bien. Teteuctin, mis señores, es momento de conocer al señor del Anáhuac. Esperemos que haya despertado de buen humor —dijo con una sonrisa en el rostro, volteando a ver a los miembros de la embajada.

Todos se habían tomado el tiempo para bañarse, limpiarse el rostro y peinarse. Tzotzoma había sido tajante con los asistentes al decirles que los quería ver presentables, con prendas propias de los civiles y no con los petos y chalecos manchados de sangre y sudor. Si buscaban acordar la paz, era inconcebible vestir para la guerra. Entre los hombres que acompañarían al regente estaban su hijo Chicuei Mázatl, el campeón Nochtecuhtli y el jefe de la guardia Ayotochtli, así como otros capitanes y algunos sacerdotes. Tzotzoma también había ordenado que la representación de la deidad patronal de Teloloapan, Centéotl, señor del maíz y los mantenimientos, los acompañara para mostrar su buena voluntad.

Ocho sacerdotes de cabello largo y cuerpo pintado de amarillo cargaban el palanquín de madera decorado con mazorcas y flores donde estaba colocada la figura de piedra de la deidad. Medía poco más de una vara, por lo que no era tan pesada. Su nariz estaba hecha con semillas de chía, su cabello, con mazorcas. Los ojos eran de frijoles y las manos, de camote. Tzotzoma vestía una sencilla tilma blanca y un braguero; portaba una vara cubierta de flores y tiras de papel amate, utilizada en ceremonias agrícolas.

La comitiva emprendió la marcha hacia la plataforma, donde recogerían al cautivo. Después subirían por la escalinata interna, atravesarían la ancha estructura y bajarían por las escaleras externas para atravesar el ondulante terreno hasta llegar al campamento de la Excan Tlatoloyan, donde estaría esperándolos el huey tlahtoani de Tenochtitlán.

Un noble que seguía los pasos del regente llevaba sobre un paño blanco el chimalli y el macuahuitl que les había entregado la embajada mexica encabezada por Motecuhzoma veintenas atrás. Las armas se habían ensangrentado, la guerra se había llevado a cabo, ahora era tiempo de que regresaran con sus dueños y que la paz volviera a reinar en la región, al menos en el señorío de Teloloapan. Avanzaron por las calles de la ciudad, donde una multitud de hombres los esperaba; eran los defensores que se habían batido a muerte con los guerreros más fieros del Anáhuac. Algunos eran guerreros profesionales, pero la inmensa mayoría eran cazadores, alfareros, comerciantes, agricultores, amantecas, sacerdotes, constructores empujados por la necesidad a empuñar las armas y dar la vida por la defensa de su hogar, su familia y sus dioses.

Todos estaban presentes en las atestadas calles de Teloloapan, pues sabían de la importancia del suceso. Aún portaban sus armas, arcos, hondas, lanzas, mazas, macanas. Sus rostros delataban cansancio y hartazgo, pero también el orgullo de haber combatido contra los mexicas y sobrevivido para contarlo. La gran mayoría estaban heridos, con el cuerpo y el rostro manchado de sangre y sudor. A pesar de que existía una tregua, los hombres habían recibido estrictas órdenes de permanecer en sus posiciones. Tzotzoma fijó la mirada en un delgado joven de alrededor de veinte inviernos que sujetaba con la mano derecha una larga tepoztopilli con afiladas lajas de obsidiana en su punta, mientras que su brazo izquierdo terminaba en un feo muñón quemado; seguramente había sido cauterizado después de perder la mano durante alguno de los combates. Vestía solamente un braguero, por lo que se podían ver rasguños, moretones y heridas menores cubriendo todo su cuerpo. A pesar de todo, el regente de Teloloapan pudo apreciar una sonrisa en su rostro y una mirada de esperanza en sus ojos café claro. Se tomó el tiempo de darle una palmada en el hombro y siguió avanzando hasta la plataforma. La comitiva se cruzó con cuadrillas de hombres que recogían cadáveres de los valientes defensores chontales, los cuales eran arrojados a grandes piras ubicadas en las plazas y al pie de los templos. Era importante asegurarse de que los hombres que murieran en batalla fueran al paraíso solar, así como evitar brotes de enfermedades.

Al llegar a la escalinata interna se encontró con un guerrero que sujetaba de una cuerda al anciano consejero. Iba desnudo, amordazado y con el cabello recogido. Sus manos sin uñas estaban atadas detrás de la espalda. Tzotzoma había ordenado secretamente que se le torturara para que confesara su participación en el asesinato del tlahtoani. Se le habían arrancado las uñas, también los dientes, uno por uno. Debido a la obstinación del viejo en no colaborar, el torturador también había tenido que cortarle las orejas. Finalmente confesó haberle pagado al asesino con las piezas de apozonalli para hacerse con el poder. El plan lo había ideado con el respaldo del purépecha albino y sus esbirros. Durante la sesión de tortura había confesado que prefería pagar tributo a los purépechas que a los mexicas. También dio los nombres de algunos nobles que lo habían ayudado, los cuales habían sido capturados de inmediato. Después serían sometidos a tortura y exhibidos públicamente para reforzar la posición de Tzotzoma como el defensor de la justicia y del heredero al trono, así como de su madre.

El regente ni siquiera volteó a ver al decadente anciano, simplemente subió por las escalinatas manchadas de sangre, excrementos y ceniza negra como la noche, la misma que seguía cayendo sobre todo el valle. Caminó sobre la ancha plataforma, bajó por las escalinatas externas y siguió avanzado por una cañada de poca profundidad, flanqueada por dos lomas donde se veían los restos de troncos chamuscados y barracas hechas de ladrillos de adobe en ruinas. Todo el territorio que tenían delante estaba controlado por los combatientes chalcas, tlahuicas, acolhuas, tepanecas, xochimilcas, otomíes, tenochcas y tlatelolcas. Arrogantes guerreros permanecían de pie, formando pequeños grupos mientras veían la embajada dirigirse a su campamento para pedir clemencia.

Tzotzoma evadió la mirada inquisitiva de un par de guerreros águila que se habían despojado de sus yelmos y conversaban discretamente. Sus rostros seguían cubiertos de pintura de guerra negra y roja. En las ruinas de una casa, que en algún momento estuvo rodeada de frondosos árboles, una veintena de militares descansaban sentados sobre algunos tocones que sobresalían del piso. Otros estaban recargados en algunos muros que se mantenían de pie. Al parecer, el grupo iba comandado por un guerrero tiachcauh que vestía sobre su espalda un estandarte de mariposa de fuego. Permanecieron en silencio viendo pasar a los veinte chontales.

Finalmente, después de un largo rato de avanzar a través del lodo, las cenizas y las columnas de cargadores que llevaban los cadáveres de los caídos para incinerarlos o enterrarlos, Tzotzoma y su delegación vieron un gran estrado de madera de un par de varas de alto donde había tres asientos de respaldo alto cubiertos con pieles de felinos y coronados por plumas de garzas, quetzales y otras hermosas aves. Al pie de la estructura había una piedra de sacrificios que emergía del lodo, cubierta de sangre seca. Detrás del icpalli central se encontraba un hombre sosteniendo el estandarte usado por los mexicas para partir a la guerra, el famoso sol radiante hecho oro y plumas verdes iridiscentes, el quetzalteopamitl. Rodeando la plataforma, que en realidad no era muy ancha, guerreros de élite, al parecer de la guardia del tlahtoani de Tenochtitlán, permanecían parados, portando sus armas y sus hermosos trajes de guerra.

Al pie de la plataforma se encontraba el tlacochcálcatl Tezozómoc vistiendo el traje de guerra de las tzitzimimi, acompañado de un grupo nutrido de guerreros de origen noble. Cuando Tzotzoma y sus hombres detuvieron su paso frente a la plataforma de madera, escucharon el grave sonido de las caracolas avisando a los presentes que el huey tlahtoani había llegado. Todos hincaron una rodilla en la tierra cuando vieron subir a Ahuízotl a la tarima, seguido de cerca por Tezcacóatl el acolhua y Cuauhtliquetzqui el tepaneca. El gran orador portaba la diadema triangular de oro y turquesas, así como la xiuhtilmatli, la tilma azul hecha de algodón teñido y plumas del ave conocida como azulejo. Rápidamente se sentaron y dirigieron una mirada a los chontales, que también tenían una rodilla en el piso.

—¡De pie! —gritó el tlacochcálcatl y de inmediato todos se incorporaron, tanto Tzotzoma y sus chontales como los militares.

El silencio reinó por un breve momento, hasta que Ahuízotl lo rompió:

—Muchos días de combate han transcurrido entre los guerreros de Teloloapan y los hombres de la Triple Alianza. Mucha sangre se ha derramado y muchos valerosos guerreros han muerto durante estas batallas. Todo esto ha sido consecuencia de la rebelión de tres ciudades de la provincia de Tepecuacuilco, entre ellas la suya —afirmó el gran orador mientras todos escuchaban—. Muchos días hemos caminado para llegar a esta región y poder castigar a quienes se negaron a pagar tributo y permitir el acceso a los pochtecah de Tenochtitlán, Tezcuco y Tlacopan. Pero parece que la necedad y la imprudencia que nublaron el juicio de los gobernantes de Teloloapan han desaparecido para dar pie a la templanza y a la inteligencia. Estos mismos gobernantes han solicitado una audiencia para convencerme de que no destruya su ciudad hasta los cimientos y esclavice a su pueblo. Los escucho —dijo el huey tlahtoani.

—Cualli tonalli, huey tlahtoani de Tenochtitlán y representantes de Tezcuco y Tlacopan. Soy Tzotzoma Nahui Malinalli, general chontal y ahora nuevo regente de Teloloapan. Esta mañana mi corazón se regocija al conocer al poderoso gobernante del Anáhuac, el huey tlahtoani Ahuízotl, quien ha sido un enemigo generoso del señorío de Teloloapan. Muchos soles han pasado desde que se inició esta guerra que ha arrastrado a mi pueblo por un sendero de muerte, destrucción y violencia. Uno de los hombres que empujó a mi nación a combatir en contra de la Triple Alianza es el mismo que organizó el asesinato de mi tlahtoani días atrás —la noticia sorprendió a varios de los presentes, entre ellos a Ahuízotl y su hermano Tezozómoc, quienes no se habían enterado de semejante suceso. Tzotzoma dio tiempo a que los murmullos se apagaran para continuar con sus palabras.

"Para calmar el odio que el huey tlahtoani de Tenochtitlán siente en contra del pueblo de Teloloapan, quiero obsequiarle este esbirro de nombre Milcacanatl, para que pueda ser sacrificado en honor de Ilhuicatl Xoxouhqui Huitzilopochtli —dijo Tzotzoma al tiempo que un par de guerreros chontales empujaban hacia el frente al anciano consejero, quien trastabilló y cayó sobre la tierra—. Este hombre fue el gran consejero de Teloloapan y el verdadero poder detrás del icpalli de mi ciudad. Por dos años manipuló a su sobrino, el joven tlahtoani Amalpili, haciéndolo realizar lo que le dictaba su voluntad. El día de ayer fue depuesto y capturado. Ahora es tuyo, gran orador —agregó el regente chontal.

Ahuízotl señaló al viejo desnudo que estaba tirado sobre el piso, sin poder levantarse. De inmediato dos guardias caminaron hacia él para ponerlo de pie y escoltarlo hacia el campamento mexica. "Sus días están contados", pensó Tzotzoma al verlo desaparecer entre gemidos y empujones.

—Gracias por el obsequio, Tzotzoma. Continúa —exclamó Ahuízotl dirigiendo una gélida mirada al regente.

—Gran orador, al asumir la regencia de Teloloapan el día de ayer, he tomado la decisión de detener esta guerra que amenaza la existencia misma de mi pueblo —dijo con fuerza para que su voz fuera escuchada por todos los presentes.

—Tú no decides cuándo se detiene la guerra —dijo Ahuízotl alzando la voz e interrumpiendo al chontal—. Las fortificaciones defensivas de tu ciudad han sido superadas y tu ejército ha sufrido muchas bajas. Los refuerzos que esperaban nunca llegaron, por lo que están al borde de la derrota, Tzotzoma —añadió el gran orador, visiblemente emocionado. El silencio se hizo presente mientras el regente chontal sostenía la mirada del señor del Anáhuac—. Dame una sola razón por la que deba suspender la destrucción de tu ciudad y la masacre de tu pueblo. Piensa bien tus palabras.

Después de un momento, Tzotzoma le respondió:

—Huey tlahtoani, le daré dos razones para salvar a mi pueblo, a mis dioses y a mi ciudad de las malas decisiones que tomaron sus líderes hace unas veintenas. La primera es que aquellos que le declararon la guerra a la Triple Alianza han sido despojados de su poder o de la propia vida. Este es el caso del gran consejero que ahora está en sus manos, y de su sobrino, el tlahtoani de Teloloapan, quien ya ha sido incinerado. La segunda razón puede resultarle más atractiva, huey tlahtoani. Al haber sido electo regente de Teloloapan, tengo el poder de ofrecerle nuestros ejércitos como tropas auxiliares para la segunda parte de su campaña punitiva en contra del señorío de Oztomán y de los verdaderos instigadores de la rebelión en la provincia, el señorío de Alahuiztlán y su cruel déspota. Como muestra de nuestra alianza para volver a encontrar el camino del progreso y la tranquilidad en estas tierras, mi pueblo y yo estamos dispuestos a abrir las puertas de nuestra ciudad para que sus hombres puedan descansar, alimentarse y curarse. Nuestros almacenes, los cuales siguen llenos, están a su disposición —concluyó Tzotzoma claramente exaltado, sabiendo lo que estaba en juego.

—Una interesante propuesta, muy práctica, mi señor —murmuró el acolhua Tezcacóatl.

—Sin duda sería provechoso que esta guerra punitiva fuera peleada por chontales contra chontales. Eso sin mencionar los beneficios que obtendría nuestro ejército, así como nuestra estrategia, al tener un bastión aliado en el corazón del territorio enemigo —agregó Cuauhtliquetzqui.

Ahuízotl permaneció en silencio, mirando los rostros de los hombres que conformaban la comitiva chontal. Reflexionaba profundamente la propuesta. El regente dio unos pasos hasta quedar frente a la estructura de madera, a un costado del tlacochcálcatl Tezozómoc.

—Gran señor del Anáhuac, gane un aliado donde alguna vez hubo un enemigo. En este valle devastado no encontrará más oponentes —exclamó el chontal mientras miraba emotivamente al gobernante de Tenochtitlán.

Por un momento, su mente evocó el rostro de su esposa e hijos, quienes se encontraban en el refugio de la montaña. Ahuízotl seguía callado, pensando en los pros y los contras de la propuesta, así como en las posibles consecuencias de los dos caminos que se le presentaban.

El joven guerrero Chicuei Mázatl observaba la escena muy preocupado. Bastaba una frase de Ahuízotl para que se reanudara el ataque mexica, el cual terminaría por destruir y saquear la ciudad. De manera contraria, también podía aceptar la propuesta de su padre y evitar una masacre innecesaria.

Tzotzoma seguía mirando el rostro del tenochca desde la base de la tarima.

—Diez mil hombres se integrarán al ejército de la Triple Alianza para apoyar su campaña punitiva en contra de los traidores que nos abandonaron frente a los embates de sus huestes. Mis guerreros claman venganza, huey tlahtoani —murmuró el regente, preocupado por no saber interpretar la dura expresión de Ahuízotl, quien miraba la devastada Teloloapan—. Considere mi propuesta.

Después de lanzar un suspiro, el huey tlahtoani volteó a ver el rostro del chontal. Todos los presentes enfocaron su mirada en el hombre que tenía el poder de salvar o condenar decenas de miles de vidas humanas.

—Regente, he escuchado con atención tu canto, y he de confesar que me has puesto en un dilema. No suelo ser piadoso con las poblaciones que se rebelan en contra de la autoridad de la Triple Alianza, pero el día de hoy haré una honrosa excepción. Tú y tus ejércitos me son de mayor utilidad vivos, combatiendo de nuevo bajo los estandartes mexicas, que muertos o esclavizados. Teloloapan queda integrada otra vez como tributaria de la Excan Tlatoloyan, y más importante aún, como su aliada —dijo Ahuízotl a media voz para que solamente algunos, entre ellos Tzotzoma, lo escucharan. Después, a todo pulmón, se dirigió a la multitud de guerreros que estaban presentes—: ¡Teloloapan ha aprendido la lección! ¡Teloloapan se ha rendido! ¡Los ejércitos de la Triple Alianza han vuelto a triunfar!

Los gritos de éxito del huey tlahtoani mexica fueron como un bálsamo para los oídos de Tzotzoma, a pesar de la clara distorsión de los hechos que pregonaba el autócrata. La paz se había concretado, pensó el regente. El señorío se había salvado. En ese momento, el guerrero chontal que portaba el chimalli y el macuahuitl que hacía varias veintenas habían sido usados para formalizar la declaración de la guerra, los entregó ceremonialmente al tlacochcálcatl. Tezozómoc los recibió, para luego dárselos a uno de los nobles que lo acompañaban.

Ahuízotl se incorporó del icpalli, y antes de retirarse dijo:

—¡Regente! Tus hombres tendrán su venganza. ¡Reduciremos a cenizas Oztomán y Alahuiztlán! Y con esas ciudades no mostraré piedad —agregó, cerrando los puños amenazadoramente y mostrando sus blancos dientes al sonreírle.

—Así será, mi señor. Y créame que mis hombres tampoco mostrarán piedad —respondió el regente. Después vio cómo Ahuízotl descendía por unos escalones y desaparecía entre sus guardias.

—Parece que hoy los dioses estuvieron dispuestos a complacerte —exclamó el tlacochcálcatl Tezozómoc al acercarse a Tzotzoma—. Mañana enviaré una comitiva a tu ciudad para afinar los detalles de la rendición, así como la compensación que tendrá que pagar tu señorío por hacernos venir hasta acá para sofocar tu incipiente rebelión —agregó con una sonrisa—. Disfruta tu tarde, "apreciado aliado".

—Que así sea, tlacochcálcatl. Prefiero pagar errores ajenos que perder mi hogar. El hogar y la familia lo son todo...

—Que así sea —concluyó Tezozómoc y se retiró, siguiendo los pasos de su hermano mayor.

Tzotzoma observó a los hombres que conformaban su embajada, los mismos con los que había combatido y sangrado, los que lo habían apoyado en su audaz movimiento para despojar a Teloloapan de su regente corrupto. Todos lo miraban con orgullo, satisfacción y alivio, entre ellos su hijo:

—Regresemos a nuestro hogar, padre. Dejemos la guerra para mañana, que la paz hoy ha prevalecido —le dijo.

—Dejemos la guerra para mañana —repitió el regente y se encaminó de regreso a Teloloapan.

CAPÍTULO XIX

—Desde que llegó el anciano ayer por la mañana no ha parado de llorar —dijo Tozcueuex lanzando un suspiro—. ¿Qué daño pudo haber causado un hombre de la edad de ese cautivo?

—No lo sé, mi señor, pero seguramente hizo algo mal para acabar encerrado en uno de estos cuartuchos que los guardias llaman prisión —le respondí.

El cuauchic tenía razón en molestarse: llevábamos un día completo escuchando los lamentos, gimoteos y sollozos. Pasamos muy mala noche; solo pudimos conciliar el sueño a ratos, ya que nuestro vecino constantemente maldecía y gritaba que lo dejaran salir, para después sumirse nuevamente en el irremediable llanto. Tuve oportunidad de observarlo por un breve momento cuando un par de guardias lo escoltaban para encerrarlo en el cuarto contiguo al nuestro. Se trataba de un anciano delgado que iba completamente desnudo y con las manos atadas por la espalda. Traía el largo cabello gris sujeto detrás de la cabeza, de manera que claramente pude ver que le habían cortado las dos orejas. Lo que más llamó mi atención fueron su rostro y su pecho, cubierto con escarificaciones que asemejaban las escamas de un reptil, lo que le daba una apariencia extravagante. Tenía la certeza de que se trataba de un chontal, ya que sus rabietas y llantos eran incomprensibles, tanto para el cuauchic como para mí.

—No sé qué haya hecho mal, pero en verdad es una tortura escucharlo lamentarse día y noche. Tan cómodos que estábamos antes de que llegara —dijo mientras se sobaba el cuello.

Al parecer el cuauchic avanzaba muy bien con su recuperación. Su semblante había cobrado color y su ánimo era el mismo de siempre. Durante la primera noche que pasamos encerrados tuvo un poco de fiebre, pero disminuyó cuando le coloqué trapos mojados en la frente. Para limpiar la herida y orearla, retiré el largo lienzo que cubría su hombro y la parte superior de su torso. Para mi sorpresa no había evidencia de alguna infección y la carne quemada empezaba a cicatrizar muy bien. Cuando retiraba el emplasto seco con un paño húmedo, el cuauchic paseó la mirada por el patio soleado donde hacían guardia diez guerreros.

—El viejo debe ser importante, Ocelote, ahora hay ocho guardias más vigilando.

—Seguro que debe de ser importante para estar alojado en el mismo palacio donde duermen y comen el huey tlahtoani y su hermano —le respondí—. Por cierto, gran cuauchic, ¿se ha percatado de que ya llevamos más de dos días encerrados aquí?

—Lo sé, telpochtli, como si fuéramos criminales comunes y de poca monta. Esto es lo que nos hemos ganado por advertir a Tezozómoc sobre los peligros que amenazaban a su hermano. Mejor hubiera sido quedarnos callados y seguir con nuestra vida —dijo. Después de un momento de silencio, en el cual solamente se escuchaba el amargo llorar del viejo y los pasos de los guardias, me preguntó—: ¿Será cierto que Teloloapan ha sido derrotada y saqueada?

—No lo sé, mi señor, pero seguramente algo sucedió que hizo que miles de hombres entonaran cantos de victoria y se desgañitaran dando gritos de alegría durante todo el día de ayer. Posiblemente se rindieron, o simplemente fueron abrumados por nuestras fuerzas —concluí mientras colocaba el paño sobre la jícara llena de agua.

—Le preguntaré al guardia —murmuró el cuauchic—. ¡Oye, tú! Sí, tú, el del chimalli oscuro. ¿Sabes si hemos ganado la guerra contra Teloloapan?

Escuché unos pasos acercándose, que se detuvieron cuando un guardia fornido proyectó su sombra en el piso de nuestra angosta celda.

—¿Quién pregunta? —contestó.

—Tozcuecuex Chicome Ehécatl, miembro de la sociedad de los tonsurados, segundo capitán del contingente de Tlalcocomulco. Encerrado en esta pocilga por decisión del tlacochcálcatl Tezozómoc.

—Ya veo. Con que cuauchic, ¿eh? Es raro encontrar a un guerrero de tu clase encerrado en este lugar. En cuanto a tu pregunta, te puedo decir que los chontales se han rendido. El huey tlahtoani, con toda su generosidad, ha impedido que se saquee la ciudad y se esclavice a la población. Al parecer, ahora los chontales de Teloloapan son nuestros aliados y nos apoyarán en la guerra que libraremos contra las otras dos ciudades rebeldes de esta provincia. Es todo lo que te puedo decir —finalizó el guardia, después se retiró y se acercó a otros tres hombres que platicaban animosamente bajo el dintel del vano de acceso al patio.

—¿Escuchaste eso, Ocelote? ¡Hemos derrotado a los chontales de Teloloapan! Esa es una excelente noticia —exclamó visiblemente emocionado el cuauchic.

—¿Quién iba a decir que nos enteraríamos de la victoria de las huestes de la Triple Alianza en estas condiciones? —pregunté reflexionando, más que esperando alguna respuesta de Tozcuecuex.

—Cuando menos no nos perdimos de nada, al no haber permiso para saquear la ciudad y esclavizar a la población —dijo—. Seguramente pasaremos algunos días en este devastado territorio antes de continuar la campaña contra Oztomán o Alahuiztlán.

En ese momento escuchamos algunos pasos que se dirigían a nuestra celda. Se trataba de los hombres de Tezozómoc, Yoltzin y Tepiltzin. Dieron la orden de retirar la reja de carrizo a uno de los guardias y nos dijeron:

—Cualli tonalli, guerreros, el tlacochcálcatl y el huey tlahtoani los quieren ver, pero antes acompáñennos a que se laven el cuerpo y el rostro. ¡Apestan!

El cuauhic y yo nos miramos sabiendo que seguramente nos llamaban para compartirnos los resultados de la indagatoria, así como la decisión de Ahuízotl acerca de la conspiración y, sobre todo, de nuestra vida. Seguimos a los dos nobles, quienes nos llevaron a un patio donde había un temazcal de piedra y argamasa. Al parecer fue rehabilitado por los hombres del gobernante mexica, ya que era evidente que había sufrido daños durante el incendio de Ahuacatitlán. Dos esclavos alimentaban con leños de madera el fuego ubicado en un cuartito adjunto, calentando los muros de la estructura redonda. En el interior del temazcal había una pequeña pileta con un cucharón de madera para arrojar agua al muro y de esta forma crear el vapor que calentaba el ambiente. Tozcuecuex y yo entramos al pequeño espacio vistiendo solamente nuestros bragueros y de inmediato empezamos a arrojar agua a los muros, disfrutando del reconfortante calor.

—Ha llegado el día más importante de nuestra vida, Ocelote. Espero que hayan encontrado a los hombres tatuados y el cadáver del sacerdote; de no ser así, podríamos ser castigados, desde un exilio a un pueblo infestado de ratas, hasta la propia muerte. Como bien sabes, Ahuízotl no es un hombre que se ande por las ramas —dijo mientras se frotaba el cuerpo con la hierba copalxócotl para retirar toda la suciedad.

—Era nuestra responsabilidad avisar sobre esta conjura a las autoridades. No teníamos otra opción, incluso al poner en riesgo nuestra vida. Tengo la certeza de que saldremos bien librados de esta, mi señor.

—Esperemos que así sea, de lo contrario podríamos estar tomando nuestro último baño —una sonrisa apareció en el rostro moreno del guerrero—. El lado positivo es que has sobrevivido a tu primera campaña militar, incluso lograste capturar a un guerrero purépecha y obtuviste el rango de tlamani, capturador. Eso sin mencionar que hemos tenido una excelente actuación al resistir la emboscada cuando nos dirigíamos a Teloloapan, además de rescatar y escoltar el tributo de esta provincia, almacenado en Ichcateopan, hasta el campamento de la Triple Alianza. Tienes mucho de qué sentirte orgulloso, nada mal para ser la primera vez —concluyó.

—Gracias, gran cuauchic —fue lo único que contesté.

Tozcuecuex tenía razón. Habían pasado muchos soles desde que salí de Tenochtitlán con la cabeza llena de más incertidumbres y miedos que de certezas. Había sido partícipe de grandes hazañas y combates que me llenaban de orgullo el corazón. Esperaba que mis acciones fueran gratas ante los ojos de aquellos que habían dado la vida por mí hacía ya muchos inviernos. Había hecho mi mejor esfuerzo para ser digno del sacrificio que realizaron mis familiares al llevar mi cordón umbilical a un lejano campo de batalla. "Llevaré una buena vida, honrando día tras día sus muertes, siendo un guerrero valeroso, un hombre de honor", esa era la promesa que había forjado durante el tiempo que pasé en el Telpochcalli de mi barrio. Sin duda no podía sentirme culpable de mis decisiones de los últimos días; todo lo contrario, me sentía orgulloso de ellas, incluso al poner en riesgo mi vida por avisar de una conspiración al tlacochcálcatl.

Al actuar de esa forma había dejado en el olvido el terrible augurio que había angustiado a mi madre el día de mi nacimiento, el mismo que había dicho el tonalpouhque presagiando que podía ser un hombre fracasado, lleno de vicios, acabando mis días como un ebrio o un esclavo. Por fortuna, su predicción en este momento de mi vida parecía muy lejana, lo que me llenaba de dicha; se había esfumado cualquier temor que pudiera sentir al encarar una posible ejecución por parte del huey tlahtoani. Después de vivir los últimos días con la muerte como compañera, había aprendido a respetarla, mas no a temerle. Incluso era casi un milagro que el cuauchic y yo siguiéramos vivos después de tantos combates y emboscadas en los que claramente estuvimos en desventaja. Podíamos afirmar, sin miedo a equivocarnos, que estábamos viviendo tiempo extra. Al terminar de bañarnos salimos del temazcal. Nos esperaba un par de esclavos con dos tilmas de algodón de gran calidad, las cuales nos entregaron para que nos vistiéramos. "Un regalo del emperador", habían dicho mientras las anudábamos por encima del hombro. De inmediato aparecieron en el patio Yoltzin y Tepiltzin vestidos con gran lujo, como era su costumbre.

—Es momento, el huey tlahtoani Ahuíztol los está esperando —dijo este último—. Síganme.

Avanzamos siguiendo sus pasos, mientras yo sujetaba en mi puño mi pendiente de oro, recuerdo de mi padre. "Todo estará bien —me dije a mí mismo—. Todo estará bien".

Entramos en un patio abierto y estucado rodeado de pórticos que eran sostenidos por columnas de cantera. Solamente una puerta daba acceso al espacio de tamaño mediano donde se encontraban sentados el huey tlahtoani y el tlacochcálcatl en asientos de respaldo alto. Algunos arreglos de flores de gran tamaño habían sido colocados en jarrones de cerámica, rodeando las pieles de oso, lobo y jaguar donde se encontraban los dos tronos. Detrás de ellos había un largo biombo, una mampara de madera donde se había pintado la representación de Huitzilopochtli sobre un cielo dorado. También destacaba en el patio el estandarte de la guerra mexica, el quetzalteopamitl, colocado sobre una estructura de madera. En verdad que era un privilegio ver el blasón hecho de plumas de quetzal y oro a una distancia tan corta y disfrutar la gran cantidad de detalles que guardaba la pieza, desde el acomodo de las largas plumas verdes hasta las figuras labradas sobre los rayos solares que salían del rostro de Tonatiuh, tallado dentro del círculo central de oro.

Guardias se hacían presentes detrás del soberano y debajo de la sombra que brindaban los pórticos. Permanecían en silencio e inmóviles, velando solamente por la seguridad de los altos jerarcas. También había dos escribanos, tlacuilos, que se encontraban sentados sobre el piso, flanqueando a los dos hombres de importancia. Portaban pinceles en las manos, listos para registrar lo que se platicara en la audiencia y plasmarlo en largas tiras de papel amate. El huey tlahtoani vestía los atributos de su cargo, la tilma y el maxtlatl color turquesa, así como la diadema de turquesas y oro. A su lado, su hermano vestía una centzontilmatli, tilma de los cuatrocientos colores de la región de los totonacas, los habitantes de tierra caliente. Al menos diez diferentes colores aparecían en los intrincados patrones geométricos que la decoraban, eso sin mencionar los bordes, adornados con plumas, que iban de los tonos amarillos a los rojos, pasando por el anaranjado. Al ver sus rostros al mismo tiempo se volvía evidente que se parecían en gran medida. Ambos tenían la nariz ligeramente ancha, una fuerte quijada, pómulos prominentes y boca amplia enmarcada por labios delgados que siempre parecían tensos. Tezozómoc portaba el peinado alto, mientras que el tlahtoani mantenía su cabello recogido detrás de la cabeza.

Al estar frente a su presencia colocamos una rodilla en tierra, tanto los nobles como el cuauchic y yo. Después tocamos el piso estucado con dos dedos y nos los llevamos a los labios, saludando a los dos hermanos, los dueños del imperio.

—Gran orador, sol resplandeciente del pueblo mexica, portador de los deseos de Huitzilopochtli, águila de la mañana, como lo han solicitado usted y el gran guerrero de la Casa de los Dardos, presentamos al cuauchic Tozcuecuex y al tlamani Ce Océlotl, ambos guerreros pertenecientes al calpulli de Tlalcocomulco de Tenochtitlán —dijo Yoltzin, después se puso de pie y se retiró a uno de los costados del patio, bajo la sombra del pórtico, acompañado de Tepiltzin.

—Así que nos volvemos a encontrar, honorable cuauchic y joven promesa del barrio de Tlalcocomulco —dijo con su gruesa voz el gobernante.

—Sí, mi señor —dijimos al unísono Tozcuecuex y yo, mirando hacia el gastado estuco del piso.

Después de hacer una pausa, Ahuízotl continuó con la mirada fija sobre nosotros.

—Mi hermano Tezozómoc me ha compartido la información que generosamente decidieron confiarle. Una serie de hechos que vinculaban de una u otra forma a mi sobrino Motecuhzoma con una conspiración para cambiar el destino de esta guerra que librábamos en contra de los chontales de Teloloapan. Como ustedes muy bien lo interpretaron, una guerra fracasada en esta provincia causaría graves problemas en mi gobierno, incluso llegando a amenazar mi propia existencia. Esto lo experimentó mi querido hermano mayor Tizoc, cuyos malos resultados en el campo de batalla provocaron su asesinato por envenenamiento. Como bien lo saben todos, los asesinos y conspiradores fueron apresados y ejecutados en la plaza del mercado durante la primera veintena de mi reinado —afirmó el gran orador.

Recordaba ese suceso y las terribles críticas que se habían desatado contra Ahuízotl, ya que muchos nobles y militares no tenían la menor duda de que todo era un montaje y que los hombres ejecutados habían sido víctimas propiciatorias. En realidad, pocas personas en Tenochtitlán tenían dudas sobre la culpabilidad de Ahuízotl en el asesinato de su hermano, pero prefirieron conservar la vida y callar.

—Mi hermano realizó investigaciones y pesquisas, basándose en la información que le compartieron, sobre el paradero de unos guerreros tatuados que merodeaban nuestro campamento y sobre el cadáver de un espía que llevaba un hermoso brazalete de mi sobrino, el mismo que nos trajeron. Como ustedes saben, es un gran delito difamar a un miembro de la familia gobernante de Tenochtitlán, lo cual se puede pagar con el exilio o, en casos más severos, con la muerte. Ustedes, preocupados por la estabilidad de mi gobierno y por mi bienestar, culparon a Motecuhzoma de encabezar esta conspiración, arriesgando sus propias vidas, lo cual admiro.

"Para su buena fortuna, los hombres de confianza de Tezozómoc encontraron el cuerpo degollado del sacerdote y también al hombre que llevaba tatuada la pierna. Este último, después de ser interrogado, torturado y mutilado, confesó que el espía sacerdote llamado Cuauhnochtli era su contacto para encubrirlos y esconderlos durante el tiempo que pasaran en el campamento de la Triple Alianza. En realidad se trataba de un guerrero purépecha que había sido elegido para asesinarme cuando se diera la ocasión, usando dardos envenenados de cerbatana o de arco. Había vivido entre los grupos chichimecas del norte por varios inviernos, por lo que adoptó parte de sus costumbres, como desarrollar potentes venenos y tatuar su cuerpo.

"Desafortunadamente para él, la partida de purépechas que defendía Teloloapan lo abandonó y después fue denunciado por ustedes. Antes de perder la vida, confesó que el sacerdote Cuauhnochtli trabajaba para un importante noble mexica perteneciente a la familia real, quien sería el responsable de infiltrarlo en las reuniones y recepciones realizadas por los altos jerarcas militares mexicas, donde yo me encontraría presente. Durante la tortura le mostramos el hermoso brazalete de turquesas y oro donde aparece el glifo nominal de mi sobrino, Motecuhzoma, pero usando la diadema real, la xiuhuitzolli. De inmediato reconoció el brazalete y afirmó que les fue mostrado a él y a su compañero, quien por cierto se ha esfumado, cuando se entrevistaron con el sacerdote conspirador en medio de un maizal. Confesó que aunque el tlamacazqui nunca mencionó el nombre de su señor, al ver el glifo grabado en su interior supo que se trataba del famoso guerrero Motecuhzoma, el hombre ceñudo, quien se hace temer y respetar. Como pueden ver, gracias a sus sospechas y al valor que mostraron al venir y platicar con mi hermano, se ha podido evitar mi asesinato —concluyó Ahuízotl.

Al escuchar las palabras del huey tlahtoani mi cuerpo sintió un gran alivio. Era como si de pronto la pesada loza que llevaba sobre la espalda me fuera retirada, aligerando mi respiración, relajando mi cuerpo y disipando de mi mente pensamientos relacionados con conspiraciones, ejecuciones, asesinatos y traiciones. Agradecí al dador de vida, a Tezcatlipoca, y a la deidad patronal de mi barrio, Xipe Totec, por escuchar mis súplicas durante el encierro en que estuvimos. Mis rezos habían sido escuchados por los dioses y habían iluminado la oscuridad, mostrando la verdad a las personas indicadas. A pesar de la gran emoción que sentí en mi interior, lo único que pude hacer fue voltear a ver a Tozcuecuex, quien correspondió a mi mirada con una sutil sonrisa, expresando su satisfacción y su alegría. Después volví a inclinar la cabeza para ver el piso. Luego de una breve pausa, el tlacochcálcatl Tezozómoc tomó la palabra.

—El asesino también habló de la información que recibieron de los agentes de Motecuhzoma, lo que permitió que los purépechas concretaran la emboscada que sufrieron cuando escoltaban el tributo de la provincia resguardado en Ichcateopan. Y no solo eso, también estaban al tanto de la cantidad de efectivos que componían nuestras fuerzas, los caminos que tomaron para llegar a Teloloapan, incluso la cantidad de provisiones con las que contábamos para alimentar al ejército. Antes de morir, el asesino compartió algunos nombres de nobles y guerreros que servían los propósitos ocultos de mi sobrino, los cuales en este momento han sido capturados y sometidos a tormento —agregó Ahuízotl con el rostro imperturbable.

Después de una breve pausa, el gran orador retomó la palabra compartiendo su veredicto.

—Es evidente la culpabilidad de mi sobrino Motecuhzoma, así que será castigado con el exilio para que viva en la infamia y la vergüenza, despojado de todas las riquezas y comodidades que tiene en Tenochtitlán. Se le retirarán sus hombres y se le asignará una posición administrativa en algún rincón del imperio infestado de pulgas y ratas. Fue demasiado grande su traición para obsequiarle una muerte rápida y digna en la privacidad de su palacio. No, eso no se lo merece —sentenció Ahuízotl. Su rostro se había tornado rojo por el coraje.

—Los nobles que han apoyado a nuestro sobrino serán ejecutados, hayan participado o no en esta conjura. Más vale eliminarlos a todos para evitar correr riesgos —agregó el tlacochcálcatl mostrando una ligera sonrisa de satisfacción y crueldad.

En ese momento el huey tlahtoani se levantó del icpalli y caminó hacia nosotros, ante la mirada atónita de guardias y escribas. Al llegar al cuauchic, colocó las manos sobre sus brazos y lo levantó; lo mismo hizo conmigo.

—Ustedes dos, hombres de Tlalcocomulco, han salvado mi vida y en gran medida mi reinado —dijo mientras nos dirigía una expresiva mirada—. Por esa razón, cada uno de ustedes recibirá tierras en Coyohuacan para que sean labradas y trabajadas por hombres a mi servicio. También enviaré varias cargas de tilmas de fino algodón, cacao tostado, hachuelas de cobre y de copal a sus familias en Tenochtitlán, para darles aviso de la proeza que han realizado y de la gran estima que Ahuízotl tiene por ustedes. Sin duda se sentirán muy orgullosos. También podrán visitarme y comer en mi palacio cuando lo deseen, y participar en las reuniones del gran consejo —agregó, visiblemente emocionado.

Movió los dedos y un hombre que traía dos cajas pequeñas de madera caminó hasta nuestra posición.

—Finalmente, quiero que porten estas orejeras de jade procedente de las tierras mayas, del Xoconochco.

Abrió una a una las cajas para entregarlas, primero a Tozcuecuex y luego a mí. En su interior se encontraban las dos orejeras redondas hechas de jade de un intenso color verde, lo que denotaba la gran calidad del material. Supuse correctamente que era jade imperial, el que desde tiempos inmemoriales era usado por los gobernantes mayas. Tomé una de ellas para conocer su peso y me sorprendió lo ligeras que eran. En su parte externa, los bordes se ensanchaban como si fueran flores de cuatro pétalos, mientras que en su interior se adelgazaban, formando un solo borde para ser insertadas dentro de las perforaciones que llevábamos desde jóvenes en los lóbulos de las orejas.

—Tlazohcamati, huey tlahtoani —le dije emocionado.

Tozcuecuex también le agradeció, le dijo que su vida le pertenecía y que siempre estaría dispuesto a servirlo, lo que causó que Ahuízotl sonriera.

—Todos los preparativos para entregarles sus terrenos cuando lleguen a Tenochtitlán se realizarán al finalizar esta campaña. De la misma forma, hoy mismo enviaré con los mensajeros las instrucciones para que se distribuyan los obsequios entre sus familias. Ahora, si me permiten, tengo que darle una dura lección a mi sobrino sobre la lealtad, e informarle sobre su nuevo cargo como calpixque de la población de Oxitipan, donde las aguas interminables comienzan, en el extremo noreste del imperio. Ahí pasará varios años hasta que aprenda lo que es la fidelidad —dijo mientras caminaba de regreso a su icpalli.

—Pueden abandonar este palacio, y gracias por sus servicios —sentenció para finalizar el tlacochcálcatl, levantando la mano en señal de despedida.

Nos dirigimos hacia la entrada sin darle la espalda al gobernante, con la cabeza inclinada y la mirada en el piso. Cuando estábamos a punto de salir del patio, Ahuízotl, que ya estaba sentado, agregó:

—Por cierto, preparen sus armas, arrojados guerreros, que iremos a sofocar la revuelta de Alahuiztlán y Oztomán y los quiero presentes en mi comitiva —asentimos con la cabeza para responder afirmativamente a su orden en el mismo instante en que atravesábamos la puerta.

Eché una última mirada al icpalli del gobernante y me sorprendió ver cómo varios hombres cargaban un cadáver en estado de descomposición y una cabeza cercenada. Mientras nos alejábamos del patio buscando la salida del complejo, vi a lo lejos al joven Motecuhzoma seguido de un noble. Ambos vestían impecables tilmas y sandalias de piel de jaguar. El porte del noble era soberbio, seguro, incluso amenazante. "No sabe que su vida está por cambiar", pensé, y continué mi camino siguiendo los pasos del cuauchic. Finalmente salimos del palacio y, para nuestra sorpresa, nos encontramos con el telpochtlato Cuauhtlatoa, quien discutía acaloradamente con un par de guardias.

—¡Déjenme pasar! Tengo el derecho de pedir la liberación de mi capitán y de uno de mis estudiantes —gritaba tratando de subir por la escalinata de acceso, pero los guardias lo sujetaban y lo empujaban, impidiéndole el acceso—. ¡Tengo el der...! —exclamaba el curtido guerrero cuando su mirada se posó en nosotros. Su rostro cambió del enojo a la emoción al ver que salíamos del complejo habitacional.

—Cuauhtlatoa, ¿por qué tanto alboroto? —preguntó Tozcuecuex, quien aún caminaba con lentitud a consecuencia de su herida.

—¡Alabado sea Xipe Totec! Mis ojos se deleitan al verlos salir de su prisión, apreciado capitán y Ocelote. ¿Qué rayos ha pasado para que los tuvieran detenidos varios días ahí adentro? —nos preguntó.

—Maestro, ¿recuerda las sospechas que teníamos de una conspiración? Pues bueno, le contaré cómo esas sospechas que albergaban nuestros corazones salvaron al emperador —dije, al tiempo que caminábamos hacia el cuartel de los hombres de nuestro barrio.

—Pero antes, vamos por algo de comer. Me muero de hambre —dijo Tozcuecuex.

—Motecuhzoma, ¿reconoces el cadáver de este hombre? —cuestionó duramente el tlacochcálcatl al noble mientras señalaba los restos descompuestos del sacerdote Cuauhnochtli. La tilma negra aún cubría el cuerpo hinchado y verdoso donde las moscas se arremolinaban. El grasoso cabello largo cubría en gran medida el rostro del sacerdote, que estaba cubierto de sangre coagulada y moretones. Ahuízotl permanecía en silencio, observando con furia contenida a su sobrino, a quien días atrás le hubiera confiado hasta su propia vida.

—Mi señor, no sé de quién se trate. Nunca lo he visto—se defendió Motecuhzoma, claramente sorprendido por el giro que había dado su visita al palacio donde se alojaba el huey tlahtoani—. Sin duda es un sacerdote mexica de los muchos que acompañan a nuestro ejército —agregó.

—¿Entonces por qué traía un brazalete de tu propiedad? El que lleva tu glifo con la diadema de turquesas, la que solamente puede usar nuestro huey tlahtoani —cuestionó Tezozómoc. Luego arrojó el brazalete, que hizo un agudo ruido metálico al chocar contra el piso.

Varias teselas de turquesa volaron por los aires cuando se estrelló contra el suelo. Motecuhzoma observó el brazalete y no pudo contener su sorpresa. Retrocedió un par de pasos y dijo:

—¡Ese brazalete no es mío! A pesar del glifo grabado en él. ¡Esto es una trampa ¡Un engaño! —sus ojos se crisparon, su respiración se agitó.

Su fiel acompañante lo observaba sin saber cómo reaccionar.

—Mi señor, apreciado tío, usted sabe de los muchos enemigos que se regocijarían al ver mi caída de gracia. Sabe que incluso he recibido amenazas de muerte por parte de aquellos que envidian la confianza que usted tiene en mí —dijo angustiado el noble mexica—. ¡Seguramente alguno de ellos grabó mi glifo nominal con la diadema que solo le pertenece a usted!

Ahuízotl lo observaba en silencio, a pesar de las justificaciones que escuchaba de su sobrino. Con un movimiento, el tlacochcálcatl indicó a los guardias que sujetaran a Motecuhzoma, no fuera a cometer una imprudencia. Rápidamente rodearon al noble seis guardias, reduciendo su espacio de movimiento. Uno de ellos, al ver que daba un paso hacia atrás, lo empujó con su chimalli recubierto de piel de jaguar. Un claro aviso para que se calmara y entendiera que no tenía escapatoria. El rostro del orgulloso noble sudaba copiosamente al verse rodeado. No tenía la menor duda de que su conjura había sido descubierta, pero ¿por quién? ¿Acaso se trataba de los hijos del fallecido huey tlahtoani Tizoc? Siempre habían mostrado su animadversión hacia él. ¿O acaso fue el propio hermano de Ahuízotl? Siempre había sentido envidia por sus logros. Finalmente recordó que Cuauhnochtli le había comentado de un guerrero que se entrometió en su camino. La voz de Tezozómoc lo distrajo de sus cavilaciones.

—Motecuhzoma, ¿sabes a quién pertenecía esta cabeza? —cuestionó el tlacochcálcatl al recoger de un plato de cerámica la cabeza cercenada del asesino purépecha.

La levantó con las dos manos, ya que el decapitado llevaba el cabello rasurado. La cabeza era una estampa grotesca del trabajo que podían realizar los torturadores que trabajaban para el hermano del emperador. Al rostro le faltaban varios dientes, la lengua había sido arrancada, al igual que las orejas. Le habían vaciado un ojo, y sobre la piel pálida y reseca había evidencia de quemaduras. El noble respondió negando con la cabeza. Ninguna palabra salió de su boca.

—Este hombre vino a nuestro campamento con la intención de asesinar a nuestro gran orador. Era un purépecha que fue contactado y protegido por tu sacerdote, el mismo al que le prestaste tu brazalete para que se identificara con tus aliados como un hombre de toda tu confianza, uno de tus esbirros. Ambos hombres formaron parte de la conspiración para derrocar al huey tlahtoani Ahuízotl, tu propio tío, quien te ha apoyado desde que estudiabas en el Calmécac —exclamó ofuscado el tlacochcálcatl—. ¡Sabías que un asesino intentaría terminar con la vida del gran orador y no hiciste nada para detenerlo o denunciarlo! ¡Todo lo contrario! Diste órdenes para que tus hombres lo protegieran y le otorgaran las facilidades para acercarse a nuestro gobernante. ¡Todo con el propósito de satisfacer tu ambición y verte entronizado como el gobernante de Tenochtitlán! ¿Tienes algo que decir en tu defensa? —preguntó Tezozómoc.

Motecuhzoma palideció, mirando con temor al tlacochcálcatl y después a Ahuízotl, quien permanecía callado, con el semblante calmo, recargado sobre los nudillos de sus dos manos entrelazadas. Por un momento solamente se escuchó el zumbido de las moscas que volaban alrededor del cuerpo del sacerdote y sobre el plato de cerámica donde estaba la cabeza cortada.

—Yo no deseé su muerte, yo no quise su muerte. ¡Yo siempre busqué la grandeza de nuestra nación y de Huitzilopochtli! —gritó altanero Motecuhzoma—. Podrán acusarme de influir en el resultado de la guerra contra los chontales de Teloloapan, incluso de colaborar con nuestros enemigos, pero no de tramar su asesinato, honorable tío.

Por algunos segundos reinó el silencio en el patio. A continuación, el tlacochcálcatl compartió la sentencia inapeable al joven tenochca.

—Motecuhzoma, hijo de mi hermano el huey tlahtoani Axayácatl, has sido hallado culpable de conspirar para derrocar al huey tlahtoani Ahuízotl, como también de participar en un plan para consumar su asesinato. Eres responsable de alta traición por haber brindado información confidencial a los chontales de Teloloapan con el fin de impedir que nuestros ejércitos y nuestro gobernante se alzaran con la victoria. Por esa razón serás desterrado de Tenochtitlán indefinidamente y confinado a la población de Oxitipan, en el rincón más apartado del imperio, al extremo noreste. Vivirás entre el pueblo cuextécatl como un funcionario menor responsable de la recolección de tributos del pequeño asentamiento, sin grandes riquezas, ni lujos, ni hombres que gobernar. Tus únicos compañeros serán hombres de mi entera confianza que te vigilarán día y noche, incluso mientras duermes. También serás desposeído de tus tierras, riquezas, esclavos y sirvientes. En ese lugar vivirás sumido en la ignominia, en la vergüenza, en la desgracia que tú mismo te causaste —dijo Tezozómoc antes de ser interrumpido por Ahuízotl, quien se levantó del icpalli para hablar.

—Entérate de que no me interesa hacer pública tu conspiración, sobrino, ya que no permitiré que tu comportamiento manche la reputación de la familia real mexica, ni la mía —exclamó claramente molesto, contenido, tratando de no perder el control por la rabia que corría por sus venas.

Sin embargo, su mirada expresaba tristeza y decepción por la terrible traición de su sobrino preferido, el gran guerrero, el ferviente sacerdote, el respetado líder. Después de un suspiro, agregó:

—Espero que en tu exilio aprendas lo que significa la lealtad hacia tu familia, tu gobernante y tu pueblo. Llévenselo y enciérrenlo con sus amigos mientras concluyen los preparativos para que abandone el campamento —finalizó Ahuízotl y se volvió a sentar en su icpalli. Su gruesa voz, que parecía venir del fondo de una caverna, resonó en los pórticos que rodeaban el patio.

De inmediato los guardias le amarraron las manos a Motecuhzoma con resistentes sogas.

—¡Mi gran señor, no era mi intención atentar contra su vida! ¡Yo no estaba enterado! —gritó. Había perdido la compostura y seriedad que lo caracterizaban—. ¡Deme la muerte que me merezco! Es mi derecho como miembro de la familia real mexica. ¡Termine mi vida con el lazo florido! ¡Mi señoooooor! —vociferó, pidiendo su muerte en lugar de pasar invierno tras invierno en desgracia, pero los guardias lo condujeron fuera del patio, entre empujones y golpes de sus escudos, hacia uno de los cuartos del improvisado palacio que funcionaban como prisión. Algunos sirvientes cargaron el pesado cuerpo del sacerdote y la bandeja donde reposaba la cabeza del asesino para dejarlos en la misma celda donde se alojaría el noble. Ahí esperaría hasta que estuviera organizada la compañía de guerreros que habría de escoltarlo, primero a Tenochtitlán, y después a Oxitipan, su nuevo hogar.

Posteriormente el noble que lo acompañaba fue empujado fuera del espacio a punta de lanza. Sería ejecutado en los próximos días en alguna cañada alejada del campamento, igual que los otros aristócratas, militares y sacerdotes que eran cercanos a Motecuhzoma. El patio quedó en silencio, con un Ahuízotl meditabundo, acompañado de su hermano, quien tomó asiento sobre las pieles de felinos que cubrían su icpalli. Al momento entraron dos bellas mujeres, vestidas con hermosos huipiles; llevaban en bandejas de madera vasos de cerámica llenos de caliente xocolatl. Los dos mandatarios tomaron los recipientes y dieron un ruidoso sorbo para saborear la amarga y picante bebida.

Después de pasar el primer trago, Tezozómoc volteó a ver a su hermano, acercando el recipiente al suyo.

—Por nuestros aliados, hermano.

—Por la destrucción de Alahuiztlán y Oztomán, hermano —replicó Ahuízotl al chocar su cuenco con el de Tezozómoc—. Y por la lealtad Después de limpiarse la espuma del xocolatl con el torso de la mano, el tlacochcálcatl le preguntó al todopoderoso huey tlahtoani:

—Mi corazón alberga una duda, hermano, una que posiblemente me robe noches de sueño. ¿Por qué razón le perdonaste la vida a nuestro sobrino después de conspirar para asesinarte?

Ahuízotl permaneció un momento en silencio, concentrado en el fuego que ardía en uno de los braseros que decoraban la estancia. Cualquiera se hubiera preocupado ante la mirada pétrea y el silencio del temido gobernante, pero Tezozómoc estaba acostumbrado a los largos momentos reflexivos de su hermano desde que era un adolescente. Finalmente contestó sin separar la mirada de las brasas.

—Hermano, la muerte suele ser la salida fácil para asesinos, traidores y cobardes. Aunque Motecuhzoma la merecía, prefiero que expíe sus errores y penas durante su exilio para que aprenda de ellos. Nuestro sobrino aún tiene un importante rol que jugar en mis futuros planes y en el del imperio, durante los cuales aprenderá a valorar la vida y a respetar la sacralidad de la muerte.

EPÍLOGO

Tzotzoma observó su ciudad y el valle desde el recinto ceremonial de Teloloapan, satisfecho de sus logros. Las familias de los chontales habían regresado del antiguo refugio para reunirse con sus hermanos, esposos y padres. Las mujeres compartieron las anécdotas de su vida escondidas en la cima de las montañas. Incluso se supo que en algún momento tuvieron que enfrentar y asesinar a una partida de diez guerreros mexicas que se acercaron peligrosamente al refugio. Tzotzoma se sintió orgulloso de las mujeres de su ciudad, entre ellas su esposa, quienes demostraron su valor y tenacidad durante el amargo episodio que habían vivido. También recordó con calidez el momento en que abrazó a su mujer y a sus otros hijos después de largos días de lucha. No hubo mejor recompensa para el general chontal que oler el cabello perfumado de su esposa y sentir sus senos contra su pecho.

Al contemplar el espléndido panorama esa tarde, se percató de las grandes columnas de combatientes de la Triple Alianza que salían de Teloloapan después de cinco días de descanso. Se dirigían al noroeste, hacia la ciudad rebelde de Oztomán. Entre ellos iban grandes contingentes de sus propios guerreros, los chontales que habían defendido valerosamente su ciudad. Participarían en las batallas contra sus antiguos aliados, los mismos que nunca enviaron ayuda para enfrentar a las huestes del gran orador de Tenochtitlán. Sus capitanes estaban ávidos de vengarse de sus "hermanos" chontales, aquellos que abandonaron a Teloloapan a su suerte ante la acometida de la gigantesca horda de la Excan Tlatoloyan.

Tzotzoma partiría a la mañana siguiente para participar en el Consejo de Guerra que definiría la estrategia para atacar a los señoríos de Oztomán y Alahuiztlán. Incluso si los ejércitos de ambas ciudades se unieran para combatir, el resultado era claro: serían avasallados por los abultados y superiores números de combatientes encabezados por Ahuízotl. Esa y la gran preparación de los mandos medios y altos de los ejércitos nahuas eran las razones preponderantes por las que los tlahtoque mexica, acolhua y tepaneca habían logrado expandir sus dominios. El nuevo regente dejó de admirar la vista para dirigirse al palacio y visitar al heredero al trono y a la esposa del fallecido Amalpili.

Con él llevaba un pequeño saco de tela que le había entregado uno de sus hombres de confianza, quien a su vez lo había obtenido de un curandero. En su interior iba un polvo fabricado a partir de hongos secos que destacaban por su vibrante color rojo. Después de reflexionarlo por varios días, Tzotzoma había llegado a la conclusión de que la antigua dinastía de los gobernantes de Teloloapan se había erosionado durante los últimos años, dando gobernantes jóvenes y débiles que eran fácilmente manipulables por soberbios nobles y sus ambiciosos familiares. Esa debilidad había costado miles de vidas y el incremento de tributo que tenía que pagar el señorío a sus amos mexicas.

El regente no permitiría que se repitiera la historia del débil gobernante Amalpili manipulado por su tío, quien había sido sacrificado días atrás, para beneplácito de Ahuízotl y los representantes de Tezcuco y Tlacopan. Tzotzoma estaba seguro de que al eliminar al bebé y a su madre también eliminaría el estandarte en torno al cual se unirían los nobles que se opusieran a su regencia y sus decisiones. Borraría de un plumazo esa resistencia con el veneno que portaba. Aunque no le complacía terminar con la vida de una criatura de un invierno de edad, su muerte era necesaria. Además, estando tan cerca del icpalli real de Teloloapan, sería una necedad no tomarlo para él mismo y su familia.

Por fin, tanto esfuerzo y trabajo darían sus frutos. Él sería entronizado como tlahtoani de Teloloapan, logrando grandes victorias al frente de sus tropas y junto a sus nuevos aliados y señores. Se compondrían cantos y poemas sobre sus proezas y la nueva dinastía que fundaría. Su linaje le daría a Teloloapan una nueva época dorada y la haría recobrar la grandeza perdida hacía ya varios inviernos. El comercio florecería al integrarse a la red mercantil de la Triple Alianza. También expandiría sus dominios a costa de los señoríos de Alahuiztlán, Oztomán, Apaxtla, Ixcatepec y Achiotla, y con el respaldo del propio Ahuízotl. Grandes obras estaban por realizarse en cuanto terminara esta guerra, meditó para sus adentros.

Entró al palacio saludando con la cabeza a los guerreros que hacían guardia. Con paso rápido atravesó los pasillos, salones y cuartos que componían el complejo palaciego hasta llegar a las habitaciones privadas del "gobernante" y su madre. Los encontró jugando en el piso con algunas figuras de cerámica y una pequeña pelota de hule. Se sentó para juguetear con el bebé mientras platicaba animadamente con su madre, hasta que un criado atravesó el dintel de la puerta y anunció: "La comida está servida, mis señores".

Con una cálida sonrisa, el regente se dirigió a la madre y le dijo: "¿Me acompañan, queridos?"

El sol empezó a descender por el horizonte, escondiéndose entre las nubes que adquirieron matices rojos y naranjas, proyectando una luz trémula sobre la ciudad de Teloloapan. Desde la mañana, los hombres que conformaban los cuatro xiquipillis del ejército de la Triple Alianza habían empezado a movilizarse a través de las montañas que resguardaban el noroeste del valle. Marcharían por un día y medio para llegar a Oztomán, famosa por su ciudadela y sus fortificaciones, donde se libraría una batalla o, nuevamente, un desgastante sitio a la ciudad. Después, el ejército de la Excan Tlatoloyan avanzaría hacia su último objetivo, Alahuiztlán, por lo que quedaban dos terceras partes de la campaña militar por delante.

—Al menos falta un par de veintenas para terminar con la insurrección y regresar a Tenochtitlán —dije al recargarme en una de las jambas de una sencilla casa de techo de palma donde había pasado los últimos días, descansando con otros miembros del calpulli de Tlalcocomulco. Entre ellos se encontraba el cuauchic Tozcuecuex, quien, a pesar de su rápida recuperación, pasaría al menos cinco días más en la ciudad de Teloloapan curando su herida.

—Coincido contigo, Ocelote —agregó el veterano guerrero, de pie contra el muro de la rústica casa viendo pasar a los miles de hombres que bajaban por la serpenteante calle sobre la cual se ubicaba nuestra vivienda temporal.

Se trataba de las unidades que conformaban el xiquipilli Cipactli, al cual pertenecía el contingente de mi barrio. Recibimos la orden de abandonar la ciudad chontal para conformar una columna frente a la plataforma y posteriormente iniciar el avance, siguiendo los pasos de los xiquipillis Cóatl, Cuauhtli y los diez mil chontales que iban en la vanguardia.

—He escuchado que los chontales de Alahuiztlán llevan largo tiempo recibiendo apoyo de los purépechas, tanto material como de guerreros. También han realizado reclutamientos masivos en todos los pueblos y asentamientos de su territorio, incluso más allá. Darán una dura pelea, sin duda —exclamó Tozcuecuex, quien vestía solamente su maxtlatl.

—Eso sin mencionar las fortificaciones de Oztomán, las más fuertes de la región —dije.

Entre los hombres que bajaban por la calle avanzaba Cuauhtlatoa, encabezando a los estudiantes del Telpochcalli que seguían vivos y no habían sido heridos de gravedad. También había sido asignado como capitán del contingente del barrio. Al vernos detuvo su marcha, mientras a su espalda continuaban avanzando los guerreros y jóvenes novatos. Me hubiera gustado ver marchar entre ellos a mi amigo Itzcuintli, pero no había sobrevivido a la batalla que se llevó a cabo sobre la plataforma. Después me enteré de que mi entrañable compañero había sido abatido en la primera línea, mientras protegía a un capitán acolhua herido. En sus últimos momentos peleó como un gran guerrero, como un cuauchic; abatió a un par de chontales antes de ser alcanzado en el cuello por un macuahuitl que blandía un tercer enemigo. Esto fue lo que me comentó uno de los sacerdotes-guerreros de nuestro calpulli, quien combatió a su lado en lo más duro del enfrentamiento. Poco pudo hacer para ayudarlo debido a la superioridad numérica de adversarios a los que enfrentaban en esa zona de la batalla. Su cadáver no fue encontrado, por lo que días atrás hice una efigie con madera, raíces y pedazos de tela en su representación, para incinerarlo ritualmente en una hoguera y que alcanzara el paraíso solar donde habita Tonatiuh. Aún podía recordarlo quejarse y comer como si no hubiera mañana. No había terminado de murmurar una oración dirigida a Tonatiuh para que le diera cobijo a mi valiente amigo cuando vi la presencia amenazante de Cuauhtlatoa plantarse frente a mí.

—¿Qué esperas para mover esas piernas, jovencito? —me preguntó con su autoritaria voz—. Deja de quitarle el tiempo al capitán cuauchic e intégrate a la formación.

—Ya estaba por partir, honorable telpochtlato —respondí, intimidado ante las palabras de quien había sido mi maestro en la Casa de la Juventud—. Solamente me estaba despidiendo de mi señor —parecía que todo regresaba a la normalidad, a los regaños y las órdenes, a las marchas en formación. Me gustaba pensar que era así.

—No tardes, telpochtli, los escuadrones ya se están congregando frente a la plataforma de la ciudad. De hecho, los cargadores ya están listos para iniciar la marcha —dijo, señalando hacia el exterior de la ciudad. Después se dirigió al cuauchic—: Capitán, lo echaremos de menos estos días a la cabeza de nuestro contingente. Considere que usted y Coaxóchitl son los únicos capitanes de nuestra unidad que siguen vivos, aunque en recuperación por sus heridas. ¡Cúrese pronto! Y tú, jovencito, no tardes o te la verás con mi amigo —finalizó, mostrando su inseparable vara de encino.

—Excelente tonalli, gran guerrero. Que Tezcatlipoca cuide tu camino —respondió Tozcuecuex, alzando la mano sobre su cabeza.

Lo vimos alejarse siguiendo el pantli de nuestro barrio, el mismo que estuvo a punto de ser capturado en batalla.

—No retrases tu partida, Ocelote —exclamó el cuauchic tendiéndome la mano. De inmediato le sujeté el antebrazo y él a mí.

—Gracias por todas sus enseñanzas y por todo su apoyo en el asunto de la conspiración. Hubiera sido complicado de resolver sin su ayuda —dije al tocar ligeramente las dos orejeras de fino jade que decoraban los lóbulos de mis orejas.

—Ha sido un honor servir contigo en esta campaña. Los tonsurados tenemos una frase que dice: "Entre más duro y reñido sea el combate, más recompensas y hermanos cosecharás". No tengo la menor duda de que perdí un auxiliar pero gané un hermano de armas —dijo sin perturbar su faz.

—Gracias por el canto florido, honorable cuauchic. Yo también puedo decir lo mismo —dije, y coloqué mi mano sobre su hombro—. No se acostumbre mucho a las comodidades chontales, lo esperamos en cinco jornadas —exclamé.

Me coloqué mi cacaxtin sobre la espalda y el mecapal en la frente, tomé mi macuahuitl y mi chimalli y emprendí la marcha uniéndome a la multitud de hombres que descendía como un río por la calle que bajaba desde el recinto ceremonial de la ciudad. Mientras caminaba evoqué el rostro de Citlalli, mi compañera de la Casa de la Juventud, la misma que me había dicho que quería ser mi esposa cuando volviera de la guerra. Recordarla me causaba una inmensa felicidad, una gran inspiración para sobrevivir a las batallas que tenía por delante. Mi gran anhelo era regresar a Tenochtitlán, abrazarla y decirle que se casara conmigo. Pero para eso faltaban muchas jornadas y al menos dos señoríos por derrotar.

También pensé en mis queridos difuntos, quienes a través de su recuerdo me habían dado la fuerza para soportar todas las adversidades que se habían presentado durante la guerra. Reflexioné un momento sobre la gran cantidad de veces que los había invocado con el pensamiento, solicitando su ayuda, su fuerza para seguir adelante. En verdad habían sido muchas ocasiones, de modo que tomé la decisión de dejarlos descansar por fin, para solamente recordarlos con el cariño que uno les tiene a las personas queridas que nunca conoció.

"Hermano difunto, primos fallecidos, los libero y me redimo de la culpabilidad que por inviernos he cargado sobre mis hombros", murmuré para mí mismo. Avancé hasta cruzar la plataforma de Teloloapan, desde donde vi el sol ponerse sobre el horizonte de forma esplendorosa, brillando de manera inusitada. Sus rayos me calentaron el cuerpo y me regalé un momento para disfrutar de la belleza del paisaje, después bajé de la plataforma y tomé mi lugar entre los aguerridos hombres del barrio de Tlalcocomulco. Quedaban menos de ciento ochenta hombres, de los cuatrocientos que salieron de Tenochtitlán. La mayoría presentaba heridas, golpes, magulladuras y cortes, pero nada que eliminara la determinación que se hacía presente en sus rostros ni la fuerza de sus miradas. Estaban listos para cumplir con su deber y dejar en alto el nombre de nuestro barrio, como también el de Tenochtitlán. Con el corazón henchido de orgullo por encontrarme rodeado de guerreros tan valerosos, emprendí la marcha en cuanto escuché la orden cargada de improperios de Cuauhtlatoa. El combate nos esperaba en el horizonte…

NOTA HISTÓRICA

La presente novela está basada en hechos históricos que ocurrieron durante el reinado del huey tlahtoani de Tenochtitlán Ahuízotl, quien gobernó entre 1487 y 1502. En 1487 se dio una rebelión de las ciudades chontales de Teloloapan, Alahuiztlán y Oztomán, causada por el débil reinado y continuos fracasos del huey tlahtoani anterior, Tizoc, así como por el apoyo que recibieron del "Estado" purépecha, que veía con recelo la expansión territorial de la Triple Alianza hacia sus fronteras. La primera acción que realizaron estos altepeme fue cerrar los caminos a los comerciantes de la Triple Alianza, para después dejar de pagar el tributo que enviaban al calpixque local desde el reinado del huey tlahtoani Axayácatl (1469-1481), según lo narrado por Hernando de Alvarado Tezozómoc en su *Crónica Mexicáyotl.*

De la Crónica X, hipotética fuente nahua extraviada, se derivan varias obras del siglo XVI, entre ellas *Historia de las Indias de Nueva España e islas de tierra firme,* de fray Diego Durán, y *Crónica Mexicáyotl,* de Alvarado Tezozómoc. En estas se menciona que el cacique de Teloloapan, cuyo nombre desconocemos, rechazó la invitación para asistir en Tenochtitlán a la entronización de Ahuízotl como huey tlahtoani, lo que por aquellos años equivalía a una declaración de guerra. Por las razones mencionadas, y para evitar que la rebelión se esparciera por la provincia de Tepecuacuilco, Ahuízotl encabezó en persona al ejército de la Triple Alianza para sofocar a sangre y fuego el levantamiento chontal.

Los primeros mexicas en entrar en la agitada región fueron los pochtecah, los poderosos comerciantes nahuas, quienes fueron enviados como espías. A nadie sorprendió que encontraron los caminos cerrados con troncos de árboles y plantas espinosas. Días después, los ejércitos de la Triple Alianza conquistarían Teloloapan; sin embargo, los cronistas no mencionan batallas en campo abierto. El cacique de Teloloapan se presentó a los pies del huey tlahtoani, argumentando que los incitadores de la rebelión habían sido las ciudades de Oztomán y Alahuiztlán. Como resultado de la victoria de Ahuízotl, en la Crónica X podemos leer que "se les mandó que tributaran cada ochenta días cuatrocientas cargas de cacao, diez cargas de mantas y otras tantas de ropas mujeriles, con otras cosas de frutas y comidas". También sabemos que los guerreros de Teloloapan apoyaron a los ejércitos de la Triple Alianza cuando marcharon en contra de Oztomán, cuyo gobernante se negó a rendirse y opuso una fiera resistencia a los mexicas; pero esa es otra historia.

La jerarquía militar que se presenta en esta novela está basada primordialmente en el libro *Aztec Warfare*, de Ross Hassig, y trata de ser lo más apegada a la realidad. Lo mismo sucede con el armamento, a excepción del chapopote usado como combustible en batallas y asedio; esa es una licencia creativa, aunque tal vez fue real. En cuanto a las fortificaciones, existe evidencia de su uso extensivo en Mesoamérica en sitios como Cacaxtla, Huexotla, Tikal, Xochicalco, como también del aprovechamiento de la orografía para la defensa de las ciudades-Estado y recintos ceremoniales a partir del periodo epiclásico hasta finales del posclásico. Aunque no hay certeza de que existieran estructuras defensivas como murallas o empalizadas en la antigua Teloloapan, consideré relevante mencionarlas en la novela con el fin de recrear cómo sería un "sitio mesoamericano".

Finalmente, los protagonistas de esta historia, a excepción de Motecuhzoma, Ahuízotl, Tzilacatl y los jerarcas de la Triple Alianza, son producto de la ficción, no existieron. Por otro lado, sabemos que Motecuhzoma fue un hombre muy ambicioso, devoto, valeroso, que cuando fue entronizado en 1502 realizó una terrible purga palaciega y destituyó, exilió e incluso ejecutó a los antiguos colaboradores de Ahuízotl. Motecuhzoma Xocoyotzin gobernó de manera muy distinta a su tío, anteponiendo el noble linaje al mérito personal, así como consolidando el imperio antes de seguir con la política agresiva y expansionista de su antecesor. Basado en esta ambición, y en su poder al formar parte de la familia reinante, configuré su participación en la conjura.

Espero que hayan disfrutado la novela.

GLOSARIO

Altépetl (pl. altepeme): Entidad política, étnica y territorial en la que se organizaron los pueblos mesoamericanos en el periodo posclásico tardío (1200-1521). El altépetl incluía el centro religioso, el territorio entero de una ciudad y la zona rural. También dentro de esta estructura estaba considerada la población, el gobierno y la religión. "La montaña de agua".

Amanteca: Así se les llamaba a los artesanos mesoamericanos que confeccionaban atavíos, tocados y ornamentos utilizando plumas.

Amoxtli: Códices, libros sagrados.

Apozonalli: Ámbar.

Atl tlachinolli: Agua quemada, símbolo de la guerra sagrada para los mexicas. Se representa como dos listones serpenteantes entrelazados, uno para el fuego y otro para el agua.

Atlatl: Nombre dado por los nahuas al lanzadardos. Esta arma ofensiva propulsaba dardos de 1.50 metros de largo a una distancia superior a los cincuenta metros. Era utilizada en batalla por los guerreros de élite.

Ben'zaa: "Gente de las nubes" en zapoteco. Palabra que utilizaban los propios zapotecos para autodesignarse. Estos grupos se asentaron en el actual estado de Oaxaca.

Cacaxtli (pl. cacaxtin): Armazón hecho con madera o carrizos para transportar paquetes y mercancías sobre la espalda. Generalmente se cargaba con el mecapal.

Cactli: Calzado hecho de fibras vegetales o cuero, similar a una sandalia, utilizado por los antiguos mesoamericanos.

Calli: Casa.

Calmécac: Institución educativa a la cual solamente podían asistir los hijos de la nobleza mexica. Estaba dirigida por sacerdotes y guerreros de élite. El Calmécac de Tenochtitlán se ubicaba dentro del recinto ceremonial; su protector fue Ehécatl-Quetzalcóatl.

Calpixque: Recaudador de tributos y rentas para la Triple Alianza. "El guardián de la casa". También podía cumplir con funciones diplomáticas, al ser una especie de capataz de un territorio.

Calpullec: Jefe de un barrio de Tenochtitlán. Responsable de resolver litigios, repartir tierras, administrar las riquezas y representar al barrio frente al consejo de gobierno de la ciudad. También dirigía al contingente del calpulli durante la guerra.

Calpulli: Unidad social entre los mesoamericanos. Estaba constituida por grupos de personas que tenían un antepasado o linaje en común. Podían tener un dios titular y oficio en común. Se establecían de forma conjunta en un área de la ciudad o población.

Camaxtli: Deidad patronal de las cabeceras de Tlaxcallan. Deidad de la caza, el fuego y la guerra. Advocación de Tezcatlipoca rojo.

Cem Anáhuac: La tierra conocida por los antiguos nahuas. "La totalidad de lo que está en la orilla del agua", "lugar rodeado completamente de agua".

Cempaxóchitl: Flor de cempasúchil. "Flor de veinte pétalos".

Centéotl: Deidad del maíz entre los nahuas, hijo de Piltzintecuhtli y Xochiquétzal. Contraparte masculina de Chicomecóatl.

Centzontilmatli: Tilma de los cuatrocientos colores. Se elaboran en Totonacapan, la tierra de los totonacas, en el actual estado de Veracruz.

Chalchihuite: Palabra utilizada para designar las piedras verdes semipreciosas, el jade.

Chapopotli: Sustancia negra, pesada y espesa que se obtiene del petróleo; se encuentra en distintos lugares, particularmente en el mar. Entre los mesoamericanos era utilizado como combustible, pegamento, impermeabilizante, pintura corporal y en la construcción.

Chicomecóatl: Deidad nahua de los mantenimientos, en especial del maíz. Contraparte femenina de Centéotl. Su nombre significa "siete serpiente".

Chilmolli: Alimento preparado con chiles y tomate o jitomate, que podía ser acompañado de diversas proteínas como carne de guajolote, venado o conejo, entre otras.

Chimalli: Escudo circular hecho de varias capas tejidas de otate, carrizo, madera, papel amate y algodón sobrepuestas. Contaba con dos asas en su cara posterior para sujetarlo. Podía estar decorado con mosaicos de plumas. Se utilizaba para bloquear proyectiles, así como golpear en el combate cuerpo a cuerpo. Medía entre ochenta centímetros y un metro de diámetro. Podía ser militar o ceremonial.

Cipactli: Lagarto.

Coatepantli: Muro de serpientes. En realidad era una gran plataforma que rodeaba algunos recintos ceremoniales mesoamericanos, como el del Templo Mayor.

Cóatl: Serpiente.

Coaxihuitl: *Véase* ololiuhqui.

Copalxócotl: El llamado "árbol del jabón", *Cyrtocarpa procera.*

Cualli teotlactin: Buenas tardes.

Cualli tonalli: Buen día.

Cualli yohualtin: Buenas noches.

Cuauchic (pl. cuauchique): La más prestigiosa sociedad guerrera entre los mexicas. Para obtener el grado era necesario capturar seis guerreros en combate y realizar al menos veinte hazañas militares. Destacaban por su corte de cabello tipo *mohawk*. El tlacochcálcatl y los tlacatéccatl pertenecían a esta sociedad.

Cuauhhuehuetqueh: Guerreros veteranos que superaron la edad permitida para combatir. Eran responsables de la logística y organización de las campañas militares, así como de informar a las familias de la pérdida de sus seres queridos en combate. "Águilas viejas".

Cuauhololli: Maza de madera de encino, cedro o incluso pino, utilizada en la guerra mesoamericana. Tenía una longitud de un metro a ochenta centímetros, con una terminación en forma esférica.

Cuauhpilloli: Tocado para la cabeza hecho de plumas de águila. Utilizado por los guerreros nahuas.

Cuauhxicalco: Uno de los setenta y ocho templos del recinto ceremonial de Tenochtitlán. Se trata de una amplia plataforma circular ubicada frente al Templo Mayor. En ella se realizaban ceremonias asociadas al fuego, como la incineración de los huey tlahtoque.

Cuaupilli (pl. cuaupipiltin): Guerreros águila. Grupo de élite del ejército mexica que se caracterizaba por usar vestimentas y yelmos que se asemejaban a estas aves. Existe el debate de si se trataba de una sociedad guerrera, tropas de choque o miembros de la cadena de mando. Al parecer eran de origen noble. "Noble águila".

Cuetlaxóchitl: Flor de Nochebuena. "Flor de cuero".

Cuextécatl: Palabra utilizada por los nahuas para referirse al grupo indígena de los téenek o huastecos.

Cuicacalli: La Casa del Canto. Institución educativa de los mexicas donde a la juventud se le enseñaban las danzas y el canto.

Culhúa: Los originarios de Culhuacán, el último bastión tolteca en la Cuenca de México. Los mexicas también eran llamados culhúas por ser herederos de la tradición tolteca.

Cumiechúcuaro: El inframundo dentro de la religión purépecha.

Curicaueri: Deidad del fuego entre los purépechas, también llamada "el gran fuego".

Curipecha: Sacerdote en purépecha.

Ehecachichtli: Silbato de cerámica conocido popularmente como "de la muerte", por la forma de cráneo que presenta y por el terrible sonido que produce. Su sonido parece emular un grito de sufrimiento. Tenía el objetivo de atemorizar a los enemigos en el campo de batalla.

Ehuatl: Vestidura militar utilizada por guerreros de élite nahuas. Se asemejaba a un chaleco, jubón o sayo sin mangas, hecho de plumas preciosas, con un faldón de plumas o tiras de cuero para proteger los muslos y la entrepierna. Se colocaba encima del ichcahuipilli o peto de algodón.

Etl: Frijol.

Excan Tlatoloyan: Estructura militar, política y económica formada por los señoríos de Tacuba, Texcoco y Tenochtitlán entre 1430 y 1431. Sus ejércitos conquistaron gran parte de Mesoamérica en menos de un siglo, cobrando tributo a una gran cantidad de señoríos, ciudades y poblaciones. Esta alianza fue destruida con la caída de Tenochtitlán en 1521. "La Triple Alianza".

Huautli: Amaranto.

Huaxyácac: Provincia tributaria bajo el dominio de la Triple Alianza. "Lugar en la punta del huaje", "lugar en la nariz del huaje".

Huehue (pl. huehuemeh): Instrumento de percusión tubular hecho con tronco ahuecado y una membrana de cuero. Era utilizado por diversos grupos mesoamericanos, entre ellos los nahuas, en ceremonias y en la guerra.

Huehuetlatolli: Extensos escritos nahuas donde se describían las creencias, las normas de conducta, los rituales, "la palabra antigua" de la sabiduría. En la actualidad son testimonios del legado cultural de los antiguos nahuas.

Huexólotl: Guajolote.

Huey Teocalli: gran templo en náhuatl. Se refiere al templo más importante de una ciudad o población. En Tenochtitlán era el Templo Mayor.

Huey Tzompantli: Gran altar de cráneos.

Huitznáhuac: Uno de los calpulli o barrios de Tenochtitlán. En la mitología mexica se les llamó así a los hermanos de Coyolxauhqui que intentaron matar a Huitzilopochtli y a su madre en Coatepec, el "cerro de las serpientes".

Ichcahuipilli: Peto militar hecho de algodón comprimido y endurecido con salmuera, utilizado para proteger el torso de golpes y principalmente de proyectiles durante una batalla. Se utilizaba debajo del tlahuiztli, ehuatl y xicolli.

Icpalli: Asiento bajo con respaldo alto hecho de fibras naturales, utilizado en Mesoamérica por jerarcas, nobles y gobernantes. En ocasiones relacionado con un trono mesoamericano.

Ilhuicatl Xoxouhqui Huitzilopochtli: Deidad solar tutelar de los mexicas. Protector de los guerreros y del huey tlahtoani. "Colibrí de la izquierda o del sur", "colibrí zurdo".

Irecha: Concepto usado por los antiguos purépechas para denominar a sus gobernantes. En náhuatl se le conocía como cazonci o caltzontzin. Quien ostentaba este título gobernaba sobre las tierras que pertenecían al "Estado o imperio" purépecha. Algunos irechas destacados fueron Tariácuri, Zuanga y Tangáxoan.

Itacatl: Itacate. Provisión de comida para llevar en un viaje, paseo o expedición militar.

Itztateocuitlatl: Plata. "Excrecencia divina blanca".

Itzcóatl: Cuarto huey tlahtoani de los mexicas. Gobernó entre 1428 y 1440. Durante su reinado los mexicas lograron derrotar a sus amos, los tepanecas de Azcapotzalco, y concretar su independencia.

Jurhiata: Deidad solar entre los purépechas. Tata Jurhiata.

Kuanasi Huuato: Origen de la palabra Guanajuato. "En el cerro de las ranas".

Macuahuitl: Bastón aplanado hecho de madera (encino, cedro) con filosas lajas de obsidiana adheridas a ambos costados. Aproximadamente de un metro de longitud. El arma ofensiva por excelencia, utilizada por los nahuas y otros grupos mesoamericanos en los combates cuerpo a cuerpo. Existió un tipo de macuahuitl que se usaba a dos manos.

Maltéotl: Trofeo de huesos, u otras partes humanas, de enemigos derrotados en batalla.

Maxtlatl: Braguero, pañete que utilizaban los antiguos mesoamericanos. Podía estar hecho de algodón o fibra de ixtle y estar decorado con plumas, conchas, incluso pieles de animales.

Mayequeh: Dentro de la sociedad nahua se trataba de hombres libres que eran contratados para trabajar tierras ajenas, obteniendo un pago por su labor. Carecían de tierras.

Mecapal (pl. mecapalli): Faja de cuero o fibra de ixtle trenzada que se colocaba sobre la frente con el propósito de cargar y transportar mercancías.

Meztli: Luna.

Mictlampa: El norte. El lugar de los muertos.

Mictlán: El noveno nivel del inframundo nahua. En el Mictlán reinaba la pareja Mictlantecuhtli y Mictecacíhuatl.

Mictlantecuhtli: El señor del Mictlán. Deidad asociada con la muerte entre los antiguos nahuas.

Miquiztli: Muerte.
Momochitl: Palomita de maíz.
Momoxtli: Adoratorio.
Moquequeloa: "El burlón". Forma en que era llamada la deidad del espejo humeante de obsidiana: Tezcatlipoca.
Nantzin: Madrecita, mamá.
Ñuu savi: "Gente de la lluvia" en mixteco. Palabra que utilizan los propios mixtecos para autodesignarse. Estos grupos se asentaron en el actual estado de Oaxaca.
Ocambecha: Funcionario responsable de cobrar tributos, del reclutamiento en tiempos de guerra y de mantener el orden en una provincia del imperio o Estado purépecha. Generalmente esta posición era ocupada por miembros de la nobleza menor o guerreros de renombre a manera de recompensa por sus logros militares.
Ocelopilli (pl. ocelopipiltin): Guerreros jaguar u ocelote. Guerreros experimentados que se caracterizaban por usar vestimentas y yelmos con forma de jaguar. Cuando un guerrero mexica lograba capturar cuatro enemigos, se le otorgaban estas vestimentas y obtenía el rango de tequihua. Existe el debate si estos guerreros pertenecían a una sociedad guerrera más allá de la jerarquía mencionada.
Océlotl: Jaguar.
Octli: Pulque.
Ololiuhqui: Enredadera grande y leñosa con flores en forma de campanas. Ha sido utilizada por diversas culturas debido a sus propiedades medicinales y alucinógenas. *Turbina corymbosa.*
Ometéotl: "Dios dual o doble". Deidad suprema doble, dentro de la religión nahua, compuesta por Ometecuhtli y Omecíhuatl. Dios creador, madre/padre del universo y de los cuatro Tezcatlipocas. La señora/señor de nuestra carne y sustento.
Otomitl (pl. otontin): Los otomíes, sociedad guerrera mexica. Para formar parte de ella era necesario capturar cinco enemigos. Se ubicaba debajo de la sociedad de los cuauchic.
Oxitipan: Ojitipa de Mirador, en Tancanhuitz, San Luis Potosí. La provincia de Oxitipan comprendía solamente la población del mismo nombre. Estaba ubicada en los límites del territorio do-

minado por la Triple Alianza y la frontera con los señoríos huastecos independientes.

Painal: Deidad asociada a Huitzilopochtli, en ocasiones identificado como su "mensajero". Su nombre significa "pequeño corredor veloz".

Panolti: Buenos días, cuando se tiene familiaridad o confianza.

Panquetzaliztli: La gran fiesta nahua en honor de Huitzilopochtli y Painal dentro del año mexica. "Alzamiento de banderas".

Pantli: Estandarte, blasón, divisa.

Petlacalli: Estera, petaca, caja de carrizos. Sinónimo de petlalco: prisión donde eran encerrados los reos.

Piltzin: Amado hijo.

Pinolli: Bebida elaborada con harina de maíz. Pinole.

Piochtli: Coleta de cabello que se dejaban crecer los jóvenes mexicas en la nuca. Les era cortada cuando participaban en su primera batalla, aunque algunos autores afirman que era eliminada cuando obtenían su primera captura. Parte de los ritos de transición de la adolescencia a la adultez entre los nahuas.

Pochtecah: Poderoso gremio de comerciantes nahuas que recorrían grandes distancias para obtener productos de lujo, muy apreciados por las élites de la Triple Alianza. Eran apoyados por el Estado y el tlahtoani, ya que también podían desempeñarse como espías.

Quetzallalpiloni: Cinta color rojo utilizada para sujetar el cabello a manera de atado sobre la coronilla. Era utilizada por los guerreros mexicas como una insignia.

Quetzalteopamitl: Divisa militar de los ejércitos mexicas y del huey tlahtoani de Tenochtitlán. Representaba a Tonatiuh, un sol resplandeciente hecho con plumas de quetzal y piezas de oro.

Tamemeh: Cargador.

Tatli: Padre.

Téchcatl: Piedra de los sacrificios entre los nahuas.

Técpatl: Cuchillo entre los nahuas. Podía ser de obsidiana, pedernal o sílex.

Tecuhtli (pl. teteuctin): Señor entre los nahuas. Para obtener el rango era importante pertenecer a la nobleza mexica y también demostrar valía en el campo de batalla.

Téenek: Palabra que utilizan los huastecos para denominarse a sí mismos. Los téenek fueron un grupo mesoamericano que habitó la zona conocida como La Huasteca, localizada en parte de los estados de Veracruz, Tamaulipas, San Luis Potosí, Hidalgo y Querétaro. Se encontraban organizados en ciudades-Estado y lograron resistir con cierto éxito el embate de la Triple Alianza entre los siglos XV y XVI.

Telpochcalli: Institución educativa mexica para los jóvenes macehuales o plebeyos. Al parecer cada barrio de Tenochtitlán contaba con uno de estos colegios.

Telpochtlato (pl. telpochtlatoque): Maestros de la juventud mexica dentro de las Casas de la Juventud o Telpochcalli. "El que habla a los jóvenes".

Telpochtli: Joven, muchacho.

Telpohyaqui: Guerrero joven.

Temillotl: Peinado alto utilizado por los guerreros mexicas.

Teocuitlatl: Oro. "Excrecencia divina".

Teponaztli: Instrumento musical de percusión parecido a un xilófono, fabricado con un tronco ahuecado. Se tocaba con baquetas hechas de madera, hueso o incluso astas de venado.

Tepoztopilli: Lanza de madera de una longitud que iba de los dos a los dos y medio metros de largo. Tenía punta con forma de almendra aplanada, en cuyos bordes se adherían filosas navajas de obsidiana o pedernal. Utilizada solamente para cortar y desgarrar a distancia.

Tequihua: Grupo selecto de guerreros mexicas que lograron capturar a cuatro o más enemigos en batalla. Gozaban de muchos privilegios como tener concubinas, explotar grandes extensiones de tierra, comer en el palacio del gobernante, entre otros. Pertenecían a las sociedades guerreras de los cuauchique, otontin, cuaupipiltin y ocelopipiltin.

Teteo Innan: La madre de los dioses. Patrona de los sanadores, parteras y temazcales.

Teyaotlani: Soldado, guerrero en náhuatl.

Tianquiztli: Tianguis, mercado.

Ticitl (pl. titici): Sanadores y curanderos entre los nahuas. Generalmente se trataba de sacerdotes especializados.

Tiyahcauhtlatquitl: Tilma de algodón color blanco decorada con una flor roja bordada, otorgada como premio al guerrero que capturaba a un enemigo en batalla, "el capturador".

Tlacatéccatl: "El hombre del Tlacatecco", un cuartel militar ubicado en Tenochtitlán. En la jerarquía militar mexica se encontraba debajo del tlacochcálcatl. Varios hombres podían ostentar el cargo al mismo tiempo. En la actualidad se le podría comparar con un general de división.

Tlacatzintli: forma respetuosa de dirigirse a un superior o persona de edad. Significa señor.

Tlacochcálcatl: "El hombre del Tlacochcalco". Máxima autoridad dentro de la jerarquía militar mexica, solamente debajo del huey tlahtoani y el cihuacóatl. Generalmente quien tenía este cargo pertenecía a la familia gobernante mexica y era un fuerte candidato para suceder al gobernante.

Tlacochcalco: Entre los nahuas es el espacio destinado para el almacenamiento del armamento. La "Casa de los Dardos".

Tlacuilo: escribas entre los antiguos nahuas. Los señores de la tinta roja y negra.

Tlahtoani (pl. tlahtoque): Gobernante entre los antiguos nahuas. "El que habla bien", "el orador".

Tlahuizcalpantecuhtli: Deidad náhuatl asociada con Venus vespertino, el sacrificio humano, la guerra y el dios Xólotl. "Señor de la aurora".

Tlahuiztli: Vestimenta que cubría el cuerpo y las extremidades de su portador. Era entregada como recompensa a los guerreros que habían capturado enemigos en batalla o por realizar alguna proeza. Cada rango dentro de la jerarquía militar de la Triple Alianza tenía un diseño exclusivo que les permitía ser reconocidos en el campo de batalla. Podía estar confeccionada de algodón, pieles de felino e incluso plumas de ave.

Tlauhquechol: Ave conocida como espátula rosada.

Tlallihuehuemeh: "Huehue de tierra". *Véase* huehue.

Tlallocan: Paraíso de Tláloc a donde iban los ahogados, los alcanzados por un rayo y quienes morían por algunas enfermedades asociadas a las deidades de la lluvia.

Tlamacazqui: Sacerdote.

Tlamani: Uno de los rangos dentro de la jerarquía militar mexica, al que se accedía al capturar a un enemigo en batalla. "Capturador".

Tlatlaolli: Empanadas de masa rellenas de frijoles.

Tlazohcamati: "Gracias", "agradecer".

Tlepapálotl: Vestimenta usada por los tiachcauh, líderes de la juventud, dentro de la jerarquía militar mexica. Se le otorgaba a quien lograba capturar tres enemigos en batalla. "Mariposa de fuego".

Tlilxóchitl: Vainilla. "Flor negra".

Tloque Nahuaque: Entre los nahuas es la principal deidad de la creación. Creador de la humanidad, del mundo y de los dioses. El principio de todo lo existente, el ordenador del caos. "Señor del cerca y del junto".

Tonalámatl: "El libro de los días o los destinos" entre los nahuas. Utilizado para rituales adivinatorios.

Tonalli: Una de las tres entidades anímicas de acuerdo con los antiguos nahuas. Se localizaba en la cabeza. También interpretado como "destino".

Tonalpouhque: El conocedor de los códices, el lector de los libros sagrados. Era el adivino que conocía el destino de los recién nacidos a través del Tonalámatl.

Tonatiuh Ichan: Paraíso solar a donde iban los guerreros sacrificados y muertos en combate, así como las mujeres que morían dando a luz.

Tóxcatl: La gran fiesta nahua dentro del año mexica en honor a Tezcatlipoca. "Cosa seca", "sequedad".

Tzapotl: Zapote.

Tzitzimitl (pl. tzitzimime): En la religión nahua se trata de deidades femeninas asociadas con las estrellas, que amenazaban la existencia del sol y la humanidad. "Demonio, habitante del aire".

Xicolli: Jubón, vestidura de algodón teñida, sin mangas, utilizada principalmente por los sacerdotes nahuas durante sus ceremonias.

Xictomatl: Jitomate.
Xipe Totec: Deidad nahua asociada con la guerra y la regeneración vegetal y de la naturaleza. "Nuestro Señor el desollado".
Xiquipilli: La unidad más grande del ejército mexica. Constituida por ocho mil hombres.
Xiuhtilmatli-techilnahuayo: Tilma hecha de algodón y pluma torcida, de tonos azules y turquesas, utilizada solamente por el huey tlahotani de Tenochtitlán.
Xiuhuitzolli: Diadema hecha de turquesas y oro, utilizada solamente por los gobernantes de la Triple Alianza.
Xochiquétzal: Deidad nahua asociada a la belleza, las flores, al amor, la poesía y a las artes. "Flor preciosa".
Xocolatl: Chocolate.
Xoloitzcuintli: Perro mesoamericano, xoloitzcuintle.
Xólotl: Deidad nahua que guiaba a los muertos al inframundo. Se le asociaba con Venus vespertino. "Animal, monstruo".
Yacatecuhtli: Deidad nahua que tenía bajo su cuidado a los viajeros y comerciantes. "Señor de la nariz".
Yaoquizque: Plebeyos que realizaban su servicio militar dentro del ejército mexica. En su mayoría usaban armas de distancia, como arcos y hondas.
Yaotl: Enemigo. Advocación de Tezcatlipoca del guerrero siempre joven y valeroso.
Yayauhqui Tezcatlipoca: Importante deidad nahua que cuidaba del huey tlahtoani y de los esclavos. "Espejo que humea".
Yollotl: Corazón.
Yopes: Grupo indígena seminómada que habitó en el actual estado de Guerrero. Destacaban en el uso del arco y la flecha. Al territorio que dominaban los yopes se le conoció como el señorío de Yopitzingo.
Yopitzingo: El extenso señorío de los yopes, localizado en el actual estado de Guerrero. Abarcaba los modernos municipios de Chilpancingo de los Bravo, Acapulco de Juárez, San Marcos, Tecoanapa, Ayutla de los Libres, Mochitlán y Juan R. Escudero. Por lo tanto, sus dominios iban desde la montaña hasta la Costa Chica de Guerrero.
Zacatapayolli: Bola de heno o zacate para fines rituales.

Provincias de Cuauhnáhuac, Tlachco y Tepecuacuilco dominadas por la Triple Alianz Finales del siglo xv.

Hacia Tenochtitlán
Triple Alianza
Cuauhnáhuac
(Cuernavaca)
Oaxtepec
Cuauhtlan
(Cuautla)
Provincia de
Cuauhnáhuac
Estado
de
Morelos
N
O
E
S
Provincia
de
Tlacozauhtitlan
Hacia el Señorío
de Yopitzinco
Delimitación moderna
Nombres de la actualidad en paréntesis

Las Águilas de Tenochtitlán de Enrique Ortiz
se terminó de imprimir en el mes de marzo de 2021
en los talleres de
Diversidad Gráfica S.A. de C.V.
Privada de Av. 11 #1 Col. El Vergel, Iztapalapa,
C.P. 09880, Ciudad de México.